JN114397

藤原秀郷

小説・平将門を討った最初の武士

目次

序　章　百目鬼　4
第一章　三毳山　28
第二章　関白獅子舞　68
第三章　蝦夷の地　94
第四章　罪人秀郷　122
第五章　百足退治　172
第六章　京の都　202
第七章　下野帰郷　254
第八章　追討官符　288
第九章　将門の乱　340
第十章　死闘　392
終　章　秀郷将軍　440
年表　484

序章　百目鬼

平将門《たいらのまさかど》を討った武士《おとこ》について、今の日本史は何も語らない。兇賊《きょうぞく》を誅《ちゅう》した英雄か、義将《ぎしょう》に仇《あだ》なす権力の走狗《そうく》か。それすらも。

〈1〉俵藤太

「朝敵退散、神敵必罰、国家安寧《あんねい》……」

兜《かぶと》に大鎧《おおよろい》をまとい、肩を護《まも》る大袖《おおそで》も物々しく、箙《えびら》（矢箱）を背にした男が一人、祠《ほこら》の前で手を合わせて念じていた。

藤原秀郷《ふじわらのひでさと》。天慶《てんぎょう》三年（九四〇年）正月。このとき四十五歳くらいだろうか。

「南無八幡大菩薩《なむはちまんだいぼさつ》」

最後に声を張り上げ、武神「弓矢八幡《ゆみやはちまん》」に祈った。

後世、「俵藤太《たわらのとうた》」の呼び名もなじみ深い。とうだ、とも読む。

すなわち、藤原秀郷は俵藤太であり、田原の里に住む「田原藤太」である。

俵藤太とは何者か。

よく知られているのは大ムカデ退治の物語である。

朱雀《すざく》天皇（在位九三〇～九四六年）のときという。京に近い近江《おうみ》・大津《おおつ》（滋賀県大津市）の瀬田《せた》の唐橋《からはし》。琵琶湖から流れる瀬田川の橋に大蛇が横たわっていた。長《たけ》二十丈（約六十メートル）。大蛇といっても竜顔《りゅうがん》である。両目が輝き、角《つの》もある。角は高くそばだち、冬枯れの森の梢《こずえ》と変わらない。くろがねの牙《きば》、炎を吐き出すかと思わんばかりの赤い舌。誰も橋を渡れない。

だが、一人の若武者が悠然と橋を渡り、荒《あら》らかに大蛇の背を踏みつけて進んだ。田原藤太秀郷である。

その夜。藤太の宿を美女が訪ねる。

「私こそが瀬田の唐橋の大蛇です」

美女は乙姫《おとひめ》と名乗った。竜神《りゅうじん》の使いであり、近江・三上山《みかみやま》の大ムカデを退治できる勇者を探しているという。

「そのため大蛇に姿を変え、瀬田の橋で待っていたのです」

大ムカデは三上山を七巻き半する大きさで、瀬田の唐橋に頭を伸ばし、琵琶湖の水を飲み、若い娘をさらう。村人は手の施《ほどこ》しようもない。

　藤太は大ムカデ退治を引き受け、竜神一族の兵とともに三上山に向かった。

　雨風と雷鳴の中、山の峰から二千か三千本ほどの松《たい》明《まつ》が二列になって近づいてきた。それは松明ではなく、左右の足。まさに、とてつもなく大きく、とてつもない足の数のムカデの化け物だった。大ムカデも竜顔である。

　雷鳴轟《とどろ》く中、竜神の兵は一斉に矢を放ったが、あるいは吹き飛ばされ、あるいは跳ね返され、大ムカデにダメージを与えることはできない。

　大ムカデは口から赤い煙を吐く。毒か。藤太は大剣で煙をなぎ払い、さらに剣を振り回し、黒雲を吹き飛ばす。

　五人張りの弓に十五束三伏《そくみつぶせ》の矢を引き絞った。

　五人張りは五人がかりで弦《つる》を張った大きな弓。矢の長さは十二束が標準で、十五束三伏の矢は強弓《ごうきゅう》を引く者が使う長い矢。それだけ威力がある。

「外すことはできない」

　藤太の矢は轟音《ごうおん》を上げて真っ直ぐ飛び、竜顔の額に命中。だが、弾き返された。二射目、同様。

　後がない。命中しても効き目がない。どうすればよいのか。

「憑《たの》むところは矢一筋《ひとすじ》なり」

　残る一本の矢を握ると、ごくと唾《つば》を飲んだ。

　ムカデは唾を吐きかけると死ぬという俗説が頭をよぎる。

　玉沫《つばき》を矢先に吐《は》き掛け、何を調整するわけでもなかったが、指先で触れた。痛みは感じなかったが、血が一滴、矢先についた。気にせず、弓を引き絞る。

「一矢必中《いっしひっちゅう》」「南無八幡大菩薩」

　念じるしかない。

　左目に命中。矢が深く深く貫く。

「ギャーオッラー」

　断末魔の叫び。大ムカデの竜顔がいったんのけぞり、ガクッと崩れ落ちた。

「じゅわーっ」

　藤太は叫ぶやいなや剣を持った手を後ろに振り、膝を深く曲げ、一気に伸ばして跳び上がった。湖面の竜顔に跳び乗ると、首根っこに剣を突き刺し、グイと引き倒して裂いた。首の切断面が露《あら》わになり、竜顔はちぎれ落ちそうになる。

さらに跳躍。

八艘跳《はっそうと》びで胴体を跳び移り、剣を刺して引き下ろし、胴も刻《きざ》んだ。次々と切り刻み、崩れ落ちる胴体を蹴って跳躍しながら湖面を駆け戻った。最後に沈みかけている竜顔でホップ、ステップし、岸まで跳んだ。八《や》つ裂《ざ》きになった大ムカデの胴体が湖水にぼこぼこと沈んでゆく。


「俵はいくら米を出しても尽きることがありません。〈俵〉をお名乗りください。俵藤太。あなたさまは俵藤太さまです」

「俵藤太……」

俵は、乙姫から贈られた大ムカデ退治の礼。この首を結んだ俵に加え、巻絹《まきぎぬ》、赤銅《しゃくどう》の鍋が贈られた。さらに乙姫は藤太を誘《いざな》う。

「さあ参りましょう」

ともに湖水へ。湖面の下に艶《つや》やかな色の寺院ふうの建築物が見えた。楼門《ろうもん》をくぐると、紺色の砂が厚く敷かれ、はらはらと花が舞い散る。朱楼《しゅろう》、紫殿《しでん》、建物には金《きん》の飾り金具があり、柱はしろがね。見たこともない美しさだ。

「ここは竜宮城《りゅうぐうじょう》です」

乙姫が案内する。貴族然とした正装の男がうやうやしく藤太を客座に招く。左右に警護の兵、前には着飾った美女たちがいる。

藤太は竜神に大ムカデ退治を感謝され、乙姫と夢のようなときを過ごした。


大ムカデ退治の物語は、『御伽草子《おとぎぞうし》』（『室町物語』）の「俵藤太物語」にあり、『太平記』の中にも登場する。細かい点は話によっていろいろ違うが、広く伝えられた話だ。秀郷が登場する民話も各地にあるが、やはり、俵藤太、田原藤太秀郷の名を遺《のこ》す。ただ、史実にみられる藤原秀郷には俵藤太、田原藤太の名は付随しない。

では、藤原秀郷と俵藤太は別人か。

否、同一人物である。

同一人物だが、藤原秀郷は史実の人であり、俵藤太はフィクションの主人公である。

では、同一人物に内在する実像と虚像か。

実像は確かにみえにくい。史料に語られる秀郷の行動が少ないからだ。だが、虚像とみられる、いかにも作り話のような伝説、伝承、民話の中にも実像をつかむ手がかりがあるかもしれない。

秀郷が生まれ育った下野国《しもつけのくに》、現在の栃木県にもさまざまな伝承が残っている。下野の真《ま》ん中辺《なかあた》り、宇都《うつの》宮《みや》の地にも民話が語り継がれている。

〈2〉二荒山神社

藤原秀郷が戦勝祈願をしたのは、下野国一宮《いちのみや》・二《ふた》荒山《あらやま》神社である。

下野国河内《かわち》郡。現在の栃木県宇都宮市、市街地のど真ん中にある神社だ。

室町時代の文明《ぶんめい》一六年（一四八四年）に書かれた「宇都宮大明神代々奇瑞《きずい》之事」はこのとき、秀郷が十七日間祈願したと伝える。だが、生涯で最も重要な戦《いくさ》を前にしたこの時期、半月も本拠地・下野国安蘇《あそ》郡（現在の栃木県佐野《さの》市）を離れる余裕も必要もない。

秀郷は下野国南部を実効支配する豪族だが、その支配は合法的ではない。この年、緊張事態対応で下野国の掾《じょう》、押領使《おうりょうし》に任じられるまで公《おおやけ》の肩書はなかった。掾は守《かみ》、介《すけ》に次ぐ国司三等官。県庁部局長クラスの幹部といったところ。押領使は警察責任者、県警本部長のイメージか。なお、このとき下野国は極めて混乱した状況にあり、一月《ひとつき》ほど前から守、介は不在だった。

秀郷は長く無位無官だったが、多くの郎党《ろうとう》を従える武装集団の頭《かしら》であり、地域の頭領《とうりょう》である。多くの私《し》営田《えいでん》を持ち、多くの荘園を貴族に寄進していた。また、貴族の荘園を管理する者たちや地元農民層とも武力を背景に主従に似た関係ができた。

その支配地域は今、未曾有《みぞう》の危機にあり、戦が避けられない切羽《せっぱ》詰まった状況だった。そのための戦勝祈願である。


二荒山神社は下野国南部にある秀郷の本拠地から約四十キロ離れている。十七日間も留まったとは考えられないが、一日、二日は滞在し、護衛の若武者たちを引き連れ、周辺を見て回るくらいの暇《いとま》はあった。

「ぶらぶらと気分がよいではないか」

「もたもた歩くな。もたもたするな」

若武者たちは「ぶらぶら」「もたもた」と無駄《むだ》話を

している。さほど緊張感はない。送り出した秀郷の重臣たちは若者と違い、大戦《おおいくさ》を前に強度の緊張感を持っていた。

「一宮への祈願ですか……。この時期、殿（秀郷）が留守にされるのは、いささか危険な気もいたします」

「護衛の兵《つわもの》、少なくとも二十人はお連れいただきたい。いや、それでも少ないかもしれません」

重臣たちの心配をよそに秀郷は十人に満たぬ供廻《ともまわ》りで東山道《とうさんどう》を北上してきた。さらに傍《かたわ》らには娘ほども齢《とし》の離れた美女が一人。

「殿、お顔色がさえませぬ。何か心配事がおありでしょうか」

「齢《とし》を取り、心配事だらけ。寒さも苦手になった。馬に乗るのも億劫《おっくう》でな……」

馬は従者に牽《ひ》かせ、徒歩《かち》で進む。日光の山から吹き降ろす風は冷たい。ときに真正面から吹きつけ、行く手を阻まれている気さえする。

「私は暖かな春の日差しも感じますが……」

「春？　日差しはともかく、風は厳しい。木々には花も葉もなく、見渡す景色は枯れ木ばかり。それだけでも気分が窪《くぼ》む」

「いえ。木々には蕾《つぼみ》が膨らみ、色鮮やかな季節も間もなくかと。殿の御運と一緒……。開く時期を待っているかのような」

「そうか。そうかの。だとよいのだが」

「ええ。皆さまのお顔もとても自信に満ち溢《あふ》れたような……」

確かに護衛の若武者たちは冬枯れの景色も風の冷たさも一向に気にしていない。多弁《たべん》で無駄口が多く、無駄に明るい。

護衛兵を指揮しているのが阿土山《あどやま》城主・安戸《あど》太郎純《すみ》門《かど》。下野国南部・安蘇郡の一角にある低山、阿土山（安戸山）の小さな小さな城の主《あるじ》で、今では秀郷の親衛隊長のような役割を担う若者だ。

「殿の配下に弱兵なし。われわれは無敵です。それを天下に示す機会が間もなくかと思うと、とにかく気が昂《たかぶ》るのです」

最強の敵こそ、わが軍にふさわしい。その昂りが多弁につながっている。

「この一帯、池辺郷《いけのべのごう》というだけあって池や沼が多いですな」

「大小の館《やかた》が池の縁《ふち》にへばりつくように並んでおります」

　純門たちの言葉に秀郷は軽く微笑《ほほえ》み、小さく頷《うなず》く。

　池辺郷は宇都宮の古名。

「池辺郷か。じっくり眺めると確かによい地だ。ここは、みちのおく（陸奥《むつ》）へ向かうための重要な地でもある。その割に池辺郷とは少々田舎臭いな」

「最近では宇都宮と申すとか」

「ほお」

〈うつのみや〉か。

　耳にする語感として新しい。

「一宮が訛《なま》ったのでしょう」

　池辺郷、特に二荒山神社とその近辺を〈うつのみや〉と言い始めたのはこのころか。「宇都宮」と書き、「宇津野宮」「宇豆宮」といった字もあてた。史料にこの地名が登場するのは平安時代末期から鎌倉時代である。

　地名の由来は「一宮」説が信じられているが、神の功徳《くどく》がはっきり現れる神徳顕現《しんとくけんげん》「現《うつ》の宮」説、御神体遷座《せんざ》に由来する「移《うつ》しの宮」説、御祭神・豊城入彦《とよきいりひこの》命《みこと》が住み、東国《とうごく》をよく治めたことに由来する「宇津《うつ》くしき宮」説、木々が鬱蒼《うっそう》としている「鬱《うつ》の宮」説、穢《けが》れなく尊い宮「稜威《いつ》の宮」説など諸説ある。物騒な「討つの宮」説は戦勝祈願の功徳から来ているのか。

（だがな……）

　秀郷は神社周辺を歩いて、広く開けた土地なのにあちこちに崖《がけ》があり、坂があると気付く。特にこの神社は丘陵地の突端《とったん》が崩落したかのような急斜面がある。

「ウツは狭い谷や崖のことだ。この辺りは崖が多い。だから〈ウツの宮〉かもしれぬ」

　現代的な言い方なら、地名というより「崩落危険地域」といった表示に近いか。「宇津野」「宇都野」といった地名は各地にあり、「うつの」「うとの」と読む。これと同類かもしれない。

「なるほど。平らな地が広がっているようで崖が段差を造っておりますな。さすが殿」

　純門はとりあえず秀郷に追従《ついしょう》したが、付き従う者たちの中で唯一、秀郷と同年代の従者・佐丸《すけまる》は遠慮がない。

「それでは何とも当たり前。面白くない話ですな。〈言わぬが花〉ということもございます。はっははは」

丸っこい身体を揺《ゆ》すり、「面白くない」と笑った。

〈言わぬが花？　言わずもがな、と言ってもいいのかな〉

秀郷はちらっと思った。まあ、どちらでもいい。

確かに若者たちが説明した「一宮」説の方が断然面白い。ただ、崩落の過去を伝えようという土地の者の意思を感じぬでもない。


この段差のある土地は、田川という小さくない河の流れが土地を削り、三段の台地となった河岸《かがん》段丘。二荒山神社から見て、西側が高く、神社周辺が中段。田川が流れる東側が最下段の低湿地。また、神社から北側は丘陵地で、南に向かって低くなっている。細い川は釜川といい、ところによって、ほぼ直角に曲がり、田川へと注ぎ込む。

神社前の池は、源《みなもとの》義経《よしつね》の愛妾《あいしょう》・静御前《しずかごぜん》の伝説から後に「鏡が池」と呼ばれる。神社東側は沼や湿地に囲まれ、島のように浮かび上がった場所が「宮島」。一方、鏡が池西側は河岸段丘の最上段に向かう。その坂を上ったところを「池上《いけがみ》」といった。

現代の地名として、宮島町通りや池上町が残る。宇都宮市中心部を象徴する地名でもある。池上町は栃木県内で最も地価が高い地点。すなわち一等地。宮島町通りは市道の愛称。餃子《ぎょうざ》店が五軒集中し、最近、〈餃子通り〉と名付けられた。愛称の愛称か。

神社南側はなだらかな下り坂になっており、正面に古めかしくも大きな屋敷が見える。一帯を治める古族の館だ。釜川が濠《ほり》となって館の北側を護る。

濠や塀に囲まれ、門構えも豪壮だが、神社から見下ろされている。領主の館、城が高台にあり、周辺を見渡すような地形構造とは全く逆だ。

〈3〉築城妄想

秀郷は押し黙ったまま館を見下ろす。

「殿、何か考え事でも」

「ああ。考え事だ」

佐丸の問い掛けに素《そ》っ気《け》なく答えた。

〈神社からは見下ろされているが、川を使って堀割《ほりわ》りし、崖も利用して面白き城ができる場所かもしれんな〉

他人の土地だが、秀郷は頭の中で勝手に城の縄張《なわば》り〈設計〉をめぐらせていた。

崖を削って坂にすれば、館の周囲を広く使える。兵を集める広場や馬場を配置できる。城の外周は郎党の屋敷で囲む。段丘の崖地を一部残せば、防衛機能も高い。

（宇都宮か。城を構えたくなる面白き地よ）

　東山道からは脇街道《わきかいどう》に入らねばならぬ宇都宮だが、白河《しらかわ》の関《せき》（福島県白河市）は間近。関から北は蝦夷《えみし》の住む奥州。朝廷の威光の届かぬ異域《いいき》だ。

　白河との間にある那須《なす》の地は山岳と広い草原《くさはら》があるが、水利の面で大きな都市機能を持つ集落は形成しにくい緩衝《かんしょう》地帯。宇都宮は、蝦夷侵攻軍が最終的に軍列を整える兵站《へいたん》基地であり、軍都であり、まさに王朝封土《ほうど》の最北端都市といえた。

　奥州に向かう文武の貴族が滞在し、京風文化も根付く。都市としての風格も備わる。

（国府をも凌《しの》ぐ、坂東《ばんどう》最大の都市《まち》にできるかもしれぬ）

　鎌倉《かまくら》、平泉《ひらいずみ》出現以前、この感慨もあながち大げさでもない。その核となるのは二荒山神社。奥州に向かう貴族は彼《か》の地での成功をこの神社に祈願する。そこに異域に旅立つ感慨も一入《ひとしお》になる。

（この地を治めるのは神官領主がよかろう。神社の威光こそ、この地を開く）

　領主が神社神官を兼ねれば、領主居館が神社に見下ろされている点は問題にならない。宗教と世俗の権威の統合は領主の支配根拠にもなりうる。

　二荒山神社は下野国で最も格が高い一宮。延長《えんちょう》五年（九二七年）にまとまった『延喜式《えんぎしき》』の「神名帳《じんみょうちょう》」に「下野国河内郡　二荒山神社」とある古社。二荒とは二柱の荒ぶる神か。あるいは観音菩薩《かんのんぼさつ》が降り立つ〈補陀落《ふだらく》〉からの転訛《てんか》か。

　宇都宮明神、宇都宮大明神とも呼ばれ、歴史の重要場面でも登場する。

　前九年合戦（一〇五一〜六二年）の源頼義《よりよし》、義家《よしいえ》親子。奥州合戦（一一八九年）で奥州藤原氏を攻める源頼朝《よりとも》。関ヶ原の戦い（一六〇〇年）の徳川家康。それぞれ戦勝祈願した。家康の戦勝祈願は代理か。本人は関ヶ原の前、下野南部・小山《おやま》で引き返して江戸に戻っている。また、豊臣秀吉は奥州仕置き（一五九〇年）の行き帰り計十一日間、宇都宮に滞在した。当然、参詣したはずだ。

なお、日光に同名の二荒山《ふたらさん》神社（栃木県日光市）がある。読み方がわずかに違う。世界遺産「日光の社寺」を構成する二社一寺の一社。区別のため、宇都宮二荒山神社、日光二荒山神社と呼ばれる。両社は縁起《えんぎ》（起源）のつながらない別々の神社。祭神も違う。宇都宮は、豊城入彦命《とよきいりひこのみこと》（崇神《すじん》天皇の皇子）を祀《まつ》り、日光は、男体山《なんたいさん》（二荒山）・大己貴命《おおなむちのみこと》、女峰山《にょほうさん》・田心《たごり》姫命《ひめのみこと》、太郎山《たろうさん》・味耜高彦根命《あじすきたかひこねのみこと》の日光三山を神宿る山として崇《あが》める。大己貴命は大国主《おおくにぬし》であり、田心姫命は多紀理毘売《たきりびめ》（大国主の妻）である。

なお、宇都宮の二荒山神社にも「二荒さん」という呼び方はある。宇都宮市民の間には親しみを込め、この神社を「さん」付けで呼ぶ習慣がある。

（宇都宮に城を構えたい）

秀郷がそう思ったのは、あくまで頭のトレーニング。現実味のない妄想《もうそう》だ。

だが、宇都宮城には秀郷築城伝説がある。

江戸時代後期の名主・上野久左衛門基房がペンネーム「下野庵宮住《しもつけあんみやずみ》」の名で著した『宇都宮史』に、下野国押領使《おうりょうし》、田原藤太秀郷が佐野・唐沢の城より移って安倍晴明《あべのせいめい》をもって縄張りし、城地となす云々《うんぬん》と書かれている。安倍晴明は言わずと知れた京の陰陽師《おんみょうじ》。

さらに、同書は秀郷を初代城主とする。二代は秀郷の曾孫《ひまご》、鎮守府《ちんじゅふ》将軍・兼光《かねみつ》。三代から五代は紀《きの》氏。紀重政から重邦、正隆と続いた上で、ようやく、宇都宮氏の祖・宗円《そうえん》の登場となる。宗円は藤原氏出身の僧。「宇都宮城主はやはり藤原氏がよろしかろう」という諸氏の勧めで還俗《げんぞく》し、紀正隆の婿《むこ》となったとか……。

そもそも怪しい伝承。宇都宮城は、中世の五百年二十二代続く宇都宮氏の居城であり、宇都宮氏初代・宗円の築城説もあるが、それすら不確《ふたし》かな伝説というしかない。ましてや宗円以前の城主など、どう理解すればよいか。

『宇都宮史』には堂々と書かれているが、秀郷築城はやはり伝説にすぎない。

安倍晴明の登場もいかにも唐突。確かに、宇都宮城には〈清明臺《せいめいだい》〉という櫓《やぐら》があった。サンズイ〈清〉で「清明臺」。「安倍清明」と記された書もなくはないとはいえ、安倍晴明と宇都宮のつながりを示す痕跡はない。

宇都宮城はまだ築かれていないにしても、この時代に宇都宮を治める者はいたであろう。秀郷の宇都宮来訪は戦勝祈願もあるが、この地を治める古族の主との秘密交渉も目的の一つであった。

「宇都宮殿……」

秀郷は古族の主をこう呼んだ。宗円を伝説上の祖とする中世の有力氏族・宇都宮氏ではない。このとき宇都宮を支配していたのは大和から派遣された王族で、神社の御祭神・豊城入彦命が土地の一族と交わり、その子孫という伝承を持つ下毛野《しもつけの》氏の末裔《まつえい》。「下毛野は古臭い」と、「宇都宮」を名乗り始めた。

ここでは、こう想像する。

この古族が「宇都宮」を名乗ったと推定できる史料はないが、宇都宮の地を支配するなら宇都宮を名乗ったとしても不思議はない。旧宇都宮氏としてもいい。名乗りを誇るだけの都市だった。

旧宇都宮氏との交渉は援軍要請だった。だが、いい返事はない。戦う相手が問題だった。強すぎるのである。

平 将門《たいらのまさかど》である。

「将門は、坂東八カ国を抑え、京にも攻め上る勢いだとか。その軍勢が攻め寄せれば全てを焼き払うと聞く。まずは将門に従って様子を見るしかなかろう」

新興勢力に押され気味で宇都宮の地域も侵食されていると聞く。そんな苦境がにじみ出た旧宇都宮氏の主の言葉だった。

「将門の軍勢が進んだのは上野国府《こうずけこくふ》まで。武蔵《むさし》、相模《さがみ》には多少の兵を派遣しましたが、大軍は進めておりませぬ。国司が勝手に逃げ出したのです。将門は地元で守りを固めています。宇都宮まで攻め上がる力もございますまい」

秀郷の説明にも主は首を縦に振らない。

「下野国府はどうか。真っ先に焼き払われたと聞くが。秀郷殿のお膝元《ひざもと》。秀郷殿はそのとき、なす術《すべ》なく将門軍を見送ったのではないか」

旧宇都宮氏の主は無遠慮に言い放つ。痛いところを突かれた。

「面目もなく……。将門、破竹の勢い。時を待つべきかと勘考しましたが……」

戦略的傍観だったと言いたいが、なかなか通じまい。灰燼《かいじん》に帰した国府を一時的に宇都宮に移すべきかと考えたし、今も、万一の場合を想定している。緒戦《しょせん》で敗退したときの宇都宮撤退。秀郷はそこまで苦戦を覚悟していた。しかし、旧宇都宮氏は援軍要請にも応じない。これでは国府の一時移転や宇都宮撤退案を持ち出すこともできない。

（将門がそんなに怖いか。一カ月前の勢いはないのだが……）

宇都宮築城の妄想から離れ、旧宇都宮氏との交渉を思い出すと、苦虫を噛《か》み潰《つぶ》したような顔にならざるを得ない。

（まあ致し方ないか。わしも一カ月前は……。いや、この五年間、将門との対決を避けてきた）

今でも本心は将門と戦いたくはない。だが、今は討たねばならぬ。戦わねばならぬ。

「殿、何か悩み事でも」

「ああ。悩み事だ」

苦い顔の秀郷を心配してか、佐丸が問い掛けたが、それにはやや平坦に答えた。長くわが身に仕えるこの従者は言葉のトーンほど心配はしていまい。

〈4〉臼が峰

秀郷は不調に終わった交渉は忘れて、一人、静かに戦勝祈願に臨む。

「拝殿《はいでん》には一人で向かう。社務所《しゃむしょ》で待っておれ」

「ははっ」

とにかく、落ち着きのない若い郎党たちから少しだけ離れたかった。

祠の前で、武徳優れた豊城入彦命のご加護さえあれば……と、祈っていた秀郷に老人が声を掛けた。

「御祭神は丘の上にいます。登ってみるといいでしょう」

いつの間にか後ろに優しげな顔立ちの老人が立っていた。物腰柔らかで気品があり、仙人のような不思議な雰囲気を持っていた。

視線の先に独立した小高い丘がある。臼《うす》が峰《みね》というらしい。傾斜はきついが、丘の上までそれほどの距離はない。下からだと木々に隠れて分からなかったが、平らな地が広がっていた。立派な社殿もある。

登りきると、遥か遠くまで見渡せる。南側に広い大地が広がっている。

ここが坂東平野（関東平野）の北端。そんな思いも湧いてくる。

「百年ほど前でしょうか。御祭神は荒尾崎《あらおざき》（下の祠）から臼が峰にお移りあそばされたのです」

老人はそう説明していた。

承《じょう》和《わ》五年（八三八年）のご神体還座は、一二月と一月の「冬渡祭《おたりや》」「春渡祭《おたりや》」の行事として現在までつながっている。ご神体が昼日中《ひるひなか》に陽光を浴びて移動することはない。還座の儀式は夜に行われる。「渡《わた》り夜《や》」が「おたりや」と転訛したのだろう。


社殿に正対して手を合わせる秀郷の前に男が現れた。

（人ではない。神だ）

直感的にそう感じた。

（豊城入彦命か……？）

神を見たことはないが、神と感じるしかない。その姿は人であり、光である。光が人の形をしている。こう形容すればいいだろうか。

秀郷は声を発することもできず、ただ本能的に頭を下げた。

無言のまま霊剣を差し出され、秀郷は頭を下げて両手を差し出す。その両手にずしりと重みのある霊剣が載せられ、秀郷はその剣をしっかりと握り、そのまま一歩下がった。

頭を上げると、既にその姿はない。

古来、朝敵退治の将軍には天皇から節刀が授けられ、任務完遂《かんすい》後は返上する。例えば、坂上田村麻呂《さかのうえのたむらまろ》は延暦《えんりゃく》二〇年（八〇一年）、桓武《かんむ》天皇に節刀を賜って出征し、蝦夷を征討。凱旋帰京して節刀を返還した。

秀郷は京で節刀を授かった遠征将軍ではないが、現地指揮者として将門討伐を命じられている立場。任務の重大さを霊剣の重さに感じた。

授かった霊剣は見るからに破壊力抜群。多少の武具をまとっていたとしても一撃で大きなダメージを与えられよう。いや、鎧ごと一刀両断にできるのではないか。

これぞ神の威徳。

「必ず勝利し、その暁《あかつき》にはわが兜を奉納する」

秀郷は神前に誓った。

宇都宮二荒山神社には、秀郷が授けられた霊剣で平将門を討ったとの伝承がある。また、社宝「三十八《さんじゅうはち》間星兜鉢《けんほしかぶとばち》」（国重要美術品）は秀郷が奉納したと伝えられている。兜は形態からは南北朝時代、十四世紀製作のもの。秀郷奉納の兜が失われ、いつの時代かに取り替えられたのか。一千年以上の時を経ている。そもそも伝説以外の物を残すにはあまりに古い。

臼が峰を下りると、先ほどの老人がいた。

「この近くに百目鬼《どうめき》という化け物がおり、悪さをする。退治してくれませんか。周りの村々で困っておりまする」

この日初めて会った見ず知らずの人物から「化け物を退治してくれ」とは簡単な依頼ではないが、迷いなく即答した。

「子細《しさい》あるまじ」

何の差《さ》し支《つか》えがありましょうか。いや、あるはずもない。

この依頼を受けるか受けないか。そんな選択肢《せんたくし》は頭の片隅《かたすみ》にもない。先ほどの見返りでもない。必勝祈願に来たこの地での縁《えん》。それだけである。

宇都宮の縁だ。秀郷は呟《つぶや》いた。

「敵を討《う》つ。討つのみだ。うつのみやだ」

現代からみると、この重要局面で「しようもない駄《だ》洒落《じゃれ》を……」と失笑しか漏《も》れないであろうが、この時代の人にとって言葉の意味は重要である。敵を討つと言えば、討てる。討たれると言えば、討たれる。それだけに軽々に口にできるものではないが、信念がないところに勝利もない。縁起《えんぎ》を担《かつ》ぐ上でこの上もなく吉。秀郷は非常にいい流れに乗っていると感じた。

とはいえ、化け物を退治するのは簡単ではない。自分には実績があるが、普通の武将にはできないことである。経験もないであろう。化け物というのは恐ろしく強いから化け物なのである。

〈5〉百の目

古代の色を残し、中世への入り口に差し掛かったか、差し掛からぬか曖昧《あいまい》な中古《ちゅうこ》の時代である。

魔界、冥界《めいかい》への入り口は人の住む領域、現世《うつしよ》のすぐ近くにあった。異形《いぎょう》の者、鬼、妖怪との距離も近い。いつの間にか異世界に足を踏み入れ、魔界の者も人の住む領域に軽々とやって来てしまう。互いに驚き、驚かされるが、ときにそれだけでは済まない悲劇が起こり、喜劇もある。

そもそも、その境界はくっきりとしたものではない。闇《やみ》がそれを隠した。そうした時代の話である。現代の視点では説明し得ぬ不思議を人々は体験し、語り継いだ。

老人のいう化け物は宇都宮で「百目鬼」といった。無数の目を持つ妖怪を「百目《ひゃくめ》」、「百々目鬼《どどめき》」と呼ぶ地域もあり、姿かたちはそれぞれ違う。「百目」は肉の塊《かたまり》のような全身に無数の目がある妖怪。百目鬼を基《もと》に後世考案されたのではないか。「百々目鬼」はやや趣《おもむ》きを異《こと》にしており、盗癖《とうへき》のある女の長い腕《かいな》に無数の目がある妖怪。穴のある銅銭を「鳥目《ちょうもく》」といい、鳥目に祟《たた》られた女スリ師の成れの果てとされる。

江戸時代にも妖怪マニアはいて、浮世絵師・鳥山石燕《とりやませきえん》の残した画集『画図百鬼夜行《がずひゃっきやこう》』、『今昔画図続百鬼《こんじゃくがずぞくひゃっき》』、『今昔百鬼拾遺《しゅうい》』などがこれらの妖怪のイメージを伝えている。石燕が描いたのは百々目鬼である。

老人の説明に従い、秀郷が向かった場所は臼が峰の裏手。村の家々や田畑とは少し離れた寂しい暗い林だった。

「大曽《おおぞ》村の北西、兎田《うさぎだ》という馬捨て場」

老人は場所について、そう示した。

この臼が峰とその北側にある小さな山の間は谷のようになっていて日当たりも悪い。臼が峰の裏は絶壁で、木々が生い茂る林は夕暮れにはまだ早いのに日が当たらない。

ここは逢魔《おうま》が時《とき》も何も関係ない。常に昼と夜が混在している。そんな妖《あや》しげな気配に満ちている。

魔界の入り口もこうであろうか。

「入り口があるからといって、出口があるとは限らない」

秀郷が漏らした独り言は不気味《ぶきみ》さへの用心。一方通行でない限り、入り口と出口は同じはずだが、入ったら最後、戻れないのではないか。そんな不安を感じていた。

林の中を進むと、奥は暗く、確かに妖気《ようき》が漂《ただよ》う。馬の死骸《しがい》が転《ころ》がっている。

ばりばりと音を立て、馬の死骸に食いついている巨大な何かがいることが分かるが、暗くて見えない。

「やはり、死に馬はまずいな」

「血の新鮮さが違う。生きた馬とはな」

声だけが聞こえる。

やがて、砕《くだ》けた馬の骨が吐《は》き出された。化け物の胃液か、ひどい異臭が漂う。

不気味というより直接的な不快さしか感じない。目が慣れてくると、気味の悪い弱い光に囲まれていることが分かった。目である。無数の目は怪《あや》しく、攻撃的な色を帯びている。

「何者だ」「何しに来た」

声だけが聞こえた。

秀郷は太刀《たち》を抜いた。

「悪さをして村人、民人《たみびと》を困らせているそうだが、やめよ」

秀郷の警告に応じる声が幾筋もかぶさる。依然正体は不明。

「やめよとは……。笑わせる」

「われらは何も悪いことはしとらんぞ」

「そうよ。生きた馬を食ったり、生きた牛を食ったり……。百姓たちも感謝しておるのではないか」

「田を踏み荒らす牛、馬を退治しておるのだからのお」

「牛はうまいぞ」

「馬よりも脂《あぶらみ》身が多く、熱で溶《と》けるようでな。うまいうまい」

「うわっははははは」

この化け物は田を耕し、運搬や移動に有益な耕牛《こうぎゅう》、農耕馬を農民たちから奪っておるのか。

「それこそ百姓の迷惑。民人に害なす悪行《あくぎょう》なり」

「なにおーっ」

続けて威嚇《いかく》する声。頭の上辺りから響く。声の主、発声源が単一なのか複数なのかも微妙に不明だ。

「何百年とわれらを倒したやつはおらんぞ」

「一人で来るとはいい度胸だ」

「以前も武者《むさ》どもが大勢で押し掛けてきたが、すごすごと逃げ帰ったわ」

「邪魔《じゃま》するやつは何者も許さぬ」

姿は見えないが、目の数と位置からすると、とてつもなく巨大。姿が見えない相手を形容するのに適切ではないが、見たこともない化け物だ。

容赦のない攻撃。左右を含め三方からの矢、石、煙の攻撃を浴びせてきた。秀郷はかわすしかない。

(こちらに攻撃の暇はない。どうすれば……)

太刀を振るい、飛んでくる矢をことごとく打ち払う。それでも打ち払いきれない矢が鎧兜に当たる。矢は刺さらず、跳ね返しているが、無防備な部分に打ち込まれないようにせねばならない。相手に的を絞らせまいと、絶えず立ち位置を変える。

何とか間合いを詰めようとすると、闇から石礫《いしつぶて》が飛んでくる。瞬時に身体を翻《ひるがえ》し、一撃を避けた。

さらに時折、目の前に広がる赤黒い靄《もや》は毒煙であろう。かすかに血の匂いがにじむ。

「やはり間合いを詰めるのは難しいか」

このまま一太刀も浴びせられず、敵の攻撃をかわし続けても勝機はない。

「はーっ」

真後ろに跳躍。

ずぼずぼずぼ——。一瞬前、秀郷が立っていた位置には数十本の矢が突き刺さる。

さらに左側から蛇のような長い手が地を這《は》って足首をつかんできた。

「危ない」

秀郷は片膝をついて踏ん張り、邪悪で長い手の先端を剣で思い切りたたくと、さっと引っ込んだ。

(下からの攻撃にも注意しなくては。これはなかなか油断ならない)

あのように目が無数にあっては、どの角度から攻めようと死角はない。正面から押すしかないか。

「えい」「やー」「おーっ」

(ここは鬼神の気魄《きはく》しかない)

太刀を振るう秀郷の気魄に敵が後ずさりしているのが分かる。敵の動きは見えないが、気配である。自分が押している。間合いを詰めたことが功を奏したか。

敵の矢、石礫が頭上を通り過ぎた。真下が死角だった……。

「よし」

敵の攻撃をかわす位置を確保し、闇の中、陰の濃淡のわずかな差異で認識できる本体との間合いを取る。敵の本体の位置を確実に把握。太刀を振るい、その距離を詰めていく。太刀が十分に届く位置に歩を進めた。計算通りだ。

前に出て一太刀。闇の中の本体に斬り込んだ。

ザクッ、ズボッ。

「?」

「うわっははは」

泥の中に太刀を入れたような手応え。温《ぬる》い抵抗感しか残らない。この化け物の本体はいったい何でできるのか。

「なかなかやるではないか」
嘲笑《ちょうしょう》の声に全く有効打でなかったことを覚《さと》った。顔
その一瞬、すぐ近くに熱源を感じ、さっと下がる。
の前に赤い炎が広がった。
「毒煙も炎も吐き出すとは……。手強《てごわ》い……」
罠《わな》だったたか。至近距離で炎か毒煙の餌食《えじき》になるとこ
ろであったか。もはや、太刀の届く距離での勝負は
諦《あきら》めねばなるまい。
後ろに下がるとき、右側から蛇が這うように触手が
伸びてきた。今度は十分警戒もしており、太刀を振っ
て正確に先端を切り落とした。
さらに間合いを取って弓矢を撃ち込む。これも漆黒《しっこく》
の闇に吸い込まれるだけで有効打となっているのか不
明。敵の矢や石礫の攻撃は止《や》まない。
無駄な矢を放っても仕方がない。秀郷は攻撃のペー
スを落とし、敵の攻撃をかわすことに専念しながら少
し心を落ち着かせた。闇の中に見えてくるものはない
か……。
「うわっははは。どうした。もう打つ手もあるまい」
「逃げ出さぬのは褒《ほ》めてやるが……」
「そろそろ、慈悲深く、とどめを刺してやろうか」
「おぬしの勇気を認めて、楽にな……」
敵の嘲笑も気にならない。距離を取り、矢をかわし
ながら敵を観察する余裕も生まれた。闇は純粋の漆
黒。無数の目の光はより鮮明であり、わずかな差異も
認識できる。
正面の目が他より少しだけ大きいことが分かった。
肩から背中に掛けた箙《えびら》から大きな矢を取り出し
さっと構える。矢は十五束三伏《そくみつぶせ》。一メートルを超える
長さ。弓は大弓《おおゆみ》、七尺三寸。およそ二百二十センチの
大きさ。矢筈を支えた弦《つる》を耳の後ろまで引き絞る。さ
らに強く引き絞る。
引き絞ると、あたかも秀郷の気が光の粒子となって
集まるように先端の鏃《やじり》が明るく輝く。化け物の正面
の目に向かって一筋の光が一直線に伸びているように
見えた。放った矢は正確にその光の上を滑るように
真っ直ぐ飛んだ。
ひょう。空気を切り裂く音。
ズドン、命中。
「うおーっ」
悪臭を伴い、血が流れ落ちた場所から火柱が立ち上
がる。辺りを猛烈な炎が包む。そして一気に炎が小さ

くなる。一面は雷が落ちたような焦げた臭いが残る。

「参ったか」

「つ、つおっ、強い。強すぎる」

「まだ歯向かうか」

「い、いや、参った」

流れ出る血から臭気が漂う。毒の気配だ。あまり近づけないとも感じたが、血が流れる目の寸前に剣先を突きつけた。

「とどめは刺さぬ。われに従え」

全ての事情を知った上で老人の依頼を受けたわけではない。百目鬼には百目鬼なりの事情があるかもしれない。これ以上、村人を苦しめることのないよう約束させた。

「助けてもらった礼だ。百の目をやろう」

「？」

「これから、かなり手強い敵と戦うのだろう。百の目はきっと役に立つ」

「なぜ、それを知っている」

「百の目は全てを見通せる」

〈6〉迷路一本道

百目鬼が退治され、薄気味悪かった馬捨て場周辺も開墾が進み、塙田《はなわだ》村という村になった。現在は宇都宮市塙田といい、栃木県庁のある場所だ。あの現場は百目鬼の名のみ残り、現在は「百目鬼通り」という路地の名にわずかな痕跡として残っている。

百目鬼伝説には続きがある。

四百年後にもなろうかという室町時代。

塙田村に寺ができた。本願寺という。だが、住職がけがをしたり、寺が火事になったりする奇怪な出来事が相次ぎ、しばらくは住職を置かずにいた。そこに智徳上人《ちとくしょうにん》という徳の高い僧侶が現れ、住職として寺に住み始めた。この上人の説教を聞きに来る若い女性がいた。

智徳上人は正体を見抜いていた。

秀郷に退治された際、この地で流した血を吸い取る機会をうかがう百目鬼だ。この場より三・六キロほど真北にある「長岡《ながおか》の百穴」（宇都宮市長岡町）で傷を癒《い》やし、身体は回復したが、邪悪の力は戻らない。その回復のため、自らの血を取り戻そうとしていたのだ。だが、上人の説教を聞き、改心した。百目鬼は角を折り、牙を差し出した。

一方、長岡の百穴を舞台とする伝説もある。ここに百匹の鬼を従えた鬼の頭目が住み、やはり本願寺に通い、人間に生まれ変わった。本願寺に感謝し、爪《つめ》と数珠《じゅず》を置いていったという。

今はこの地にない本願寺だが、古地図によると、栃木県庁近くにある坂を上がった場所にあった。古地図には川や滝が描かれ、どどどと、水の流れる音が聞こえてくる。百目鬼の地名の由来が見えてくる。

民話には派生、変形の形態がある。微妙に違う幾筋かの話が、記録化されていない口伝《くでん》として人から人、親から子へ孫へと伝えられてきた。ここでは人より聞きかじった話としか説明できないが、百目鬼伝承の中には長岡の百穴から女スリ師が街中に出没していたとする話がある。まさに鳥山石燕の描く妖怪・百々目鬼《どどめき》である。長岡の百穴は古代の横穴墓群「長岡百穴古墳」。ここを百人もの盗賊がねぐらとし、ときに村や郷《さと》に出て、盗み、強盗、略奪行為を繰り返していた。それが百目鬼伝説や女スリ師・百々目鬼の話になっていったのか。


このまま百目鬼の地を歩きながら、話は少し横道にそれる。

百目鬼通りを少し東に行くと、真北に向かう栃木県道六三号がある。県道一〇号との重複区間（宇商通り）を過ぎると、田原街道と呼ばれる。昭和三〇年まで田原村があった地域、現在の宇都宮市上田原町、下田原町へ向かう道だ。

田原街道と百目鬼通りは直接つながっていないが、百目鬼伝説の地は大曽村の外れとされており、現在の宇都宮市大曽からこの道を北上すると、旧田原村につながる。田原村は昭和の合併で河内町となり、平成の大合併で宇都宮市の一部となった。

藤原秀郷の異称「俵藤太」は田原藤太であり、田原の住人としての名乗りだと、先ほど述べた。では、下野・田原、現在の宇都宮市上田原町、下田原町が田原藤太の根拠地だったのか。秀郷ゆかりの地だったのか。

だが、この田原地区には秀郷の伝説がない。つながりを示す伝承がない。

秀郷の祖父や父は下野国司の役人だった。根を下ろしていたのは下野国府周辺。やはり下野国南部、今の栃木県南部が秀郷の根拠地だったはずだ。秀郷にまつわる民話、伝説は佐野市、小山《おやま》市など栃木県南部に多く残っている。

田原藤太の呼び名の由来となる田原郷《ごう》、田原荘は近江、山城《やましろ》、大和《やまと》、相模の各説がある。下野で生まれ育った秀郷の名乗りの地〈田原〉が、なぜ離れた国に求められるのか。

有力子孫との関係とみるべきであろう。

山城国綴喜《つづき》郡田原郷（京都府宇治田原《うじたわら》町）の地で続く十月の田原三社祭は秀郷が恩賞で田原郷の領主となった祝祭を起源とする伝承がある。近江国栗太《くりた》郡田原郷（滋賀県南部）も田原藤太の伝承の地として強く意識されている。両地は京の都の南方に位置する。近江の一大勢力であり、戦国時代に活躍する蒲生《がもう》氏によって秀郷伝承が根付いたのではないか。蒲生氏は秀郷の子孫であることを誇りにしていた。

相模国淘綾《ゆるぎ》郡波多野《はたの》荘田原（神奈川県秦野《はだの》市）は波多野氏との関係か。秀郷の子孫は相模に根拠地を持ち、秦野盆地を開墾、勢力を広めた。その子孫の一家が波多野氏だ。祖・経範《つねのり》は佐伯氏出身。秀郷の子孫である相模守・藤原公光《きんみつ》の婿となり、秀郷流を称した。

やはり、宇都宮の〈田原〉は秀郷とは無関係か。すると、百目鬼とのつながりは全くの偶然なのか。疑問は深まる。

話はさらに横道にそれるが、道は真っ直ぐ進む。

このまま栃木県道六三号を進み、田原の地を過ぎると、この県道は藤原宇都宮線ともいわれる。いや、こちらが本名で、田原街道の方が別称であろう。宇都宮市北部、塩谷《しおや》町を経て、矢板《やいた》市をかすめる際、ほぼ直角に西へとコースを変え、日光市藤原へ到達する。今は日光市の一部である旧藤原町。鬼怒川《きぬがわ》温泉や川治《かわじ》温泉で知られる地域で、町名としては〈ふじはら〉と読んだ。

栃木県道藤原宇都宮線は両温泉街の間、龍王峡近くで国道一二一号・会津西街道に出る。

〈藤原〉とはいうが、旧藤原町、藤原の地域の名の由来も秀郷と直接関係がない。

なぜ藤原か。わずかに見つかったのはアサカリ伝説である。

奈良時代、藤原仲麻呂《なかまろ》（恵美押勝《えみのおしかつ》）の四男、朝狩《あさかり》が蝦夷征討の帰路、この地に寄り、一族が住み、三十六戸をなしたという口伝がある。朝狩は陸奥守、鎮守府将軍に任じられ、確かに陸奥での活躍が認められるが、その後は恵美押勝の乱（七六四年）で戦死している。一族の移住は政治敗北者の逃亡と想像できるが、確証はない。

また、『吾妻鏡《あづまかがみ》』によると、領主不明の土地の調査で塩谷荘などが摂関家藤原氏の荘園と判明したらしい。藤原の地域は塩谷郡に含まれていた。ただ、塩谷荘の藤原氏領にこの地域も含まれていたのかは不明。藤原氏の荘園をして藤原の地名の由来とするのも何か味気ない。

いずれにしても秀郷とのつながりはみえてこない。では、一本の道でつながっている〈百目鬼―田原―藤原〉は偶然か、奇縁《きえん》か……。

秀郷に関係がありそうな地名をたどり、道を真っ直ぐ進んだはずが、迷路に迷い込んだように答えが見つからない。もともと関係がなかったのか。その可能性が大きい。

道の行く手に何か見えていた気がするが、その痕跡はぷっつりと途絶えた。

〈7〉幼艶の美女

「……………」

眩《まぶ》しい日の光が室内を暖かくしていた。

「殿、お目覚めでございますか」

「小宰相《こさいしょう》か」

何か変な夢を見たかな。秀郷は声に出さず、ぼんやりと考えた。

夢か現《うつつ》かといった感覚が次第に冴《さ》えてきた。

傍らに立つ若い愛妾の声は小鳥がさえずるようにかわいらしい。既に身支度を整えていた。自分の子供ほど年齢が違うので、かわいらしいのも自然だ。

「昨日はご参詣《さんけい》の後、お一人でいずこへ？　せっかく宇都宮までついてきたかいもなく。少し寂しゅうございました」

ちょっと口をとがらせる小宰相の表情もまたかわいらしいが……。

はて？　宇都宮社（宇都宮二荒山神社）への参詣に小宰相を連れて行ったであろうか。記憶が違う。

得心しない心の内を表情には示さず、秀郷は小宰相をなだめるように答えた。

「そうであったか。すまなかった」

「宇都宮での用はお済みなのでしょうか」
「ああ、済んだ。帰るぞ」
「あい」

宿舎とした地元・宇都宮衆の者の屋敷を後にする。主人・旧宇都宮氏の居館外縁に並ぶ宇都宮衆屋敷の一角である。

見送りに出た屋敷の主は味方できぬと渋った主人・旧宇都宮氏の態度を詫《わ》びた。

「われら宇都宮衆の中にもお味方に馳《は》せ参《さん》じる若党はおりまする」

「これは心強い。単騎でも駆けつけてもらえれば、ありがたい」

「秀郷さまの麾下《きか》に加えていただけるなら、これほど名誉なことがありましょうや」

「何の何の。今、わしの旗下《きか》に立つこと、喜ぶ者などおらぬだろう。それでも義心よりご加勢いただけるなら嬉《うれ》しいかぎり。宇都宮衆の武勇、期待しましょう」

若い屋敷の主に頭を下げ、門を出た。

小宰相に馬を勧めたが、いつものように「一人では乗れませせぬ。殿と一緒なら」と甘えた。

「そうか、そうか」

だらしなく目尻を下げ、小宰相を自分の前に乗せて手綱を引いた。もう一頭は従者に引かせて前を行く。馬はゆっくり進む。馬の首をなで、秀郷がそのように合図をした。

馬上で秀郷に抱えられている小宰相は華奢《きゃしゃ》だが、若い身体は張りがある。秀郷にとっても心地よい。

秀郷の腕の中で守られているような体勢のまま、小宰相は何気ないふうに聞いた。

「お味方が増えませせぬのか」

「増えぬな。気になるか」

「殿が困っておいでなら……。お味方は増えるのがよろしいのでしょう」

「そう簡単ではない。将門は強い。みな恐れておるのよ」

「でも、殿が勝ちます」

「なぜ、そう思う」

「殿がお困りになるのは、それは嫌なのです。殿の御武運をこそ祈っております」

「そうか、そうか」

幼げで甘ったるい言葉とともに、手綱を引く秀郷の手の上に小宰相が掌《てのひら》を重ねると、秀郷はまた、だらしなく顔を崩した。

「えっへへへ」

顔が緩みすぎて、いやらしげな笑い声も漏れた。

負けるのが嫌だから勝てるのであれば、これほど無《む》邪《じゃ》気《き》なことはない。だが、無邪気に信じてみるのも悪くない。あれこれ考えるのもいいが、心配ばかりでは気が保《も》たぬ。

馬はのんびりと歩み、馬上の顔は不必要ににやけ、何とも締まらない。決戦前の緊張感が一気にほぐれた。秀郷にはそれが心地よい。

(宇都宮に来たかいがあった)

心うち密《ひそ》かに思う。緊張感が突き抜け、本来持つべき使命感、責任感から解き放たれたような心地。それらこれら一切合切《いっさいがっさい》関係なく、やるしかない、やればいいのだ、単純にそう思えてきた。

これを、やけくそというのかもしれない。だが、秀郷のこのときの心うちはもう少し前向きな勢いがあった。死地に向かうという気負いもない。

決戦への決意。晴れやかに腹が固まった宇都宮密行であった。


主従一行が二荒山神社の前を通ったとき、秀郷は臼が峰の麓《ふもと》に昨日の老人が立っているのに気付いた。秀郷の会釈《えしゃく》に応じ、老人は深々と頭を下げた。

第一章　三毳山

〈1〉雷獣退治

「藤太《とうた》、待ってくれ」

「もたもたするな。置いていくぞ」

「藤太の馬は速すぎるよ」

　少年たちが馬に乗り、駆けていく。

「藤太」と呼ばれていたのは、後の藤原秀郷《ふじわらのひでさと》。

　馬はどれも同じような見た目で、小型の栗毛《くりげ》。能力はそれほど違わないはずだが、ぐんぐん仲間の馬を引き離す。

　続いて弟・藤三《とうざ》。従兄弟《いとこ》の三四郎、又三。

　三四郎というが、自身は長男というのがややこしい。祖父が三男で、父がその四男で三郎四郎。この理屈なら、本人は三郎四郎太郎だが、縮めて三四郎。又三は名の通り、三男の三男で又三郎。これも少々縮まった。太郎、次郎、三郎……といった仮名《けみょう》は貴族の間で流行《はや》り、地方にも伝播《でんぱ》した。何でも少し前の天皇が第一皇子から順に太郎、次郎、三郎……と幼名を授《さず》けたのが始まりという。


三毳山《みかもやま》南面の麓《ふもと》。

「藤太の馬が木につながれているな」

「ここから登ったのか」

　追ってきた少年三人が山道を登り始める。

　この山は現在の栃木県栃木市と佐野《さの》市にまたがる標高二二九メートルの低山。なだらかで美しい稜線《りょうせん》は深い緑色に覆われ、下野国《しもつけのくに》の国府《こくふ》からも間近に目にすることができる。

　木々の中に藤太の背中を見つけ、三四郎が声を掛けた。

「藤太、雷獣《らいじゅう》の穴は見つかったのか」

「しっ」

　藤太は声を潜《ひそ》め、大きな音を立てないようにゆっくり歩を進める。

「雷獣が眠っている隙《すき》にたたこう」

　少年たちが近づいたが、期待は裏切られた。

「ありゃ、空っぽ」

「雷獣の穴にしては小さすぎないか」

「お前、見たことあんのか」

「ここじゃ、なかったか」

　藤太は仲間に声を掛けた。

「もう少し奥に行ってみよう」

「今年は雷《らい》さま（雷《かみなり》）が多くて……」

百姓たちの声を聞き、少年たちは雷獣退治にやってきた。山中に潜《ひそ》む雷獣は穴から顔を出し、夕立の雲が来ると、雲に飛び移り、雷を発生させる。それが少年たちの基本知識だ。

「やはり、雲に飛び移る前にたたかねば」

少年たちは勇んでいたが、足取りは軽やかではなかった。低山だが、斜面は急。ごつごつとした岩場も多い。

「わっ」

「どうした」

「枝が動き出したと思ったら、蛇《へび》だったんさ」

「山ん中だ。蛇くらいで驚くな」

騒々しい弟・藤三を藤太が一喝。藤三の興味は早くも雷獣探しに飽《あ》き、別の方向に向かっていた。

「お、巨人の足跡だ」

「ただの岩にしか見えんぞ」

藤太は関心を示さなかったが、三四郎が「日本武《やまとたけるの》尊《みこと》の足跡だ」と教えた。

藤三はさらに疑問をぶつける。

「日本武尊はこんな巨人なのか」

「知らんが、そう言い伝えられているのよ。偉大な神さまじゃ。足跡くらい大きくて何が悪い」

さらに登ると、南側に視界が広がる岩場。遥か遠くまで平らな土地が続く。草原《くさはら》と大きな沼地。その周辺に田畑が点在する。少年たちは岩に腰掛けて一息入れた。後世〈謙信《けんしん》の鞍掛石《くらかけいし》〉と呼ばれる岩で、戦国時代の英雄・上杉謙信が下野の地を何度も攻めたことに由来する。

そして、藤太はところどころに煙を上げている小屋が集まった場所があることにも気付いた。製鉄施設の集積所だ。三毳山のすぐ南の蓮花川《れんげがわ》沿いや南東側の渡《わた》良瀬川《らせがわ》と思川《おもいがわ》との合流地点である。農具、武具を製造し、この地域で生きる百姓の生活を支えている。水利のよい場所にある古代の製鉄工業団地。川の流れが変わった現代では渡良瀬遊水地がある場所だ。

「見つからんのう」

「本当に三毳山に雷獣がおるんか」

「ああ、確かな話よ」

だが、雷獣の穴は見つからず、少年たちは少し飽きてきた。

「帰ろうか」

そのとき。

ガサガサ、オレンジ色の斜面が揺れる。キツネノカミソリの群生である。盛夏の緑蔭《りょくいん》に映える細長い花びら。花が咲くときには緑色の葉は落ちているので、群生地は妖しい灯火《ともしび》のような色で染まる。

「何かいるな」

藤太が棒を持ったまま近づいた。

「うわー、おおっ」

鮮やかな色の花弁が舞い上がり、何か、黒い影が跳《は》ね上がって飛び出してきた。散り落ちる花びらに紛れ、上から藤太に襲いかかってきた。

獣《けもの》のようだ。棒きれで防ぎ、「えいっ」と払いのける。獣は宙を舞うように少年たちの頭の上を越えていった。彼らが振り向くと、随分遠くまで林の中を駆け、そのまま見えなくなった。

「見たか、雷獣じゃ」

「ああ、見た」

「本当に、いたな」

みな、興奮気味だ。

「前脚二本、後ろ脚四本だったか」

「いやぁ、よう分からなんだ」

「角《つの》は……」

「あったような、なかったような」

「何だ、誰もちゃんと見てないのか」

藤太は仲間のだらしなさをなじる。

「藤太ものけぞって、尻餅《しりもち》じゃ。一番驚いていたんべ。ふふ」

三四郎が言い返し、又三が同調して藤太をからかう。

「そもそも雷獣の穴もない」

「何か、違うんじゃないか」

「狸《たぬき》か狐《きつね》か獺《かわうそ》か狼《おおかみ》か鼬《いたち》かもしれんな」

「何じゃそりゃ」

「どれか当たっとるわ」

適当なことを言い合っている弟と従兄弟たち。藤太は「頭の悪そうな話を……」と思いながら再び木々の奥へ進み始めた。すぐに三人も続く。

だが……。

にわかに空が暗くなり、林の中に不気味《ぶきみ》な雰囲気が漂う。

「キェー、キケケケケ」

甲高《かんだか》い笑い声。

「何か、聞こえたか」

「聞こえた」

「烏天狗《からすてんぐ》に囲まれたかもしれんぞ」

「気を付けろ」

四人は周囲を見回し、持っていた棒きれを剣のように構えた。木々の上を何かが飛び交う気配がする。

「出てこい妖怪」

「正体を見せろ」

足を踏ん張り、藤太が叫ぶ。ただならぬ気配。

「地がぐるぐる回っていないか」

又三が弱気な声を出す。

「気のせいだ。烏天狗の妖術に騙《だま》されるな」

ゴロゴロ。湿った音が鳴り、いきなり雨が降り出した。

「やはり雷獣だったか」

雨は瞬《また》く間に大粒になり、激しく振りつける。

「これはいかん、木の下で雨を避けよう」

ピキシッ、ドカーン。雷も鳴り始めた。

「おい、この木に雷が落ちたら……」

「みんな、お陀仏《だぶつ》だんべ」

「まさか。こんなに木がたくさんあって、ここに落ちるとは……」

「ないとはいえんぞ。何しろ、雷獣がわれらを返り討ちにしようと……」

「狙ってくるというのか」

少年たちは少しずつ木陰を移動しながら、雨を避けた。

「おっ」

「どうした」

林の奥に寺の山門のような建築物が見える。

「山の中にこのような……」

「行ってみよう」

〈2〉三鴨駅家

少年たちは、雨宿りができると思って駆け込んだ。

だが、突然の闖入者《ちんにゅうしゃ》に驚いた大人たちが「何だ、おぬしらは」と、追い返そうとする。山中の建物は寺院ではなく、意地悪な大人たちは僧侶でもない。装束からして国司の官人《つかさびと》（役人）のようだ。

少年たちを救う声があった。

「これは藤太さま。なぜ、こんなところに」

官人の後ろから老人が顔を出した。

下野国南部・安蘇《あそ》の山あいの奥地で馬牧《うままき》（馬の放牧地）を営む飛駒《ひこま》の爺だ。傍《かたわ》らに孫娘の駒音《こまね》の姿もあった。

飛駒の爺は自営の馬牧だけでなく、官牧《かんのまき》（官営の馬牧）の馬の面倒もみる馬の飼育の専門家。藤太や仲間たちの馬は全て飛駒の爺が扱う馬牧で育った。

馬牧がある安蘇の山あいは現在の栃木県佐野市飛駒町。後に、源頼朝《よりとも》の愛馬で、『平家物語』の「宇治川の先陣争い」に登場する「磨墨《するすみ》」と「生食《いけづき》」（池月）のゆかりの地とされる。新緑や紅葉の季節には、木々の色の濃さの違いによって山の斜面に馬の首の形が現れるという馬とは縁の深い土地だ。

「ここは三鴨駅家《みかものうまや》でございますよ。われらは都から来た受領《ずりょう》さま（下野守《しもつけのかみ》）のため馬の用意に参りました」

受領は都道府県知事のような存在。地方行政のトップ、国の守だ。


飛駒の爺は、さらに藤太兄弟に孫を見るような優しい目を向けた。

「先ほど、父《てて》さまも来ておりましたぞ。受領さまを案内して国府に向かわれました」

「てては……」

藤太が応じた。

藤太の父を指しているような言い方だが、そうではない。

下野少掾《しょうじょう》（国司三等官）という要職にある鹿島《かしま》氏。藤太とは今でも親子同然の生活を送る。他人も、例えば、この飛駒の爺も事情をだいたい知りながら、まるで本当の親子と感じていた。それで何も違和感はない。

〈鹿島のてて〉。藤太はそう呼ぶこともある。


しばらくすると、雨はやみ、雨宿りをした少年たちは麓に降りることにした。

屋外に出ると、駅家から平たく整地された土地が真っ直ぐ長く続いていることが分かった。これも飛駒の爺が説明した。

「これは東山道《とうさんどう》です。官人の道ですよ」

「道？　こんなに広いのか。それに真っ直ぐじゃ」

藤太は驚き、さらに続けた。

「しかも、こんな山の中に……」

「この道を使うのは、京からいらっしゃる受領さまや国司の方々、租税を運ぶ官人の方々です」

国衙《こくが》（国の役所）と国衙、郡衙《ぐんが》（郡の役所）を結び、京まで続く。奥州（陸奥《むつ》、出羽《でわ》）の蝦夷《えみし》侵攻戦に向かう軍勢も往来する。

駅家はこうした官道に一定間隔で設置された施設。駅伝馬が常備され、官人はリレー形式で馬を乗り継ぎ、京と地方を行き来する。宿泊・休憩施設、倉庫などが備えられている。

いずれにしても、この官道は周囲の村、郷《さと》の農民たちの生活には無縁で、生活のための道とは全く違うものだった。

飛駒の爺と駒音は麓まで山中の細い道を先導した。

「藤太さまの馬は少し足を痛めてますな。無理をしませなんだか？」

「そうか、すまぬ。ちょっと診《み》てくれるか」

手当に少し時間がかかるというので、ほかの者たちは先に帰り、藤太と駒音は馬を手当する爺の様子を見ていた。

駒音は子供のころから馬の駆け比べをした幼なじみ。勝って喜び、負けて本気で悔しがる。気の強い面のある少女だ。馬の乗り方や世話の仕方、特徴については教えてもらうことも多い。

色白ではなく、きりっと釣り上がった目は力強さがあり、少年っぽい顔立ち。それでも目は細すぎず、丸すぎず、顔も丸みがあるので、ともに成長してきた少年たちとの差異ははっきりしてきた。つまり美人である。頭の後ろで束ねた髪は短く、馬の尾のように垂れ下がらず、小さな箒《ほうき》、手箒の形になっている。

「雷獣退治？　四人揃《そろ》って変なことをしとるの」

「変なことではない」

「で、雷獣は見つかったのか」

「おったのは、おったのだが……」

秀郷は、そのときの状況をあまり飾らず説明した。

「そうか、藤太が雷獣に腰を抜かしたのか」

秀郷の一つ下の駒音だが、相変わらずの調子で、話し方は童《わらべ》のころと変わらない。明るく、屈託《くったく》のない笑顔を見せる。

「腰を抜かしてなどおらぬ。あいつらがそう言った、そう冷やかしたと言うただけだんべ。とっさに避けたんよ」

秀郷の言い訳に駒音はくくくと笑った。

「これ、駒音。いつまでも幼き童のような口の利き方をしてはいかん」

飛駒の爺は孫娘の馴《な》れ馴《な》れしさを叱《しか》ったが、それほど厳しい表情ではない。その穏やかな顔で何気なく続けた。

「駒音は父も母もおらんゆえ、わしの仕事の跡を継ぐ婿《むこ》を迎えねばのう。働き者で、近くの邑郷《むらさと》の次男か三男が具合よかろうて」

爺の言い様は働き者が第一条件。さらに、百姓の倅《せがれ》だとしても土地継承の責任ある長男以外の方が馬牧の仕事に身を入れてくれるという腹のようだ。

「おれは藤太の嫁になってもいいと思っているぞ」

駒音はさらっと言ったが、藤太はどぎまぎした。

「誰が、おぬしなんぞを……」

思わず言ってしまった。そして、とても後悔した。それまで意識したことはなかったが、明らかに本心とは裏腹だ。


「こら、藤太さまはこの地を治める御方《おんかた》の御曹司《おんぞうし》。鹿島さまも偉いお方だが、本当のお父上はもっと偉い。しかも京の貴族の血を引くお方だ。嫁にしてもらえるわけねぇんだぞ」

飛駒の爺は、今度は本気で駒音を叱りつけ、藤太には「ご無礼を」と言って頭を下げた。藤太は顔を赤らめ、返す言葉はなかった。

〈3〉鹿島のてて

「ばっかもーん」「雷獣なんか、おるわけないわ」

雷獣は見つからなかったし、屋敷の中では雷が落ちた。

藤太が帰ると、三毳山の騒動は既に鹿島のててのの耳に入っていた。

「いつまでも幼き童のように遊び歩いておってはいかんぞ」

「しかし、父上……」

「父上ではない」

藤太は鹿島のててを実父と思って育ってきたため、そうでないと知ってからも「てて（父）」と呼んでいた。最近では少し大人っぽく、「父上」とも呼ぶ。「父上ではない」と言った方もそれほど困惑しているわけではない。この屋敷の内では自然に父子である。

下野国司の幹部官吏《かんり》（役人）の屋敷だけに周囲の百姓の家々に比べて大きく、何本もの太い柱に支えられた高床式の家屋である。部屋も広い。一般的な農民の家はいまだに地面を掘って柱を立て、葦《あし》で屋根を葺《ふ》く竪穴式住居《たてあなしき》である。

ただ、鹿島家の屋敷よりも大きな屋敷はいくつもある。ここは国府であり、さらに高い官位の官人の屋敷もあり、農民でも富裕な者の家は下級官人の家より大きい。

国府は現代でいえば県庁所在地といったところだが、もう少し狭い地域、重要施設が集中する中心部を指す。下野国の場合、都賀《つが》郡にある。国庁を中心とした役所群・国衙があり、下野守ら官人の館《やかた》、屋敷があり、国分寺《こくぶんじ》、国分尼寺《こくぶんにじ》といった大きな建物が並ぶ。

この屋敷の広い部屋の中で、鹿島のててと老人と盃《さかずき》に口をつけ始めたばかりだった。

酒は濁《にご》り酒。米と米麹《こめこうじ》と水を原料に発酵させ、濾《こ》していないため白く濁っており、米の甘さも残る。下野国府周辺は関東平野北端といえる。平坦な地が広がり、大きな河川があって水利はよく、雨も多からず少なからず、日照にも恵まれ、米をはじめとする穀物の栽培に適している。そのため米も水も良質。それらを原料とした酒もまさしく良質であった。

「こう暑苦しい季節は酒《ささ》に限るな」

「そうですな」

鹿島のててと老人は、この時期の暑気をことさら酒を飲まねばならない理由としているが、秋になれば作物が実ったといって酒を飲み、冬になれば寒いからと飲む。正月はめでたいから、盆を迎えれば先祖を供養するためと、飲む理由は年中あり、実際、二人はこうして年中飲んでいる。

酔客の老人は穏和な顔のまま口を挟んだ。

「雷は雷さまが落とします。そのような獣ではないでしょう」

孫を諭《さと》す口調である。

藤太は、この老人を「爺《じい》」「斗鳥《ととり》の爺」と呼ぶ。藤太の祖父ではないが、親類筋であり、接し方はほぼ祖父と孫である。

爺は下野の古族・鳥《とと》取《り》氏の分家・斗鳥氏の長老。実の孫のように藤太を教え導いてきた。普段、鹿島氏の屋敷で住み暮らしてはいないが、この家の者とは顔なじみである。この日は鹿島とともに新任の下野守を出迎え、帰りに立ち寄った。

「では、雷さまとはどんなお姿をしておるのだ」

　藤太が爺に問う。

「そりゃ、神さまのようなお姿ではないでしょうか」

「爺は見たことがあるのか」

「見たことはございませんが、見たことがある人もおいででしょう」

「おれは見たのだ。雷獣を。これくらいの大きさでの」

　藤太は両手を広げた。それを弟・藤三がからかう。

「兄者《あんじゃ》、そんなに大きかったですか。せいぜいこんなもんで……」

「そんなものは、狸か狐か獺か狼か鼬でも見たのであろう」

　鹿島は頭から信じていない。

　藤太兄弟の母・陸津子《むつこ》がたしなめた。

「藤太はこの地の主《ぬし》とならねばならない御身《おんみ》。野山を遊び回っているだけではいけません。もうそろそろ、落ち着いて思慮深く行動しなければ。ゆくゆくは父上のようにしっかり国を治めていかなければならないのですよ」

　母がいう父上とは、この家の主《あるじ》、鹿島のててのことではない。藤太の実父、すなわち陸津子の夫のことを指している。今はまだまだと思っているが、いつかは藤太にその自覚を強く持ってほしいと、母として願っている。

「いや、だから、雷で困った者がおると聞いたゆえ……」

　藤太は母に反論。すると、爺が諭した。

「雷さまは害となるときもありますが、地に恵みをもたらす慈雨《じう》（恵みの雨）を呼びます。雨乞《あまご》いのときに雷鳴を聞くと、大喜びしたものです。長雨祈れば雨はやみ、日照に祈れば慈雨あり——と申しまして、雷さまは豊作の神であり、雷さまを祀《まつ》れば、災難除《よ》けの神徳がございます」

「そうなのか」

　藤太は爺の説明に目も口もとんがらせている。

「とにかく」

　鹿島のてては駄目を押した。

「三毳山に雷獣はおらんよ」

〈4〉豊穣の地

数年が経《た》った。

青年に成長した藤太は「秀郷」と名を改めている。藤原秀郷である。

「ご覧あれ、秀郷殿」

「父上、いかにも他人行儀《たにんぎょうぎ》です」

「父上ではない」

「では、何と。鹿島大掾《だいじょう》さま」

「それこそ他人行儀な」

「やはり、父上は父上かと。それでよろしいのでは」

秀郷に父と呼ばれた鹿島のてて、すなわち鹿島氏は、視界の先に広がる大地を指し示した。関東平野北端ともいえる下野国安蘇郡の風景である。

「秀郷殿。田地《でんち》には豊かな実りが広がり、竈《かまど》から煙が立ち上る家々が並ぶ。もとより天子さまの地だが、吾《わぬ》らはこの地を守っていかなければならない」

「父上が大掾の地位に就かれ、わがことのように誇らしゅう思います。何しろ、下野で最も力を持つお立場。父上のこれまでの働きにふさわしく……」

「何を申す。国司の序列は守《かみ》、介《すけ》、掾《じょう》、目《さかん》。大掾の上におわす国守《こくしゅ》さま、下野守さまが最も権威あるお方。そのようなこと今さら申すまでもないが」

「掾」は国司三等官。トップの「守」、次官の「介」の下であり、現代に置き換えれば、知事、副知事に次ぐ都道府県庁幹部。これを「下野で最も力を持つ立場」と表現した秀郷の言い回しには微量の皮肉が込められている。

律令は、長官《かみ》・次官《すけ》・判官《じょう》・主典《さかん》の四官を定めている。部署によって表記は違っても、「かみ・すけ・じょう・さかん」と読む。「じょう」は唐《とう》の三等官の呼称「丞《じょう》」に由来し、「さかん」は佐官の意味である。

国司四官は国の格や規模によって定員が異なる。現在の都道府県にあたる国は「大国、上国、中国、下国」に格付けされる。下野国は上国。上国は通常、掾一人だが、下野は大国同様、掾を二人置く。大掾、少掾と呼び分ける。

鹿島は長く少掾を務めてきた。そして今は大掾の地位にある。

「吾が童のころ、父上はおっしゃいました。この地では、この下野では大掾さまが最も偉い。こうも言いました。他国では守、上野《こうずけ》、常陸《ひたち》では介が一番偉いが、下野では大掾であると」

「そんなことを言ったかな。それは、そのときの大掾さまが如何《いか》に立派なお方かを、童であったそなたにも分かるよう言ったまで。今、大掾が最も力があるなぞと他人に聞こえたら……」

「気を付けます」

秀郷は素直に詫《わ》びた。この人、父と呼ぶ鹿島のててを困らせたくはない。


秀郷が幼童から少年になるころ、鹿島のててが「吾は、そちの父ではない」と言い、藤太と名乗っていた秀郷は驚き、混乱した。その後は冷静に受け入れたが、鹿島のてて以外に実父がいるという実感はなかなか持てなかった。

では、秀郷は実父と断絶した生活を送ってきたのか。

そうではない。実父は幼名「藤太」を名付けたその人であり、父子の関係を断《た》ったわけではない。秀郷に幼少期の記憶がないだけである。別の生活をしてきたことは確かだが、その間もかなり近くで暮らしてきた。しかも、下野では誰もが知る人物である。

では、鹿島のててては何者か。

秀郷の母・陸津子の兄である。

秀郷は母の実家、鹿島の家で育った。夫が妻のもとに通う妻問婚《つまどいこん》が一般的なこの時代、珍しくもない。養父といって差し支えなく、接し方は実の親子と何ら変わりなかった。

秀郷の生まれ育った鹿島の家とは、鹿島氏分家である。

鹿島氏本家は隣国・常陸の古族であり、名家。一時期、威勢があったのか、下野に進出し、その小さな所領を分家が継いだ。鹿島のててての父（少しややこしいが）、つまり、陸津子の父も在庁官人《ざいちょうかんじん》（地方官僚の地元採用組）として国司で重責を担い、やはり下野少掾を務めた。親子二代、下野国司の官人として同じ道をたどった。

そして、鹿島のててては自身の父より一歩だけ官位を進めた。下野大掾に就き、通常なら在庁官人として地元組トップに上り詰めたといってよい。守、介は京の貴族が赴任することが多く、掾以下は現地有力者である在庁官人が就く。

だが、鹿島に浮いた顔を見せる余裕はない。

「天子さまの地とは言ったが、実際は秀郷殿のお父上が長く治めてきた。これからもだ。吾はいわば、その代理人。いずれは秀郷殿、そなたがお父上を継ぎ、この地を治め、この地を守っていかねばならぬ。吾も精いっぱい助けていく」

「吾が国守さまの息《そく》（息子）とは、いまだに感じが違います。鹿島家の藤太として育ち、みなと同様、この地で働き、父上を、ててを助け、お役目を果たしていくものだと思っておりましたが……」

「違う、違う。吾がそなたの、秀郷殿の手足となって助けていくのだ。そなたはみなの先頭に立ち、この地を守っていく。その気概がなければならぬ」

養父は、秀郷に見渡している風景を治めていく覚悟を求めている。

鮮やかな緑色の草原が広がり、その中に耕作地があり、黄金《こがね》色の輝きが見える。幾筋もの河川に沿って田畑は実り豊かな秋を迎えていた。五穀豊穣《ごこくほうじょう》。この一帯は米、麦、粟《あわ》、稗《ひえ》、黍《きび》などの穀物がよく獲《と》れる。豆類も野菜もよく育つ。そのため、よその地域からも人が流れ、人口が増えている。


日本、日《ひ》の本《もと》の中でも最も豊かな地域の一つだ。

都賀郡、安蘇郡など下野国南部一帯は現在の栃木県栃木市、小山市、佐野市を中心とした地域。秀郷の実父こそ、この地の最有力豪族であり、下野半国の事実上の領主といえる。鹿島氏は本来、連携する盟友的な在地勢力だが、実質はその腹心《ふくしん》。よそ目には家臣、配下といっても差《さ》し支《つか》えない立場にみえた。

「この地を治めていくには人々の出入り、寒暑や天気も気にせねばならない。賊《ぞく》や盗人《とうじん》、無法者の取り締まりだけではない。どうにもならぬ自然のことの方が難しい」

秀郷を諭すように言ったが、鹿島には自身の気苦労を慰《なぐさ》める思いもあった。

最も気がかりなのはこのところの気候の不安定さ。不気味と思うこともある。

冬の寒さが厳しく、夏でも急に涼しくなるときがある。寒冷化は作物の不作につながる。数種の農作物の不作は飢饉《ききん》に直結し、地域を崩壊させる。邑《むら》、郷《さと》（村落、集落）といった単位でそっくり消えることさえある。

そこにいた人々が蒸発したように消えるのである。

残された家や田畑は荒れ放題となる。鹿島のような立場の者なら幾度か目にしてきたことでもある。

二人の視界の先に男が歩み寄る。国司の下級官吏で視察に同行した鹿島の部下だ。

「雪は春の地に恵みをもたらすが、寒さが続くのは、やはり害じゃな」

近づいた部下に向けた鹿島の言葉に力がない。やはり天候には勝てないという思いか。視察同行の部下は説明を加えた。

「それでも北の国や山がちの国に比べたらよい方です。ここには他国から逃れてきた百姓がますます入ってきます」

冬の寒さが厳しい地域は寒冷化で絶望的な飢饉に陥り、多くの死者を出し、農民の逃散《ちょうさん》も相次いでいる。鹿島の耳にも届いている。比較的温暖な下野国南部はダメージが小さく、被害のはっきり出ている地域からの流入もあり、人口が増えている。

流入する農民や田祖《たそ》（税として収める米）を収められない農民は中小豪族や有力農民・田堵《たと》の配下に組み込まれていく。さらに大豪族がそれらの有力者をまとめる。

その大豪族は武力で地域の治安を維持する。配下の者の土地を守り、田祖や調《ちょう》（麻布や絹）、庸《よう》（労役に代わる布）などの税の面倒もみる。不作の年は国司との交渉もする。豪族の中には在庁官人として国司に名を連ねる者もおり、まず思い通りにことを運ぶことができる。

貸付、租税代納で農民を支配下に置き、口分田《くぶんでん》を集める。配下の者を使って開墾も進め、農業経営を拡大する。こうして武力も富も蓄え、地域で威勢を保つ有力豪族を「富豪《ふごう》の輩《ともがら》」と呼ぶ。

租税は取れるところから取らねばならない。富豪の輩から税を徴収するようになると、戸籍作成は必ずしも必要でなくなる。律令制度の根本である土地の制度、世の中の仕組みは変わりつつある。それは土地公有を原則とする律令制度の行き詰まりでもある。平安時代中期は変革期であった。

〈5〉万葉の歌

秀郷の馬は三毳山の麓を突っ走っていた。

このころ、仲間の若者たちとともに「健児《こんでい》」の任務に就いた。国司の兵力であり、一種の兵役である。だが、かつて、正丁《せいてい》（二十一～六十歳の成年男子）の三人に一人を徴兵していた諸国の「軍団」とは大きく異なる。

健児は郡司や有力豪族、富豪層の子弟ら弓馬の技能を持つ若者を騎兵として雇う制度。交代で国府、国庫の警備を担う。

本来、二十歳で就くが、従兄弟の藤原兼有《かねあり》が二十歳となって健児に就き、二十歳前の秀郷や従兄弟・藤原與貞《ともさだ》が便乗。下野の健児は定員百人だが、最近は定員割れで、国司の担当役人は「昔はそんな決まりもあったようだが……」と曖昧《あいまい》に黙認した。

健児制は導入と廃止、復活を経て、八世紀末の桓武《かんむ》天皇のころ、全国に拡大した。ただ、海外からの脅威がある筑紫《つくし》（九州）や蝦夷《えみし》との軍事的緊張がある奥州（東北）は軍団を残した。

歩兵と騎馬の違いはあるが、健児は軍制の軽量化である。軍団は千人規模を単位とし、陸奥では軍団六、七個で八千～一万人の兵士が編制されていたのに対し、健児の各国定員は三十～二百人程度だ。

軍団は平時、国司の指揮下にあり、国司の都合で土木事業に従事することもあった。また、武器や食料は自己負担で、農民にとって負担は重い。逃げ出す者も多かった。

そのための軍制改革だったが、代償も大きかった。軍団廃止後の九、十世紀、各地で群盗《ぐんとう》が跋扈《ばっこ》し、国内は不安定な状態に陥《おちい》った。少数の健児では大規模叛乱《はんらん》に対応できない。戦闘には大量の歩兵も必要なのだ。

結局、大規模な戦闘では傭兵《ようへい》が使われる。傭兵を供出するのは地方豪族、富豪の輩だ。また、陸奥・出羽から移住させられた歴史を持つ俘囚《ふしゅう》の人々が健児を補う兵力として活用された。俘囚は朝廷に帰属した蝦夷、降伏した蝦夷である。

健児制は武士の登場とともに役割を失い、やがて自然消滅する。

まだ、侍《さむらい》という言葉は成立していないが、武力を鍛え、武力をもって世の中に存在感を示す一団はいた。武夫《もののふ》であり、兵《つわもの》と呼ばれていた。

やがて、朝廷、国司の軍事力ではなく、私的な軍事力によって武力紛争を解決する時代が来る。国が軍事・治安維持の責任を放棄し、武装勢力が代わって役割を担い、ついには公的な権限を掌握していく。それが武士の時代である。

　武士の時代の到来に秀郷も大きく関わるが、このときの本人は知る由《よし》もない。


　健児の任務に就いた秀郷は、国衙、正倉の警護のほか、平時は大した仕事はなく、頭も身体も時間もたいして使わない。若い秀郷はそれらを持て余していた。

　時間があれば、馬で遠乗りをする。

　無心で駆けているつもりだが、もやもやする気分に気付いている。それを晴らそうと、愛馬を急《せ》き立てるが、ますます無心でいられなくなる。

「ゆくゆくは下野の国を背負う立場にならねばならぬ」

　養父の言で知らしめられた自分の立場に対する重圧と覚悟のなさ。それもある。一方で、そうした自分の弱さに対する反感がある。

　秀郷はその心理的せめぎ合いの中にいた。

　だが、心の中に広がる靄《もや》はそんな抽象的な不安に由来するものではない。そんな不安は悩みにすら成長していない。心の靄はもっと具体的で若者らしい痛感を伴う思いにかかっている。

　三毳山のせいかもしれない。『万葉集』の一首が浮かぶ。

　下野三毳の山の小楢《こなら》のす　ま妙《ぐは》し児《こ》ろは誰《た》が笥《け》か持たむ
　（『万葉集』第十四巻・三四二四）

　三毳山のコナラのように美しいあの娘《こ》は、誰の椀《わん》を持つのだろう（誰の妻になるのだろう）――。乙女《おとめ》の美しさを瑞々《みずみず》しいコナラの葉にたとえた素朴な秀歌。尾根が連なり、なだらかな稜線を見るたびに『万葉集』のこの歌を思い出す。

『万葉集』東歌《あずまうた》は「詠み人知らず」（作者不明）。昔から歌い継がれてきた。笥は食器。主に飯椀《めしわん》を指す。椀を持つとは〈妻になる〉ことを意味する。単純に「あの娘は誰の妻になるのかな」と、麗《うるわ》しい乙女への関心を示した明るい噂話《うわさばなし》の類《たぐい》かもしれない。

　だが、秀郷は、まるで遠い古代の歌人に自分の心を見透《みす》かされているような……と思わずにはいられない。

先日、離任する国司の護衛で三鴨駅家まで同行した。そこで飛駒の爺からは、駒音の婿取りの話もぼちぼち決まるとも聞いた。

（いったい、どこのどいつが……）

思わずにはいられないが、表面上は自分にはあまり関係のない話。それ以上の詮索《せんさく》はできない。

ところで、『万葉集』東歌で下野国の歌と明記されているのはもう一首ある。

下野安蘇の河原よ石踏まず　空ゆと来《き》ぬよ汝《な》が心告《の》れ

（『万葉集』第十四巻・三四二五）


安蘇の河原を、石を踏んだ覚えもなく、空を飛ぶように夢中でやって来た。さあ、お前の本心を言ってくれ――。

〈告《の》れ〉は東国訛《とうごくなま》り。平成のころ、告白することを「告《こく》る」という言い方があったが、字の通り、「告れ」ということだろう。


動きは軽やかで、それでいて重く響く言葉の強さ。情熱的で率直な告白。東歌らしい飾り気のなさ。これも土地の人々が愛してきた和歌だ。

秀郷はこの歌が好きであり、嫌いである。

馬の調教、鍛錬のため、飛駒の馬牧に向かうとき、わが身に同じような想いがあった。秋山川沿いはまさに安蘇の河原。だが、自分はこの青年のように迫ることはなかった。自分の心とぴたりと重なり、行動と全く重ならない。

それが今……。ぼんやりしていた思いの輪郭が見えるようになった。だが。

（今さらどうしようもない）

そして、自分にしか聞こえない小さな声が漏れた。

「藤原とは何とも煩《わずら》わしい」

〈6〉初冠

「秀郷」の名を得たのは一年ほど前だが、いまだにしっくりこない。「藤原」の氏《うじ》も同様。いずれも身の丈に合わない鎧《よろい》によって自由に動けないような、動きを抑制、拘束されている感覚だ。

「藤原の子である」

鹿島のてより聞かされた童のころ、かなりの衝撃を受けた。だが、今の方が遥かに「藤原」に対する拒否感が強い。京の第一級貴族の氏姓であり、その意味合いが何となく分かってきたからだ。しかも拒否できる類の事柄でないことも分かるゆえ、さらにどうしようもない。

藤原村雄《むらお》。

「秀郷」の名を与えたのは、実父と聞かされていたその人だった。

延喜《えんぎ》一一年（九一一年）正月に就任した下野守である。

その年の早春、寺に向かう道すがら、養父・鹿島が示唆した。

「初めまして、ではない。実のお父上だ。お久しゅうございます、と挨拶《あいさつ》なされ」

初冠《ういこうぶり》（元服《げんぷく》）の場に臨む秀郷にとって、実父とは初対面の緊張感があった。だが、鹿島は、幼少期に幾度か会っていると説明した。

「国守さま（村雄）。御嫡子《ごちゃくし》・藤太さまと弟君《おとうとぎみ》・藤三さま、お連れいたしました」

「鹿島殿。長くの養育、まことにご苦労でござった。礼を申す」

「もったいなきお言葉。恐れいってございます」

「そして、このたびは鹿島殿の大掾就任もめでたく、ますますの尽力、お役目を果たされることを期待いたす」

「吾《わぬ》ごとき非才の身を引き上げていただき、長年の恩顧に感謝しますのは吾の方でございます」

「いや、先日も申したが、わしの不在の間、この地での、下野での鹿島殿の働きこそ申し分なきものと感じ入った。重ねて感謝せねばならぬ」

「これもまた、もったいなきお言葉。恐れいります」

続いて秀郷兄弟が村雄の下野守就任を祝う。この言《ごん》上《じょう》も鹿島から事前に指示されており、もとより自分の心の内にない言語を何とか繰り出した。よどみなくとは言い難い。実父・村雄を前に強い威圧感を感じ、気圧《けお》されていた。

今まで、これほどの緊張感を与える人物とは会ったことがない。いったん頭を下げると、上から押さえつけられたように再び頭を上げることができない。

村雄より少し言葉を掛けられたが、十六歳にもなりながら、まるで幼子のような短い返答しかできない。

「まあいい」

村雄がかすかに苦笑したように感じた。

これまで自分の人生に関係のない人と思っていた実父が自分をどう評価しているのか気になる。気にする必要もないと思いながらもだ。今の自分はおどおどした態度だったのではないか。それに幻滅したのではないか。勝手に実父の感想を先回りした。

「秀郷」

村雄はその名を大書した紙を掲げ、「ひでさと」と読んだ。

藤原秀郷。

これが彼のこれからの生涯の名、諱《いみな》（実名）である。

京で最も権勢のある貴族・藤原氏の血を受け継いでいることも説明された。

「わしも村雄という名をいただいた。下野の民、百姓とともに生きる者として、村や郷こそ、われらが立って生きる基盤。郷を大切にせよ。忘れるでないぞ」

「ははっ」

「秀郷さま……、ですな。よい名でございます」

早速、傍らの鹿島が言祝《ことほ》ぐ。

弟は「高郷《たかさと》」の諱を与えられた。

この時代、兄弟で同じ一字を共有する習慣があった。親から子へ、さらに孫、その次の世代へと一字を受け継ぐ「縦の通字」はまだ一般的ではない。

初冠の儀式といっても、幼名に代わる実名の宣言があり、服を改め、童の髪型を直して結い整え、烏帽子《えぼし》をかぶせる。簡単な決まり事にそって型通り進めるだけだ。このころはまだ烏帽子親を立てることもなく、年齢に関しても厳格な基準はなかった。いずれにしても、初冠は通過儀礼としては重要な意味を持つ。

ただ、秀郷にとって、実父・村雄との対面は予想以上に苦痛だった。

一方、兄弟の初冠を見守った鹿島は別の感慨に浸《ひた》った。

改めて感じる村雄の凄《すご》み。あくなき上昇志向と威厳に満ちた態度。尊大とも感じるが、違和感がない。これは自然に身につくものではない。

藤原の血の凄みなのか。それならば秀郷にも備わっているものなのか。

鹿島自身は村雄を補佐する立場に徹してきた。前に出すぎず、他人の言うこともよく聞き、調整するところは調整し、周囲を丸く収めることに気を配ってきた。

それが秀郷にも影響しているのか、今のところ、村雄のようなあくの強さは全く見られない。穏和であるのはいいとして、この地のリーダーとして、それだけでいいのか。村雄が見せる人を圧倒する威厳や、ときには冷徹な判断に伴う非情さや狡猾《こうかつ》さも必要ではないか。

「経験が必要かな」

弓や剣、馬術などの武芸は鍛えてきた。あとは実践か。戦闘においても、政治においても、秀郷に実践の場を積ませることは必要なのかもしれないと思った。

〈7〉藤原四家

秀郷の実父・藤原村雄は、長く下野大掾を務め、長《なが》門《と》守に転じ、従五位下《じゅごいのげ》という貴族の官位を手に入れた。そして、今回、念願の下野守の地位を得て、官位も従四位下まで上り詰めた。

地方豪族でこの官位に列するのは尋常ではない。通常、大国、上国の国守で従五位上か下だろう。大掾、少掾で正従七位あたりか。異例の出世と言っていい。

律令制度で定められた官僚の位階は、最高位の正一位から八位まで正位《しょうい》、従位《じゅい》があり、八位の下の大少の初位《そい》を含め、四位以下は上下あり、合わせて三十階に区分されている。厳密には、貴族とは五位以上を指す。

藤原村雄の祖先をたどれば、正二位左大臣・藤原魚《うお》名《な》。隆盛を極める藤原北家《ほっけ》の血を引く。

藤原不比等《ふひと》の四子を祖とする藤原四家。

不比等の長男・武智麻呂《むちまろ》から南家《なんけ》、次男・房前《ふささき》から北家、三男・宇合《うまかい》から式家《しきけ》、四男・麻呂《まろ》から京家《きょうけ》。

北家、南家は平城京の邸宅の位置から、式家は宇合が式部卿《しきぶきょう》の地位にあったことから、京家は麻呂が左《さ》京大夫《きょうのだいぶ》であったことから、そう呼ばれた。

このうち京家は政治的に高位に就いた者は少なく、終始振るわなかったとみなされている。ただ、文化・芸術面で多くの人材を輩出した。

四家の中で最初に栄えたのは南家。左大臣・武智麻呂の次男である仲麻呂《なかまろ》が女帝・孝謙《こうけん》天皇の信頼を得た。何しろ東大寺盧舎那仏《るしゃなぶつ》（奈良の大仏）の開眼《かいげん》供養の日、女帝は内裏《だいり》に戻らず、仲麻呂の私邸・田村第《たむらてい》で過ごしている。孝謙天皇は譲位して太上《だじょう》天皇（上《じょう》皇《こう》）となり、田村第に住んだことのある大炊《おおい》王が淳《じゅん》仁《にん》天皇として即位。仲麻呂は恵美押勝《えみのおしかつ》の名を賜った。「（人民を）汎《ひろ》く恵の美、これより美なるはなし」とか、「暴を禁じ強に勝った（橘奈良麻呂《たちばなのならまろ》事件で武力によらず乱を鎮圧した）」という功績を讃えた尊称らしい。だが、孝謙上皇の寵愛《ちょうあい》が怪僧・道鏡《どうきょう》に移り、仲麻呂は乱を起こして敗死（恵美押勝の乱、七六四年）。南家の家運は衰えた。

式家は参議《さんぎ》・宇合の長男である広嗣《ひろつぐ》が大宰府《だざいふ》で挙兵、鎮圧された（藤原広嗣の乱、七四〇年）。その後、広嗣の弟、良継《よしつぐ》（宇合次男）や百川《ももかわ》（宇合八男）が光《こう》仁《にん》天皇を擁立。それぞれ娘を皇太子・山部《やまのべ》親王（桓武天皇）の妃とし、平安時代初期に繁栄を迎えた。だが、中納言《ちゅうなごん》・種継《たねつぐ》の子である仲成《なかなり》と薬子《くすこ》の兄妹が失脚、処罰される事件があった（薬子の変、八一〇年）。本質は、嵯峨《さが》天皇と、平安京を廃して都を平城京に戻すと宣言した平城《へいぜい》上皇との対立。上皇側に兵は集まらず、内乱は不発に終わった。事件は上皇の愛妾《あいしょう》・薬子と仲成の兄妹を黒幕として処理される。仲成は権力の中心から引きずり降ろされ、射殺された。薬子も服毒自殺。これが薬子の変だ。

兄妹の評判の悪さは当時の史料にも残る。事件後、上皇は出家し、政治に関与する力を失ったが、それ以上の厳しい追及はなかった。事件の責任を兄妹に押し付けた幕引きだったのか。

なお、兄妹の父・種継は良継や百川の甥《おい》にあたる。桓武天皇に長岡《ながおか》京遷都を進言したが、暗殺された。事件に連座して桓武帝の弟・早良《さわら》親王が幽閉され、絶食して憤死した。親王が種継暗殺の首謀者だったのかどうかは不明だが、長岡京は新都造営中に血で染まり、わずか十年で捨てられ、平安京に遷都される。

式家衰退後、嵯峨天皇の信頼厚い藤原冬嗣《ふゆつぐ》が台頭。北家隆盛の礎《いしずえ》となる。代々、天皇の外祖父（母方の祖父）として足場を固め、冬嗣の次男・良房《よしふさ》は皇族以外で人臣初の摂政《せっしょう》の地位に就き、良房の養子・基経《もとつね》（藤原長良《ながら》の三男）は関白《かんぱく》となり、この子孫が摂関家《せっかんけ》、藤氏長者《とうしのちょうじゃ》（藤原一族の代表者）として平安時代を通じて政治を主導する。

村雄の時代、京で政権首座として活躍したのは、基

経の長男・時平《ときひら》であり、次いで弟・忠平《ただひら》（基経の四
男）である。

　村雄の曾祖父・魚名は藤原北家の祖である房前の五男。左大臣まで上り詰めたが、大宰府《だざいふ》に左遷された。房前次男・永手《ながて》も左大臣として政権を主導した。このころの北家有力者は南家、式家とのバランスにも気を遣う平衡感覚を持っていた。隆盛を極めるのは冬嗣の登場以降。冬嗣の家系が摂関家として繁栄する。同じ藤原北家だが、魚名流でも永手流でもない。房前三男・真楯《またて》の流れである。

　魚名流と真楯流の違いはあれど、同じ藤原氏、同じ藤原北家。だが、数代を経て、本流と傍流の傍流とでは天と地ほどの差があるのが現実だ。

　村雄は父・豊沢《とよさわ》同様、下野で生まれ育った。魚名や村雄の祖父・藤成《ふじなり》は京貴族であり、村雄自身も藤原北家の血を引く者として、その貴種性は周りから一目おかれる。が、もとより京貴族と同列とはみなされない。豊沢は下野少掾であり、在庁官人、地方豪族の域を出ない生涯を終えた。

中臣鎌足《なかとみのかまたり》―藤原不比等―房前（藤原北家）―魚名
―藤成―豊沢―村雄―秀郷

　下野との縁は藤成に始まる。下野介に赴任し、下野の古族・鳥取《ととり》氏との間に豊沢が生まれた。転任によって藤成が下野を去った後も藤成の子・豊沢は鳥取氏のもとで育った。

　藤成は下野介の後、播磨《はりま》の介や守、伊勢《いせ》守を歴任。播磨では「夷俘専当《いふせんとう》」を兼任した。俘囚《ふしゅう》（帰属した蝦夷《えみし》）を保護、教化する責任者。下野は陸奥と境界を接し、移住させられた俘囚は他国に比べて多い。自ら南下してきた蝦夷もいたかもしれない。藤成は下野で俘囚、蝦夷との接点を持ち、その後も俘囚と関わる役割を朝廷から期待されたのであろう。

　鳥取氏は下野国司の史生《ししょう》、書記官クラスの下級役人。豊沢の母（藤成の妻）は鳥取業俊《ととりなりとし》の娘であり、豊沢の妻（村雄の母）は鳥取豊俊《とよとし》の娘。鳥取氏は古くからの下野在地豪族として俘囚、蝦夷とのつながりがあった。これが藤成から豊沢、村雄と続く家の創業を助けた。俘囚、蝦夷の技術、軍事力を巧みに取り込ん

だ。

藤成、豊沢が下級役人・鳥取氏から妻を迎えたのに対し、村雄はほぼ同格の少掾・鹿島氏の娘を妻とした。下野国内での自らの威勢を相対的に高めた。

さらに村雄は周囲の豪族と連携し、そのリーダーとして彼らを指示できる立場になり、それによって勢力を拡大し、父より一つ上の大掾として在地勢力トップに上り詰めた。地方豪族としては山頂に立ったといえる地位だ。

（それで満足しなかったのが村雄さま）

鹿島はこの二十数年を振り返る。

村雄の出世の原動力は軍事力と富。祖父・藤成が下野介であり、京貴族であったことから村雄も地域のリーダーとしての権威、風格は備わっていた。土地も兵も持っている。軍事力で地域の治安を維持し、盗賊を討伐し、農民の支持を得る。特に墾田開発や田地経営で富豪化した有力農民層・田堵、長者らの支持を得て足場を固めた。周辺地域の中小豪族と連携、相対的な力の差で自然と彼らのリーダーとして図抜《ずぬ》けることができた。

京から赴任する受領（国守）とは贈賄《まいない》と接待で関係を築く。受領らの物欲を満足させ、地域を知る者として国司官人を指揮し、仕事は一手に引き受け、地方政治にそれほど関心のない受領らに楽をさせ、代わって、その権限を自然と掌握《しょうあく》する。

村雄は受領層との縁も利用して京に幾度か上り、上級貴族に幾人かの知己《ちき》を得た。

在庁官人として長年、下野大掾を務め、富豪の輩としても下野国南部の最有力豪族として地盤を固めた上で長門守と貴族の官位を手に入れた。

長門（山口県）は下野から遠い西国《さいごく》の地。任期の四年間、下野の治《おさ》めは鹿島らに任せた。不在の間も影響力を残すだけの力があり、長い時間をかけて土地と人を培養《ばいよう》してきた成果だ。鹿島は連絡の伝騎《でんき》を走らせ、重要事項は逐次《ちくじ》、村雄の耳に入るように心掛けたが、さすがに頻繁《ひんぱん》に往復できる距離ではない。

そして従四位下・下野守。

鹿島は、村雄の京での活動までは知らないが、藤原の某氏に幾何《いくばく》かの土地を寄進したとかしないとか聞いた。また、嵯峨《さが》源氏有力者の知遇を得たとも聞く。

嵯峨源氏は嵯峨天皇の皇子が臣籍降下《しんせきこうか》した氏族。嵯峨天皇の皇子で河原大臣と呼ばれた左大臣・源《みなもとの》融《とおる》、その次男で河原大納言《だいなごん》・源昇《のぼる》らを輩出。昇の子孫は地方で武家として続いた者もいる。摂津《せっつ》の渡辺氏、肥前《ひぜん》の松浦《まつら》氏、筑後《ちくご》の蒲池《かまち》氏らである。

後に征夷大将軍《せいいたいしょうぐん》を継ぎ、武家政権・幕府を開いた清和《せいわ》源氏とは別系統。「源氏二十一流」といい、源氏には、その祖となる天皇別に二十一の系統がある。嵯峨源氏は、源興《おこる》、源勤《つとむ》、源啓《ひらく》、源生《いける》が連続して相模《さがみ》守に就き、東国を目指した王臣貴族の典型例でもある。

〈8〉平太と小次郎

ある日、秀郷は、三鴨駅家で言い遣わされた国司の雑用を片付けた。ちょうど、駒音も飛駒の爺とともに来ており、用事を済ませたところのようだ。

「久しぶりに遠乗りせぬか」

何気ないふうを装って声を掛けた。

「おお、いいぞ。どこまで行く」

駒音は嫁入り前のはずだが、相変わらず子供のときと変わらぬ口の利き方。だが、それでもよい。

秀郷が村雄の跡を継ぎ、この地域のリーダーとなることが意識され始め、気を遣う連中もいる。従兄弟の與貞は馬で競走しても必要もないのに勝ちを譲る。弟の高郷は本気で挑んでくるが、技量的に負けないだろうから、秀郷としてはもう少し本気で競える相手が欲しい。駒音は唯一、本気で馬術を競える相手かもしれない。

「東へ。国境《くにざかい》まで行ってみぬか」

「よし」

少し距離があり、最初から飛ばすだけでは勝てない。ペース配分を考慮しながら、どこで差をつけるか。勝負のあやを考えながら走る。それが楽しい。

やはり二頭の馬は並走し、差が開かない。時折、前後が入れ替わる。

後ろに付くと、前の馬が風除けになり、人馬ともに体力の消耗を軽くできる。阿吽《あうん》の呼吸で時折、歩速を緩め、先頭を譲る。緩めすぎて離されると、追いかけるのに余計な体力を使うのでその加減に巧拙《こうせつ》が出る。

そして勝負どころで前に出て、一気に引き離すのが勝ちパターンだが、タイミングが早すぎると相手もぴたりとついてきて、最後に抜き返される。逆に相手が前に出るタイミングを読めないと、肝心なところで一気に引き離されてしまう。

「毛野川《きぬがわ》（鬼怒川）を渡るぞ」

「おう」

秀郷は鞭《むち》を入れ、ペースを上げたが、駒音の馬はぴたりとついてきた。そして横に並び、並走。河原に降り、がくんと速度が落ち、馬が水に脚をつけるとスピードは上がらない。

（結局、同着か）

そう思った瞬間、横目に駒音の栃栗毛がすっと前に出ていた。

「やはり、最後はおれの馬が一つ前に出ていたな」

駒音が勝ちを主張した。横を見る余裕もあったようだ。

「む。そんなことは分からぬ。結局、同着だろう」

負け惜しみというわけではないが、あっさり負けを認めるのは癪《しゃく》だ。

「いやいや……」

駒音は相変わらず強情で、あれこれ言って引き下がらない。しばらく勝ち負けを論じたが、それも疲れて、川べりの草むらに座った。

少し沈黙があり、秀郷は話題を変えた。

「駒音は変わらぬな。髪型も童のときのまま」

「馬に乗るとき、後ろで結わねば邪魔になって仕方なかろう。百姓の娘らもだいたい同じよ」

「後ろで結うのだから少し伸ばしてもよかろうに」

「髪を黒々と背や足まで届くほど伸ばしておるのは京から来る受領さまの奥方や姫君じゃ。いろいろと面倒そうだ。長くなったら切っちゃえば面倒がない」

「女子《おなご》が髪を大事にするのは京も鄙《ひな》（田舎）も同じであろう」

「藤太は貴族の姫君のような長い髪の女子が好みとみえるな」

「いや、そのようなことは言っておらんが……」

「いやいや、図星じゃな。あははは。図星、図星」

「…………」

「童のときと変わらぬと言ったが……。藤太は、おれが童のとき、髪を頭の上で二つお団子に結っていたのを忘れておるな」

駒音がにやっと笑う。

「そうだったか。すまぬ」

「謝ることでもないぞ」

「そ、そうだな。すまん」

「また謝る……。あははは」

秀郷は苦笑いがひきつる。気の利いたことも言えぬまま、何気ないふうに聞いた。

「婿取りの話は進んでいるのか」

「あ。あれは爺に任せとる」

自分のことなのに関心がないような口ぶり。さすがにかわいくない。それでは己の〈万葉の想い〉は一人で迷走しているにすぎぬ。

だが、駒音はさらりと本音を漏らした。

「兄や弟がおれば、爺の跡も継いでくれようし、そうすれば、おれも、誰でも好きな人の嫁になることもできたわけなんだが……」

「わしは、馬牧になってもいいと思っている。その仕事に就くのも、悪くない」

婉曲だが、意を決したつもりで言った。だが、予想しない方向から攻撃を受けた。

「やい、御曹司《おんぞうし》」

駒音はすくっと立ち上がり、鞭を秀郷の顔に向けた。

「ごじゃっぺこくでねえ」

「ごじゃっぺ？」

「ここら辺では、そう言うらしいぞ」

「そう言うって、何を、そう言うのじゃ」

「それは、その……。今の藤太のようなやつを言うのではないか」

駒音は、上から目線を下げたまま続けた。

「村雄さまは皆々の先頭に立ち、皆々を見守ってくださる貴きお方。お陰で皆々安心して暮らせる。大掾さまとしてそうであったし、今は国守さまになられた。その跡継ぎがそのような情けないことでどうする」

「馬牧の仕事をしてもいいと言ったまで。情けない仕事ではなかろう」

「馬牧の仕事の良し悪しではない。藤太がせねばならぬのは何か、ということじゃ。皆々の期待、裏切るまいぞ」

ちょっとした沈黙。

だが、秀郷は長い時間と感じた。

「駒音、わしは……」

何か言おうとした。頭の中に続く言葉はなかったが、何か発せずにはいられない。だが、駒音の言葉が全てを封じた。

「藤太、おれにかまうな」

自分の言ったことゆえ言い訳はできぬが、後悔の念がぐるぐる頭をよぎって、この場から逃げ出したいような気分に耐えられない。それでいて、「帰るか」とも言えぬ。駒音の方は、この気まずい雰囲気をどう思っておるのだろうか。

沈黙から救ってくれたのは遠くから急に近づいてきた童の歓声だった。

「待て待て、尋常に勝負」

気まずさから逃れるように声の方に視線を送る。二人の少年が追いかけ追われている。剣を手にしている。

「勝負、勝負」

やや甲高い子供の歓声は、そのままこちらに近づいてくる。近づいてくると、剣に見えたものが木の枝を削って剣の形に整えたものだということが分かった。

「元気な小童《こわっぱ》たちだ」と思っていると、思わぬ火の粉が飛んできた。少年の一人が声を掛けてきた。

「おぬし、見慣れぬ顔。何者じゃ。ここは平氏の領地と知ってか」

「わしは下野国の藤太秀郷。知っておるか。平氏の土地というのはないぞ。みな、天子さま、国の土地よ。平氏は預かっておるだけであろう。よその国の者が通行してはいかぬという定めはない」

子供相手にむきになったが、無礼な物言いには、しかと言い聞かせなくてはならない。だが、土地公有の建前などとっくに崩壊している。この少年の言うように毛野川から東は平氏の土地であった。

この子たちは常陸、下総《しもうさ》で勢力を誇る平氏の、しかも当主、重臣クラスの将の子かもしれない。よそ者、他国の者を警戒する大人、土地の所有権に敏感な者が周りにいるのだろう。

「ふん。まあ、いい。下野の人、われらの勝負、勝ち負けを判じてくだされよ」

兄弟なら弟であろう、背の低い方の少年は十歳前後のようだが、随分と、他人を下目にみた言い方だった。この子の父親も相当な数の配下を抱え、普段から父の家来である大人を顎《あご》で使っておるのだろう。秀郷も似たような環境で育っているが、人と接する態度はもう少し気を付けているつもりだ。

審判役を言いつけられて、むっとしたが、一喝して拒《こば》み、立ち去るのも芸がない。駒音は隣で、人の災難を楽しむように、くくくっと笑いを押し殺している。

立ち去れば、後で逃げ出したとでも言いそうだ。気に食わないが、少年たち――恐らく、平氏の御曹司――の剣の腕前を見ておくのも悪くない。

少年たちは、「平太《へいた》」、「小次郎《こじろう》」と名乗った。剣術はしっかりと鍛えられているようだ。ただ振り回しているだけではない。

二人が持っているのは木を削って形を整えた木剣だが、打ち合う姿を見て思った。

(この童《わっぱ》たち、湾刀《わんとう》を知っておるな)

直刀であれば、剣先での攻防となる。反《そ》りの入った湾刀は相手を斬ることに秀でている。刀身で打ち合う動作は、湾刀での剣術を教えられているとみた。

この時代、湾刀といえば、毛抜型太刀《けぬきがたたち》。日本刀の原型だ。

毛抜型太刀は、蝦夷の武器・蕨手刀《わらびてとう》から発展、変化した。蕨手刀は馬上、片手で使える短刀だ。

(平氏も毛抜型太刀を使っているのか)

その点も大いに気になるが、二人の剣術の腕を見ていると、特徴が出ていて興味をひく。渋々《しぶしぶ》引き受けた勝負の審判だが、意外と面白い。

小次郎がどんどん打ち込むが、背が高く腕の長い平太が余裕で防ぎ止める。

(これは、平太が優勢となろう。小次郎の剣はいずれ隙ができる)

そうみていると、平太が綺麗なフォームで斜めに斬り込む。しなやかで、流れるような、無駄のない動き。

(勝負あった)

だが、そのとき、小次郎はとっさに平太の一撃を弾き返した。猛烈な勢い。しかもタイミングが絶妙だったのか、圧倒的に不利な態勢を一発で逆転。秀郷もこれには驚いた。

(相手の動きをしっかり見定めていたということか)

小次郎の剣は天賦《てんぷ》の才か。

木剣を跳ね上げられた平太はのけぞった勢いでよろめき、そのまま尻餅。しかも、木剣を持った手は背の後ろで地面についている。完全に無防備の態勢。実戦なら敵に斬られる場面だ。

そこに小次郎は真上に大きく振りかぶり、そのまま振り下ろした。

離れて見ていた駒音は「あっ」と声を上げた。

「危ないっ」

「それまで」

秀郷は叫ぶと同時に身をかがめ、突進した。

小次郎の腰のあたりを下から抱え込むように、ぐいっと押し込む。平太を直撃する勢いだった木剣は空をきり、そのまま小次郎のこぶしが秀郷の背中を痛打。

「あ、いてて」

秀郷と小次郎が同時に叫び、木剣は小次郎の手から離れ、いったん宙を舞って、平太の真後ろで地面に転がった。

「何をする。無礼な」

「あのまま打ち込めば頭を割って大けがだったぞ。小次郎殿」

いや、あのままなら平太は即死だったかもしれぬ。子供とは思えない力強さ。手加減というものがない。

「勝負ありだ。あそこで剣を止めなければ、大けがだ」

重ねて強い言葉で小次郎を叱った。小次郎は露骨に不服そうな態度を残す。不承知の思いをようやく抑え込んでいるが、今にも泣くかわめくかしそうだ。感情を何とか押し殺し、自らの理屈を述べる。

「そうか。しかし、やらねばやられる。勝負の鉄則であろう」

「それは実戦でのこと。稽古《けいこ》で大けがをしては身がいくつあっても保《も》たぬ」

起き上がった平太は小次郎を睨《にら》みつけた。

「小次郎！　本気でわしを殺すつもりじゃったな」

「何を！　ならば、負けねばよいではないか」

「これこれ、喧嘩《けんか》はやめよ」

こんなところで子供の喧嘩の仲裁とは。とほほ。われながら情けない。助け舟を求めたいと思っているときだ。折よく、この少年たちを呼ぶ声がした。

「御曹司ーっ！」「平太さまーっ」「小次郎さまーっ」

武者姿の男たちが数人、大慌《おおあわ》てで駆け寄ってきた。

「申し訳ありませぬ。ですが、行方《ゆくえ》も告げずに方々《ほうぼう》に行かれては、われらも慌てましたぞ」

どうやら、この供廻《ともまわ》りの者どもはこの子たちを見失い、捜し回っていたようだ。やれやれ。それにしても人騒がせな連中だと思った。剣術の審判を頼む童たちも、御曹司を見失う郎党どもも、である。

郎党たちは秀郷に詫びと言い訳を繰り返した後、そそくさと去っていった。

供の者を従えて、帰っていく少年たちを見送りながら、駒音は「乱暴者だったね。あの子」とぽつり。

秀郷は、小次郎が打ちかけようとした瞬間を思い出した。ほんの一瞬だけ感じた、本物の殺気。それゆえ、身を挺《てい》して止めた。

「あの子の目が一瞬光ったのよ。きらりと。それが異様に怖かった」

〈9〉 **坂東平氏**

「若殿。調べてまいりましたぞ」

「爺。すまぬ、面倒なことを頼んで」

「何の。全く造作《ぞうさ》のないことです」

斗鳥の爺はそのまま本題に入った。

「平太さまは 平 国香《たいらのくにか》さまのご嫡男《ちゃくなん》。小次郎さまは平良持《よしもち》さまのご嫡男。国香さまと良持さまはご兄弟ですから平太さまと小次郎さまは従兄弟ということになりますな」

国境いで会った少年二人のことが気になり、爺にはその出来事をつぶさに語り、調査を依頼していた。

常陸、下総で勢力を拡大する平氏関係者の子だと思ったが、まさにその通り。平太は十一歳、小次郎は一つ下の十歳。

平太は後の平貞盛《さだもり》。小次郎は平将門《まさかど》である。

「小次郎というのに嫡男か」

「いかにも兄に太郎、次郎がいるような名乗りですな。確かに小次郎さまは良持さまの三男のようです。兄二人の話は聞きませぬな。早世されておるのかもしれません」

彼らは桓武天皇の流れをくむ桓武平氏。特にこの地に根付いた一族は武家平氏の源流である。

桓武天皇曾孫・高望王《たかもちおう》（平高望）が上総介《かずさのすけ》として任官、任地に下向したのは昌泰《しょうたい》元年（八九八年）ころで、それほど古い話ではない。

「群盗蜂起があり、東国が大いに乱れたころで、高望王さまの一族が鎮圧にあたられたのですよ。無論、わが殿（藤原村雄）も奮迅《ふんじん》いたしましたが」

爺は実父・村雄の活躍も強調したが、その後、短期間で常陸を中心に広大な支配域を得たことを考えれば、群盗鎮圧で大きな成果を上げたのは高望王の一族だろう。

高望王自身は西国の国司に転任し、延喜一一年（九一一年）、大宰府で死去した。

東国に根を張ったのは高望王の子息《しそく》たちだ。現地有力者と縁を結ぶ。長男・平国香（貞盛の父）、次男・良兼《よしかね》、四男・良正《よしまさ》は常陸大掾・源護《みなもとのまもる》の婿となった。三男・良持（将門の父）は下総・相馬《そうま》郡の豪族・県犬養春《あがたのいぬかいのはる》枝《え》の娘を妻とした。

国香も良望《よしもち》という元の名があり、兄弟は「良」の字を共通して持っていた。

なお、良持を良将とする後世の史料は多い。すなわち、将門の父を良将とする系図や物語である。良持と良将を別人とする系図もある。

いずれにしても記録の混乱か。父・良将、子・将門だと「将」の字が共通し、いかにも親子っぽいが、父子で同じ一字を持つ習慣は平安時代後期以降、定着する。

五男・良文《よしぶみ》は高望王とともに東国に下向した形跡はない。側室の子とも、幼かったとも考えられる。成長した後、相模の盗賊退治のために下向。武蔵《むさし》、相模に地盤を築く。高望王の東国行きに伴ったのは、国香、良兼、良持の三人か。良正は兄たちが根付いた後、東国に来たのかもしれない。

国香、良兼、良正の岳父《がくふ》・源護は筑波山西麓一帯を支配する大豪族。嵯峨源氏の一族とみられるが、京の嵯峨源氏の系譜の中には名の出てこない人物である。

「平氏、（嵯峨）源氏はいずれも皇族の血筋。殿や、お方さまも大いに関心を持っておられます」

「ま、そうであろうな。隣国のことなればな……」

「いやいや、ご自身のことですぞ」

「む。どういう意味だ」

「若殿の縁談です。よい姫君はおらぬかと……。特にお方さまはご熱心なご様子」

「む。何とも気の早い」

「早くはございません。既に姫君を迎えてよいお年かと」

秀郷は顔を強張《こわば》らせた。避けたい話題。だが、爺の言う通り、母・陸津子は近ごろ「そろそろ、藤太の嫁取りも」と上機嫌であり、この様子は秀郷もよく知っている。隣国の情報を集め、平氏だ、源氏だと言っているようだ。

「若殿、いよいよ嫁取りですな」

親類、郎党にも気安く話す者もいる。めでたい話であり、彼らも遠慮が要らない。この連中の間では秀郷が近く嫁を迎えることは確定しており、相手は誰かということで勝手に話を盛り上げている。

加えて、母は藤原を名乗る豪族として、ふさわしい相手を……という思いが前面に出ている。

（自分勝手に決められることではない）

それは分かっているが、〈藤原〉を強調する母の思いがやや鬱陶《うっとう》しい。

（そもそも藤原がそんなに偉いのか）

そう反発したくなる。少し冷静に考えれば、藤原氏そのものは相当偉い。国の政治を取り仕切り、朝廷の高位高官をほぼ独占している一族である。貴族の中の貴族。

一方、同じ藤原の氏を名乗る秀郷は、国の政治、京、貴族、全てに無縁。顔を見たこともない曾祖父が京の貴族だったと言われても実感がない。

まして、国の政治を総攬《そうらん》する藤原忠平と祖を同一にすると言われても想像すら及ばない。見たことのない京は何もかも想像できない。

「京へ上ることも、この先ないとは限りますまい。そんなに難しいことではございません」

村雄に同行して京へ行ったことがある斗鳥の爺はこともなげに言った。さらに、このころの地方豪族は京に上り、形ばかりの官位官職を得て箔《はく》をつけて郷土に戻ることは当たり前であった。

「爺はそう言うが、京へ上がったところで、本物の藤原氏とは生涯無縁であろう」

秀郷が言い捨てると、斗鳥の爺は慌てた。

「京の藤原が本物なら、お父上・村雄さまも、いや、若殿も本物の藤原氏でございます。本家、庶家《しょけ》の違いはあれど、藤原には変わりございませんぞ」

めったなことを申されますな、と言わんばかりである。

「そうか？　鄙（田舎）には偽者《にせもの》の藤原がおると聞くぞ」

「それはまさしく本当の偽者でございます。勝手に藤原を名乗っておる者でございますな。確かにそういう輩《やから》はおるようですが……」

「本物の偽者もおるということか」

「はい、そうでございます」

「すると、わしは偽者の偽者かな。偽者と思っていたが、実はそれすら間違いだったと……」

「な、な、何を申されます。殿は、村雄さまは本物の本物。もちろん若殿も……。偽者云々《うんぬん》とは無縁と申し上げたばかり。そのようなこと、お考え召されますな」

斗鳥の爺は、最後は卒倒《そっとう》しそうな勢いで口から泡《あわ》を吹いた。

〈10〉村雄の思惑

秀郷の母・陸津子は、鹿島氏本家筋を経て常陸での平国香兄弟や源護一族の威勢を聞いていた。

「いずれも皇族の流れ。秀郷の嫁を迎えるにはふさわしい家柄……」

東国では数少ない「貴族」と呼ぶべき家。陸津子はそう思っている。

「いい話ではございませんか。兄さま」

「殿（村雄）の御意向がそうであれば、無論、進めねばならぬが……」

村雄の側近として、また、秀郷の養父として、実際に交渉にあたるのは鹿島らである。

確かに、常陸、下総、上総で勢力を拡張してきた平氏は陽の昇る勢い。周辺の豪族たちも縁を持とうとして近づき、その配下で庇護《ひご》を受けようとしている。

「この流れに乗り遅れるべきではないのかな」

一方で、鹿島は慎重に思案した。

「村雄さまは果たしてそう思われているのか。いや、むしろ……」

周辺氏族の動向を見つつ、懸念も持っているのではないか。

例えば本家。

「このままの勢いでは、平氏の一族ということになってしまうだろうな」

常陸を眺めると、そんな懸念を持つ。

鹿島氏はもともと藤原氏の始祖・中臣氏の流れ。名族である。

鹿島神宮の神職を世襲する由緒ある古族。鹿島神宮は藤原氏の氏神を祀る。中臣鎌足自身に常陸出身説がある。『延喜式』では、「神宮」といえば、大神宮（伊勢神宮）と鹿島神宮、香取神宮の三社しかない。

鹿島神宮は常陸国一宮、香取神宮は下総国一宮だが、両神宮は両国の国境いでもある内海「香取海《かとりのうみ》」を挟んで並び立つ。古代、東国の果てで日本を守る軍神だったのかもしれない。また、両神宮とも一郡全体を神社の所領とする神郡《かみのこおり》を持つ。常陸国鹿島郡、下総国香取郡である。

神領を支配する鹿島氏だが、勢いのある平氏との婚姻関係が進めば、一門として扱われよう。平氏分家から鹿島神宮周辺の権益を掌握する平氏系鹿島氏が出てこないとも限らない。想像はそこまで及んだ。

村雄の母の家・鳥取氏も下野の古族だが、今では村雄の一族として取り込まれた。

事実、この時代以降、下野で豪族としての鳥取氏の名は消えた。

鹿島の懸念も現実となり、後世、鹿島氏は坂東平氏の一族とされる。中臣姓鹿島氏から平姓鹿島氏に取って代わられたのである。

古族が消え、皇族、貴族の子孫が東国に進出し、留住し、その勢力を定着させた。やがて東国の顔ぶれはすっかり入れ替わるのである。

それが古代から中世への移り変わりであった。


「鹿島さま、ようこそお出でいただきました。殿（村雄）も奥でお待ちです」

迎えたのは斗鳥の爺。鹿島はその夜、国府で最も大きい屋敷の一つ、下野守・藤原村雄の館を訪ねた。秀郷の嫁取りついて村雄の意向を確認しておくためである。執務中、国庁ではできぬ私的で微妙な話題であり、私邸での密談となった。

「わざわざすまぬ。ささ、酒も用意してある」

まずは村雄が鹿島に一献勧める。

「恐れいります」

「まず、そなたの存念《ぞんねん》を聞こう。鹿島殿」

「わが妹がはしゃいでおるせいで、秀郷さまに平氏の姫を迎えては、と言い出す親類の者どもは多いのですが、いささか……」

言い出す者が多いどころではない。連中の間では既に確定した話として進んでいる。無論、村雄の前ではそんな事情はおくびにも出さない。

「鹿島殿はあまり乗り気ではないのだな」

「はい。平氏との婚儀はすなわち、秀郷さまが、平国香さま、良兼さま、良持さまのいずれかの婿となるわけですから……」

それではまるで平氏一門のように扱われてしまう。さすがに、そこまでは言葉に出さなかったが、村雄の懸念もそこにあるだろう。これは容易に想像がつく。

「そうだな」

「ですが、こちらから持ち出さぬまでも、平氏側から話が出た場合はどうするか。なかなか難しゅうございます。無碍《むげ》に断るわけにも……。なにしろ国境いを接する大きな一門。争い事のないよう、保たねばなりません」

「さすがは鹿島殿。先を読んで思案を立てておる。さすがじゃ」

「この話どう逃げるか。手立てを尽くしながら、うまく逃げるのも肝要かと」

「どう逃げるか、か。よう申された。やはり鹿島殿に任せるのがわしも安気《あんき》じゃ」

村雄は少しにやっとした。村雄は自分の意見を一言も言わず、その意向を相手に読み取らせる技術がます巧《たく》みになっている。顔の片隅の表情がよろしく忖《そん》度《たく》せよ、という合図である。

「そもそも源護殿。あれは、本当に嵯峨源氏か」

村雄が付け加えた。村雄は京に上り、嵯峨源氏の幾人かに知遇を得たが、常陸に親族がいるといった話は出たことがないという。

(村雄さまは、平氏の後ろにいる源護一家が気に入らないのかな)

鹿島は言葉の端に乗っかっている感情を読み取った。この人はそれくらいしか感情を外に出さない。約二十年、主従関係に近い盟友関係を続け、言葉の裏を読む術《すべ》はだいたい心得ている。

「嵯峨源氏の御一門は枝が多く、見にくい枝葉《えだは》、切り落とされた枝葉もございましょう。嵯峨帝の皇子十七人、皇女十五人が臣籍降下したといいますからな」

「ほお」

斗鳥の爺の説明に村雄が頷《うなず》く。

「本物の源氏でも偽者でも、いずれにいたしましても大きな違いはなく……。おっと、これはこれは……、失礼を申しました。平《ひら》にご容赦《ようしゃ》を」

斗鳥の爺は失言を装ったが、源護の素性の怪しさを皮肉った村雄への追従《ついしょう》、または道化《どうけ》である。

鹿島には高望王の子息たちに持ち続けている村雄の複雑な思いの素《もと》が何となく分かる。村雄らしからぬ劣等感かもしれない。

(元をたどれば……。あのころか……)

鹿島の思考は二十数年前に遡《さかのぼ》る。

「寛平延喜《かんぴょうえんぎ》東国の乱」と称される寛平元年(八八九年)に始まる群盗蜂起の鎮圧に十年余りを費やし、村雄は悪戦苦闘した。

一方の平氏。

高望王が上総介に任官したのは昌泰《しょうたい》元年（八九八年）と伝わる。民部卿《みんぶきょう》宗章《むねあき》なる者の謀叛《むほん》を追討。〈朝敵を平らげた〉として、平の姓を賜った。

これはまことしやかに流布《るふ》した風説。平姓賜姓はそれより前で、四流ある平氏（桓武平氏、仁明《にんみょう》平氏、文徳《もんとく》平氏、光孝《こうこう》平氏）の最初の祖、桓武天皇にちなみ、平安京から「平」と名付けたとする説の方が有力だ。

平姓起源説はともかく、高望王の一族は群盗討伐で功を上げた。村雄も奮闘したものの代償は大きく、下野の地はひどく荒廃《こうはい》した。忸怩《じくじ》たる思いが残ったのだろう。また、東側への勢力拡大を諦《あきら》め、逆に平氏勢力が東からの圧力にならないか懸念も残った。

そうした事情はあったが、鹿島は村雄の武力、政治能力が平氏に比べ、劣っていたとは思っていない。このとき、平氏一門が群盗を鎮圧でき、東国での勢力を飛躍させたのは兵力差である。村雄としては兵の動員数で新規参入者に後れをとったことが不覚《ふかく》だったのかもしれないが……。

だが、下野の復興は早かった。田畑は踏み荒らされ、家々は焼き捨てられ、村々は荒廃したが、人々が戻り、集まり、新たに土地を開墾し、新しい村ができ、復興が進んだ。

（これは村雄さまに対する百姓たちの信頼があればこそだ）

鹿島はそう思っている。

（父や村雄さまに従って荒涼《こうりょう》たる原野《げんや》を駆け回った日々か……）

鹿島は若き日を少し思い出しながら、話を戻して整理した。

「いずれにいたしましても、こちらは静観でよろしいかと」

「うむ」

村雄が頷く。

「問題は平氏側から申し入れがあった場合ですが、基本的な姿勢は先ほど申し上げた通りでよいとして……」

「うむ」

「平氏側の動きはこれからも注意深く見守ります。常陸などにも探りをいれます」

「よろしく頼む」

斗島の爺が情報を差し挟んだ。

「平氏の方々に年頃の姫はおらぬようですな。十歳前後の童女《わらべめ》はおるようですが」

「数年も経てば、たちまち年頃です。いや、今から約束だけでも取り付けようとするかもしれません」

鹿島は慎重な姿勢を崩さなかった。斗島の爺はそれには賛同を示しながら、少し話題を進めた。

「しかし、隣国の平氏一門との結びつきを持つことは肝要。それこそ、敵にしてはいけません。殿（村雄）には少々、ご思案がございます」

「それは？」

「郷子《さとこ》さまを国香さまに嫁がせるのです」

「えっ」

少し驚く鹿島を見て、斗島の爺が続ける。

「国香さま、良兼さまは前常陸大掾・源護さまの姫さまをそれぞれ奥方に迎えておりますが、国香さまは前妻を亡くされたとか。後妻として郷子さまを」

「なるほど……」

秀郷の異母姉・郷子。秀郷とは一つか二つしか年齢も離れていない。秀郷にとってよその家の者だが、幼少時より見知った顔である。

「齢は離れておるが、わしと奥（陸津子）ほどでもあるまい。わしもこの先、両国の関係がどうなるのか見極められぬ。少々時を稼ぎたい」

村雄が補足し、鹿島は声に出さずにその意図を汲《く》み取った。

（さすが村雄さま。老獪《ろうかい》だ。いささか手が込んではいるが……。これも平氏への警戒心の裏返しなのか……）

秀郷の件では鹿島の慎重策を採りつつ、別の外交チャンネルで縁談を進める。平氏との交渉で先手を打つ意味もある。

郷子本人の気持ちは窺《うかが》い知れないが、村雄の意向であれば、その方向で進むしかない。鹿島はともかくも賛意を示した。

「よきご縁となりましょう。平氏の方々との結びつき強まれば、坂東の地もますます安寧となります」

「だとよいな」

〈11〉嫁入り問答

斗島の爺やその一族が平氏側との交渉にあたっている。その間、鹿島は郷子の意向を確認した。郷子は会ったこともない平国香との縁談を受け入れた。

「父上のお役に立てるならこれ以上の喜びはございません」

二十歳ほども離れている父母をみており、年齢差も気にならないという。

「まことによろしいのでございますか」

鹿島は念を押した。

同情する気持ちが少しある。自分の意思が少しも反映されない縁談に不平や不満はないのか。むしろ渋るか、拒む姿勢の方が分かりやすい。とはいえ、郷子がそのような態度をとれば、村雄に「説得せよ」と言われるだけであり、結論が変わることはない。

(それが分かっていて、あえて気持ちを出さないのか)

だが、郷子は鹿島の心配を遮《さえぎ》るように言った。

「ご懸念のこと、ご無用です。もちろん驚きましたが、私も童女ではございません。事情もわきまえておりますし、夫となるお方と会ったこともないとは申せ、どこのどなたか分からぬお方ではございません」

郷子の返答に鹿島は背筋を伸ばす。

「それに……」

郷子が続ける。

「この役目は下野守藤原村雄の娘である私の役目。ほかに代われる方とて、ございません。それを思えば誇らしくさえ……」

さすがの覚悟。だが、志《こころざし》が高ければ、現実を知って幻滅《げんめつ》する場合もある。

「一つ申し上げます」

鹿島は収集した平氏情報を提示した。村雄の指示ではなく、あくまで個人的なお節介《せっかい》と前置きし、お含みおきを、の意味を持たせた。

「平国香さまは威厳に満ち、さすがはこの坂東での平氏一族の棟梁《とうりょう》という風格を備えた立派な方でございますし、ご嫡男・平太さまも賢《かしこ》く、武芸や勉学、和歌の修練に励まれております」

とはいえ、国香の周りには悪《あ》しき連中もいると、はっきり告げた。

「まず、国香さまの義兄弟である源護さまご子息、三兄弟ですが……」

源扶《たすく》、隆《たかし》、繁《しげる》は国香の前妻である姉とは少々、年齢も離れ、むしろ秀郷に近い年代。父・源護の威光や国香との関係を盾《たて》に大いに虚勢《きょせい》を張り、威張《いば》り、わがままを押し通す連中である。また、女性への執着《しゅうちゃく》心《しん》も強いらしい。そのような常の態度とは一転、国香、平太親子には媚《こ》びへつらう態度をみせる。いずれにしても要注意人物。

「用心めされた方がよろしいかと……。余計な差し出口かもしれませんが」

「貴重なご助言、ご忠告、肝《きも》に銘《めい》じます」

「さらに国香さまのご兄弟」

弟・良持、すなわち将門の父は、領民の支持も厚い高潔で人格も優れた人物と聞くが、源護の婿ではなく、親族の中でやや浮いた存在になっている。特に源護子息の三兄弟は意図的に良持の悪口を国香に吹き込む。そこには源護閨閥《けいばつ》の邪魔者扱いして、その領地を掠《かす》め取ろうという魂胆《こんたん》も透け見える。

また国香の齢の離れた弟・良正は兄たちに比べて領地が小さい。

「若さゆえでしょうか。不平を鳴らしているのが周囲にも聞こえております」

それらが兄弟間の火種にならないか。その心配が少なからずあると説明した。

「知っていれば、いざというときの心構えも違います。ご親切、痛み入ります」

郷子は鹿島の助言に礼を言った。

郷子が快諾《かいだく》の姿勢を示し、平国香も断る理由はない。交渉はスムーズに進んだ。

「筑波嶺《つくはね》（筑波山）は西側から望む姿が一段と美しいとか。楽しみですわ。よいご縁をいただいたと思います」

国香の本拠地・常陸国真壁《まかべ》郡は富士山に並び称される東国有数の名峰を間近に仰ぎ見る位置にある。現在、この地は茨城県筑西《ちくせい》市。まさに筑波の西。

「そうだな。やはり近くで見ると違うな」

村雄は、まず、娘に話を合わせた。筑波山は下野からでも見られるが、近くで見る姿はやはり名峰たる威風がある。

郷子の嫁入りのため村雄自身が国境いを越え、平氏一門の待つ国香の屋敷に向かっていた。斗鳥の爺をはじめ近臣の鳥取氏の郎党、侍女、小者らが従う。徒歩の者も多く、馬はゆっくり進む。

久しぶりに間近で見る筑波山。

村雄にとって、群盗蜂起の鎮圧に苦労し、東奔西走《とうほんせいそう》したころに何度も目にした山。また、平氏の台頭で東方への勢力拡大を諦め、複雑な思いで眺《なが》めたこともある。いずれも晴れやかな気分でじっくりと仰ぎ見たわけではなかった。

（以前は、わしの前に立ち塞《ふさ》がる大きな壁にも見えた。今回は少し違った気分で名峰を眺められようか……）

郷子も輿《こし》に乗らず、騎乗である。村雄が少し馬を寄せた。

「今回の件、よく聞き分けてくれた」

感謝の意思を伝える村雄の言葉は小声で少々不器用だった。答える郷子の笑顔は屈託がない。

「いつでも会えるような距離。何の心配もございません」

下野国府周辺から国香の屋敷のある常陸国真壁郡東石田（茨城県筑西市）は、直線距離で三十キロ程度か。毛野川（鬼怒川）、子飼川《こかいがわ》（小貝川）を渡り、騎乗なら数刻（数時間）、歩いても一日で到達する。この距離の近さからだろう。郷子には下野を離れる悲壮《ひそう》感《かん》はない。

「そうだな」

この時代、貴族も庶民も、男が女の家に通う妻問婚や、男が女の家に入ってともに暮らす婿取婚（招婿婚）が普通だったが、嫁として女が男の実家に入る形がなかったわけでもない。平安時代後期にもなれば、上流階級で一般化する婚姻形態でもある。国香が後妻に村雄の娘を迎えるのは両家の結束を固める政略結婚でもあり、婚姻を通じた家の結びつき、一族の強化も意識される時代になってきた。

一方で、万が一にも村雄の勢力と平氏一門が争いとなった場合、その身がどうなるか分からない危険な立場でもある。

「常陸の壮士《おとこ》は気性も荒いし、中には厄介《やっかい》なやつもおるかもしれん」

「そうでしょうか」

「鹿島は何か言っていなかったか」

「いえ、何も」

「そうか。気が利かぬな。何か不都合あれば、いつでも従者、侍女を遣《つか》わし、わしに言上《ごんじょう》するがよい。我慢《が まん》はならんぞ。無理はせんでいい」

「はい……」

「これ、何を泣いておる」

「お父上の優しさ、染みて……ございます」

「大げさな……。隣国・上野もそうだが、常陸も郎女《いらつめ》(女性)がよく働く。台所仕事も正月三が日以外は休まぬとか」

村雄が意外な話題を出したことで郷子は少し笑顔を戻した。

「まあ。三が日だけは壮士《おとこ》の方が厨房《ちゅうぼう》に立ってくれるのですか」

「神に供える膳は壮士が用意するとか言ってな。鮭の身を餅で挟んで、それが正月の壮士たちの料理だそうだ」

「ははははは、面白い」

現代でも茨城県の県西、県央地域に残る郷土料理「しょーびき餅」。塩引き餅が訛ったとされ、焼いた塩引き鮭の身をほぐし、焼き餅に挟んで食べる三が日の朝食だ。

秀郷は、鹿島から異母姉・郷子の縁談の子細を聞いた。

秀郷と平氏の姫の縁組には村雄や鹿島も慎重だという意向も分かり、内心ほっとした。好き嫌いではなく、自分には嫁を迎えるとか、平氏一門との関係を築く支柱になるとか、まだそこまでの覚悟がない。

その点、異母姉・郷子は進んで両家の懸け橋となった。鹿島からその覚悟も聞いた。日ごろ接する機会は少ないが、賢く、快活な姉らしい決断とも思う。

「姉さまがあの少年の義母に……」

毛野川(鬼怒川)で会った平太少年(平貞盛)。

「つまり、わしが平太の義理の叔父か……」

一度会っただけだが、不思議な因縁を感じた。

「利かん気な小次郎よりは姉さまの苦労も少ないかもな……。落ち着いている平太の方がまだしも聞き分けがありそうだ」

自分も覚悟が必要。責任猶予の季節は過ぎつつある。その思いがよぎった。

第二章　関白獅子舞

〈1〉軍事貴族・藤原利仁

初陣《ういじん》の機会が巡ってきた。

延喜《えんぎ》一二年（九一二年）五月。藤原秀郷《ひでさと》、十七歳のころの夏である。

下野国《しもつけのくに》中央部の河内《かわち》郡・高座山《たかくらやま》周辺に「二つ首の鬼」が突如現れ、大暴れをしている。そんな騒ぎとなり、下野国は健児《こんでい》を中心に討伐部隊を編制した。

「鬼ではなく、群盗」

まもなく、情報は訂正された。

「群盗、蟻《あり》のごとく集まりて千人党を結べり」

さらに、その一味は約千人との続報がもたらされた。

群盗蜂起《ほうき》の情報が広がり、陸奥《むつ》南端や近隣のごろつき、ならず者が便乗。東山道《とうさんどう》沿いに下野北部を南下し、那須《なす》の村々を襲って奪えるものを奪い、瞬《また》く間にその数を増やした。

「鬼でも群盗でも怯《ひる》まず戦うだけだ」

秀郷は気負っていた。


これまでの覚悟のなさも実際の戦闘を体験すれば、変われるのではないか。根拠のない思い込みに託《たく》す気持ちがあった。

出陣前夜。

「秀郷さま。初陣なれば気合も入りましょうが、あまり張り詰めても身が保《も》ちません。少し落ち着いて、一歩退いて戦況を見ることも大切ですぞ」

「父上……。武功を挙げなければ、父上の名を汚すことになります。この戦《いくさ》、無様な姿は見せられません」

「まず……」

秀郷が「父上」と呼ぶのは養父・鹿島《かしま》。下野大掾《だいじょう》（国司三等官）の要職にあり、秀郷の実父・藤原村雄《むらお》の腹心でもある。その養父が指摘した。

「秀郷さまのお父上は下野守・村雄さま。まず、それをはっきり自覚なさいませ」

今回、朝廷の命《めい》を受け、京から軍事指揮者が派遣される。

「その方々にもわきまえてもらわねばなりません。当国の国守《こくしゅ》の子息のご出陣。そのお立場は軽いものではなく、下野の健児兵を代表されるお立場」

一介の兵卒と同列にされてはかなわぬと、鹿島は言う。

「そうか……」

「最初が肝心というわけですな。それは結構。ですが、まあ気楽に……というわけにもまいらぬでしょうが、敵の首を挙げるとか、先陣に立ってのお働きとかはともに行く兵たちにお任せなされ。秀郷殿は戦というもの、つぶさにご覧になることがよい経験となりましょう」

「そんなに簡単なことでもありますまい。賊は千人とか。われら下野の若者（健児）は百人。国司で兵を集めておるのでしょうが……」

「斗鳥《とり》さまが奔走し、俘囚《ふしゅう》の仲間を集めております。百姓らの雇い入れも含め、あすには賊どもを上回る兵、揃《そろ》っておりますよ」

「爺《じい》が……、斗鳥の爺が動いておるのか……」

農民を千人規模で徴兵した軍団のシステムに代わり、郡司や豪族の子弟ら騎馬、精兵主義に転換した健児の兵は百騎程度。これでは、千人という群盗には太刀打ちできない。数を補完するのは傭兵である。さらに大きな力となるのが俘囚だった。

奥州（陸奥・出羽《でわ》）で律令国家の埒《らち》外《がい》にいる蝦夷《えみし》。蝦夷のうち朝廷に服属した者が俘囚であり、多くは奥州の外に移住させられた。陸奥に近い下野にも多くの俘囚が移住させられ、既に世代を重ねている。

俘囚は平時から伝統の武芸を鍛えている。騎乗、弓に優れ、兵としての勇敢さを誇りにしている。健児を補完した俘囚の兵力は平安時代前中期軍制の特徴でもある。

秀郷が「爺」、「斗鳥の爺」と呼ぶ斗鳥氏の長老は蝦夷や俘囚の人脈、情報網に通じており、村雄の指示を受けて傭兵を集めていた。斗鳥氏の本家筋の鳥取《ととり》氏は下野の古族であり、蝦夷、俘囚との関係を築いてきた。村雄の祖父・藤原藤成《ふじなり》、父・豊沢《とよさわ》と続く家の最側近であり、この家の武的組織力を支えている存在でもある。

「吾《わぬ》も同行し、戦場を駆けますが、剣を振るい、弓を番《つが》う場面はないでしょう」

「えっ、何故《なにゆえ》ですか」

「観戦、観察が役目ですから。現地に赴かれない村雄さまに代わって、戦の状況をつぶさに見守り、報告せねばなりません」

とはいえ、鹿島は状況によっては剣も弓も手に取る覚悟はある。いざとなれば秀郷を守る。これに関しては村雄の指示はないが、当然の役目と心得ている。

鹿島が気になったのは村雄が群盗討伐司令官の任を他者に譲ったことだ。朝廷に報告を上げながら、自らが群盗討伐の指揮を執ろうとはしない。健康に自信がないと辞退した。

「わしでは齢《とし》を取りすぎ、兵の士気も上がらぬわ。昔のように五人張りの弓も引けぬようでは情けない」

兵の数さえ集めれば、村雄の指揮能力をもってして、さほど難しい任務ではないはずだ。失敗を恐れる必要もない。だが、強い上昇志向の一方で無理をせず、着実に足元を固めた上で次に進むのが村雄のやり方だったことも確か。

（必要のない場面では決して賭けに出ない。それも村雄さまらしいが……）

朝廷から派遣される将の力をじっくりと見ようというのか。

「国の蠹害《こがい》ただ以《もっ》てこれにあり」

国家にとって損害が大きい。朝廷の評議は一致して、その人を選んだ。


群盗討伐軍の司令官は上総介《かずさのすけ》・藤原利仁《としひと》。数々の武功がある当節名の知れた軍事貴族である。最終官位は従四位下《じゅしいのげ》。

介は守に次ぐ国司次官だが、上総国は親王が国守に就く親王任国であり、現地に赴任しない親王に代わり、介が事実上の現地トップ、受領《ずりょう》である。

さて、藤原利仁は群盗討伐司令官として三毳山《みかもやま》・三《み》鴨駅家《かものうまや》に到着。下野守・藤原村雄、大掾・鹿島ら下野の国司高官がうやうやしく出迎えた。

利仁は上総介の前に上野介《こうずけのすけ》を務めた。上野国もやはり親王任国である。そのほか下総介《しもうさのすけ》、武蔵守《むさしのかみ》といった坂東《ばんどう》（関東）の国司を歴任している。今回、上総だけでなく、前任地の上野の兵も率いてきた。

利仁は上総、上野での受領の経歴から、村雄に対しても同格以上の意識を持っていることがうかがわれた。しかも、京に近い越前《えちぜん》・敦賀《つるが》（福井県敦賀市）の出身で、その軍功は京貴族で知らぬ者はいないという中央軍事貴族、軍事官僚。知名度は伝説的英雄・坂《さかの》上田村麻呂《うえのたむらまろ》に匹敵していた。

三鴨駅家に秀郷が二十人の若者を連れて現れた。全員武装している。旧来の仲間たちであり、後々、重臣として活躍する者たちである。舎弟・高郷《たかさと》をはじめ、従兄弟《いとこ》の藤原兼有《かねあり》、藤原與貞《ともさだ》。さらに、下毛野某麻呂《しもつけののぼうまろ》、若麻績部百式《わかおみのべのももしき》、十千木《とおちぎ》、東毛野《あずまけの》、八綱田《やつなた》、大扇《おおおうぎ》といった仲間たちだ。

「わが嫡息《ちゃくそく》、秀郷ほか軍勢に加わる下野の若者たち。近隣豪族の子息なれば、わずかながらでも皆さまのお役に立てればと……」

村雄が利仁に説明した。さらに、国庁には千人超の兵を待機させていることも付け加えた。

「藤原村雄さまのご高名、存じております。下野で長く大掾の職を務められ、この地の安寧《あんねい》に尽力されたご功績も。このような若いご嫡息がいらしたことは存じませんでしたが……」

利仁の軽いジャブ。

下野守・村雄に対し、長く大掾の地位にあったことを強調。さらに治安の功績を褒《ほ》めたことは今回の群盗騒ぎに関する微量の皮肉が込められている。

村雄は、ことさら応酬することはなく、そのまま受け流した。貴族社会の事情にも精通している村雄だが、貴族のような言葉の一騎打ちには興味を示さない。

秀郷は馬を降りて、膝《ひざ》をつき、頭を下げた。

「下野守・藤原村雄が息《そく》、藤太秀郷。当国の若者を率いて軍列に加わります」

あれほど重荷に感じ、なじまなかった「藤原」の名を自ら身にまとった。「藤原村雄の子息」だと、すんなりと口から出てきたのは自分でも意外だった。

他国の人、わが身を知らぬ人に、自分自身を説明する言葉はほかにない。気持ちの上ではどうであっても受け入れざるを得ない。拘《こだわ》りが一つ外れた。自分が思っていたよりも小さな拘りだった。

「藤原か……」

藤原の名に反応したのは言葉を受けた方だったか。

利仁は秀郷を一瞥《いちべつ》した。

「今、鄙《ひな》（地方）には藤原を名乗る者が大勢いるわな。京から落ちてきた者、受領を務めた者の末裔《まつえい》、そして勝手に名乗っておる者」

さらに、にやにやと馬上から秀郷を見下ろしながら呟《つぶや》く。

「藤太。藤原の太郎か。そりゃまた……」

たいそうな名乗りだと言いたげだったが、秀郷はかまわず続けた。

「わが曾祖父・藤成は左大臣・魚名《うおな》卿五男にて、当国で介の任にあり……」

以来、祖父・豊沢、父・村雄と下野の地で藤原の名を継いできたことを簡潔に説明。利仁は秀郷への見方を少し変えたのか。次に繰り出した言葉は前言にはなかった好意の成分を含んでいた。

「おう、藤成卿の……。そうか。わしも魚名流よ」

利仁は藤成の異母兄・鷲取《わしとり》から五代目。

「よし」

頷《うなず》き、さらに続けた。

「よき若者たちよ」

秀郷の態度を気に入ったのであろう。

「若者たちに道中の塵芥《じんかい》を払ってもらおうか」

先頭をゆけ、との指示。秀郷は大いに面目《めんぼく》を施《ほどこ》し、意気揚々《いきようよう》と馬を進めた。

〈2〉烽家

下野国庁まで村雄が利仁に同道した。軍列中央で下野守・藤原村雄と上総介・藤原利仁の両将が馬を並べている。村雄のすぐ後ろにいる鹿島には両将の表情は窺《うかが》い知れない。横顔を見せることもないので互いに言葉を交わしていることはないようだ。

前後を騎乗の側近や護衛の歩兵が行く。軍旗を掲げる旗手もいる。軍容を誇示する流れ旗が風になびく。

下野国庁で閲兵《えっぺい》。正方形に近い敷地が築地塀《ついじべい》と松の木で囲まれ、内側は、南門から入った正面に東西に長い正殿がある。かつてはこの南側に前殿があったが、時代を追って小型化され、今はなく、正殿前の広場が拡《ひろ》くなっている。広場には小石が敷き詰められ、東西にはそれぞれ、南北に長い脇殿がある。左右対称の造りだ。

正殿を背にした利仁と向かい合う形で計三千人の将兵が整列。利仁軍の精鋭部隊のほか、上総、上野、下野の健児の騎兵、各地で徴集された傭兵である。傭兵は百姓だけでなく、各地の俘囚が加わっていた。

号令がかかり、軍勢は南門を出て、幅九メートルという広い南大路を行進。南大路の全長はわずか三百五十メートルだが、道は幅をやや狭めながらもそのまま南に延び、東山道に直結している。

東山道に入り、隊列は東に進む。思川《おもいがわ》を渡ると、小高い塚に摩利支天《まりしてん》を祀《まつ》る祠《ほこら》があった。

「摩利支天か」

「幸先よいですな。行軍の初めに勝利の女神に出会えるとは。われらの勝利、疑いなし」

利仁主従が関心を示す。

摩利支天は仏の守護神。もともと古代インドの女神で、天女であり武神。仏像では三面六臂《ろっぴ》（三面の顔、六本の腕）の姿で知られる。戦国時代には多くの武将が摩利支天を信仰する。

「ちょっと待っておれ」

利仁は隊列を止め、寸暇《すんか》を惜しんで塚に上り、祠に戦勝を祈願した。

「東国《とうごく》は古来、武辺《ぶへん》の地。古《いにしえ》の王の墓に武神を祀る祠は似合《にお》うておりますな」

利仁側近の将が付け加える。

北側にも同様の塚があり、二つの塚が並ぶ。両方とも古代、この地域を治めた首長の墓と伝わる。朝廷とは別の王族がこの地を支配していた時代の遺物である。東国の国司高官を歴任してきた利仁は塚の形態を見て、すぐに〈古墳〉と分かったようである。

この古代王族は蝦夷と関係が深かったと推定できるし、蝦夷そのもの、同じ一族の可能性も大きい。大和朝廷の支配領域拡大に伴い、蝦夷は関東から東北へ追いやられ、蝦夷が優越的に居住する地域が徐々に限定されていった。そう想像できる。

服属したとはいえ、朝廷とは別の王を讃える墓を憚《はばか》り、それでも古の王を敬《うやま》い尊《とうと》ぶ気持ちも民衆の中に残っており、摩利支天を祀ったのかもしれない。

現代では摩利支天塚古墳（栃木県小山市飯塚）と呼ばれる。

北側に並ぶ塚は琵琶塚《びわづか》古墳。いずれも前方後円墳《ぜんぽうこうえんふん》。摩利支天塚古墳は全長（墳丘長）百十七メートル。琵琶塚古墳は百二十三メートル。栃木県内最大の吾妻《あづま》古墳（百二十七メートル）に次ぐ大きさであり、古の王族の威勢を物語る。栃木市大光寺町と壬生《みぶ》町藤井にまたがる吾妻古墳を含め、三基とも思川と姿川に挟まれた台地にある。

この一帯は古代、下野国の中心地だったことが分かる。

道はここから北東に向かう。高く赤い塔が見える。国分寺の七重塔だ。この一帯は古代王族の古墳、国府、国分寺、国分尼寺《にじ》といった重要施設が集中しているのだ。

さらに進むと、五重塔のある下野薬師寺《やくしじ》。奈良時代、都を追われた怪僧・道鏡《どうきょう》の左遷先だ。下野薬師寺には天平宝字《てんぴょうほうじ》五年（七六一年）、戒壇《かいだん》が設けられた。戒壇は僧侶になるため必要な授戒儀式を行う壇場。東大寺（奈良市）、筑紫観世音寺《つくしかんぜおんじ》（福岡県太宰府《だざいふ》市）と並ぶ「本朝三戒壇」（天下三戒壇）の一つである。

東山道は中世の奥大道《おくだいどう》、近世の奥州街道と違い、現在の宇都宮《うつのみや》市中心部を通らない。宇都宮近辺では鬼怒《きぬ》川に沿ったルートを北へと延びていた。

下野国内にある東山道の駅家は七カ所。足利《あしかが》郡の足利駅、都賀郡の三鴨駅、河内郡の田部《たべ》駅、衣川《きぬがわ》駅、芳《は》賀《が》郡の新田《にいた》駅、那須郡の磐上《いわかみ》駅と黒川駅である。駅家はほぼ三十里（十六キロ。古代の一里は五百メートル強）ごとに整備され、役人らが使う交代用の馬が用意されている。

秀郷は行軍の先頭を行く。国庁での閲兵後は鹿島もその傍《かたわ》らで馬を進めている。行軍先頭に同道しているのは利仁軍の先陣大将・青木角太夫正利。従う面々は大江治郎正行、佐藤平之進盛恒、高田四郎義影、鳴見将監《しょうげん》政家ら。その後に利仁の本隊、徒歩で進む傭兵の一団、軍列の最後方を利仁軍後陣大将・青木左近将監一角と、その配下の笹山五郎時影、大内左ェ門信行らの面々が続く。軍列はゆっくり進む。

「国守ご子息自ら、お仲間を連れてご出兵とはよき心掛け。御殿《おんとの》（利仁）はそういう若者を好ましく思っております」

青木角太夫が馬を並べ、秀郷に語りかけてきた。初対面ながら、どこか気を許したような態度だ。

「今回の群盗討伐、朝廷よりのご命令。この任を果たせば、御殿は鎮守府《ちんじゅふ》将軍に任命されましょう」

「群盗の頭目は蔵宗《くらむね》、蔵安《くらやす》の兄弟といい、陸奥で悪さをしていた一党ですな。下野に入ってからは村々を襲っては金銀財宝を奪い取り、人々に対しては牛や馬を扱うように鞭《むち》を当て苦しめていると聞いとりますぞ」

青木角太夫がいろいろと説明していた。

遥か前方に青い煙が一筋立ち上がったのが見え、角太夫が振り返った。馬を止めて中央部隊の到着を待ち、利仁に報告。

「御殿、合図の狼煙《のろし》ですぞ」

「よし、このまま進め」

利仁が応じ、角太夫の指示で全軍の歩速が速まった。

狼煙が上げられたのは〈烽家《とぶひや》〉。鬼怒川沿いの急峻な崖の上に見張りの施設や交代人員の宿舎、武器倉庫がある。現在の飛山《とびやま》城史跡公園（宇都宮市竹下町）。後に宇都宮氏重臣・芳賀氏の重要拠点として飛山城が建てられた場所だ。

その烽家で軍勢を一時停止し、先発していた偵察隊の報告を受けた。

「新田駅家の倉庫群が焼失しました」

「やつらの仕業《しわざ》か」

「はっ。南下中に襲ったようです」

青木角太夫が偵察の部下にただした。

「して、賊は今どこにおる」

「高座山の周り一帯、数多くの砦《とりで》で固めております」

「うぬぬ」

角太夫が呻《うめ》く。

「よし、いくぞ」

「おーっ」


利仁の号令に軍勢は声を上げた。

新田駅家の推定位置は栃木県那須《な す》烏山《からすやま》市鴻巣山の長者ケ平《ちょうじゃがだいら》官衙《かんが》遺跡。東山道跡と合わせて国史跡に指定されている（長者ケ平官衙遺跡 附《つけたり》 東山道跡）。

この遺跡からは焼けた米、粟《あわ》、稗《ひえ》も出土する。出土した焼けた米、真っ黒い炭化米をめぐっては源義家《よしいえ》の伝説がある。

秀郷より少し後の時代となる。

前九年《ぜんくねん》合戦（一〇五一～六二年）のとき、奥州に向かう源頼義《よりよし》、義家親子はこの地の長者・塩谷民部《しおのやみんぶ》の屋敷で一泊した。豪壮な屋敷に大勢の使用人。広い馬場、農地を持ち、鍛冶屋《かじや》も抱え、農具や武器も製造できる。一行にも豪華な御馳走《ごちそう》を振る舞った。翌朝、出発する義家は「すまぬが、家来千人分の食料と雨具を用意してくれ」。頼んでおいて、「驚き、迷惑がるかもしれんな」と思いながら、難なく調えた長者の力に驚いたのは義家の方だった。都に帰る際も一行は長者の屋敷でもてなしを受けた。だが、一行を見送った日の夜、倉庫や使用人の家から一斉に火の手が上がり、長者屋敷は炎に包まれた。長者の財力を恐れた義家の仕業だった。

そんな民話が当地に伝わる。義家が長者屋敷を焼き討ちする似た話は各地にある。源氏の棟梁《とうりょう》としての冷徹さを強調した話として伝えられたのだろう。

遺跡の焼け跡は義家の時代より約百年前のものと推定される。もしかしたら秀郷の時代だったかもしれない。

脱線の上に蛇足を加える。

前九年合戦は足掛け十二年。元々、「奥州十二年合戦」と呼ばれた。早くから後三年《ごさんねん》合戦（一〇八三〜八七年）を合わせた前後二合戦の総称と誤解され、「前九年・後三年合戦」「前九年・後三年の役《えき》」の呼称が広まった経緯がある。後三年合戦も実際は五年間であった。

〈3〉初陣高座山

五月六日。高座山の前に軍列が並んだ。

高座山がどの山を指すのか。宇都宮市北部の高館山（宇都宮市高松町など、標高四七六メートル）ともいわれるが、今となっては不明。利仁伝説の残る関白山神社（宇都宮市関白町）は現在の東北自動車道上河内サービスエリアのすぐ近くで、宇都宮市北部が伝説の舞台であり、神社から見て西側にそびえる高館山はこの伝説に最もふさわしい。

一方、北側にある羽黒山（宇都宮市宮山田町など、四五七メートル）は宇都宮北部を象徴する山として地元に親しまれている。また、栃木県塩谷《しおや》町や矢板《やいた》市、日光市などにまたがる高原山（一七九五メートル）をあてる説もある。

高座山近くで陣を張る利仁軍。青木左近将監一角、青木角太夫正利の両将がそれぞれ利仁に状況を報告した。

「群盗一千人は麓の冬室《ふゆむろ》村西山の館を中心に、中里、高松、逆面《さかづら》、横倉、大網の村々に砦を築いております。首魁《しゅかい》は蔵宗、蔵安の兄弟」

「連中は、東山道で輸送される租税の荷を奪ったり、官衙の倉庫を襲って備蓄品を奪おうとしたりしておる武闘派。手強い相手ですぞ」

「よし、号令をかけよ」

両将の号令一下、戦闘開始。

初陣の緊張感。秀郷はふわっとした落ち着かない気持ちで戦に入ってしまい、幾度も苦境に立たされた。気は勇《いさ》むが、勝手が分からない。いざ戦闘のただ中にいると、敵にしろ、味方にしろ、人がばったり倒れるのを間近で目にする。恐怖も感じるが、その気の怯《ひる》みを表に出したくない。いっそう、無闇《むやみ》に突撃しようとした。

「そのような隙《すき》だらけの動きではやられてしまいますぞ」

後ろから進み出てきた青木角太夫に何度か助けられた。

「あまり前に出すぎませぬように」

だが、思い切り駆け出さぬわけにもいかぬ。そうしていると、いつの間にか先頭近くに立ち、敵の矢面《やおもて》に立っていた。この間合いは難しい。

(こうなりゃ破れかぶれだ)

思い切り剣を振り回していると、周囲の敵が退《ひ》いていく。要領は得ないが、とにかく必死にやるしかない。

周りの状況、戦闘の全体状況は見えない。

秀郷自身は悪戦苦闘だったが、利仁軍は連戦連勝。小さな砦を次々と落とし、そのたびに敵は蜘蛛《くも》の子を散らすように逃げていく。蔵宗、蔵安兄弟もわーわー言って姿を現すが、大軍にひと押しされると、さっと退いていく。

結局、敵は高座山に逃れた。

「御曹司《おんぞうし》、戦の要領というのはですな……」

青木角太夫はことのほか親切だった。将たる者の戦に臨む態度について語った。

「御殿・利仁公《りじんこう》をご覧なされませ。後方にてどっしりと構え、兵を繰り出す時を見計《みはか》らい、押してよい場面で兵を押し出し、退くべきときは退く」

藤原利仁は、陰では〈りじん〉と呼ばれているようだ。読みやすさ、口にしやすさにほかならないが、人の名を音読みするのは京貴族の流行《はや》りのようなもので、また、音読みされるのは、それで通じる有名人だからこそ。利仁の家臣にとっても、それが少々誇らしくもある。また、諱《いみな》(実名)に呪術的意味合いを感じ、軽々に口にしないといった当時の感覚もある。

それはそうと、青木角太夫が言いたかったのは、戦闘全体を指揮するのが将の役目ということ。秀郷に対し、今はその任になくとも、それこそ実践の場で学ぶべきことだと説く。先頭に突進し、敵と剣を交わすのは端武者《はむしゃ》(雑兵)に任せておけばよい。

「将たる者、自らを守るも役目。将討たれれば、お味方の兵、戦う意義を失い、散り散りとなってしまいます。すなわち必敗」

敵将・蔵宗、蔵安兄弟を追い詰めた余裕か、個々の戦の後、青木角太夫は上機嫌に秀郷を諭《さと》した。

同陣している鹿島も同じことを秀郷に諭した。

「下野守・藤原村雄さまご嫡息なれば、ゆくゆくは一国の将として立っていかねばなりませんぞ。猪《いのしし》武者《むさ》の如き振る舞いはお慎《つつし》みなされ」

「父上……。重々分かっておりますが……。自分の力を知りたいのです。兵《つわもの》として強いのか弱いのか」

「まず……。この陣中では、吾《わぬ》は父ではありませんぞ。吾を家来の一人として扱いなされ。下野守・藤原村雄さまご嫡息のお立場、利仁公にも、その将兵たちにも、わきまえていただかねばなりません」

「分かりました。利仁さまの将兵がいる場では気を付けますが……」

「その上で申しますが、兵としての弓、剣の上手《じょうず》、兵を指揮する将としての上手。みな、それぞれ別の道。秀郷さまは無論、将としての道を究《きわ》めねばなりません」

「強くなりたいのです。強くありたい。幼きころより弓、剣は父上やご親類の方々に鍛えていただきました。父上の名に恥じぬよう強くありたいのです。それに、今のわしに上から戦を見て、その良し悪しが分かるだろうか」

「その目を鍛えるのも将の道でございます。それこそ、ご経験を積んでこそ見えてくるのでございます」

「それでは、利仁さまの戦は如何《いか》に。この戦を観望している父上の率直な見立て、如何《いかが》にございますか……」

「さればですな……」

鹿島は少しだけ黙考《もっこう》してから述べた。

「これまでの順当な戦ぶりですが、少数の敵に対し、大軍を投じて手堅くたたくものですな。油断なく無理なく兵を繰り出す。これは特に変わったものでもありません。お父上さま（村雄）の戦ぶりとも違いはなく、まだまだ利仁公の本領が出てきたものでもございません。これからですな。むしろ」

「これからとは」

「さればですな……」

鹿島は、利仁が今後の戦況をどう予測し、どのような作戦を立て、どのように兵を指揮するか注目すべきであると述べた。難しい局面での兵の動かし方。そこにそれぞれの将の特徴が出るという。

戦は最終局面に向かっている。

〈4〉六月の雪

「高座山の砦《とりで》は堅牢《けんろう》ですな」

「もう一カ月、攻めあぐねております」

青木左近将監一角、青木角太夫正利の両将は渋面《しぶつら》だった。

堅固な砦に籠城《ろうじょう》されると、無理に攻めることも難しい。戦線はしばし膠着《こうちゃく》。連勝に沸いたムードもしぼんだ。

「焦《あせ》らず、策を考えよ。知恵を出せ」

利仁は両将をはじめ直属の家来と議論を重ねた。

やみくもに攻めて犠牲が大きくなると、兵は浮足立《うきあし》ち、ついには逃げ出してしまう。「自分の身を犠牲して……」などと考えている兵は恐らく一人もいない。いかに兵を本気で戦わせるか。将にとっては苦労である。

利仁は京の代表的な武人で、拠点は越前国敦賀（福井県敦賀市）。父は民部卿・藤原時長《ときなが》。母は敦賀の豪族・秦豊国《はたのとよくに》の娘。利仁自身も敦賀の豪族、藤原有仁《ありひと》の婿だ。若いときは関白・藤原基経《もとつね》に出仕《しゅっし》していた。

藤原北家《ほっけ》・魚名流であることが秀郷と共通している。

中臣鎌足《なかとみのかまたり》―藤原不比等《ふひと》―房前《ふささき》（藤原北家）―魚名―鷲取―藤嗣―高房―時長―利仁

左近将監（宮中警護などを担う左近衛府の四等官）などを経て東国の国司も歴任。延喜一一年（九一一年）に上野介、同一二年に上総介（同一六年説あり）に就いた。

利仁の次男・叙用《のぶもち》は斎宮頭《さいぐうのかみ》（伊勢神宮に奉仕する皇女を世話する斎宮寮の長官）であり、官職にちなんで「斎藤」を名乗る。斎宮の藤原は斎藤氏のルーツである。

利仁自身も数々の伝説を残している。

戦線が膠着している間、秀郷は直接、利仁の話を聞く機会があった。

「坂上田村麻呂公に従い、阿弖流為《あてるい》を討つ征夷戦に臨んだ」

利仁自身が言うのだが、百年以上前のことであり、全く時代が合わない。

「文徳帝《もんとくてい》（文徳天皇）のとき、新羅《しらぎ》征伐を命じられたが、このわしは唐の法全阿闍梨《はっせんあじゃり》の調伏《ちょうぶく》にやられ、頓死《とんし》してしまったわ」

虚空《こくう》を大刀で斬る雄々《おお》しき最期《さいご》。だが、文徳天皇在位も五十年以上前。このような自慢なのか、自虐《じぎゃく》なのか、たちの悪い冗談なのか分からない話で若者たちとの座を盛り上げた。

いや、盛り上がるはずもない。若者たちはどう返答していいか困惑するしかない。

秀郷もそんな与太話《よたばなし》のいくつかを黙って聞いていたが、そんな中で興味深かったのは「芋粥《いもがゆ》」の話だった。

利仁が都の「一《いち》の人《ひと》」（関白・藤原基経）のもとに出仕していたころの話である。

五位の位階を持った中年貴族がある宴席で「芋粥を飽《あ》きるほど食べてみたい」と言った。若い利仁は、（絶対に食べきれない、これは飽きたと、言わせてやろう）と思い、「それなら、わが家で馳走《ちそう》いたします」と申し出た。

「敦賀の居館にお連れし、とにかく大量の芋粥を用意したんじゃ。が、その五位殿《ごいどの》、どうしたと思う」

「一杯も食べぬうち、『もう、いっぱいです。結構《けっこう》です』と言うのじゃ。何とも、拍子《ひょうし》抜けというか、張り合いがなかったのう。わっははは」

利仁は一人で話し、一人で笑い、とにかく上機嫌だった。

この「芋粥」は『今昔物語集《こんじゃくものがたりしゅう》』に材《ざい》を取った芥川龍之介《あくたがわりゅうのすけ》の短編で知られる。

「利仁さまの話、いささか不思議が多くて……。というか、あまり信じてはおらぬのですが……」

秀郷は、利仁が若者たちに語った話の内容を鹿島に説明した。

「あっははは……」

「父上、おかしいか」

「父上ではございませぬぞ。さりながら、利仁公はなかなか面白きお人ですな。失礼ながら変わったお方」

「やはり、風変りなお人か」

「愉快なお方と言った方がいいかもしれませんな。生きながらにして伝説の武人なのですよ。京では坂上田村麻呂公やそのほかの昔の武人の話もない交《ま》ぜになって、貴族の方々がいろいろと言い募《つの》っているのでしょう。それを自ら語るとは……。まさに作られた虚像を自ら楽しんでいるのかもしれませんな」

「それは、少々ふざけが過ぎるのでは……」

「そうかもしれませんが、悪意もないし、誰が困るということでもないでしょう」

藤原利仁自ら語る〈利仁伝説〉ともいうべき逸話《いつわ》。作り話、虚言《きょげん》かといえば、そうかもしれないが、一方で当時の貴族たちが持つ利仁のイメージを比較的忠実に伝える比喩《ひゆ》ともいえる。鹿島はそう捉《とら》えた。それを自らのイメージ戦略に利用しているのだと。

「この地でも群盗と戦い連戦連勝。最後の詰めをどうするのか、まさに利仁公の本領が見られると思いますが、今のところ、民百姓の人気はたいへんなものですな。群盗どもの乱行を抑え込んだのだから当然ですが」

鹿島はさらに続ける。

「利仁公は越前・敦賀のお方です。新羅海賊の鎮圧、海防でもご活躍のようです。吾らにはない海軍力も持っておられます」

「海軍？」

「舟戦《ふないくさ》ですよ。水の上の戦は野の戦とは全く違います」

海防は朝廷にとっても重要な課題であり、かつては防人《さきもり》として東国から多くの若者、農民が遠く筑紫《つくし》（九州）の地まで海岸警備のために徴兵された。この当時では横行する海賊への対応が朝廷の課題となっていた。

海防にも従事する利仁の経験の厚さは武人としての底の深さを形成している。鹿島はそう説明した。

利仁は一方で東国の国司を歴任している。蝦夷・俘囚との厳しい緊張関係にさらされることがあったかもしれない。この経験が、異域異類《いいきいるい》を恐れる京貴族にとって利仁を最も頼るべき英雄的武官に押し上げた。日本の異域や辺境《へんきょう》地域での利仁の活動が京の安全に直結していた。

対陣したまま一カ月が過ぎた六月一四日。

旧暦の六月は真夏。ただ、天候が不安定な時期でもある。

その夜、冷たい風が吹き抜けた。それまでの暑苦しさがすうっと引いていく。その爽快《そうかい》さは陣中の誰もが感じたであろう。だが、そのうち涼しさがやや度を越し、むしろ晩秋《ばんしゅう》の寒さを感じさせた。

利仁は何かを思いついた顔つきになったかと思うと、陣幕《じんまく》を出て、空をじっと見つめた。

「兵にかんじき、そりを作らせよ」

続いて陣幕から幕僚が出てくると、唐突に命じた。青木将監一角が「ははっ」と応じて手配を始めた。野営地がにわかに慌ただしくなった。ただ、それほど騒がしくはならない。利仁直属部隊の兵が一部、黙々と命じられた作業を手際よく進めているだけである。

(いったいどんな作戦なのだろうか)

その様子を見ていた秀郷は全く想像がつかない。そり、かんじきは雪の上で使う道具である。

「殿、これはいったい……」

尋ねる一人の兵に利仁は聞き返した。

「雪は降ると思うか」

「いや、今は六月。雪など降りませぬ」

利仁はいきなり、その兵を剣で一刺しし、ばっさりと斬った。「ぎゃーぁ」と声を上げ、兵は即死。

利仁は続いて別の兵に聞いた。

「雪は降ると思うか」

「降ります、降ります。まもなく雪が降りましょう」

答える兵は震えあがっている。

(無論、本心ではあるまい)

秀郷は驚いた。先ほどからの慌ただしさに利仁の動きに関心を持ち、何となく近くで見ていた。利仁がぼっそりと呟いたのも聞こえた。

「六月に雪など降るはずもない」

(何と、むちゃくちゃな)

秀郷は声に出さなかったが、振り向いた利仁は秀郷に気付いた。

「兵の数が多いといっても死に物狂いに働いてこそ数の有利が生きる。敵の勢いに気圧《けお》されて逃げ出したら、あっという間に総崩れだ。道理も理屈《りくつ》もなく命令に従わせるのも将の役目」

先ほどとは打って変わって物静かな語りよう。

秀郷は押し黙って聞くしかなかった。が、そのために兵一人を犠牲にした。

(道理ではあるが、やはり異常な行動だ)

そうとしか思えなかった。

何と、雪が降り始めた。

「わっはは、雪か」

高座山の陣中では蔵宗、蔵安兄弟の高笑いが響く。

「大軍に囲まれ、打つ手なしかと思っていたが」

「これでは、利仁の軍は動けまい」

「あすあたり、一気に押し潰《つぶ》す好機かもしれませんな、兄者」

「前祝いじゃ。雪見酒と洒落《しゃれ》こむか」


夜明け前。

雪は確かに積もった。足元を白く染めた程度だが、そのまま歩けば、足を取られるであろう。雪はわずかな光を反射し、足元も明るい。

「敵は油断しておるぞ。一気に駆け上がれ」

利仁が号令をかけた。

先陣大将・青木角太夫に「東の口から攻めよ」と命じ、後陣大将・青木将監一角には「裏手方より攻めよ」と命じ、利仁は南口を攻め登った。その先頭で秀郷は敵兵を蹴散《けち》らし、懸命に利仁進軍の露払《つゆはら》いを務める。秀郷の後ろからかんじきを履いた兵が次々と山を駆け登り、砦に殺到《さっとう》した。

「敵がどんどん、登ってきておる」

「雪の斜面を……。まさか」

夜警の兵が急を告げ回ったときはもう遅い。用意の整っていなかった蔵宗、蔵安配下の兵は慌てふためき、わめいている。武器を手にする者は多いが、数が揃わず、相手に向かっていく姿勢をとれない。

「早う、早うせい」

「上から矢を射かけて追い返せ」

「いや、もう目の前じゃ」

さらに、裏手から登っていた後陣大将・青木将監一角の少数の部隊が山頂からそりで滑り降り、その少し下の平《ひら》たい場所にさまざまな小屋を築いた砦を背後から急襲した。

「もう駄目じゃ」

蔵宗、蔵安の陣が混乱した。既に諦めの声が漏れている。

反撃の機会を失い、次第に増えていく敵を目の前に兵は戦意喪失《そうしつ》。逃げ出そうとする者は簡単に討ち取られ、多くが降伏の姿勢を示して縄で縛《しば》られていく。もともと盗賊の寄り集まった烏合《うごう》の衆《しゅう》。昨夜までの威勢はどこにもなく、今は命を永《なが》らえる手段を忠実に実行している。だが、素直に縛《ばく》についた者でも許される者とそうでない者は厳しく峻別《しゅんべつ》される。

蔵宗、蔵安も大軍に取り囲まれ、あえなく捕らえられた。

「われらが盗賊なら、田祖《たそ》、調庸《ちょうよう》を巻き上げている国司こそ大盗賊。村々より無理やり奪い取っている。何が違う」

「京の貴族が何の理《り》あって、民人《たみびと》より税を徴収できる。そこに何の理があろうや。何の義があろうや」

後ろ手に縄で縛られ、地べたに膝《ひざ》を屈《くっ》している蔵宗、蔵安兄弟がわめく。

いきなり義士義賊《ぎしぎぞく》となって、国司、貴族、朝廷を弾劾《だんがい》しているが、無論、昨日までの彼らの行動原理を主張しているわけではない。民百姓《たみひゃくしょう》ら弱い者を襲い、縦横無尽《じゅうおうむじん》に奪い、自らの欲求のみを満たしていたのは彼らである。

（それこそ盗賊の理屈だ）

秀郷は冷ややかに見ていた。盗賊兄弟の周りを囲んでいた利仁軍の部将も同様に思っていたようだ。

「その理屈、閻魔《えんま》大王に言うてくれ」

どっと嘲笑《ちょうしょう》の渦《うず》となった。しばらくは首魁の二人のわめきと、円形に囲む部将の罵倒《ばとう》が続いた。

「悪霊《あくりょう》、怨霊《おんりょう》となって、おぬしらを呪《のろ》ってやるわ」

兄弟は悪態《あくたい》をつき続ける。命乞《いのちご》いは一切しない。

「そんな力はあるまい」

「盗賊はただの盗賊じゃ」

「口も縛《いまし》めてやれや」

「最初は、二つ首の鬼という噂《うわさ》もあったが……」

「確かに首は二つだが……。角《つの》は生えとらん」

円陣の部将が再びどっと沸く。

「鬼退治でなかったのが少々もの足らぬが……」

「勝ちは勝ちよ」

「あははは」

部将たちは囚《とら》われの敵将を剣の先で執拗《しつよう》に小突《こづ》き回して侮蔑《ぶべつ》し、戦勝気分に浸《ひた》る。

「ごちゃごちゃ、やっとらんで……」

利仁が進み出てきて二人の首魁を憎々し気に一瞥《いちべつ》した。

「はよ斬れや」

無慈悲《むじひ》なほどに簡潔に賊首《ぞくしゅ》の死刑執行を宣言した。

罵倒の声はやみ、場は畏《かしこ》まった。刀剣を手にした部下が無言で利仁に頭を下げ、罪人二人の後ろに立った。

「この恨《うら》み、死しても利仁に祟《たた》るものなり」

「祟るものなりぃ」

蔵宗に続いて、蔵安も絶叫。同じ言葉で最期を迎えた。

〈5〉白皙《はくせき》の美女

群盗を討ち果たし、部隊は現地解散となった。総司令官・藤原利仁の本隊が動けなかったのである。

利仁は病《やまい》に臥《ふ》していた。原因は不明。

「御殿《おんとの》は祝勝会の後から高熱を発しておられる。毒でも盛られたのではないか」

「誰にじゃ？　敵は全て蹴散らし、今は影もないが」

青木角太夫と青木左近将監一角の両将はさらに声を潜《ひそ》めた。

「おい、まさか……」

「悪霊だというのか……。それはなかろう」

青木両将は「それはそうだな」と、ひきつった笑いで結論とした。


秀郷は利仁を見舞った後、下野国の兵を率いて帰途《きと》についていた。

その道中早々、一行の後を追う馬蹄《ばてい》の響きが近づいてくる。

青木角太夫の家来、大江治郎であった。

「御殿（利仁）のご息女《そくじょ》、衣姫《きぬひめ》さまが殿の病の報《ほう》を聞き、こちらに向かっているとの報《しら》せ。角太夫さまは、秀郷さまに迎えに行ってほしいとのご依頼」

「秀郷さま、兵たちのこと任されよ。利仁公のお為《ため》、先をお急ぎなされ」

傍らにいた鹿島が秀郷を促《うなが》し、兵の引率《いんそつ》を引き受けた。

「かたじけない」

秀郷は舎弟・高郷、従兄弟の兼有を連れ、大江とともに急いで東山道を南へと駆けた。

衣姫は利仁が上野介として赴任していた前任地の上野国から下野国に入るはずだという。

秀郷と大江は下野国府を過ぎ、三鴨駅家《みかものうまや》で立ち止まった。ここからどうするか。

「出発のご予定から察するに……」

大江の説明を受け、秀郷があれこれ推測する。

「安蘇《あそ》（佐野市など）あたりまで来ておられる可能性もあります。地元の詳しい者に通りそうな道を探らせましょう」

　衣姫が国司の役人を連れていれば、東山道を使うはずだが、いろいろな状況を想定して脇街道にも迎えを出すことにした。それらの連絡役も必要。高郷と兼有は地元の者に応援を頼むため、秀郷と別れた。秀郷と大江は馬を並べ、脇街道を西へ急ぐ。

「上野国から国境いを越えられる方はこの道が分かりやすいはずです。盗賊などに出くわさねばよいのですが……」

　秀郷が大江に説明しながら、しばらく行くと、遠くの方で「おーっ」とか「わーっ」とか何やら不穏《ふおん》な声が聞こえてきた。賊《ぞく》に囲まれた馬上の姫を発見。

「ぐふぇっへへへ」

　賊どもは、実に邪悪《じゃあく》な表情で、いやらしい声を上げていた。

「これは、これは、みめ麗《うるわ》しき姫君」「おとなしくしろ」

「おい、殺すな。生かして、な……」「分かっとる」

　じりじりと、膝立ちでもないのに、にじり寄るような迫り方がまた実にいやらしい連中であった。

「不埒者《ふらちもの》、近寄るでない」

　衣姫の従者は既に倒れ、姫の馬にも矢が刺さっている。絶体絶命《ぜったいぜつめい》だ。

「待て、待てぃ」

　秀郷、大江が飛び込んだ。

　賊は屈強《くっきょう》な連中が十人ほどいたが、秀郷が剣を振り回し、連中が後ずさりする隙《すき》をみて、ぴたりと衣姫の馬に近づいた。姫をかばう態勢《たいせい》で、剣先を賊に向ける。

「ご無事でしたか」

　大江が姫に声を掛ける。

「ふん、たった二人か」「やっちまって武具を奪い取ろう」

　連中は諦めず、再び近づこうと、一歩、二歩と歩み寄る。

「まずはじんわりと、こいつらを痛い目に遭わせましょうや」

　出てくる文言が全て邪悪な連中だ。

（やるか、やられるかだな）

　もはや応戦しかない。秀郷は四方を囲まれていたが、背の箙《えびら》（矢箱）から矢を取って速射。一人の額《ひたい》を打ち抜いた。連中は再び後ずさり。続いて第二射。さらに一人がばったり倒れた。連中の足が止まったが、矢はもうない。

（しまった）

高座山《たかくらやま》で矢はほとんど使い果たし、補充の機会もなかった。戦いは終わったと、その心配もしなかった油断が悔やまれる。

秀郷は再び弓と剣を持ち換えた。状況は先ほどより悪くなっていると自覚せざるを得ない。囲む賊どもは、にやにや笑う。

「おや、矢は尽きたようだな。へっへへへっ。それじゃあ遠慮なく……。へっへへ」

「おい、この若造《わかぞう》、強そうだ。油断するな」

「同時に。なっ」

「分かった」

じりっ、じりっと間合いを詰めようとする邪悪な賊ども。先ほどまでの侮った態度は影を潜め、確実に倒すため四方を囲み、同時に討ちかかってくる構えだ。互いに目を合わせ、タイミングを見計らっている。

（まずい、このまま四方から一斉に飛びかかってこられたら、防ぎようがない）

剣を持つ手に汗がにじむ。そのとき。

「藤太っ」

聞き慣れた声がして、一瞬、馬が目の前を通り過ぎた。秀郷は左手にしっかりと一本の矢を持っていた。

「駒音《こまね》」

疾走する馬から投げられた矢を反射的につかんでいた。

駒音の馬は秀郷の前を通り過ぎた後、また引き返してきた。

「この道であろうと皆さまにも伝えてある。まもなく来られましょう」

「野郎ども……」

こう言いかけたのが頭目《とうもく》とみて、秀郷は再び弓を引き絞った。

きりきり。

速射。

額ぱっくり、頭目ばったり。蜘蛛の子散らして逃げていった。

「駒音、危ないところを……。礼を申す」「感謝しかない」「いや、助かった」

途切れ途切れに言う秀郷に、駒音は「えへへ」と明るく笑い、「姫さま、大丈夫でしたか」と問いかけた。

「危ないところをありがとうございます」と衣姫。

秀郷が「おけがはありませんか」と問いかけたが、けがはあるようだ。肩のあたりを少し切られている。

駒音が自らの小袖を左肩から裂いて、衣姫の止血をしながら「馬も手当が必要です。こちらで預かりましょう」と申し出た。

衣姫は不安そうに「何としても父のもとへ。急ぎたいのです」「手遅れになっては……」。そこで言葉を詰まらせた。

「お父上は大丈夫です。やがてよくなります」

秀郷は根拠もないが、とりあえずそう言うしかない。

そうしている間に高郷、兼有、地元の者たちが次々と集まってきた。

「藤太が連れていくしかないよ。この馬は走れないし」

駒音が説明し、姫を秀郷の後ろに乗るよう促した。

「しっかりつかまって。藤太の馬は速いから」

駒音の指図に衣姫は「はい」と小さく頷いた。

「へへへ。何か似合ってるね。藤太、まんざらでもないでしょう？」

「何を、憎らしいことを……」

秀郷には言い返す言葉もない。来た道を引き返すように馬を走らせた。

「大丈夫ですか。怖くありませんか」

秀郷は後ろの衣姫に声を掛ける。

「大丈夫です。ご信頼申しあげていますから」

姫は秀郷の腰に両手を回してしっかりとつかまっている。ひんやりとした感触。細すぎる姫の身体の冷たさが気になった。

まずは利仁公のもとへ急がなくては。あまり揺れないように気を付けながら、大江とともに東山道を疾走した。


臥せっていた利仁は衣姫の顔を見て「おおっ」と声を上げた。

「遠いところを……。すまぬ。すまぬ……」

そして、秀郷に感謝し、懇願した。

「鎮守府将軍の座を目の前にしてまことに残念。まことに無念。秀郷殿。わが願い叶《かな》えられぬときは……。

頼む、代わりに将軍として……。頼む……」

「いや、しかし……」

秀郷はどう返事していいのか分からない。

（頼むと言われても、どういう意味なのか……）

ましてて「代わりに将軍として」という言葉は当然、秀郷に対してふさわしくない。意識が朦朧《もうろう》とする中、誰か違う人物に言うべき言葉を発してしまったのか。それほど重篤《じゅうとく》なのか。利仁の言葉は続かず、瞳を閉じる。その後、病状は一進一退だった。


衣姫は懸命に父の看病にあたっていたが、その疲れもあるのか自身の傷の治りが遅い。日に日に顔色が白くなっていく。村人らが薬草を勧めても「それなら父に」と遠慮した。

「遠慮は御身《おんみ》のためになりません」

秀郷は忠告した。

「出るときに父の快癒《かいゆ》を願い、願《がん》を掛けてまいりましたゆえ」

衣姫は神さまとの誓いなれば破ることはできないという態度を崩さない。

（何と律儀《りちぎ》でけなげに父を思う気持ちなのか。ただ、これでは姫の具合が心配だ）

このころ、利仁は症状が少し落ち着いたものの気弱なことを言い始めた。

「原因は悪霊じゃ。毎夜、恨み言を繰《く》り返して苦しめるのよ」

看病していた衣姫も同調した。

「私も気配を感じます。感じますが……、なかなか姿を現さず……。これでは退治することはできません」

衣姫はこの土地の氏神《うじがみ》への参詣《さんけい》を毎日続けている。村の人々の間でも「姫は孝子《こうし》である」と評判となった。

行きがかりで帰る機会を逸した秀郷は衣姫の参詣に従っている。護衛のようなものであり、何より姫の健康状態が心配であった。

それに、衣姫から「悪霊を退治してください。必ず」と懇願され、「必ずや」と承諾し、そのことが済まぬうちに姿を消すわけにもいかなくなった。

利仁の病原が悪霊なのか、秀郷には信じきれない。だが、衣姫は断言する。

「悪霊は必ずや姿を現しましょう。そのときは……」

姫は身体がますます細くなり、目に見えて弱っているが、その分、意思が強くなっている。

「あっ」

あるとき、参詣の後、鳥居《とりい》をくぐった姫がよろめき、十分注意していた秀郷は手を取って肩を支えた。姫の掌《てのひら》の冷たさが気になった。

「大丈夫ですか。やはり無理はせぬように」

「ありがとうございます。でも……」

小声で感謝し、顔を上げた姫の瞳の強さにどきりとし、思わず目をそらした。何か言いたかったのではないか。

「あの、何か」

「いえ、何も」

野暮な問いかけしかできなかったことを後悔した。

〈6〉**利仁公の葬儀**

村人の嘆きはなお深い。

「群盗を、あの憎き蔵宗、蔵安をご成敗《せいばい》された利仁公は病に倒られた」

「われらの願いも甲斐《かい》なく、悲しむべき悲しむべき」

秀郷にとっても信じられない。偉丈夫《いじょうふ》な利仁が急な病とはいえ、亡くなるとは。にわかには信じられないことであった。衣姫の嘆きを思えば、なおさらである。

(お具合は、そこまで切羽詰《せっぱつ》まっているようには見えなかったが……)

やはり悪霊の祟りだったのか。思えば人の命の儚《はかな》さはこういうものなのか。一千もの強兵を抱えた群盗の大軍団に快勝したのは、わずか四カ月前。感覚としては昨日とさほど変わらない。

現実のこととは信じられなかった。

葬式は一〇月一八日と決まった。

その日は素晴らしい快晴だった。だが、葬式を始めようとすると、突然、空が真っ暗になった。雲が幕を引くように急に現れ、何ともおどろおどろしい雰囲気が辺りを包んだ。吹き荒れる風が妙に生温かい。いや、もっとじめりとした湿気、塩気を含み、温度のある風だった。つまり、気持ちが悪い。

「悪魔の仕業か」

青木両将が上空を見上げた。

「利仁《りじん》よぉ」

遠くから声が聞こえたような気がしたと、両将が囁《ささや》き合った。その声はだんだんと大きくなる。両将は真上を見上げ、声のする方向を探した。

「利仁よぉ、死して、なお、恨み晴らさいでか」「利仁よぉ」

まさしく、空に響く悪霊の声。二人の野太い声がかぶり、聞き取りにくく、余計に気味悪い。

「まさか……。この声は……」

まさに、まさかの蔵宗、蔵安兄弟。青木両将の傍らにいた秀郷は本当に悪霊となった蔵宗、蔵安兄弟の執念深さに驚くしかない。

「葬儀など、させぬわーっ」

事態の急変に村人たちの感情は忙しい。先ほどまで利仁の死を嘆き悲しんでいたが、悪霊の恐ろしさにうち震え、騒ぎ立てる。

「悪魔じゃ」「祟りじゃ」

そこに、「悪魔祓《ばら》いじゃ」。青木将監一角が叫び、青木角太夫が頷き、応じた。

「御神獅子《おんかみしし》じゃ」

青木両将は、麒麟《きりん》をかたどった頭を作り、軍鶏《シャモ》の尾羽を数千本の剣になぞらえて頭に付けて舞った。戦いの場を再現するような舞いだ。

「悪魔祓いじゃ」「御神獅子じゃ」

「うわっははは」「当たらぬ剣など怖くもないわ」

悪霊の不敵《ふてき》で邪悪な笑い声が響き、人々をますます不安に陥れる。

「今こそ父の敵《かたき》。父を苦しめ、人々に害をなしてきた悪霊を許さない」

衣姫が姿を見せた。

この数日でかなり痩身《そうしん》となり、顔色も透き通るように白い。だが、目は力強さを残し、その表情は凛《りん》として気高さが感じられる。

「そのようなお身体で大丈夫なのですか」

秀郷は祈禱《きとう》を始めた衣姫に駆け寄った。

「秀郷さま。私の矢お使いください」

矢を二本渡された。これで悪霊を射よ、ということか。だが悪霊の姿は見えない。空から声が響いているだけである。ともかくも、秀郷は黒雲に向かって弓を構え、神経を集中させた。

「秀郷さま。必ず悪霊退治を」

衣姫が懸命の祈りを続ける。

きりきりきり。吉里吉里《きりきり》。

弓を引き絞ると、神経が研《と》ぎ澄《す》まされていく。光の粒子が集まってくるように矢の先がじわりと明るく輝き出した。その輝きが少しずつ強くなる。矢の神性は衣姫の魂そのもの。そう思えば、ますます神経を集中させなければならない。もっと引き絞る。

「見えた」

黒雲の中に人影が現れ、徐々にその姿が明らかになる。間違いない。蔵宗、蔵安の姿である。

秀郷は目標を真っ直ぐとらえた。放つと、こぉう、と湿った妖気《ようき》を切り裂く音を立てた。続けて第二射。

こぉう。

二本の矢は正確に悪霊に命中した。

「んむっぐゎおーっ」「おわーっ」

蔵宗、蔵安の断末魔《だんまつま》の叫び声が響く。

矢が命中した宙《ちゅう》から、まばゆい日の光が差し込む。胴の真ん中に、明るい丸い穴が開いた人影はすぐに光の粒となって四散《しさん》した。

悪霊退散である。黒雲はあっという間にしぼみ、消えた。

「わーっ」

「悪霊退散」

人々の歓声が上がった。

衣姫は、その場でがっくりと崩れ落ちた。秀郷が駆け寄り、身体を支えた。

「見事な矢、見ることができてよかった。これで父も……」

抱えられた姫は秀郷の腕をつかんだまま、目を閉じた。微笑《ほほえ》んでいるようでもあった。秀郷は後悔の念があった。ほかに何かできなかったのか。力になることができなかったのか。人の世の儚さとともに己の無力を知る。

「何と、おいたわしや」

青木両将も涙にくれた。村人の嘆き、悲しみも大きかった。

この地には青木両将と衣姫の伝承に基づく獅子舞が今に伝わっている。関白山神社（宇都宮市関白町）の「天下一関白神獅子舞《てんかいちかんぱくかみししまい》」。栃木県内に広く伝わる三人の舞手が踊る三匹獅子舞「関白流獅子舞」の源流でもある。

第三章　蝦夷の地

〈1〉鎮守府将軍

　延喜《えんぎ》一五年（九一五年）。藤原利仁《ふじわらのとしひと》が鎮守府《ちんじゅふ》将軍に任命された。

「ようやく……。群盗討伐から三年も経《た》っておりますな」

　下野《しもつけ》国府にある屋敷。

　呟《つぶや》いたのは藤原秀郷《ひでさと》の養父・鹿島《かしま》。この国の国司要職・大掾《だいじょう》にして、下野国南部を事実上領有している有力豪族「富豪の輩《ともがら》」藤原村雄《むらお》の側近。秀郷の実父・村雄は下野守であり、この下野国の最高実力者である。

「利仁さま、生死を彷徨《さまよ》う大病もされましたからな。悪霊に祟《たた》られたとか。この間、鎮守府将軍の職にあったのは藤原利平《としひら》さまで……」

　鹿島に対面し、ともに濁《にご》り酒を酌《く》み交わしていた斗《と》鳥《とり》が言った。秀郷が「爺《じい》」「斗鳥の爺」と慕う老人であり、鹿島同様に村雄の最側近である。

「藤原利平さま……。それはまた、紛らわしい名ですな」

「地道に官職を重ねてきた方とお見受けしますが、それほど目立った実績もないお方のようですな」

　地味な中級貴族。これといった世評も聞かない、取るに足らぬ人物と言いたげな爺の口ぶりだった。さらに説明を続けた。

「利仁さまご本人が『利平と利仁、間違いではないのか』と言っておられたとか。朝廷は『名を間違えるなどあろうはずもない』と、しておりましたが……」

　これは冗談の類《たぐい》であろう。京では面白おかしく噂《うわさ》が飛び交い、利仁の不満ぶりや利平の地味ぶりを当擦《こす》っているのかもしれない。

「利仁さまの賄賂《まいない》が効いたんでしょうなぁ。任期も何も関係なく、さっさと鎮守府将軍交代が決まりました」

「そのような京筋の話を……」

「みちのおく（陸奥《むつ》）を経由して入ってくることもございます」

　爺の一族である斗鳥《ととり》氏、その本家筋である下野の古族・鳥取氏は代々、蝦夷《えみし》に関して強い情報網を持つ。

　京から赴任してくる陸奥守や出羽守《でわのかみ》、鎮守府将軍の人事は当地での最大関心事だ。爺は続けた。

「利仁さまからは、御殿《おんとの》（村雄）に協力を求める書状もいただいております」

「さようですか。殿のご意向は如何《いか》に」

「将軍・利仁公のご意向。応諾《おうだく》するしかございますまい。御殿はそのように……。ところで……」

爺は、村雄の姿勢を説明した後、唐突《とうとつ》に話題を変えた。とっておきの情報である。二人にとって、利仁の鎮守府将軍補任《ぶにん》よりも身近で重要な除目《じもく》（人事）情報である。

「御殿は近々、下野守の任期を終え、次は河内守《かわちのかみ》に任じられるようでございます」

「河内守とは、これはまた……。京にも極めて近い大国ですし、京の貴族の方でもかなりのお方が就かれる重職ですな」

耳打ちされた鹿島は驚きを隠さなかった。河内国は現在の大阪府東部。面積でいえば小さな国だが、律令制度の等級では最も格上の大国。その守には皇族が任命される場合や朝廷で高位の官職を持つ中央貴族が兼任する場合も多い。

「御殿も既に従四位下《じゅしいのげ》。まさに、大国の守にふさわしい官位もあり、長門《ながと》守、下野守を務められた実績が評価されておるのですよ。これまでの国司でのお働き、手堅く、安定したものと」

やはり嵯峨《さが》源氏関係者の推薦の力があったかと思いつつ、鹿島はそのことには触れず、斗鳥の説明を聞いた。地方豪族の起用は当地の事情により軍事的能力、兵の指揮統率能力などが期待されているのかもしれないとも思った。

「殿の武力、武芸の力も求められてのことでしょうか」

「やはり瀬戸内《せとうち》の海賊対策でしょうな。直接的には隣国の摂津《せっつ》、和泉《いずみ》が関わることですが、その両国への支援を期待され、一方で京を守る意味もございましょう。陸奥からの脅威に備えてきた下野での実績と経験がございますから」

「海賊と蝦夷では対応も随分と違うものかと思いますが」

「まさに。ただ、朝廷からすれば、京を異域《いいき》の者から守ることには変わりございません。殿も長門守をお務めになって、海防の知識もございますれば」

二人はだらだらと飲み、話をして夕暮れの時間を過ごしていたが、その穏やかな時を打ち破る音が響いた。部屋の外でどたどたと廊下の板敷きを踏み鳴らす音が次第に大きくなる。

「おぉ、来たか、来たか」

鹿島が呟いたとき、血相《けっそう》を変えて入ってきたのは、秀郷である。

「これはいったい」

「秀郷さま。どうされました」

だいたい予想はついているが、鹿島はひとまずとぼけた。

「利仁さまの鎮守府将軍の件でございます。三年前、群盗討伐の後、現地で病に倒れられ、お亡くなりになりました。私もその葬儀におりましたゆえ、話はつぶさに申し上げましたが……」

「さて、何のことでございましょうか」

「三年前、高座山《たかくらやま》の群盗征伐から帰ったおり、涙ながらに申し上げました。確かに」

「そんなことがあったかな」

苛立《いらだ》つ秀郷と苦笑する鹿島の会話は嚙《か》み合わない。

「爺。おぬしもわしの話、とくと聞いたのを覚えておるであろう」

秀郷は爺にもただしてみたが、その反応は鈍い。

「さて……、爺は高齢《とし》ゆえ、いつの話のことだか、とんと……」

「覚えてないと申すのか」

あきれ、驚く。この話、確かに申し上げた。それなのに二人とも三年前の〈利仁公死去〉を聞いたこともないといった口ぶりで話を進めてきた。

「それよりも」

爺が切り出す。重大な前提を素っ飛ばして、それよりも何もない。

「利仁将軍より、陸奥行きに同行せぬかと、お誘いの話がきております。数カ月だけでもいいから陸奥を見てみないかと。お父上（実父・村雄）も願ってもない話とのご意向ですぞ」

陸奥の実情を見るにはいい機会。確かに爺の言う通りだ。それよりも何よりもまずは利仁が本物かどうか確かめたい気持ちが強い。否も応もない。

秀郷は健児《こんでい》の精鋭、二十人の若者を連れて利仁将軍を東山道《とうさんどう》・三鴨駅家《みかものうまや》で迎えることになった。

「いやあ、申し訳ござらん。将軍（利仁）はあれから快癒《かいゆ》されてのぉ」

三鴨駅家では秀郷を前にした利仁軍の先陣大将・青木角太夫正利が首をすくめて一言。

あれからとはいつからか。死人が快癒するわけがない。やはり、葬儀がとんでもない偽りだったのか。後陣大将・青木左近将監《しょうげん》一角は秀郷と一瞬、目が合うと、ばつが悪そうに目をそらした。

青木角の説明によると、三年前のあの日、利仁が「われの葬式を挙げよ」と言い出した。青木角太夫、青木将監の両将が「お気の弱いことを……。しばらく療養すれば快復いたしましょう」と慰めると、利仁は「いや違う。周囲の状況を探っている敵の残党が紛れておるぞ。気配を感じるのだ。死んだと思わせて様子をうかがおう」とその理由を説明したという。

何とも納得のいかない話。敵味方を欺《あざむ》く、「死んだふり作戦」で悪霊の正体を暴《あば》き出したというのか。古来、聞いたことのない茶番《ちゃばん》である。

利仁将軍は以前、「新羅征伐《しらぎせいばつ》では唐《とう》の法全阿闍梨《はっせんあじゃり》の調伏《ちょうぶく》で頓死《とんし》した」とも話していた。まさか、悪趣味《あくしゅみ》な「死んだふり作戦」がこの人の得意技の一つか。いや、新羅征伐は全く時代の合わない、そもそも作り話のはずだ。利仁将軍の話は、微《び》に入り細《さい》に入り筋が通っていた「芋粥《いもがゆ》」の話以外は信じられない。あれも作り話なら相当な詐話《さわ》の名人である。

宇都宮《うつのみや》市北部に伝わる天下一関白神獅子舞《てんかいちかんぱくかみししまい》の由来には、延喜一二年（九一二年）、賊徒を討ち果たした藤原利仁がこの地で亡くなったとあり、一方で系図集『尊卑分脈《そんぴぶんみゃく》』では、利仁は延喜一五年（九一五年）に鎮守府将軍に就任したとする。いずれも史実を確実に反映した史料とは言い難いが、藤原利仁はその生涯で何度か死んでいる矛盾した伝承がある。

高座山での群盗征伐後、利仁が重篤な状態に陥っていたのは確かで、命を賭《と》した衣姫《きぬひめ》の看病が利仁の生命を救った。衣姫の伝承もさまざまあり、利仁死後、当地を訪れ、その後、その地で亡くなったとする伝説もある。いずれにしても、利仁伝説が由来である天下一関白神獅子舞は、三番獅子が衣姫の舞いである。

ところで、関白の地位とは関係のない利仁の伝説から生まれた獅子舞がなぜ、関白流獅子舞なのか。藤原氏と関白の連想とも考えられるが、村の悪者を退治した関白殿の伝承や、利仁死後、子孫の摂政《せっしょう》関白太政大臣・藤原兼道《かねみち》が天延二年（九七四年）に当地を訪れ、石碑を建立し、村を関白村と名付けたとする伝承もある。

関白太政大臣・藤原兼通（藤原師輔《もろすけ》の次男）を指しているのか。無論、下野に来たことはなかろう。利仁の直接の子孫でもない。利仁の伝説は不思議に満ちている。


ちらりと目を向けると、利仁将軍は「許されよ」という顔をした。常に威厳を保つ同人らしからぬ、見せたことのない態度だった。

心中、大いに非難する気持ちがあるが、鎮守府将軍に対して礼を失するわけにもいかない。青木角の説明を諒《りょう》としなければならない。

秀郷は一行を代表して挨拶《あいさつ》した。

「今回のお誘い、まことにありがとうございます。将軍のお役に立つよう励みますので、皆さまにはよろしく、ご指導を賜りますようお願い申し上げます」

秀郷を迎えた利仁は上機嫌であった。

「おお、久しいのう。そのような堅苦《かたくる》しい挨拶はよいよい」

やけに親しく話しかけ、「まあまあ」と言いながら馬を並べる。


従四位下《じゅしいのげ》の官位を持つ京貴族と、国守の嫡男《ちゃくなん》とはいえ、無位無官の若者では身分差がありすぎる。その配下の一部隊の将にすぎない秀郷と先頭に並び、あたかも客将、僚友かの如く扱った。

上機嫌の利仁を横に秀郷は納得いかぬ偽葬儀の件やらを恨《うら》みがましく考えることが馬鹿らしくなった。

（利仁将軍はやはり、どうにもつかめぬお方）

偽葬儀も悪ふざけではなく、心底、良策と思いついてのことなのか。その言動も行動も規格外。思いもつかないことを言ったりやったりする。三年前に数カ月、従軍しただけだが、何度か驚かされた。文句も言えぬのに今さらあのことに腹を立ててもしょうがない。そんな気持ちになった。

（そんな利仁将軍でも、やはり鎮守府将軍の地位は誇らしいのだろう）

陸奥、出羽の兵を指揮し、蝦夷と対峙《たいじ》する鎮守府将軍は武人の最高栄誉職。ことのほか上機嫌なだけにこれだけは分かりやすい。

「それにしましても、お元気そうなお姿。たいへん喜ばしく拝察つかまつります」

「わはは、それを言うな。死んだはずの人間が目の前に現れ、狐《きつね》につままれたような気分か。あれは許されよ」

さらりと水に流した。

外面、上機嫌の利仁だが、もう少し別の思惑もある。利仁と秀郷の馬は歩調に合わせ、自然と、仲間よりも少し先を行くようになった。そこで利仁は切り出した。

「藤成《ふじなり》卿以来の蝦夷とのつなぎがあるのではないか」

「？」

秀郷は不意を突かれた。

（陸奥に近い下野で代々、国司の役人を務め、蝦夷対策にも精通しているわが家の情報網……。そこが利仁将軍の狙いか）

となると、斗鳥の爺の役割も大きい。

実父・村雄の心底もようやく読めてきた。爺の情報網を活用して利仁将軍に大いに恩を売り、今後、さらなる誼《よしみ》を通じておこうということか。秀郷はひとまず知らぬふりで生真面目《きまじめ》な応対を続けた。

「鎮守府将軍とは蝦夷の討伐が主なお役目でございますか」

「おう、戦《いくさ》の実践を積むつもりで参ったか。感心でござるな。だが、危険な戦場《いくさば》のお役目では、お父上も今回の陸奥同行は承諾されなかったであろう」

「いや、将軍のお役に立つことであれば、進んで任務を果たしたく思います」

「蝦夷といきなり合戦するわけではござらん。無論、朝廷に従わぬ者は成敗いたすが、平和裏に解決できるのであれば、それに越したことはないのではないか」

実際のところ、征夷大将軍《せいいたいしょうぐん》・坂上田村麻呂《さかのうえのたむらまろ》の征討以降、百年あまり、蝦夷との大きな戦闘はない。

鎮守府将軍の活動拠点、鎮守府が置かれた陸奥・胆沢《いさわ》城（岩手県奥州市）までは長旅だ。道幅も広く、直線コースも多い東山道をひたすら北へ進み、下野国府から陸奥国府のある多賀城《たがじょう》（宮城県多賀城市）までは八日間の行程。胆沢城はさらにその北にある。

坂上田村麻呂によって胆沢に城柵が造営されたのは延暦《えんりゃく》二一年（八〇二年）。まもなく鎮守府が陸奥国府・多賀城から移された。東京ドーム九つ分という広い敷地を築地《ついじ》（土塀）が囲み、その中に中心施設の政庁や官衙《かんが》（役所群）が並ぶ。十世紀後半まで約百五十年間、機能したとみられている。

胆沢城は蝦夷の本拠地ともいえる奥六郡（岩手県盛《もり》岡《おか》市、奥州市など）にある。朝廷が実効支配する最北端の地でありながら、律令の制度が及ばず、実質的に蝦夷の自治が成り立っている。

京の貴族たちは、奥州を「日本であって、日本でない」とみていたし、そこに住む蝦夷を異人種、異民族とみなしている。「蝦夷」「毛人」と書き、「えみし」「えびす」と呼ぶ。古くは「愛瀰詩《えみし》」とも書いた。「蝦」はエビ、ガマガエルのことだ。赤い顔か長い顎鬚《あごひげ》からの連想か。「夷」は東の異民族を指す。「毛人」は毛深い外見を意味するのか。あるいは毛野国の人の意味か。そうであれば、かつて「上毛野《かみつけの》」「下毛野《しもつけの》」との字をあてた上野《こうずけ》、下野の両国も蝦夷と関連の深い土地だったといえる。

もともと中国で、自分たちが世界の中心とする漢民族の中華思想から東西南北の異民族を「東夷《とうい》」「西戎《せいじゅう》」「南蛮《なんばん》」「北狄《ほくてき》」と呼んだ。蔑《さげす》む意味合いを含む呼称でもある。

日本でも異民族、異文化、あるいは東国に対し、「東夷《あずまえびす》」との呼称が根付く。この用語で呼ばれたのは蝦夷だけではない。後に東国武士の成長に伴い、京の貴族は無教養の田舎ぶり、無骨な荒々しさを東国武士の形と決めつけ、そう呼んだ。

〈2〉蝦夷の頭目

胆沢城に到着した鎮守府将軍・藤原利仁は、秀郷に尋ねた。

「そなた、蝦夷を見たことはあるか」

「下野には数多くの夷俘《いふ》の者（俘囚《ふしゅう》、朝廷に服属した蝦夷）が住んでおります」

「やはり顔かたちも違い、言葉も通じぬか」

「いや、普段気にすることもないのであまり気付きませぬが……。言葉が通じぬことはありません」

「身体は赤く、毛深いとも聞くが」

「多少そんな感じもありますが、そうでない者もおります」

太古は知らず、今、下野に住む俘囚とそうでない者を見分けるのは難しい。生活習慣はほぼ同化。文化の交流・血の混淆《こんこう》も進んでいる。そもそも昔から下野に住む者が奥州の蝦夷と違う民族だったかどうかは分からない。むしろ西から来た民、ヤマト人《びと》の方がよほど新しいのではないか。

秀郷は幼いころより斗鳥の爺から蝦夷について聞いている。その情報は京貴族の持つ先入観とは程遠い。

「ま、京では、ほとんど人でない、鬼のようだ、角があるなどと幼稚なことを言う者も多いでな」

利仁は自分のことを棚に上げたが、京貴族の蝦夷に対する偏見はだいたいこのようなものであった。現実に見ていないだけに噂が伝播《でんぱ》する間に極端な話となる。偏見は王権支配、律令制度の及ばぬ遠い地への畏《おそ》れの裏返しでもある。

大和朝廷の支配が東へ東へ、北へ北へと広がる中、蝦夷の地域は徐々に朝廷支配に取り込まれていく。国家的な統一された政治体制を持たぬ蝦夷は、ある者は進んで服属し、ある者は抵抗を試みた。

「蝦夷の頭目、悪路王《あくろおう》と話をつけたい」

利仁が秀郷に出したリクエストである。

「坂上田村麻呂公が服属させた阿弖流為《あてるい》の子孫だというが、あの一族の中でこやつだけが朝廷に従わぬのよ。赤鬼とはやつのことよ。厄介《やっかい》な相手かもしれん」

「覚悟して参りましょう」

秀郷が答え、動いた。


斗鳥の爺の人脈を生かし、まずは秀郷が悪路王と会うことになった。

だが、田谷の窟（達谷窟《たっこくのいわや》、岩手県平泉町）に行ってみると、大軍が待ち構えていた。秀郷一行は二十人足らずである。

悪路王は大柄で屈強な身体をしており、軍勢の後ろの方で腕組みをして仁王立ちしていたので、すぐに分かった。他の男らもだいたい屈強そうな感じである。

「われらは、そなたの国、ヤマトに従う理由はない」

悪路王の前に立つ男が叫んだ。

（最初から喧嘩腰《けんかごし》だ）

このまま戦闘になったら全員死滅。数や武具で相手が圧倒している。何か話が違うではないか。秀郷は思わずにはいられない。

「とにかく将軍の話を聞いてもらいたい」

「いらぬ世話よ」「これ以上しつこいと、射かけるぞ」

「それではわれらも引けぬ。子供の使いではない」

秀郷の呼びかけに応じぬ悪路王の側近たち。嘲笑《ちょうしょう》とともに矢を射かけてきた。至近距離だが、矢は全て外れた。やはり威嚇《いかく》か。

「やりやがったな」

秀郷の仲間のうち、血の気の多い若麻績部百式《わかおみのべのももしき》が抜刀し、突進。他の仲間が後を追って駆け出し、敵軍も抜刀し待ち構えた。戦闘状態に突入した。

悪路王の家来と剣で押し合い、押され気味の秀郷ら。押し負けて倒れこんだ秀郷の顔の前に後ろから出てきた悪路王が剣先を突き付けた。

「ふん、その程度か」

とどめを刺せる距離だが、悪路王はそうせず、剣先を引いた。

「ここは退《ひ》こう」

兼有らに手を引かれて、秀郷は退《さ》がる。

「今度来るときはそのような少数では困る。軍勢を引き連れてくれれば、いつでもお相手いたそう」

交渉の入り口すら見いだせず、終わってしまった。しかも、悪路王は交戦を宣言したのである。

胆沢城に戻り、状況を説明すると、利仁の側近、青木角太夫が口を開いた。

「悔しいですなぁ。拠点も分かったことだし、全軍で一気に攻め込み、降伏させましょうか」

だが、利仁は交渉の失敗を咎《とが》めない。

「ふふうーん」

何やら考えをめぐらせながら、秀郷の話を聞いていた。そして、「何、そう言ったのか。正確にはどう言ったのじゃ」「どんな人物じゃった。どういう人物に見えた」と細かく尋ねてきた。また「ふーん」と考え込んだ。何か算段があるのだろうか。

「とにかく再交渉だ」

利仁の指示に従い、斗鳥の爺たちを走らせた。

「爺、どういうことじゃ。前回はとんだ赤っ恥。今回も何も変わらぬのに同じように行ってみても、同じ結果であろう」

「仲介の者よりこちらの意図は十分伝わっているはずですが……」

「それなのにあの頑《かたく》なな態度。朝廷に従わせるのは無理なのではないか」

「ま、いきなりはそうでしょうな」

「何？」

「いきなり交渉、すんなり和議では彼らも格好がつかないでしょう。何度か戦い、勝って有利な和議条件を導き出したと、その実績で周りからも一目置かれ、陸奥守さまほか、朝廷の方々、京から来る貴族の方々にも舐《な》められないようにと……。悪路王ならそれくらいのことは考えているでしょう」

「では、今回も無駄な骨折りとなるわけか」

「悪路王としては、少々時間をかけても利仁将軍の心底を見定めたいところ。ただただ重税を課し、陸奥の産物を奪い取るだけの人物なら配下の百姓の不満も抑えられません。戦う姿勢を示さねば、と思うでしょうな」

利仁将軍が蝦夷の利益を維持し、ある程度、譲るところは譲る人物であれば、交渉の余地もある。悪路王はそう考えているのではないか。斗鳥の爺の見方である。

「しかし、利仁将軍の方はそれでよいのか。早く和議に持ち込みたいであろう」

「利仁将軍にはさほど焦《あせ》りも見えず……」

京貴族の中には蝦夷を異常に恐れ、「言葉も通じないし、和議など信用できない。全滅させなければ枕を高くして眠れない」と、とにかく武力制圧を声高《こわだか》に主張する者もいる。だが、武人、軍事貴族は戦をもう少し現実的に考える。文字通りの全滅など不可能だし、勝てるのか勝てぬのか慎重に思案する。

武功を挙げてこそ武人は出世の道も開ける。だが、利仁将軍は無理な戦はしないと言っていた。その点を斗鳥の爺は指摘した。

「鎮守府将軍は望んでおられた地位と聞きましたが、よほど戦はしたくないようですな。吾《わぬ》らとしては喜ばしいところですが」

「ん。何故《なにゆえ》じゃ」

「奥州での戦は下野にも大きな影響があります。兵や武具の用意だけでも大きな負担となります。よって、吾らにとっては喜ばしい次第」

「将軍が戦を避ける理由は？」

「何と申しましょうか。無理な戦がご自身の得にならぬとお考えかと」

「で、将軍はどうするつもりであろうか」

「若殿（秀郷）に何度か交渉させ、様子を見た上でことを進める腹でしょう」

「何とも回りくどいな。一気に将軍と悪路王の交渉に持っていく手はないのか」

「工夫が必要でしょうな。工夫が」

「何ぞ、いい思案があるか」

「爺からは申し上げることはできません」

爺には何か策があるようにもみえるが、話したがらない。秀郷にとって都合の悪いことなのかとも思わないでもないが、いずれにしても、一人で思案しても何もいい知恵は浮かばない。それでも静かに思案を重ねた。ふと、悪路王の言葉を思い出した。

（少数で来られては困ると言っていたな）

こうなりゃ、破れかぶれ。知恵というほどのことはなく、何とか突破口を開きたいという思い。今度は単騎で田谷の窟に向かうことにした。

無論、周囲はみな反対した。

口々に「危のうござる」と言ったが、調整を進めさせた爺はそれほど止めようとはしなかった。安全が確保されているとみているのだろう。

案の定、うまくいった。

「仕方がないな……」「まさか、単騎で来るとは。困ると言うたのだが……」

悪路王は苦虫を嚙み潰したような顔をしていたが、かすかに口元を緩めた。

「さすがにおぬしと一騎打ちというわけにもいくまい」

今にも秀郷に襲い掛かりそうな配下の者たちを制して言った。

「利仁将軍との交渉、応じよう。一対一じゃ」

〈3〉交渉決裂

「せっかく、秀郷殿がまとめてきた話じゃが……」

青木角太夫が言えば、青木将監一角も異口同音で意見を並べた。

「将軍、危険すぎます。罠《わな》の可能性も大きいですぞ」

青木両将は利仁を制する構えだったが、利仁は満足そうだった。

「よし、よくやった」

数日後、秀郷たち若者が小屋の外などに立ち、厳重に警備する中、田谷の窟で利仁と悪路王の秘密交渉が行われた。

だが、思いも寄らない物別れ。利仁の怒りは収まらない。

「やつらはこの期に及んで、対等な関係を要求してきおったわ。こちらは服属すれば最大限やつらの利益の確保に配慮しようというのに。百年も前の坂上田村麻呂公に降伏した阿弖流為、母礼《もれ》を処刑した件の謝罪まで求めてきおった。あれは騙《だま》し討ちだなどと今さら……。蝦夷がこの一帯を支配しておった昔とは違うぞ。もはや陸奥、出羽も日本、日《ひ》の本《もと》の地よ、われらの土地よ。蝦夷など群盗の連中と変わらん。成敗してくれるわ」

一気にまくし立てた後、利仁は秀郷に命じた。

「これはやはり全軍で押し潰すしかないか。夷俘（俘囚）の軍勢を至急集めよ。数で圧倒してくれる」

征夷大将軍・坂上田村麻呂が蝦夷を制圧したのは約百年前である。

田村麻呂の登場まで、蝦夷の抵抗は激しく、朝廷から派遣された軍勢は幾度も大敗を喫していた。田村麻呂は大伴弟麻呂《おおとものおとまろ》の副将軍（征東副使）として活躍した後、征夷大将軍に任命され、延暦二〇年（八〇一年）、蝦夷の軍勢に勝利した。降伏した蝦夷指導者、阿弖流為と母礼を伴って入京。田村麻呂の助命嘆願は聞き入れられず、阿弖流為と母礼は処刑された。これ以降、朝廷の東北経営は大きく前進した。だが、蝦夷側からみれば、大和朝廷の軍事的侵攻である。

秀郷は斗鳥の爺を伴い、大和朝廷支配の北端の地・奥六郡の〈俘囚首〉安倍氏に助力を要請した。一万人近い兵を集められるという。さすがは爺の人脈だ。報告に利仁将軍は満足し、秀郷は大いに面目《めんぼく》を施《ほどこ》した。

「爺。将軍はやる気満々だ。今回は爺の読みも外れたか」

「若殿。こたびの戦ではあまり前に出ませんように」

「何？　ここで武勲を挙げず何とする。相手が強そうだからといって怯《ひる》むものではない。先駆けて大いに暴れてやるわ」

三年前、群盗討伐戦を経験し、初陣では怖々《こわごわ》とした思いを感じた。だが、今回、悪路王との初戦も経験。秀郷はやや強気になっていた。戦に慣《な》れてきたのである。しかも最前線に立ちながら、あまり危険な目に遭っていないこともあり、悪い意味での慣れ、いや〈馴《な》れ〉かもしれない。強気というより、強がってみせたい、弱気な部分を見せたくないという思いもある。

強気も結構だが、身の安全を固めつつ前に出てほしい。斗鳥の爺は秀郷にその間合いを知ってもらいたいと思うが、なかなか難しい。

「さて、今回の戦、本気で戦う者がどれだけおりましょうか。そういう戦で死んでは犬死にかもしれませぬな」

「何？　将軍の剣幕からすれば、激戦になるかもしれぬぞ」

「将軍も悪路王も最初の一撃で有利な態勢を作って、さっと退《ひ》き上げたい。そうお考えでしょうな。要は周りに勝ったと言いたいのです。勝ったと言いたいが、大きな犠牲は払いたくない。そう思われますが……」

互いに交渉相手は潰したくない。援軍の安倍氏には悪路王をたたき、その権益に手をつっこみたい思惑があるかもしれないが、それも無理してまでとは考えていないはず。さらに配下の俘囚兵は祖をたどれば仲間である蝦夷との戦いには及び腰。それが爺の観測だった。

「互いに相手が出てきたところをたたきたい。そう思っておいででしょう。さて、皆さまには何と申し上げるべきか。まさか、最初から手を抜けとも言えませんし、まあ、深追いはせぬよう指示されておいてもよいのでは」

「ううむ」

秀郷は唸《うな》った。無論、戦には駆け引きというものがある。それは分かるが、最初から様子見では何とも気合が入れにくい。

（しかし、戦う者の思惑がばらばらでは確かにいかぬ。それは爺の言う通りだ）

そもそも秀郷の指揮下にあるのは仲間の二十人程度。俘囚兵はこちらから指示を出すが、直接指揮するのは安倍氏の頭領である。いずれも全軍指揮の利仁将軍の采配の下、それぞれが部隊指揮官として自軍を指揮する。

すなわち大勢に影響はない。ないが、仲間の意思統一だけは図ることにした。爺がさらに加えた。

「将軍には将軍の、吾らには吾らの思惑があるのです」

「思惑？」

「蝦夷を討って、討ち滅ぼしたとして吾らに何の得がありましょうや」

「戦は指揮に従わねばなるまい。敵を討たぬと申すか」

「無論、命令には従います。ですが、結果は別のものを招きます」

すなわち、爺が説くには蝦夷に大きな打撃を与えると、下野にもその緊張感が必ず伝わる。下野の地の不安定要素の一つとなる。

貴族や朝廷にとって、蝦夷を討ち滅ぼすことができれば、永年の宿痾《しゅくあ》の根治《こんち》と考えるだろうが、その恨みは東国に残り、下野は怨乱《おんらん》の地となりかねない。

　しかし、今回の場合、利仁将軍はそこまでのリスクを負わないはずであり、すなわち、それほど激戦にするつもりもないはずだ。

「利仁将軍は最初、勢いよく打ち掛けるでしょうが、さて思惑通りいきますか……」

　翌日の戦況を見透かした爺の口ぶりである。

〈4〉十和田湖大噴火

　鎮守府将軍・利仁の軍が田谷の窟に到着すると、悪路王も軍勢を揃えて待ち構えていた。

「こちらの軍勢は敵の十倍といったところか。まずまずだな」

　満足そうな表情の利仁。だが、秀郷は加勢した俘囚の軍を見て不安を感じた。

（やはり士気は低そうだ。蝦夷同士の戦いに気が進まないのかもしれぬ。ここまでは確かに爺の予測通りか……）

「よし、かかれ。弓隊、射かけよ」

　威力を発揮したのは利仁直属部隊の持つ弩《おおゆみ》である。横向きに弦を張り、木製の台座の引き金を引いて矢を発射する西洋のクロスボウにも似た兵器で、矢の速度、貫通力に優れ、照準も合わせやすいので第一撃が次々と命中、最前列の敵兵に大きな打撃を与えた。

　弩は、弓に比べ破壊力は〈超弩級《ちょうどきゅう》〉。鎮守府に常備され、弩師《どし》と呼ばれる指導者も常駐していたが、管理やメンテナンスの手間があり、この後、武士の時代には廃《すた》れていった。

「騎馬隊前へ」

　のろのろと前列の騎馬が前に出る。

「どうした、うわーっと、うわーっといけ」

　利仁がさらに軍勢を叱咤《しった》。だが、一向《いっこう》に気勢《きせい》が上がらない。

　蝦夷の騎兵の武器は蕨手刀《わらびてとう》。短寸で扱いやすく、馬上での戦いに威力を発揮するが、この日は両軍ともスピーディとは言い難い。少し刀を合わせた後、馬上のまま組み合い、腕っぷしで押し合う力比べ。混戦では見られないことはない光景だが、序盤から何とも締《し》まらない。

　本気モードの利仁軍直属兵も前に出すぎたとみて、速度を緩め、悪路王の精鋭部隊に適当にあしらわれている。

　騎馬隊による混戦になると、弩の出番もなくなり、とたんに死傷する兵が出なくなった。すなわち戦線が緩んだ。

　数の力で圧倒する目論見《もくろみ》が崩れ、利仁の苛立ちは頂点に達した。

「ええい、何てざまだ」

　敵味方の動きが緩慢《かんまん》な分、秀郷ら一行が敵軍近くに突出する形になった。

「藤太、退がれ。敵に囲まれるぞ」

　兼有が叫んだが、秀郷は意に介さない。

「死中に活あり」

　秀郷は馬に鞭《むち》を当て、一気に駆け上がり、後方の悪路王に迫った。

　互いに思惑があろうが、敵の首魁《しゅかい》・悪路王を討ち取ってしまえば、味方の勝ち。秀郷はその点に賭けた。戦の機微《きび》は分からない。敵の首を取れば勝ち、取られれば負けという単純な発想しかなかった。

　一瞬、驚いた表情を見せた悪路王だったが、秀郷の一撃を片手に持った短寸の蕨手刀で素早く受け止めた。大型の剣をもってしても小型の武器を手にした悪路王を押し切れなかった。

「がはは、どうした。おぬしの力はそんなものか」

　余裕のある悪路王の嘲笑。このまま押し負けては命がない。えいと踏ん張った。

「ぬおっほほ、なかなかやるではないか。手応《てごた》えがあって、よろしい」

　簡単に押し切れると思った悪路王が声を上げた。

　そして余裕のある笑顔を少し引き締め、蕨手刀を持つ手に力を入れた。さらに、もう一方の手も刀の柄《つか》に添えた。目の輝きは獲物《えもの》を追う狩人《かりうど》そのものになっている。

　秀郷はその圧力を感じ、土をめくりながらわずかに後退する左足の裏を支えに全身を棒のように固くした。手にした剣は蕨手刀に押され、顔の間近に迫るが、左右に振る余裕はない。

「ぐっほぉほほっは」

　悪路王の笑い声も心なしか余裕がないが、勝ちを確信した優越感に満ちている。

「いかぬ、このままでは押し負ける」

　秀郷は顔を赤くして必死で踏ん張る。が……。

　そのとき、轟音《ごうおん》が響き、身体がぐらっと揺れた。秀郷は平衡《へいこう》感覚を失った。背中から地に落ちていたのだ。

（しまった、やられた）

だが、やられなかった。悪路王も前面で片膝《かたひざ》をついた格好のまま、立ち上がろうとしない。押し負けて倒れたのではなかった。地面が揺れたのである。

「地震か」

北の地が真っ赤になっていた。ここから見える地平線である。大火か。あれほど遠くの火が大きく、はっきり赤く見える。

必死に目を凝らしていると、突然、目が痛くなり、そして空が一気に暗くなった。

「風が熱くて痛い」

「何だこりゃ、砂か」

「火柱が見えるぞ」

周囲が騒ぎ始めた。

「十和田湖《とわだこ》じゃ。十和田湖が噴火した」

「天罰《てんばつ》じゃあ」

「神の怒りじゃあ」

両軍兵士が一気に戦意喪失《せんいそうしつ》。悪路王は全軍に退却を命令していた。両軍が、さーっと引き波のように離れていく。利仁も全軍撤退を指示。そして敵も味方も南へ向かって走り出した。

「これは……。戦どころではない……」

「まずは南へ、高台へ。十和田湖から離れよ」

「北を見るな。目が潰れる」

「急げ」

「急がれよ」

「急げ、急げ」

怒号《どごう》と馬群が猛スピードで南へ走っている。敵も味方もない。


延喜一五年（九一五年）の十和田湖大噴火。現地に文献記録がないのは不思議というしかないが、過去二千年で国内最大規模の噴火とされる。

周辺の邑《むら》、郷には大きな被害をもたらした。火砕《かさい》流《りゅう》は周囲約二十キロ以内を一瞬にして焼き払い、焦土と化した。火山灰は風に乗って南に流れ、広く東北地方全体に降り積もった。

翌日には火山灰が京まで達した。『扶桑略記《ふそうりゃくき》』に「七月五日朝、太陽の輝きが弱く、月のようだったので人々が怪しんだ。十三日、出羽国から灰が雨のように降って二寸（六センチ）積もり、各地で桑の葉が枯れたと報告があった」と記録されている。

この後、利仁将軍と悪路王が再交渉に臨んだ。

「ご苦労」

前回同様、会見場周辺を警備していた秀郷ら若者に、会見場の小屋から出てきた利仁が声を掛けた。双方、怒気《どき》を露《あら》わに退出し、無言だった前回とは違い、利仁は満足げな気持ちを押し殺すような表情であった。

交渉は双方、戦う意思が全くなく、悪路王は朝廷服属をあっさり受け入れた。利仁がどのような好条件を示したのかは秀郷たちには知る由《よし》もない。

（天災が味方したというのか。皮肉なものだが……。いや、わが身もあれで助かったのだ。皮肉なんてものではない）

陸奥では、夏が終わると短い秋が過ぎ、あっという間に寒さ厳しい季節が来る。数カ月、奥六郡の状況を見た後、秀郷一行は下野に帰ることになった。一行の中には、十和田湖大噴火で荒廃した大地の復興のため、しばらく利仁将軍の下で働きたいと、残る者もいる。

弟・高郷をはじめとする一行は利仁から村雄への土産を馬に積み、一足先に下野への帰路についた。秀郷は斗鳥の爺や従者・佐丸《すけまる》とともに利仁家臣らの事務処理を手伝った後、一行より数日遅れて帰途についた。

「おかげで阿弖流為《あてるい》残党の最大勢力だった悪路王をうまく服属させることができた。朝廷へも報告の使者が立った。とにかく成果が大きかった」

「至らぬことばかりでしたが、お役に立てたのなら嬉《うれ》しゅうございます」

大満足といった様子で終始、顔を崩していた利仁だったが、別れ際、その笑顔を引き締めた。全く違う顔があった。

「無論、このまま帰路につくとは思うが、念のため言っておく。物見遊山《ものみゆさん》でも奥六郡より北は行ってはならぬ。奥地には朝廷に従わぬ蝦夷がまだまだおる。われらの意向は及ばぬ。行けば命はない」

忠告というよりも明確に指示、命令の口調だった。

〈5〉十三湊

「おぬしらの国ではわしを悪路王と呼んでいるのか。それはよかった。悪は悪い、けしからぬという意味かな。王は主《あるじ》、頂点に立つ者のことであろう。悪路大王でもよかったぞ。がはは」
悪路王は豪快に笑った。
北に行くなと言われたが、秀郷一行は、奥六郡よりも北に来ていた。
そこは賑《にぎ》やかな港だった。
秀郷主従が帰路についたところ、悪路王の家来が追いかけてきた。
「主（悪路王）は北へ足を延ばしてみぬか、との仰《おお》せじゃ」
その家来と同行、悪路王との再会となった。
「おぬしは胆力《たんりょく》もあり、気に入った。こちらは、波《は》斯《し》殿。新羅《しらぎ》からの渡来人《とらいじん》じゃ。この港を案内してくれる」
波斯「新羅からといっても、祖先は遠く西域の民族です」
悪路王「ここは十三湊《とさみなと》というのじゃ。がははは」
十三湊は現在の十三湖《じゅうさんこ》（青森県五所川原市《ごしょがわら》）。日本海に面した交易港であった。
秀郷「こんなに都から遠い、北の奥地にこんなに大きな港があるとは……」
悪路王「がはは。驚いたか。北の奥地はよかったな」
波斯「ここが日本の中心、という人もおります」
秀郷「日本の中心？」
悪路王「阿弖流為さまに言われ、坂上田村麻呂も認めたはずじゃ。『日本の中心』とな。どこかに書き残していなかったかのう。それに北にも大きな島があるのじゃ。そこにもまた違った集団がおる。顔や見た目、われらと同じじゃがの」
波斯「自分たちのことをアイヌと言っております。こちらでは『えぞ』とも呼ばれていますが……。そうした人たちが住む蝦夷《えぞ》が島とか、蝦夷地《えぞち》と申します」
秀郷「さらに北に島ですか？　随分寒いのでは。人が住んでいるとは……」
悪路王「まあ、米は取れないだろう。熊なんかを狩る。狩猟生活じゃ。向こうの熊は随分大きいが、狩りは得意な集団でな。がはは。島というより大陸じゃ。いや大陸ではない……。やっぱり島か。ま、この港にはわれら（蝦夷《えみし》）やヤマトだけではない。えぞ（北海道）、唐土《もろこし》（中国）、新羅、渤海《ぼっかい》（中国東北部）と、いろいろな国の御仁《ごじん》が集まってくるのよ。がははは」
波斯「わが遠い祖先の地は西域のペルシャと申しま

す。そこからもシルクロード、唐土を通って珍しい品々が入ってきます。そうそう、唐は滅びまして、新しい国が興りました。唐土は今、群雄割拠の戦乱となっております」

ペルシャからの渡来人は奈良時代の平城京でも確認されている。かなり昔から交流があったらしい。都では彼らを波斯人と呼んだ。波斯氏も日本で商売するため、日本人に分かりやすいこの名字を名乗っているのだという。

波斯氏の館《やかた》に案内され、しばらく宿舎として使ってくれという。館では波斯氏の一人娘が膳の用意をしてくれた。

「きれいな娘であろう。年頃からすれば、おぬしに似合いじゃ。どうじゃ。がはは」

娘は黙って頷き、かすかに笑顔を見せた。名を冴瑠《さえる》といった。

視線がぶつかって、秀郷は一瞬、呼吸を止めた。

瞳と髪の色は茶色系統で、和人とも蝦夷とも、また大陸の唐土、朝鮮半島の人々とも異なった特徴に強く惹《ひ》きつけられた。肌も白く、印象的であり、顔だちも彫の深さが際立つ。これまでに知る女性の顔とは全く異なっていながら美人という印象を強く持った。

波斯氏は商売が繁盛しており、料理人、使用人も何人か抱えている。出された料理はどれも珍しいものばかりだった。

魚がたいへん、うまい。これほどの味のくっきりした魚というのは下野の地では食べたことがない。川と海の違いであろうか。その生の切り身を少々の油とネギ類、香草とともに食べる。香草類の辛《から》みが魚の身の甘みを引き立てる。

「魚を生で食べられるのは、ここぐらいじゃ。身の白いの赤いのあるが、どれも新鮮じゃ。さっきまで海で泳いでおったからの。がはは」

「陸奥では鮭を食べるようですな。何回も食膳に上がりました」

「おう、食べる。食べる」

「下野でも食べます。確かに川で釣ったばかりといっても、生では食べませぬな」

「おう、鮭は生は駄目じゃ。昔からそう言うからな。新鮮でもな。陸奥では凍らせることもあるぞ。これは、なかなか瑞々しく新鮮さもある」

「ほお」

　また猪や鹿とは違った獣の肉というのも臭みはあるが、歯ごたえといい、腹にたまる満足感といい、これまでに味わったことのないものばかりだった。

「鹿、猪、熊といろいろあるが、やはり秋に肥えた獣を狩り、冬にその肉を寒風で干すのがうまい」

「冬に干すのですか」

「そう、冬に干す。冷たい風に晒《さら》され、うまくなる。人と同じよ」

「人と同じ？」

「そうよ。がはは。冬の寒さが厳しいところで育つ人間は辛抱強く育つのよ」

　波斯氏の使用人が酒の壺を取り替えてきたが、そこから盃に注がれたのは、見たこともない色の液体。

「酒というのは外《と》つ国《くに》にもあるが、それぞれ随分と違うものでな。飲めば酔うのは変わりないのが不思議なのだが」

　悪路王が切り出すと、波斯氏は西域から西の国で飲まれているものだと説明を加えた。

「遠い彼の地で好んで飲まれているのですが、酒に旅をさせるな、と申しまして、こちらで手に入ることはあまりありません」

「きれいな黄金色《こがねいろ》ですな」

　盃を上からのぞいたかぎりでは、そのきれいな色に興味が湧くが、風味が想像できず、秀郷は恐る恐る口を付けた。

「あ、苦い。随分苦みのある味ですな」

「驚かれたか」

「驚き申した」

「がははは。実はわしもあまり飲み慣れてはおらぬが。がはは」

　佐丸はぐいと飲み干す。

「本当に苦いですな。それにしても変な色じゃ……」

　談笑が続き、心が打ち解けた。

「敵味方として戦いながら、今回のご厚意ありがたく、われらの知らぬことを教えていただいた。たいへん、世話になり申した」

　秀郷は改めて悪路王に謝意を示した。

　悪路王は大きな身体を丸め、声を潜《ひそ》めた。

「利仁将軍は賢い。いや、鎮守府将軍の立場を利用して富を得よう、私腹を肥やそうという腹じゃ。こちらは文句もないのだが……。税は催促するが、足らぬからといって兵を連れて強制的な徴収はしないと」

　つまり脱税黙認。利仁は代わりに貿易の商人らを監督することを要求したと、悪路王は続けた。

「恐らく、ここから何らかの利益を得るつもりだ。最初からそれが目的だったのかもしれんな」

「………」

　秘密交渉の暴露。秀郷は声も出ない。

「今後、十三湊の権益にも絡んでこよう。京に送る税が足らんでも、要所の役人を抱き込んでおることだろう。まあ、こちらとしても田祖、調、庸は逃れられるし、余計な争いも避けられる。悪くはないのだが。ほんと大胆な御仁よ」

「そのような大事、明かされるとは……。思いも寄らぬことですが」

「まあ、利仁将軍とわしの交渉、おぬしだから少し明かした。あの御仁、武芸一辺倒ではないぞ。純粋な武人に見えながらも、な。そのあたりは少し分かっておいた方がよかろう。だが、他言無用。絶対の秘密事項ゆえ、そこはわきまえよ」

「分かり申した。無論、他言はしませぬ」

　そして悪路王は秀郷の武術を褒《ほ》め始めた。

「おぬしとの一騎打ち、面白かった。なかなかやるではないか。わしと互角に打ち合う者はそうはおらんぞ。意外と腕っぷしも強いではないか。十和田湖噴火で勝負がつかなかったが、あれでよかった。天の采配とはあのことよ」

「まさに天の助け。あのままでは斬られていたでしょう」

「いや、そんなことはあるまい。あれは互角の勝負。確かな手応えがあった」

　そして悪路王は舞草刀《もくさ》をぐいと差し出す。

「受け取られよ。これが蝦夷の刀。蝦夷の心じゃ」

「かたじけない。武人としてこの上ない栄誉」

「おぬしは和人といえども蝦夷の心が分かると見ゆる。さすが下野の地に生まれた御曹司《おんぞうし》」

「さようにお思いでしたか」

「そして、いつの日か、鎮守府将軍として再び陸奥の地を踏まれよ」

「何と、途方もない」

「いや、おぬしなれば申すが、偏見に満ちた京の貴族では無用な混乱が絶えぬ。利仁将軍は多少話の分かる御仁だが、多くの京貴族はわれら蝦夷を見下し、無理を押し付けてくる者どももおる。陸奥守もそんな連中ばかり。だからこそじゃ。おぬしがいつの日か将軍となり、よき流れへと変えてもらえればと願うのじゃ。そして、そうなるような気がするぞ」

予定は大幅に変更となってしまうが、これほどの知的興奮はない。悪路王の話、波斯氏の話、そして、十三湊に集まる品々。日々、新しい知識を得ることができる。秀郷は使いを出し、しばらく陸奥に滞在することを鹿島の家に伝えた。念のため、十三湊という細かい地名は書面に記さなかった。

波斯氏は秀郷主従を厚くもてなした。下野をはじめ東国と縁を持ち、交易品の新たな顧客を獲得したいという思いがあるようだ。陸奥や京と違い、競争相手が少なく、うまくいけば、独占できる可能性がある。

「唐は滅びましたが、銭《ぜに》を残してくれました。唐銭《とうせん》は今でも通用し、われらの商売には欠かせません」

特に「開元通宝《かいげんつうほう》」は三百年前に鋳造された唐の銅銭《どうせん》だが、いまだに流通している。波斯氏はてきぱきと配下に指示を出しながら秀郷主従に十三湊を案内していた。

「銅銭か。聞いたことはあるが、見たことはないな」

秀郷が言うと、斗鳥の爺はそれも無理からぬことと付け加えた。

「朝廷も何回か銅銭を鋳造しておりますが、なかなか広まらぬようですな。この間出された延喜通宝なぞは使い勝手も悪く、いったいどこに出回っておるのやら」

爺の言う「この間」は十年程度前のことで、「延喜通宝」は延喜七年（九〇七年）発行。約二百年前の和銅元年（七〇八年）に鋳造、発行された「和同開珎《わどうかいほう》」以来の皇朝十二銭《こうちょうじゅうにせん》（本朝十二銭）の一つだが、質の低下も目立つ。約五十年後の天徳二年（九五八年）に発行される「乾元大宝《けんげんたいほう》」をもって朝廷は銅貨の鋳造をやめる。

波斯氏も延喜通宝は質が安定していないと嘆《なげ》いた。

「銅銭というより鉛《なまり》です。あれでは信用がなく、売り買いの妨げになります」

信用のない銭は品物を売る方も受け取りを嫌い、売買に使いにくい。どこの誰が鋳《つく》ったか分からない偽造唐銭の価値に及ばないことさえある。

爺は波斯氏の話に軽く頷《うなず》いた。

「下野では米や絹が銭の代わり。吾らはさほど苦になりませんが、多量の品を扱う商人にとっては不便この上ないでしょう」

「いや、それでも坂東《ばんどう》といわれる地に商《あきな》いの道を広げたいと勘考《かんこう》いたす所存《しょぞん》。これも縁《えん》でございますれば、何卒《なにとぞ》お導きのほど、お願いしたく……」

波斯氏は頭を下げた。物々交換に近い状況で保管と運送は手間がかかるが、商売が盛んになれば、必ずや銭の流通が広まる。気候が穏やかで農作物が豊かに育ち、人口が増える地は必ず商いが発展する。軌道に乗った十三湊での仕事を信用できる者に任せ、波斯氏は新たな商圏の獲得、流通地域の拡大に力を注ぎたいと打ち明けた。

「しかし、物はどうやって運ぶのですか。常陸の内海、香取海から毛野川《きぬがわ》（鬼怒川）の経路はありますが、川底浅く、幅の狭い川あれば、船はどこまで行けることやら」

爺は、下野は海から離れた内陸の地で、川を上っても大型船での輸送には向いていないと懸念を示した。これに対し、波斯氏は陸送を主とする考えだった。

「むしろ東山道を行きたいのです」

「しかし、何日もかかりますぞ。品々を運ぶ牛車《ぎっしゃ》、護衛兵の随行《ずいこう》も要《い》りましょう。馬で駆けるのとは少々違いましょう」

「何の。何世代もかけて西域から大陸を横断し、延々と続く砂漠や山岳の道を進んで唐土、新羅までたどり着いた祖先のことを考えれば、一月もしない行程に何の恐れがありましょうや」

「しかし、何故、陸路を」

「海賊ですよ。海賊に遭《あ》い、荷を奪われると大きな損害となります。そのため彼らに銭を払って安全に通航できる手はずを整えておりますが、そうすると別の場所で小さな海賊がまた通航料を要求するというわけです」

「では、銭を払った海賊に小さな海賊を追っ払ってもらっては」

「実はそれも裏でつながっているのか、小さな海賊が勝ち、両方に取られ損となるわけです」

「…………」

「結局、自前で兵を揃えるしかないのですが、出費も大きい上、船戦《ふないくさ》の専門となると、やはり裏で海賊とつながっているのか……。ときに、まるで納得のいかない結果を見るわけです」

「埒《らち》が明きませんな」

「その通りです。全てを海運に依存するのは危険。半分以上は陸路での運送にしたいと考えておるのです」

「海に海賊いれば、陸路には山賊がおります。この間まで大暴れしていた僦馬《しゅうば》の党ですが、もともと運送を生業《なりわい》とした集団。強盗から荷を守るため力を持った者が他人の馬や荷を奪うようになろうとは、嘆かわしくも貧《ひん》すれば鈍《どん》すとはこのこと」

爺の言う「この間」は、この場合、二十数年前となろうか。寛平《かんぴょう》年間（八八九～八九八年）に始まる東国での群盗蜂起で中心となった僦馬の党。東山道で馬を奪って東海道で売り、東海道で馬を奪って東山道で売るといった凶行を繰り返した。

「されば、どのような方と御縁を持つかが重要で……。まさに、秀郷さま、斗鳥さまとの出会いは天恵《てんけい》。ここ十三湊で坂東の富貴《ふき》の方との知遇《ちぐう》を得ようとは」

「そのような、大げさな」

秀郷が驚き、返答した。だが、波斯氏の本心である。藤原村雄の権威と武力、蝦夷とのつながりを重視し、加えて京貴族とのコネクションもあると知り、東国進出の好機と捉えているようだ。東北と坂東を往復する道中の安全、購買層への接触。東国進出への条件を満たす関係を築く皮算用であろう。

〈6〉碧眼の美女

そんな父の思惑を知ってか知らずか。波斯氏の一人娘、冴瑠も秀郷に興味を持ち始めた。齢《とし》は秀郷より四つほど上という。二人だけで話す機会も多い。

秀郷も冴瑠の話には引き込まれる。何しろ、これまでに知らないことばかり。この日は珍しい小動物を抱えていた。

「これは〈猫〉と申します。鼠《ねずみ》を捕りますので、穀物、経典の倉庫を守るものとして、京でもお役所、寺院で珍重されています」

大きな目が何ともかわいらしく、鼠を退治するという凶暴な獣には見えない。猟で獣を追う犬と比べても格段に小さく、そのような役に立つとも思えない。

「この種類はおとなしくて、ほとんど声も立てず、あまり鼠捕りには役に立たないかもしれません。唐土(中国）などでは王妃がこうやって近くにおいて心を和《なご》ませているようです。でも、なかなかすばしっこいですよ」

じっと睨《にら》むと、睨み返すようにこちらを見たまま動かない。すぐ、逃げるかと思えば、そうでもない太々《ふてぶて》しさ。何とも可愛《かわい》げがないが、秀郷は初めて見た猫を気に入った。冴瑠にはなついているが、こちらには媚《こ》びない。その憎々しさ、媚びない姿も含め、なぜか惹きつけられる。

「ね、こ、か。瞳が青々としているのが何とも……。実に不思議な生き物だ」

秀郷が猫を細やかに観察していたことが嬉しく、冴瑠は笑顔を一段と輝かせた。

「ふふふ。実は、猫はどの子も目が青いのです。成長すると、また目の色も変わってくるのです」

「まことか。それはまた不思議な。不思議な生き物だな」

天竺《てんじく》（インド）や西域にはほかにも珍しい動物がいるという。

「今、唐土《もろこし》や周辺の国々は大きく揺れております。これからも大勢の方々が日本に渡られると思います」

冴瑠は父子で渡来してきた。王朝の興亡が相次ぐ東アジア情勢と無縁ではない。

中国では三百年近く栄えた唐（六一八〜九〇七年）が滅び、五代十国時代（九〇七〜九六〇年）の最中だった。唐滅亡後の五十余年に、後梁《こうりょう》、後唐、後晋《こうしん》、後漢《こうかん》、後周《こうしゅう》と、五代の王朝が勃興《ぼっこう》しては滅んだ。華北、華南、華中は地方政権が乱立。前蜀《ぜんしょく》、後蜀、呉《ご》、南唐、荊南《けいなん》、呉越《ごえつ》、閩《びん》、楚《そ》、南漢、北漢を十国と捉える。そして、宋（九六〇〜一二七九年）の建国でようやく中国全土の統一へと向かう。

その北部。中国東北部から朝鮮半島北部やロシア沿岸の一部を含めた地域を支配していた渤海《ぼっかい》は九二六年に滅亡。内モンゴルを中心に中国北辺を支配したのは契丹《きったん》（大契丹国）で、九四七年、遼《りょう》と国号を改める。

朝鮮半島では九一八年、高麗《こうらい》が建国され、新羅は九三五年に滅亡。新羅分裂後、九世紀末から十世紀初頭は新羅、後百済《ごくだら》、泰封《たいふう》（後高句麗《ごこうくり》）の後三国時代で、高麗による再統一まで約四十年、国家が分立した。

「国が揺らげば民の生活もある日一変してしまうこともあります。われら父子、命からがら逃げてきたようなもの。父は蓄えた財も失い、それでもこちらに来て、また交易を始められたので、こうして何とか生き永らえております」

冴瑠には日本に渡来した幼い日々の苦労があるようだ。一方で戦乱の最中、うち捨てられ、ただ同然で手にした物が意外な利益をもたらした面もあるという。

　冴瑠の父、波斯氏は渡来の苦労について多くを語らず、商売については「まあ、安く仕入れて高く売るだけです」と説明していたが、いろいろと手蔓《てづる》があるのだろう。また、戦乱と渡海で手放さざるを得ない物が多い中、ノウハウと知恵は手放さなくて済む。短期間に日本での商売を成功させ、豊かな生活を手に入れたのはやはり才覚、商才に長《た》けていたのだろう。

　ただ、先日の十和田湖大噴火では大きな損失を招いた。十三湊以外にも営業拠点を設け、東国進出を検討している理由につながっているかもしれない。


　戦乱を憎む気持ちの強い冴瑠は、一方で古今東西の戦やその将軍の話もよく知っている。なぜ戦乱が起きるのかという本質的な疑問、広い唐土や周辺地域から物品とともに入ってくる情報への関心、それらがない交ぜになって聞きかじった話を覚えているのだという。

　唐土では一度に百万人の兵隊が戦う戦もあるとい、それを一人の将軍が見事に指揮するのだとか。秀郷は驚き、さらに知りたい衝動に駆られる。

　さらには、西域と呼ぶ地域より西方にも国々があり、民族の興亡があり、追われし者が東へ東へと逃げてきたはずだという。

「遥か西方の国を追われた民が東へ移り、一部は遠い昔、日本へも渡ったと。そんな伝承を信じていらっしゃる方々もおります」

「それは、まことか」

「もはや、まことがどうかは誰にも分からぬことかと。あまりにも古い話ゆえ」

「しかし、どうやってそんな遠くから」

「恐らく長い年月をかけ、世代を重ねてのことかもしれません。ただ中には空飛ぶ船に乗って来たという人も」

「空飛ぶ……。それはどんな船なのか」

「これはもはや信じるに足る話でもないでしょう」

「そうか、作り話か……。まあ、そうだろうな」

　悪路王、波斯氏、十三湊の人々と接し、視野も広がった。冴瑠の聡明さと、開明的な考え方も刺激になった。だが、いつまでも留まっているわけにはいかない。

「世話になった。短い間だったが、名残惜しい」

秀郷は言葉が続かぬ。

「秀郷さまが国にお戻りになるのは当然のこと。お役目もございますれば」

冴瑠は予想していたのだろうか。淡々としていた。だが、それは最初だけ。

「私はここに留まる理由はさしてありません。東国へも、下野へも行ってみたいと思います。父も東国進出の準備を進めているのはご存じのこと。それなら私が秀郷さまと先に行っても何の障《さわ》りもございません」

「それはお父上も寂しがる。来られるなら親子連れ立って来るのがよかろう。それにしたって、どこの地を選ばれるか、本当に東国に来られるか、お父上の思案もございましょう。あまり先走っても……」

「いえ、父にとって、下野の御地とここはさほどの距離とは感じないでしょう。どこに居ても、行きたいと思うところに行くのです」

意外と情熱的で、下野の地にただならぬ興味を示す冴瑠。秀郷にとっても愛《いと》おしくてたまらないが、突然の申し出に心は決められない。今はむしろ何も考えられない。

「ことは、比べものにならぬ鄙《ひな》の地よ」

「秀郷さまの国も見てみたいのです。連れていってはいただけないのでしょうか」

「その気持ちは嬉しい。嬉しいのだが……」

言葉が続かない。頭の中をぐるぐると回る思い。それをそのまま言葉にすることはできない。帰ってからのこと、自分の不安定な立場、ことはあまりにも違う下野の環境、さまざまなことが頭をよぎる。

今、頭の中を駆けているのは何であろう。愛情、打算、不安。そういったものか。口に出したのは身勝手な結論だけだった。その理由など思えば思うほど自己嫌悪に陥る。

「それは無理だ」

「なぜでございますか」

「東国は治安も悪い。そんなところで生きたいか」

「生きたいのは秀郷さまの意向が及ぶ国です」

「そんな国はどこにもない。あるとすれば、今、ここの……」

ぐっと肩を抱き寄せた。

第四章　罪人秀郷

〈1〉堅物受領

藤原秀郷《ひでさと》主従が陸奥《むつ》からの長旅を終えて下野《しもつけ》に帰ると、秀郷の実父・藤原村雄《むらお》は下野守《しもつけのかみ》から河内《かわち》守に転任が決まり、既に旅立っていた。

代わって下野守に就くのは藤原利平《としひら》という人物。まもなく着任するという。

秀郷は初めて聞く名だが、藤原利仁《としひと》の前に鎮守府《ちんじゅふ》将軍だった中級貴族である。

秀郷の養父・鹿島《かしま》はそのことは覚えていた。

国庁で引継ぎ事項の確認や新国守を迎える準備に追われていた鹿島は、国司下級官吏を相手に呟《つぶや》いた。

「ああ、あの利仁将軍と紛らわしい名の……」

鹿島は下野大掾《だいじょう》（国司三等官）の地位にあり、下野守は直属の上司となる。

「噂《うわさ》によりますと……」

下級官吏が説明する。京の貴族とはいうが、貴族らしい趣味や芸事を嗜《たしな》むわけでもない。貴族というよりもより濃厚に官僚、官人《つかさびと》である。鎮守府将軍の経歴から軍事・武芸での功績があるのかといえば、それも不明。

「あの話、案外、冗談ではなかったのかもな」

「あの話とは」

「あの話よ」

高座山《たかくらやま》での群盗討伐後、鎮守府将軍への任官を待ち望んでいた藤原利仁が利平の将軍就任を聞き、「利仁と利平の間違いではないか」と言ったとか言わないとか……とされる京の噂話だ。

藤原利平。全く無名の存在。歴史の中に完全に埋没している。

この時期、国史編纂《へんさん》が途絶え、各国の国守や鎮守府将軍らの人事情報が途切れているためでもある。

平安時代の書物『侍中群要《じちゅうぐんよう》』には延喜《えんぎ》一四年（九一四年）、藤原利平が鎮守府将軍に赴任した記事があるが、後世の歴史家は「利仁の誤記」としか捉えていない。

系図集『尊卑分脈《そんぴぶんみゃく》』には藤原北家《ほっけ》内麻呂流に「利平」の名がある。この系図では従五位下《じゅごいのげ》、諸陵頭《しょりょうのかみ》。陵墓の管理、皇族葬儀の儀礼などを掌握する役所の長官だ。

つまり実在した人物だ。だが、鎮守府将軍補任《ぶにん》はやはり誤記か……。利平は記録を見ても、歴史の中で重要な役割は果たしていない。注目されないのは自然である。

「それにですな」

下級官吏がさらに利平について報告を加える。

「こたびの受領《ずりょう》さま、仕事をされるそうで」

「何？」

鹿島はその意味を問いただした。

鹿島の真の主人である藤原村雄は長く下野大掾を務め、多くの下野守の下で働いたが、受領（国守）交代のたび、まずは人物の氏素性《うじすじょう》や来歴《らいれき》、性格、京での評判を調べ尽くした。弱点を知り、急所を握り、着任時に祝いの品を贈り、円滑な関係を築くためである。有体《ありてい》に言えば取り込むのだ。

だが、新国守は余程変わった人物ということが分かった、と下級官吏が言う。

「賄賂《まいない》を好まず、受け取らず。また、田祖《たそ》や調《ちょう》、庸《よう》はきっちりと定められた分を取り立て、一切着服せず、全て国庫に納められるとか」

「米を一粒も着服しないのか。まことか。まさしく受領本来の仕事をされるのか。そんな方がおったとは……」

鹿島は感心したわけではない。当惑したのである。

「さて、どうしたものか……」

このころ、受領に任じられた貴族は私腹を肥やすために地方に赴任する。

受領は国司のトップ「守《かみ》」。親王が国守に任じられる上野《こうずけ》、上総《かずさ》、常陸《ひたち》の三国では国守の親王は現地に赴任せず、次官の「介《すけ》」が受領である。

また、京の朝廷の官職にある者、中央政府官僚である京官（内官）の貴族が国司の職に任じられる場合は当然、兼任であり、任国に赴かない遥任《ようにん》。中央官僚は上級貴族中心であり、遥任国司もこの層であるのに対し、中級貴族が実際に現地に赴任する受領層となる。

もともと国衙《こくが》の事務を前任者から引き継ぐことを「受領」といった。そこから実際に任国に赴任した国守その人を受領と呼ぶようになった。

受領は徴税、軍事で大きな権限があり、徴収した税の保管も任されている。こうなると、保管した租税の私的運用も可能となる。貸し付けて利子を得る。蓄財のため受領任官を望む中級貴族は多い。私腹を肥やすことを第一の目的と考えている貴族もいる。もはや任務の余禄ですらない。

受領の性質、もしくは実態をよく示す話がいくつかある。

これより数十年後のこと。信濃守《しなののかみ》・藤原陳忠《のぶただ》（藤原南家《なんけ》）は任期を終え、京を目指していた。陳忠は史料から天元《てんげん》五年（九八二年）に信濃守に在任していたことが分かるので、その少し後のことになろう。

一行は信濃と美濃《みの》の国境《くにざか》い、標高一五〇〇メートルを超える難路を進む。御坂《みさか》峠に差し掛かった。現在は神坂《みさか》峠といい、長野県阿智《あち》村と岐阜県中津川《なかつがわ》市の境界である。ここで馬が架け橋の木を踏み折り、陳忠は真っ逆さまに転落した。谷底は深く、大勢の郎党は「無事でいられるはずもない」と思ったが、谷底から呼び声がかすかに聞こえる。

「籠《かご》に縄をつけて下ろせ」

陳忠の声であった。郎党たちが引き揚げてみれば、籠いっぱいの平茸《ひらたけ》。もう一度、引き揚げると、籠に乗った陳忠は片手で縄をつかみ、もう一方の手に三ふさの平茸を持って上がってきた。転落して木にひっかかり、すぐそばに生えていた平茸を採ったのだ。

「受領たるもの、倒れたところの土をもつかめ――というではないか」

（『今昔物語集《こんじゃくものがたりしゅう》』第二十八巻第三十八話。現代語訳は、武石彰夫訳『今昔物語集　本朝《ほんちょう》世俗篇《せぞくへん》』参照。以下同）

陳忠は自分で言った。転んでもただでは起きない受領の強欲さを示す逸話である。

これも数十年後、藤原道長《みちなが》が右大臣だったころ、長徳《ちょうとく》二年（九九六年）の話。

式部丞《しきぶのじょう》（式部省三等官）を務めた藤原為時《ためとき》（藤原北家）は、漢詩の名人でもあり、文才を生かして国司任官を申請する文を一条《いちじょう》天皇に奉《たてまつ》った。天皇はそれを見ないうちに春の除目《じもく》（人事）を決めてしまったが、道長が為時の申請書類を見つけ、その詩句に感心し、越前《えちぜん》守任命が決まっていた道長の乳母子《うばこ》・源国盛《くにもり》（光孝《こうこう》源氏）を辞退させ、為時を越前守に任命した。これもひとえに道長が為時の詩句に感心したためであり、人々も為時を褒《ほ》め讃《たた》えた。

苦学寒夜紅涙霑襟（くがくのかんやこうるいえりをうるほし）

除目後朝蒼天在眼（ぢもくのこうてうさうてんまなこにあり）

夜の寒さ厳しい中に学問するとき、涙は血となって襟を濡らし、除目に選ばれなかった翌朝、天を抜く青空の色はわが身に深く染み入る。

（『今昔物語集』第二十四巻第三十話）

式部丞であった藤原為時は紫式部の父である。『今昔』では美談となっているが、『古事談《こじだん》』（鎌倉時代初期の説話集）では越前守を譲るはめになった源国盛は落胆のあまり病気になり、家族は嘆き悲しみ、その年の秋の除目で播磨《はりま》守に任じられたものの病は癒《い》えず、とうとう死んでしまった。

どちらかというと、美談というよりは悲劇。あるいは笑えない喜劇であり、中級貴族が受領をめぐる人事に一喜一憂する態《さま》を表している。その主人公がかの紫式部の父というのも何とも言えない。

また、尾張《おわり》守・藤原元命《もとなが》（藤原北家）は永延《えいえん》二年（九八八年）、郡司・百姓らに告訴された。三十一カ条からなる訴状「尾張国解文《げぶみ》」によると、元命は出挙《すいこ》（稲を利息付で強制的に農民に貸し出す租税の一種）のほかに利息を追加徴収し、不当に安い値段で産物を買い上げていた。また京から「不善の輩《ともがら》」を引き連れて法外な行為に及んでいた。

横暴を極めた受領。過酷な圧政に苦しむ農民。

こうした構図は各地にあり、こういう受領も当然いた。

一方、受領は強欲ではあるが、一面では遵法《じゅんぽう》的でもある。貴族のルールの中でしたたかに私腹を肥やすのである。

むしろ、受領の下で権限を奪われ、その指示に従うだけの存在になり下がった任用国司（受領の部下）や在庁官人（地元採用組の国司幹部）、郡司（郡の役人）、地方豪族らは私的利益の確保、負担軽減を主張し、受領と対立することがあった。ときに軍事的衝突に発展する。受領側もそれに備えるようになる。政策実現や身を守るため、私的なスタッフ、護衛を引き連れて任官する場合もある。受領郎党である。

九世紀半ばから後半に相次いだ俘囚《ふしゅう》の叛乱や群盗の活動、さらに寛平《かんぴょう》元年（八八九年）からの「寛平延喜東国《とうごく》の乱」は圧政に耐えかねた者の蜂起《ほうき》という側面もあるが、地方に任官した中央貴族である受領層とその土地で暮らす郡司、在庁官人、地方豪族「富豪の輩《ともがら》」との間での富をめぐる争奪でもあった。

それをどう治めるか。

秀郷の実父・藤原村雄も長く受領に仕える国司の幹部役人「任用国司」と地域有力者「富豪の輩」の二面性を持っていた。

治安維持のため、群盗、叛乱者を断固鎮圧する一方、服属する者に対しては寛大にならざるを得ない。地域安定のためである。後に火種を残すのは下策。処分や徴税をあまり苛烈《かれつ》にしてはならない。

受領対策もただ指示に従っていればいいというわけではない。国司トップの権威、権限を利用しながら、こちらの意図通りの政策を進めさせなければならない。

受領をコントロールするには貢物《みつぎもの》を贈り、私腹を肥やそうという目的を満足させることだ。賄賂攻勢である。村雄はそのように受領と接してきた。そして、村雄の地位を引き継ぎ、現在は下野における村雄の権益を守護する代理人となっている鹿島もその手法を引き継いでいる。

賄賂を受け取る方は良心があれば、多少の後ろめたさはある。無論、受領に任官する多くの貴族は、そんな意識はとっくに磨滅《まめつ》している。一方、贈賄側に罪の意識はない。道徳に反しているという考え方そのものがない。政策実現のため、自らの利益・財産の一部を割譲《かつじょう》していることは美徳という感覚さえあった。

ところが、である。

藤原利平という新任の下野守は賄賂を受け取らない人物というのだ。私腹を肥やす意思がない。私腹を肥やして脱税を見逃していた、これまでの受領の振る舞いが税収不足を招き、国家の損失を招いたと理解してのことなのか。

一介の役人がそんな国家観を持っているはずはない。そうとしか理解できない鹿島の目には「この新受領は変人、意固地《いこじ》の人」としか映らない。

無論、鹿島は利平着任早々に数々の祝いの品を贈ったが、全て突き返してきた。

（やはり変人だ）

鹿島は理解に困り、途方に暮れた。このままでは村雄の不在の間にその権益が侵害されかねない。鹿島自身の地位も失いかねない。

〈2〉利平の方針

その心配の種となっている変わり種が今、鹿島の目の前にいる。

国庁正殿で新任の下野守・藤原利平を国司幹部、在庁官人の面々が迎えていた。

利平は居並ぶ面々を前に税の徴収方針を示した。

「取り立てに不公平があってはならぬ」

取り漏らさぬことが肝要であり、厳しく厳しく対応するといい、規則の遵守《じゅんしゅ》を徹底すると宣言した。

「払わぬ者、払えぬ者を認めるから不公平になる。一切の例外を認めない。この方針でいく」

（言わずもがなだが……）

鹿島にとって不快な流れだった。全くの正論である。だが、聞いている在庁官人はみな、戸惑い、声を上げられない。重苦しい雰囲気が漂う。

「見せしめにそのような者（税を払わぬ者）からいっそう厳しく取り立て、特に厳しく対応していく」

（聞いていた以上の堅物だ）

仕方なく、在庁官人を代表する形で鹿島が口を開いた。

「仰《おお》せのこと、まことにごもっともにございます。ただ、群盗が跋扈《ばっこ》する郷村、不作ゆえに生活の苦しい村、郷で無理をすると騒乱を招き、衝突する恐れがあります」

「おぬしら、その群盗らと裏でつるんでいるのではないか」

利平は核心を突いてきた。

この感覚が分からない。現代的に言えば、いきなり直球をど真ん中に放り込んできた。これは税が集まらない元凶は在庁官人だ、と言っているのと同じだ。

全くその通りである。その仕組みの中で受領も、在庁官人も、地方豪族も、利益を分け合ってきた。その分、国庫に納められるはずの税が消えていく。

無論、鹿島としては「はい、その通りです」と答えるわけにはいかない。

「いや、そういう村、郷の百姓は疲弊しています。無理に取り立てようとしますと、逃散《ちょうさん》を招きます」

論点をずらして反論したが、とにもかくにも「脱税は許さない」という利平の方針に従うことを認めさせられた。正論なのだから当然といえば当然。ただ、実情に合っていないことも確かである。

藤原村雄は武力、財力と藤原氏子孫という貴種の血によって、在庁官人として高い地位に就き、異例の出世を遂げた。

一方で「富豪の輩」、地域最有力者として下野南部を実効支配し、田祖の払えない者をかばい、肩代わりし、労力として囲い込み、その放棄された口分田《くぶんでん》を預かり、事実上の私的所有地「私営田《しえいでん》」を増やしていった。そして囲い込んだ労力を使って開墾、私営田経営を進めてきた。

こうして律令の根幹である「公地公民」の原則は崩れていく。富豪の輩、すなわち私営田領主として土地制度破壊者でありながら在庁官人、国司の一員としては制度の護持者《ごじしゃ》である。

法律を取り締まる側と違反する者が同一なのである。

平安時代中期の東国において、富豪の輩とつるまず、民から正しく徴税しようという試みは極めて困難な作業だった。

下野守・藤原利平がいくら指示しても、部下の在庁官人たちは「厳しく申しつけたのですが、ないものはないで取り立てようもなく……」と、不調に終わった徴税作業の報告をするばかりである。

在庁官人たちからすれば、これまで以上のことをするつもりはない。受領は任期の四年で京に帰ってしまうが、在庁官人と地元民衆との関係は永続する。過酷な取り立てをして恨《うら》まれては割に合わない。そんなことをする必要もない。特に有力豪族が背後にいる田堵《たと》(有力農民層)や長者には無理強《むりじ》いできない。

新任受領・藤原利平は部下の非協力によって、一人、悪戦苦闘した。

〈3〉童女・桔梗姫

微妙な緊張感が漂う中、秀郷は帰郷した。それを待ちかねたように平国香《たいらのくにか》の弟・平良兼《よしかね》が下野国府の村雄の館《やかた》を訪ねてきた。

「何もこんなときに……」

斗鳥《ととり》の爺《じい》とともに迎えに出た鹿島は受領対策に頭を

痛めていたところ、平氏側の思惑も見え、煩《わずら》わしさを感じていた。

良兼は常陸・真壁《まかべ》（茨城県桜川市）に館を持ち、後に上総を拠点とし、上総介や鎮守府将軍に就く。

良兼は娘を連れてきた。桔梗姫《ききょうひめ》といった。十歳を超えたばかりだろうか。まだまだ幼さ、あどけなさを残す。

良兼はまず秀郷の武勇を褒めちぎった。

「高座山での群盗討伐、陸奥での蝦夷との戦《いくさ》でのご活躍を聞き及び、さすが下野の次代を担う御曹司《おんぞうし》と感じ入った次第。まことに頼もしき若武者ぶりは近隣にも響き渡っておりまするぞ」

秀郷は過分の評価に困惑。言葉を返すのも照れ臭い。

「いえ、さしたる働きはせず、行って帰ってきただけですが……」

藤原利仁に従い、高座山や陸奥での軍事行動に参加したが、兵の一人として従軍したまで。敵首魁《しゅかい》の首を取ったとか、大きな武功を立てたわけでもない。

従軍そのものも身内や親しい村の者しか知らぬはずだった。国香に嫁いだ異母姉にも特に知らせていない。そのへん、平氏一門の情報収集能力は、さすがに抜け目がないと感じた。

この後、良兼は鹿島や爺と密談に入り、侍女や郎党が従う桔梗姫を秀郷、弟・高郷《たかさと》らが館の周辺を案内した。

「姫は、下野は初めてでござるか。遠かったであろう。川沿いに田畑、家々も並ぶが、ご覧の通り、一面の草《くさ》原《はら》ばかり。特に変哲のない鄙《ひな》（田舎）でござるよ」

「常陸のわが家の周りも同じようなものです。でも、筑波山《つくばさん》があります」

はきはきとした言葉の中に意思の強さ、気の強さも感じられる姫の答えであった。

「あの山は三毳山《みかもやま》というが、それと比べてどうかな」

「あの山よりも大きゅうございます。そして眺《なが》めも美しゅうございます」

そうだろうな。常陸の者がその名峰を誇ることは先祖伝来のもの。受け継ぐ血の中にその思いも混じっているのではないかと思うほどだ。下野の民人《たみびと》が三毳山に感じる親しみよりも神を崇《あが》める姿勢に近いだろうか。

筑波山は歌垣《かがい》（嬥歌《かがい》）の風習があり、『万葉集』にも登場する。

特に高橋虫麻呂《むしまろ》の長歌が有名である。

鷲《わし》の住む筑波の山の　裳羽服津《もはきつ》のその津の上に
率《あども》ひて娘子壮士《をとめをとこ》の　行き集ひかがふ嬥歌に
人妻に我も交《まじ》はらむ　我が妻に人も言問《ことと》へ
この山をうしはく神の　昔より禁《いさ》めぬ行事《わざ》ぞ
今日のみは目串《めぐし》もな見そ言も咎むな
（『万葉集』第九巻・一七五九）

鷲の棲《す》む筑波の山の裳羽服津（地名？）のその津の辺りに誘い合って若い男女が行き集り遊ぶ嬥歌で人妻に私も交わろう。私の妻に他人も言い寄るがよい。この山を支配する神が昔から禁じていない行事だ。今日だけは既婚者の印の串も見ないでくれ。私のすることも咎めるな。


かなり強烈な歌である。

歌垣は「うたがき」とも読む。若い男女が集まり、和歌を交わして舞い踊る。春秋に豊作を祈り、豊作を祝う行事であるが、既婚者、未婚者関係なく、解放されていたのか。それは、虫麻呂が目の当《ま》たりにした衝撃だったのか。それとも彼の妄想もしくは誤解か。現代の感覚では捉えきれない面もあろう。

信仰、呪術《じゅじゅつ》の意味もあるが、このころの歌垣は男女の出会いの場、求婚行事としての意味合いが強くなっている。もはや相手を求めるとき、和歌を交わし合う手順も省略されている。現代の街コンに近い感覚があるかもしれない。

全国の村々に似たような風習はあるが、これほど大規模な歌垣は筑波山ならではである。山そのものが御神体であり、神が許しているのだからと、クライマックスになると、周辺の暗がりでは人目を忍ぶカップルが次々と現れる。中には人目を忍ばない者もいる。

まだ童女《わらべめ》である桔梗姫にはふさわしくない話題であり、触れることはできない。仕方なく、当たり障りのない話題を振った。

「平太殿（貞盛《さだもり》）、小次郎殿（将門《まさかど》）とは、従兄弟《いとこ》同士となるのか。齢《とし》も同じくらいではないか？」

「まあ、お二人をご存じなのですか」

「一度だけ、会《お》うたことがある」

桔梗姫によると、互いに幼なじみで遊び仲間。

「平太さまは齢上《としうえ》で、少し大人ぶっているのです。京の方のような……。和歌を送って雅《みやび》の風《ふう》とか言ってますが、ちょっと、おかしくて」

姫がくくっと笑う。

「ほお。小次郎殿は？」

「まるで正反対。すぐ怒るかと思えば、笑ったり泣いたり。よく喧嘩《けんか》もするんです」

「姫に怒ったり、喧嘩したりするとはけしからんな」

「いえ、小次郎とは幼きときより変わらぬ調子ですから、いいのです。喧嘩も仕方ない。平太さまはちょっと苦手。急に大人ぶったりしてよく分からないし。昔は普通だったのにな」

普通とは何をもって普通なのか分からないが、姫にとって分かりやすい相手だったのだろう。それが今、やや分かりにくくなったということか。

「ですが、近ごろ小次郎と仲良くすることを父は嫌がるようになりました」

裏を返せば、桔梗姫は小次郎と仲良くしたいということか。

「……」

良兼が姫を連れて、唐突に訪ねてきたのは、わが身との縁談を勧めようという腹積もりなのは明白。秀郷としては、平氏と結びつきを強めることに気が進まない。

姫はかわいらしく、好ましくは思うが、齢も離れているし、特別な感情は湧かない。まして小次郎が絡んでいるとなると……。一度会っただけだが、あの向こう気の強そうな小童《こわっぱ》には関わりたくなかった。

良兼と鹿島らの密談は佳境に入っていた。

「秀郷殿が、娘を、桔梗を気に入ってくださるとよろしいのですが」

「まだ、幼き姫君。親許《おやもと》を離れるのは不憫《ふびん》でありましょう」

「無論、将来のこととして頭の片隅にでも。齢も村雄さまのご息女と兄・国香ほどは離れていないはずです」

「ですが、秀郷殿はそろそろ嫁を迎えるべく、話を進めておりますれば……」

鹿島はしれっと嘘《うそ》をついた。

「何の、京の貴族と肩を並べる村雄さまの御曹司ならば、今後のことも考え、妻を何人迎えても構いますまい」

この時代、京の貴族には妻を幾人か持つ一夫多妻の男はいた。地方でも有力者の中にはいるにはいたが、正妻、側室、妾《めかけ》を区別する感覚はない。だが、この場合、隣国の有力者・桓武平氏の息女を迎えるならば、事実上の本妻として扱わねばならない。

「下野の地に根付き、既に三代。京貴族風とは程遠い暮らしぶりでございます」

妻を何人も持つなど、京貴族のやること。今度は爺が、村雄の家はそれほどの盛家ではないとの謙遜《けんそん》を示した。

「いやいや、村雄さまは大掾の地位にあったころより、(京から)下向する受領さまを凌《しの》ぐ実力者であったことは誰もが認めるところ。貴種の家にふさわしい暮らしぶりをしたとして誰が咎めましょうや」

「いずれにしましても、河内守(村雄)の意向を確認せねばなりませんが、何しろ多忙に遠距離ということもあり、なかなか機会に恵まれませぬ」

鹿島としては、とにかく結論を先延ばししたい。国香を筆頭とする桓武平氏、坂東《ばんどう》平氏の一族に組み込まれる懸念を村雄が抱いている以上、言を左右にして、この話をかわさねばならないが、平氏側との関係性を悪くしたくもない。

「そうですか……。が、しかし……」

「ま、姫さまの将来もございましょう。しばらくは状況を見守るということでよろしいのではないでしょうか」

「そうですな」

良兼は押し切れなかった。もともと、それほど簡単に進むとも考えていなかったので「まずはここまで」という感触も持った。娘の成長を待ち、じっくりと進めてもよいか。秀郷がこの地の娘を妻に娶《めと》ろうともわが桓武平氏との関係を無碍《むげ》にできるわけがない。(村雄殿の側近の方々も、われら平氏と争いたくない意向は明白。優位に交渉を進めることができるはず)

良兼は胸算用した。話が済むと、姫を連れて帰途についた。

〈4〉上野の反受領闘争

帰郷早々、秀郷ら健児《こんでい》の若者たちは雑用に追い遣わされ、村々、各郷の状況についての下調べに回っていた。村長《むらおさ》や長者らは、表面上の肩書・国司の雑用係ではなく、藤原村雄の嫡息《ちゃくそく》として、秀郷を迎える。

「受領さまは何が不満で足らぬとおっしゃるのか分かりませぬ。今まできちんと田祖や調庸を納めておりますれば、それで何か困るのか。これ以上取られたら吾《わぬ》らが抱える百姓ばらが冬を越す米もなくなってしまいます」

　秀郷は村長らの話を丁寧に聞き、国司担当者に説明しておくと引き取った。

「実情のほど、よくよく話しておきます。皆さまのこれまでの働きは国司の方々もよく分かっております。ご安心くだされ」

「よろしゅうお頼み申します」

　村長は深々と頭を下げたが、不安はぬぐえない。何とかしなければ。この思いであった。

　下野守・藤原利平の方針は行き詰っている。結局、定めた税が重すぎた。

　ここ数年続く天候不順と不作の状況は変わらない。国司幹部らは頭を低くし、「仰せの儀ごもっとも。すぐ手配いたします」と動いてみせるが、一向に結果を出さない。

　それでもこの新任の下野守はへこたれなかった。

「みな何か勘違いをしておるのではないか。まるで払う方が田祖、調庸を定めておるようじゃ。決めるのは朝廷よ。われらはその通り取り立てるのみじゃ」

　業《ごう》を煮《に》やした利平。

「麿《まろ》が範《はん》を示そう」

　自ら徴税の現場に赴くと言い出した。国守としての威厳を見せつけ、命令を実行しない部下の弛《たる》みも引き締めてやろうという狙い。だが、国司幹部はみな冷ややかに聞いた。

　受領自らの徴税など聞いた例《ためし》もないが、誰も「みっともないからおやめなさい」とも言わない。「仰せのままに」と平伏するのみ。言葉の外套《がいとう》を脱がせば「どうぞ、ご勝手に」ということだ。

　利平は、国司官人らが服従を装いながらもその実、国守を蔑《ないがし》ろにしていると気付いていた。

「それならば……。いや、むしろ好都合じゃ」

　誰も国守自らの徴税現場に付き従う様子をみせないが、ごちゃごちゃと言い訳しかせぬ官人なぞ連れて行っても仕方がない。口出しせぬ若い兵だけを連れ、実力行使を命じて強引に徴税することもできる。

　深夜、誰もいないはずの下野国庁。宿直《とのい》の兵が語り合う。

「おい、正庁には誰もいないはずだよな」

「いや、受領さまがお残りじゃ」

「そうか。何かただならぬ気配がするので空恐《そらおそ》ろしく思っていたところじゃが……」

「ぶつぶつと何やら聞こえるでな……」

まさに声の主は決意を強固にしている藤原利平である。

「やつらを追い詰めてやる。土地を私有し、田祖を払わぬ田堵（有力農民）、長者ども、それにつるむ穢《きたな》き国司官人ども、天子さまの地を汚《けが》す富豪の輩、不善の輩、全ての悪人を追い詰めてやる。貴族の意地、朝廷官吏の正義、悪人どもにとくと見せてくれよう。律令を蔑ろにする朝廷の真の敵……」

燭台《しょくだい》に火も入れず、月明かりのみの執務室で一人、剣を振るう。

「悪の代表、藤原村雄一派。必ず天誅《てんちゅう》を下すわ」

下野守・藤原利平が直接行動を起こそうとした矢先だった。

利平の手足となるべき健児ら若者の兵が一時的に下野を離れ、利平の行動は、しばし時を待つことになった。

その紛争は、前年、延喜一五年（九一五年）二月以来一年近く続いていた。

隣国・上野国での反受領闘争。

受領・藤原厚載《あつのり》が殺害される事件があった。闘争勢力は上毛野基宗《かみつけぬのもとむね》、貞並らに上野大掾・藤原連江《つらえ》が加わっている。一部は捕らえられ、一部は逃走し、抵抗を続けた。その鎮圧の兵力として下野の健児も駆り出され、秀郷は仲間とともに隣国に赴いた。

事件の原因は不明。受領と在庁官人・在地勢力の富の争奪。欲深き者同士の争いとみるべきであろうか。

秀郷ら下野の健児部隊が到着したころ、信濃、武蔵《むさし》からの派兵も決まり、首謀者らは逃走。上野の国司役人や健児兵らが大捜索隊を編成し、秀郷ら下野部隊も捜索の任に就くことになった。

「吾らも負けられません。吾らの手で藤原連江らを発見し、捕縛《ほばく》しましょう」

秀郷に従う若者らが息巻く。首謀者の顔を知る上野国司の小役人らを連れ、上野国府を出発した。だが、どこを捜せばよいのか。

「山中に隠れ、西へ向かうのが常道でしょう。妙義《みょうぎ》山《さん》、榛名山《はるなさん》辺りに隠れていると思いますが」

上野の小役人の見立ては何ともざっくりとしたものだが、実際に上野部隊は両山に捜索隊を送っている。確かに東進しても平坦な土地が広く、村や郷で発見される可能性もある。その危険は冒すまい。

小役人たちはさらに逃亡者の行動を予測。

「いずれにしても信濃へ抜けようとするでしょうから、いずれは碓氷坂《うすいざか》（碓氷峠）を越えるのではないかと」

だが、東山道《とうさんどう》を西進するにしても、捜索隊が近づけば山中に隠れ、碓氷坂も無論、東山道の関所ではなく、道なき道を行くはずである。信濃や武蔵の健児部隊も捜索に加わる手はずになっているようだ。

「碓氷坂付近は上野、信濃の方々が抑えるでしょう。吾らが連江らを捕らえるとすれば、山中に隠れているところを見つけるしかありませんな」

「そうだろうな」

従兄弟・藤原與貞《ともさだ》の指摘に秀郷は軽く頷《うなず》いた。どこをどう捜せばよいか見当がつかない。

数日間かけた榛名山の大規模捜索は徒労に終わった。杣人《そまびと》（樵《きこり》）や、狩りをする山立《やまだち》（マタギ）に聞いても山中の洞穴や小屋に人が隠れ使った形跡がない。どうやら見当外れだった気もする。秀郷は疲労感を残し、上野国府まで戻り、態勢を立て直すことにした。兵たちも二、三日休息させる。

舎弟・高郷は「他国の連中に後れを取る」と、捜索継続を主張したが、従兄弟・藤原兼有《かねあり》は「見立てを考え直してから動いた方がよい」と秀郷に賛成した。

上野国府周辺では、大勢の農民たちが一斉に田畑を耕している。どうやら今回の戦乱で荒れた土地を復興させ、さらに新田を開墾しているようだ。

秀郷はぼんやりと、だが興味深く、その様子を眺めていた。作業は整然と手際よく進んでおり、中央に指示を出している者がいた。

「通りで……。しかし、何を言っているのかな」

さらに興味が湧き、利根川の堤を降りて少し近づいた。

農民の作業を指揮していたのは、苔《こけ》むした獣の皮を衣にして、袈裟《けさ》のようにまとっている人物。僧侶の風体《ふうてい》。それにしてはみすぼらしい衣だ。

一瞬、目が合った。老いているが、日焼けした精悍《せいかん》な顔立ち、ぎょろっとした鋭い目は僧侶らしかぬ気がした。どちらかというと悪人顔である。いや、むしろ典型的な悪人顔だ。

「お若いの。お姿より兵《つわもの》の方とお見受けいたすが」

そこには顔を優しげに崩し、好々爺《こうこうや》といった感じの男がいた。今しがたの悪人相はまさしく僧侶らしい善意に満ちた顔つきに変わっている。

「失礼しました。下野より参りました健児の兵を指揮しております。罪人の捜索を命じられているのです」

藤太秀郷と名乗りながら、老僧が一瞬だけ見せた警戒心に満ちた顔つきを不思議に思った。老僧が続ける。

「見た目で拙僧《せっそう》を怪しく思いませんでしたかな」

「…………」

図星である。さすが僧侶、人の心が読めるのか。秀郷は口を開きかけたが、声も出ない。

「僧のようだが、襤褸《ぼろ》をまとい、いかにもみすぼらしい。官許を得ず、勝手に出家した類《たぐい》の偽僧に違いないと……。だいたいそう思ったのでは」

だいたいその通り。

「いえ、まさか……。騒乱で荒れた土地を村の者総出《そうで》で復興している態《さま》に感じ入った次第。よく見ますと、御坊《ごぼう》が適切に指図《さしず》しておられ、さらに興味を惹《ひ》かれました」

「ははは。役人でもない者が何故《なにゆえ》にと、不審に思われましたか」

「いえ、そのようなわけでは……。多くの民、百姓を一度に差配し、見事なものと感心しておりました」

「感心してくださいましたか。わはは。これは光栄。拙僧も高齢《とし》ですから、いろいろと見てきました。東国はたびたび騒乱、戦がございましたから」

なるほど、過去にいろいろあったのだろう。騒乱の当事者か被害者か、無常を感じる出来事を体験し、仏の道に導かれたのかもしれない。だが、立ち入ったことを聞くつもりはない。

「本寺本坊《ほんじほんぼう》はどちらに」

「寺など持ちませぬ。諸国を歩き、民のために念仏を唱える念仏日知《ひじり》（聖《ひじり》）でございます。荒れた地あれば、復興を手伝い、鍬《くわ》、鋤《すき》を持って田の開墾を手伝い、百姓とともに汗を流す。きょうは晴れか雨か、あすの空模様は……。と、まさに日《ひ》（太陽）を知り、天（気象）を知らねば……。仏の道は寺坊《じぼう》の中だけにあらず」

「念仏日知さま……。失礼いたしました。そうでしたか」

「いえ、よいのです。しかし、お若い方。藤太殿と申されたか。金綺羅《きんきら》の袈裟に騙《だま》されてはなりませんぞ。小難《こむずか》しい教義を並べておりますが、本当に民、百姓を救えるのは何者か。見極める力を持たれよ」

変わった僧侶だと思ったが、いちいち納得させられる。民の力になり、民を助けてこそ仏道というのも道理だ。日知はほかにもいろいろな雑話を繰り出し、秀郷はほぼ聞き役に回った。僧侶らしい教義・学問の話はなく、この老僧がほぼ俗世で生きてきたとも感じた。

「お導き、ありがとうございます。まさに見た目で判断しては……。おっと、これは失礼。けして、お上人《しょうにん》がみすぼらしい格好ということではなく……。いや重ねて失礼申しました」

「わははは。よいのです。わははは」

秀郷は、日知に重ねて礼を言い、その場を去った。日知の言う通り、農民たちは生き生きとした顔で土を返し、田を耕している。絶望的な状況から自分たちの土地を生き返らせる見込みができたためだろう。

堤の上には数人の健児兵を従えた年長の従兄弟・兼有がいた。

「藤太。あの怪しげな老人は？」

「念仏日知さまという偉いお上人じゃ。百姓たちの働きを指図しておった。見かけによらず、徳のある僧のようだぞ」

「そうかの。いかにも偽僧のようだが」

兼有は遠めに見ていただけで、風体で判断するしかないのだろう。

「人は見かけで判断できぬということかな。ところで何か」

「この後のことじゃ。上野、信濃、武蔵の健児兵や派兵の者、再び榛名、妙義の山狩り（捜索）に繰り出すそうじゃ。こたびは大勢の百姓ばらにも手伝わせ、相当な人数になるらしい。吾らは少数。どうすべきか……」

「榛名山の山狩りでは山立、杣人の見立てはよい参考になった。人の姿を見なくても痕跡は分かるらしい。彼らが痕跡なしと言うのだから、いないのではないか。大勢で捜そうとも、いない者は見つかるまい」

「では、どうするつもりじゃ」

「どうするかの。しかし、信濃に逃れる道は本当に碓氷坂（碓氷峠）しかないのか」

「西でなければ、北か」

「北か。北から越後か」

これまで、その可能性に思いが至らなかった迂闊《うかつ》さを恥じながら、秀郷は上野国司の小役人らに情報収集の協力を求めた。

〈5〉**脱税クラブ**

同じころ。下野では国府にある鹿島の屋敷に主だつ村長、長者、田堵（有力農民）の面々が数人集まっていた。押し掛けてきたのである。

「大掾さま……」

田堵の代表者が鹿島に呼びかけた。「大掾」はかつてこの職に長く就いていた藤原村雄その人をそのまま指した呼称だった。国司三等官でありながら、受領を凌ぐ事実上の下野第一人者への畏怖《いふ》が込められた敬称。今その重職にある鹿島は村雄の腹心であり、村雄の嫡息・秀郷の養父であった。

「分かっております。受領さま（下野守・藤原利平）の件ですな」

鹿島が答えると、参加者らは畏《かしこ》まった。

「ははっ」

別の長者が口を開く。

「おそれながら、受領さまご本人が田祖取り立てに動かれると意欲をお示しとか。矢面に立つ吾らとしては直接乗り込まれてしまってはどうにも……」

鹿島は心の中で舌打ちするしかない。早くも田堵、長者連中に情報が回っている。国司官人の中に漏らした者がおるのだろう。

「ない物は払えぬと、突っぱね、やり過ごすしかないでしょうな」

鹿島の言う意味は例年通りの嘘をつけということである。無論、払いたくても払えないわけでもないし、本当にないわけではない。

「吾ら納めし田祖、過少なるはもとより承知しておりますが……」

一人が重大なことを言った。村長、長者ら有力農民は実のところ、自分たちが税を過少申告し、脱税を常としていることを分かっている。普段は全く口外しないが、この場にいる全員が承知している。

手口はいろいろある。

まずは成人男子の過少申告。戸籍《こせき》の偽造《ぎぞう》で老人とし、女性とし、子供とする。不自然に女性が多い戸籍、老人が多い戸籍は各地に存在した。僧となって俗世の義務から逃れる手も横行している。形ばかりは僧の格好をしているが、人並みに経文が読める程度。修行を積み、戒壇で授戒した正式な僧ではない。いわゆる生臭《なまぐさ》坊主の初めであろう。

「うむ」

鹿島はかすかに頷《うなず》いた。村雄の代理人として、村雄の癖まで移ったような応じ方。

受領対策はまさに自分の責任。すなわち、利平の強硬姿勢を押しとどめる責任がある。それを果たさなければ、誰も自分に従わない。一方、本来は在庁官人として、利平の指示に従って領民に正しく納税させる責任を負っている。だが、その表向きの責任を意識することはほとんどない。

長者は続ける。

「田祖の過少、承知はしておりますが、そのためにこそ手を尽くしております。その上でこれ以上納めれば単に取られ損。これはまさしく理不尽なこと」

「もっともですな。皆さま方々《かたがた》が今まで以上に納める必要はありません。騒いでおるのは受領さまお一人」

「ですが、そのお一人が最も権限があり、その姿勢も強硬。なかなかに……」

「何といっても受領さまの言は正論ゆえ、吾らも反論できず、面目ありません。時を稼ぎ、何とか良策をみつけたいが……」

「しかし、受領さまの姿勢は変わらず、来年、次の年とますます厳しく臨まれましょうし、いよいよ抗しきれなくなるのではと案じられます。吾らの立場、危うくなる一方でございます」

「正論は吐くが、独自の武力は一切ない。武をもってすれば、吾らの優位は明らか。方々、ご案じめされますな」

「鹿島さま。武をもってと言いましても……」

「そうですな。まさか受領さまを討ち取ってしまうわけにはいかないので、武威をどう示すか思案は難しい……。現実を分かってくだされればよろしいのだが」

さらに別の一人が懸念を示す。

「まさかとは思いますが、吾らが隠している蓄えのこと、つかんでおるということはないでしょうな」

のは確か」

「勘の鋭きお方とは思えぬが……。用心せねばならぬ

これ以上の税は払えぬという彼らだが、翌年不作だった場合や緊急時に備えて密《ひそ》かな蓄えはある。無論、脱税した分も充《あ》てられている。だが、この不正蓄財はリスク回避のため必要な措置。みなそう考えている。律令の定めからすれば、形式的に不正だが、地域を守るためには正当な蓄えだと考えているのである。

この日の談合は何も良策が見いだせないまま終わった。結局、これまでの方針を堅持する意思を確認しただけだ。表面上は受領である藤原利平に従う姿勢をみせ、その実、前年以上の納税はしない。この点では妥協しない。この意思統一である。

まさに、脱税クラブ、脱税組織の秘密会合。悪と言えば悪である。

律令制度の骨を脆《もろ》くする作用も持っている。だが、彼らに自分たちの生活を犠牲にしてまで京貴族と朝廷を支えねばならぬという意識はない。日本という国家を支えているという意識はない。それは程度の差こそあれ全国共通。制度の抜け穴を探し、活用し、定着させる。当然の成り行きでもある。

観念的な善悪で論じても仕方がない。

〈6〉天狗の山

隣国・上野国で反受領闘争首謀者を捜索している秀郷一行は迦葉山《かしょうざん》（標高一三二二メートル）に向かった。北東にそびえる武尊山《ほたかやま》（標高二一五八メートル）の山系に連なるようではあるが、迦葉山自体は国府からさして遠くもなく、国境いにはさして近くもない。

「この山からでは峠越えはなさそうだが……」

訝《いぶか》しむ秀郷に対し、上野国司の小役人らはこう説いた。天狗《てんぐ》の山であり、深山幽谷《しんざんゆうこく》の浄域《じょういき》であり、天狗に守られて俗世《ぞくせ》から逃れられる。逃亡者の潜伏には向いているであろうと。

山中に入ると、どこからか「仏法僧《ぶっぽうそう》、仏法僧」と聞こえてくる。

「鳥の鳴き声にも聞こえる。仏の道を行く霊鳥《れいちょう》か」

「正体は分かりませんが、そんなところでしょう。この声を聞くと、夏間近の感じがいたします」

秀郷の問いに小役人はのんびりとした答えを返した。

季節は孟夏《もうか》（初夏。旧暦四月）。上野国での活動も

二月《ふたつき》近くになった。

捜索隊は山の中腹に差し掛かる。

「ここを霊山、霊域と知ってのご通行か」

一行に厳しい声を掛けてきたのは赤い顔に高い鼻。まさしく天狗であった。しかも数人の同類の仲間を従えている。

「天狗。本当にいた」

「いや、天狗さまの棲《す》まうは、もっと奥のはず」

上野国司小役人の一人が素頓狂《すっとんきょう》に叫び、一人が冷静に訝しんだ。

数人の天狗は麻の法衣《ほうい》を身にまとった山臥《やまぶし》（山伏）姿。しかも天狗の後ろには図体《がたい》がよく、荒々しい顔つきの男たちが十数人。同じく山伏姿である。

（揃いも揃って悪人顔。修行の者には見えぬな。ならば……）

秀郷は連中が逃亡者の一味ではないかという当てを付けた。

「吾らは当国受領・藤原厚載《あつのり》さまを殺害した罪人、大掾・藤原連江《つらえ》ら一味の追捕《ついぶ》のため捜しておる。匿《かくま》っておられるなら即刻引き渡されよ」

「誰を匿っているか一切言えぬ。ここは俗世とは一切無縁の霊域ぞ」

「百も承知。だが、こちらにもこちらの理屈がある。否《いな》と仰《おお》せなら力づくで押し通るまで」

秀郷の宣言に小役人がまた素頓狂な声を上げる。

「ひえーっ、霊域を押し通るのですか」

秀郷は振り返り、落ち着いている方の小役人に聞いた。

「霊域はもっと奥なのであろう」

「まさに」

「声はどうじゃ」

「まさに、です」

秀郷は天狗について尋ね、小役人は「まさに」と答えたのである。

天狗をよく見れば、仮面である。

先ほどは天狗の姿に後ずさりした若者たちは一斉に「おーっ」と声を上げ、号令を下して駆け出す秀郷に従う。

「えいっ」

先頭で駆けた秀郷はいきなり天狗に一太刀。天狗は錫杖《しゃくじょう》（金属製の杖）で防ぐ間もなく、「あーっ」と情けない叫び声を上げて尻餅をついていたが、自分が死んでいないと分かると、やや威厳を取り戻し、精いっぱいの抗議を繰り出した。

「ふ、不意打ちとは卑怯《ひきょう》な」

だが、仮面は真二つに割れて落ち、素顔が晒《さら》されている。額に傷はない。秀郷の太刀は面だけを割った。

秀郷が振り返ると、小役人が証言した。

「まさしく大掾・藤原連江さま」

「ほかの天狗も取り押さえよ」

秀郷軍団の若者らが武器を前面に出して威嚇《いかく》し、山伏たちは手を出せず、残る天狗は荒々しく無遠慮な兵たちの手によって無残にも仮面を剝《は》ぎ取られた。

「まさに、です」

小役人が証言した。騒乱首謀者の捕縛に成功。

「やりましたな。大手柄となりますぞ」

與貞が秀郷の功を讃えた。兵たちもこれまでの苦労が報われたように上気した顔を輝かせている。

そのとき。

「待たれい」

鋭い声が響いた。山伏の後ろから老僧が歩み出てきた。

「念仏日知さま」

秀郷は驚いた。どすの利いた重い声はその姿にふさわしくない。

そこにいたのは先日、上野国府の周辺で民衆とともに復興作業に汗を流していた老僧。相変わらず、獣の皮を掛けただけの袈裟をまとった質素な格好だった。

先ほどとは声音《こわね》も変わり、静かに話し始めた。秀郷配下が捕らえたばかりの藤原連江たちの解放を求めたのである。

「受領の強欲さ、悪どさ、今さら説明の必要もあるまい。彼らこそ被害者。あくまで民人《たみびと》、百姓の立場に立ち、受領と対立したが、結果は不運な事件となってしまった。拙僧が連江さま方々を匿ったのもそれゆえでございます」

「いろいろとご事情がおありか。検非違使《けびいし》で堂々と主張されたらよい。国府までの道中、安全は保障いたします」

検非違使は罪人を捕らえる警察組織だが、裁判所の役割も備えている。秀郷は「裁判で弁明されよ」という意味のことを言ったのだ。

それに対し、老僧は押し込むように主張した。

「検非違使の役人なんぞ貴族の立場でしか物事を計れ

ぬであろう。白を黒と言いくるめること造作《ぞうさ》ない。彼らの死罪免《まぬが》れまい。藤太殿、おぬし責任取れるのか」

「吾らは役目を果たすまで。連江さまは自らの立場を貫かれ、国司、検非違使での詮議《せんぎ》に臨まれたらよかろう」

「御身《おんみ》の手柄に固執《こしつ》されるか」

「いや、そう考えてのことではござらん」

押し問答が続いた。

連江も自らの立場を主張し始めた。

「受領・厚載さま、ただ百姓から過酷《かこく》に田祖を取り立てるばかりであった。昨今の不作を鑑み、ご猶予《ゆうよ》あるべしと説く吾らを反逆者扱いする始末。あくまで偶発的な出来事だが、厚載さまの非道、苛政《かせい》こそことの発《ほっ》端《たん》」

それこそ国司、検非違使で主張すべき申し分。一方で、検非違使でその主張が通る可能性も低い、とも思った。秀郷も連江らが断罪される可能性は高く、死罪もあり得るとみている。検非違使などの諸機関が正しく断を下すかどうかは自信がない。それで彼らが死罪となれば、確かに後味が悪い。

受領の強欲さ、苛政非法もよく耳にすることであり、民衆、農民が過酷な徴税に苦しむ事態はまさに今、下野で直面している問題。秀郷自身、農民たちの苦境に大いに同情する気持ちを持ちながら、受領の配下の兵として農民らを追い立てる側に回るかもしれない。少なくとも下野守・藤原利平はそういう意向である。そのことも頭の中をかすめた。

「分かり申した」

ついに秀郷は折れた。

連江らを見逃す決断を下し、兵たちに彼らを解放するよう命じた。

「しかし……」

弟の高郷が異論ありそうな不満顔で言いかけ、従兄弟の兼有が、その言い分を引き取ったように続けた。

「吾らは罪人を国司に引き渡すのが役目。その後の詮《せん》議《ぎ》の行方、吾らの関わることではない」

「さればこそだ。結局は他国のこと。わしらに責任は持てぬ。罪人かどうか判断つかぬお方を捕らえ、功を誇るものでもない」

秀郷は冤罪《えんざい》に加担する危険性を恐れたというのだ。

「おおっ、われらの思いを分かっていただけたか」

連江は声を上げ、ついには言葉を詰まらせた。老僧も秀郷の判断を褒めた。

「さすがは下野の兵《つわもの》。若者らしい心の熱さと、若さに似ず、思慮《しりょ》深い上分別《じょうふんべつ》を持ち合わせておられる」


山中に消える追捕対象者らを見送り、上野国府へ馬《ば》首《しゅ》を返す秀郷一行の足取りは重い。秀郷自身、「中途半端な判断だったか……」との思いがないでもない。要は老僧、念仏日知の理屈に負かされた、といえる。

兼有に至っては「偽坊主の屁理屈《へりくつ》。そもそも見た目が怪しい」と珍しく感情的だった。

「見た目で断じるものではない」

秀郷もやや感情的に言い返したが、実はそれほど自信はない。それだけに痛いところを突かれたようで余計に腹が立つ。

「まあまあ。御曹司（秀郷）の言にも一理あり。上野国の受領と大掾の紛争。解決しようがしまいが、結局、吾らには関係のない話」

秀郷をかばったのは與貞。険悪な雰囲気を和らげようと、差し障りのないことを言ったつもりだったが、それを言うと身も蓋《ふた》もなく、みな疲労感がどっと出た。

これ以上の活動は捜索しているふりをするだけであり、無意味。秀郷たちは下野へ帰還した。その後、他国の派遣兵、健児兵も疲労の色濃く、諦《あきら》めて引き揚げ始めた。

〈7〉配流命令

若い秀郷は裏の事情までは知らない。田祖（年貢）など諸税をめぐる受領と在地勢力の駆け引きのことである。

秀郷は、農民たちに今まで以上の田祖を払うよう命じる下野守・藤原利平について「強欲横暴《ごうよくおうぼう》の受領」と受け止めている。

秀郷一行が帰還すると、利平が行動開始の準備を進めた。

「ようやく行動に移す時機《とき》が来たか」

受領自ら、健児ら若い兵を連れて長者や有力農民・田堵の屋敷、倉に押し掛け、田祖を取り立てるつもりである。

利平に命じられ、取り立てに同行しなければならない秀郷だが、心情は当然、百姓側にある。百姓から長者、村長に至るまでみな、よく働き、田畑を実らせ、真面目《まじめ》に納税し、助け合って生きている。そう思ってみている。

「受領さまはご自身のやり方に拘《こだわ》り、平穏な地を無用にかき乱すお方」

地方の実情を知らぬ京貴族の限界。秀郷は純真な正義感から利平への反感を強めていた。


利平は予告通り、秀郷ら健児の若者を引き連れて長者や田堵らの屋敷へ田祖の催促《さいそく》に回った。みな、事前に示し合わせた通り、「これ以上は払えません。払いたくても払う米はございません」と判で押したように答え、利平は「よく吟味《ぎんみ》いたす」として引き取ったものの、二巡目に入り、強硬な姿勢に転じた。

「当村の田祖の米はどうした。倉の物全て出しても払え」

長者屋敷に押し掛け、迫る利平。

「それでは村の蓄えがなくなり、困ります」

長者の返答には「ふん」と言い、さらに続けた。

「払う物がないかどうか、倉を改めれば分かることじゃ」

利平は秀郷らに命じた。

「何をしておる。倉の中の物を運び出せ。裏の倉じゃ」

だが、誰も動かない。秀郷の心の内は既に沸騰している。

（領民いじめの悪徳受領に従うことはできない）

しばらく利平の行動に付き従い、この思いは既に確固たるものになっていた。

「おい……」

「長者殿の申す通り、村の備え全てを押収しては冬やいざというとき、百姓の者ども全てが困ります。まさに生きるための備えでござれば……」

秀郷が答えた。毅然《きぜん》とした表情だったが、片膝《かたひざ》をつき、頭を下げていたので利平には挑戦的な目つきまでは分からない。

「おぬし、麿の命《めい》に従わぬと申すか」

「逃散や叛乱《はんらん》となれば、それこそ面倒でございます」

「その面倒ごとを収めるのがおぬしら兵の役目。命じるは国守、この麿ぞ」

「帰ろう、帰ろう」

秀郷が立ち上がり、仲間に行動を促した。全員が行動をともにする。

「こらこら。勝手に帰るなーっ」

一人取り残された利平は倉の前で立ちすくし、なす術《すべ》なし。それを遠巻きに見て、百姓たちは拍手喝采《かっさい》。げらげら笑った。

「さすが藤太さま。われらの若殿よ」

こんな声も漏れていた。無論、利平には聞こえぬ距離である。

長者も「ありがたや」と秀郷たちを見送った。


この事件の話題は瞬く間に周囲の村々へ広まった。

「さすがは村雄さまのご嫡息、御曹司」

「若殿はご立派になられた」

「いや、鹿島さまのご養育。百姓たちの思いも汲《く》みとる気配りを受け継がれている」

面倒ごとを持ち出し、村々を引っ掻《か》き回している受領・利平に恥をかかせたのは痛快事。利平のやり口に腹据《はらす》えかねる思いだった百姓たちは秀郷を口々に褒め、伝播《でんぱ》していった。

「なかなかに……」

「昨今なき、面白きことよ」

秀郷人気が高まる。

「秀郷さま、随分思い切ったことをなされましたな」

鹿島の苦笑いは多少余裕があった。

「結局、受領さまに従うなら長者の倉から米を運び出すしかありません。それでもよかったのかどうか」

「無論、よくはありませんが」

国司トップに対し、公然と命令違反を犯したのである。間違いなく重大事である。だが、鹿島もやむなしと思う。

受領・利平との直接対決を避けるなら長者には後でとりなし、いずれ返すと約束する手がなくもない。だが、しこりが残り、不在ながら当地の実力者・村雄への不信感につながる。その不信感は村雄の代理人ともいえる腹心の鹿島に向けられる。

やはり、受領・利平よりも不在の村雄の意向を重んじなければならないのが実情。

また、村雄は利平が騒ごうともさして意に介さないはずだ。秀郷の命令違反も大事には至らないと考えているだろう。独自の武力を持たない京の中級貴族など恐れる必要はないと。

「受領さまが打つ手なしと諦めてくれれば、よいのだが」

鹿島の呟きは願望である。利平は諦めのよさそうな人物には見えない。

「このままでは済むまいな……」

鹿島の言葉に秀郷は頷き、意を決した。

（自分で蒔《ま》いた種。自分で刈り取るしかあるまい）

特に養父・鹿島には迷惑を及ぼしたくないと思う。

だが、そんなに簡単に済む問題ではない。


面目丸潰れの利平。即座に強硬手段に出た。

ここまで果敢に手を打つとは多くの人々にとって意外だった。

朝廷に申し立て、「首謀者を配流《はいる》（流罪）に」との沙汰《さた》を受けたのだ。そして秀郷ら十八人を罪人として捕縛すると触れ回った。

流罪の対象は命令違反の若者ら十八人。首謀者は藤原秀郷。

だが、国検非違使を動員しても捕縛できない。秀郷たちの武力が上回っている。

「もはや兵を出すしかない」

利平は手配を進めた。あくまで罪人追捕を貫く姿勢だ。さっそく兵が集められた。兵の大半は傭兵。その供給源は有力豪族が絡んでいる。


鹿島はあえて虎の威を借る狐《いかきつね》になって近辺の豪族らに圧力をかけた。

「おぬしら、秀郷さま追捕に協力して、後に村雄さまのお怒りに触れずに済むと思うてか。どうなっても知らんぞ」

だが、もともと恫喝《どうかつ》など似合わぬ人物である。村雄と違い、どこか押し切れない。逆に鹿島にとりなしを頼む手合《てあ》いまで来る始末《しまつ》。

「吾らの苦しい立場、分かってくれるのは鹿島さまだけ。村雄さまにはよしなに言うてくだされ」

「受領さまの命なので仕方なく兵は出し申したが、形だけ。手出し無用と言い聞かせておれば……」

兵を供出した豪族の中には鹿島に耳打ちする者もいたが、裏では正反対のことを言って兵を送り出している。

「無理に仕掛ける必要はないが、状況によっては秀郷殿らを討ち果たすこともやむなし」

彼らは、受領・利平よりも命令を出した朝廷の意向を畏《おそ》れ、計りかねている。朝廷がはっきりと秀郷らを罪人とする決定を出すとは想定外だった。

「まさか朝廷には逆らえぬ……。さてどうしたものか

「……」

「村雄さま不在、好都合かもしれぬ。この際、受領さまに従い……」

「ご嫡息・秀郷さまの件、長く下野で君臨してきた村雄さまの躓《つまず》きかもしれん」

「村雄さまももう高齢《おとし》。ここらで隠居《いんきょ》への引導《いんどう》を渡す好機やも」

鹿島の知らぬところでこう囁《ささや》き合う豪族どももいたが、鹿島の耳には早々に噂としてこれらの内緒話の内容が入っている。

「裏切り者どもめ……。長年、村雄さまに世話になっておりながら……」

そして、裏切り者が下野の地を掌握できるはずがない。これだけは確信を持っていた。

〈8〉**国司との対決**

豪族の中には、この際、村雄、秀郷父子に取って代わる好機と考える者もいた。だが、そうした連中にその望みを実現できるだけの力はない。

藤原という貴種《きしゅ》であればこその求心力。

血に対する信仰がある。貴族の中でも最も権威のある藤原氏の貴種性は別格。だが、藤原を名乗っているからといって周りが勝手に崇《あが》めてくれるものでもない。

村雄、秀郷父子はそれが確からしいところに求心力の源《みなもと》がある。下野介として京から下向した藤成《ふじなり》以来、豊沢《とよさわ》、村雄と続いてきたことや藤成の父・魚名《うおな》は正真正銘の藤原北家であり、朝廷で高官に就いた上級貴族であることはこの地の関係者全てが事実として知っている。伝説ではない。

すなわち、下野南部において村雄以外の豪族は武威を誇ろうとしてもさしたる影響力、求心力を持ち得ない。その豪族の一部が秀郷追捕の国司軍に協力しても烏合の衆には変わりがない。このことであった。

一方、秀郷軍は、軍といっても、処罰の対象となっている十八人だけだ。

それだけで百人か、それ以上かもしれない国司軍を相手にしようとは常識的な感覚ならば無謀にしかみえないが、彼らには悲観的な様子は微塵《みじん》もない。陣営はひたすら明るい。

「受けて立とう」

秀郷の弟・高郷は血気盛ん。従兄弟の兼有、與貞も従う姿勢をみせ、一致団結している。いずれも高座山の群盗退治、陸奥での悪路王率いる蝦夷《えみし》との戦いに参加し、実戦経験がある。

「相手が百人来ようと、戦い慣れた吾らの有利、疑いなし」

彼らの若さは自分たちの実戦経験を過大評価した。だが、過剰な自信は根拠なしとも言い切れない。

一行は三毳山南麓に陣を張った。

利平が遣わした国司軍は総勢三百人。対陣すると、数の違いがはっきりする。

「こりゃ、また、大勢の兵を集めてきたなぁ」

與貞が驚愕《きょうがく》の声を上げ、苦笑い。予想を遥《はる》かに超えている。高郷、兼有らは表情を引き締めた。だが、悲壮感はない。

一方、利平の指示を受けた国司軍臨時指揮官は表情を緩めた。

「楽勝だ。造作もなく、捕縛できるな。全員をひっ捕らえろ」

兵の後方で一人、馬上から満足げに笑った。

「ようし。よく狙って射かけよ」

秀郷の指示で一斉に三毳山から矢が放たれた。正確に国司軍の第一列の兵の足元の地面に突き刺さり、第二射も同様。国司軍の前に矢の襖《ふすま》ができた。

「何だ、そんなもん、踏みつけて進め。全軍、前へ」

馬上の国司軍指揮官は威勢よく叫んだが、誰も前に進まない。

「よし、いくぞ」

秀郷の号令で、太刀を手にした騎乗の十八人全員が国司軍の隊列中央部を目掛けて駆け込んだ。まず、最前列の歩兵が持つ盾《たて》を次々と裁断していく。兵たちは突入する秀郷らを避けて、散っていく。

「散るな、散るな。今だ、取り囲め」

指揮官が叫ぶが、誰も従わない。

秀郷一行は国司軍の隊列の中央部から左右へと駆け回り、隊列は散り散りに。この間、誰も剣を交えようとはしなかった。

「弓隊、弓隊、射かけよ」

指揮官は続いて弓隊に命じたが、味方の隊列の中を縦横無尽に駆け回る敵を狙い撃ちにできるほどの射手はいない。

「構わぬ、味方の犠牲も厭《いと》うな」

指揮官がこう叫べば叫ぶほど、兵の士気は下がる。既にこの時点で半分以上は隊列を乱しただけではなく、戦場から駆け去っている。

秀郷たちはそのまま陣に戻った。

兵が散ったのでわめく指揮官の姿がよく見える。呆然《ぼうぜん》とする指揮官を目掛け、矢が飛んだ。

烏帽子《えぼし》が吹っ飛び、頭が露わになる指揮官。第二射。露わになった髻《もとどり》に矢が突き刺さった。指揮官は口を閉じたり、開いたりしているが、声は出ない。

あっという間もなく、二本の矢が顔の正面に向かってきたのである。まさに生きた心地がしなかった。避ける間もなく、烏帽子を飛ばした矢の圧力にのけぞり、続けて髻を刺した第二矢で真後ろに落馬しそうになった。

実戦に慣れていない貴族にとってこの体験は恐怖でしかない。

正面に目を向けると、秀郷が弓を引き絞《しぼ》っていた。

第一射、第二射とは違い、じりじりと引き絞られたままの弓からいつ矢が飛び出るとも分からない恐怖感を感じる間があった。弓の軋《きし》む音さえ聞こえてきたような気がした。ゆっくり弓を引き絞る秀郷の姿が大きくなる錯覚さえあり、額に矢を突き付けられて脅迫されているような感覚だった。

ようやく声が出た。

「分かった。分かった。降参。降参じゃ。おぬしらの勝ちよ。勝ちでございます」

冷や汗や何やで下半身までぐっしょり濡れていた。

〈9〉利平の反撃

「このような恥辱《ちじょく》……。いまだかつてない敵対行為。許すわけにはいかない」

利平だけは秀郷追討の意思を崩さない。再戦のため兵を再徴集すると息巻く。

「無理でございます。戦に慣れぬ磨らにあの乱暴な十八人と相対することはできません。十八人といえど、命知らずの東夷《あずまえびす》でございますよ。弱兵を何百人と揃えたところで太刀打ちできません」

「敗北主義者め」

京から利平に従ってきた下級官吏であった臨時指揮官は叱責《しっせき》されると、そそくさと下野国外へ逃げ出した。

「もう、やっていられない。利平さまは現実を見ぬお方」

　こう言い残したらしい。

　それでも利平の執念は崩れない。すぐに新しい討伐指揮官を任命。そして十八人に対しては再度の処罰命令が出された。

　これは『日本紀略《きりやく》』に載っている。延喜一六年（九一六年）八月一二日の記事である。そして、藤原秀郷の史料上の初見である。

「下野国言、罪人藤原秀郷、同兼有、高郷、與貞等十八人、仰国宰、随其罪科各令配流之由重下知之」

（下野国言《もう》す。罪人藤原秀郷、同兼有、高郷、與貞等十八人、重ねて国宰《こくさい》に仰《おお》せて、其《そ》の罪科に随《したが》い、各《おのおの》配流せしむるの由、重ねて下知《げち》す）

「連中を許してはしめしがつかず。京への聞こえも悪い」

　秀郷ら一味の追捕のための兵再徴集は百人も集まらない。秀郷軍は三百人以上の兵が集まった。国司の兵再徴集のお触れは逆に若者たちを秀郷軍に走らせた。多くは前回、秀郷軍の強さを目の当たりにした国司軍の兵たちである。

　中小豪族が鹿島の下に駆け込む。

「鹿島さまからも村雄さまによろしくご報告くだされ。配下の兵は秀郷さまの軍にお味方いたした」

「鹿島さま。村雄さまにはよしなに、よしなに……。吾らはいつにても村雄さま、ご子息・秀郷さまのお味方。この態度、旧来から一貫しておりますぞ」

　どの口が言う。つい先日、「受領さまの命に逆らうわけにはいかぬ」と言い訳した者や「この際、村雄さまを隠居させてしまおう」と陰で画策した者もいる。

　国庁への出仕は控えている鹿島はやや馬鹿馬鹿しい対応に時間を費やした。その屋敷には客が引きも切らず、情報を伝える者が出入りする。

「国衙《こくが》は閑散《かんさん》としております。どちらが役所か分からないくらいですわ」

　こう言い添え、鹿島の関心をひこうとする者もいた。

　秀郷軍と下野国司軍、再びの対陣。

　秀郷追討の国司軍は新任指揮官が「進め」と号令をかけても兵は一歩も動かない。「命令に従わねば、軍規違反だぞ」と言うと、中央の隊列がさっと左右に開き、指揮官の姿が正面に立つ秀郷と対峙《たいじ》する形になった。無論、この指揮官が敵と戦うため前に進み出ることはなかった。

わずか一刻。一矢も放たぬまま国司軍は退却した。

結局、どちらの兵も下野の若者たちが中心。当然の帰結である。

いくら兵を集めても秀郷軍団には手を出せない。状況を悟った利平は一味の捕縛、流罪を諦めた。しかも公式に表明した。

秀郷以外の者を全て「罪に問わぬ」と言い出したのである。

「何と」

鹿島は急激な態度の軟化に驚き、ほくそ笑んだ。

「秀郷さまの兵の力をはっきりと思い知ったか。意外と効果があったな」

やはり地方の実情を知らぬ京貴族のひ弱さ。これで受領・利平も少しはおとなしくなるだろう。村雄にもいい報告ができる。

「今度こそ打つ手もあるまい。さすがにこれ以上……」

だが、利平は鹿島が思った以上にしたたかだった。

「おぬしらは藤原秀郷に言われるがまま兵に加わったのじゃな。若気《わかげ》の至りということもある。そういう者は罪に問わぬ。秀郷がどう言っておぬしらをそそのかしたのか正直に申せ。それが朝廷、国司に報《むく》いる正しき姿ぞ」

罪を許した秀郷の仲間らを取り調べ、秀郷の罪状を証言させせようとした。

首謀者・秀郷一人だけでも罰を与えねば、格好がつかない。

だが、利平は思惑通りの証言を得られなかった。罪を許して恩を着せたが、それにも素直に感謝しない。

「藤太殿を罰するならば、もとより吾らも同罪」

秀郷一人の罪とすれば、仲間の連中は弁解がましく、秀郷に罪を着せようとするだろうと、利平は考えていたが、全く的外《まとはず》れだった。

「藤太殿と吾らは思いを一つに行動した」

「あくまで過酷な取り立てから百姓ばらを守るために弓、太刀を取ったまで。他意はなし」

秀郷の仲間は口々に言った。

利平はまたも手詰まり。

だが、この中級貴族は手詰まり、どん詰まりの状況でも決して諦めぬ意思の強さを持っていた。つまり執念深いのである。

そして事態は思わぬ方向に発展した。

〈10〉毛野川《きぬがわ》の対陣

「毛野川のほとりに大軍勢が集結しつつあります」

鹿島の館に報告の伝騎が飛び込んできた。

毛野川は後の鬼怒川。元々「けぬのかわ」だが、既に毛野川と書いて「きぬがわ」と読み、衣川、絹川とも書いた。奥鬼怒に源流を発し、上流にはいくつかの温泉地が点在。下野国を南北に横断し、その南端近くで常陸との国境いを構成する。さらに東進して常陸国を横断し、内海・香取海《かとりのうみ》に注いだ。香取海は常陸・下総《しもうさ》の国境いとなり、常陸東岸で太平洋とつながっていた。利根川合流は江戸時代以降である。

毛野川に兵を進めたのは隣国の桓武平氏一門。軍勢を率いているのは、常陸大掾・平国香とその弟、良兼、良正《よしまさ》。さらに、源扶《たすく》、隆《たかし》、繁《しげる》の三兄弟。

三兄弟は前常陸大掾・源護《まもる》の子息で、国香の前妻の弟たちだ。

無論、対岸には鹿島率いる下野の兵が続々と集まり、対陣を始めた。防衛と意地から兵を出さざるを得ない。鹿島は渋面《しぶつら》で呟いた。

「つい、こないだは縁談を持ちかけたと思えば、われらが不利とみれば兵を出す。したたかな連中だ」

特に平良兼の節操のない態度には露骨な不快感がこみ上げる。だが、もとより戦端を開く気はない。相手側もそのような出血を覚悟しているとも思えない。

こちらに揺さぶりをかける好機とみての出陣ではないのか。

「窮地に陥った吾らが頭を下げるのを待っておるのでしょうか」

「鹿島さま、どうしますか」

「斗鳥さま。こちらから頭を下げる必要もないし、隣国の者と戦う理由もないのですが……。御殿《おんとの》（村雄）にはよい報告ができると思った矢先、これはかなり悪い方の事態ですな」

「鹿島さまの方針、御殿も諒《りょう》とするでしょう。まさに戦う理由もなし、屈服する理由もなし」

「問題は相手が戦端を開いてきた場合ですな」

「まさに」

対岸の平氏軍本営。国香と良兼、良正の平氏兄弟、その義兄弟である源氏三兄弟が顔を並べる。下野側の軍勢を眺め、相手の出方を予想して楽しむ余裕もあった。

「村雄殿不在の中、代理人たちの軍勢はどう出ますかな」

「おとなしく吾らに和を乞えば、国司との仲介の労も取ろうというものだが……」

国香と良兼の兄弟は自分たちの有利を信じて疑わない。

さらに源扶は領土的欲心を露わにし、義兄・平国香に問いかけた。源扶ら源護父子と国香は筑波山西麓を本拠とし、常陸に多くの私営田を所有する大勢力だ。

「下野の地にわれらの武威を示すよき潮《しお》となりますな」

源扶としては将来的に父の領地をそっくり引き継ぎ、弟たちには新たな領地を与えたいと考えている。そうでなければ、父の領地を三分割しなければならない。下野の地になるべく多くの私営田を獲得したいと欲心がある。

「お父上、源護さまの意向にもご兄弟の意向にも沿うことができましょう」

国香が答える。

今や坂東一円において桓武平氏一門に対抗しうる軍事勢力はない。平氏一門というが、実態は源護の実子と婿たちによる閨閥《けいばつ》連合といった面も強い。

国香と良兼の弟である平良持《よしもち》（将門の父）は源護の婿ではなく、この軍列には参加していない。日ごろから、この閨閥とは一線を画す姿勢を貫いている。だが、単純に兄弟仲が悪いというだけではない。

良持は「今回の秀郷殿の行いは領民、百姓を守る正義」と認めた上で「他国の紛争に無闇に介入するのはいかがなものか。吾らが下野の受領に同調する理由はない」と兄たちの行動を批判した。

国香は弟・良持の独自路線は不快だったが、利益を分け合う者が減れば、それだけ自分の手に入る利益が増える。感情的にはともかくも、実利の面ではむしろ好都合。既に下野の土地をいくらか得られるとの前提で胸算用した。

良兼はすぐ下の弟にライバル心があるのか、国香の前で「兄上に従わぬとは不届き千万なやつ」と、良持を必要以上に罵《のの》った。

国香は軍勢で圧倒している上、下野軍を攻守にくみやすい相手とみなしている。主・村雄は不在。何事も慎重に行動せざるを得ないであろう。無茶な攻め方はしてこないだろうから、呼吸さえ間違わなければ、大きな損害は出ない。

「押しても引いてもわが方の有利は動かない」

まして、秀郷は今、国司に追われる罪人。捕縛してもよし、助けて恩を売ってもよし。以後、平氏の威光を下野にも示し、諸事《しょじ》介入する機会にもしたい。

相手側の軍勢が打って出ることはあるまいと思っている平氏本営に緊張感はない。下野側から一騎駆けの武者が毛野川に馬を乗り入れるのが見えたが、口上を伝える使者であろうとは容易に想像できた。

「お、来よったな」

国香は待ちかねたように声を上げた。

「常陸の方々にお尋ね申す」

騎上の武者は大声を上げながら国香らが陣取る本営に近づいてくる。

「いかなる都合で国境いへのご出陣でありましょうや。われらはただ驚き、国の守りの為に兵を出しましたが、ことを構える気は毛頭ございません」

使者に応じ、国香が発した。

「前年の上野に続き、下野でも国司の軍と逆徒が衝突した報あり、国境いの守りを固めておる」

「そのことならば、既に解決済みでございます」

「それは情勢を見て吾らが判断いたす。なお、吾らは朝廷の正義に協力する立場。罪人の処罰は律によって定められるべし」

使者は報告のため帰陣。再び川を渡って下野側に向かう。

「さあ、どう出るかな」

国香はぞくぞくとするほどの面白さを感じていた。それもこれも自軍が圧倒的に有利と信じていればこその余裕である。

一方、鹿島が率いる村雄不在の下野軍の陣は高度の緊張感に包まれていた。毛野川を挟み、目の前に陣取る大軍の圧力によって若い兵たちは死地に赴く覚悟を帯び、殺気立っている。国司軍に連勝した若者たちは血気にはやる。この状況を利用しようとする平国香、良兼兄弟らに対する憎悪の念も強くなる。

「平氏の大軍、何するものぞ」

「受けて立とうではないか」

激しい声も飛び交う。そこに老壮の武将が若者の血気を抑えようと説得に走る。ここで軽々に戦端を開くわけにはいかない。

「平氏は強者ぞろい。烏合の衆とはわけが違う」

緊迫した状況が続く。

「相手はこちらから仕掛けるのを待っているようだな」

両軍の将は互いにそう思った。

「何とも妙な対陣となってしまった」


そのころ、秀郷は養父・鹿島の指示に従い、国司からの追捕を逃れる逃避行を始めていた。三毳山の南麓を東に進む。

「この山もしばらく見納めか」

「しばしの間ですよ。すぐに戻れるようになりましょう」

ただ一人付き従う従者・佐丸《すけまる》が慰めた。そこに正面から一騎が駆け寄ってきた。

「藤太……さま。ここにおられましたか。捜しました」

「駒音《こまね》か」

「どちらへ」

「父上が一時、国境いを越えよというので、東に抜けようかと」

「東はなりませぬ。彦間川沿いを上り、上野・梅田(群馬県桐生市)へ抜けられます。道案内をつかまつります」

「随分、遠回りじゃな。人目につかぬようにというわけか。しかし、わしの馬なら国司の追捕使なぞ簡単に振り切れる。心配はいらぬ」

「東側は毛野川に常陸の平氏が陣を張っており申す。藤太さま追捕に協力しようという動きかもしれず、鹿島さまも出陣して既に川を挟み対陣している模様。東に向かうは最も危険」

「何？　平氏出陣……？　こうしてはおれぬ」

秀郷は駈け出した。もちろん東へ、毛野川に向かってである。

「待たれよ、待たれよ、お待ちあれ」

駒音が必死に追い、秀郷の馬に追い付いてきた。

「鹿島さまはこの対陣から藤太さまを遠ざけ、西へ逃がすために捜してまいれと。それこそ飛んで火にいる夏の虫です」

だが、毛野川の対陣は自らのことが原因であることには間違いない。読めぬ平氏の意図は空恐ろしいが、追う駒音に叫んだ。

「わしが行かねば話にならぬわ」

とにかく急ぐしかない。ことが始まった後では手遅れだ。

「だが、行ってどうするか。どうすればよいか、思案はないが……」

馬を走らせながら思考を巡らすが、何もいい解決策は浮かばない。確かに張本人の登場は火に油、火種を大きくするだけ。それでも人に任せておくことはできない。他人《ひと》に解決を委ねる事柄ではない。この思いであった。

後ろから「危ない」とか「お命云々」とか駒音の声が聞こえてきたが、それも聞こえなくなり、ちらっと後ろを見ると、駒音の馬を随分引き離しているのが分かる。佐丸の馬は当然もっと後ろ。

(駒音。随分、腕が落ちたな……)

(いや、もしかして身重なのか)

そんなことをちらっとだけ思って毛野川へ急ぐ。

一方、駒音は「逃げろと言って逃げる藤太でもないか」と、自分の指示を聞かなかった秀郷にむしろ安堵《あんど》した。

「昔からそういう男だ」

そして、後を追いながら通りがけの村で声を張る。

「藤太さまご出陣、藤太さまご出陣」

村々に百姓たちのどよめきが伝播していった。

毛野川の陣に到着した秀郷は味方の陣をかき分ける。陣の中央を進むと、兵が自然と道を開き、対岸で陣形を広げている平氏一門の大軍が見える。

「藤太さまじゃ。藤太さまがおいでになった」

「今は秀郷さまよ。藤原秀郷さま」

その声が自軍の陣の前へ前へと進む。そのまま秀郷の馬は前に進む。

馬は毛野川の流れに脚を踏み入れた。

「平氏の方々、聞かれい。われこそが藤原藤太秀郷なり。逃げも隠れもせぬ。われを追捕し、手柄としたい者は挑《いど》まれよ。一騎打ちのお相手つかまつろう」

秀郷の姿を認めたとき、一瞬、戦端を開く好機と思った平国香だが、秀郷の口上に機先を制された形となった。

「一騎打ちに応じねば格好がつくまい」

軽く舌打ちをし、自軍の兵を振り返り、叫んだ。

「誰かある」

「おう」

応じたのは、剛力《ごうりき》無双《むそう》と綽名《あだな》される大柄な男。

「おう、剛力か。相手が望んだことだ。討ち取ってよい。わしの馬を使え」

国香は力自慢の大男を送り出した。首を取っても取られても、それを契機に全軍の合戦になることは必至だ。

「そうなれば数に勝るわが軍の勝利は疑いなし」

良兼が先回りして国香の心中を読み解いた。まさにその通り。兵力差は三倍。慎重にとも思っていたが、時機《とき》は来たようだ。

「下野半国、意外と容易《たやす》く手に入りそうですな」

今度は末の弟・良正が先の利益にほくそ笑む。

まず騎射戦である。互いに馬を走らせながら馬上で弓を引く。一定の間合いを保ちつつ左右に馬を走らせ、相手の急所を狙う。

秀郷は騎射用の小さな弓を使い、剛力の上半身を覆う分厚い藁襷《わらだすき》に次々と命中させたが、身体に全く到達しないようだ。剛力は藁襷に刺さった矢を抜き捨て、へし折りながら不敵な笑みを浮かべる。剛力の矢はことごとく外れたが、間合いが近くなるにつれて秀郷の身体をかすめるようになった。まさに急所に突き刺さろうという矢を秀郷は太刀で払った。

徐々に川の中央に寄っていく。秀郷は弓を捨て、一気に相手目掛けて走り寄り、太刀を振るった。剛力がしっかりと太刀で秀郷の攻撃を受けとけ、そのまま太刀を合わせて押し合った。

両軍の兵は手出しができる雰囲気ではない。一騎打ちに介入すれば、味方の軍勢からさえ恥を知らぬ者として難《なん》じられよう。その恥や汚名に耐えられる者はいない。

両騎が絡み合い、馬上で太刀を押し合う二人。剛力の巨体がじりじりと秀郷を追い詰めていく。

「押せ、押せ。そのまま川に突き落とせ」

平氏側の兵たちから自然と声が上がる。

「押うせぇ、押うせぇ。押せ押せ押せよ」

このまま押し合ってもこの大男の怪力には勝てない。秀郷は押す力に強弱をつけて身体を離し、近づけ、太刀を打った。応じる剛力。秀郷はこのまま押し合わず、続けて左右に太刀を振るう。その太刀を的確に防ぐ剛力。自然、太刀の打ち合いとなった。

「えいっ」

「やぁ」

「おう」

激しい打ち合いの中、剛力の太刀がポキッと折れた。

「あっ」

全ての者が同時に同じ声を上げた。

剛力は川面に巨軀《きょく》を落とし、大きな水飛沫《みずしぶき》を上げた。

製鉄の力の勝利。ひとえに鉄の鍛え方の差だ。太刀が折れた拍子に剛力はバランスを崩し、秀郷はそれを見逃さず、一押ししたのだ。

「おおーっ」

「おおーっ」

そのとき、下野側の陣には地響きのような声と土埃《つちぼこり》を上げながら徒《かち》で走り寄ってきた者どもが陣の中央を割って現れた。明らかに武者ではない。鎧兜《よろいかぶと》をまとわず、太刀も矛《ほこ》も盾もない一群だった。

「藤太さまーっ」

口々に叫ぶ百姓たちの大群である。続々と後から後から湧いて出るように増え続ける。手に手に鍬《くわ》、鋤《すき》、鎌《かま》などの農具を持っていたが、後ろに続く老若男女の多くは何も手にせず、身一つで駆けてきた。あっという間に兵の五倍以上の人数が集まった。

秀郷は倒れた剛力に太刀を入れず、叫んだ。

「わが意、平氏の方々との斬り合いにあらず。それでもこの秀郷を討つといわれるなら大将たる方とお相手いたそう」

苦虫を噛《か》み潰した渋面の国香。その横に源扶がすっと前に出てきた。

「何を、生意気な。若造が増長した物言いを」

そして全軍指揮者である国香の決断を促した。

「義兄上《あにうえ》、敵の数が増えたといっても武器も持たぬ百姓たち。一気に攻め潰すことは蟻《あり》を潰すよりも易《やす》きことにござろう。全軍に下知を」

国香の弟、良正も呼応した。

「扶殿の仰せ、まさに道理《ことわり》なり。あの浮かれた百姓ばら射かけて敵動かせば、今こそわが軍、必勝のとき来たれり。兄上、お下知を」

「今やるか」

「今でしょう」

「やめたわ」

「えっ」


「下野を奪《と》っても、悪者にならざるを得ないようだな」

「このまま、兵を退《ひ》きますのか。何とも……」

「致しかたあるまい。百姓の恨みを買っては泥田に足を取られて難渋しよう」

国香は扶や良正に言い捨てると、陣の先頭に出て、大音声で返した。

「秀郷殿の見事なる剣捌《けんさば》き、あっぱれなり。吾らももとより方々と斬り合う意思はない。隣国の不穏を聞き、念のために兵を出したまで。他意はなし」

「何を今さら」

秀郷の横にすっと出てきた弟・高郷が秀郷の思っていることをそのまま言った。

「だが、国香殿もなかなか見事な退き際よ」

当初の目的に拘らず、ことを収める。即座に損得を勘案した国香の判断にも感謝する気持ちがないではない。何とか両軍激突にならないよう一騎打ちに賭けたのであり、こうも思惑通りになったのは敵味方の将の対応である。

(全く逆の反応だってあり得たわけだ)

秀郷としても自信を持って仕掛けたわけではない。

「何しろ百姓たちには感謝だ」

「まさしく、そうですな」

高郷が応じた。圧倒的な数の力が最終的に平氏一軍を止めたといえる。

そして今、引き揚げを始めた平氏の一軍を見送り、沸きに沸いている。百姓も兵も関係ない。若者の多くは激突と死を覚悟していた。平氏の大軍を撤退させたことは誰もが事実上の勝利と捉えている。

「藤太さま。われらが、国司にも、それに与《くみ》する連中にも追捕などさせませぬ。下野の一帯、どこへ行っても百姓どもが匿い、お守りいたしますぞ」

「いやいや長者殿。皆々に迷惑はかけられぬ。父上の指示でしばらく国外逃亡いたすわ」

周囲の過剰な多弁のお陰で、だんだん情報が集まってきた。

(そうか。良持殿はわしの意を評価してくれたのか)

良持は将門の父。あの親子を今後、味方にし、国香や源護らに対抗する道が開けるかもしれない。平氏兄弟の内紛もときにはうまく利用しなければならない。皇族の血を引き、武力もある平氏一門と互角に渡り合うのは並大抵ではない。

平氏一門は軍事力では坂東最強の軍団である。それに国香は異母姉の夫。やはり戦場で敵味方になりたくはない。この思いもあった。

一方の平氏軍団。

一度振り返り、国香は横に馬を並べる良兼に言った。

「藤原秀郷。若武者ながら棟梁《とうりょう》にふさわしい威厳も備わっているのではないか。やはり出自は争えぬな」

「血筋ですかな」

「今回は彼《か》の力量を読み切れず、少々侮ってしまった。良兼、もう一度、婿に迎えるよう話を持ち出すか」

「いや、さすがに今回の件は障《さわ》りとなりましょう。しばらくは国境いを挟んで微妙な関係となりましょうな」

「そうかもしれぬな」

「また、攻め奪《と》る潮が来るかもしれません。今回は第一次毛野川合戦。勝負なしといったところですか」

馬を並べる二人は多少、余裕を含んだ苦笑いだったが、その後ろで馬の歩を進める二人の弟、良正は露骨に悔しそうな表情だった。

「勝てる戦でした。何とももったいない。まして相手は罪人。何の遠慮も要らなかったかと……」

二人の兄に比べ、所領の小さい良正としてはこの機に下野に少しでも領地を獲得したかった。秀郷を罪人として討ち、下野南部をそっくり奪えるとさえ目論んでいた。

「まあ、あまり欲をかくな、良正。敵とするよりも味方とした方が得策という場合もある。わしの妻・郷子《さとこ》の里でもある。手立てはあろう」

先ほどまで対陣していた相手との連携を口にする国香。相手の力量を見直し、さっと考え方を改めた。何より秀郷に興味を持ったのだ。

〈11〉逃避行

毛野川の対陣の後、秀郷は姿をくらまし、逃避行を再開した。

下野守・藤原利平は国境いの紛争と決着にもまるで関係なく、しつこく秀郷の出頭を命じてきた。

「国司も受領さまが一人、わめいているだけだ。時を稼ぐか」

秀郷の養父・鹿島はとにかく事態を鎮静化させたい意向だ。それが秀郷の実父であり、下野の本来の実力者である藤原村雄の意に沿うはずである。

近辺の村や郷の百姓たちの間にはすすんで秀郷を匿い、受領・利平に抵抗することを誇る風潮がにわかに起こってしまった。秀郷にとって百姓らを巻き込むのは本意ではない。

「それにしても……、だ」

「はっ」

西に馬を進める秀郷はまだ何も意味のある言葉を発していなかったが、つき従う佐丸は軽く相槌《あいづち》を打った。

「なぜ、わしが逃げ隠れせねばならぬのか。何かが一つ狂うと、悪い方へと転がっていくな」

「まあ、いろいろ不満もおありでしょうが……」

だが、秀郷の口調は憤懣《ふんまん》というより、はっきりと弱音である。

「あるが……？」

「そのうち何とかなりましょう」

「なるかな？」

「まあ、分かりませんが」

佐丸の気休めは思った以上に内容がなく、がっくり来たが、確かに先のことは分からない。

成り行きで国司に反抗する行動を取ったが、悪いことをしたつもりはない。むしろ正義の行動で、民衆は支持している。それなのに何とも面倒なことになった。しばらくは逃亡生活を強《し》いられるのか。

もう少し考えて行動すればよかったか。だが、ほかによい選択肢があったとも思えない。戦闘で国司軍指揮官を殺傷してしまう可能性もあった。そうすれば、もう少し厄介《やっかい》な事態になっていたかもしれない。

秀郷は答えの出ない反省を繰り返していた。

とりあえずは国境い近くの足利《あしかが》へ向かう。いよいよ危うくなったら、国境いを越えて上野国に逃げ込む。実父・藤原村雄の支配領域ではあるが、秀郷にとって知人が少なく、孤独な逃避行が続く。

「しばらくの辛抱《しんぼう》だ」

自分に言い聞かせるしかない。

足利駅家《うまや》近くでいったん間道から東山道に入り、駅家に知人がいれば、情報収集することにした。受領・

利平には追われているが、利平に心から従う官人は少ない。秀郷としても国司の人々まで敵に回したつもりはない。ただ、縁の薄い者は利平を憚《はばか》り、秀郷に協力的な態度を取らないかもしれない。

あれこれ思案していると、東山道を東から進んできた一団が近づいてくる。

「あれは……」

秀郷は馬から降りて脇に寄って道を譲り、一行をやり過ごす姿勢を取った。だが、一行に囲まれ、馬に乗っていた少年が目聡《めざと》く秀郷を見極めた。

「おぬしは藤原秀郷。下野国司より配流の沙汰、知っておる。ひっ捕らえて、下野国府に突き出してやろう」

叫んだ少年は小次郎。平将門である。従兄弟・平太（平貞盛）も同行している。郎党の者どもが止めに入る。

「御曹司、おやめなされ。構うことはありません」

「毛野川の陣では剛力の太刀がへし折られたのですぞ」

郎党の制止も聞かず、小次郎は息巻いている。

「太刀が折れたのは太刀が悪かったのだ。吾らの太刀は違う。どこの太刀よりも強い。おれがこの男の太刀をへし折ってやる」

平太も小次郎を止めた。

「このお方、秀郷さまは吾らが童《わらべ》のころ、喧嘩の仲裁をしてくれたのだ。ここは見逃すべきじゃ」

「いや、あれも気に食わなんだ。喧嘩ではない、勝負だ。おれが勝ちを決めるところをこの男が邪魔をした」

「やめろ小次郎」

「おい、尋常に勝負しろ」

「おやめなされ」

小次郎たちのやり取りの横で、秀郷は素早く馬に飛び乗り、鞭《むち》を打った。

「わしには関わり合いのないこと」

ひとまず反対方向へ駆け出した。佐丸が慌てて後を追った。走り去る背中に甲高い叫び声が突き刺さる。

「逃げるか、卑怯者め」

小次郎の父・平良持は秀郷の行動を評価していたのではないのか。親子で意見が違ってももちろん悪いことではないが、秀郷にとっては腑《ふ》に落ちない。

「何と可愛げのない童《わっぱ》だ」

童といってももう十四、五歳になるのではないか。

少年というほど幼くもないはずだ。初冠《ういこうぶり》（元服）を済ませているかもしれない。つまり、少しは大人の分別をつけなければならない。ただ、太刀に拘るあたりは良持の嫡男らしさをうかがわせた。良田に恵まれない良持が製鉄と飼馬に力を入れていることを思い出した。

秀郷は国境いを越え、養父・鹿島に勧められた上野国邑楽《おうら》郡赤岩に滞在。目の前には利根川。坂東太郎の名にふさわしく、雄大で、ゆったりと流れている。

赤岩と隣地・舞木《まいぎ》に多くの私営田を持つ長者が秀郷の来訪を大いに喜び、歓待した。さらに思いがけないことを言った。

「若殿（秀郷）はこの地のお生まれ。若殿のご活躍、赤岩や舞木の者どもにとっても誇らしいことであります」

「いや、わしは下野国府のある都賀《つが》郡の出生であるが……」

「あのころ、お父上・村雄さまは群盗討伐の戦で苦労され、ご一家は一時この地に滞在されておりました。下野国府周辺はかなり混乱していたのではありませんかな」

「本当か」

「ええ、そうですとも」

秀郷にとって、聞いたこともない自身の出生譚《しゅっせいたん》である。

寛平元年（八八九年）から鎮圧に十年余りを要した寛平延喜東国の乱。東国の賊首・物部氏永《もののべのうじなが》や、僦馬《しゅうば》の党の蜂起で東国は荒れに荒れた。上野は被害も大きく、秀郷の実父・村雄や高望王《たかもちおう》の率いる桓武平氏がその鎮圧にあたった。

「下野、常陸からも大勢の兵がこの地を含め、上野国を駆けました。われらの配下からも大いに兵を出し、村雄さまに協力いたしました」

赤岩の長者は遠い昔を懐かしむように語ったが、二十年を少し過ぎた程度にすぎない。二十一歳の秀郷が生まれる少し前からの話なのだ。

その晩、秀郷は声を潜《ひそ》め、佐丸に問いかけた。

「赤岩の長者の申すことだが……、本当だと思うか」

「いや、殿（村雄）の兵威が足利を越え、上野のこの地まで及ぶのは最近のこと。お方さまの縁続きでもなく、若殿がこの地でお生まれとは……。少々、辻褄《つじつま》の合わぬ気がいたしますが」

「そうだろうな。やはり」

「ですが、表向きは否定せぬ方が……。心強いお味方になっていただくにはいい理由立てとなりましょう」

「村も概して大きくない。さしたる兵もおるまい」

「ですが、西へ、上野の各地へ勢力を伸ばすには大いによきところ。この鶴の首ねっこのような場所から羽を広げるように上野の地をめでたく治められましょう」

佐丸らしく縁起を担いで締めた。

確かに、上野国は地図では鶴の舞うような形に描かれる。

「そうか、この地は鶴の首か」

秀郷も妙に納得した。


秀郷生誕伝説のある群馬県千代田町赤岩。すぐ近くの舞木城跡（同町舞木）には、陸軍大将・荒木貞夫の筆による秀郷生誕地碑が立つ。

舞木城は秀郷が承平《じょうへい》年間（九三一～九三八年）に築いたとされる。今、城跡といっても遺構らしきものは何もない。利根川左岸の堤防も近い住宅街の一角にある小さな児童公園に秀郷の生誕地碑がどんと存在感を示す。千代田町教育委員会の解説板があり、城があったのは戦国時代までと説明されている。明治時代に小学校敷地となり、戦後は学校が移転、住宅地が造成された。「たわら住宅団地」のネーミングに秀郷・俵藤太伝説が意識されていたことがうかがえる。

舞木城主は赤井氏。赤井照光《てるみつ》が舞木城へ向かう途中、子供たちにいじめられていた子狐《こぎつね》を助け、翌日現れた老狐の導きで館林《たてばやし》城（群馬県館林市）を築いたとする伝承がある。天文《てんぶん》元年（一五三二年）のことだが、築城時期は諸説ある。

館林城の別称は尾曳《おびき》城。狐の尾に曳かれてできた城ということか。

館林城二の丸跡は市役所。三の丸通用門の土橋門が復元され、土塁や石垣などの遺構が一部残り、館林市中心部の街並みに溶け込んでいる。東側に城沼《じょうぬま》、館林市つつじが岡公園。

「花山《はなやま》公園つつじの名所」

花山公園はつつじが岡公園の別称。「上毛《じょうもう》かるた」に読まれる群馬県の名所だ。

尾曳城から舞木城に話を戻す。

舞木城の秀郷築城はあくまで伝説か。上野国邑楽郡佐貫《さぬき》荘（館林市周辺）を拠点とした佐貫氏は秀郷子孫の一流であり、佐貫氏の支族に舞木氏がいた。赤井氏は舞木氏被官から下剋上《げこくじょう》を果たす。赤井氏は佐貫一族説、源氏説などあり、出自は不詳。各氏族の存在が秀郷築城伝承の源流ではないのか。


「長者殿。世話になり申した」

秀郷は数日屋敷に滞在させてもらい、歓待を受けた赤岩の長者に礼を言った。

「おや、もうお発《た》ちになるのですか。もう少しゆっくりされたらよろしいでしょう。何しろ、この赤岩は若殿がお生まれになった地。ご誕生以来の訪問。赤岩、舞木の百姓ばら、みな喜んでおりますのに」

赤岩の長者はあくまで秀郷生誕の地を前提に話を進める。こう言われると、さすがに作り話とも思えない。

「追われる身に似つかわしくないが、気ままに上野を東から西へと歩いてみたい」

秀郷は長期間、一カ所に留まる危険を避け、しばらく放浪する覚悟である。寺々を回るか、迦葉山の天狗の郷に籠《こも》ろうか。まだおるか分からぬが、念仏日知《ひじり》に教えを乞う機会があるかもしれない。ふと、そんな思いがよぎった。

そのとき、長者のもとに小者が歩み寄り、何か耳打ちをした。

「いかがなされた」

秀郷は何気なく聞いた。

「生臭《なまぐさ》坊主がこの辺をうろついているとの噂が入ってきたのでございますよ。上野あちこちで悪さをし、僧を装った強盗の類の連中ですが、いよいよ上野国の東端、この周辺に現れたと」

「何？　何者じゃ。そやつは」

「はい。何でも遊行《ゆぎょう》の僧に見える老人と手下の屈強な僧兵らしき一味です。開墾を手伝うと言って大勢の百姓ばらを使い、長者らに礼品を要求し、国司、郡司や土地の者から報酬を受け取りながら、こき使った百姓には一切、報酬を分けず、文句を言われると、おぬしらのために開墾してやったなどと逆に対価を要求する始末。無論、その間は長者屋敷や百姓ばらの家々で飲み食いし放題。最後は家々、倉の米、絹などを強奪して去っていく極悪の連中でございます」

話を聞き、秀郷には引っ掛かる点がある。

「ひどいな。しかし、それなら村の訴えで国司が取り締まるであろう」

「それが郡司を通じ、受領さまに訴えが出た途端、姿をくらますのです」

「そんな、うまい具合に逃げられるものなのか」

「国司の中につるむ連中がおるのですよ」

「何？」

「昨年の年頭、疑われた大掾・藤原連江さまが受領・藤原厚載さまに追い詰められましたが……」

「それで？」

「その後、ひどい騒乱となり、逆に受領さまが殺害される事件に至りました。無論、この生臭坊主の一味が絡んでおるのでしょう」

秀郷は既にがたがたと震えていた。怒りを通り越した感情。

「悪僧らの名は何と申す」

「はて。確かに僧らしい名は聞いたことがございませぬな。何でも念仏日知と名乗る遊行の僧。勝手な出家、もしくは偽僧でございましょう」

「念仏日知……」

「はい。その悪行、上野国内に広く知れ渡り、最近では開墾詐欺まがいの面倒はせず、もっぱら大勢で押し掛けて村、郷を荒らし、強盗を犯してはすぐに立ち去るようです。神出鬼没で近辺でも警戒を強めておったところです」

「その者、今どこにおる」

「さて……。では村々の者どもに捜させましょう。この近辺であるようですので」

〈12〉日知の正体

赤岩の長者のネットワークは侮れない。すぐに日知の居所は分かった。小さな村の辺境で僧兵を暴れさせ、集落の一軒一軒で食糧などを奪い取っていたのだ。秀郷は従者・佐丸や赤岩の長者に従う百姓を連れ、単騎で乗り込んだ。

「日知殿。ここで何をしておる」

「おお。いつぞやの下野の兵。これはお懐かしい」

「何をしておるのかと、聞いておる」

秀郷は怒りの感情を沸騰させていた。

「聞いてどうされる」

「返答次第によっては……。いや、目の前で起きていることは明らか。覚悟いたせ」

秀郷は抜刀。

「上野大掾・藤原連江ら罪人、おぬし日知の言動に惑わされ、逃したは不覚」

「連江ら逃した間抜けぶり、今さら悔いても遅かろう。拙僧《せっそう》でなく、騙された自身を責められよ」

「連江をして受領・藤原厚載さま殺害を仕組んだはおぬしか」

「今さらどうでもよかろう。まあ、冥途《めいど》の土産《みやげ》話としてお教えいたしましょう。連江には国司の動きを逐一伝えてもらっていたので、連江が受領に追及された際は僧兵を貸して騒ぎを起こし、窮地を救ってやったのよ」

秘密事項を含め、役所側の動きはその幹部によって悪人側に筒抜けになる構図だ。

「連江らはいずこに」

「貴奴《きやつ》ら、助けてやったのに要求が大きくなり、また用済みなので処分したわ。わははは」

「何と」

「下野のお方、藤太殿であったな。拙僧、下野についても詳しいので、お教え申す。前国守・藤原村雄とその一味、これもなかなかの悪《わる》。富豪の百姓、長者、村長らとつるみ、田祖、庸、調のごまかしをもっぱらとし、財を蓄えておる。村雄は蓄えた財で国守の地位まで買ってしまったからのう。ははは。藤原を名乗っておるだけで京の貴族でもない、鄙の富豪が下野守とは……。なかなかの手練《てだ》れではございますな」

「何が言いたいのだ」

「外面は百姓のためといい、正義の仮面は絶対外さぬようですが、私腹を肥やす受領よりもたちの悪い、本物の悪人ということですよ。悪事の好きな拙僧如き者が申すことではありませんがな。ははは。さ、ここらでよかろう。おい」

老僧の優し気な顔はみるみる悪人相となり、秀郷への説明が終わるや日知は一言《ひとこと》で配下の僧兵らを指図した。

「おう」

応じた僧兵らは長く太い柄の付いた矛を構える。

屈強な男どもが十数人といったところか。大きな寺院は自衛のため僧の武装が進んでいるが、寺院の要求を押し通す威嚇の武力として機能するようになる。だが、日知配下の僧兵は僧形をした強盗にすぎない。先ほどまで目にした行為が証明している。

「若殿。逃げましょう。相手が多すぎます」

「あ。邪魔するな」

秀郷が振り返った隙に僧兵が猛然と突進し、打ちかける。長い矛を振り回しているが、秀郷は身をかがめ、その刃《やいば》を避け、さっと僧兵の腹や脚を太刀で払った。太刀の先端は流れるように地とほぼ水平の弧を描き、三人の身体を続けて斬った。

「うっ」

「うわっ」

ばったりと音を立て、僧兵三人は秀郷の周りに倒れた。

「うっうううう」

一人は呻《うめ》き声を上げているが、ほかは生きているか死んでいるかは分からない。

「あわわわ」

そばで尻餅をついた佐丸が泡を吹いている。

「危ないぞ、佐丸。退《さ》がれ」

秀郷は叫びつつ、後ずさりした僧兵の一人を正面から縦に斬りつけた。声を出す間もなく即死。

「僧に斬りかかるとは罰当《ばちあ》たりな。成仏できぬぞ」

「罰当たりはどちらか」

秀郷は構わず、太刀を振るい、僧兵の長い矛の柄を切断し、無防備となった連中に無慈悲な一撃を加えた。これも声なく、ゆっくりと膝から崩れ落ち、そのまま顔を地に打ちつけた。さらに勢いよく飛び込んできたが、秀郷の正面に来ると急に反転して背を向けた太った僧兵にも一太刀。呻き声を上げながら倒れると、農民たちがとびかかり、縄でぐるぐる巻きに縛り上げる。

こうして、あっという間に僧兵八人がただの死骸に変り果て、重傷の数人が農民たちによって捕縛され、その隙に数人が逃げ出した。

疲労困憊《こんぱい》の秀郷は追う脚が一歩も前に出なかったが、悪僧・日知には一太刀も打ち掛けられなかったことを悔いた。怒りの矛先はその者だったのである。

「またお会いしましょう。藤原秀郷殿」

その老僧の声だけが耳元といえるほどの近くで聞こえた。姿は見えない。

「悪僧め、わしが藤原であることも知っておったのか」

怒りとともに湧く言い様もない恐ろしさ。そして疑問も湧く。

「いったい、何者なのだろうか」

僧形は世の人を騙すための姿であり、盗賊の頭目であろうが、ただそれだけでもないような気がしたのである。

秀郷の周りには赤岩の長者をはじめ農民たちが続々と集まり、僧形の強盗集団を成敗した快挙を讃えた。

「悪を重ねた生臭坊主が退治された」

退治されたのは偽僧・念仏日知の配下の僧兵であり、首魁の日知は逃げおおせたのだが、その訂正情報も間に合わぬほど「生臭坊主退治」の報道は近隣を駆けめぐることになる。

一方、周囲の興奮が秀郷に冷静さを取り戻させた。怒りとともに沸騰した正義感は一気に八人を斬殺し、数人を負傷させた。鍛えてきた剣術や実戦経験の成果であり、何ら後ろめたいことはない。むしろ武をもって身を立てようというなら誇るべきだ。

だが、最後の一太刀は間違いなく、殺意の快楽が伴っていた。本来これほど表裏の関係であっていいはずがない責任感と快楽。そして怒りと正義感の暴走。

「果たして、これでよかったのか」

自分の力、正義感に説明できない恐怖を感じた。正確には恐ろしさではなく、違和感のようなもの、言葉で説明できない不思議な感覚であった。


そのころ。

下野国府の村雄の館に利平が押し掛けていた。

「斗鳥殿。罪人・藤原秀郷、出頭させねば、ことは収まりませんぞ」

「捜し出して必ず出頭させます。鹿島さまの屋敷にも伝えております」

斗鳥の爺は、そう応ぜざるを得ない。

秀郷が一人になったところを捕縛しようという算段らしい。利平が立ち去ると、爺は館の中に入り、鹿島に言った。

「御殿《おんとの》（村雄）より書状が届いておりまする。ほとぼりが冷めるまで、しばらく若殿（秀郷）を京へ送れとのこと」

村雄の書状によると、京では嵯峨源氏・源唱《となう》の縁者、侍従・源通《かよう》に面倒をみさせるよう手はずを整えておくとしている。

「京へ……。一年か二年のご滞在となるのでしょうか」

「受領さまが代われば、また御殿のご意向通りにことが進みましょう」

　爺は秀郷の京行きに同行する。

「それにしても、あの堅物、賄賂《まいない》も何も効きませなんだ。斗鳥さま、しばらく秀郷殿を頼みます」

「この老いぼれ、微力ながら若殿をお守りいたします」

　延喜一六年（九一六年）。まもなく冬を迎える。木枯らしが吹き始める中、秀郷は京へ向かった。二十一歳のころとみられる。

第五章　百足退治

〈1〉検非違使

「今回の件、百姓のためを思い、あえて受領《ずりょう》さま(下野守《しもつけのかみ》・藤原利平《としひら》)に逆らったことが発端じゃ」

「そうでございます。若殿の行い、何ら恥じるところはございません」

「それはそうだが……」

下野の若者・藤原秀郷《ひでさと》と斗鳥《ととり》の爺《じい》、従者・佐丸《すけまる》の三人。京を目指し、東山道《とうさんどう》沿いを歩く。脇道、山道、林道も使い、ひたすら歩いている。

その道中のある晩、秀郷は爺に訊《たず》ねた。自分を罪人とする下野守・利平の言い分に多少でも理があるのかという疑問である。

「検非違使《けびいし》の件なら気にすることはございません」

数日前、三人は下野から上野《こうずけ》へ国境《くにざかい》を抜ける際、利平の差し向けた下野国の検非違使の一団に取り囲まれた。

「罪人・藤原秀郷。受領さまの命《めい》にて捕縛《ほばく》いたす。神妙にいたせ」

爺と佐丸が秀郷をかばう姿勢をとる。

「二人には用はない。立ち去れ」

「神妙に縛《なわ》につかぬというなら斬って捨て、亡骸《なきがら》を受領さまの前に差し出すまで」

検非違使の連中が四方に散り、ぐるりと三人を囲む。長い柄の先端に両刃の穂先を付けた長鉾《ながほこ》を構える。その連中の眼は攻撃の意図が明らか。だが、秀郷は太刀を抜けない。罪人とされているが、その決定の不当を訴え、撤回を求める立場。国司の組織の下級刑吏《けいり》を斬ってしまうわけにはいかない。検非違使は警察組織。治安を守る役所で、各国に京の組織同様の役職が置かれるようになった。秀郷らを囲む連中はその組織に雇《やと》われ、組織末端の手先、下人《げにん》ではあるが、準公務員のような立場といったところの者たちだ。

連中は長鉾の切っ先を向け、じりじりと近づき、包囲網を狭める。秀郷は連中を見回し、腰の据わっていない者を見定め、いったん背を向ける体勢をとった。

背を合わせていた佐丸の陰から腰の据わらぬ検非違使に飛び込み、足元を蹴って地に投げつけた。長鉾を奪うと、逆さに持って柄で数人をたたきのめし、捕縛を宣言したリーダー格らしき人物を後ろから羽交《はが》い絞《じ》めにした。

「今度会うときは、命はないぞ」

秀郷は当人しか聞こえぬ声で囁《ささや》く。

なおも健在な者の中で一人、眼つきの鋭い痩《や》せた男が長鉾を構えている。

「ま、待て」

秀郷に羽交い絞めにされた男はその姿勢のまま仲間の動きを制した。

のろのろと起き上がる連中を含め、検非違使の一団は完全に怯《ひる》んでいる。

その隙《すき》に秀郷は検非違使のリーダーらしき男から離れ、爺、佐丸とともにさっと林の中に駆け込んだ。背後で怒号が聞こえるが、それもあっという間に小さくなった。

「振りきりましたな。追っ手を」

佐丸が呟《つぶや》いたが、秀郷と爺はそうだと肯定せず、表情を崩さない。がさがさと木の葉の揺れる音が次第に大きくなる。

「まだしつこく追ってくる者が……。一人おりますな」

今度は爺が小声を立て、これには秀郷が無言で頷《うなず》いた。

「おっ。ちょうどよい洞穴《ほらあな》がございます」

「でかしたぞ。佐丸」

三人は身をかがめないと入れない狭い岩穴に潜《ひそ》んだ。声が上の方から聞こえてくる。

「近くだ。この近くにいるはずだ。なぜ姿が見えぬ。なぜだ」

穴を奥に進むと、意外と広くなっている。光が届かず、手探りで進むしかない。秀郷を追う声も完全に届かなくなった。だが、どこからか風を運んでくる。

わずかな空気の揺らぎを頬《ほお》で感じると、闇の中に光明を見出した気分になった。

「あの洞穴、全く別の道につながっていたとは。どこに続く道なのか探り当てるのに難渋《なんじゅう》しましたが、お陰でしつこい追っ手から逃れられました」

国検非違使の一団からの逃避行。爺が振り返った。

「あの連中は放免《ほうめん》(元罪人)でありましょうな」

放免は検非違使の下僕《しもべ》として、罪人の捜索、逮捕、拷問《ごうもん》を担当する者たち。犯罪捜査や罪人の逮捕といった荒々しい仕事に犯罪者の事情に精通《せいつう》している前科者《ぜんかもの》が採用されているのである。

爺の話題は下野守・利平の執念深さに切り替わった。

「受領さまが若殿の捕縛にあそこまで拘《こだわ》っておられるとは。ですが、京貴族のうちでも中の下といった官人《つかさびと》。御殿《おんとの》（秀郷の実父・藤原村雄《むらお》）に比べれば、さほどの力もございません」

秀郷を安心させるためか、爺は、京に行けば、旧知の貴族を通じ、秀郷の罪をうやむやにできると太鼓判を押した。

「そもそも間違った官符《かんぷ》。少々骨が折れるかもしれませぬが……、改めさせることはできましょう」

秀郷は自身の身については、やるだけのことをやるしかないと思っている。気になっているのは、そもそものところである。

「すなわち、わしが助けた長者や村長《むらおさ》たちは前下野守さま（村雄）や鹿島のてて、みな一体となり、田租の払いを不当に少なくしていると申すは真《まこと》か」

「まず……。前下野守・村雄さま、御殿はお父上ですぞ。父上と呼ぶべきでしょう」

「あい分かった」

一瞬、表情を厳しくした爺がいつもの柔和な顔に戻る。

「さて。なぜそのようなことをお訊《き》きなさる」

「そういう者がおっての」

「はて……」

斗鳥の爺は少し迷った。秀郷もいずれ実情を知らねばならない。裏の仕事を一切、側近の者、例えば鹿島に、老いてはその役目を引き継ぐ者に任せる手はある。だが、秀郷が実情を知らねば、とんだ行き違いにもなりかねない。説明しておいた方がいいのか。

（まだ早い。いずれ……）

そう思っていても時の流れは早い。他事に煩《わずら》わされない旅の途中。このような機会もめったにないかもしれない。

「どうなのじゃ」

秀郷は黙考《もっこう》する爺に返答を催促《さいそく》した。

「若殿。田租過少とおっしゃるが、その払い分、誰が定めしものとお思いか」

「それは受領さま。だが、受領さまが欲得のためでなく、朝廷よりの定めに従って決めておると……。利平さまはそのような受領であると」

「確かに今の受領さま、下野守・利平さまは自身の欲得はないのかもしれませぬな。ですが、重き負担は百姓にとって変わりませせぬ。朝廷には鄙《ひな》（地方）の百姓の実情は見えていないのではありませぬか」

「すなわち過少の払い、悪でないと申すか」

「生きるためです」

「わしも百姓の暮らしを壊してはならじとは思う。百姓たちが悪ではないことは分かるが、一方で受領さまの側にも悪意なく……とすれば、それに従わぬわしが罪人とされるは、致し方ないことになってしまう」

「いやいや、若殿が罪人とされるは、やはり不当なのです」

「わしらの道理を正しいとすれば、国司、いや朝廷はますます田祖を取れず、いよいよどうにもならなくなる。これは見過ごしてよいのか」

「それこそ政治《まつりごと》をなす御方の問題。まず一番の問題は……」

「まず一番の問題？」

「貴族の方々が鄙に持つ荘園ですよ。高位な方の荘園ほど不輸《ふゆ》の権、不入《ふにゅう》の権を駆使し、田祖を免れております。今後も増えるでしょう」

　不輸の権は租税免除の権利。つまり上級貴族の荘園はほぼ免税地である。不入の権は国司の立ち入りを拒否できる権利で、国司側は租税免除が適切かどうか調査すらできない。

「すなわち、それらをやめさせ、改めればいいのか」

「荘園整理令なども出ているようですが、なかなか……。この仕組みは改められぬと思います」

「なぜ」

「この権利を認めさせることができるのは、まさに政治に携わる方々の中でも」

　高位高官の上級貴族、公卿《くぎょう》であり、特権階級の者。自らその権利を捨て去るような仕組みに改めるとは思えない。

　そうした荘園にこそ富豪《ふごう》の輩《ともがら》、地方豪族が深く関わっている。すなわち寄進として貴族に土地を提供し、名義を貴族とした土地、荘園を管理することで大きな利益を得る。無論、土地の名義人である貴族にも年貢を送る。土地所有者である京の貴族と管理人である地方豪族が利益を分け合い、国家には田祖が入らない。

　こうして京の貴族と地方豪族の縁《えん》がつながり、今回、秀郷が上京できるのもその縁故《えんこ》のお陰ともいえる。

「では、どうすればよい。われらはどうすればよいのだ」

「もはや仕組みそのものの問題でありましょう。こうなっては律令を守ることにどれほどの意味があるのか。われらが、百姓たちが良い悪いの問題ではございません」

「そうか……」

秀郷としては腑《ふ》に落ちない部分は残る。律令、すなわち法律を守らぬ前提で話が進むことにすとんと響かぬ気持ちが残る。その一点では自分たちも、あの悪僧、偽僧や盗賊と変わらない。そこが理屈としてはともかく感情としては整理できない。

旅の夜風が冷たく感じる。

〈2〉狼の血

この時代の旅はなかなか難儀《なんぎ》だ。宿屋というものはない。寺や土地の長者に乞い、泊めさせてもらう。ときには無人の神社の小さな祠《ほこら》、空き家で夜露を凌《しの》ぐこともある。

佐丸が背負う旅籠《はたご》には糒《ほしいい》（干《ほ》し飯《いい》）、味噌の原型で豆を塩漬けした未醤《みしょう》などの携行食や炊事道具などが入っている。そして、爺は下野ではあまり使うことのなかった銅銭を用意している。これが必要な物と交換できるなら嵩張《かさば》らないだけにこれほど便利な物はない。

そして、厄介《やっかい》なのは山賊、盗賊の出没。若者二人に老人一人。少人数の旅こそ危険なものはない。裕福な姿の者は格好の標的にされる。貧しそうな身形《みなり》だから安全というわけでもない。しばらく稼ぎがない盗賊は貧しい者からも身ぐるみ剝《は》がして着ているものだけでも奪おうとする。秀郷は武具を携えているが、仲間の犠牲を考慮しない連中なら躊躇《ちゅうちょ》せず襲ってくる。結局、秀郷は旅の途中、幾人かの盗賊をたたき斬った。

自分たちの身を守るためである。

そこには罪悪感も相手の事情への考慮もない。

このように旅は苦労も多いが、それでも各地の名所を巡る楽しみもある。

まず、寺や神社で紹介された温泉は旅の疲れを癒《い》やし、活力を与えた。たっぷりとした温かい湯に浸かる温泉もあれば、熱い蒸気が噴き出す石室もある。空海《くうかい》や行基《ぎょうき》といった名僧が発見したとか神のお告げとか鹿が発見したとか開湯伝説もさまざまである。

そして信州の山なみの壮大な風景。数々の和歌の歌枕として詠まれた園原《そのはら》の里（長野県阿智《あち》村）。難所・御坂峠（神坂《みさか》峠）を越え、美濃に入ると、旅人のための救護・宿泊施設、布施屋《ふせや》があった。最澄《さいちょう》が整備したと伝わる広済院《こうさいいん》である。不破関《ふわのせき》（岐阜県関ケ原《せきがはら》町）は壬申《じんしん》の乱（六七二年）の激戦地とされる古戦場。関所は廃止されていたが、非常時には関所を固める固関《こげん》使《し》が派遣される。

そうした旅の気分が一変する厄災も待ち受けていた。一行の前に立ち塞《ふさ》がったのは顎鬚《あごひげ》、口髭《くちひげ》を伸ばし、山賊にしか見えぬ風体の男だった。

「あっ」

とっさに後ろを振り返り、辺りを見回したが、この男の仲間がいる様子がない。

「罪人・藤原秀郷。ようやく見つけたぞ」

野獣のような鋭い目、髭に隠れているが、逆三角形の輪郭をした顔。

「おぬしは……」

下野国検非違使の一人である。まさか、このようなところまで追ってきたとは。

「一人と思って甘く見るな。むしろ足手まといがおらず、やりやすい」

男は、長鉾を構える。

「待たれよ。そなたと斬り合う理由はござらん」

秀郷は太刀を抜かず、応じた。男はにやりとして秀郷を挑発した。

「わしの祖先は狼《おおかみ》よ。狼の血が貴様の臭いを嗅《か》ぎ分ける。遠く逃れようとも必ず見つけ出せる。観念して神妙に縛《ばく》につけばよし。さもなくば……」

ぐいと長鉾を前に突き出す検非違使の男。

「わしは何も悪いことはしておらん。過酷な徴税から百姓ばらを守るため、いっとき盾《たて》となり、国司に反抗したまで。そなたも百姓の安寧《あんねい》のために働く者なら分かるであろう」

治安とはすなわち、民が安心して暮らせるため、地域の安全を守ること。それが警察組織の役目であろう。そんな理屈はこの男には通じない。

「貴様の行動が正しいかどうかは関係ない。貴様の身柄を縛り、国守さまに差し出すことがわが任務。任務を諦《あきら》めたほかの連中とは違う。任務は定められた通り成さねばならぬ。命じられた通り成さねばならぬ」

「若殿を捕縛などさせぬ」

従者・佐丸が秀郷の前に出てかばう姿勢を示した。斗鳥の爺も彼の横に立つ。

「佐丸、退《さ》がれ。危ない」

秀郷は慌てて佐丸を制した。

「いや、若殿こそお退がりください。若殿を守るが奴《やつ》吾《われ》（やつがれ）の役目」

佐丸は腰から手矛《てぼこ》を抜いたが、男の長鉾に比べて極端に短い。

「用があるは罪人・秀郷のみ。お二人には邪魔立てせぬよう警告いたす。身の安全を保証できませぬぞ」

威嚇《いかく》か。男は長鉾をぐいと前に突き出し、その穂先は佐丸の顔の近くまで届く。佐丸は一歩、二歩、後ろによろめいたが、憤然とした表情で再び前に出た。手矛で男の長鉾の先をたたこうとした瞬間、長鉾の穂先が大きく振り上がった。

「邪魔立ていたすなと申しておる」

男の怒号とともに穂先が佐丸の胸から肩のあたりを斜めに斬り裂いた。佐丸はぶっ倒れて、わめいた。

「血が、血が。血……。うわあぁぁ」

麻の小袖を鮮血で真っ赤に染めている。

「爺、佐丸の手当てを。傷の手当てを。佐丸を頼む。退がれ、離れよ」

秀郷は太刀を抜き、男に襲い掛かった。

「おのれ、許さぬ。覚悟めされ」

自分の躊躇《ちゅうちょ》、検非違使の者は斬れぬという躊躇が思わぬ結果を招いてしまった。後悔の念が男への怒りに変換されている。その怒りをぶつけるように太刀を振るった。男を斬ってはならぬという思いは吹き飛んでいる。

怒りの強さ、太刀の激しさは攻撃の的確さとは比例しない。秀郷の太刀はことごとく男の長鉾の穂先が受け止めた。

「藤原秀郷の剣、その程度か。相当な剛《ごう》の者と聞いたが、人の話はやはり大げさに伝わるものだな」

挑発的な言葉に秀郷は少し冷静さを取り戻した。一呼吸おき、攻守が切り替わる。男の長鉾が大きく弧を描く。今度は秀郷の太刀がその攻撃を受け止め、跳ね返し、堅い樫《かし》の木でできた柄を斬り落とした。

「あっ」

男にとって思わぬ不覚。穂先を斬り落とされた長鉾が手から離れた。

秀郷はその場の勢いで穂先を失った長鉾の柄を拾い、男の腹をどすんと突いた。男は道から坂を転げ落ちた。

「しまった」

声を上げたのは秀郷。長鉾を失った検非違使の男を斬り捨てる好機を逃した。太刀を手に崖下の谷に駆け下りたが、男は既に川岸を離れ、どう渡ったのか激流の中にそびえる岩場の上に立つ。

「得物《えもの》（武器）を失い、今は任務を果たし得ぬが、必ずや再び貴様の前に現れる。そして必ずや貴様を捕縛し、受領・利平さまの前に引き出す。罪人・藤原秀郷。覚悟せよ」

追う立場から逆に追われる身になったというのに何と傲慢《ごうまん》な物言いか。佐丸を斬られた怒りで崖下まで追ってきた秀郷だったが、毒気に当てられた気分。

男はにやりと挑発的な顔を向け、激流の中にざぶんと飛び込み、あっという間に川下へ流されていった。

「佐丸。おい、大丈夫か」

検非違使の男に斬られた佐丸と斗鳥の爺は近くの小さな寺に潜《ひそ》んでいた。

「気を失っております。今、村の者に頼んで薬師《くすし》を呼んでおります」

「あの男は討ち漏らしてしまった。まこと無念」

「検非違使の者、討たなかったのは上々。受領さまの命《めい》を受けた者ですから討ってしまってはどんな難癖《なんくせ》をつけられるか知らず。あの男とは出会わぬようにするのが上策ですな」

「というと……」

「すぐにもここをお発《た》ちになることです。若殿はすぐここをお発ちください。また、あの者に見つかっては面倒」

「しかし、佐丸の傷の具合が心配じゃ。今しばらく……」

「いけませぬ。ここは爺にお任せください。寺や村の者を頼って何とかいたします。すぐに佐丸とともに若殿の後を追います。いずれ京でお会いしましょう」

「うむ。しかし、だ」

「さ、早く。お早く」

〈3〉南無阿弥陀仏《なむあみだぶつ》

「南無阿弥陀仏」

「南無阿弥陀仏」

秀郷は諸国行脚して念仏を広める仏教徒の一団の中にいた。

追っ手の眼を逃れて西へ向かうのに都合がよかった。また、東山道沿いの村々の状況を知り、場合によっては後から来るであろう斗鳥の爺と佐丸に言付けを頼める者はいないかとも思案していた。それにしても佐丸の傷の具合が気になる。

（まさか死んでしまうようなことはないだろうが……）

それは願望にしかすぎず、傷が浅かったのか深かったのか、薬師の判断を聞かぬうちに、早々に旅立ちを促された。

そして彷徨《さまよ》い歩く道中、この一団に出会い、思わず同道を願い出た。

老師が在家、出家の信者を連れて歩く。老師はただただ「南無阿弥陀仏」と念仏を唱えれば救われると民衆に訴える。さらに念仏を広めながら、民衆のために社会事業、インフラ整備に力を入れる。橋を架け、崖地に坂を造り、険しい道を平坦にし、井戸を掘り、小さな寺院も建て、民衆の話も聴く。

社会事業というが、ほとんど土木作業、肉体労働であり、健康で丈夫な成年男性が加わると、その分作業が捗《はかど》る。流れ者の一人として加わった秀郷も大いに歓迎された。

一団の最年少に涼やかな気品のある顔立ちの優婆塞《うばそく》の少年がいた。優婆塞とは在家信者の男性。自然と醸し出される高貴な雰囲気は妙に神々しい。

それは同行する者たちも感じていたようだ。

「あの少年は宮《みや》さま、それも帝筋《みかどすじ》の御落胤《ごらくいん》だとか」

「ほおぉ」

同行の者が話しかけ、秀郷は適当に相槌《あいづち》を打った。自身が名を隠し、身分を隠しており、あまり詮索《せんさく》できない。

「わしなぞは元盗賊だが、生きるためとはいえ心は荒《すさ》む。やりたいことをやり、欲しい物が手に入っても心は満たされんがや。今は何も持っとらんが、南無阿弥陀仏南無阿弥陀仏と唱えるだけで心は満たされるだに」

「そうですな。御仏《みほとけ》の力ですな」

「おみゃあさんは、この辺の者ではないようだな」

「東国《とうごく》の生まれ育ち。言葉《けとば》の違いは隠せないようですな」

「警戒はご無用、ご無用。ここでは誰も他人の素性《すじょう》など詮索せんよ」

「ですが先ほど、優婆塞の少年を帝の御落胤だと……」

「あははは。あれは別儀《べつぎ》。また本当かどうか分からんからいい。元盗賊のわしのような者もおれば、元国司の官人もおるでよ」

「そうですか」

　この一団で数日、「南無阿弥陀仏」と念仏を唱え、橋を架け、道を造る土木工事のような作業に従事する日々を送った。西へ急ぎたい気持ちもあったが、老師は必要とあらば村に留まり、念仏の普及と社会事業に勤《いそ》しむ。

　秀郷は昨年のことを思い出している。念仏を唱え、社会事業に従事する僧侶の一団に出会ったが、見事に偽者であった。今回は警戒しながら加わったが、老師の物欲のなさは明らかだ。村々の長者、豪農らに宿と食事を頼み、一団の者が困らぬようにしているが、それ以上の布施《ふせ》を求めることもない。

　偽僧軍団のような武器を持つ者もいない。秀郷も加わる際、仏の道には不要として携行を許されず、太刀は近くの小さな神社に奉納した。それはそれで弟子たちも盗賊に襲われる危険などを心配しているようだが、老師は「全ては御仏の意のまま」と取り合わない。

　ある日の夕暮れ。秀郷は水汲《みずく》みを買って出た。水を汲みに沢に降り、この日の宿としたぼろ空き家に戻ってきたところ、涼やかな少年と元盗賊の男が待っていた。

「先ほど、御師《おんし》のところに目つきの鋭き男が来ました」

「狼のような顔つきでの。検非違使を名乗っておったが……。罪人を匿《かくま》っておろう、引き渡されよと言い寄ってきての」

（まさか、あの男……。検非違使の男か……。何と鋭い……）

　秀郷は顔を強張らせた。

「御師は毅然《きぜん》と、一団の出家、在家の者たち、世俗でどのようなことをしたのか、どのようなお立場だったのか一切に問わぬ、こちらから聞くこともないと言い、検分《けんぶん》の申し出も断りました。ご用心を」

　このような注意を喚起してくれるのは男に追われているのが自分と見抜いての申し出であろうか。秀郷は少年に問うた。

「罪人とはわしと思《おぼ》し召《め》しか」

「あの目つきの鋭き男が本当に検非違使なのか、裏切り者を追う賊のような男なのかは分かりませぬが、あなたさまは追っ手から逃れて旅をしている人ということは分かります」

少年の賢《かしこ》さ、勘の鋭さにぎくりとする。

「そうか、分かるか」

「何となく。ですが、御師もわたしたちも最後まであなたさまを守るでしょう」

元盗賊の男が少年に続く。

「人それぞれ事情があろう。いざというときは力を貸すぞ。みなもそうだろう」

「それでは皆さまに迷惑がかかってしまう。無関係の方を巻き込むのは……」

「水臭い、水臭い」

「ですが……」

秀郷は老師に事情を説明し、一団から離れる決意を話した。老師は本物の検非違使だとしても誰も引き渡さぬので安心して同行されよと、言ってくれたが、秀郷は老師の厚意を遠慮した。

「やはり……。やはり、皆さまを巻き込むのは不本意。身から出た錆《さび》。やはり自ら引き受けねば……」

元の一人旅に戻った。あの検非違使の男が近くにいることを前提に道なき道を行かねばならぬ。その上で西へ京を目指さねばならぬ。

〈4〉十頭身の美女

翌日、谷底の川筋を歩いていると、何やら騒々しい。

「待て待て」

嫌らしげな怒号と助けを求める女性の声。頭の上の方から聞こえてくる。

谷底から斜面を登り、山道に出た。山賊のような男四人が美女を追っている。

「やめよ」

男たちの前に出て、両手を広げ、美女を守る姿勢をとった。

「お助けを」

駆け寄った美女が身を隠すように秀郷の背に回る。

「何だ、おぬし。手ぶらではないか」

「得物《えもの》（武器）もなく、歯向かおうというのか。ははは」

「用があるのはその女だがや。立ち去れや」

「どかぬのか。うつけか、こやつは」

「死にたいらしいな」

「歯応えはないが、遠慮なく斬らせてもらうじぇ」

矛を持った男たちがじりじりと近寄る。

「死ねやっ」

兇《きょう》気《き》に満ちた眼をした一人が矛を振り上げ、とびかかってきた。

「おっ」

男の視界から秀郷が消えた。身をかがめて懐《ふところ》に入り、巴《ともえ》投げにして男の身体をひっくり返す。男は腰の下あたりを抱えられ、くるりと頭から地に落ちた。秀郷は男の手から離れた矛を奪い、仰向けになった男の胸に突き刺す。

さらに、その矛で続いて飛びかかろうとして足が止まった二人目の男を正面からバッサリ。男はそのまま「あっ」と声を発しただけでばったり倒れ、倒れた後はものも言わず、血が流れ出るだけの静かな物体となり果てた。

瞬く間に敵の武器を奪って二人を刺し、斬り捨て、殺した。

「こやつ、強い……」

残った二人は退散。一目散に逃げ去った。

「ありがとうございました。危ういところを。何とお礼を申せばよいか」

二人の屈強な男が鮮血を噴き出し、ぶっ倒れる凄惨《せいさん》な場面を目にしながら美女は落ち着いている。そして京の方面へ向かう道中の同行を依頼してきた。

願ってもない美女の同行……。ではない。秀郷にとってはやや迷惑な話だ。狼のような検非違使の下人につけ狙われている逃避行の道中である。だが、美女の一人旅はよほど危険だろうと思い、夫婦者を装い、同道することにした。ここで見捨てるわけにもいかない。

この美女、農夫の嫁のような小袖、小袴と粗末な身なりだが、その美しさはこの世の者とは思えぬほど。九頭身、いや十頭身であろうかというあり得ないスタイル。すらりとした長身。身体は細く、足も驚くほど長く、細い。

乙《おと》と名乗っていた。乙姫である。

名を訊《たず》ねられ、秀郷は答えに窮した。

「名乗らねばならぬか」

「いえ。さあ、参りましょう」

乙姫はそれ以上追及せず、二人旅が始まった。

案じた危険は当然の如くやってきた。

不破関（岐阜県関ケ原町）近辺を抜け、林の中の道を行く。

「京へ向かう者が通らねばならぬ不破関。近辺の捜索に力を入れた狙いが当たったな」

木々が林立する道中。秀郷と乙姫の前に立ち塞《ふさ》がるのは、くだんの狼男。下野から追ってきた国検非違使の下人である。どこで奪ったか打刀《うちがたな》を持っている。

「罪人・藤原秀郷よ。この林の中から無数の目がこちらをうかがっておるのを知っておるか」

「何っ？」

秀郷は周囲を見回す。

「われらの対決を見守り、倒れた方から多少でも価値のあるものを取っていく、着ている物、身に付けている物を全て奪っていく死骸《しがい》あさり、餓鬼《がき》のような連中よ……。貴様の得物はせいぜい矛二本か」

確かに道の両脇の木々の中に群がる人の気配がある。そして鋭い視線がこちらに向けられている。

「捕らえて受領さまの前に引き立てるのは難しそうだ。この連中が貴様の着物、持ち物を漁《あさ》れるようにせねば、わが身も危ない。わしは貴様の首のみを持ち帰るしかなさそうだ。女も同様。早う逃げ出さねば、連中の獲物となるだけ。身の安全は保証できぬ」

「そのような悪行、見逃して検非違使といえるのか」

「わが任務は罪人・藤原秀郷の捕縛、処罰。生死は問わず、貴様の身を受領さまに差し出さねば、わが任務は完遂《かんすい》せず。また、それ以外は知り申さず」

男の鋭い目が光り、刀を打ちかけてきた。秀郷もとっさに矛を抜き、受け止めた。

チャチャン、チャンチャン。矛を合わせて打ち合う。

「えいやー」

「ほっ、はっ」

「ぬほっ」

チャチャン、チャンチャン。勝負はつかない。

そんな中、突然、林の雰囲気が変わった。ざわつきと木々の葉の揺れる音が大きくなった。そして潮が引くように静かになる。遠くから何やら声も聞こえる。

道の前後から十数人ずつの軽武装の兵が押し寄せ、

行く手、退《ひ》き手を塞《ふさ》いだ。兵たちは木製の長い柄の先に刃がはめ込まれた長鉾を手にしている。この国の検非違使たちだろうか。

「この男です。この男がわたしをつけ狙い、襲おうとしました」

乙姫が突然、下野国検非違使の狼を指して叫んだ。

「待て待て、わしはこの罪人を下野国から追ってきた検非違使。この女は知らぬ。嘘《うそ》をついておる」

「他国の検非違使？　怪しいのう。話は役所で聞く。まず同行めされ」

「待て、違うぞ。この男こそ罪人」

「事情は役所にて申されよ」

さらに乙姫はこの一団を指揮する男と何やら話を始めた。事情を説明しているようだ。

「ご夫婦は御《おん》通り候《そうら》え」

「待て、違うぞ。この男女、夫婦などではない。夫婦者を装った偽者」

軽武装の男たちに長鉾の柄でぐいぐいと押されながら下野国検非違使を名乗る男は虚《むな》しく叫ぶ。

「何をごちゃごちゃ言っておる」

軽武装の男たちはますます手荒く押し込む。

「うるさいやつ。少し縛っておけ」

狼の目をした男はとうとう縄で縛られ、数人に引きずられるように歩かされ、視界から消えた。どうやら検非違使という組織は国が違えば連携も何もないらしい。

「乙姫、そなたの機転、まことに助かった」

「いえ。さあ、参りましょう」

秀郷は何とも不思議な美女と旅を続けた。京を目指して。

〈5〉瀬田の唐橋

「瀬田《せた》の唐橋《からはし》。そこを渡れば、京はまもなくでございます」

斗鳥の爺が説明した。秀郷と爺、従者・佐丸の三人はともに長旅を続けてきたかのような晴れやかな笑顔。

「ようやく京か」

下野を発ってから五十日近くを要したであろうか。ここまで来れば、あと一泊で京に着く。

秀郷が二人と再会したのはこの日。瀬田の唐橋の手前だった。

「若殿」

「おお、爺。佐丸。佐丸、生きておったか」

「生きておったとは……。生きておりますとも。ご覧の通りで、若殿」

「気を失っておったから心配したが」

「何の、奴吾《やつわれ》は不死身ですわ。わははは」

「傷は浅手であったのですが、出血がひどく、本人が驚いた次第で」

「斗鳥さま、それを明かされては……。実はあのときはもう駄目かと」

「そうかそうか。無事でなによりだった。安堵《あんど》したぞ。はははは」

涙目で笑いながら佐丸の肩をたたく秀郷。佐丸も涙目で笑いながら応じた。

「それにしても、さすが爺。わしの行く道を予測し、待っておるとは」

「京へ向かう者は誰もが通る道。造作ない」

「そうか。そうか」

秀郷はまた涙目で笑った。こうして三人は無事再会。では、秀郷に同行していた美女、乙姫はどうしたのか。


この日の朝、宿とした空き家から忽然《こつぜん》と姿を消した。何も言わず。

「何とも不思議。不可解な」

釈然としない。それはそうだろう。

気楽な旅ではない。何しろ罪人としての逃避行。いざというときは斬ったはったの乱闘も覚悟の中、同道者の存在は多少負担に感じていた。その点、姿を消してくれたのは好都合。されど、あのように目立つ美女の一人旅など危険極まりない。乙姫への心配は断ち難い。


滋賀県大津《おおつ》市・瀬田の唐橋。琵琶《びわ》湖南端から流れる瀬田川に架かる長い橋で、「瀬田の長橋」とも呼ばれる。長さは二百五十メートルあろうか。

壬申の乱（六七二年）、恵美押勝《えみのおしかつ》の乱（七六四年）では橋の攻防が勝敗に関わっており、京の防衛上の要衝《ようしょう》である。後世の戦乱でもたびたび争奪戦の舞台となり、幾度も焼き落とされ、架け直される。

また、「急がば回れ」の由来の地でもある。室町時代の連歌師《れんがし》・宗長《そうちょう》がこう詠んだ。

「もののふの矢橋《やばせ》の船は速けれど急がば回れ瀬田の長

橋」

京へ向かうには矢橋港（滋賀県草津《くさつ》市）から舟で琵琶湖を横断する矢橋の渡しが速いが、比叡山《ひえいざん》から吹き下ろす突風「比叡颪《おろし》」の危険もある。遠回りでも陸路で瀬田の唐橋を使った方が安全であり、結局は早道であるとの戒《いまし》めである。

そして、この橋は平安京からは数キロ離れているが、いよいよ京に入るという実感が湧く。まさに京の入り口だ。


「瀬田の橋には鬼がおるそうですよ」

佐丸がどこかで聞きかじったような話を始めた。佐丸の話によると……。

昔、東国から京に上ってきた男の一行が、日が暮れたのでこの付近で宿を借りようとしたところ、人の住んでいない大きな家があった。ここに泊まることにしたが、男はなかなか寝つけない。夜更け、そばに置いてあった鞍櫃《くらびつ》のようなものが、ごそごそと不気味《ぶきみ》な音をたて、蓋《ふた》が持ち上がった。「もしや鬼がいるので誰も住まなくなった家に知らないで泊まってしまったのではあるまいか」。今すぐ逃げ出せば、きっと鬼に捕まってしまうだろう。わざと「馬のことがどうも気にかかる。ちょっと見てこよう」と言って立ち上がり、そっと馬に鞍を置くやいなや、はうようにまたがって鞭《むち》をうち、一目散に逃げ出した。鞍櫃の蓋がさっと開いて出てくるものがあった。空恐ろしい声を張り上げ、「おのれはどこまで逃げるつもりか。わしがここにいることが分からなかったのか」と追いかけてくる。後ろを振り返っても夜中なので正体は見えないが、いいようもなく恐ろしい気配であった。瀬田の橋に差しかかり、男は馬から飛び降りて橋の下の柱の陰に隠れ、「観音さま、お助けください」と念じた。橋の上では「どこだ、どこにいる」と何度も叫んでいる。うまく隠れおおせたと思ってしゃがんでいると、下から「ここでございます」と答え、出てきたものがいる。それも暗いので何ものとも分からない……。


「何ものとは鬼の手下だな」

秀郷が話を先回りした。

「まあ、そんなところで……」

佐丸の答えは曖昧《あいまい》であった。

「で、それで……？　それで男はどうなったのじゃ」

「いや、知りません」

「えっ？」

「奴吾も知らないんでございます。聞いた話はここまでで……」

「助かったか、鬼に捕まったか、肝心の結論が分からんのか。何とも締まらないの」

秀郷が納得できないのも無理はない。『今昔物語集《こんじゃくものがたりしゅう》』第二十七巻第十四話のこの話、最後が欠文となっている。

瀬田の唐橋に近づくと、黒山の人だかりが見えた。

「いったい何事でござろうや」

三人は駆けだして、人山の間を抜けた。

すると……。

「恐ろしや、恐ろしや」「怪異じゃ」

誰も橋を渡れない。

人山をかき分け、かき分け、ようやく騒動の原因が分かった。橋の中央で、大男が大蛇を抱え、道を塞いでいた。さらに二人の大男がその後ろに立ち、囃《はや》し立てている。

「お渡り候《そうら》え、お渡り候え」

「さあ、いかがいたしました。皆の衆。お渡り候えよ」

「舶来の大蛇。強力な毒を持つ。さあ、誰ぞ橋をお渡り候えよ」

蛇持ちの大男たちの挑発に直垂《ひたたれ》姿の大柄な男が勇ましく胸を張って渡り始めた。

「何の」

だが、男を見た蛇が音を立てて頭をもたげ、口を広げた。赤々とした口内を見せ、この大柄な男さえも飲み込めるのではと思わせる恐ろしさ。毒牙《どくが》は白く大きく輝き、これもまた恐ろしい。この男は橋の端に寄って大蛇の横を抜けようとしたが、そこで足が止まった。結局、渡らず引き返してきた。

「足がすくみ申したか」

人だかりの中から声が漏れる。

蛇持ちの大男たちはさらに囃し立てる。

「さあ、お渡りになる勇者はおらぬか」

秀郷が前に進み出た。

「危のうございます」

佐丸が声を掛ける間もなかった。

大蛇は自在に身体をくねらせている。今、右を向いていた頭はすぐにも左に向けられる。どちらの端を抜けようとしても大蛇の餌食《えじき》ではないのか。橋の前の人々は固唾《かたず》をのんで見守った。

秀郷は左にも右にも橋の端に寄らない。そのまま真っ直ぐ中央を歩き、蛇使いの大男たちの正面に来た。

「おぬしら、なぜこのような迷惑千万をいたし、人々の往来を塞ぐ」

「われらにはわれらの理由があるのよ。お通りになるならお通り候え」

「そうよ、通りたくばお通り候え。われらは邪魔をせぬぞ。この大蛇は知らぬが……。はははは」

「馬鹿な。わざわざ毒牙の餌食になるような馬鹿げたことはしない」

「では、どうされる」

「おぬしらが立ち去れ。そうでなければ、みなが通れまい」

「おお、これは正論。では力づくでわれらを退かせるか」

「何?」

「尋常に勝負いたすということよ」

大男三人が剣を抜いた。これまた巨大な剣である。

秀郷も矛を抜かざるを得ない。矛を抜き、正面の男に正対して構えた。

「ああ、若殿。相手は三人ですぞ。しかも揃《そろ》って信じられないような巨漢」

後ろで佐丸が泡を噴《ふ》いている。

「佐丸、近づくな」

「さあ、打ちかけてみよ」

「どうぞ、そちらから」

互いに挑発し、剣と矛を構えたまま睨《にら》み合いが続く。

秀郷はじりじりと足を左右に動かし、立ち位置を微妙に変えながら、じっと相手との間合いを計る。相手は隙のない構えに見えたが、何か違和感がある。

(うむ?)

大男たちに殺気がない。殺意が感じられない。そもそも敵意が感じられない。

(この者たち、本気に斬り合う気がまるでない)

秀郷は矛を下ろした。

「やめじゃ、やめじゃ」

いきなり無防備な体勢。大男が剣を振るったら即死という状況だ。

「えっ?」

「何と」

大男たちも気を削《そ》がれたように立っているだけである。構えた剣を下ろしていた。

ぽかんとした顔の大男、蛇男たちに秀郷は再び言い放った。

「おぬしら斬り合う気もないのになぜ剣を構えた。これでは貴賤《きせん》の通行の妨げである。とく立ち去れ。それとも大蛇には人の言葉は通じぬか」

「あっははは」

大蛇を抱えた大男が突然、笑い出した。

「興を削がれたと思ったが、なかなか面白い男じゃ」

大蛇を抱えたまま、ざぶんと瀬田川に飛び込む。

「あっははは」

川面から顔を出し、笑い声を立てている。泳いでいるようだ。

「面白き男。また会えるのを楽しみにしておるぞ。あっははは」

残る二人も続き、橋桁《はしげた》から姿を消した。

「何だったのじゃ、あの男ら」

ぽつりと呟く秀郷の後ろに佐丸と爺が駆け寄ってきた。


「危ういかと思いましたが、さすが若殿」

やり取りを眺めていた人々は拍手喝采《かっさい》。往来可能になった橋には両側からどっと人が繰り出す。中には秀郷に駆け寄り、声を掛ける者もいた。

「まさに真の勇者と呼ぶべきお方を見申した」

「御貴公子はどちらの方で」

「名乗るほどの者ではありませぬ」

それでも周りを囲む人は増えてゆく。

「先を急ぐ旅ですので」

秀郷一行は大勢の人をかき分け、足早に立ち去った。

〈6〉乙姫の訪問

「われらは一足先に京へ行き、源 通《みなもとのかよう》さまの屋敷を訪ねます」

一行は近江・大津、瀬田の唐橋近くにこの日の宿をとったが、斗鳥の爺と佐丸は宿を発ち、一足先に京に入るという。準備があるというのだ。

京では、嵯峨源氏の有力貴族、源 唱《となう》や、その親類である侍従・源通を頼ることになっている。

「もう暗くなるぞ。あすの朝でよいではないか」

「何、いろいろありますれば」

　二人は出ていった。


　その夜。秀郷一人の宿舎の戸をたたく音がした。

「誰だ、こんな夜更けに」

　ぶつぶつ言いながら、起きだし、戸口に向かう。

「爺か」「源通さまの屋敷に泊まってくればよかったのに」

「こんな夜更けに申し訳ありません。お願いがあります」

　若い女性の声、しかも、どこかで聞いたような声。

「あ」

　思い出した。

　戸を開けると、逃避行の途中に出会い、そしてけさ忽然と消えた美女が立っていた。

「乙姫……。そなたは、いったい……」

「お会いしとうございました」

　驚く秀郷に構わず、身体を預けるように身を寄せ、艶《なま》めかしく囁く乙姫。

「なぜ、ここに……」

「お会いしたかったから」


　勝手に姿を消していながら何て言《い》い種《ぐさ》だと非難する気持ちもあるが、口にしようとすると、そんな言葉は喉《のど》の奥に引っ込んでしまう。だが、戸惑《とまど》いはある。なぜここにいることが分かったのか。

「あなたもそう思っていただけませんの。秀郷さま」

「いや、無論……。が、それより……、なぜ」

　乙姫の肩を抱き寄せながら、怪訝《けげん》な顔を見せた。なぜ、この場所が分かったのか。

「何日も一緒に旅をしたのですもの」

　そうであろうか。そうではないはずだ。

「ふふふ。まだ不思議そうなお顔。種明かしをして差し上げれば、私は神の使い、竜神《りゅうじん》さまの使いですから。何も不思議はございません」

「ほぉ、神の使いだと申すか。それがそなたの正体か」

　乙姫の得体《えたい》の知れない美しさ、不可解な行動……。神の使いの一言《ひとこと》で何となく納得してしまう気分になる。

「そう。竜神さまをお助けいただきたく、それをお願いするために参りました」

「できることであれば、考えぬでもないが……」

「いえ、やっていただかねばなりません。あなたさまにできなければ、ほかにできる方なぞございません」

依頼を受ける側に選択の余地がないような言い方。だからといって不快だと拒むつもりはない。

「ほかにいない……とは？」

「秀郷さまは真の勇者ですから」

「いや、わしはさほどの者ではない」

「秀郷さま。いえ、藤太さま。藤太さまこそが真の勇者。そして藤太こそがあなたにふさわしい名乗りです」

「わしの幼名まで……」

「幼名ではありません。藤原の男子を代表する呼び名。あなたさまにふさわしい呼び名なのです」

「その藤原だが、わしは曾祖父まで遡《さかのぼ》ってようやく京の貴族で、その血縁かもしれぬが、京の藤原の誰とも面識のない鄙（田舎）の武者《むさ》。武者苦《むさくる》しいとはよく言ったもので、貴族とは程遠い。藤原は藤原でも偽藤原。京の方々がわが身を知っても、そう思うしかなかろう」

「いいえ。貴族としての誇りだけでなく、武の技《わざ》、強き力を持つお方は、京ではなく、鄙に住まう藤原の方なのです。そして今、日本国中を見渡しますに、最も強き藤原とは藤太さま、あなたさまです。それゆえ藤原の太郎、藤太の名乗りが最もふさわしいお方なのです」

「強き藤原……。わしが、か……」

「そう。日《ひ》の本《もと》の国において、最も」

たいそうな高評価だが、秀郷には戸惑いしかない。

「そうであろうか。そう言い切れるのか」

「そうです。この目で、しかと確かめましたから」

「確かめた？」

「先ほどの瀬田の唐橋。大蛇こそが竜神の化身。あの男どもは竜神さまの家来です」

「えっ。そなたのお身内であったか。何故《なにゆえ》、あのような迷惑なことをなされた」

「無論、あなたさまが真の勇者かどうか確かめるため」

乙姫は相変わらず平然と言った。

「では、山賊に襲われし事件も……」

「あれは芝居ではありません。ですが、いざとなれば、あのような連中から逃れる術《すべ》は私も身につけております。折よく藤太さまが現れた次第」

「では、試された……。いや、何か弄《もてあそ》ばれている気がしないでもないが……」

「お気を悪くされたのなら謝ります。ですが、これは私たちにとって、とても大事なことゆえ、最も強きお方、真の勇者を探し出さねばなりません。それが私の役目」

いささか迷惑と思わぬでもない。だが、それは口に出さず訊いた。

「して、竜神の依頼とは」

「三上山《みかみやま》の大ムカデ（百足）を退治してほしいのです」

「ムカデ退治？」

三上山（滋賀県野洲《やす》市）は琵琶湖の南東に位置する近江富士とも呼ばれる名峰。乙姫は、その山を七巻き半する巨大ムカデがいると説明した。

「いつも竜神さまの邪魔をし、とにかく悪い連中なのです。この地を荒らし、この地に住まう民、百姓を悩ましております」

「わしがやらねばならぬのか。どうしても……」

「そうです。さあ、参りましょう」

「どこへ」

「竜神さまのところへ。竜宮へ」

乙姫が手を引く。

「今？」

「そう。今すぐ。竜神さまがお待ちです」

〈7〉竜神の依頼

「そなたが藤原秀郷殿か」

片膝《かたひざ》をつき、頭を垂れる秀郷。正面に竜神がいる。

「まず礼を申す。まことにかたじけない」

竜神は大ムカデ退治を引き受けたことを感謝し、真の勇者であると褒《ほ》め、さらに感謝の言葉を重ねる。

案内してきた乙姫の説明に続き、ようやく秀郷が問い掛けた。

「大ムカデとはいかなる化け物にてござ候《そうろう》」

「邪悪な連中じゃ」

竜神というが、秀郷の見るところ、神ではない。古代王朝風の装束《しょうぞく》が仰々《ぎょうぎょう》しいが、果たして貴族なのであろうか。この地域の豪族、地方領主か。老いてはいるが、精悍《せいかん》な顔立ち。生身の人そのものであり、特に神々《こうごう》しさは感じられない。

話をよく聞くと、大ムカデは化け物ではなかった。

竜神が憎む大ムカデ一族であり、銅山など鉱山掘りを得意とする集団。一方の竜神は水が豊かで製鉄が盛んな地域を支配し、多くの製鉄職人を抱えている。その両族の争いのようだ。

「若い男をさらっていく。それもよく働きそうな屈強な者ばかり。鉱山《やま》を掘らせるのじゃ。無理やり働かされている若い連中を不憫《ふびん》に思わんか。そういう男たちの相手をさせるためであろう。若い女もさらっていく。美女ばかりな。わが領地の水利も荒らす。常に数を頼みに横暴に振る舞う。とにかく悪いやつらじゃ」

話の通りなら大ムカデ一族は卑劣で邪悪な連中だが、全て竜神の言い分である。

（竜神の言葉を鵜呑《うの》みにしてよいのか……）

ともかくも竜神一族と大ムカデ一族の私闘に巻き込まれ、一方に加担することになってしまう。迷惑な話である。

（これはかなわぬ……。避けられぬものか）

秀郷の思案をよそに竜神は勝手に話を進める。

「決戦はもう明日《みょうにち》じゃ。先方にも伝えてある」

「あす？　あすでございますか」

乙姫の情報をもとに秀郷の入京見込みの時期に合わせて日程が組まれていた。しかも、だ。

「こちらが助太刀を迎えることも先方に宣告済み。田《た》原《わら》の郷《ごう》の者としてある。ゆえにあすは田原藤太と名乗っていただきたい」

「田原の郷？」

「この近くにある。剛《ごう》の者がおるとか。いや、結局おらなんだ」

なんと、わが身の知らぬところで段取りがつけられている。しかも名前まで勝手に決められている。しかし選択肢はない。不本意な点はさまざまあるが、ここで逃げ出せば笑いものとなってしまう。名誉の喪失は死よりも恐ろしい。秀郷の若さはその観念にとらわれていた。

竜神はさらに付け加えた。

「やつらとはこれまでにも何度か戦ったことはあるが……。結局、勝負はつかないことが多いのだが」

この後は乙姫が説明を加えた。大ムカデ一族は常に多くの兵を繰り出し、火矢《ひや》を使い、ときに毒煙のような奇策も繰り出すという。竜神一族がかなり苦戦してきた状況が窺《うかが》い知れる。

「やつらは卑怯《ひきょう》でな……。常に。忌々《いまいま》しい連中じゃ」

乙姫の説明で過去の苦戦か屈辱《くつじょく》か思い出したのか、竜神は声こそ抑えめだったが、顔色は憤《いきどお》りの感情に満ちていた。

秀郷としてはなぜ戦わねばならぬのか、という思いがある。これまでの経緯《いきさつ》には無関係なだけに竜神の憤りに同情はできても共感するところはない。

「竜神さま。この戦《いくさ》の目的は如何《いか》に」

「無論、大ムカデの殲滅《せんめつ》、完全なる壊滅《かいめつ》じゃ。やつらを根こそぎ倒してほしい。根絶やしにせねばならぬ。そうでなければわれら一族の安寧は来ない」

〈8〉三上山

三上山を正面に琵琶湖の湖畔に立つ。背後に竜神一族の兵が並ぶ。

雨風と雷鳴の中、山の峰から二千か三千本ほどの松明《たいまつ》が二列になって近づいてきた。聞いていた通りの大軍である。

「おぬしが田原藤太か。竜神の手先じゃな。賊悪《ぞくあく》な一味に味方するとは恥を知れ」

敵方より大音声が発せられ、秀郷は一歩、二歩、三歩と前に出た。すると猛烈な勢いで火矢が飛んでくる。正面に来た矢を太刀で払い、脇をそれていく矢には目もくれない。

「そのような卑怯な火矢でしか勝負できぬか。一騎打ちを挑まれる猛者《もさ》はおらぬか」

今度は秀郷が叫んだ。

平安時代中後期、武士の登場とともに合戦《かっせん》のルールのようなものが徐々に確立していく。このころにもその片鱗《へんりん》はなくもない。使者が往来して戦の日時と場所を敵味方が申し合わせる。さらに名乗りを上げて一騎打ちから始まるパターンもある。互いに戦う理由、自らの正当性、相手を貶《けな》す口上を大声で述べ合う。本気の悪口に激昂《げっこう》し、憎しみを増し、戦が始まる。一騎打ちの決着がつくと両軍が一気に激突するという段取りだ。ただ、兵の動員数が格段に多くなる源平合戦以降はこのルールも怪しくなる。

また、不意《ふい》打ち、闇討《やみう》ちで始まる合戦も昔からあった。敵の油断を突くのは戦いの常道。だが、互いに不意打ち、闇討ちを繰り返すのは不毛《ふもう》な消耗戦《しょうもうせん》でしかない。その機微《きび》は敵味方といえども、阿吽《あうん》の呼吸でわきまえることもある。

「小癪《こしゃく》な……。卑怯とは笑止《しょうし》」

大ムカデ一族の将が苦虫を嚙《か》み潰したような顔で呟

いた。火矢を合図に相手も矢戦に出て、合戦に突入する手はずだったが、想定外の一騎打ちの申し込み。卑怯と言われたのも心外《しんがい》だ。

将は仕方なく、一騎で琵琶湖を背に並ぶ竜神一族の兵の前に駆け寄ってきた。

「やあ、来たか。われこそは田原藤太こと藤原秀郷。下野の住人」

「ほお、坂東《ばんどう》武者か。東夷《とうい》の首を獲るのは初めてであるわ」

秀郷が名乗ると、大ムカデ一族の将は金山某と名乗り、自信に満ち溢《あふ》れた言葉を吐《は》いた。秀郷は相手が一騎打ちに乗ってきたことに手応えを感じ、さらに一押しだと提案した。

「二人だけで馬を走らせて技の限りを尽くして射合おうと思うが、いかが」

「よかろう」

互いに騎上で弓を構え、すれ違いざまに矢を放つ。走り過ぎると馬を取って返し、弓を絞って矢を放たず走り過ぎ、また馬を取って返す。そして、また弓を引き絞って狙いを定める。秀郷が放った矢は金山某の腹に的中しようかという勢いで飛んだが、金山は馬から落ちそうなほど姿勢を低くして矢をかわし、太刀の鞘《さや》を覆う金具に当たった。秀郷も身体をよじり、胴の真ん中を目掛けて飛んできた矢をかわした。

次の矢もそれぞれが的確に矢を放ち、それぞれが見事に矢をかわした。

「やるではないか。見事な弓、見事な騎乗」

二騎がすれ違う際、金山某が言い、それに答えて、秀郷は敵将に問い掛けた。

「ここらでよかろう。互いの腕のほどは十分に分かったのではないか」

「おう。互いに射た矢は外れる矢ではない。全てまん真ん中を射た矢だ」

互いに披露した高度な技は敵への敬意に変換した。憎しみも消える。『今昔物語集』に登場する武士を見ても、当初の一騎打ちはこんな感じだったと想像できる。

秀郷と金山某の二人は、無理に勝負をつけて討ち取ろうという気持ちは相当稀薄《きはく》になっている。一騎打ちを見守る両軍の将兵も同様だった。

「わしらは父祖重代の仇《かたき》同士ではござらん」

「貴殿に対してはそうであるが……」

「では、なぜ戦う」

「それはこれまで……、竜神一族が攻めてきたからじゃ」

「竜神兵を族滅し、竜神一族の土地、人を全て奪う目的か」

「いや、そうではない。敵の求めに応じて戦場《いくさば》に出ているまで」

「では、ここでわしらが首を獲《と》り合う意味はあるまい」

「それはそうかもしれんが……」

「頭領同士の一騎打ちで決着をつけてもらってはいかがか」

「何？　どういうことじゃ」

「言葉《けとば》の一騎打ち。いかが」

「けとば？　言葉……、談合（協議）か。ふうむ」

　その後、両軍の使者が行き交う。

「大ムカデの頭目と談合だと。そのようなこと勝手に決めおって……。あの若造め」

　竜神は激怒した。秀郷、いや田原藤太には助っ人を頼んだのであって、そのようなことを頼んだ覚えはない。何の権限があってと思うが、流れができてしまった。兵の中にも幾度かの戦いに倦《う》み疲れ、交渉を求める声が広がった。

「腹立たしいが、致し方ないか」

　一方、大ムカデ一族の頭目はてかりのある顔をさらにてからせ、高笑い。

「さすが乙姫さまが白羽の矢を立てたという若者。竜神に助太刀を頼まれ、和平の談合を提案するとは面白い男じゃ」

「金山との矢合わせを見ておりましても腕は確か。それでいて、このような意外な手も打ってくるとは、なかなか……」

「竜神もとんだ者に助太刀を頼んだものやな。とんだ見込み外れであろう。ははははは」

　合戦の場から戻ってきた腹心の観察も聞き、頭目は皮肉を込めた笑いを漏らした。

　領地が近く、それぞれの思惑がある両氏族。戦は誰が望んだことでもないが、利益をめぐる対立があり、また意地もある。容易に対立関係は解消しなかった。だが、思わぬ形でその機会がめぐってきた。両頭目の交渉は腹を探り合いながらも、互いに多少の譲歩も致し方ないとの思いを秘めつつ進んだ。

竜神は交渉前とうってかわって上機嫌である。

秀郷は大津の宿から爺も呼び、交渉の間に入った。

両氏族が土地をめぐって争わぬよう境目《さかいめ》を定めて約《やく》したのをはじめ、大ムカデ一族の掘り出す鉄や銅を竜神一族に売る道筋もつけた。竜神側がそれらを鋳《ちゅう》造《ぞう》して京に売り、利益を得る。鉱山を掘るため若い男をさらっていくというのは竜神の言い分であって、大ムカデ一族は賃金を与えて鉱夫を雇っているという。そのスカウト活動には竜神も関われるようにした。多少のマージン（手数料）も入るし、必要人数の確保、調整にもつながる。竜神側としても文句はない。

竜神は秀郷の仲介に大いに感謝した。

「御辺《ごへん》の門葉《もんよう》（一族）に、必ず将軍になる人多かるべし」

そなたの子孫らはきっと、武門の棟梁《とうりょう》として立つ者が多いであろう。

竜神は秀郷を褒め、その子孫の繁栄を予言するように言祝《ことほ》ぐ。

「御身《おんみ》の子孫のために必ず恩を謝すべし」

竜神は黄金札《こがねざね》の鎧《よろい》、黄金づくりの太刀を与え、「これで朝敵を滅ぼして将軍に任ずるように」とし、秀郷の子孫に伝えられていく。

さらに「日本国の宝になし給《たま》え」と釣《つ》り鐘《がね》を与えた。釣り鐘は三井寺《みいでら》（園城寺《おんじょうじ》）に寄進された。

後に竜神は大ムカデ一族との和解を「勝った、勝った」と喧伝《けんでん》した。見事な物語もできた。秀郷は竜神の依頼で大ムカデを退治する。単純かつ劇的な場面が語られ、絵巻として誰もが見て分かる物語として広まっていく。

〈9〉ムカデ退治の宝物

そうではなかろう。そうであるはずがない。

竜神と大ムカデを和解させたとか、そんな話は一切ない。聞いたこともない。大ムカデ退治はそういう話ではない。俵藤太は恐ろしげな大ムカデを射殺《いころ》したのである。大昔からそう伝わっている。そういう話でなければ満足できない。

そのような声は当然ある。

『室町物語』（御伽草子《おとぎぞうし》）の「俵藤太物語」にあり、『太平記』では三井寺の撞鐘《つきがね》について語られる場面で大ムカデ退治の話が出てくる。

物語では、藤太は京貴族の子弟であり、下野国には恩賞の土地を得て向かう場所となっている。別の説話では下野国に配流《はいる》（流罪）されるというものもある。大ムカデ退治を依頼する美女は伝承によって乙姫であったり、龍姫であったりする。依頼者を老人、小男とする話もある。

秀郷が大ムカデ退治の礼として竜神から賜った宝物《ほうもつ》についても、話によって多少違う。『太平記』では巻《まき》絹《ぎぬ》一つ、鎧一両、首を結んだ俵一つ、赤銅《しゃくどう》の撞鐘一つ。この四種である。絹は切って使っても尽きることはなく、俵は中から納物《いれもの》を取れども取れども尽きることはない。

室町時代の百科事典『塵添壒嚢抄《じんてんあいのうしょう》』（一五三二年）は宝物十種とし、鎧は坂東の小山《おやま》氏、剣《つるぎ》は伊勢《いせ》の赤《あか》堀《ほり》氏、鐘は三井寺に伝わるとしている。これに対し、蒲生氏郷《がもううじさと》の軍記『氏郷記』（一六九六年）では鐘は三井寺、「露」という硯《すずり》は竹生島《ちくぶしま》、太刀は勢州（伊勢）の赤堀、鎧は野州（下野）の佐野《さの》、鍋の破片は蒲生に伝わるとしている。また、根古屋《ねごや》神社（栃木県佐野市栃本町）旧蔵の「蒲生氏系図」では大鐘は三井寺、硯は竹生島、太刀は太神宮（伊勢神宮）、長刀は赤堀、法華経《ほけきょう》は河村《かわむら》、鎧は佐野、絹と俵、早小鍋は蒲生に伝わるとしている。

宝物伝承に関わるのは、いずれも秀郷子孫の意識の強い家々だ。

まず、蒲生氏。本拠とした近江は俵藤太伝説の舞台だ。瀬田の唐橋、三上山、三井寺、竹生島がある。瀬田の唐橋のたもとにある雲住寺《うんじゅうじ》は蒲生氏が創建に関わり、「江州《ごうしゅう》勢田橋畔《きょうはん》二社縁起」、「俵藤太由来書」といった文書や秀郷ゆかりとされる蕪矢根《かぶらやね》、鎗鉾先《やりほこさき》、鍔《つば》を所蔵。かつて秀郷の木像もあった。『下野国誌』に絵入りで「藤原秀郷朝臣《あそん》像近江国勢多雲住寺安置」と記されている。この寺院の隣には俵藤太と乙姫を祭神とする竜王宮秀郷社がある。

蒲生氏は鎌倉時代初期、秀郷七代子孫・惟賢《これかた》が奥州から近江国蒲生郡（滋賀県近江八幡《おうみはちまん》市など）に移り、興った一族という。蒲生氏系図では惟賢の長男・俊綱《としつな》が蒲生を名乗り始めた。戦国時代、六角《ろっかく》氏の有力家臣から織田信長配下に転身したのは賢秀《かたひで》。信長の婿となった。本能寺の変（一五八二年）のときは三男・氏郷《うじさと》とともに安土《あづち》城の信長一族を保護。無事脱出させた。氏郷は安土城の件で豊臣秀吉に「出来る奴」と見込まれたのだろう。九十二万石まで出世。会津《あいづ》に移り、野心家・伊達政宗《だてまさむね》のお目付け役のように振る舞ったが、秀吉としては徳川家康を牽制《けんせい》する役割を期待したはずだ。氏郷は四十歳で病死し、若くして蒲生氏を継いだ秀行《ひでゆき》は三年足らずだが、宇都宮《うつのみや》城主となり、宇都宮に足跡《そくせき》を残す。寛政の三奇人・蒲生君平《くんぺい》と宇都宮中心部の日野町《ひのまち》通りである。

蒲生君平は江戸時代後期の儒学者。生家の家伝により、蒲生を名乗る。遡《さかのぼ》れば、秀行の弟・正行が身重だった商家・福田家の娘を残して会津に移ったという。日野町通りはオリオン通りの東に延びる二百メートル程度の短い通りだが、蒲生氏の出身地である近江・日野（滋賀県日野町）の商人を東勝寺跡地に移り住まわせたのが地名の起こり。

秀行は家康三女・振姫《ふりひめ》を嫁に迎え、家康の婿として優遇された。関ケ原の戦いの後、会津に再封《さいほう》。三十歳で病死した。長男・忠郷《ただざと》が跡を継ぐが、二十六歳で病死。継いだ弟の忠知《ただとも》も三十一歳で急死し、蒲生氏は断絶した。氏郷は高く評価された武将だったが、長生きではなかったし、嫡子や孫も早死にする不幸が続いた。信長、秀吉、家康の戦国三英傑《さんえいけつ》に揃って見込まれ、活躍した蒲生氏。氏郷のとき、秀吉の小田原征伐（一五九〇年）で改易《かいえき》（領地没収）された小山氏に代わって秀郷流嫡流と認められた。賢秀、氏郷、秀行、忠郷と交互に「秀」と「郷」の字を使っているのも興味深い（賢秀の父は定秀《さだひで》）。

佐野氏は秀郷築城伝説のある唐沢山《からさわやま》城を居城とするなど、秀郷本拠地に家をつなぎ、秀郷伝承をつないできた一門である。藤姓足利《とうせいあしかが》氏の庶流。足利俊綱《としつな》の弟・足利有綱《ありつな》の嫡男・佐野基綱《もとつな》が佐野氏の祖。俊綱、有綱の兄弟である成俊が「佐野庄司」として佐野荘を領し、甥《おい》の基綱が養子として継いだ。本家筋の藤姓足利氏は源平合戦で没落。基綱は鎌倉幕府御家人《ごけにん》として鎌倉・鶴岡八幡宮近くの岩屋堂下に屋敷を構えている。基綱の兄弟から阿曽沼《あそぬま》氏、木村氏も出て、さらにその後も小見《おみ》氏、岩崎氏、田沼氏、戸奈良《となら》氏、桐生《きりゅう》氏など分家が多い。下佐野、上佐野の両家に分裂していた時期もある。田沼氏は江戸時代の老中・田沼意次《おきつぐ》を輩出する。佐野氏は「いざ鎌倉」で知られる謡曲「鉢の木」の佐野源左衛門常世《つねよ》、南北朝時代きってのバサラ大名・佐々木導誉《どうよ》と喧嘩《けんか》してまで自領を護《まも》ろうとした佐野師綱《もろつな》、「中興の祖」佐野盛綱《もりつな》、上杉謙信《けんしん》に何度も攻められた佐野昌綱《まさつな》、元旦の出陣で戦死した佐野宗《むね》綱《つな》、そして、京の一流文化人や宣教師と交流し、信長、秀吉の関東侵攻に大きく関わる剣豪法師・天徳寺《てんとくじ》宝衍《ほうえん》（佐野房綱《ふさつな》）らバラエティーに富んだ人材を輩出する。居城・唐沢山城は戦国時代、十五世紀中ごろに本格的に築城された可能性が高い。ただし基綱について「居城佐野唐沢」と記されている系図類があり、平安時代末期の可能性もなくはない。戦国時代は唐沢山城を舞台に上杉謙信や北条氏康《ほうじょううじやす》、氏政《うじまさ》親子との攻防を繰り広げる。

　赤堀氏は伊勢国北部（三重県四日市《よっかいち》市など）で勢力を持った北勢《ほくせい》四十八家の一つ。赤堀、浜田、羽津《はづ》の赤堀三家で一族を形成。伊勢神宮に秀郷佩用《はいよう》との銘が入る太刀「蜈蚣切《むかできり》」（神宮徴古館《ちょうこかん》農業館所蔵）が奉納されているのも赤堀氏の関与が考えられる。赤堀氏は藤姓足利氏の流れ。『平家物語』の宇治川先陣で名高い足利忠綱《ただつな》が赤堀荘を与えられ、甥《おい》の子孫が赤堀氏を名乗った。本貫《ほんがん》の地（氏族発祥の地）は上野国佐位《さい》郡赤堀郷（群馬県伊勢崎《いせさき》市）。室町時代に伊勢に移り、その後も秀郷流末裔《まつえい》の意識を強く持っていた。

　河村氏は秀郷流名門・波多野《はたの》氏の流れ。波多野氏は、佐伯経範《つねのり》が相模《さがみ》守・藤原公光《きんみつ》の婿養子となり、佐伯から藤原に改姓。相模国余綾《よろぎ》郡波多野荘（神奈川県秦野《はだの》市）を本拠とした。波多野氏四代・遠義《とおよし》の子、秀《ひで》高《たか》は相模国足柄《あしがら》郡河村郷（神奈川県山北《やまきた》町）を譲られ、河村氏を称した。秀高四男・秀清《ひできよ》は源頼朝《よりとも》に従い、十三歳で奥州合戦に出陣し、武功を挙げ、奥州にも所領を得た。本家筋の波多野氏とともに鎌倉幕府執《しっ》権《けん》・北条氏の下で承久《じょうきゅう》の乱（一二二一年）でも奮戦。子孫は武蔵《むさし》、下総《しもうさ》、奥羽《おうう》に広まり、その後は甲《か》斐《い》、三河《みかわ》、尾張《おわり》に分布した。

　秀郷の子孫の家には大ムカデ退治にまつわる宝物が確かに受け継がれてきた。後の時代に造られた物や、伝説に合わせた偽作もあるかもしれない。だが、武家として秀郷子孫であることを誇りにしてきた家が東にも西にもあった。これは確かである。

第六章　京の都

〈1〉一夜の牢獄

「何ということだ」

京に入ったその日、藤原秀郷《ひでさと》は牢格子《ろうごうし》で一夜を過ごすはめになった。刑部省《ぎょうぶ》の獄舎《ひとや》である。

そして牢《ろう》の隅《すみ》にいた囚人《しゅうじん》が秀郷の思っている通りの言葉をぼっそり吐いた。

（この人は罪なくして捕らえられたのだろうか）

秀郷は牢の隅に目をやった。自分より十歳程度、年嵩《とし》に見える壮年の男性。火付け（放火）や物盗りをするようなタイプに見えない。知的な風貌《ふうぼう》に下級官吏っぽい装束《しょうぞく》は小ざっぱりとして、着崩した感じはない。

「このお人は菅原道真《すがわらのみちざね》公の怨霊《おんりょう》騒ぎで世を乱したとして今宵《こよい》、牢《ここ》に入れられたのさ」

がらっぱちな別の囚人が説明した。こちらは火付けや物盗りでもやったかのような荒々しさ、粗野《そや》な感じが汚れた顔に出ている。

「菅原道真公、怨霊にあらずと申し上げている。騒ぐ人こそ愚《おろ》か」

無知こそが無用の騒ぎを広げている。それを咎《とが》めると、なぜかこのような目に遭《あ》ってしまう。壮年官吏ふうの囚人はこのようなことを言い、嘆《なげ》いた。

その不条理《ふじょうり》な境遇《きょうぐう》をどう受け止めているのか知りたくて秀郷はその男に訊《たず》ねた。自分も受け入れ難いこの境遇をどう受け止めればいいのか分からない。

「では、罪人ではないと。あなたさまは」

「無論」

「その割には落ち着いていらっしゃいますね」

「いや、心中穏やかならず。されど朝になれば」

同僚の者が無実を証明してくれる。宿直《とのい》の獄使では判断もできかねるのであろうが、あすにはしかるべき者の判断で牢から出られるであろうという。この壮年の囚人はやはり下級官吏のようだ。

「明けぬ夜はない、ということですよ」

「そうですか」

なるほど、そんな心境《しんきょう》か。

「失礼ですが、あなたさまも」

地方の有力者の子弟にみえると、今度は壮年の囚人が秀郷に話しかけた。郎党も連れておろう。その者が財力か有力貴族の縁故《えんこ》を駆使《くし》されよう。

「朝には牢から出られますよ」

貴族社会の仕組みを知る官吏であれば、誰でもできる当然の予測。そもそも地方豪族、富豪の輩《ともがら》やその子弟が多少の罪を犯しても荘園の寄進を通じて高位の貴族の縁故があるのか、処罰されない例や捕縛《ほばく》後、数日を経ずして釈放される例はいくらでもある。

「おう、あんたは東国《とうごく》かい」

今度はがらっぱちな囚人が語りかけてきた。言葉で何となく分かると言った。

「東国の者は羽振《はぶ》りがいい」

田畑を持ち、人を使い、穀物が取れる。東国の有力者が京に子弟を送り込むのも財力のある証拠。都ではそれらしい旅人も多く見かけるという。

「それに比べてな……」

下級貴族、下級官僚は貧しい。貴族とはいうが、貧富の差は極めて大きい。貧しさのあまり、盗賊の手引きをする者、中には盗賊に加わる者までざらにいる。

「わしだって元々官人《つかさびと》さ。食うに食えず、この体《てい》たらくだが」

秀郷は京に入った初日、いきなり京の裏面を見せられた。

元官人というがらっぱちな囚人が続ける。

「あんたも罪なくして捕らえられたというわけか。無情だな」

「いや……。わしは罪人といえば、罪人なのですが……」

秀郷は歴《れっき》とした罪人である。

だが、まさかこの期《ご》に及んで逮捕、勾留《こうりゅう》されるとは思ってもみなかった。

この日、鴨川《かもがわ》に架かる五条の橋を前に秀郷一行の行く手に立ち塞《ふさ》がったのは狼《おおかみ》のような鋭い眼つきをした痩《や》せた男だった。下野国検非違使《しもつけけびいし》の下人。下野守《しもつけのかみ》・藤原利平《としひら》の命令を受けてしつこく秀郷を追ってきた男である。そして、大勢の同類の者がいた。検非違使庁の下人、放免《ほうめん》(元罪人)のようだ。

狼の眼をした男は不破関《ふわのせき》(岐阜県関ケ原《せきがはら》町)近辺で遭遇し、秀郷を捕縛、殺傷しようとしたが、乙姫《おとひめ》の機転で美濃《みの》国検非違使に連行された。数日を経ずして釈放されたというわけか。

「方々、あの男が下野守に逆らった罪人・藤原秀郷でござる」

男は秀郷を指さして放免たちに宣言し、さらには秀郷に憎悪の感情を向けた。

「先日は小賢《こざか》しくも逃れたが、もはやこれまでだ。悪運尽きたな罪人・秀郷」

狼の眼の男は美濃を発《た》った後、京に入って検非違使庁に事情を説明し、秀郷捕縛を公認され、放免らの協力を得ることもできた。その経緯《けいい》を手短に述べた。秀郷に対し、勝ち誇る気分があった。

放免は十人を超え、それぞれ長鉾《ながほこ》を手にしている。

「これはどうにもならぬ」

多勢に無勢。秀郷がちらっと斗鳥《とどり》の爺《じい》を見ると、落ち着き払っている。その目は自制を求めている。

（ここはおとなしく）

爺の目は確かにそう言っている。

秀郷が放免らに従う姿勢を示すと、従者・佐丸《すけまる》がついてゆこうとした。

「奴吾《やつわれ》はどこまでも御供《おとも》いたす」

「ならぬ、同行は許されない。そなたたちは立ち去られよ」

狼の眼の男が言い放ち、放免たちが長鉾で佐丸の行く手を塞いだ。爺は佐丸を制した。

「佐丸殿、大丈夫じゃ。ここでは騒ぐまい」

そしてあっさりと秀郷を見送る。

「若殿、ご安気《あんき》になされませ」

安心させるためなのか。爺は余裕の笑みさえ浮かべた。

秀郷はしょっ引《ぴ》かれていった。


翌朝。

「馬鹿な。どういうことだ」

狼の眼の男が叫んでいる。朝、来てみれば、罪人・藤原秀郷は釈放されていた。

ここで身柄を預かり、取り調べの上、下野守・藤原利平の前に引き立てていく。そのはずだったとわめいている。

「昨日、しかとこの先の手順を申し上げました」

「上からの指示でな。あいにく、わしにも理由は分からん」

刑部省の獄使、看督長《かどのおさ》は面倒臭そうに答えた。必要があれば後に召喚し、こちらで取り調べ、刑罰も決まるであろう。そのように説明した。今さら下野まで引き立てる必要もない。

「ただの罪人ではござらん。国司、国守に対する叛乱《はんらん》ですぞ」

「あとはこちらでやる。そちは下野にお戻りあれ」

下野でどういう事件があったのか、この獄使は知らぬし、関心もない。あの若造には極悪人っぽい面構《つらがま》えも雰囲気もなかった。

「お国に帰って報告も要るだろうから」

とりあえず釈放の経緯だけは丁寧《ていねい》に説明してやったのだ。国検非違使の下人の分際《ぶんざい》でごちゃごちゃ申すな。獄使はそうした気分であった。


斗鳥の爺が朝いちばんでしたことは秀郷の不当逮捕への非難、抗議ではない。そんなことで時間を浪費しなかった。検非違使庁で実権のある幹部官僚に対して多少の経緯の説明に加え、秀郷の父・藤原村雄《むらお》の経歴、官位官職と京の貴族では誰と知遇《ちぐう》を得ているのかといった事実を伝えた。多少の銭を使い、那須《なす》の砂金を見せた。

「この京での、貴族の間での正当な手続きを踏んだまで。そういうことですよ」

後にこのときを振り返った際、爺はそう説明した。

〈2〉帝のお渡り

秀郷は源唱《みなもとのとなう》（嵯峨《さが》源氏）に連なる侍従《じじゅう》・源通《かよう》の屋敷に起臥《きが》している。

そして唱の家人《けにん》（奉公人《ほうこうにん》）として、唱や家族の身辺警護、屋敷の警備、雑務などに就いた。唱の屋敷には似た境遇の地方豪族の子弟も多い。

地方から上京した者の多くは貴族に奉公しながら京官の下級役人の職を得て、職務に精励《せいれい》している。彼らはそれなりの官位を得て帰国する。箔《はく》をつけるためである。帰国後は在庁官人（国司の現地採用組）、郡司《ぐんじ》（郡衙《ぐんが》役人）に任じられる。地方において最も安定した職に就き、周囲からも一目置かれる。

彼らが京で就く官職は武芸を生かすなら衛府《えふ》である。

それぞれ左右ある近衛府《このえふ》、兵衛府《ひょうえふ》、衛門府《えもんふ》の六衛府。帝《みかど》（天皇）の身辺警護、宮中警備、京の夜間巡回を任務とする軍事・警察組織だ。だから衛府には多くの地方出身者が集まっている。

下野国の罪人とされ、緊急避難として上京した秀郷は官職に就かず、源唱の奉公人として私的な活動をもっぱらとした。

秀郷が唱の屋敷で奉公していたある晩。

「帝のお渡りなるぞ」

「帝のお渡りじゃ」

屋敷を警護する者たちの動きが慌《あわ》ただしくなる。

「あれが……、帝か……」

秀郷は興奮し、その感慨が言葉として口から出た。下野に居ては一生体験することはないであろう興奮である。何しろ帝である。

「あれが……、帝の乗る御牛車《みくるま》（牛車《ぎっしゃ》）」

「よくご覧あれ。御牛車ではない。御輿《みこし》じゃ」

同輩《どうはい》の者に指摘された。

「帝は牛車には乗らぬ」

別の同輩が付け加えた。

「何故《なにゆえ》でございますか」

「万一、牛が暴れては危なかろう」

「なるほど」

だが、上皇は牛車に乗るというし、貴族も乗る。もともと牛車は高い身分の者が乗るものだと思っていた。

そして、唱の家宰《かさい》の者に指示されるまま大勢の同輩とともに輿《こし》の後ろを警護する。輿は公式行事用の鳳輦《ほうれん》ではなく、葱花輦《そうかれん》。屋根にねぎぼうずの形状をした金色の珠《たま》を据え、「なぎの花」とも呼ばれる輿である。

確かに近づくと大勢の人が担いでいることが分かる。それにしても牛車の屋形（乗車部分）のように大きく、簾《すだれ》で囲まれている。よって、お姿そのものを直接見たわけではない。それでも秀郷は帝の神々《こうごう》しさを感じた。

何故だか自分でも分からない。屋敷の人々が御輿を迎えて急に畏《かしこ》まり、厳粛な雰囲気になったためであろうか。実は、これまで帝を意識したことはなかった。だから予想もしなかった自身の感慨に驚いていた。

輿が止まると、その場でしばらく頭を下げたままの姿勢でいなければならない。その姿勢のまま視線を少しだけ上げてみたが、簾が巻き上げられる様子がちらっと見えただけで帝の姿は見えない。

帝は醍醐《だいご》天皇と追号《ついごう》される。御年《おんとし》三十二歳、在位二十年目の名君という。

「三つとなる皇子《みこ》・高明王《たかあきらおう》さまかわいく、愛《いと》おしく思《おぼ》し召されてのお渡りか」

「高明王さまの祖父、唱さまも鼻が高かろう」

屋敷の者たちもどこか華やいだ気分を出している。帝の行幸《ぎょうこう》も初めてではないが、名誉には違いない。秀郷の興奮の態《さま》を見て、微笑《ほほえ》み、説明を始める者もいる。

「唱さまご息女《そくじょ》、周子さま、更衣《こうい》（後宮《こうきゅう》）として宮中に上がり、帝のご寵愛《ちょうあい》深く……」

周子はこれまでに十三歳となる勤子内親王《ないしんのう》を筆頭に内親王三人、親王一人を産み、さらに二年前（延喜《えんぎ》一四年）、醍醐天皇第十二皇子となる男子を出産した。

この皇子、高明王こそが四年後、七歳で臣籍降下《しんせきこうか》し、その後、秀郷やその子息とつながりが深くなる源高明《たかあきら》である。

〈3〉道真公の祟り

「そうですか。帝の御輿を、お渡りをご覧に……」

「はい。ともかくも帝の御輿を警護奉《たてまつ》り……。よい土産話になりましょう。京に来たかいもありました」

秀郷は、帰郷したら大いに自慢してやろうという気持ちだ。

「それは、それは……」

源通は侍従であり、いわば帝の秘書。帝の日常の姿を知る立場にある。姿を見たわけでもないのに、これほど興奮する秀郷には新鮮さを感じた。

侍従は帝の政務、事務を補佐する中務省《なかつかさしょう》の役人。長官の中務卿、次官の大輔《たいふ》、少輔《せふ》の下で、従五位下《じゅごいのげ》相当の役職だ。地位を利用して権勢をほしいままにできるほどの実権はない。側近には違いないが、事務的な補佐の色合いが濃い。帝の実質的な秘書の役割は令外官（律令に規定のない官職）である蔵人《くろうど》に取って代わられている。

それでも中央官庁で最も重要な省庁に籍を置く中級官人。秀郷にとって、京では大いに頼りになる存在だ。

しかも一族の源唱の息女が帝の寵愛深く、帝の子を五人も産んでいる。

「唱さまの孫・高明王さまも、ゆくゆく皇位継承者のお一人となるのでしょうか」

「いや」

源通の答えは否定だった。

「帝には女御《にょうご》、更衣《こうい》が二十人近くおるでしょうか……。皇子だけでも十人を超えています。東宮《とうぐう》（皇太子）はあくまで保明親王《やすあきら》。高明王は皇籍を離れることになるのではないかと……」

「そうなのですか」

保明親王は十四歳。母は藤原基経《もとつね》の娘・穏子《おんし》。立太子の後ろ盾となった親王の伯父《おじ》、藤原時平《ときひら》（基経長男）は親王の行く末を見定めることなく死去したが、時平の弟・忠平《ただひら》（基経四男）が右大臣として政権首座にあり、藤氏長者《とうしのちょうじゃ》（藤原氏本家の棟梁《とうりょう》）として君臨している。

藤原北家《ほっけ》主流、すなわち摂関家《せっかんけ》、藤氏長者の意向が皇位継承者を決める。これが現実であり、それ以上の影響力を行使できる皇族、貴族はいない。

藤原氏主流に対抗しようという勢力さえいない。

対抗勢力となりかけたのが嵯峨源氏であろうか。

百年前、嵯峨天皇の皇子たちが臣籍降下し、始まった嵯峨源氏は二十代で右大臣に上った源常《ときわ》や、左大臣まで上った兄の源信《まこと》、やはり左大臣として太政官首班に立った源融《とおる》といった面々がおり、参議も数多く輩出。藤原北家と並ぶ勢力を誇ったこともある。

嵯峨源氏は一字名が特徴である。この一字名は二字名が定着していた時代、中国風の風習を好む嵯峨天皇が皇子、皇女に一字名を付けたのが始まりだ。

その嵯峨源氏の勢いも陰りがみえている。

源唱は国政を統括する太政官の一員である右大弁《うだいべん》。正四位下。嵯峨天皇の孫であり、嵯峨源氏の有力者には違いない。既に高齢で、これ以上の昇進もないし、藤原氏に対抗して孫を皇位に立てようという野心もない。今、そういう野心を持つことこそ危険。多くの貴族は藤原氏主流に媚《こ》び、取り入り、少しでもましな官位官職を得たいと汲々《きゅうきゅう》としている。

「いやあ、高明王さま幼くして聡明。むしろ、皇族を離れ、のびのびとご成長されたらよろしいでしょう」

そう言いながら源通は少し話題を変えたくなった。

「今、京では菅原道真公の祟《たた》りの話題で持ち切りでございます」

「道真公の祟り……、ですか」

秀郷は入京初日の一夜を明かした牢格子で出会った壮年の下級貴族を思い出した。

源通はすらすらと物語る。

三年前の延喜一三年（九一三年）、右大臣・源光《ひかる》（仁明《にんみょう》天皇の皇子）が鷹狩《たかがり》に出かけた際、泥沼で溺死《できし》した。遺体が見つからぬという怪異だった。延喜九年

（九〇九年）に三十九歳で病死した藤原時平の話もぶり返され、道真公の祟りと大騒ぎになった。

　道真左遷の処分が決まった際、異を唱えようという宇多《うだ》法皇の参内を阻止するため、内裏《だいり》の門を閉じさせた藤原菅根《すがね》（藤原南家《なんけ》）も延喜八年に雷に撃たれて死去している。

　菅原道真。

　英明博識をもって宇多天皇、醍醐天皇に重用され、門閥《もんばつ》の生まれでもない儒家《じゅか》でありながら右大臣まで上り詰めた。学者政治家として異例の出世といえる。

　だが、左大臣・藤原時平の策謀で昌泰《しょうたい》四年（九〇一年）、大宰権帥《だざいのごんのそつ》に左遷《させん》された。九州総督ともいうべき高官だが、権官《ごんかん》、員外帥の待遇で、職掌《しょくしょう》もなく、俸給《ほうきゅう》もなく、住居は荒れた廃屋《はいおく》をあてがわれ、わびしい生活を送った。まさしく罪人の扱い。二年後に死去した。

　源通が今、話題に上げた人々は道真公左遷の関係者。時平は道真のライバルであり、源光は道真左遷で右大臣のポストを得た。

　彼らの怪死だけではない。

「昨年（延喜一五年）一〇月の疱瘡《ほうそう》大流行も道真公の祟りと噂《うわさ》される始末」

　このころ、平安京ではたびたび伝染病の発生や洪水などの自然災害、火災、不作による飢饉《ききん》などの災いが続き、貴族社会を震撼させた。怨霊の祟りと結びつけられることも多い。


　このような雑話でしばし時を費やした後、「ところで」と斗鳥の爺が切り出したのが秀郷配流《はいる》（流罪）命令の一件である。この決定を公式にひっくり返してもらうか、うやむやにさせるか。どちらがいいのかということである。

「全く話題に上がっておりませんので気になさることはござりませぬ。下野守にせっつかれて沙汰《さた》を出したといっても現地任せ。藪蛇《やぶへみ》になりゃしませんか」

「藪蛇？」

「はい。藪には蛇（ヘビ）がおります。突《つつ》けば出てきましょう」

　そこに、顔の丸い娘が部屋に入ってきた。

「娘の都乎《みやこ》です」

　源通が紹介し、都乎はおしとやかな小さな声で「お茶をどうぞ」といい、秀郷、斗鳥の爺らの前に順々に湯呑み碗《わん》を置いていく。色の付いた湯が湯気を立てている。源通が解説した。

「茶をご存じですか。京では寺院などで飲まれている貴重品ですぞ。飲むと何か力が湧いてくるような不思議なものでございます」

「あちっ」

秀郷らが恐る恐る口にする間、源通は話を続ける。

「あ。うまい」

「こりゃあ、玄妙《げんみょう》美味《びみ》ですな」

「そうでしょう。いやあ、よかった。ええと藪蛇でしたな……。藪蛇」

秀郷や爺が感嘆の声を上げ、源通は一瞬、笑顔で返したが、話の方は構わず続けた。唐突な下世話《げせわ》である。

「小一条というのは宗像《むなかた》神社のあるところですが……」

夏のころ、近衛《このえ》大路を歩いていた若い女がどうにもこらえきれなくなり、土塀に向かってしゃがみ込み、小用をたした。だが、供の童女《わらべめ》が声を掛けても立ち上がらず、二刻（四時間）も過ぎた。立ち寄った男が不審に思い童女に事情を聴いた。見てみると、土塀の穴から大きなヘビが女を見守っている。「さてはこのヘビが女を見て欲情をおこし、女の正気を失わせてしまったか」。男は剣《つるぎ》を穴の口へ突き立て、従者に女の身体を持ち上げさせた。ヘビは突然、穴から飛び出し、真っ二つ。急に女が立ち退《の》いたので、剣にも気づかず飛び出した。ヘビの心は何とも恐ろしいものである……。されば、このような藪で用をたしてはならない。これは、実際にこのありさまを見た者たちが語ったのを聞き継いで、語り伝えているということである。

（『今昔物語集《こんじゃくものがたりしゅう》』第二十九巻第三十九話）

静観した方がいいとのアドバイスだったのか、最近聞きかじった話を披露したかっただけなのか。自分でも分からなくなった源通は首を竦《すく》め、失敗を認めた。

「どうにも何の話だが……。すみません」

都乎の目も父を非難している。

「あは……は。ふうむ」

秀郷は笑おうとして、笑えず、戸惑うしかない。

「ま……。用をたすわけではないが……。藪は突かぬよう用心しましょう」

「京ではとかく、このような噂話が次から次へと出てきまして……」

源通は弁解した。藪は突かぬにしても、とりあえず藤氏長者・藤原忠平卿のお墨付きがあれば、何より。

源通は面会の労を取ってくれることになり、秀郷と爺は謝意を示す。あとは爺と源通が大人のやり取り。

「よろしく、お頼み申します」

「そちらは何とかいたしましょう」

「あとは賄賂《まいない》ですな」

「そう。それは時機《とき》と相手が問題ですな」

〈4〉都大路の再会

都大路《みやこおおじ》の賑《にぎ》わいは華やかである。

右京、左京に市がある。いずれも七条大路、東西の大宮大路に面した平安京の南側。下野では薬師寺南に立つ門前市などがあるが、十日に一度。毎日市が立つというのは、さすが京だ。

「ほお、いろいろと市には物が溢《あふ》れているな」

秀郷は従者・佐丸を連れ、きょろきょろと田舎者らしさ丸出しで歩いた。

平安京の東西の市。左京の東市が出店数、品数とも多い。市に並ぶ商品は、冠のための羅《ら》（薄織物）、巾子《こじ》（頭頂部）、幞頭《ぼくとう》（頭巾）や縫衣《ほうい》（袖の下から両脇を縫った衣服。儒者の服）、帯、糸、綿、布、木綿《もめん》、櫛《くし》、太刀、鉄、針、玉、薬、漆《うるし》、紙、塩、墨、弓、米など。

貴族用の衣類関係が多く、庶民の生活のための品は少ない。また税として朝廷に納められた品々も並ぶ。換金、または米や別の品に替えるためであり、各店舗に立つのは商人よりも下級官吏やその配下の者が多い。市司《いちのつかさ》が監督、物価も統制していた官制の市である。

また、銅銭《どうせん》での売買もあるが、貴族でさえ俸禄《ほうろく》として支給された米や絹、布で生活必需品を得る物々交換が中心。もう少し時代が下れば、商人中心に銭《ぜに》が飛び交い、売り子の呼び声が交差する市らしい市になっていく。


一角の辻に何やら人だかりがあり、騒がしい。気になって近づいた。

「若い貴族たちの喧嘩《けんか》か」

珍しくもない。立ち去ろうとした瞬間、眩《まぶ》しい反射光が目に入った。一人が剣を抜いたのだ。

「あのお方……、もしや」

秀郷が駆け寄って間に入る。四人の若い貴族と一人の壮年貴族との口論。双方ともかなりの剣幕だが、若い貴族たちは昼日中《ひなか》から酔《よ》っている。壮年貴族は秀郷より十歳程度齢上《としうえ》に見えたが、むしろきびきびとした溌剌《はつらつ》さがあった。

だが、多勢に無勢。溌剌としていても壮年貴族は殴られ、蹴られ、どうもやられっぱなしのようだった。

剣を手にした若い貴族が叫ぶ。

「この者は人の姿をした物《もの》の怪《さとし》（妖怪）なり。怪《あや》か士《し》なり。成敗してくれる」

大振りに剣を振り回し、見物の野次馬《やじうま》が後ろに退《ひ》いて円になる。

「きゃあー」

円は徐々に大きくなり、悲鳴も上がった。

「やめよ、やめよ。剣を抜くとは危ない」

若い貴族は間に入った秀郷を睨《にら》みつけた。

「おぬし、東夷《あずまえびす》だな？　古臭い貧しげな格好《かっこう》をしとると思ったが……。ともに成敗《せいばい》してもよさそうだな」

貴族というのは、人を見た目で峻別《しゅんべつ》する能力に長《た》けているようだ。東夷という言葉に東国の武人を無骨《ぶこつ》で粗野であると嘲《あざけ》り、蝦夷《えみし》と同一視した京貴族の感情、差別感が表れている。

「四人で一人をいたぶるは不埒《ふらち》な振る舞いと存ずる」

むっとした秀郷が言い返した。それに若い貴族の仲間が反応。

「中将さまの腕前、拝見」

「おう、やれやれ」

仲間に煽《あお》られた中将は秀郷を見下した態度を強める。

「鄙《ひな》（田舎）の連中が京に上り、野蛮の風《ふう》を持ち込みおって……。どん臭いこと、この上ないわ」

しかるべき貴族の引きによって官位を得ようと、地方豪族子弟が貴族の家人として奉公している。貴族とも庶民とも違った風体は見た目ですぐ分かる。それがこの若い貴公子にとって目障《めざわ》りのようだ。

中将と呼ばれた若者の目は人を斬りたくてたまらないような、稚《おさな》い悪鬼の気分が見て取れる。しかも仲間は止めるどころか煽っている。秀郷からみて少し齢《とし》下《した》のようだ。身なりもさっぱりしているが、酔っているせいか目が濁《にご》っている。

「東夷なら遠慮《えんりょ》はいるまい」

中将はまさに斬りかかってくる勢いを示す。秀郷は仕方なく腰の刀を抜いた。悪路王にもらった蝦夷の刀・舞草《もくさ》刀を参考に地元の鍛冶《かじ》が鍛えた軽くて丈夫な細い湾刀《わんとう》である。

それにしても、この若い貴族たちは細っこい。男の身体とも思えないほど骨細《ほねぼそ》で華奢《きゃしゃ》だ。口の方は達者であった。

「いっちょ前に剣を持っとるかと思ったら、曲がっておじゃるな。ふははは」

「使い古し、曲がってしまったか」

「中将さまの剣は真っ直ぐ。真っ直ぐなお人が強かろう」

若い貴族たちが嘲笑《ちょうしょう》している。冗談ではない。鍛《きた》えたばかりの新品である。中将は剣を提《さ》げていたところをみると、いずれかの衛府《えふ》（近衛府、兵衛府、衛門府）の者とみられ、その若さで中将とは名門貴族の子弟であろう。まさか、「衛府の太刀」である毛抜形太刀《けぬきがたたち》を知らぬはずもあるまい。毛抜形太刀も湾刀であり、蝦夷の刀を参考にした日本刀の原型。恐らく、実用の意味を知らず、「蝦夷、夷俘《いふ》（俘囚《ふしゅう》）の太刀」と思っての嘲りであろう。

この礼儀知らずの者どもを懲《こ》らしめたいが、まさか斬ってしまうわけにはいかない。

中将の振り回す剣を二、三振りかわすと、中将は肩で息するようになった。

その隙《すき》を見て、中将の剣を打ち払い、がら空きとなった正面に飛び込んで手元を狙った。打つ瞬間に刀身を返し、峰で手首をたたく。中将は剣を落として、あっと声を上げた。早業《はやわざ》。野次馬からは拍手喝采《かっさい》。

「おのれ、東夷め」

剣を拾おうとかがんだ中将の顔の前に切っ先を突き付けると、中将は無様に尻餅をつき、「おおっ」と声を上げた。

「さ、参りましょう」

壮年貴族を連れ、立ち去った。長居は無用。背後からごちゃごちゃ言っているのが聞こえたが、追ってくるわけではない。負け犬の遠吠えである。

「やはり、あなたさまでありましたか。ちらとお見かけしたとき、そうではないかと」

「おお、いつぞや牢格子で出会った東国の若い方でござったな。危ういところまことにかたじけなく。あの連中に斬られるところでした。まさに命の恩人。礼を申し上げます。柏崎光徳《かしわざきこうとく》と申します。貴殿は?」

「失礼。下野の住人、藤原藤太秀郷です。命の恩人は大げさです。いかなるわけで、あのような騒ぎに？」

「あの者たち、菅原道真公の怨霊を退治すると、わめいておりましたので咎めましたところ、口論となった次第。四人がかりで殴る蹴るの乱暴。それでも当方が彼らの非を申し述べましたところ、今度は剣を出して……」

「そのような乱暴者、相手にせず、見ぬふりしてやり過ごせば……」

「道真公の悪口とあらば、黙っておられませぬ。正義ある者なら誰でもそうでありましょう」

「正義……。ですか……」

「道真公の正義を信じぬとでも？」

「道真公の噂、聞いておりますが……。関係の方々の怪死や疫病、大水、飢饉など祟りとの噂しきり。悪霊と騒ぐ、あのような手合いも出てきましょう」

「道真公が悪霊なぞと、あり得ませぬ。お命助けていただいた御方《おんかた》なれど、これだけは申し上げる」

光徳は丁重《ていちょう》に一礼し、立ち去った。佐丸は青筋立ててその背を睨む。

「若殿に助けられたというのに、何とも憎らしいお方ですな」

「いや、誰に対しても信念を曲げず……。あの信念は羨《うらや》ましい」

源通の屋敷に戻った秀郷の話を聞いて都平が頷《うなず》く。

「最近とみに噂の方々。悪霊、物の怪を退治すると息巻いている御曹司《おんぞうし》の方々ですね」

京では不思議なことを何でも怪異、怨霊、物の怪に結びつける。最近、怪異譚《かいいたん》を面白おかしく講釈する者もおれば、怪異を聞いて怖がる姫の前でいい格好をしようと、怨霊や物の怪を退治したと吹聴《ふいちょう》する若い貴族もいる。現実逃避の傾向が強まり、話は面白く、恐ろしく、派手な方が注目される。真実かどうかは誰も分からない。

「麿《まろ》も道真公の祟り、怨霊は恐ろしいのですが……」

こう前置きした上で、源通も怪異を弄《もてあそ》ぶ風潮に溺《おぼ》れる者の非常識を非難した。

「怪異を遊び半分に話し、聞き……。貴公子といえども、ものごとを真面目《まじめ》に考えているとは思えませんな。悪乗りの度合いもひどいようで……」

肝試《きもだめ》しと称し、空き家に侵入し、夜の辻で仲間ばかりか見知らぬ人までも脅かし、夜な夜な嬌声《きょうせい》を挙げるなどの奇行に及ぶ。

「全くもって世も末ですな」

〈5〉右大臣・藤原忠平

このころ、政治を動かしていたのは右大臣・藤原忠平と宇多法皇であった。両者の駆け引き、コントロールのもと、醍醐天皇が君臨している。

秀郷が醍醐天皇を名君だと感じていたのは周囲の影響であり、確固《かっこ》たる根拠を持っていたわけではない。

醍醐天皇と皇子・村上天皇の御代《みよ》は、後に「延喜《えんぎ》・天暦《てんりゃく》の治《ち》」といわれた天皇親政《しんせい》の時代。約四百年後、後醍醐《ごだいご》天皇が「建武《けんむ》の新政《しんせい》」で範とした。武家政権「幕府」はもちろんなく、院政もなく、摂政《せっしょう》・関白《かんぱく》を置かず、理想の政治像として神聖視《しんせいし》された。

だが、それは実際以上に理想視した後醍醐天皇の見方。実態は藤原忠平のほぼ関白といえる権勢と宇多法皇の事実上の院政が併存している状況だった。

忠平は後に左大臣、太政大臣へと上る最高実力者。このときは摂政・関白の地位になくても政権首座であることに変わりはない。醍醐天皇と村上天皇の間、朱《す》雀《ざく》天皇の時代には摂政・関白を務める。兄・時平にも増して政治立案・実行能力や調整能力に優れ、長く権力の中心に座った。

時平はライバル菅原道真を政争の末、失脚に追い込んだ。若くして栄達し、貴公子然《きこうしぜん》とした風格にエリート意識もあり、政治改革にも意欲的だった。半面、政敵には強い態度で臨んだ。

忠平は兄・時平の轍《てつ》を踏まず、政敵との衝突を避け、慎重に政権運営を進めた。少し地味でもある。兄とは違い、道真とも良好な関係を保った。だが、そこにはしたたかな思惑も秘められていた。

もう一人の実力者、宇多法皇。

一時期、臣籍降下し、源定省《さだみ》（定省王）と称した。皇位への道は閉ざされていたが、父帝・光孝《こうこう》天皇の意を酌《く》んで皇族復帰させ、即位に尽力したのは藤原基経《もとつね》（時平、忠平の父）だ。

「基経の恩を忘れるな」

これが父帝の遺言だった。

だが、「阿衡《あこう》事件」（八八七～八八八年）で基経としこりを残し、藤原北家以外からも人材を重用する。阿衡事件は二十一歳で宇多天皇が即位し、基経を関白に任じた際に起きた政局事件だ。形式として辞退した基経に対し、再度出した詔勅《しょうちょく》に「阿衡之佐《たすけ》をもって卿の任とすべし」との一文があった。

阿衡は摂政関白の異称で、古代中国・殷《いん》王朝で宰相をそう称したともいう。

だが、儒学者・藤原佐世《すけよ》（藤原式家《しきけ》）が基経に媚《こ》び、「阿衡は位貴《たか》くも職掌なし」との見解を示す。地位は高いが、職務はない。「それなら」と基経は政務を放棄。不用意な文言が気に食わないための当てつけである。結局、勅書《ちょくしょ》は撤回され、文案を起草した左大弁・橘広相《たちばなのひろみ》は罷免。基経の横車に宇多天皇が屈服した形となった。基経死後、藤原佐世は陸奥守《むつのかみ》に任じられ、中央政界から追放された。宇多天皇はよほど腹に据えかねていたのだろう。

「誰の力で天皇の地位に就けたと思っておられるのか」

「図《ず》に乗るなよ」

基経、宇多天皇の胸中は、互いにそんな心持ちだったか。

阿衡事件を軟着陸させたのが菅原道真。時平を説得し、政務復帰させた。宇多天皇は道真を登用し、その才能を頼った。醍醐天皇への譲位の際も道真重用を言い残している。

道真失脚と時平の死を経て忠平が台頭。こうした経緯もあり、醍醐天皇をコントロールする上で忠平と宇多法皇の関係は微妙といえる。ただ、互いに決定的な衝突を避けている。

宇多法皇は譲位してなお、政治への意欲に溢《あふ》れ、威厳もある。ありすぎて『今昔物語集』『宇治拾遺《うじしゅうい》物語』には次の物語がある。

河原院《かわらのいん》は京都・賀茂川に面した六条坊門の南、万里《までの》小路《こうじ》の東にあった左大臣・源融の広大な邸宅。陸奥・塩釜《しおがま》の浦の風景に似せて庭を造り、尼崎《あまがさき》から海水を運んで塩焼きもするなど随分と凝っていた。源融は嵯峨天皇の皇子で、『源氏物語』（紫式部《むらさきしきぶ》）の光源氏のモデルの一人とされる。政権首班の座についたこともあり、藤原基経の台頭でこの邸宅に引きこもったときもあった。

それはさておき、融の死後、遺族が河原院を宇多法皇に献上した。法皇は寵姫《ちょうき》・京極御息所《きょうごくみやすどころ》褒子《ほうし》（藤原時平の娘）を住まわせたともいわれる。

ある夜、法皇が気配に気付く。きちんとした装束で太刀を腰につけ、笏《しゃく》を手にした者が二間（三・六メートル）離れて跪《ひざまず》き、畏まっていた。

「そこにいるのは誰か」「この家の主《あるじ》の翁《おきな》でございます」

「融の大臣《おとど》か」「さようでございます」

「どういう用であるか」「わたくしの家でございますから、このように住んでおりますが、院（宇多法皇）がおいでなさいますので畏《おそ》れ多く、窮屈《きゅうくつ》に存ずるのでございます。いかがいたしたら、よろしゅうございますか」

源融の怨霊が自分の家だと主張しているのである。

「それは合点がいかぬことぞ。他人の家を奪い取った覚えはない。お前の子孫が献上したから住んでいるのだ。たとえ、ものの霊であるといってもものごとの道理をわきまえず、なぜそんなことを言うのか」

法皇は怨霊を一喝したのである。融の霊はかき消すように見えなくなり、二度と現れなかった。

この話を聞いて人々は法皇を畏れ敬《うやま》った。「やはり御門《みかど》（法皇）は普通の人とは違っていらっしゃるお方だ。ほかの人では大臣の霊に向かって、こうもすくやかに（物怖《ものお》じせず）言うことはできないだろうよ」

（『今昔物語集』第二十七巻第二話）

源通の奔走で、秀郷は小一条の大臣・藤原忠平との面会がかなうこととなった。

小一条は近衛の南、東洞院《ひがしのとういん》の西。

秀郷一行は取り次ぎの郎党から庭で待つように案内された。貴族の屋敷だというのに庭の隅では弓矢の稽《けい》古《こ》をしている者がいる。中には少年も交じっている。何の気なしに見ていたら見知った顔だった。

「あっ」

少年は平貞盛《さだもり》（平太）とその従兄弟・平将門《まさかど》（小次郎）。東山道での一件もある。あのときは京への道中だったのか。しかし、なぜここに……。

つかつかと歩み寄り、将門が叫ぶ。

「この者を知っておる。下野の罪人である」

「やめよ、小次郎。藤太さま、ご無礼を。われらは小一条の大臣の家人として奉公に上がっております」

貞盛が間に入ろうと前に出た。だが、将門は構わず、刀を構えたまま、こちらに向かってくる。

「引っ捕らえてわが手柄の初めとしたい。皆さま手出しは無用」

（まさか、この場で……）

秀郷は刀を抜くことができない。

「抜かぬならば、討ち取るまで」

将門は刀を振り、秀郷はこれを避けるしかなかった。

貞盛はやめよ、やめよと慌てているが、周りの郎党は刀のやり合いとは珍しい、ぜひ見たい、鶏合《とりあわせ》（闘《とう》鶏《けい》。雄鶏《おんどり》を戦わせる遊び）より面白そうだと、遠巻きに見物を楽しんでいる。これでは埒《らち》が明かない。秀郷は刀を抜かぬままの鞘《さや》で将門の一撃を受け止め、鞘をつかんだ両手を回して組み伏せた。将門は背を地面につけた。

「尋常に勝負せぬとは卑怯《ひきょう》なり」

将門は立ち上がり、なおも構え直そうとした。しつこいな。秀郷は辟易《へきえき》した。

「やめよ」

威厳に満ちた声が響いた。

大音声《だいおんじょう》ではない。むしろ低く静かな声であった。が、その場の雰囲気はきゅうっと引き締まった。庭にいた郎党全員が片膝《かたひざ》でしゃがみ、頭を下げた。将門、貞盛も同様である。老壮の家来を何人か従えて出てきたこの人が忠平であることは明らかだ。秀郷一行も同じ姿勢をとった。

「小次郎。いや将門。剛毅《ごうき》な戦いぶり、頼もしい。だが、まだまだ強い相手はおるようだな」

将門に声を掛けた後、秀郷の方に向き直った。

「そなたが藤原秀郷殿か。失礼をいたした。小次郎は初冠《ういこうぶり》（元服）間もなきにて、童《わらべ》の如く。許してやってはくれぬか」

「はっ。畏れ多きお言葉」

秀郷は短く答えたが、将門は平伏しながらも自分の主張を続けた。場もわきまえず、自分の言いたいことを腹に収めてはおけぬところが、いかにも子供っぽい。

「違うのです。この者は罪人として追われておる者。吾《われ》は捕らえて、しかるべきところに突き出そうと考えたのです」

将門の物怖じせぬ直答に家来が青くなったが、忠平は構わず、将門を叱《しか》った。

「もしそうであれば、それは国司、検非違使に任せておること。わが家とは関係ない。ここには客人として招いておる。無礼を詫《わ》びよ」

「はっ……。秀郷……。さま……。申し訳ございませんでした」

将門は、拗《す》ねた感情を隠さぬまま、不本意な謝罪の言葉をつないだ。


秀郷は下野での一件を言上。また、自らについては藤原北家・魚名《うおな》の子孫であり、魚名の子、藤成《ふじなり》が下野国に任官、その後、三代にわたり下野国に住み暮らしていることを説明した。だが、忠平は罪状の件には触れない。

自分が判断することではない、という態度だ。地方の事件は担当すべき者がしかるべく取り計らえばよい。秀郷の出自についても公平さを強調しただけであった。

「藤原につながる者であろうとなかろうと、また、わが身に親《ちか》しかろうが、そうでなかろうが、何の肩入れもできぬし、ことさら不利に取り計らうものでもない。これでよろしいか」

縁台に立ち止まった忠平と庭で跪いて応じた秀郷のわずかな時間の対面だった。忠平は立ち去り、郎党が「遠い親戚か」と呟《つぶや》いたのも聞こえた。


藤原北家嫡流・藤氏長者との結び付きを強める思惑だったが、あてが外れた。

見かねた貞盛が秀郷に駆け寄った。

「藤太さま、お許しを。小一条の大臣《おとど》はお忙しいお方。政治《まつりごと》に私情を挟まれるのを嫌われ、ご親類、一門の方々を遠ざける傾向にあるのも確か。公平になさろうとしているのでござるが……。他意はござらん。冷たい人ではござらん。先ほどの小次郎へのお声掛けもまるでわが子のようであったでありましょう」

将門は不貞腐《ふてくさ》れたまま。こちらに目を合わせようとはしない。

「いや、今を時めく忠平卿。ご尊顔を拝しただけで満足。何もかも別世界の御方なれば、この機会を得たことだけで僥倖《ぎょうこう》といえましょう」

（そして、藪から蛇が出なかっただけでもよしとしなければ）

そう思うのであった。


貞盛、将門の二人はしばらく、京に住み暮らし、貴族社会でひとかどの武人として名を成し、立身出世を目指すという。

彼らは忠平によって「滝口の武者」に推挙されている。滝口の武者は内裏の警護にあたる。宮中の治安維持にも駆り出される。寛平《かんぴょう》九年（八九七年）、宇多法皇が天皇の地位にあったとき、弓射に優れた者を選んだのが始まりで、清涼殿《せいりょうでん》の北、御溝水《みかわみ》の落ちる滝口近くに詰め所があった。年若い貴族、地方出身の豪族の子弟らにとってエリートコースでもある。年齢が達すれば官位も与えられる。武芸の鍛錬も怠らない。

貴族社会の中では武芸は特殊技能の一種であり、明法家《みょうぼうか》（法律家）、文章博士《もんじょうはかせ》、陰陽師《おんみょうじ》などと並び、専門職と捉えられていた。

〈6〉**妖怪・牛鬼**

源通の娘、都平《みやこ》は秀郷の一つ下といい、何くれと世話を焼いてくれる。気遣《きづか》い細やかである。丸い顔と丸い目がかわいらしい。

（さすが、京の姫はおしとやかな）

秀郷の第一印象であった。だが、それは最初だけ。屋敷に来た一日、二日、無口でこちらの問いかけに頷くだけだったが、すぐに主導権は取って代わられた。ありがたいが、女房気取りな感じもする。

「そのようなことは自分で。姫の手をわずらわせては申し訳なく……」

秀郷が遠慮しても、なおいっそうかいがいしく振舞う。

「それでは父上に叱られてしまいます」

また、京の話をあれこれとしてくれるのは助かる。父同様の、いやそれ以上の噂好きなのか、話題が豊富であった。豊富すぎて、うっかりすると大事件もさらりと聞き逃すことになる。

「先日、お話申し上げた物の怪を退治するといっていたお若い御曹司の方々ですが……」

「ああ、あの人たち？」

齢上の下級官吏、柏崎光徳を救う際、懲《こ》らしめた連中である。

「殺されてしまいました」

「何！」

三条大路の北、東洞院大路の東の隅の辻で四人とも惨殺体となって発見された。京はその話題で持ち切りであった。鋭利な刀ですっぱりと斬られたような痕《あと》があり、鮮血に染まっていた。

「ああ、恐ろしい。調子に乗っているから物の怪を呼び寄せてしまったのですわ」

噂をすれば影が差すという。

夕闇の濃くなった逢魔《おうま》が時《とき》。訪ねてきたのは貞盛であった。

怪異好き御曹司たちの惨殺事件を聞いて将門が飛び出した。藤原忠平の次男・大徳（師輔《もろすけ》九歳）にせかされ、鬼退治、物の怪退治と息巻いている。もう一人、三男・師保《もろやす》七歳（幼名不明）も一緒。すなわち将門は幼な子二人を連れ、物の怪退治に飛び出したというのである。幼君に命じられた側面もある。

「ご助力を。みなで後を追いましたが、もし本当に物の怪に出くわしたら……。藤太さまの腕に頼るしかありません。もし本物なら……」

なぜそうなるのか分からないが、頼まれて断るわけにもいくまい。

都平はややきつい目線で睨み、反対した。

「危ないからおやめください。逢魔が時に出ていくなど」

逢魔が時は魔が跳梁跋扈《ちょうりょうばっこ》する。本当に物の怪と邂逅《かいこう》するかもしれぬ。だが、物の怪退治と口走る少年と幼な子を捜すのだから、もとより承知でなければならない。ここは自分も怖がっているとは思われたくない。

「よかろう。行ってみよう」

制止する都平を振り切って、秀郷は貞盛とともに屋敷を飛び出した。すると都平も後を追ってきた。

「姫。どうかお屋敷でお待ちになってください」

「心配なのです」

都平はじっとしていられない性分《しょうぶん》のようだ。

暗くなり、すっかり人通りもないが、平安京東側、左京は貴族の邸宅も多い。

「三条大路の北、東洞院大路の東の隅が鬼殿。悪所でございます」

松明《たいまつ》を照らしながら貞盛が説明する。

「暗くなり人気《ひとけ》がないとはいえ、この辺《あた》りは大きなお屋敷も並ぶ。本当に鬼など出るのか」

「空き家もあります。鬼が住んでいるのかもしれません。昔、雷に撃たれた男の霊が長いこと住み続けている家もあるらしいのですが」

貞盛の説明を聞きながら、歩を進めた。

「都大路を歩いていつも思うのだが……」

「はい、何でしょう」

「まるで碁盤《ごばん》の目のようですな」

「はい、その通りです」

秀郷の観察眼はさらっと素通りされた。

若い貴族たちの遺体が発見されたのがこの辺り。忠平の幼な子を連れた将門もここら辺《へん》に来たはずである。

「こんなところでは鬼よりも強盗、辻斬りの心配をした方がよさそうだ」

「ぎゃぁー」

叫び声が聞こえた。かなり近い。秀郷、貞盛は声のする方に走り寄り、都乎もその後を追った。

「こ、これは……」

月明かりの下に大きな化け物がいた。

将門の後ろ腰にしがみつき幼な子二人が震《ふる》え慄《おのの》いている。郎党の者どもが遠巻きに取り囲むが、近づこうとしない。数人が持つ火の明かりで既に一人倒れているのが分かった。貞盛、秀郷が同時に声を上げた。

「牛鬼！」

「異様すぎる」

頭は牛で大きな角を二本持ち、蜘蛛《くも》のような形態。姿勢は低いが、身体は牛より大きい。足は六本で、この足先は牙《きば》のように鋭い。

この鋭い刃《やいば》のような足で怨霊バスターズを気取った若い貴族や将門を追ってきた郎党を斬ったというわけか。

「こやつは生肉を好むため、家畜《かちく》を食らい、性格も残忍《ざんにん》、獰猛《どうもう》」

貞盛が牛鬼について解説を付け加えたが、この場ではあまり役に立たない。危険なのは見れば分かる。

秀郷は太刀を抜いて将門のそばに立った。

「助太刀《すけだち》でござりますか」

「要《い》らぬか」

「いや……」

貞盛と都乎はそのすぐ後ろで、幼な子二人を守るように抱きかかえた。

幼な子二人は物の怪の前足の刃のような切っ先が届きそうだった将門の背の位置から引き剝《は》がされるように少しだけ後ろに下げられた。都乎に抱きかかえられた九歳の男児が堰《せき》を切ったように声を上げて泣き出し、貞盛の腕の中でその弟も続いた。

秀郷と将門は太刀を構え、牛鬼と対峙《たいじ》する。

「成敗《せいばい》してくれる」

「えい」

「やぁ」

「おうっ」

二人は果敢《かかん》に太刀を振るったが、刃のような鋭く硬い牛鬼の前足に跳《は》ね返された。なかなか手強い。

「一切歯が立たぬ」

今度は牛鬼が鋭い前足を振り上げ、攻撃を仕掛けてくる。

「ぐほおっ、ごおおっ」

物の怪の呻《うめ》き声は空気が震えるほどの低重音。巨体そのものの動きは鈍いが、前足を上げて斬りつけるように振り下ろすスピードは速く、狙いも確実。秀郷と将門はこの攻撃をかわし、太刀で受け止め、これを防ぐのに必死である。

「ぐわあぁっ」

さらに時折、地獄への扉《とびら》のような口を大きく開ける。赤々とした口内を見せ、その奥に暗い闇《やみ》がある。光さえも飲み込みそうな底深さだが、これを凝視《ぎょうし》してはならない。この深潭《しんたん》から赤黒い煙が吐き出される。これは明らかに毒煙であり、まともに浴びてはいけない。恐らく、大きな家畜をも痺《しび》れさせ、大きな口で丸飲みするのではないか。

「ぐわあぁっ」

毒煙の噴射を二人は後ろに跳んで避けた。押されっぱなしである。これではいかん。

「目を突こう」

「えっ？」

「寸分違《たが》わず、同時に、だ」

秀郷が将門に指示した。

化け物の眼球は大きく、そして垂《た》れ下がって、不気味さを強調している。その中の黒目は常に上向き。低い姿勢からこちらの動きを確実に捉えている。

「毒を吐《は》いたら、その直後の隙を狙う」

呼吸を整え、目を合わせた。頷き合い、二人同時に飛び込んだ。

「ぎゅわあぁぁっ」

両目を同時に突かれた牛鬼は足をばたばたさせている。これでこちらの動きは見えないはずだ。左右に分かれ、前足の付け根を狙い、これも全く同時に切り落とした。支えを失い、頭ががっくりと落ちた。後ろの足を動かしているが、落ちた頭がつっかえて前に進まない。

「ぐふぇぇっ、きゅうっ」

呻き声の重音感が薄れ、顎《あご》が地面に接した頭は、漏《も》れ出した自身の毒煙に覆われている。今度は後ろ足を動かし、頭を引きずりながら後ろに退《さ》がっていく。その動きは極めて鈍い。

「今だ」

「おう」

二本の太刀が脳天を一撃。沈黙。

「危ないところでござった」

「秀郷さま……。まことに……」

「藤太でよい」

「藤太さま……。藤太兄……、見事な剣捌《けんさば》き。感服いたしました」

「そなたも見事な」

「藤太兄、これまでのご無礼、お許しを……」

「もうよい。そなた、これが手柄の初めか」

「いえ。小一条の大臣《おとど》のお子たちを危なきところに連れ出し、きっと叱られます。最悪の事態にならなかったのは藤太兄のお陰。真《まこと》に、真に……」

「何の。そなたの武者ぶり、勇猛果敢」

「いえ、真に、真に……」

将門は感極まり、涙が溢れ、言葉を詰まらせた。その瞳は優しい。少年のかわいらしさもある。それにしても、あのような奇怪な化け物を前にしての勇気、そして剣捌き。見事というしかない。摂関家の郎党は誰も足を前に動かすことができなかった。一人が一瞬にして犠牲になった場面を見たせいだが、そんな大人たちを尻目に将門は戦った。

秀郷にも将門へのわだかまりはもうない。晴れやかな清々《すがすが》しさを感じていた。

〈7〉陰陽師・賀茂忠行

妖怪退治で意気揚々と引き上げた秀郷。貞盛、将門らの一行と別れ、都乎とともに屋敷への帰り道を急いだ。

「待たれよ」

五条大路と堀川小路が交差する辺りで後ろから声をかけられた。

（え？　今、通り過ぎたところに人が立っていたか？全く気付かなんだ）

「お若い方、怪異に遭われましたな」

「なぜそれを……」

「これは失礼。陰陽師の賀茂忠行《かものただゆき》と申します。邪気《じゃき》が感じられますぞ。邪気を感じ、屋敷から出てみれば、貴殿《きでん》から感じます。まずは邪気を祓《はら》われてはいかが」

「これはかたじけない」

座敷に通されると、もう一人、老人がいた。陰陽師・賀茂忠行はこの老人と酒を酌み交わしながら語り合っていたようだ。

秀郷の説明を聞きながら、陰陽師はまず邪気を祓う施術に取りかかった。

「それは牛鬼ですな」

(貞盛も「牛鬼」と言っておったな……)

秀郷は妖怪の呼び名を理解し、その姿を思い起こす。果敢に打ち倒したが、今、その姿が頭の中に浮かぶと実に恐ろしい。異様でこの世のものとは思えない。現実ではないはずだ、悪夢を見たのだと思うが、容姿容態《ようしようだい》の説明で名が出てくるとは比較的知られた存在ということか。京は実に恐ろしいところである。

陰陽師が続けた。

「やはり、天満大自在天神《てんまんだいじざいてんじん》の……。天神の使いであろうか」

「天満大自在天神とは?」

「菅原道真公でございますね」

秀郷が問うと、横で都乎が答えた。

「奥方《おくがた》はご存じか」

陰陽師の言葉に都乎はにっこり微笑む。「奥方」を否定する様子もない。

(奥方ではないのだ)

秀郷は言いたかったが、そうすると、こんな夜更《よふ》けに一緒に歩いていた関係等々を説明するのがややこしい。言葉が出てこない。

(陰陽師ならそれくらい見抜け)

心の中で毒づいた。

「おや、何か異論がおありか」

「あ、いやいや。何も」

(心の中が読まれたか)

秀郷が驚き、萎縮《いしゅく》していると、老人が口を挟んだ。

「菅帥《かんそつ》(道真)、死して、なお京を混乱に陥《おとしい》れようとするのか」

老人は三善清行《みよしのきよつら》。二年前(延喜一四年)には政治意見書「意見封事《ふうじ》十二箇条」を奏上した漢学者。当代随一《ずいいち》の学者だが、かなり偏屈《へんくつ》。誰彼《だれかれ》となく、論争する人物である。三善博士、善《ぜん》博士とも呼ばれる。

「火雷天気毒王《からいてんきどくおう》となり、日本太政威徳天《だじょういとくてん》となり、今度は天満大自在天神となりおおせたか」

政敵への恨《うら》みを晴らすべく、怒り狂う雷そのもの、火雷神として落雷事件を起こし、そうかと思うと、その火雷神は第三眷属《けんぞく》（神の使者）であり、自分は太政威徳天であると名乗って怨霊神として現れ、さらに天満大自在天神に変わる。別の説明もある。道真死後、すぐに天満大自在天神の神格で祀られ、天神すなわち雷神として崇められる。

「さまざまな神号《しんごう》で呼ばれるが、いずれにしても菅公《かんこう》本人なきところの話。その怨霊神に会い、こう呼べとでも言われたのであろうか」

「待たれよ、待たれよ。本院の大臣《おとど》（藤原時平）が病《やまい》に臥《ふ》せしとき、善博士ご子息、浄蔵貴所《じょうぞうきしょ》に加持祈《かじき》禱《とう》をさせ、そうしたら道真公の霊が白昼現れたと、仰《おお》せになったのは善博士ご自身でございましょう」

「ふふ。そして、時平卿の左右の耳から青龍が現れ、見るも恐ろしい姿の怨霊が『汝《なんじ》の子の浄蔵、われを降伏せんとす。制せられよ』と麿に抗議したので、浄蔵に加持を辞退させ、時平卿はついに死せりと。そんなことでも申したと言われるか」

今、言った。そのときもそう言ったのであろう。

「あのとき、浄蔵に加持をやめさせるには理由が要りましたから。麿は時平卿の与党でもなかったし」

「待たれよ、待たれよ。博士は時平卿のもとで出世し、道真公とはことごとく対立しておった。まさしく時平卿の与党ではなかったか」

「菅公と対立したのは時平卿に与《くみ》してのことではない。学者は意見を曲げられぬ。自身の信ずるところを申すまでで、妥協は政治《まつりごと》の者に任せればよい。いや、麿も老い先短いゆえ、もう告白してもよかろう。あのころ、菅公の祟りをしきりに強調していたのは忠平卿。兄のため、怨霊に逆恨みされては申し訳ない。どうぞ加持祈禱を辞退されよ。こう仰せられた」

「ほう。忠平卿が善博士の身の上を案じられ、時平卿のための加持を遠慮されたのか」

「どうかな。忠平卿の善意、遠慮と思われるか。表向きはそうに違いないが。もともと菅公とも親しく、兄・時平卿の政治をやや修正したがっていたのが忠平卿。時平卿の病は好都合だったのかもしれぬ」

兄の死後、政治の主導権を握ったのが忠平。次兄・仲平《なかひら》（基経次男）が怨霊騒ぎに怯《ひる》む隙にてきぱきとことを進めたことが功を奏した。その後、仲平は地団駄《じだんだ》踏《ふ》んで悔しがったが、後の祭り。

　宇多法皇に気に入られていたのはどちらかというと仲平であり、時平の生前は仲平、忠平の五歳差の兄弟の出世競争は一進一退だった。仲平は温柔敦厚《おんじゅうとんこう》(優しく穏やかで情に厚い)の人柄であったが、官位で忠平の後塵《こうじん》を拝したことにはわだかまりを持っていたようだ。一方で酒豪でもあり、延喜一一年（九一一年）六月、宇多法皇が催した亭子院《ていじのいん》酒合戦に参加。殿上に嘔《おう》吐《と》した。

　やや生臭い政治向きの話題は秀郷にとって新鮮であった。いきなり権力の裏側を垣間見《かいまみ》た気分である。無論、真実かどうか、三善博士の言を全て信じられるかは分からない。だが、秀郷自身には何の関係もない話題なので面白い筋立ての方が興味を惹《ひ》かれる。

　三善博士が続けた。このような話を聞かせていいのか悪いのか、見知らぬ若い二人が偶発的に同席しているが、この老人はそんなことには構わない。話したいことを話さないと気が済まないのである。

「理想の政治を語っていた菅公が世の安寧を乱すなど甚だしき矛盾。時平卿との権力争いに敗れた。勝者がいれば敗者がいる。それだけのこと。みな、菅公の怨霊を恐れておるが、そのような者が怨霊になるなら京は怨霊だらけになってしまう」

「実《げ》にも怨霊だらけですよ」

「そうかの」

　陰陽師によれば、権力闘争で敗れた者の怨霊の噂は後を絶たない。

「善博士の仰せ、もっともなれど、まずは天満大自在天神を祀る神社を盛大に創建し、祟りを鎮《しず》めなければ人心が落ち着かない。何もかも祟りに結びつけられているので、まずは鎮まったと、人々の目に見えるものが必要なのです。とにかく道真公の恨みは大きいものがありましたから」

「そう、菅公は思い込みが激しいところがあった。理にかちすぎるというか」

　新帝・醍醐天皇を操ろうとした時平と藤原氏一辺倒の政治から脱却を図った勢力（宇多法皇、道真）の権力争いであり、善悪の対決ではない。藤原摂関家が政敵を失脚させる政治工作に長《た》けているのは今に始まったことでもない。それが三善の見方だった。

　三善はかつて政権内で孤立を深めていた道真に引退

を勧告した。

理想の政治を進める意志を認めながらも一歩引く戦術があってもいいのではないかと思っていたのだ。時《と》機《き》を待つことも必要であろうと。

「他人の意見を聞こうとしないから浮いた存在になっていた」

そう振り返った上で話を跳躍させた。

「そう。そして怨霊や鬼、怪異を恐れるべきではない」

（この老人は随分さらりと言うが、簡単なことではない）

「まあ」

都乎は驚きの声を上げた。秀郷が心の内で感じたことを一言に集約させたかの如くだ。

秀郷は今、物の怪を実際に見て、その恐ろしさを体験してきたばかりだと説明した。

「鬼、妖怪ならわしも見たことがある。この家。まさに、この家におったからの」

この老人が屋敷の主人で、陰陽師は客だったか。

三善清行は長く誰も住まず、荒れたこの古家を買った。親戚《しんせき》は「わざわざ怪異の出る家に引っ越すなんて馬鹿げたこと」と止めたが、聞き入れなかった。

家渡り《いえわた》（引っ越し）の日。三善は寝殿の中央の一間に薄べりを敷いて南向きに座った。まどろんでいると、真夜中にごそごそ音がして天井の格子一ますごとに顔があった。だが、三善は驚かず、顔は一度に消え、今度は身の丈一尺（約三十センチ）の者が四、五十人ほど馬に乗って南の庇《ひさし》の間の板敷きを西から東へ通っていく。これにも驚かず、じっと座っていた。今度は上品な女が出てきた。赤い扇子《せんす》で隠した上から見える額《ひたい》は白く、美しく、切れ長の目は気味悪いほど気品がある。視線をそらさずじっと見ていると、扇子を除け、高々として赤い鼻、四、五寸（十二〜十五センチ）の牙がある口を見せた。だが、三善は奇怪なやつだと思いつつ、驚かず、騒がずにいると、今度は庭から老翁《ろうおう》が出てきた。

「そこの翁《おきな》、何を申したいのか」

「私めが長年住んでおりますこの家にあなたさまがこうしておいでになられますので、たいそう困ったことと存じ、そのことをお願い申し上げようと参ったものでございます」

「お前の訴えには何の理由もないぞ。家を手に入れるということは正当な手続きを踏んですることだ。人がそうして住むはずのところを反対に脅かして住まわせないようにし、強引に居座っているではないか。これは道理に合わないことだ。真の鬼神は道理を知って曲がったことをしないからこそ恐ろしい」

三善はその後もさんざん理屈を述べ立て、この奇怪な者どもを追い出した。改築し、普通の状態にしてずっと住んでいるが、怪異は起こらない。人々は「賢明で知恵のある人にはたとえ鬼でも悪いことはできないのだ」と語り伝えている。

（『今昔物語集』第二十七巻三十一話）

老人の変な自慢話だった。宇多法皇にしろ、三善清行にしろ、怪異に対して威厳や理屈を押し通す人物がいるのは驚いた。

怪異、物の怪よりも、これらの人々の方がよほど奇怪である。

（いやいやどうして、京のお人は癖《くせ》が強い。変人ばかりだ）

〈8〉柏崎光徳の嫌疑

「昨夜の殿は実《まこと》に見事でございました。あの恐ろしげな物の怪を退治めされたのですから」

（殿とは、わしのことか）

都乎が源通の前で牛鬼退治の顛末《てんまつ》を語るのはよいが、秀郷は「殿」などと呼ばれたのは初めてである。家の郎党らには「若殿」とも呼ばれているが、よその家の姫から「殿」と呼ばれると、尻がむずむずと浮き上がる。

しかも源通はそれを咎めようともしない。都乎の話を嬉《うれ》しそうに聞き、秀郷の武勇をひたすら褒《ほ》めた。

一方、都乎は表情を忙しく変化させながら、べらべらと続ける。

「しかし、あれほどお止めしたのに逢魔が時に出ていかれては物の怪に遭われるのも道理」

牛鬼退治の快挙を褒めながら、都乎は素直には喜ばず、「危ないことをなさるのはおやめください」と言い、その非難は将門に向けられた。

「あのような非常識な行動で、みなを巻き込み……。たとえ年若の少年でもわきまえが足りませぬ。同じ東国出身でも殿と違って粗野な感じがいたします」

将門の見方が自分の印象とは違う。将門は臣籍降下した高望王《たかもちおう》の孫。父や伯父らは常陸《ひたち》、上総《かずさ》などの要職を務めている。京では藤氏長者・藤原忠平の家人として張り切っており、むしろ意気揚々とした貴公子といっていい。

こちらは国司に造反したお尋ね者。罪人とされている身である。

「小次郎殿（将門）の方が、わしより遥かに貴公子にふさわしい境遇。わしは詰まらぬ鄙の者だ」

「いえいえ」

都平はかぶりを振った。

「乱暴者ということです。それに比べ、殿のお国でのお働きは父も感じ入っておりました。ことわり（道理）を知る者の振る舞いだと。とにかく、あのお方（将門）は殿のお為にならぬような気がいたします」

昨夜、都平の忠告を聞かなかったことを拗ねているのだろうか。だとすれば、この上もなく、かわいらしい。「殿」と呼ぶのは、勘弁してもらいたいが、自然と寄り添うようになった京の姫君の存在は秀郷の中で次第に大きくなっている。

牛鬼事件は終わってはいなかった。

発端となった若い貴族四人の惨殺。秀郷は牛鬼にやられたのであろうと得心していたが、あの四人とトラブルになった柏崎光徳に嫌疑がかけられていたのだ。

四人に殴る蹴るの乱暴を受けた光徳を見た者が大勢いた。秀郷はその場から光徳を救い出した当事者でもある。この話題は京の治安を司《つかさど》る検非違使庁の知るところとなり、光徳は取り調べを受けているという。四人への復讐《ふくしゅう》という嫌疑である。

「まさか、それはあり得まい。何かの間違いであろう」

あのお方は人殺しなどすまい。また、できまい。

いくら、人は見かけによらぬと言っても、四人も一度に殺《や》るという人間は見た目の迫力も違う。変な譬《たと》えだが、あのお方の年齢の半分もいかぬであろう、将門少年の方がまだしもそういう迫力ある。

源通の屋敷に陰陽師・賀茂忠行が訪ねてきた。あのおり、牛鬼の被害者と思われた若い貴族四人についても「一度会った」と、この陰陽師に話していたからである。

「検非違使庁に呼び出され、嫌疑の男について診《み》なければならぬ。秀郷殿、同行していただけぬか」

人を殺す悪鬼が憑《つ》いているか診断するというのか。しかし、わざわざ検非違使庁へ出頭なぞして、今度こそ藪蛇にならぬか。不安が募る。

「なぜ、吾ごとき者が」

「一度会《お》うておるなら、その男について何ぞ知っていることはありませぬか」

「知っているといえば、菅原道真公を信奉《しんぽう》していらっしゃることくらいでしょうか。しかし、貴公子の方々襲われし事件は牛鬼の仕業でございましょう」

検非違使庁出頭は不安ありだが、柏崎光徳、嫌疑をかけられているのは気の毒。あの真っ直ぐな心持ちをしたお方を救いたいという気持ちはある。

「分かり申した」

陰陽師に同行を承諾した。


検非違使庁で秀郷は柏崎光徳の弁護に努めた。

喧嘩も弱かった。このお方、恐らく人一人とて殺せないであろう。四人は間違いなく、牛鬼の犠牲であろう。牛鬼の恐ろしさ、わが目でしかと見た。

だいたいこう説明した。陰陽師は光徳に悪霊など憑いていないと診断。だが、証拠は何もない。結論は出なかった。

一方、下野での秀郷の罪については全く問われることはなかった。藪蛇にならずに済んだ。どうやら、あの事件、京では全く関心がないらしい。

柏崎光徳は堂々と自らの無実を主張。四人の死については知らぬが、トラブルの経緯については菅原道真公を悪霊だと罵《ののし》った四人に非があり、口論になったと説明した。態度は堂々としているが、役人たちの心証はどうであろうか。貴族を四人も殺《あや》めたとなれば、死罪しかないか……。

「陰陽師さま。あのお方、柏崎さまを助けたく思います。乗り掛かった舟ではなく、あのようなお人を無実の罪で失うは何ともやるせない気がいたします。ですが、何の証《あか》しもなく……。状況《こと》は厳しいでしょうか」

「秀郷殿。なぜ、京で会《お》うたばかりの真赤《まあか》の他人にそこまで肩入れなさる」

「堂々とした態度、真っ直ぐな、お志《こころざし》は範《はん》としたく……。とにかく立派な方と思います」

「実は、わしも同意見。一本筋《すじ》の通った爽《さわ》やかなお方よ」

「早く手を打たねばなりませぬか」

「検非違使庁も苦慮しよう。すぱっと物の怪の仕業として断を下したいだろうか、犠牲となった貴公子らの家、親類の感情もあれば……。すぐ無罪放免とはしにくかろう」

「しかし、そんなことで無実のお方に罪を着せてしまってよいのでしょうか。何ともやり切れません。結論が出ぬのであれば、わが家に迎え入れてもようございます」

「それは妙案かもしれぬ。一つその線で動いてみるか」


源通の屋敷に戻ると、都平が出迎えた。

「お客さまがお待ちでございます」

丁寧な言葉の中にやや棘《とげ》のある抑揚《よくよう》。表情からすると、機嫌はよくなさそうだ。

貞盛、将門が従者とともに待っていた。

「主人・小一条の大臣《おとど》（藤原忠平）、先日の礼をしたいと申しております。ぜひ屋敷の方へ、お越しくださ い」

「これは畏れ多い」

秀郷は従者・佐丸を連れ、再び外出。忠平邸に招かれるとは幸運だ。道々、貞盛らと無駄話をした。

「平太殿（貞盛）。京に来て、つくづく不思議に思うのは……」

「はい、何でしょう」

「貴族の姫君の方々はみな同じ顔をしていないか」

「そ、そうでしょうか」

「目は細く、眉《まゆ》は随分《ずいぶん》妙なところにあって異様に太く、鼻から下は……たいがい扇で隠れて分からんが、顔かたちも鶏の卵のように長細い。目が丸くなくて物がよく見えるのかなという気もするが、これは余計な心配かな」

「そ、そうです。その通りです。みな、そんな感じです」

貞盛は、それが不思議でもないといった口ぶり。反応したのは横にいた将門だった。

「あっははは」

「小次郎殿（将門）、おかしいか」

「藤太兄、女性《にょしょう》の化粧《けそう》に騙《だま》されてますな。目も眉も描いたもの。あれは顔つくりです」

「な、何？　では元々、顔には何もなく目鼻を描いておると申すか」

「あっははは。元はありますが、顔におしろいを塗り、その上に描いております」

「まあ、白すぎる顔は何か塗っておると分かっておったが……」

少年だけに笑うと遠慮がない。が、本当か？　子供の言うことを真に受けてよいか迷い、「どう思う」と佐丸に問うたが、「さあ」と気の抜けた返事。こいつは本当に頼りにならない。

当時は、目は細く、鼻や口は小さく、ふっくらした顔立ちが美人とされていた。

（そうすると、顔つきはともかく、目は化粧で整え、鼻や口は扇子で隠してしまえば、誰でも美人にみえるのではないか）

ふと思った。そもそも、屋敷から出ない、たまに出かけても牛車に乗り、身内以外に顔を見せたこともないという貴族の姫君も多い。それなのに「西施《せいし》にも劣らぬ美女だ」「十人並みだ」など噂が飛び交うのはなぜか。

屋敷では忠平から幼な子二人を物の怪の危険から救ったことへの感謝を直接述べられ、大いに面目《めんぼく》を施《ほどこ》した。

忠平との面談はこれで終わったが、その後、家宰《かさい》の者と懇談。その者が「忠平卿は初対面の際より、おぬしの武芸を褒めておられた」と囁《ささや》き、下野での罪状については「何程の事もござらん」と耳打ち。願ってもいない展開だ。

忠平家宰との懇談は幾人かの郎党が同席。彼らはまず秀郷主従に酒を勧めた。

水のように透き通った浄酒《すみさけ》である。

「諸白《もろはく》でございます」

そう説明する者がいた。すなわち高級酒ということである。

上品で口当たりよく、すぅっと舌になじむように飲みやすい。白濁《はくだく》した濁《にご》り酒しか飲んだことのない秀郷は米の甘みが感じられない薄い味と感じた。むしろ香りの方が香木のように甘い。二口目でようやく辛さや華やかさといった味わいを微妙に感じた。

「京では何ぞ、ご不便はござらんか。多少の望みなら当方が力添えいたしましょう」

「望みなどと畏れ多い。これ以上望むことがありましょうや。が、一つ、お耳に入れたき儀《ぎ》、これあり」

無実の罪で人が裁かれようとされておるのをご存じ

か――と、柏崎光徳の件を持ち出した。もし決着がつけられぬなら当家にて引き取る。下野への下向をお認めくださいと、願い出た。

「大臣《おとど》（忠平）の御意向は分からぬが、御提案さして障害はなかろう」

忠平の家宰は答えた。難問を抱えてしまった検非違使庁にとっても悪い話でない。

「妙案といえば妙案かもしれませぬな」

家宰は秀郷の提案を引き取り、善処することを請《う》け負《お》った。

〈9〉**鬼成敗**

忠平邸訪問を無事終え、帰り道。

夜更け深いとして郎党らの送迎は丁重に遠慮した。京の市中は強盗、辻斬りの類《たぐい》が横行し、夜更けは危険と、忠平の郎党らは送迎を申し出たが、鄙の男二人だけの方が盗賊に狙《ねら》われるほどの物もなく、かえって具合悪からずと、辞退した。

盗賊の主な襲撃目標は巨富《きょふ》を誇る受領層や公卿の屋敷、高級車（牛車）。盗られる前に衣類を車の中に隠し、冠と襪《したうず》（足袋）だけの半裸で笏《しゃく》を持ち、牛車に乗るという貴族さえいる。強盗に出くわしたら既に衣類を剝ぎ取られたと詐《いつわ》るためである。

涼しい夜風が酔いを醒《さ》ます。とはいえ、忠平の家宰らとは酒を過ごしたわけでもない。ほろ酔いといったところ。大いにもてなされたが、鄙の武者と京貴族では共通の話題もない。懇談の席はそれほど長時間に及ばなかった。

ふらふらと歩く秀郷。従者・佐丸の持つ松明《たいまつ》一本が夜道を照らす。ここで不覚を取った。

「迷ってしまったな。曲がる大路を一つ間違えたか。どこも同じような道だ」

道は真っ直ぐ続いている。角を曲がっても、その道が真っ直ぐ続いている。

「ここが五条だ、四条だと書いてあれば分かるのに」

ぶつぶつと独り言が繰り出てしまうのが、われながら情けない。東夷などと揶揄《やゆ》されるわけだ。気分も滅《め》入《い》る。佐丸も京不案内は同様。全く頼りにならない。

涼しい夜風は異様に冷たくなった。

「佐丸。邪気を感じぬか」

「えっ？　何も」

秀郷の酔いは醒めた。

「きゃあぁぁ」

そのとき、女性の悲鳴が聞こえた。

声の方へ駆け寄ると、鬼が若く美しい姫君を誘拐しようとしている。太い腕が枝のように細く白い姫の腕をつかみ、ぐいっと引っ張るとそれだけで姫の身体が浮き上がる。

赤い顔は恐ろしい形相。大きく、がっしりした体格。

さっと太刀を抜く秀郷。

「さては京で悪さをするという鬼か。成敗してくれる。覚悟せよ」

鬼はしゃべり、笑った。人と変わらない。

「ぬわはは、ちゃんちゃらおかしい。おぬしのようなひよっこい若造が……、おれさまの相手になってくれるというのか。これはありがたい。姫をさらうのもいいが、男を斬るのもまた面白きこと。わははははは。お、一人前に剣を構えよったか……」

目が闇に慣れてくると、鬼ではなく、赤い顔の男だと分かった。

(酔いは醒めたと思っていたが……)

角はない。牙もない。だが、恐ろしさは変わらない。姫の腕をしっかり握り、逃げられないようにしながら、もう一方の手で腰の剣を抜いた。男の後ろにも同様にがっしりした体格の赤い顔の男たちが四人おり、都合五人。

「ぬわはは。腰が引けとるぞ。少しは手応えがあってくれると、ありがたいが」

鬼顔の大男の挑発には無言で答え、秀郷は下段の構え。

刃を上向きにし、下からすくい上げるように斬るイメージを想像する。相手の方が頭二つ分程度、背が高い。正面から打ち合っては勝てない。相手の懐に飛び込めばどうか……。

「おぬしら、手を出すな」

鬼顔の大男はちらっと振り返って仲間を制し、秀郷の方へ向き直る。

「どうした。打ちかけてこぬか。わしは女を手にしておるゆえ、動きにくいわ。おぬしから近づいてこぬと勝負にならんぞ」

大男はさらに挑発。じりっ、じりっと前に出て間合いを詰める秀郷。十分打ち合える距離まで詰めた。

大男は逃げようとする姫の腕をぐいと引っ張る。

「いやあぁっ」

闇の中で大男の目は攻撃の時機《とき》を決めたように鈍く輝いた。にやりとした口元まで見えた。

「死ねやっ」

振り下ろした男の剣を受け止めて跳ね上げ、すくい上げるように秀郷の太刀が走った。

剣を振っていた男の腕を一閃《いっせん》。

その腕が虚空《こくう》に飛び、落下した。腕に捕まれたままの剣が地を刺す。

「うっううう」

まさに鬼の形相。唸《うな》り声は大きくなかったが、男の顔は苦痛に歪《ゆが》む。

その一瞬で男の腕を振り払い、姫がこちらに駆け寄る。佐丸に守らせ、太刀を構え直す。相手に後ろを見せることは危険だ。

「ううっ。許さん。よくも……。おい、やっちまえ」

肘《ひじ》から鮮血を流す大男は怒りに燃え、背後の男たちに指示した。

「おう」

前に出てくると、四人の顔もそれぞれ恐ろしい。百戦錬磨、人を殺すことに躊躇《ためら》いのないような目が赤黒く光っている。それぞれが手にしている武器は鎖鎌《くさりがま》、棍棒《こんぼう》、斧《おの》。そして二刀流の男。この前の若い貴族たちとはわけが違う。適当にあしらい、痛めつけて終わらせるわけにはいくまい。取らなければ、こちらが命を取られる。

鎖鎌を振るう男は、足元や顔のあたりと遠めから自在に攻撃を繰り出す。横でぶんぶんと棍棒を振り回す太った男。秀郷は後ろにかわすとみせて、横に走った。真横から鎖鎌男を縦に一閃。

「ぎゃあぁ」

叫び声を上げて絶命。そのまま棍棒男の横腹を割った。

「うほぉ」

斧を持った男は特に腕が太く、斧の大きさも尋常ではない。

「太刀など一発で砕いてやるわ」

まともに打ち合ってはいけない。間合いを詰めたとみせて、後ろに跳び、空振りしたところを前に出て、喉《のど》を突いた。

「ぐふっ、どっ」

「うおおおお」

さらに男が唸り声を上げ飛び込んでくる。二刀流の男。打ち合えば、もう一方の刀で斬ってくるであろう。男の一撃をすくった太刀で右腕を肩から落とし、続いて打ち下ろして左腕を肩から斬った。

「うぁああっ」

両腕を失い、ばったり前に倒れた。

「無念なり。致し方なし」

既に片腕を失った首魁《しゅかい》の大男は、自ら喉を突いて果てた。


壮絶な死闘。瞬く間に五人を斬った。

「若殿……」

ぶるぶると震え、怯《おび》えていたのは姫を守っていた佐丸。秀郷の着衣に付いた返り血などをふき取っていたが、後は言葉が続かず、「見事」とも「さすが」とも発しない。

だが、姫の方は聞き取れないほどの小声ながら秀郷に感謝し、武勇を讃える言葉を繰り出した。多少怯えているが、取り乱した様子はない。

「危ないところをありがとうございます。あの恐ろしげな鬼どもを一瞬で倒すなんて、こんなお強い方がいらっしゃるとは……」

この姫には男たちは鬼としか認識できないようだ。暗がりのせいだけではない。

顔を白く塗っている貴族に比べると、顔の色も違うし、身の丈も腕の太さも規格外。見慣れた公達《きんだち》とは同じ男と認識できないのであろう。

「ご無事で何よりです」

とりあえず、この姫を館まで送り届けた。

鬼も恐ろしいが、本物の盗賊たちも十分恐ろしかった。夢中で太刀を振るい、相手に隙を与えず、倒すことができたが、怯《ひる》んでいたら、こちらの命がなかった。

血塗られた現場を離れると、姫の緊張も解《ほど》けてきたようだ。表情にもかすかな笑顔が出てきて、その美しさも際立つ。透き通るような色白の顔はややふっくらと丸みを帯び、目は細く、鼻と口は小さく、黒髪は長くしなやか。

もしかしたら絶世の美女かもしれない。

「なぜ、このような夜更けにお一人で」

「都の北、鞍馬《くらま》の山の人を思い、矢《や》も盾《たて》もたまらず歩き出てしまったのです」

「そうでしたか」

「ですが、これで吹っ切れました」

「そうですか」
「都にこんな、お強き人がいらっしゃったとは」
「えっ？」

柏崎光徳は無罪放免となった。
「方便《ほうべん》として当家で身柄を受くると申しました。京には居られぬと思いますが、どうされますか」
「よろしくお頼み申します。この縁を生涯大切にいたしとうございます。喜んで秀郷さまに臣従《しんじゅう》いたしましょう」

〈10〉三善宰相

光徳は菅原道真の弟子だった。無論、最晩年だ。道真の左遷は十五年前。光徳はまだ二十歳前だったという、ともに寝起きして道真の身の回りの雑務をしながら学問・政治について師の話を聞く機会に恵まれた。大宰府《だざいふ》にも付き従い、師の最期も看取《みと》った。

大宰府は九州総督ともいえる地方行政機関。筑前国《ちくぜん》（福岡県）に置かれ、その地域の性格上、外交、防衛の任務もあり、大きな権限から「遠《とお》の朝廷《みかど》」とも呼ばれた。史書の一部には「太宰府」との表記もある。道真を祀《まつ》る太宰府天満宮やその所在地の福岡県太宰府市など、現在は「太」の字が使われている。

光徳は大宰府で暗殺者がつけ狙っていた道真の身辺警護にもあたっていた。よって武芸にも少々自信があるという。

「あのような細っこい貴公子が相手では刀を奪い、四人とも斬ってしまいかねないと思い、どうにも手が出せませんでした」
「そうでしたか。これはたいへん失礼いたしました」
「おや。なぜ、秀郷さまがお謝りになりますか」
「いやいや……」

秀郷は、光徳を人は殺せぬ、喧嘩も弱い中年貴族とみていたが、とんだ見込み違いだったようだ。

（やはり、人は見かけによらぬ）

光徳は言う。道真公は怨霊、悪霊にあらず。死して尚、藤原氏が独占する政治体制を憂《うれ》うことはあれど、京の人々を苦しめるなぞあり得ない。貴族の腐敗、横暴による天子さま（天皇）と民人、百姓の苦しみを知り、憂いているのだと。

また人柄においても、学問には絶対の自信を内に秘めていたが、外にひけらかすことなく、他人を責めるには理路整然と誤りや問題点を指摘するが、大きな声を上げ、感情を露わにすることはない。大宰府左遷後、相当な失意と恨みの感情を抱いていることは明らかだったが、それすら和歌、漢詩の名作へと昇華させた。

東風《こち》吹かば匂ひおこせよ梅の花　主《あるじ》なしとて春を忘るな
（春風が吹いたら、香りを届けておくれ、梅の花よ。主人である私がいなくても春を忘れるな）

この和歌はあまりにも有名。文末を「春な忘れそ」とする文献も多い。

駅長莫驚時変改 一栄一落是春秋
（駅長驚くことなかれ　時の変わり改まるを　一栄一落これ春秋）

これも大宰府への途上、播磨《はりま》・明石駅家《あかしのうまや》の駅長の同情に答えた漢詩である。

すなわち物静かな学者タイプ。内省的で禁欲的ですらあった。最後まで学問の人であり続け、政治の人ではない。怨霊となり、恨みの感情を直接的な行動とすることや、まして厄災を起こすなどあり得ない。

光徳の主張は一貫していた。

「道真さまの政治とは」

秀郷の問いに光徳はその哲学等々を説いた。ゆうに一辰刻《しんこく》半（三時間）に及ぶ熱弁。話し終えて一言加えた。

「これがほんのさわりでござる」

「侍従さま。婿殿《むこどの》はおいでか」

侍従・源通の屋敷を訪ねてきたのは陰陽師・賀茂忠行。

「おりますとも。陰陽師さま、どうぞ」

使用人の案内を受けて対応しようとした源通の前に都乎が飛び出し、客人を招きいれた。

陰陽師は秀郷が源通の婿であると勘違いしているようだが、都乎も源通も否定せずに受け流しているので秀郷もはっきりとは否定しにくい。

「あの。婿というわけでは……。まだ、その……」

言いさした秀郷に構わず、要件に入る陰陽師・賀茂忠行。

「秀郷殿。先日は面倒なことを頼んでしまったと、申し訳なく思っておりましたが、柏崎殿の無罪まで、ようされましたな。物の怪だけでなく、検非違使に勝たれるとは……。麿も物の怪との勝負にはどちらかというと自信があるが、検非違使とは勝負したことがない。見事、見事」

陰陽師なので物の怪とは対戦経験豊富ということか。京は本当に変な人が多い。検非違使での裁判、あれは勝負事だったのか。その感覚も分からない。

そして変人といえば、陰陽師に伴われてきたもう一人の客は偏屈老人だった。

「三善博士……」

経世家《けいせいか》で漢学者の三善清行《みよしのきよつら》。

「先日は博士のお屋敷に突然お邪魔する仕儀となり……」

秀郷の挨拶《あいさつ》を遮《さえぎ》るように三善が堰《せき》を切って語る。

「お若いの。いや秀郷殿。ありがとう、ありがとう。菅公（菅原道真）のお弟子をお救いくだされたとか。何と、小一条の大臣《おとど》（藤原忠平）まで動かしたそうではないか」

先日の偏屈ぶりはすっかり影を潜《ひそ》め、直接的な感謝の言葉を繰り返す。

「いや、忠平卿とは直接、何も。直臣《じきしん》の方に子細《しさい》を申し上げたまででございます」

秀郷は大げさな情報を少し訂正した。

「麿と菅公、意見の異なることも多く、個人的にもわだかまりがあり、感情もある。しかし、しかし……。政治《まつりごと》の中に必要なお人であった。最後の弟子を救われたこと、まことに有意義。そして貴殿の勇気ある行動、感謝申し上げたい」

三善も道真も学者政治家の系譜。学者の子弟は文《もん》章生《じょうしょう》、文章得業生《もんじょうとくごうしょう》と試験に合格して選抜され、研《けん》鑽《さん》を積んで国家試験「方略試《ほうりゃくし》」を受けなければならない。この試験が難関中の難関なのだが、三善は、道真が試験官のときに落第した経験がある。二十七歳で文章生、翌年に文章得業生となり、方略試は三十七歳で合格。一方、道真は十八歳で文章生、二十三歳で文章得業生となり、その三年後に方略試に及第。エリート中のエリート、相当なインテリで、まさに〈学問の神様〉にふさわしい抜群の成績だ。

阿衡事件では二人の意見は割れている。さらに、藤原時平独裁下で道真が孤立した際、三善が道真に引退勧告した件は既述《きじゅつ》の通り。

道真と三善は師弟ではないし、むしろ対立関係にあったが、信念を曲げずに政治具申《ぐしん》できる点は共通している。摂政関白・藤原基経、基経長男で太政大臣・時平、基経四男で右大臣・忠平（後に左大臣、摂政関白）と続く、藤氏長者主導の政権内では稀有《けう》な人材。絶対権力者の下、なかなかできることではない。その点は認め合い、阿諛追従《あゆついしょう》の輩《やから》を軽蔑している点も共通している。

これも既述したが、三善は延喜一四年（九一四年）、政治意見書「意見封事十二箇条」を奏上した。何を指摘したのか。

一、応《まさ》に水旱《すいかん》を消《しょう》し、豊穣を求むべき事。冷水害、旱魃《かんばつ》を止《とど》めるため、それを祈るため、良き神職、僧徒を選ぶべきという。凶年が多く、神職、僧徒の頼りなさも指摘している。

二、請ふらくは、奢侈《しゃし》を禁ずべき事。身分不相応な贅沢《ぜいたく》で破産《こ》した者もいることを戒《いまし》めている。

三、請ふらくは、諸国に勅して、見口数《げんこうすう》に随ひ、口分田を授くべき事。台帳が杜撰《ずさん》を極め、既に死んでいる人に口分田を配給し、配給を受けた家はこれを売って納税しない。これでは国家財政が成り立たないと指弾する。

四、請ふらくは、大学生徒の食料《じきりょう》を加給すべき事。大学付属の勧学田が有名無実化し、生徒は粥《かゆ》をするにも足りない。治国の根本である賢能の人材を養成する場がこうであってはならない。勧学田を増加せよと主張した。

五、請ふらくは、五節《ごせち》の妓員《ぎいん》（舞姫）を減ずべき事。天皇即位式に伴う大嘗会《だいじょうえ》の舞姫は定員五人で、叙位されるので権貴《けんき》の家では競って娘を出演させる。例年の新嘗会《しんじょうえ》は四人で、叙位されないのでどの家も出演させようとしない。四人、五人の根拠はなく、良家の未婚の女二人を選び、常任の五節舞姫とすればいいと提案している。

六、請ふらくは、旧に依り判事員を増置すべき事。令の規定は大判事二人、少判事二人で裁判することになっているが、今日では大・中・少の判事各一人で、専門の明法家は大判事だけ。誤審例を示し、増員を主張する。

七、請ふらくは、平均して百官の季禄《きろく》を充給すべき事。春秋の季禄（ボーナス）は、近年、官庫欠乏のため中下級官人は五、六年に一季も支給されず、不公平極まると批判。中下級貴族の立場を代弁する。

八、請ふらくは、諸国の少吏ならび百姓の告言訴訟に依りて、朝使を差し遣はすことを停止すべき事。勘王、俊良の国守が朝廷からの朝使の廉問《けんもん》（糾問《きゅうもん》）を受けたことで、権威失墜し、廃人同様になった。訴えは私怨《しえん》による誣告《ぶこく》も多いとし、これらの訴えでの朝使の廉問をやめるよう求めている。中級貴族の受領層の立場を代弁した要求。

九、請ふらくは、諸国勘籍人《かんせきにん》の定数を置くべき事。勘籍人は、徴用されて諸役所や宮、親王家に仕えて雑役に服し、諸賦課を免除された者。年々三千人ずつ増えている。大国は一年に十人、上国七人、中国五人、下国二人と定数を決め、それ以上増やさぬようにすべきだとしている。

十、請ふらくは、贖労人《しょくろう》を以って、諸国検非違使および弩師《どし》に補任《ぶにん》することを停むべき事。売官が横行し、その職にたえる才芸なき者が、警察・国防に関係する職を買っていると指摘している。

十一、請ふらくは、諸国僧徒の濫悪《らんあく》および宿衛舎人《とねり》の凶暴を禁ずべき事。僧は不課の民（免税者）で、官許《かんきょ》を得ずに出家する者もおり、今や天下の民の三分の二は僧とし、この点も国家の損失は莫大《ばくだい》だが、これらの僧の大半は破戒無慚《むざん》の徒で、集まって群盗となる者もいると糾弾。また、宮中宿衛の舎人は京に居住しなければ、その役目を果たせないのに、実際には諸国に散らばり、それは性行乱暴な地方豪民が、国司に捕縛されそうになり、京に逃げ出して宿衛舎人の官職を買った者どもだと断定。厳しい取り締まりが必要としている。

十二、重ねて請ふらくは、播磨の国の魚住《なずみ》の泊《とまり》（港）を修復すべき事。魚住の泊は現在の兵庫県明石市にあった。

秀郷が三善博士と会ったのはこれが最後となった。翌年（延喜一七年）、参議に昇進。参議の唐名は宰相なので「善宰相」「三善宰相」と呼ばれた。延喜一八年（九一八年）一二月卒去《そっきょ》。七十二歳の高齢だった。

〈11〉藤原純友

光徳の件もあり、そろそろ京を離れるべきかと思い始めたころだった。

「藤太兄に関心を持っておられる方がおります」

将門が秀郷を誘って会いに行ったのは藤原純友《すみとも》という人物だった。

「このお方は」

将門の説明では藤原良範《よしのり》の子。曾祖父は権中納言・藤原長良《ながら》。藤原北家でも朝廷権力の中枢の家系。大叔父に関白・基経（長良の実子、摂政太政大臣・良房《よしふさ》の養子）がいる。紛れもない名門貴族の一員。

会ってみると、秀郷と同年代、もしくは少し上のようにみえた。

武官として立身を目指し、滝口の武者として勤める将門少年が若い貴族の子弟らの集う六衛府（左右の近衛府、衛門府、兵衛府）で純友と出会った。滝口の武者と衛府は任務が重なる面があり、接する機会は多い。

純友はこのころ、若い貴族の子弟がそうするように下級官吏の職に就き、日を送っている。その職として衛府を選んだのは武官としての出世を目指すということか。そこで将門から秀郷の牛鬼退治、下野での反国司活動を聞き、興味を持ったという。

純友は会っていきなり、三善博士の「意見封事十二箇条」をご存じかと、尋ねてきた。ご存じも何も、先日、三善博士こと三善清行に会っており、直接、十二箇条の内容を講釈してもらったばかりだ。

「世は乱れ、政治《まつりごと》は不正が横行し、公平が失われております。それが指摘されているのです。貴殿が坂東で体験したこともしかり」

どうやら彼は自分も同意見とはなから決めてかかっているようだ。政治不信、政治への不満から反国司行動を起こしたと思い込んでいる。秀郷は反駁《はんばく》した。

「さて。成り行きでああいうことになり申したが、朝廷への叛意もござらんし、まして世の乱れ云々はよく分かり申さず」

「言うわ言うわ。そう警戒めさるな」

「藤太兄の行動は民百姓をかばった立派な行動です」

将門はついこの前まで罪人よばわりしていたのが、すっかり逆になっている。どうやらこの男に感化されたか。

「まず世の乱れのもとは……」

純友が切り出したのは偽者の横行だ。

「家に妻子を囲い、口に生臭を喰《く》らっている僧、鄙《ひな》に居住しながら京官の職を得ている者、簡単に偽造されている貨幣、戸籍には偽老人、偽女。嘘の申告をする百姓が悪いのか、台帳を作る官人が阿保《あほ》なのか……。口分田が配給されておるのは大半が死人だそうです」

三善博士の指摘と一致し、偽僧については身に覚えもある。口分田支給と徴税のための戸籍整備はいよいよ杜撰となり、税負担の大きい成人男性を戸籍上、少しでも負担の少ない女性や老人と偽って申告する手口は全国的に横行している。

「つまり、貴公は偽者退治をしたいと……」

「そうですな……。そして、革命の志が必要です」

「革命？」

将門が反応した。何か凄《すご》そうな言葉の響きに目を輝かせて純友を見る。

「天命が革《あらた》まるというあれですか。辛酉《かのととり》の年は革命の起こる不吉な年だと」

秀郷は中途半端な知識をこぼしながら言った。先日の三善博士の講釈によると、昌泰四年（九〇一年）は革命が起こる辛酉の年であり、博士はその克服のため、改元の必要性を強調した。この三善博士の勘文《かんもん》（意見書）によってこの年、元号は「延喜」と改元された。「革命勘文」である。

「あははは。辛酉《しんゆう》革命ですか。彗星《すいせい》を見たとか、老人星を見たとか、前兆だとかいう、あれですな。迷信、迷信」

「迷信？」

老人星とは寿老人の星。南天に上がる竜骨座の明るい恒星、カノープス。地平線近くで見つけにくく、天下泰平のときしか見えないとされる。

「革命は不吉なものでなく、必要なものなのです。少なくともその志は」

「えっ。唐土《もろこし》（中国）では革命によってたびたび王朝が倒れ、戦乱になると聞きますが」

「そう。王朝の政治が正しくないから倒れるのです」

「では、貴公は朝廷を……。まさか、帝を……。いや、今の帝（醍醐天皇）は名君だと聞きますが……」

「いやいや、朝廷を動かしているのは摂家（摂政、関白を輩出する藤原氏嫡流。摂関家）。民人《たみびと》、百姓の怨《えん》嗟《さ》、実権を奪われた帝、院（上皇）の御不興もそこに行きつくのです。吾の言、畏れ多くも帝、朝廷が標的ではございません。そこは誤解なきよう」

「では、貴公は忠平卿が……。貴公の論だと、忠平卿が悪政の元凶となりませんか。ですが、貴公も摂家に近い藤原家御曹司の一人。まして一部の強欲な受領や群盗、偽僧、偽官人の悪行と藤原家を結びつけるのは無理があると思いますが」

　右大臣・藤原忠平その人は公平、高潔な人柄と聞く。自身の意見だけを押し通す政治手法ではなく、周囲の意見もよく聞き、また政敵を追い落とすような策謀も聞かない。一方で身内、近い血縁の者でも無能な者を嫌い、依怙《えこ》贔屓《ひいき》はしないという。

「忠平卿その人の人格を問題にしておりません。藤原家の祖、大織冠《たいしょくかん》（中臣鎌足《なかとみのかまたり》）は朝廷に、中大兄皇《なかのおおえのおう》子《じ》（天智《てんじ》天皇）に忠義を尽くされ、決してご自身の栄達を望まれませんでした。大化の改新に最も功がありながらです。帝の腹心たるをもって善政たらしめる。藤原の真の姿です」

　純友は、政治の実権を握る藤原氏主流が天皇を意のままに動かし、政敵を粛清《しゅくせい》していった歴史そのものによって律令制度が行き詰まり、政治改革の機運を封じ込め、よって国家の土台が朽《く》ち果《は》て、あとは崩壊を待つばかりだと主張した。忠平は確かに政敵をつくらぬ性質だが、反対党不在の現況はまさに政治の停滞という。

「政治を正しくするためには革命する。革命が必要なのですな。それが帝をお救いする道なのですな」

　将門が話を単純化した。

　だが、秀郷は首肯《しゅこう》できない。

　藤原氏の政治独占と悪人たちの跳梁跋扈《ちょうりょうばっこ》が結びつかない。政治主導者が一新され、天皇主導の政治が実現すると、これらの問題が改善されるのか。とても、そうとは思えない。帝（醍醐天皇）を名君と言ったのは秀郷自身だが、要は難しい現実に直面していない立場で、民人や百姓への同情を示すことができたということではないのか。

　秀郷は崇拝の念しか抱かなかった帝に対し、初めて冷静な視点を向けた。

　そもそも忠平卿に代わる政治主導者は誰なのか。

　その後も純友が一方的に熱弁。抽象的な話に終始したが、ゆうに一辰刻《しんこく》半（三時間）に及んだ。話し終えて一言加えた。

「これがほんのさわりでござる」

　若者らしい情熱から来る言動。確かに政治に関する感覚の鋭さでは自分は足元にも及ばない。だが……。

秀郷は純友に扇動家《せんどうか》の匂いを感じた。

「あの言が忠平卿に知れたら……。あまりお近づきにならぬ方がお為《ため》かと存ずる」

帰りしな、将門に忠告した。

忠告しておいて、引き込まれる何かを持っている人物だと認めざるを得ない。半面、「二度と会いたくない」、すなわち、かなり苦手な類型の人物との感情も強めた。

源通の屋敷に帰ると、純友のことは都平が知っていた。

「純友さま。あの方は藤原良範さまの子息と申しておりますが、実の子ではございません。ご養子です。良範さまが伊予《いよ》守に赴任したおり、縁故となった地元豪族の子でございます。よって藤原の家とは元々血のつながらぬお方です」

「何？　本当《まこと》か。あ、いや、真《まこと》ですか」

偽者への憤慨を声高《こわだか》に強調していた本人が〈偽の藤原〉だったか。

「阿保らしい」

秀郷の小さな反応を、都平が聞きとがめた。

「えっ、何と」

「あ、いやいや、何でもありません」

阿保らしいとともにその間の抜けた部分に同情《シンパシー》、親しみも感じ、苦手という感情が少し薄れた。

藤原純友か。大きいことを言っていたが、虚勢の部分もあろう。

大きな声を出している人は裏でいろいろと噂される。目立つ人はすぐ、「ああ。あのお人は……」と他人が余計な解説をしてくれる。そういったことか。

京に来て、〈本物の藤原〉とも〈偽の藤原〉とも縁があった。秀郷は京の複雑さを改めて感じていた。

〈12〉奔放な美女

「実《げ》にすまじきは（すべきでないのは）宮仕え」

ある夜、源通はぼやき、村雄を頼って東国に下りたい、よろしく頼むと言ってきた。京の政界は藤原北家中心。それも、政界首班の右大臣・藤原忠平に近い人脈がなければ、出世もおぼつかない。多くの貴族は和歌や恋愛、遊びに興じておるが、源通はそれにも興味が湧かなかった。

「それに引きかえ、村雄さまの羽振りのよさよ」

一方で地方に任官するだけでなく、地方豪族と結びき、地方に拠点を持つ王臣貴族も多い。源通も侍従の地位を捨て、東国フロンティアを目指そうというのか。

「源通さまの東国下り、殿（村雄）もことほか喜びましょう」

まず、斗鳥の爺が歓迎した。

さらに源通の申し出は飛躍した。

「都乎のこともよろしくお願いいたす」

秀郷への申し出だった。

爺は即座に膝を打った。

「めでたいことです。ようやくなあ。殿もお喜びでしょう」

どうも源通と実父・村雄、そして爺で話は進められていたようだ。外堀は埋められた。

ただ、秀郷としても悪い話ではない。

頭によぎったのは陸奥・十三湊《とさみなと》で会った波斯《はし》氏の娘・冴瑠《さえる》だ。

（だが、もう二度と会うこともあるまい……）

自分の中で割り切った。これはこれでいい。これでいいのだ。

とりあえずは謙虚な言い回しをした。

「姫はよろしいのでしょうか。東国は治安も悪く、吾は無位無官の鄙武者。京には健やかな貴公子もたくさんいらっしゃるというのに」

「まあ、私をお嫌いで、そのような情けなきお言葉をおっしゃるのですか」

都乎が拗ね、秀郷は慌てた。

「嫌い……。とんでもございません。吾の方には何も異存はございません。この上は姫をお守り申し上げ、慈《いつく》しみとうござりますれば、末永くよろしくお願いいたします」

「秀郷さまにお守りいただければ、何の憂いがございましょう」

「ああ、よかった、よかった、めでたい、めでたい」

源通にとっては東国行きのためにも何としても成立させたい縁談。その上、京の貴族の子弟にもあまりよい感情を持っていないようだった。

「貴公子といっても素行怪しく、無作法な者ばかり。何しろわがままなのです。その上、（財力がないから）しみったれも多い」

従者や小者を殴り殺す連中までいて、これは現代の感覚なら明確な殺人罪、傷害致死罪だが、貴族の感覚では他人様の家のことだから関係ない。心配なのは他人の妻にも手を出し、やたら多くの女性と浮名を流す手合いだ。

貴族が妻を複数持つことは珍しくもなく、また複数の殿方と関係する姫もいる。

一夫多妻、多夫多妻はこの時代の倫理観に反しているものではないのだが、派手にやっているのは限られた美男美女。まず、和歌が上手で、そして権勢、財力など異性を惹《ひ》きつける要素のある者のみがこの制度（一夫多妻、多夫多妻）の恩恵を受けられる。

派手にやっていれば他人の羨《うらや》み、妬《ねた》みの対象となり、とかく噂の対象となる。

「既にお亡くなりになった方々のことを申し上げるのも、いささか気が引けますが」

源通がまず指摘したのは本院の大臣・藤原時平だ。『今昔物語集』には「好色でいらっしゃったことがいくぶん欠点のようにお見受けした」と書かれ、叔父・藤大納言（藤原国経《くにつね》）の妻（在原棟梁《ありはらのむねはり》の娘）がとびきり若くて美しいと聞くや、酒宴にことよせて奪ってしまう事件が伝わっている。この逸話に登場する兵《ひょう》衛佐《えのすけ》・平定文も好色家で「人妻であれ、娘であれ、宮仕えの女性であれ、関係を持たない者はまれだった」との評判。国経の妻の祖父で、プレイボーイで有名だった在原業平《なりひら》とともに「在中・平中」と並び称されるほどだった。

これらのゴシップはどう広がるのか、京の間では知らぬ者はいない。最近では日記を書いている貴族や物語として、それらの事件を書き留めている僧侶、文筆家らもいる。源通は「後々まで悪評が残りますぞ」と嘆いた。

数日後、秀郷のもとに和歌が届いた。鬼面のような男たちから救ったあの姫である。

（名も名乗らずにいたが、わしの寄宿先にこのようなものが……）

貴族社会はプライバシーも筒抜けのようである。源通が「婿殿の強さよ」と吹聴していることもすぐに分かった。あの話は鬼退治ということになっている。まさか自分で殺人でしたと訂正するわけにもいかず、放っておいたが、妙なものである。

そういえば、あの夜の翌日、賊の死体があったという話は聞かず、事件がどう処理されたかは知る由《よし》もない。

京風の雅《みやび》な歌は苦手であり、詠めない秀郷は歌を返すことができない。これこそ知れ渡ってしまえば、「鄙の者（田舎者）」「東夷《あずまえびす》」と言われ、この上なく恥だから誰に相談することもできない。まして都乎に知られては、間違いなく面倒なことになる。

放っておくしかないので放っておいた。

だが、ある日、源通の屋敷に戻ってきたところ、近くの路地に見知らぬ若い僧侶が待ち伏せしていた。視線が鋭い。若いといっても秀郷より四、五歳は齢上に見える壮年。貴公子然とした爽《さわ》やかな顔立ちだが、目の鋭さが憎らしくない。

「姫をたぶらかせているのは貴公か。鬼を見事に退治したそうだが、その腕前を見せてもらおう。拙僧《せっそう》も武芸、法験《ほうげん》（霊験）に多少の覚えがある」

「待たれよ。やめよ。御坊《ごぼう》と戦う気はござらん」

長柄《ながえ》の矛《ほこ》を打ちかけてくる相手に対し、秀郷は剣を抜かず、手を広げて戦わない姿勢を示した。だが、若い僧は余計に激昂《げっこう》したようだ。

「逃げるか。それとも拙僧を見くびっておいでか。正々堂々といたせ」

「何故そのような……。挑まれる理由が分からん」

「白《しら》をきるおつもりか。見え透いておりますぞ。姫は貴公に気を奪われ……」

「御坊の勘違い。どこの姫の話か存じ申さず。知る気もござらん」

無論、どこの姫の話か察しはつく。だが、ここでは余計なことは言うまい。足元を払おうとする僧の攻撃を、両足を挙げてかわす。ぴょんぴょんと跳ねてわれながら実にみっともない。だが、相手がしゃにむに仕掛けてくるので致し方ない。ぴょんぴょんと跳ねながらようやく屋敷内に逃げ込んだ。

「逃げるか、卑怯者め。だが、このような門扉、拙僧の法力で……」

門の外でわめく声を聞き、まさか内側からかんぬきをした門を開けられるのかと思い、必死で押さえていたが、やはり、自然と開かれるようなことはなかった。

「うぬぬ、法力が効かぬ……。いや、法力が出せぬ……。これはいかにしたことか……」

門の外で僧が呻《うめ》く声が聞こえる。

翌日、秀郷は平安京の真北にある鞍馬寺に参詣した。陰陽師・賀茂忠行にさまざまな怪異の件を相談し、「邪気を防ぐ霊山」と教えられ、一度、行かねばならぬと思いたった。九十九折《つづらおり》の坂道を上がる途中だった。

「御坊は……」

昨日の僧侶に会った。

「鞍馬の修行僧でありましたか」

「昨日はたいへんご無礼をいたしました。拙僧、浄《じょう》蔵《ぞう》と申します。実はお詫びにうかがうべきかと思案していたところでした。これは毘沙門天《びしゃもんてん》のお導きでありましょう」

「浄蔵大徳さまでしたか。若くして名声この上ない高僧」

秀郷は驚いた。延喜九年（九〇九年）、藤原時平を加持祈禱したときは二十歳に満たなかったが、既に「験徳《げんとく》尊く」と評判を得ていたほどである。

浄蔵はことの次第を説明した。

姫は近江守《おうみのかみ》・平中興《なかき》の娘。病を患《わずら》い、臥《ふ》している と、加持を依頼され、しばらく近江守の館に滞在した。姫の病気はたちまち治ったが、姫をほのかに垣間見たことで愛欲の心が起こり、煩悩《ぼんのう》の虜《とりこ》になってしまった。鞍馬山に籠《こも》り、修行に励んだが、姫の様子が目の前に思い出され、自然、修行もうわの空という状態。姫との和歌のやり取りが重なり、すっかり世間に知れ渡ってしまった。

「その怒り、自分の不甲斐《ふがい》なさへの怒りを貴殿にぶつけてしまいました。姫への思いを断ち切りたいと思う一方、別の殿方にご執心《しゅうしん》と聞くと、それが許せず……。どんな剣の達人でも自分の法力で倒せると、うぬぼれもありました。貴殿が戦いを避け、法力も効かぬことで、まだまだ修行の足りぬ己を知ることができました次第です」

浄蔵と姫が交わした歌が伝わっている。（『今昔物語集』第三十巻三話）

すみぞめのくらまの山に入る人は　たどるたどるもかへりきななむ

（鞍馬山に籠って仏にお仕えなさるお方よ。どうか、暗い道をたどってでも、私のところへ帰ってきてほしいものです）

からくして思ひ忘るる恋ひしさを　うたてなきつ
るうぐひすのこゑ

（修行に励んで、やっとのことで忘れかけていたあなたの恋しさ、それを鶯《うぐいす》の声がよびさますのか、そんなあなたのお手紙です）

さても君わすれけりかしうぐひすの　なくをりの
みや思ひいづべき

（さては、私のことなどすっかりお忘れになったのね。鶯の鳴声を聞いて思い出すなんて、情けないこと）

わがためにつらき人をばおきながら　なにのつみ
なき世をうらむらむ

（私のためには、つれないあなたをそのままにして、どうして一方的に私をお恨みなさるのか、何の罪もないこの私なのに）

世間では、浄蔵がどれだけ言っても姫が聞こうとしなければどうにもならない、「浅はかな姫は自分から自分の一生を台無しにした」と取り沙汰された。浄蔵は姫の評判を傷つけたと悔いながらも、やはり、自らの姿を見つめなければ、と思い至った。心が揺れていては法力も出ない。

「お陰で自分のいるべきところ、すべきことが分かり申した」

浄蔵が頭を下げた。謝罪、そして感謝であった。

なお、浄蔵大徳に超人的法力があるのはよく知られた話で、三十年以上後のことになるが、八坂の僧坊に押し入った大勢の強盗を金縛《かなしば》りにしたとか、八坂の塔の傾きを直したとか、の話がある。

また、「自ら人生を台無しにした」と世間のバッシングを浴びた姫だったが、その後、元良《もとよし》親王（陽成《ようぜい》天皇の皇子）、宗城《むねざね》王（宇多天皇の孫、源宗城）と歌を交わし、歌人として知られた。ある意味、自分のやりたいように自分らしさを通した。その人生は成功したとは言えまいか。

（お陰で自分のいるべきところ、すべきことが分かり申した……）

秀郷は浄蔵の言葉を思い起こしていた。

（京では面白き人にたくさん出会ったが、自分のいるべきところは京ではない。自分にもいるべき場所があり、すべきことがある……)

下野に帰る。心に決めたのであった。

第七章　下野帰郷

〈1〉坂東の風

坂東《ばんどう》に戻ってきた藤原秀郷《ひでさと》一行。赤城山《あかぎやま》を見ながら上野国《こうずけ》を東へ進む。

秀郷に従うのは斗鳥《ととり》の爺《じい》、従者・佐丸《すけまる》、それに京で秀郷の配下に加わった柏崎光徳《かしわざきこうとく》である。馬を手に入れ、堂々とした帰途である。

「久々の東国《とうごく》。やはり、風が清々《すがすが》しいではないか」

「風？　風というものは京も坂東もさほど変わらないかもしれませんが」

上機嫌の秀郷を佐丸がからかった。

「いやいや、東国の風はやはり清々しい。京は何か、澱《よど》んだ、濁ったような感じが苦手だった」

「えっ、風が、ですか……」

佐丸の疑問はもっともで、秀郷が言う風云々《うんぬん》は自身の印象でしかなく、根拠のない坂東・京比較論というしかない。光徳が若干、秀郷をフォローした。

「あはは。京の夏の風はいくらかじっとりしていたかもしれませんな。ですが、冬の風を思い出されませ。身を切るような冷たさではございませんでしたか」

冬の風は清々しいとはいえないが、確かに澱みや濁りとは正反対であった。三方を山に囲まれた盆地の京は、夏は蒸し暑く、冬は寒さの厳しい土地だ。季節によって印象も違うだろう。

「ま。そうだな」

秀郷はあっさりと折れた。風はともかく、東国に帰って来た気分に浸り、あまりよく考えずに言葉が出てきたのである。

（東国には東国のよさがあるぞ。間怠《まだる》っこしいしきたりなんぞ、暇《ひま》な貴族の真似《まね》をすることはない。武芸の鍛錬《たんれん》なら思いのまま駆け回れる野原があってこそ。屋敷の庭での弓矢や乗馬なぞ実戦とは違う）

このことである。

平将門《まさかど》、平貞盛《さだもり》。あの少年たちは京での立身出世を目指している。彼らが出身地の常陸《ひたち》、下総《しもうさ》を田舎くさいと感じているようでもなかったが、何か京には特別なものを感じているようだった。やはり王族の血か――。

「赤城山を見たら、二荒山《ふたらさん》（男体山《なんたいさん》）に登らなくては」

唐突に言い出した秀郷に対し、斗鳥の爺がたしなめる。

「皆さまが若殿の帰りをお待ちですぞ」

だが、若い秀郷は言い出したらきかない。

「山頂までが無理なら、（日光）二荒山神社には参詣《さんけい》せねばならん」

「少しばかり遠回りが過ぎますが」

「京では神に感謝せねばならぬことが多々あった。地元の神の御加護《ごかご》もあったことであろう。改めて御礼申し上げねばなるまい」

神への御礼を持ち出し、日光に向かうことにした。

日光への道を北上する前には赤城山南東の広い草原《くさはら》で、的を作って馬で駆けながら矢を射る鍛錬に汗を流した。

「これは笠懸《かさがけ》によきところ」

東国の風の香りに心が湧き立つ。要ははしゃいでいたのである。

笠懸が文献に登場するのはもう少し後の時代だが、既に弓術の鍛錬として東国武者の間では盛んであった。「流鏑馬《やぶさめ》」「犬追物《いぬおうもの》」と並ぶ馬上の弓術鍛錬である。なお、この地は後の源平の時代、鎌倉幕府を開く源頼朝《よりとも》による笠懸があり、それが地名になった。町名としても、平成一八年（二〇〇六年）の三町村合併まで、笠懸《かさかけ》町（現群馬県みどり市）が存在した。

一行はここから北上。上野国東部の渡良瀬《わたらせ》川沿いを駆け上がる。現在の国道一二二号か、わたらせ渓谷鉄道にほぼ沿ったルート。だが、当時は道なき道の山岳路。現在は草木湖の湖底となっている深い谷やつづら折りの山道が続く。上野と下野《しもつけ》の国境《くにざか》いは、くねくねとした細い坂道。馬の手綱をひきながら歩く。現在なら、わたらせ渓谷鉄道がゆっくりと走って県境の二駅（群馬県側・沢入《そうり》駅、栃木県側・足尾《あしお》駅）を十数分とかからない。その国境いを越えるのに朝出て、晩に着くという難路だった。国境いを越え、下野に入ったところが足尾。後に銅山が発見される。足尾から日光がまた難路だが、峠を越えれば、後は下り坂だ。

ようやく聖地・日光に到着した。山の中腹、鬱蒼《うっそう》とした林の中に大伽藍《だいがらん》を持つ輪王寺《りんのうじ》があり、目指す日光二荒山神社がある。

百三十年以上前の八世紀後半、下野国芳賀《はが》郡高岡郷（栃木県真岡《もおか》市）出身の勝道上人《しょうどうしょうにん》が苦行を重ねて霊峰補陀落山《ほだらさん》に挑み、登頂失敗と再挑戦を経て開山。仏教と日本古来の山岳信仰が融合した「神仏習合《しんぶつしゅうごう》」を象徴する場でもある。補陀落山が男体山（標高二四八六メートル）、その北東の山が女峰山《にょほうさん》（標高二四六四メートル）と呼ばれるようになった。

男体山は大国主命《おおくにぬしのみこと》、女峰山はその妃、田心姫命《たごりひめのみこと》を祀《まつ》る。男女二神が現れたので二荒山（男体山の別名）といい、「補陀落」を「二荒《ふたら》」と書き換えたともいわれる。

平安時代に入って、真言宗《しんごんしゅう》開祖・弘法大師空海《こうぼうだいしくうかい》、天台宗《てんだいしゅう》の高僧・慈覚大師円仁《じかくだいしえんにん》も来山。空海が「二荒」を「にこう」と読み替え、さらに「日光」の字をあてたとする地名由来伝承もある。円仁は下野の古族・壬生《みぶ》氏の出。壬生町や栃木市などに生誕の伝承がある。

鎌倉時代以降、太郎山《たろうさん》（標高二三六八メートル）を含めた「日光三山」の三神信仰へと移行する。

一行は日光二荒山神社を参詣。神官の姿が目にとまり、秀郷が声を掛ける。

「われらは京より下野への帰途。京ではさまざまな怪異がありながら、無事の帰国を果たし、神への御礼として参詣に参った次第」

「これはよき心掛け。京ではどのような怪異がありましたのか」

「いろいろございましたが、まずは大ムカデを退治できましたこと、御礼申し上げたく、参詣仕《つかまつ》った」

（大ムカデ退治とは、竜神一族とムカデ一族を和解させた件か。何とも大げさな）

（何を言い出すのか。若殿も妙じゃ）

同行の斗鳥の爺と佐丸は驚き、心配顔。笠懸でのはしゃぎぶりといい、ここ数日の妙なテンションを訝《いぶか》しんだ。

「それは真《まこと》でございましょうか。何という奇縁、何という不思議」

神官は驚き、ばたばたと社殿の奥へと消え、巻物を持って再び出てきた。

「これをご覧あれ」

神官は巻物を広げた。

「日光山縁起の絵巻でございます。あ、触らぬように……。何せ古いもので、いずれ写し（写本）を作らねばならぬでしょうが……」

紙はボロボロで、かなり色も落ちている。秀郷は絵をまじまじと隅から隅まで見た。絵の中に吸い込まれる思いだ。

「このような不思議なことがあろうとは……」

描かれていたのは、大ムカデを射る若武者の姿である。

まさに自分が近江《おうみ》・三上山《みかみさん》で体験した大ムカデ一族と竜神一族の争いを見事に戯画《ぎが》化したような情景が描かれている。

（竜神が望んでいたのはこういうことなのだろうな）

すなわち敵一族をこのような化け物として葬り去ってくれと……。

「この海は？」

「もちろん中禅寺湖《ちゅうぜんじこ》でございますよ」

（琵琶湖《びわこ》ではないのか……）

日光・二荒山（男体山）の神が大蛇となり、赤城山の神が大ムカデに姿を変え戦うという神戦譚《しんせんたん》。神官は男体山の神に助力した若武者・猿丸が大ムカデを退治したと説明した。神が戦った場所が戦場ヶ原《せんじょうがはら》。大ムカデが血を流しながら退散し、水が赤く染まったというのが赤沼（現在、沼はない）。猿丸が喜び舞い踊り、歌ったのが中禅寺湖南岸の歌ヶ浜。伝説に由来する地名が残る。

日光二荒山神社中宮祠《ちゅうぐうし》（栃木県日光市中宮祠）では正月四日、この神戦譚にちなんで、宮司、神官、弓道家が境内から矢を放つ「武射祭《むしゃさい》」という神事が行われる。

近江・三上山での大ムカデ退治「俵藤太《たわらのとうた》物語」は、秀郷の地元である下野の日光戦場ヶ原神戦譚が基になって形成された。そう解釈する後世の歴史家もいる。

「やはり、下野に生きる者として、勝道上人が開いた日光山への参拝は格別じゃ」

遠回りしてよかった――。

清々しく引き締まった気分で帰路を南へと急いだ。

〈2〉帰路の厄災

「神に感謝したばかりだというのに……。なぜ、ここに」

目の前にいるのはまさに厄災。

下野国検非違使《けびいし》の下人、狼《おおかみ》のごとき鋭い眼と鋭い嗅覚《きゅうかく》を持つ痩《や》せた男が秀郷一行の前に立ち塞《ふさ》がった。

「木々立ち並ぶ暗き杣道《そまみち》。行く先の気配に気付かぬとは不覚でした」

「何の。そなたたちのせいではない」

柏崎光徳が詫《わ》びたが、秀郷は自身の不覚でもあると感じた。それよりもこの男のしつこさには辟易《へきえき》し、困惑するしかない。

「東山道筋《とうさんどう》を避け、裏をかいたつもりだろうが、わが勘と嗅覚がこちらの道を教えてくれたわ。いつぞやも申したが、わが祖先は狼。狼の血が、野生の血が獲物を逃しはせぬのよ。覚悟いたせ、罪人・藤原秀郷」

「その件は既に京で不問に付された。そなたがわしを追う理由も失《う》せている」

「ふっ。官人《つかさびと》に賄賂《まいない》でも渡したか。京の件は知らず。受領《ずりょう》さま（下野守・藤原利平《としひら》）は罪人・藤原秀郷を捕縛《ほばく》すべしとのお立場。何も変わらぬし、諦《あきら》めてはおらぬ。捕縛難しきときは斬ってもよい。このように仰《おお》せじゃ」

「その受領さまの命《めい》に従っているのはおぬし一人か。無意味な斬り合いは望まぬ。黙って、ここを通らせたまえ」

男の周りに同僚はいない。一人で長鉾《ながほこ》を構え、秀郷を睨《にら》む。秀郷捕縛の任務が難しく、得にならないと、国検非違使の下人連中にも浸透しているのであろう。任期の残り少ない受領の威光も色褪《いろあ》せたということか。一匹狼とはこのこと。

「黙らっしゃい」

男は鋭い眼を向けて、長鉾をふりかざしてきた。秀郷は太刀も抜かず、男の振るう長鉾をかわし、左右に逃げる。

「若殿、若殿」

佐丸が手を広げ、秀郷をかばおうとするが、秀郷の動きについてゆけず、必死に後を追う。

「そなたらは関係ない。離れられよ。危ないから」

「そうはいかぬ。若殿を」

「どうした。秀郷。太刀を抜かれよ。斬るか、斬られるか。正々堂々といたせ」

「そなたを斬る理由はござらん。ござらんが……」

秀郷は腰の太刀に手をかけた。狼の眼をした男はその眼を輝かせ、一瞬にやりとしたように見えた。

そのとき、柏崎光徳が短い手矛《てぼこ》を抜き、横合いからさっと秀郷と男の間に入り込み、男の長鉾を強く払った。

「うわっ」

バランスを崩した男は細い杣道の脇から林の中の斜面を転げ落ちた。長鉾は柄が折れ、斜面に転がっている。

「さ。この間に。先を急ぎましょう」

「うむ」

そのとき。

「ぎゃあ」

「ぐわっ」

聞こえたのは、男の叫び声と獣の咆哮《ほうこう》。

斜面の下は清流の流れる谷。上からのぞくと、熊が男に襲いかかろうとしている。男は尻を地につけたまま後《あと》ずさり。脚を負傷したのか立ち上がれない。

熊は興奮している。鋭い爪をたて、思い切り振り下ろす。男は避けようと身をかわしたが、肩口をばっさり切られた。熊はさらに男に迫ろうとしていた。

秀郷は弓を構えながら言った。

「佐丸。熊に石礫《いしつぶて》を投げつけよ」

「えっ」

「早く」

熊が上からの攻撃に驚き、顔を上げた瞬間、矢を放った。眉間《みけん》に命中。熊はどうっと音を立て、仰向《あおむ》けに倒れた。

「あの男、助けることもなかったのではございませんか」

「まさか見捨てるわけにもいくまい。あの状況で」

「しかし、足掛け三年、吾《わぬ》らの厄災でございましたのに」

「そうかもしれぬが……。それより近くに杣人《そまうど》（樵《きこり》）の小屋はないか。人を呼んでくれ」

「へい」

秀郷と光徳が斜面を降り、男を引き上げる。

「放せ、放せ。吾に構うな」

「そなた、足をくじき、歩けぬではないか」

「放せ、放せ」

「肩口の出血もひどい。歩けねば、野垂《のた》れ死《じ》にだぞ」

佐丸が杣人を捜し出し、小屋に案内した。杣人に仕留めた熊を譲ると申し出、男の手当、世話を頼んだ。

「礼を申さねばならぬが、任務の完遂《かんすい》は諦めぬ。きっと果たす。吾を助けたこと、きっと後悔するぞ。後悔させてみせる」

男は寝かせられても強がる姿勢を崩さない。

「おぬしの果たそうとする任務。それは間違いである。もう分かったであろう」

「そうではない」

まだ言っている。この男のしつこさには心底迷惑であり、こちらも疲れ果てた。だが、男の生来の性格か、そうせざるを得ない境遇があったのかとも思う。

「おぬし、名は？」

「名など持たぬ。持ったことはない」

「そうか」

それがこの男の人生なのか、名を明かしたくないだけだったのかは分からない。秀郷は立ち上がった。

「もう二度と会うこともあるまい」

小屋を後にする背に呻《うめ》き声交じりの宣言を聞いた。

「そうはいかぬ。礼は申す。今回は助けていただいた。だが、いつか必ず、わが任務は果たす。生涯かけて」

〈3〉**帰郷報告**

秀郷一行は下野国府に戻ってきた。

配流の件はうやむやになっており、もう逃げ隠れする必要はない。だが、健児《こんでい》復帰は遠慮した。身分は罪人のまま。誰も文句は言わないだろうが、あまりにもけじめがない。

国司下級官人の職に就いて研鑽《けんさん》を積み、実父・藤原村雄《むらお》、養父・鹿島《かしま》のようにゆくゆくは在庁官人としてそれなりの地位を得るはずだった未来予想図も大きく狂ったといってよい。

（もともと国司の職に拘《こだわ》りはない。無位無官でよい）

しばらくは様子を見るつもりだが、国司の官職に就くタイミングを計ろうという気はない。

（なるようになる。それでいい）

では、秀郷は将来の展望を失ったのか。

さにあらず。

まず、実父・村雄は今回の件で何ら傷ついていない。河内守《かわちのかみ》として下野を不在にしているが、腹心・鹿島らを通じて下野最有力豪族、富豪の輩《ともがら》として勢力を保持しており、秀郷が村雄の威勢を継ぐことも既定路線。これに狂いはない。

むしろ、国司軍を一蹴した秀郷の武名は近隣に轟《とどろ》いた。ますます、その立場は強化されたとみていい。

「村雄、秀郷父子め……。いったい、どのような手蔓《てづる》で……。朝廷に真実《まこと》を伝えるには東夷《あずまえびす》の地は遠すぎるのか」

下野守・藤原利平は秀郷帰郷の報を聞いても、どうすることもできぬ事態を嘆いた。本来の任期を半年以上残して転任が決まった。事実上の解任である。

結局、宣言通りの徴税は実行できずに終わった。国司軍連敗後、不在の村雄の威厳が受領の指示を上回り、在庁官人や郡司は利平に対し、面従腹背《めんじゅうふくはい》を貫いた。

「うぬぬぬ……。悪の栄えし世は末法か」

退任受領は一人、屈辱の沼に沈んでいた。

「そう呻いておったそうです」

鹿島は屋敷で秀郷を迎えた。謹慎《きんしん》して大掾《だいじょう》（国司三等官）の地位を離れているが、国衙《こくが》（国府役所群）内部の事情には精通している。

「ご無事のご帰還、何より。祝着至極《しゅうちゃくしごく》にございます」

「父上にはさまざま、ご迷惑をおかけしました」

「何の。これからですぞ、秀郷さま。少々難しい立場ではありますが、下野で藤原秀郷の兵威を知らぬ者なく、田堵《たと》（有力農民）、百姓は秀郷さま慕う者多く、近隣の中小豪族も改めて秀郷さまの兵威、人徳を知り、臣従を誓っております」

「何か妙な気分です。父上にこれだけ褒《ほ》められるとは……」

「久しぶりにお会いして少々興奮いたしました。ははは。新任の受領さまがあの件を蒸し返すこともございますまい」

下野守・利平に関してはもはや眼中にないといった鹿島の態度。新任受領についても素性調査、対応策が進んでいることをうかがわせる。既に着任祝いの贈物、事実上の賄賂の用意もできているのであろうか。

「では父上の大掾復帰に向け、動かねばなりませんな」

「お気遣い、嬉《うれ》しゅうございます。ですが、もはや大掾の地位なぞ不要。村雄さまに従い、秀郷さまのお力になれれば吾の立つ瀬はございます」

国司のポストは既に新体制で固められており、余計な摩擦を避けたがる人柄は変わらない。鹿島には新任受領を贈賄で取り込む上で、自らのポストは要求すべきでないとの思いもある。

「父上の謙虚なお人柄、自身の栄達を図らぬお人柄は知っておりますが、それでよいのでしょうか」

「よいのです、よいのです。お気遣いくださるな」

「何とも申し訳なく……」

秀郷としても本人の意向に反して無理強いすることではない。

「ただ……」

鹿島は話題を切り替えた。

「村雄さまのご意向を考えたとき、どうにもならなくなったものもございまして……」

切り出したのは那須《なす》の金《きん》のことである。

当時、日本の中で金が産出するのは陸奥《むつ》と那須。『延喜式《えんぎしき》』によると、平安時代には交易雑物（税の一種）として、那須から砂金百五十両（二・二キログラム）、練金八十四両（一キログラム）が納められていた。産出作業に携わるのは徭夫《ようふ》（公用人夫）であり、その食糧には正税が充《あ》てられた。那須の産金は国の直轄事業。渡来人かその系統の新羅《しらぎ》系技術者が関わっている。

「陸奥では、どこぞの豪族が扱っておるのだろう。何とも旨味《うまみ》のある……」

村雄はかつてこうこぼしていた。

国司の一員から外れた鹿島は那須の産金に関わることができない。下野でこれだけの勢力を誇りながら、金の権益を国司にむざむざ独占させるのは何とももったいない。官職にあったうちに横領着服の道筋をつけておけば……。

「村雄さまも、できれば、那須の金を、那須の地を、と、望まれておることでしょう」

「では、どうされる」

「秀郷さま指揮する兵を立てれば那須の地、支配下におくこと、それほど難しいことではございません」

「では……」

「ですが、やはり無理でございます。欲はかかないことです。この夢想話はここまでにいたしたく存じます」

朝廷と敵対する恐れがある。

国司と少々のことを構えたところで今回のように朝廷はさほどの関心も示さないであろう。だが、金産出が絡めば別である。朝廷の意向に従わなければ、京から大軍が派遣され、秀郷の罪も攻める口実とされよう。

村雄もそこまでの無理は望まないはずである。

ましても、金産出場所は常陸国との国境い近くで、常陸の平国香《くにか》や源護《まもる》も黙っていまい。むしろ最初に手を出した者が咎《とが》められる。それを成敗する朝廷軍にうまく便乗した方がまだしも可能性がある。

（いずれにしろ今のところは夢想でしかない。最初に

手を出すのは下策）
　鹿島はいろいろと巡らせた思いを封印した。

日本初の産金は那須である。

那須にしろ、陸奥にしろ、金の産出は奈良東大寺の大仏建立がその端緒だった。

　聖《しょう》武《む》天皇の発願《ほつがん》により、途方もない国費をつぎ込んだ一大事業はいよいよ像表上の鍍金《ときん》（金メッキ）の段階を迎えていたが、当時、金は全て輸入。決定的に不足していた。そこに陸奥守・百済王《くだらのこにきし》敬福《きょうふく》が陸奥国小田郡産出の黄金を献上した。

『続日本紀《しょくにほんぎ》』天平《てんぴょう》二一年（七四九年）二月二二日条が伝える。また、『扶桑略記《ふそうりゃくき》』は同年一月のこととして小田郡から黄金九百両が献上されたと記す。

　この慶事に平城京は沸き立った。この年、天平から天平感宝《かんぽう》、次いで天平勝宝《しょうほう》と改元する。百済王敬福は従五位上から従三位へ七階級特進した。

　場所は現在の宮城県涌谷《わくや》町。日本初の金産出地として知られている。確かにこの時代、この場所でゴールドラッシュがあった。

　一方、『東大寺要録』伊勢大神宮禰宜《ねぎ》延平日記は那須産金を天平一九年（七四七年）一二月と記す。陸奥産金の二年前（正確には一年一、二カ月の差）。しかも、聖武天皇の夢に高僧が顕《あら》われ、そのお告げに従い、近江国栗太《くりた》郡勢多村に伽藍《がらん》を建て、その結果として下野より黄金産出の報《しら》せがあった。

　天皇の夢のお告げに関わる国家的吉事であった。陸奥産金に比べて、あまり騒がれていない不思議は残るが、確かに那須は金を産出していたのである。

〈4〉思わぬ再会

　秀郷の方にも鹿島に報告せねばならぬ件があった。

「父上、京では源通《かよう》さまご息女との婚儀、あい整えまして……」

「それは……。おめでとうございます」

　祝いの言葉を繰り出す鹿島に感情の抑揚がない。

（あれっ）

　この縁談を進めていたのは、村雄の意向に従い、源通と斗鳥の爺であろうが、養父・鹿島も当然知っていたのではないか。驚きがないのはいいとして、もう少し歓迎するのかと思っていたが、そうでもない。

（派手に歓迎されても少々照れるな）

身構えていただけにこれは意外である。むしろ当惑しているようにもみえる。かなり予想外の反応だ。

「まずはですな」

「はっ」

秀郷の返事に鹿島は言いかけたまま、しばし沈黙。何かを言おうとして躊躇《ちゅうちょ》している態度《さま》がありありだ。

「秀郷さま。嫁というのはですな……」

「はっ」

返事をして、秀郷は何の話だろうと姿勢を直す。鹿島は同じことを言い直す。

「あいや、そんな堅苦しい話ではござらん。妻というのはですな……」

「はい。妻というのは？」

「一人目の妻は出世を後押しできる財産家、権勢家出身の齢上女《としうえ》。二人目の妻は家事全般、家を守り、財産管理にも長《た》けている同年代の女。三人目の妻は若く美しく、多少世間知らずでもとにかく健康な女がよいと申しますぞ」

「はあ？」

秀郷は思わず間の抜けた声が出たが、すぐに言葉を直した。

「あっ、いや、父上の如く、妻は一人で十分かと」

妻を三人持てということか。この場でいかにも唐突である。

ただ、これは貴族社会ではちょこちょこ言われていたことのようで、百年以上後になるが、中級貴族・藤原明衡《あきひら》（藤原式家《しきけ》）が著した『新猿楽記《しんさるがくき》』の主人公、右衛門尉《うえもんのじょう》には三人の妻がおり、第一妻は出世を後見し得る裕福な家出身の齢上妻、第二妻は同年齢で容姿は十人並みだが、家事万端の能力に優れた女、第三妻は遥《はる》かに齢下で容姿は麗《うるわ》しく、ふくよか、素晴らしい色気を持っている派手な美人、と書き分けられている。貴族の願望が反映されているのであろう。この第二妻は家事全般だけではなく、馬や鞍《くら》、弓などの武器管理、さらに家に仕える従者らの統括もこなす。貨幣経済が普及していない時代なので貴族層でもいちいち市で物々交換して生活必需品を入手しなければならないが、その運用にも優れていたとか。

鹿島が秀郷を制して続ける。

「秀郷さま、それはなりません。それはなりませんぞ。吾《わぬ》のごとく者とお立場が違います。家を絶やさず、より繁栄させねばなりません。子は多いほどよい。よって妻も多い方がよろしいのです」

「あ、いや……。しかし、源通さまにはとても聞かせられぬ話」

鹿島の主張に理はあるが、なぜ今、この話が展開するのか全く理解できない。

「何はともあれですな……。まずは陸津子《むつこ》にお会いになっては」

「はい」

秀郷の母・陸津子は鹿島の妹である。当然、この後、挨拶《あいさつ》に行くつもりであった。すなわち言わずもがなである。

「客が来ておるかもしれませんな」

その言葉をきっかけに何か言おうとして鹿島はまた躊躇《ためら》っている。

「えっ。では後ほどに」

「いや、今がいいでしょう。今でしょう」

つまり、母の客にも会えということか。

「どなたさまが」

「それは……。会えば分かりましょう」

養父はまた何か言おうとして躊躇している。その態度は全く不審で不可解と言わざるを得ない。そもそも母の客とは誰か。それが秀郷自身と関係することが結びつかない。

(誰なのかな)

少し考えてみた。

(もしかしたら平氏の使者か)

村雄や鹿島らの意向に反して、母が独自に平氏からの嫁取り交渉を進めているというのか。秀郷自身に何の相談もなく。

(いや、それはあり得まい)

そもそも、平氏からの嫁取りを熱望していた母だが、毛野川《きぬがわ》(鬼怒川)対陣以降、ぱったり言わなくなった。平氏側の姿勢に腹据えかね、嫌気がさしたのだろう。それが普通の感覚である。

(そうすると、誰なのかな)

平氏関係者を否定すると、全く想像がつかない。


母・陸津子の部屋を訪ねる。

「あっ」

秀郷は、これ以外の声が出なかった。

一瞬だが、呼吸さえ止まった。

幼い男児を抱いた若い娘が陸津子の後ろに控えてい

た。知らない顔ではない。

波斯《はし》氏の娘、冴瑠《さえる》。陸奥・十三湊《とさみなと》の別れ以来、およそ四年ぶりの再会である。そしてこの男児は無論、冴瑠の子。すなわち秀郷の子、ということか。身に覚えのあることではある。

「秀郷殿」

母が鋭い目を向けた。何と冴瑠の愛猫を抱いている。

「これはいったい。説明なさい」

陸津子の問いかけは当然であった。

「母《あも》さま。秀郷さまには知らせず、私たち父娘《おやこ》が、この子を連れ、勝手に来てしまったのです。秀郷さまを責めないでくださいい」

(あもさま?)

秀郷は心の中でのけぞった。あもは「母」の東国なまり。しかも古い言葉である。いつの間に覚えたのか。

母は容赦なく、たたみかける。

「この姫さまには、この家で暮らしてもらい……」

(ここは、わしの家でもあるが……)

その心の声が聞こえたのか、母は続けた。

「あなたと一緒に、夫婦として……」

「そ、そ、そ、その件《こと》ですが。母上」

秀郷は神妙に改まった。ええい、ここは、いずれ知れることなら自らの口から早めに……。そして、冴瑠にも自ら告げた方が……。いいのか悪いのか判断できないが、言うしかない。意を決した。

「母上。母上が抱いているこの小動物は、猫と申します」

「知っていますよ」

「猫は本当に成長すると眼の色が変わるのですな。仔猫のときは青かった瞳が、まさしく……」

「何の話ですか」

遠回りして話に入ろうとした秀郷を母が遮《さえぎ》った。

(ええい。もはや退路はなし。突撃あるのみ)

今度こそ、本当に意を決した。

京で侍従・源通さまのご息女と婚儀を整え、まもなく父娘ともども東国へお移りあそばす——。簡単にいえば、そんなところを、込み入った事情これありと、やや、ややこしく説明した。

「何とはしたない。何と情けない」

母は泣き出した。

「ものごとには順序というものがあり……」

泣きながら小言を続けた。説教の内容は子供のころからの行動、性格の浅はかさなどに及び、しかも半分は何を言っているのか聞き取れない。

「おばば、泣かないで」

男児が冴瑠の手を離れ、陸津子に駆け寄った。

(もう、おばばと呼ばせているのか)

「おう、おう、藤一郎さま。何と賢いお子でしょう。だらしのない、そなたの父を叱っているのです。そなたの父が反省すれば、おばばも泣き止みますよ」

「あい」

後世では三文芝居とも呼ぶ。祖母と孫の珍妙なやり取りには心の中で苦笑するしかない。顔に出したら、また、何を言われるか分からない。

冴瑠は、このやり取りを微妙な笑顔で黙って見守っている。

母の話には口を挟まず、ひと段落したところで話し始めた。

「私の立場なぞはどうでもよいのでございます。ただただ秀郷さまのおそばでお助けすることができれば、ほかに喜びはございません」

「何と、何とできた姫君でしょう」

母の涙声はいっそうぐしゃぐしゃになった。

「私は姫君と呼ばれる身分ではございません」

秀郷は生きた心地がしない。

母は初孫の顔を見て同情したのか。冴瑠の父・波斯氏が十三湊より持ち込んできた珍品の数々に魅了させられたか。唐土《もろこし》(中国)をはじめ、西域、蝦夷《えぞ》が島、渤海《ぼっかい》、新羅の珍しい品々は下野では見たことのないものばかりだったに違いない。母の身につけている小物、室内の小さな装飾品。いずれもこれまで屋敷になかったものがちょこちょこと目についた。そして何といっても愛猫のかわいらしさか。

孫とともに猫に目を細める母の姿はまさしく人の心をつかむ猫のしたたかさを如実に表している。そして、愛猫と同じヘーゼル(淡褐色)の冴瑠の瞳は猫の愛苦しさそのものであった。

秀郷築城伝説がある国指定史跡唐沢山《からさわやま》城跡(栃木県佐野市富士町など)に行くと、入り口付近は猫だらけである。地域猫だという。それとこの話と関係あるかないかは分からないが、ほぼ全く関係ないはずだが、ちょっとだけ説明する。唐沢山城跡の猫は健康状態がよいというか、餌をたっぷり与えられているのか、かなり太った猫もいる。中には足元にまとわりつき、太った身体を摺《す》り寄せてくる猫がいて、愛猫家ではなくとも、これでは入り口にあるレストハウスで猫の餌《えさ》を買わざるを得ない。

〈5〉**那須のゆりがね**

秀郷は煩《わずら》わしさから逃げるように、どうでもいい理由を付けて那須に向かった。母の追及に気が滅入《めい》った。いや、滅入るのは整理されていない自分の心の内であったかもしれない。

那須は金が出る。

和歌にも歌枕「那須のゆりがね」として詠まれている。

「ゆりがね」は「揺り金」。「淘金」とも書く。

文字通り、砂利・土砂をさらって、ゆり板の上、水で洗いながら揺り動かして砂金を選び分ける。比重の重い金が最後まで沈積し、残る。こうして金を採取する。

『後葉和歌集』三御子

下野や那須の陶汰金《ゆりがね》七はかり　七夜はかりて逢わぬ君哉

（幾夜も会おうとしても、君にまた会うことができぬ）

三御子は三の宮、三番目の姫の意味。

『三百首和歌』宗尊《むねたか》親王

あふ事は那須のゆり金いつまでか　砕けて恋に沈み果つべき

（砂金が器の底に沈みたまるように、この恋はかなわず思いが沈んだままで終わってよいものか）

宗尊親王は、鎌倉幕府第六代将軍。

「那須のゆりがね」は、揺れ動き、沈む恋心の譬《たと》えとして和歌に使われている。

わが心も揺れ動いている。後世の和歌を知らぬ秀郷は「那須のゆりがね」と揺れる恋心の連想なぞ結びつかない。ただただ現実に追われて動揺しているのである。

そもそも、今回は金を求めての那須行きではない。那須といっても、金産出は那須郡の中でもほぼ南東端の限られた地。常陸と国境いを接する地域だ。武茂《むも》川であり、健武山《たけぶやま》神社（栃木県那珂川《なかがわ》町健武）が伝承の地である。

秀郷が向かったのは陸奥と国境を接する那須北端。陸奥への入り口ともいうべき白河の関に向かう東山道から北へ外れ、那須岳への道である。山麓からは斜面も急であるが、馬の脚はあくまで軽やかであった。

湯の神、現在の那須温泉《ゆぜん》神社（栃木県那須町湯本）を参詣。「鹿の湯」という古来の名湯もある。湯に浸かって、少しゆっくりしたいと思っていたのだ。

神社に向かう道すがら奇妙なものを見た。大勢の武者が、犬に向かって矢を射かけていたのだ。どうやら、当たっても犬が死なないように変わった形の鏑《かぶら》矢《や》か蟇目矢《ひきめや》のようだ。それにしても、である。

（何とも趣味の悪い遊びか。かわいげな犬を射る真似《まね》など……。武者たちが揃いも揃って）

それを不思議に思った。

「これは犬追物でござるよ」

立ち止まっていた秀郷に声を掛ける男がいた。壮年の名のある武者にみえる。秀郷を若武者とみたのであろう。

「今、ここでは怪異が発生しており、都から来た武者も手に負えない状況だが、そのための弓術の鍛錬をしておるのですよ。動くものを馬上から射るのは、なかなか難しく、これは鍛錬になりましょう」

「そうでしたか。犬追物。初めて聞き申しました」

秀郷はなるべく丁寧に答えた。

「確かにそう呼ばれるようなって日は浅いが。これは失礼。那須領主、須藤権守貞信《すどうごんのかみさだのぶ》でござる」

「こちらこそ失礼しました。吾は都賀《つが》郡の住人で、藤原藤太秀郷と申します」

「ほう」

須藤貞信はとたんに不審げな顔つきとなった。

それが秀郷には不審だった。藤原秀郷の名、下野で知らぬ者はおるまい。これはうぬぼれでも何でもない。最近のいろいろな事件から知らぬはずはなかろうと思う。

（あの不審げな目つき……、もしかして偽者と疑っているのか）

神社では既に参詣している若武者がいた。自分よりも若い。二十歳前だろうか。

その若武者が声を掛けてきた。

「失礼。鳥羽院武者所《とばいんむしゃどころ》、藤原朝綱《ともつな》と申します。鳥羽院の密命により、陰陽師《おんみょうじ》・安倍泰成《あべのやすなり》さま、武家の方々について京より当地に参りました」

「京の方か。わしは下野国都賀郡の者で、藤原藤太秀郷でござる」

「わたしも祖父・宗円《そうえん》が宇都宮検校職《うつのみやけんぎょうしき》(社務職)でありました。いささかでも下野は縁のある地でございます」

若武者は関白・藤原道兼《みちかね》の曾孫が宗円だと説明した。さらに父は京武者でありながら、隣国の常陸・八田を領有しているという。


若武者が去った後、秀郷は、話の辻褄《つじつま》の合わぬところが気になった。

まず、宇都宮明神の検校職の宗円とか、関白・藤原道兼は聞いたことのない名である。また、院というから、上皇のことだろうが、持明院《じみょういん》(陽成上皇)か亭《てい》子院《じのいん》(宇多法皇)について、鳥羽院という呼び方は聞いた覚えがない。少し前に京にいたが、陰陽師・賀茂忠行の周りにいた人物の中でも安倍某《なにがし》という名も聞いたことがない。

(つまり、全てが出まかせの名ということだ)

若武者に怪しい雰囲気はなかったのだが……。不審顔の那須領主の男も聞いたことのない名。とにかく違和感しかなかった。


鹿の湯は舒明《じょめい》天皇の時代(六三〇年ごろ)の開湯という古い歴史を持つ。伝説では狩りをしていた郡司・狩野《かりの》三郎行広《ゆきひろ》が白鹿を追いかけて深い谷に分け入ると、温泉の神という老翁が現れた。老翁の進言に従い、湯に浸かって矢傷を癒《い》やす白鹿を発見。三郎は、この温泉を鹿の湯と名付け、温泉の杜(那須温泉神社)を建立。鹿角を奉納した。現在の共同浴場「鹿の湯」は、那須温泉神社の近くにある。


「何ともややこしくなってきた」

とりあえず湯に浸かり、ぶつぶつと呟《つぶや》く。思案の中にあるのは突然現れた冴瑠と、その子供。いや自分の子供。まさしく、これは自分の蒔《ま》いた種。そして、源通の娘で妻となる都乎《みやこ》もまもなく東国にやって来《こ》る。思いもよらない展開。この後の身の来し方などを思案したが、考えはまとまらず、ぼんやりとしてしまう。

都平の顔が浮かぶ。まもなく父とともに下野に下向する予定だ。

（狐《きつね》か狸《たぬき》かといったら狸の顔だな）

絶世の美女というわけではないが、美人である。

冴瑠の顔が浮かぶ。父・波斯氏とともに下野にやって来た。

（猫か犬かといったら猫の顔だな）

西施《せいし》も逃げ出すというほどでもないが、美人である。

（……………）

それにしても湯はいい。このような極楽法悦《ごくらくほうえつ》の恵みは那須でしかない。

「このまま、ぼーっと生きているのもいいのだが……」

ぽちゃん。

音がして湯が揺れた。湯けむりの中に突然、美しい女が現れた。いや、いつの間にか入っていたのであろう。露《あら》わであるから現れるというのか、とか、変なことを思いながら、そそくさと湯を出た。ちらっと振り向くと、女はこちらを向いている。桑原桑原《くわばらくわばら》。

それでも女の顔はしっかり見た。鋭く、やや細い目。顔も鋭角に近い三角。京の女御の特徴だが、より美しさが際立ち、目は細すぎず、吸い寄せられるような魅惑があった。沈魚落雁閉月羞花《ちんぎょらくがんへいげつしゅうか》などと称される唐土《もろこし》（中国）の美女もかくやとばかりの美しさ。それらがちらっと見た瞬間に強く印象付けられた。

なお、沈魚云々は中国四大美女の形容。魚は泳ぐのを忘れて沈み、雁《かり》は飛ぶのを忘れて落ち、月は恥じて姿を隠し、花は恥じらい萎《しぼ》んでしまう。沈魚美人は春秋時代末期の美女・西施、落雁美人は前漢・元帝の時代の王昭君《おうしょうくん》、閉月美人は『三国志演義』に登場する貂蟬《ちょうせん》、羞花美人は唐の傾国の美女・楊貴妃《ようきひ》のことである。

いずれにしても、鹿の湯の女は美しく妖《あや》しかった。

〈6〉怪艶の美女

神社に戻り、気持ちを落ち着かせるため、今後の家内安全などを祈っていると、美しい女官がこちらに向かってくる。

（鹿の湯の女ではないか）

「助けてください」「追っ手に命を狙われているのです」「恐ろしい武家たち。刀を持って、わたしに斬りかかろうと……」

女官はそのまま抱きついてきた。玉藻前《たまものまえ》と名乗った。上皇の寵姫《ちょうき》だったという。

「上皇とは鳥羽院か」

そのままの態勢で尋ねた。

「はい」

(やはり鳥羽院か……。鳥羽院とは誰のことなのだろうか)

「追っ手とは」

「三浦介義明《よしあき》さま、千葉介常胤《つねたね》さま、上総介広常《ひろつね》さま。そして恐ろしい陰陽師・安倍泰成さま」

(またしても知らぬ名の武者。そして陰陽師・安倍某)

「からかっておられるか」

玉藻前を引き離した。

「わしは京の方々についても少しは知っている。いずれも知らぬ名。延喜の世に、かかる不思議は聞いたことがない」

「延喜の世？　二百年も前のことですわね。うふふふ」

「何だって」

「無理もありません。あなたは竜宮で二百年も時を過ごしたのですから。秀郷さま」

「竜宮？　竜宮とは何のことだ？」

あの竜神一族の城を竜宮とか言っていたかな。そんなことを思い出し、竜神一族の件だとすれば、何故《なにゆえ》それを、この怪しい美女が知っているのか。

いや、それよりも、この女はどうして秀郷の名を知っているのか。

「延喜の世に、かかる不思議もあることで……。うふふ。さあ、もう一度、竜宮へお連れいたしましょう」

抗《こう》し難《がた》い、美しく妖しげな魅力。くらくらとする秀郷。

「あぁ」

平衡感覚を失いつつある。不思議な匂いもする。

「玉藻前に近づいてはなりませぬ」

後ろから声がした。

はっとした。目が覚めた気分。

「拙者《せっしゃ》、安倍泰成と申す陰陽師。この妖怪を京より追ってきました」

「妖怪？」

那須領主と名乗った須藤貞信と神社で会った若武者、藤原朝綱が続いている。さらに数々の武者たち。

安倍泰成が真言を唱える。

「しゃーっ」

奇怪な叫び声とともに、玉藻前が飛び上がった。姿が変わっている。白面金毛九尾狐《はくめんこんもうきゅうびのきつね》。妖狐《ようこ》である。

「何者ならん」

「正体見たり」

秀郷と安倍泰成が同時に叫んだ。

「成敗してくれん」

かーっとなった秀郷は剣を振るい、矢を射かけるが、妖狐はその全てをひらりとかわす。秀郷の矢は尋常の武者ではありえない速さの連射である。それを全てかわすとは……。見ていた貞信、朝綱たちはあっけにとられていた。超速連射と妖狐の動き、両方にである。

そして続々と武者が駆けつけ、矢を放ち、太刀を振るっている。武者が手にしているのは全て湾刀《わんとう》であり、直刀の剣を持つ者はいない。

大きな矢が妖狐の脇腹、首筋を貫き、豪壮な武者が振るう長柄の矛の切っ先が斬りつけた。

「よし、やったぞ」

「とどめだ」

「今度こそ。妖狐め」

武者たちは勇ましい声を上げ、動きが弱った妖狐に近づいた。

「しゃーっ」

妖狐は飛び上がり、薄い色の煙を吐き出す。

「うわぁっ」

「あぁぁ」

「力が抜ける」

毒か妖気か。武者たちは痺《しび》れたように動きが鈍くなり、振り上げた刀を落とし、その場に膝をつく者もいた。

妖狐は続々と集まる武者の攻撃をかわし、宙を舞う。その姿は幻想的で幽玄の美しささえある。

「よしっ」

気合を入れ直した秀郷は弓を引き絞って狙いを定める。妖狐の正面に照準を合わせ、放った。

「今度こそ命中だ」

矢の行方を追い、確信したが、妖狐の吐く煙が一瞬にして矢を消滅させた。まさに妖術。これでは大勢の武者の攻撃が通用しないわけである。

「くそっ」

秀郷は腰の剣を抜いた。

(竜宮の話が夢、幻ならこの剣は何だ)

竜神の剣である。

秀郷目掛けて吐き出した妖気漂う煙を剣で払う。そのようなことができる剣などほかにあるまい。まさに竜神の力。

妖狐の目がぎらりと秀郷を睨《にら》んだ。夕闇の中に妖しく光る。

「しゃーっ」

「南無八幡大菩薩《なむはちまんだいぼさつ》」

飛びかかってきた妖狐に向けて剣を突き立てる。妖狐は瞬間、光の粒となって四散した。


「玉藻前は妖術をもって院（鳥羽上皇）を病《やまい》にし、正体が見破られると、逃げていきました。追っ手の攻撃も全てかわされ、退治できなかったのです。まことに感謝です」

陰陽師・安倍泰成が駆け寄ってきた。

（九尾の狐とは、唐土《もろこし》では瑞獣《ずいじゅう》ではなかったのか）

秀郷はそこも気になったが、まず、陰陽師に尋ねた。

「妖狐は？　どうしましたか」

「それ、そこに塊《かたまり》に、石になってしまいました」

石から強い毒気が漂う。秀郷が足を一歩向けた。

「近づくのは危のうございます」

陰陽師・安倍泰成が注意した。

「あなたさまの剣はわたしの陰陽道にも勝ります。あなたさまは……？」

安倍泰成の問いかけに那須領主・貞信と若武者・朝綱が被《かぶ》せ気味に続けた。

「秀郷というのは、もしや……」「もしや、本物！」

「名乗るほどの者ではございません」「先を急ぐ旅ですので」

秀郷は足早に立ち去り、あっという間に馬で坂道を下った。

（もし……。もし、本当に、知らぬ間に二百年の時を経ていたら……）

怖くて、その先を知る気になれない。

（危ないところだった……。竜宮に守られたのか。何とも、何とも……）

南へ向かう馬上、危機を招いたのは、美女の色香に惑《まど》わされた己《おの》が弱点のためであると、振り返る。

だが、今は戦いの反省どころではない。

（いや、それより、帰ったら知っている者が誰もいないでは、とんでもないことになる。それでは『万葉集』の浦嶋子《うらしまこ》ではないか）

とにもかくにも玉藻前の言葉が気になって、思いが混乱している。「二百年」が気になって仕方がない。名前の知らない人物は二百年後の人物だったのか。いや、自分が二百年前の人物ということか……。本当に二百年か。

それが確定してしまうことが怖くて、彼らを振り切って逃げてきた。

〈7〉御前二人

戻ると、そのままであった。

二百年経《た》っていたのは錯覚か。玉藻前の出まかせだったのか……。あの若武者は……。やはり陰陽師に少し話を聞くべきだったが、後の祭りである。今さら那須に戻っても出会えないだろう。

（とにもかくにも浦嶋子にならなくてよかった）

現実を再確認できたのは佐丸の騒々しさである。

「若殿。何処《いずこ》におわしたか。鹿島さま、斗鳥さまはじめ、皆さま若殿の身を案じておりましたぞ」

「あれ、言わなかったけ。那須で湯に浸かってくると」

「ですから、郎党の若武者《わかむさ》らが後を追いましたが、温《ゆ》泉《ぜん》神社周辺でも足取り全くつかめず、方々捜し、最後は奴吾《やつわれ》も出張《でば》って」

「ほおぉ、行き違い？」

「では、その後はどちらに」

「さて……？」

秀郷は記憶がやや曖昧《あいまい》である。昨日、おとといのことなのに、随分昔のようにも感じるし、自分のことなのに、なぜか自信がない。

（本当に、那須に行ったのかな。あれ……？）

そもそも、那須には藤原秀郷に関する伝承は何もない。もちろん九尾の狐伝説にも登場しない。

（でも、湯には浸かったよなぁ……）

那須に秀郷の伝承はないが、「藤太湯《とうたゆ》伝説」があるのは福島県福島市の飯坂《いいざか》温泉だ。那須とは随分離れた福島県北部。

藤太湯伝説は「俵藤太物語」そっくりの大ムカデ退治の物語である。赤川《あかがわ》という川の川幅が狭くなった先に大蛇が横たわり、橋の代わりになっていた。おっかなくて誰も近寄らないが、ある日、立派な若者が大蛇の背を踏んで川の向こうへと渡っていった。この若者が俵藤太。美女が現れ、大蛇の化身だといい、憎き大ムカデの退治を依頼。大ムカデを退治するストーリーは「俵藤太物語」とだいたい同じだが、藤太はお礼の財宝を辞退する。「それでは」と日本武尊《やまとたけるのみこと》が東征の際、病を快癒《かいゆ》させた佐波来《さばこ》湯に案内されたが、「日本武尊が入浴なされた霊泉にムカデの血で汚れた身体を洗うのは畏《おそ》れ多い」と断る。美女は竜宮城の乙姫《おとひめ》に相談し、乙姫が「佐波来湯の北隣の泉でムカデの血で汚れた衣類を洗いなさい」と啓示した。その泉では、冷たい清水は温かい湯となり、温泉が湧いて出てきた。藤太は、激闘の疲れを癒やした。

　これが藤太湯の開湯伝説である。

　その後、赤川の流れが変わり、氾濫《はんらん》があり、湯の枯渇や湧出があり、当座《とうざ》湯、透達《とうたつ》湯と名を変え、現在の復元された鯖湖《さばこ》湯につながるという。

　秀郷は曖昧な記憶を引きずりながら、下野国府に帰ってきた。

　ややこしい状況は少しも変わっていなかったが、半面ほっとした。これが現実。現実の世で生きている。そのことに安堵《あんど》した。現実に直面する踏ん切りがついた。

「世の中というのは予想しないことがときとして起こります。いや、予想しないことしか起きない。予想しないことだけが起きると言ってもいいでしょう」

（われながら何を言っているのか。さっぱり分からん）

　都乎はじりじりした表情。傍《かたわ》らに控える、自分と同じくらいの若い女性が気になってしょうがないのだろう。

　冴瑠は笑いをこらえている。事情をだいたい分かっている余裕がある。

　秀郷はだいたいの顚末《てんまつ》を説明し、源通・都乎親子に詫びた。

「何ともわが身の不徳《ふとく》。わが身の勝手。申し訳ございません」

「何とも困った仕儀で、申し訳もなく……」

　養父・鹿島も源通に詫び、気まずそうな表情を浮かべた。斗鳥の爺も無言だが、同様の表情。

「京では珍しくもないこと。謝るようなお方はおりません。全く秀郷殿の器量でございますれば、麿《まろ》への誠実さは、むしろ、さすがは東国武者らしき筋目の通った態度と感心いたすばかり」

　源通としては文句の言いようはない。京を捨て、東国で生きていく道を選んだ上は村雄、秀郷親子の後援が最大限必要な立場だ。

だが、都平は目に涙をためている。もう二十歳を超えているが、意外と幼さをのぞかせた態度だ。

「このような、このような、思いがけないことがあろうとは」

「許せ、これは成り行き、若気《わかげ》の至りで……」

「まあ、成り行きですか」

今度は冴瑠が抗議。

「いや、違う。許せ」

「何が違い、何を許すのでしょうか」

都平は秀郷の言葉に敏感に反応し、問い返す。しかも涙声である。ここは冴瑠が矛を収めるように言った。

「いえ、秀郷さまをいじめる心はございません。私は全てを受け入れております。私の立場などは……。ただただ、秀郷さまのおそばで仕えるだけで……」

「おお、分かってくれるか」

「どうせ、私は聞き分けのない女」

都平がついに泣く。泣きながら主張する。

「では、私が本妻ということでよろしいのですね」

また、困ったことを言い出す……。この時代、正室、側室とか妻、妾《めかけ》を分けるという感覚はない。何とも答えにくいと思っていたところ冴瑠が即座に答えた。

「もちろんでございます」

「おお、そうよ」

「あら、あなたはそれでいいの?」

都平は、冴瑠をまじまじと見た。不戦勝に拍子抜けしたような顔つき。しかも涙も止まっている。

(もしかして自分に勝ち負けの判定を付けさせるつもりだったのか)

秀郷はぞっとした。

「よろしくお願いいたします」

冴瑠は、都平に床に手をついて頭を下げた。

「都平さまは貴族の姫さま。私は、ただの商人の娘で、秀郷のお役に立てるだけで嬉しいのです。どうぞ近くに侍《はべ》ることをお許しください。目障りな存在かも知れませぬが」

「目障りだなんて、そんな。こちらこそ、よろしくお願いします」

都平も応ぜざるを得ない。

丸く収まって、秀郷は内心ほっとした。

冴瑠が一歩も二歩も下がって、ことを収めた。既に子を成した余裕かもしれぬ。

秀郷の二人の妻。元侍従《じじゅう》・源通を父に持つ都乎は「侍従御前《ごぜん》」、陸奥から来た冴瑠は「陸奥御前」。家来たちは自然と、そう呼ぶようになった。


秀郷が、あたふたとやっている間、実父・藤原村雄が河内守の任期を終え、下野に戻ってくることが決まった。

「ささやかでも、所顕《ところあらわ》しの儀、ぜひ村雄さま、ご臨席で」

源通は、娘・都乎との婚儀を村雄帰郷後に、と懇願した。所顕しは本来、女性の家に通う男性を夫として認める結婚披露の儀式をいうので、京から嫁《か》してきた都乎との婚儀では逆の意味となるが、源通としては、娘と秀郷との婚儀で村雄の後ろ盾を周囲に公認させる意味合いがあろう。

秀郷としても、源通の意向を尊重することに何の異存もない。

〈8〉**村雄の帰国**

「やはり下野はいいのう。わが故郷よ」

河内守の任期を終えた藤原村雄の下野帰還は、大勢の民衆や豪族らの歓呼の声に迎えられ、村雄も満足した表情を浮かべた。

「みな、待ち望んでいたのですなぁ。殿のお帰りを」

傍らの斗鳥の爺も感激の面持ちである。

「うむ、留守の間ご苦労であった。爺、礼を申すぞ。」

鹿島殿も実に苦労をかけた。そしてよく守ってくれた」

村雄は爺に続き、出迎えに出た鹿島をねぎらった。

村雄を迎える民衆の歓呼の声は離任した前下野守・藤原利平に対する怨嗟《えんさ》、反感の裏返しであり、下野南部一帯はどの地位にあろうとも富豪の輩・村雄が事実上支配していることを如実に示している。

(この光景を見ているであろう新任受領は利平さまのような行動はとるまい)

村雄を出迎えた鹿島はそう思った。


四年ぶりに自身の屋敷に入った村雄は、鹿島や爺、そのほかの側近らの報告を受けた後、秀郷に伴われて参上した新参の家臣・柏崎光徳に会った。菅原道真の弟子であったことを説明すると、村雄はその名を懐かしんだ。

「おお。菅原さまの……。菅原さまは権少掾《ごんのしょうじょう》でこの下野に来られたことがござった。たいへん懐かしい話。わしも若いときで、いろいろと導いていただいた。菅原さまもお若いときであったが、たいへんな博識であられた」

　道真の下野赴任は貞観《じょうがん》九年（八六七年）。五十年も前の話である。

「柏崎殿。このような鄙《ひな》まで、ようお越しくだされた。秀郷は、鄙の匹夫《ひっぷ》（田舎者）なれば、まだまだ無教養、無分別《むふんべつ》の若輩者《じゃくはいもの》。よろしゅう、お頼み申す」

「秀郷さまの大恩に報いるべく、身命を賭《と》してお仕えいたす所存。以後、よろしくお願いいたします」

「菅原公のお弟子さまをお迎えするとは、わが家にとってもこの上ない光栄。聞き及ぶ博識ぶり、期待しており申す。重ねてよろしゅう申しあげる」

「身に余るお言葉、恐悦至極《きょうえつしごく》に存じます」

　京から遠き東国に来て、師の若いころを知る人と出会えるとは、何という奇遇であろう。光徳の喜びは大きく、秀郷との奇縁を感謝した。

（まさに道真さまの温かきお導き。何と、ありがたきことか）


　国府で最も豪壮な館の一つである村雄の屋敷では、夜遅くまで主《あるじ》の帰還を祝う宴が続く。赤々と篝火《かがりび》が焚《た》かれ、客の往来で夜更けとは思えぬ騒々しさだ。

　大広間に面した庭では余興として「猿楽《さるがく》」が披露されている。ジャグリングのような「品玉《しなだま》」、マイケル・ジャクソンのムーンウオークに似た動作や、わざとぎこちなく、こつこつと関節を一つ一つ折り曲げるような仕草のパントマイム「有骨《ほねあり》」、一人で相撲の取り組みを演じる「独相撲《ひとりすまい》」、剣を振り回し、走り回る「呪師《のろんじ》」、唐土《もろこし》（中国）の奇術である「唐術《とうじゅつ》」などが爆笑を誘う滑稽《こっけい》芸。わざわざ京から呼び寄せた芸人もいる。

　彼らの中には諸国を渡り歩く者も多い。その中には鹿島が京や他国の情報を得るため利用している芸人もいる。また、たいして芸が面白くもない割に羽振りのいい田楽法師もいる。各地の豪族に情報を売り歩き、ところどころに顧客がいるのである。よその勢力に買われ、この宴の状況、顔触れを探っている者も一人二人は紛《まぎ》れているとみなければならない。

「村雄さまの御帰還大饗《だいきょう》なるぞ。飲めや飲めや」

「素面《しらふ》では非礼なり。わはははは、あはははは」

「わはははは、愉快愉快」

村雄の郎党、近隣中小豪族、在庁官人、郡司、田堵、長者ら入り乱れ、獣の咆哮《ほうこう》かとも思える大音声《だいおんじょう》が時折響く。上座の村雄のもとには地元豪族が次々と挨拶に向かう。

そして、座も落ち着いたころ、村雄がおもむろに立ち上がった。これだけでも参加者に「何事か」と身構えさせる効果を持つ。

「さて、わしも齢《よわい》七十二になり申した。還暦から干《え》支《と》も一回りじゃ。河内守の任期を終え、官の役目も区切りがついた。家督、家の頭領のことも全て嫡子・秀郷に任せ、隠居いたすこととした」

突然の引退宣言。列席の者、全てを驚かせた。

「おおっ」

「まことに、まことにございますか」

声が上がると、さらに付け加えた。

「寛平《かんぴょう》年間の争乱で息どもを失わなければ、十年も前に考えるべきこと。わしは高齢じゃが、秀郷はまだ若輩、未熟。みなの者、よろしゅう頼む」

「ははぁっ」

列席者は酔いを醒《さ》ましたように平伏した。客人はみな、力関係では村雄を頼るべき立場の者たちだが、もともとは力の差はあれど、形式上あくまで対等。案件によっては村雄の指揮下に入り、指示に従うといった対応だった。それが永続的な主従関係に転化したような形になった。

「秀郷、挨拶せい」

村雄が発し、鹿島らが促して、秀郷を立ち上がらせた。

秀郷は全く場慣れしていない。

「皆さま、よろしくお願いいたします」

何とも頼りない挨拶だったが、田楽法師が即興で囃《はや》し立て、座を盛り上げた。

挨拶はともかく、秀郷の武勇は既に下野国内外に聞こえている。そして、秀郷の頼りなさが列席の豪族を眼光鋭く睨みつける村雄の凄みを強調する。余力を残しての隠居は代替わりの時期に蠢動《しゅんどう》する反対勢力に隙《すき》を与えず、このタイミングでの権力移譲は、（秀郷配流の件、蒸し返すつもりではござるまいな）との無言のメッセージも含む。

（さすが村雄さま。政治勘の鋭さ。意表を突く表明も絶妙。これでは反対党がいても動けまい。動けぬ間に

秀郷さまの権勢が固まっていくという寸法だ）
鹿島は村雄の手腕に感心し、心中で唸《うな》った。

〈9〉将門との会談

延喜二三年（九二三年）。隣国はそれなりに緊張感が漂っていた。

常陸の平国香から一族内で諍《いさか》いがあるとの話が伝わってきた。仲裁を依頼したい意図も見え隠れする。

秀郷を後見する養父・鹿島は介入しない態度を取った。

「他人の家のもめごとに首を突っ込んでも何もいいことはない。村雄さまも露骨に嫌がるであろう」

とりあえず調査を進めて事情を把握することに努めるのが、その方針。

国香側の話を要約すると、国香の弟・平良持《よしもち》とその子、将門の傍若無人《ぼうじゃくぶじん》ぶりが著しい。良持親子は領地を広げて開拓を進め、境界域での紛争になりそうだという。

（将門は京から帰郷しておったのか）

秀郷は自ら情報収集に動き出す。

「将門に会い、直接、状況を聞いておこうと思いますが」

「秀郷さま。少々危険ですな。良持さまに助力や仲裁を直接頼まれては断る理由にも難儀いたしますし、そもそも、国香さまに知られたら、順序が逆とへそを曲げられるでしょう」

「何とか、良持さまには会わず、将門と極秘に会うよう手はずを整えます」

単身、良持の本拠、下総国豊田《とよだ》に向かった。

良持は下総国豊田郡、猿島《さしま》郡に勢力を広げていた。一帯は沼地が広がっている。当時、霞《かすみ》ケ《が》浦《うら》の西側には現在とは全く違った風景が広がっていた。ほとんどが低湿地帯で田畑は少ない。

「藤太兄、久しいのう」

屋敷前で出迎える将門は相変わらず、快活であった。

「京から帰郷しておると聞いて驚いた。任官が目前ではなかったのか」

秀郷が挨拶もそこそこに切り出す。

「あははは。国司に対し、正義を貫かれた藤太兄に倣《なら》い、無位無官もよろしいかと思いまして……。それより、見てくだされ。ここは馬を鍛えるには絶好の場所」

湿地帯で田畑には向かない土地が広がるが、沼や川が天然の柵《さく》となって、牧場が広がっている。

目の前の馬牧《うままき》では広い土地を生かして騎乗の軍事訓練が繰り広げられている。

「これは〈馬追い〉です。京での乗馬より遥かに実践的でしょう」

現在、「相馬野馬追《そうまのまおい》」として福島県南相馬市、相馬市などに伝わる行事は、将門の子孫、相馬氏が下総北西部と陸奥南東部に分かれ、陸奥相馬氏が脈々と続けてきたものである。その原型である純正な馬上軍事訓練としての〈馬追い〉が眼前で展開されている。

「ささ、中へ。あいにく父は不在にしておりますが」

あいにくではない。従者を通じて打ち合わせ、良持不在と知って訪ねたのである。

了解した上で将門は知らぬふり。「あいにく」などと言った。

屋敷の中で将門は自慢の刀、太刀《たち》を披露した。これまでの直刀の剣とは違い、大きく反《そ》りがある。秀郷の知るところでは馬上での戦《いくさ》を得意とする蝦夷の武器であった毛抜形刀《けぬきがたとう》も反りが入っていた。さらに、それを参考に作られた毛抜形太刀が普及している。

そして秀郷の地元でも毛抜形太刀の改良型といえる太刀を造らせている。

馬上での扱いやすさ、山野を駆け回る携帯性に優れた短刀である蝦夷の蕨《わらび》手刀《てとう》から発展し、より馬上から斬りつける攻撃に向いている反りの入った刀が進化してきた。将門が披露した刀はより細く、薄く、長さはあるが、重すぎず扱いやすい。馬のスピードも生かされる。一撃痛打に向いた武器だと感心した。

「鉄もよく鍛えてあって細く、薄くても丈夫でさ」

将門は自信たっぷりだ。製鉄施設も備え、製鉄技術の向上も背景にある。

「わしも毛抜形太刀を改良し、湾刀を鍛えさせておる」

下野も渡良瀬《わたらせ》川流域に製鉄施設群が何カ所かある。

秀郷はそこで造らせている改良型毛抜形太刀について、茎《なかご》に毛抜の透かしを入れてあり、それが打撃のときの衝撃を吸収、緩和しているが、柄《つか》の役割を果たす茎が刀身と一体であり、それなりの衝撃がある点にも触れた。

「だが、刃が長くなると、短寸の蕨手と違い、扱いにくくての。重さとの釣り合いだな。それに打ち合ったとき、中心《なかご》（茎）を持つ手に痺れが来る。まあ、これはわが身の不徳かな。鍛錬が足りぬのであろう」

将門は一振りの太刀を手に、ぐいっと秀郷の顔の前に差し出す。顔は勝ち誇ったように、にやついている。

「藤太兄、ご覧なされ。中心（茎）を包むこの握り（柄）。これで持ちやすく、打ったときの痺れもない」

「お、中心を革で巻いて縛っておるのか。なるほど」

握りを安定させ、衝撃を吸収する役割を持つ。茎を木片で包み、革を張り、糸を巻く。目釘を打って固定する。確かに、実戦の場では、布切れを手に太刀を持つ者もいた。また、籠手《こて》の掌《てのひら》側に張る革も工夫され始めている。

「おう、二尺三寸（約七十センチ）か。それでも持ちやすい」

将門の差し出した太刀を受け取り、素手で柄を手にすると、これまでの毛抜形太刀とは違う感触がある。

最初期の日本刀の完成。「日本刀」という言葉は幕末以降の呼称で、当時は「刀」「打刀《うちがたな》」といい、「太刀」といった。

「へへ、二尺四寸、二尺五寸の刀も鍛えさせようと思っております。この握りでしっかりと振れ、しっかりと打ち合えます」

「そうだな」

将門、そして父の良持の軍備増強が周辺との緊張を高めているということか。周囲は平氏一族、良持の兄弟、国香、良兼《よしかね》ら、そして彼らの岳父《がくふ》たる源護。

「伯父《おじ》殿たちとの関係は大丈夫なのか」

「何か、あまりよく思ってないようで。こちらは戦を仕掛けようなんて思ってないのに、妙に警戒しております。ですが、祖父・高望王《たかもちおう》が悪い群盗どもを成敗して東国の人々に受け入れられたのです。武芸鍛錬、武器の備えを常に心掛けるのが吾らの務め。そこをとやかく言われてもなあ」

将門は「理は吾にあり」との態度。一方、鎮守府将軍就任が内定した伯父・国香は留守中に領地を侵食されないかと心配しており、それも緊張を高める要因になったという。

将門は一族間の緊張感の高まりに急ぎ帰郷したというわけか。

「ほう。それで京での立身出世を諦め、帰ってきたのか。だが、貞盛《さだもり》殿（国香嫡男）は京に留まったままなのか」

「あやつ（貞盛）はもめごと、武辺《ぶへん》ごとには向かないたちで」

将門は一つ齢上の従兄弟《いとこ》に敬意を払わない。京では仲がよさそうだったが、武芸の面では自分の方が優れているという自負が見える。

「親同士の諍《いさか》いをあからさまに他人事のように言い、首を突っ込みたくない様子がみえみえです。国香伯父《おじ》貴《き》のいらいらや心配事もそのあたりでしょう」

貞盛は任官間近で京を離れることも嫌がったようである。秀郷の異母姉・郷子《さとこ》が産んだ繁盛《しげもり》はまだ幼い。国香も陸奥に赴任するにあたり、心配なのであろう。

「ま、人それぞれだが……」

秀郷は何となく相槌《あいづち》を打った。

「それに京では小一条の大臣《おとど》（藤原忠平《ただひら》）の姫、貴子さまに手を出し、大臣には大いに叱責《しっせき》されたゆえ……」

忠平の長女・貴子は延喜一八年（九一八年）、皇太子・保明《やすあきら》親王（醍醐《だいご》天皇の第二皇子）に入内《じゅだい》した中将御息所《みやすどころ》である。

「な、な、何？　おぬし、御息所に……」

「えっへへへへ。身体も丈夫でなく、頼りなげな親王殿下に、父の都合で入内せねばならぬ身をお嘆《なげ》きあそばされていた姫さまを、ひとときお慰《なぐさ》めしたまでで……。館内《やかたうち》ではいろいろござりますよ」

悪びれない将門の態度には腰を抜かした。

「いや、それでも次期、皇位に就かれるお方……。貴族の姫さまの考えていることはよく分からんのう。いや貴殿の大胆さも……」

だが、この保明親王は即位することなく、延喜二三年（九二三年）、父帝に先立ち二十一歳の若さで薨御《こうぎょ》した。

「あの家（藤原摂関家）では何代にもわたって王家（皇室）と縁続きでございますれば。他家の姫さまのように競って帝、皇子に近づこうという野心はないのです。みながみな、喜んで入内しているわけでもござりますまい」

「そんなものなのか……。貴殿の勝手な理屈、思い込みでないか」

「藤太兄、女心を知らぬと、失敗《しくじ》りますぞ」

既にいろいろと失敗っておる、とは口に出さない。

「それで小一条の屋敷（忠平邸）には居られなくなったというわけか」

「いや、忠平さまもそのときはたいへんなお怒りでしたが、貴子さま入内が決まれば、さらりと水に流していただきました。帰郷の旨、申し上げると、是非にも残れと、引き留めようとなさったほどで……。まあ、忠平さまは貞盛より吾の方を買っていらっしゃったでしょうな」

自分でさらりと言う、自己評価の高さが将門らしい。

「では、京を離れたのは別の理由か」

「はい。妻・桔梗《ききょう》の件で」

「ほお。嫁を得たのか」

そう言いながら、秀郷は七年前を懐かしんだ。

(あの姫か)

国香の弟・平良兼が縁談を持ち込もうと、まだ十歳を超えたくらいだった桔梗前を連れてきたことがあった。確かに、姫の言葉の端に将門と気が合い、仲がよさそうな感じがあった。

「はい、伯父貴・良兼さまの娘で、幼いころより仲がよかったのです。それが別の男との婚儀が決まりそうになったとの話を聞き付け、急ぎ戻ってきました」

結局、良兼は姫を別の男に嫁がせようとしたのか。それについては別段の感情もない。

将門は桔梗前の父・良兼の承諾なく、結婚した。桔梗前は将門の館で暮らす。夫が妻のもとに通う妻問《つまどい》婚《こん》や、夫が妻の家に入る婿入り婚（招婿婚《しょうせいこん》）が普通だった当時では、妻の実家の不名誉と、周囲には捉えられる。夜逃げ、駆け落ちのような見方をされるのである。秀郷は、将門の積極性に再び驚いた。

「貴殿も何とも大胆《だいたん》な……」

「ここで、自分の思い通りにせず、何とします。手に入れたいものは、力づくでもわが手にする心意気がなければ……」

「そうだな」

「そうでおじゃるよ」

「あははは。そうだな。そうでおじゃるな」

「あははは」

二人はにわかに下卑《げび》た笑い声をたてた。

「子供のころから知っておるが、おぬしは実に真っ直ぐで、いい漢《おとこ》だのう」

「それでこそ、坂東に生きる若党でござれば」

自分を偽《いつわ》らず、飾らず、それでいて自信に満ち溢《あふ》れた将門の態度が眩《まぶ》しい。若さだけではない。そのころの年齢《とし》、自分に自信が持てず、迷いも多かった。今でも迷いの中にいる。秀郷は自身を見つめ直した。武芸は多少自信があるが、ほかのことは失敗のたびに自信を失い、あれこれ考え、反省ばかりしている。

何ともおおらかで、自分本位な将門の考え方を羨《うらや》ましく思った。


この日は将門と夜更けまで語り明かし、翌日、下野に戻った。

夜の酒席では桔梗前が酒肴《しゅこう》を調えた。父・良兼に連れられて秀郷に会ったことも話したので、将門は驚き、「そうでしたか。先ほど仰《おお》せになればよろしかったのに。水臭いな」と笑った。また、将門帰郷直後の筑波山の嬥歌《かがい》（歌垣《かがい》）で、二人は駆け落ちするようにして結婚。良兼は警戒していたが、桔梗前の弟である公雅《きみまさ》、公連《きみつら》は父の言いつけに背《そむ》いて見逃したばかりか、良兼の頼みで源扶《たすく》、隆《たかし》、繁《しげる》の三兄弟も桔梗を連れ戻すべく待ち伏せしていることも告げ、将門はそれを避けるどころか、三兄弟に先制パンチを喰《く》らわして腕っぷしで打ちのめしたという馴《な》れ初《そ》めも披露した。馴れ初めというより武勇伝である。

「将門、おぬしは本当に大胆。大胆すぎるぞ。あははは」

「何の何の。わはははははは」

常陸・下総に根を張る桓武平氏の内紛。大きな争いに発展しなければよいが。

「厄介《やっかい》だな。隣国に火種があるのは」

将門との会談を終えて帰郷した秀郷はじっと考え込む。この先、どうなるのであろうか。将門はどう出るのか。

第八章　追討官符

数年の歳月が流れた。
延長《えんちょう》七年（九二九年）、藤原秀郷《ひでさと》は三十四歳くらいだろうか。

〈1〉本拠地・天命

都賀《つが》郡の下野《しもつけ》国府を離れ、安蘇《あそ》郡天命《てんみょう》を拠点として、かなり年月が経《た》った。

天命は、後に天明《てんみょう》と書き、佐野《さの》と呼ばれる。

居館を構えたのは子孫の佐野氏が江戸時代初期、佐野城を構えた丘陵。現代の佐野駅北側、城山公園（栃木県佐野市若松町）である。

根拠地を移した理由はいろいろある。

一つは国司との関係。

国司で役職を得て、ゆくゆくは実父・藤原村雄《むらお》や養父・鹿島《かしま》が経験した大掾《だいじょう》（国司三等官）などに就き、在庁官人の頭《かしら》として国司で重きをなしていく道筋が想定され、その想定に沿って周囲の者たちが敷いた道を歩んできた。だが、延喜《えんぎ》一六年（九一六年）、罪人として配流《はいる》（流罪）命令を受け、以後、秀郷は無位無官である。

想定された人生の道筋は大きく変更された。

ただ、無位無官だが、下野南部では事実上の棟梁《とうりょう》として君臨し、国司以上に民衆の信頼がある。いわば二重政府状態。国司の軍事力では秀郷の勢力を抑えることはできない。配流命令は執行されないまま、うやむやとなって時が過ぎた。

藤原利平《としひら》の下野守離任後、国司との関係は決して悪くはなかったが、国司を凌《しの》ぐ軍事力、政治力を持ち、形式上、罪人である人間が国庁間近に大きな居館を構えるのも力を誇示しているようにみえる。余計な摩擦《まさつ》は避《さ》けたい。そんな思惑があった。

もう一つは曾祖父・藤原藤成《ふじなり》の伝承である。

天命の地の丘陵は藤成が延暦《えんりゃく》元年（七八二年）、居館を構え、春日《かすが》明神《みょうじん》を祀《まつ》ったという伝承が残る。

わずかな距離とはいえ、国府を離れた「辺鄙《へんぴ》な土地」との先入観はあった。だが、居を構えてみると、藤成の伝承もあながち虚構でもないのではと頷《うなず》ける。

東側に唐沢山《からさわやま》と三毳山《みかもやま》があり、その間には安蘇沼が広がる。自然の地形を利用した防衛ラインを敷きやすい。そして西側の足利《あしかが》や北側にも山々が連なる。名馬の産地でもある。南には平野が広がる。東山道《とうさんどう》が東西に走り、陸奥《むつ》へも京へも道がつながる。防衛と交通の両面で扇《おうぎ》の要《かなめ》のような地点だ。

このころの秀郷の実効支配地域は下野国南部だけではなく、上野《こうずけ》国東部、武蔵《むさし》国北部に広がっていた。

利根川を渡った地域は特に抑えておきたい。利根川は幅の広い大河で流量は豊富。それだけに台風では河が溢《あふ》れ、流路が変わってしまうことさえある。河川を境界にしてはそのたびに紛争になる。利根川以南を抑えておけば、紛争は避けられるとの思惑だ。

「大いなる利根川。広い草原《くさはら》。この雄大な景色。わが手に」

この思いもある。

「えいっ」「やあぁ」「おおっ」

「若殿方、まだまだですぞ」

秀郷の居館では少年たちが木の模造刀《もぞうとう》で剣術の稽古《けいこ》に励んでいた。秀郷の二人の息子である。陸奥御前《ごぜん》（冴瑠《さえる》）の産んだ長男・千晴《ちはる》はこのとき十四歳。本妻として遇されている北の方《きたのかた》・侍従《じじゅう》御前（都乎《みやこ》）の産んだ次男・千常《ちつね》は九歳。

さらに妹がおり、子宝には恵まれた。

千晴、千常、ときには秀郷の弟・高郷《たかさと》の子たちも交じえ、剣術の稽古は秀郷配下きっての猛者《もさ》、左遠斗子《さとおとし》浦《お》が指南役となり、そのほか大勢の家来が手取り足取り、弓や騎乗についても教えている。

一方、学問は京出身の柏崎光徳《かしわざきこうとく》に任せた。光徳は秀郷の政治顧問の役割を果たしており、秀郷自らも師と仰ぐ学識の徒《と》である。

武芸を教えられる者は多いが、学問となると、何と言っても光徳に寄せる信頼は大きい。何しろ菅原道真《すがわらのみちざね》の弟子。その実直さを信頼していた。

道真公の弟子だけに堅物《かたぶつ》であり、融通《ゆうずう》の利《き》かない人物でもある。

だが、秀郷には子供たちの育て方の方針があった。大人になれば、いくらでも現実に直面して自分を曲げる場面もあるし、損得も勘案《かんあん》するようになる。子供のうち、若いうちは正直さや信念の大切さをこそ身に付けてほしい。すると、長じて理想と現実の狭間《はざま》で苦労するであろう。それでも、それがよいと思っている。妥協する結果は同じとしてもさまざまに思案し、苦悩する者であってほしい。そんな思惑がある。

学問には陸奥御前の子である千晴と富士姫《ふじひめ》が熱心だ。特に富士姫は光徳を尊敬し、実の父のように慕う。何しろ、ある意味、名付け親と言えなくもない。

秀郷は姫の誕生を喜び、千晴の幼名・藤一郎と同じく、藤原氏の流れを示す一字をあて、「藤《ふじ》」と命名。次女が生まれると、藤と並ぶ美しい花「菊」を名前にし、その後、「ふじ」「きく」と平仮名に改めた。

家人はふじ姫、きく姫と呼ぶ。光徳は「富士姫」「菊姫」の漢字をあて、それぞれに教えた。姫は字の意味を知り、喜んだ。富士は日本一の山であり、めでたさは何かに比べようがない。「二つとない」。ゆえに「不二山」とも書く。

そうであれば、他人との比較を気にする必要がない。女子《おなご》が学問を好むことが珍しいと言われようと、他人の目は気にならなくなった。姫は「富士」の字をたいそう気に入り、光徳をますます慕うようになった。光徳の講義に兄、弟とともに席を並べ、分からないことは直接、光徳に聞く。

「もし男子であれば、棟梁にふさわしい品格、教養」

光徳も秀郷も密《ひそ》かに思う。「女子だてらに」と眉をひそめる者もいるが、知識の上に立脚した自信、気品、人徳が形成されつつあった。

「しっかりした娘だ。光徳に教えさせてよかった」

秀郷の喜びは大きかった。だが、それは多分に光徳への強い依存が基になっていたことを後《のち》に知ることになる。

「子も健やかに育ち、殿の御威光、ますます清栄なれば、本当に坂東《ばんどう》、下野の地に来てよかったと思いますわ」

侍従御前は、生まれ育った京とは全く違う荒々しい坂東の風土になじんでいる。最近は化粧も薄く、顔も白くない。眉も京風はやめ、顔の輪郭はますます丸くなっている。これで目が垂れていれば、福相《ふくそう》、いわゆるお多福《たふく》に近い顔になる。

「みやよ。御許《おもと》、京の都が懐かしく思うときもあるのではないか」

「いえ、京が今、どのような有り様かは存じませぬ。ですが、私が京を離れたころ、典雅な風が吹く一方、荒れ果てた辻も目立つ有り様でした。もはや、憧れの都とも言えますまい」

村雄から引き継がれた秀郷の治世はこのころ比較的穏やかに進んでいた。だが、どうにもならないのは自然災害である。日照《ひで》りによる凶作《きょうさく》の年もあれば、長雨や低温で凶作となる年もある。多くの犠牲者、餓死者が出るときもある。

大地震や火山噴火など予期できぬ災害もある。

「大風」「野分《のわき》」と呼ばれた台風も、ときに大きな厄災をもたらす。野分は秋の初め、野の草を吹き分けるような強い風で大雨も伴い、河川の氾濫《はんらん》を招く。しかも、野分は毎年何回かある。来るといった方が人々の感覚に近い。必ず西から、南寄りの西から来る。西から来て北へ去る。留まることはない。それでも一晩か、ときには三日三晩は大雨となる。風が強くなると、来たことが分かり、やがて去っていく。雲の姿をした極めて大きな物《もの》の怪《さとし》、空駆ける獣といった獰猛《どうもう》さで暴れる。年によって夏の中ごろだったり、秋の中ごろだったりするのも厄介《やっかい》だ。

このころ、水没する低地に田畑はあまりない。それでも棚田《たなだ》がある丘陵地や斜面を崩す大雨、家を破損させる強烈な風をもたらす野分もある。河川氾濫で濁《だく》流《りゅう》が村を襲い、家々を押し流し、人々の命を奪う。橋も道も破壊され、交通を遮断《しゃだん》する。渡良瀬《わたらせ》川も毛野川《きぬがわ》（鬼怒川）も、ときに大きな氾濫で流れを変える。土地が失われ、新たな土地が生まれる。

「このような大雨、何年ぶりであろうか」

「野分の脅威ですな。道や橋、あちこちの小さな社寺の修復。この後が思いやられます」

「この地で暮らす民人《たみびと》、百姓のため、急がねばならぬ」

「ですが、国司の動きがどうも」

被害状況を見回る秀郷の横を歩く養父・鹿島は国司の復興作業が鈍いことを指摘した。財源不足に陥《おちい》っているのである。国司も郡司も下級官人への俸禄《ほうろく》（給与）の遅配や季禄《きろく》（ボーナス）の欠配は常態化しており、士気も上がらない。

「わしらの力だけでも……。いや、わしらの力こそ……」

復興のために使うべきだと秀郷は言った。

無位無官の秀郷が下野南部を中心とした一帯を実効支配している源泉は武力であり、広い私営田《しえいでん》を数多く所有しているためだが、民衆の支持がそれを支えている。その責任として社会基盤整備も重要である。

〈2〉阿弥陀聖

「国府辺りのことですが」

秀郷の従兄弟《いとこ》の一人、藤原與貞《ともさだ》が報告を始めた。

今回の台風で被災した橋や道の修復作業のため、民衆を指揮し、ともに汗を流している修行僧がいる。僧といっても袈裟《けさ》は襤褸《ぼろ》切れのようで、その丈は短く、細い棒のような脛《すね》が顕《あら》わになっており、素足に草履《ぞうり》を履《は》いている。格好《かっこう》はみすぼらしい。

それでも「南無阿弥陀仏《なむあみだぶつ》」と念仏を唱え、その分かりやすさに民衆が集まる。人々は「阿弥陀聖《あみだひじり》」と呼んでいる。

「日知《ひじり》を名乗っておるのか」

「聖《ひじり》と」

「その者の動き、よく監視せよ」

「え？」

秀郷の厳しい反応は與貞にとっては意外だった。まずは、この僧を称賛《しょうさん》するかと思って報告したのだ。

「忘れたか。わしらが上野に行ったおりのこと。罪人を匿《かくま》い、僧兵姿の強盗を従えた老人がおったであろう」

「ああ、あの偽僧《にせそう》でございますか」

「迦葉山《かしょうざん》で出会う前、上野国府で百姓らの指図をしておった」

争乱で荒れた土地の復興と称し、農民の作業を指揮していたが、国司から経費を取った上で農民らに報酬を分けず、最後は強盗行為を犯して遁走《とんそう》。復興詐欺と被災地強盗の常習犯であった。

「あれは延喜一六年（九一六年）。もう十三年くらい前ですか。懐かしいですな」

「懐かしんでいる場合か。あのように民人、百姓に害なす者だったらどうする」

「詳しい状況、しかと調べさせましょう」

聞いた話では国司や郡司に修復費用を請求しているわけでもなさそうだ。聖に怪しいところはなかったが、秀郷は疑念を解く自信がない。

（まだ分からんぞ。後から請求する手も考えられる）

東山道あたりでは頼まれもしないのに台風の倒木や崩落した土砂を片付けたといって費用を請求する者どもがいる。その中で質《たち》の悪い連中はどこからか倒木や土砂を持ってきて道を塞《ふさ》ぎ、あたかも被害が出たように見せた上で撤去し、費用を請求する手口も使う。

（そこまで手の込んだことをする悪党でもなさそうだ

が……。ともかく、調べを急がせよう）

翌日、報告に来たのは與貞。

「殿の疑念の通り。高僧らに聞くと、あの聖は念仏を唱えるだけで教義を説かず、偽僧であろうと申しておりました」

この時代、仏教は国家宗教であり、僧侶は国家的な資格を得て活動し、かつ知識人、学者でもある。官寺（公設寺院）の僧侶からすると、勝手に出家し、勝手に僧侶の形をする者など国家資格のない偽者でしかない。

「そうか。そんな簡単なものではなかろうと思ったわ。勝手出家の者はだいたい念仏を唱えるだけで僧らしい博識ぶりがないからの。場合によっては民人を惑《まど》わした容疑《かど》で捕縛《ほばく》し、詮議《せんぎ》すべきか」

「国司に代わって、そこまでやる必要はありますまい」

口を挟んだのは養父・鹿島。

「念仏の件、百姓が喜んでおるなら、それでよろしいかと」

「父上は放念せよと仰《おお》せか。だが、念仏を唱えれば救われるというのは安直で、胡散《うさん》臭くありませぬか。それなら僧たちが苦労して修行し、教義を習得しておるのは何なのじゃ」

「では、高僧たちが民人、百姓を救えるのかと申さば、いささか……。結局、聖の申す言《こと》、信じるも信じないもないのです」

「何？」

「信じてみなければ始まらない。そこからですな。百姓ばらもそういう思いでは」

「そうか。それでは父上の言葉《けとば》に従い、信じた上で様子を見ますか。だが、疑念を完全に解いたわけではない。わしにはどうも自信はない」

「聖の様子を……？」

「疑念ありやなしや。自らの目でとくと見てみることにする」

翌日、秀郷は橋や道の修復現場に現れた。間近で聖の様子を探ろうという考えだ。

遠くから見て、自分よりも若い感じだ。まずは老人であった「念仏日知」ではないと分かり、安堵《あんど》。だが、同種の者ではないと決まったわけではない。状況をよく観察した上で近づいた。

「御坊《ごぼう》。そこで何をしておる」

「ご覧の通りでございます」

やや人を喰《く》った答え。確かに、見て分からぬことではない。

「わしらも道や橋の修復、村々の復興にはあたっておるが……。おっ」

「国司の方でございますか。お姿から兵《つわもの》、富豪の方かと思いましたが……。あっ」

「もしや」

「もしや」

　襤褸をまとった僧侶の顔立ちは上品で、若々しくも気品ある雰囲気が漂う。

　十三年前、延喜一六年（九一六年）、流罪命令が下された秀郷は京に上った。その道中、念仏を唱える老師が出家、在家の者を従えた一団に数日、身を寄せたことがあった。その一団の中に高貴で涼やかな顔立ちの少年がいた。今、頭を剃《そ》り上げ、法体《ほったい》となっているが、その気品ある顔立ちは紛れもなく、あのときの少年であった。

　聖も思い出したようである。

「無論、拙僧《せっそう》もあのときのことは覚えております。わずかな期間のことでしたが……。お懐かしく思います」

「おお、まさしく……。出家なされ、老師の跡をお継ぎになっておりましたか」

「はい。こうして老師同様、出家、在家の者を引き連れて各地を歩いております」

「あのときは、いろいろあって身も明かさず、失礼いたした。わしは今、国司の者ではないが、百姓のために働くは同じ」

「それは拙僧も。世俗離れた身でございますが、百姓のために働きたいと、こうして関わっております」

「それはよき心掛け」

「このへんは国司さまも行き届かぬようですので、恐れながら拙僧が働かさせてもらっております」

　国庁間近の道の修復作業。動かぬ国司への皮肉が込められている。

「聖さま、聖さま」

　周りで働いていた農民たちが秀郷と聖の間に入る。

「このお方は藤原藤太秀郷さまというて、この辺りでは最も一番、偉いお方じゃ」

「そうでありましたか」

「いやいや」

　丁寧《ていねい》に頭を下げた聖に秀郷は照れ笑いで返した。

「はっきりいって、受領《ずりょう》さまより偉いお方よ。それでいて偉ぶるところはなく、わしら百姓とも親しく話を聴いてくださることもござっての」

「いやいや。大げさに申すな」

秀郷は農民の話を遮《さえぎ》り、聖に尋ねた。

「日々の費《つい》えはどうしておる」

「ご懸念なきよう。己《おの》がことは己でいたします。食うや食わず、でございますが」

「食うや食わずか。そうか」


翌日、秀郷は郎党も引き連れ、橋や道の修復作業に使ってくれと申し出た。

「わしも力を貸そう」

「これは助かります。難儀な作業ですが、人数のご加勢、何より」

聖は素直に感謝した。秀郷も自身が作業に手を貸す姿勢を示す。

「両岸に村が多く、この橋の修復をみなが待ち望んでおるのは確か。だが、これだけ幅のある大河。橋をどう渡す。問題は川中の深み」

「川中を避け、柱はこの位置とこの位置に」

聖は手書きの図を示し、作業手順を説明する。僧侶というより実践的な社会事業家の顔を見せる。

「浅瀬も流れが速い。作業は危険を伴うな」

「そうですな。それこそ大人数で支えながら柱を立てとうございます」

「おう、なるほど」

作業は予想通り難航。浅瀬の冷たい水に脚を入れ、配下の者や農民とともに柱とする大木を支えながら秀郷は弱音を吐いた。

「それこそ、日光山を開いた勝道《しょうどう》上人が、大谷川《だいやがわ》に二匹の大蛇をして橋となし、その上に菅が生えた山菅《やますげ》の蛇橋《じゃばし》（日光二荒山神社神橋《しんきょう》）の如くならんかな」

「拙僧にそのような法力はございませぬ」

「では？」

「地道にやるしかありません。大木を大勢の手で支え、引き上げ、動かしていくしかないのです」

十数日間、作業をともにし、打ち解けた。

大勢の農民が手を携え、作業に心を一つにする状況《さま》は本来あるべき宗教の力かもしれないと思い至った。せめて寝食だけでも快適にと、館に誘ったが、聖は「遠くて、朝出ていくのも面倒でございます」と遠慮した。わずかな食を乞い、橋のたもとで水に浸かった小さな社《やしろ》の祠《ほこら》を修復して寝泊まりしている。

「社とは。御坊は仏に仕える身では」

「この地の人々に必要な社であれば、修復も必要。拙僧が使って何の障りもございません。あはははは」

そして、秀郷は姿勢を改めた。

「最初、遊行《ゆぎょう》の僧がいると聞いたとき、偽僧の類《たぐい》かと疑っておった」

「いえ、ご領主さまなら、民を心配し、あってしかるべき。拙僧に謝すなど不要でございます」

「いや、御坊の誠意、民のための活動。教えられることが多かった」

「何の。拙僧の方こそ、兵の方と思っておりましたが、戦《いくさ》ばかり、人を斬るばかりのお人でないと、感じ入った次第」

「これは、これは、思わぬお褒《ほ》めの言葉を頂戴《ちょうだい》した。あはははは」

「畏《おそ》れ多くも申し上げました。ご無礼、お許しを。あはははは」

短い期間だったが、作業をともにしながら、いろいろな話をした。

念仏を唱えるだけで救われるというのは胡散臭い。それなら何のために修行しておるのじゃと、秀郷が挑発したこともあった。「信じられぬなら無理に信じなくてよいのです」。聖は挑発的に応じ、それでも念仏を続け、作業をともにした農民たちは聖に続いていつも合唱した。聖は農民の話を聞くのも上手《うま》く、困りごとには現実的な対応策を示し、相談に乗り、仏の道を押し付けるでもなく、まずは人の道を説いた。

聖を偽僧と主張し、「念仏を唱えるだけで済ますなど、仏の道にあらず」と難じる高僧に「まあまあ、聖も百姓のために分かりやすく申しておる。修行や教義が要らんと申しておるわけではなかろう。聖の寝泊まりのために宿坊を貸してやれ」と、秀郷がとりなす場面もあった。

そんな日々が過ぎた。

「南無阿弥陀仏。御坊の言う通り、念仏には何か力がありそうじゃ」

「力は信じる人の心にあります。数々、ご無礼申し上げました。平《ひら》にご容赦《ようしゃ》を。どうぞ、これをお受け取りください」

聖は遊行僧として諸国を行脚《あんぎゃ》しており、また別の地で活動をするため、早々に出立する予定であると述べた。聖が差し出したのは金色《こんじき》に光る小さな阿弥陀仏像である。

天命の秀郷の館は私邸にもかかわらず政務機能も持ち、執務の部屋が中央にあり、評定《ひょうじょう》（会議）のための広間が割と広い。装飾もなく、豪壮でもないが、それなりの規模と防御の固さも誇る。一方で、奥の私的空間は質素を旨《むね》とし、あまり広くない応接の間もある。

この部屋で政務報告を終えた養父・鹿島がぽつりと呟《つぶや》く。

「百姓ばらは見たそうです」

「何を」

「聖さまが南無阿弥陀仏と唱えると、口から阿弥陀仏が次々に現れたと」

「まさか」

秀郷は、聖は法力とは無縁であり、また不要であると感じていた。高僧の特殊な力が世を救うのではない。人の力が集まり、何事かをなす。それを教えられた。

「ですが、吾らが信じるも信じないも百姓ばらは信じております。そしてこの地で道や橋の修復を彼らとともに成し遂げた。大きな功徳《くどく》を得たお上人だったのかもしれません」

「そうか」

「聖さまの口から現れたのは小さいながらも金色に輝く阿弥陀仏であったそうです」

「えっ、まさか。これは……」

秀郷は手に収まっている小さな仏像に目を落とした。聖からもらった仏像である。

「聖さま、いずこへともなくお発《た》ちになったそうです」

「名を聞いておくべきだったな」

その機会が十分あったのに、なぜかそうしなかった。そのときは何ら不都合はなかった。今になってみると、少しだけ後悔が残った。

〈3〉物部氏永

国司を凌ぐ秀郷の威徳に下野国内各地、周辺地域の在地勢力が秀郷に臣従を誓う状況は続いている。新たな勢力が臣従し、秀郷の実効支配地域が拡大していく。

だが、その名を聞いたときは、ぎくりとした。

「物部氏永《もののべのうじなが》？」

「氏永に連なる者どもが臣従を求め、殿（秀郷）に極秘にお会いしたいと、申しておりますが……」

　秀郷の側近の一人、荒耳《あらみみ》が報告した。

　荒耳は斗鳥《ととり》の爺《じい》に縁《ゆかり》のある若党。鳥取《ととり》氏分家、斗鳥一族の者だ。隠居した爺が推挙《すいきょ》し、秀郷のそば近くに仕えるようになった。足まめな特徴を生かし、情報収集の役割を担う。身軽に動き、秀郷の耳となり、目となっている。今やなくてはならない存在だ。

　物部氏永は寛平《かんぴょう》元年（八八九年）から十年以上、東国の治安を乱しに乱した強盗集団の首魁《しゅかい》。「強盗首《ごうとうくび》」と呼ばれ、信濃《しなの》、甲斐《かい》、武蔵、上野を中心に大暴れした。下野も被害に遭い、父・村雄も討伐軍を率いた。昌泰《しょうたい》三年（九〇〇年）、氏永は隣国・上野で追捕《ついぶ》された。それから三十年近く経っている。秀郷はこの事情を聞いたことはあるが、直接は知らない。

「いかが取り計らいましょうや」

「会うだけ、会《お》うてみるか」

　今後の展開が予想できないが、面会には応じる旨を返答した。


「やつらを許してはいかん」

　秀郷の実父・村雄は即座に判断を下した。

　かつての下野守も既に傘寿《さんじゅ》（八十歳）を迎えた高齢。すっかり身体は弱っており、最近は外にも出られない。既に全ての判断を秀郷に任せているが、この日は珍しく、語気が強い。

「あれは本物の悪だ。追捕されたが、処刑前に一味が牢《ろう》を襲い、脱出した。上野国の検非違使《けびいし》らの手落ちじゃ。まだ生きとったか。まさか、この近辺に潜伏していたとは……」

「ですが、大殿《おおとの》（村雄）……」

　重ねて自分の判断について説明しようとした秀郷を制し、村雄は物部氏永を警戒する理由を詳述し始めた。

　争乱の中心であった〈僦馬の党《しゅうばのとう》〉は運送を生業《なりわい》とする集団。強盗から荷を守るために武装化したが、中には他の集団の荷や馬を奪い、強盗に変質する集団も出てきた。身を守るための武装が貧窮《ひんきゅう》に陥《おちい》ったとき、安易に悪に走る手立てにもなる。

「田祖、調庸の厳しい取り立てにやむにやまれず蜂起《ほうき》した者どももいるが……」

　村雄は僦馬の党をはじめ群盗だった連中も取り込み、勢力を拡大してきた。武力的優位を保った上で交渉し屈服させる。近隣に武力集団が並立する状態は危険であり、配下に組み込み、監視下に置いた方が安全と考えた。犠牲を払って武力鎮圧しても次の火種になる。基本的に武力衝突は避けるのが村雄の姿勢であった。

みな強盗をしたくてしているわけではない。生きるための手段が尽きて、ついには他人のものを奪う道に陥る者が多い。

だが、「強盗首・物部氏永は別」という。

争乱発生初期、村雄は下野の軍勢を率いて鎮圧に向かったが、その戦闘は激戦となり、若い子息は全て戦死し、村雄自身も負傷した。さらに氏永らの反撃で国府周辺が焼き討ちに遭《あ》い、屋敷も焼かれ、家族全員が皆殺しとなった。村雄は全てを失った。親戚《しんせき》である鳥取氏も本家筋はほぼ壊滅の大打撃だった。

村雄の現在の妻・陸津子《むつこ》はその後に嫁してきた後妻で、秀郷、高郷らは戦乱の傷が癒《い》えぬ時期に生まれた。

当時、下野大掾であった村雄は地元有力豪族でもあり、在庁官人と在地勢力の両面の責任から群盗鎮圧に向かい、大きな犠牲を払った。

同僚・下野少掾の鹿島氏に救われ、支えられ、家の命脈を保つことができた。

「この恨《うら》み、忘れたことはない……。だが、決して個人的感情で言うのではない。氏永一派との交渉など必要ない。応じるだけ危険だ」

村雄は強調した。臣従など信じられるわけがない。力を復活させれば、周囲を巻き込んで再び悪事に手を染める。吾らの名を騙《かた》って強盗をはたらく。それ以外の方法を知らぬ連中だと断じ、解決法は一つしかないと結論づけた。

「氏永を斬首《ざんしゅ》、配下の者を全員拘束《こうそく》、殲滅《せんめつ》するしかない」

そして「くれぐれも慎重にことを運べ」と付け加えた。

連中の隠れ家、拠点を全て探り出した上で氏永の処罰と同時に奇襲をかける。騙《だま》し討《う》ちでもよい。討ち漏《も》らさぬことが肝要と強調した。

「国司の者にも相談するな。下野国内に潜《ひそ》んでいるとすれば、一部の官人《つかさびと》を取り込んでいるかもしれん。癒着《ゆちゃく》、あるいは官人を脅している可能性も考えよ」

秀郷は結論を留保《りゅうほ》した。

「自分で見極め、結論を出します。まずは相手の真意を確かめます」

「甘い。甘いな」

「この三十年間、表だった動きもありません。氏永が生きていたとしてもかなりの高齢。今さら強盗などに手を染めるでしょうか」

「彼《か》の者、悪事で稼《かせ》ぐことしか知らん。それしか生きる術《すべ》、知らぬ者よ。彼奴《あやつ》の下に集まる者、悪しき心が薄ければ生きてはゆけぬ。残るのは本物の悪。代替わりしていたとしても中身は変わらない」

秀郷は一度の交渉で結論を出すつもりはなく、相手の真意を見極めた上で取るべき道を決めようという腹であった。

だが、村雄は殲滅作戦に拘《こだわ》った。見極めても結論は同じになるはずであり、時間をかけるだけ相手にも策を練る時間を与えてしまう。

議論は平行線。両者、感情的ではなく、冷静に主張を進めているが、それだけに重い緊張感が漂う。

結局、結論を得られないまま、秀郷は村雄の部屋を後にした。

すぐに側近幹部だけを集める。


「大殿（村雄）は、氏永の最期《さいご》を確かめて心置きなく……といった心境でしょうか。逆に、交渉の間に自分の方が先に逝《い》ってしまってはと、お急ぎになっておれるのかも」

まず口を開いたのは秀郷の養父・鹿島。自身も齢《とし》を取り、冗句《ジョーク》の類が際《きわ》どい。

「吾も若いときでわけも分からず駆け回っておりましたが、確かに厳しい戦でした」

鹿島が姿勢を正して続けた。棟梁として決定権は秀郷にあることを前提にしながらも村雄の言うことはよく分かるという。

「ここは大殿の言う通りかもしれません」

「確かに危険ですな。物部氏永との交渉は」

従兄弟・藤原兼有《かねあり》も同意見。

「しかし、生きていると思うか。群盗として暴れたというのも三十年も前の話。既に代替わりしている可能性もあろう」

「ですが、使者は氏永の使いと申しておるわけでしょう」

「まあな」

「とすれば、氏永本人との前提で備えるしかありませんな」

兼有は注意を促《うなが》す。鹿島、兼有は〈氏永斬首、一味の一斉検挙、殲滅〉とする村雄の主張に傾いている。

「殿（秀郷）の仰せの通り、交渉の余地はありましょう。状況を見極めた上で判断しても遅くないでしょう」

もう一人の従兄弟・藤原與貞は秀郷の方針に理解を示す。鳩首《きゅうしゅ》会議は意見が割れて結論が先送りになった。

「ご用心に、ご用心を重ね、くれぐれも慎重に、慎重にですぞ」

鹿島が年配者のくどくどしさで念を押した。

「虎穴《こけつ》に入《い》らずんば虎児《こじ》を得ず、とは申しますが」

「何だ、それは」

「はい。『後漢書』にある古い話で、思い切った策でなければ、大きな成功は得られないというものでございます」

「わが意を得たり、だな」

「ですが、やはり危険ではございませんか」

秀郷は自身の策にさほど不安があるわけではないが、実父・村雄をはじめ家臣らに反対の声も多いことから陸奥御前の意見を聞いてみた。意見といっても、陸奥御前の場合は中国や西域の故事に照らして先人の知恵を示してくれるばかりだが、先人の知恵というものは馬鹿にできない。

「君子《くんし》危《あや》うきに近寄らず、とも申します」

「ん？　それは」

「全く反対の意味と思《おぼ》し召《め》しを」

「………」

（大殿は齢《とし》を取り、偏見に凝《こ》り固まっているのであろうか）

生来《しょうらい》の悪人などおるまい。三十年近く沈黙している連中である。恐れるに足らぬ。

結局、秀郷はひとまず交渉する姿勢を変えなかった。

〈4〉悪の人生

案内の者に従い、わずかな供廻《ともまわ》りの家来とともに西へ向かう。下野国の西端、国境《くにざか》いに近い足利郡内の山中の小さな小屋に案内された。数人の家来を外で待たせ、秀郷一人、中に入った。

中には椅子に腰掛けた老人とその横に立つ男一人。こちらから指示した通り、最小限の人数であった。

「あ」

まず、声を出したのは秀郷。

袈裟を身に付けた僧形であり、見覚えのある顔。袈裟は違うものでも顔は見忘れようもない。

「これはお懐かしい。十数年ぶりですかな」

「念仏《ねんぶつ》日知《ひじり》……」

「さよう。覚えていていただいたとは光栄」

「氏永殿とは日知であったか」

「いかにもさようでございます。秀郷さまのご盛栄《せいえい》を聞き及び、われら一党、お役に立てればと思い、配下に加えていただきたく、お願いのため御足労《ごそくろう》いただきました」

丁寧《ていねい》な挨拶《あいさつ》だが、目の鋭さは臣従を誓う者のそれではない。

老齢ゆえ、立っていることも辛《つら》く腰掛けさせてもらっていると詫び、十三年前に比べ、顔はさらに痩《や》せ細り、身体も弱々しい印象を与えるが、眼光の鋭さ、不敵な顔つきは変わらない。そして、この者の悪は吟《ぎん》味《み》の必要もない。やはり、交渉など無意味だった。だが、後悔しても始まらない。

「わしに臣従するからには、今後、強盗なぞは一切せぬと誓え。おぬしの一党の者全てだ。違反した者は即刻処罰。首を斬る」

秀郷は意識して傲然《ごうぜん》と言い放ち、相手の出方をみた。

氏永は秀郷の意思を見透《みす》かし、話を逸《そ》らす。

「あのころは正体を明かすわけにも参らず、失礼いたした次第。いや、今でも」

正体を明かすことの危険は変わりがない。寛平年間（八八九〜八九八年）の騒乱の恨みを持つ者もいる。また、可能であれば、ただちに国司に逮捕される。氏永配下の武力はそれを許さないであろうが、坂東における第一級の罪人という立場は変わらない。

「ですが、老い先短く、最後に官位官職を得て、わが生涯を飾りたい。こう思うのです」

悪で染まったこの名でも人生の最後に名誉が欲しい。

「大掾《だいじょう》でもいいのですが、できれば、介《すけ》。もちろん守《かみ》は御殿《おんとの》、秀郷さま」

「ふざけるな。盗賊連《づ》れに官位官職なぞ……。あり得ぬわ」

氏永は官位官職を持った悪人なぞ、いくらでもいると現実を指摘した上で途方もないこと言い出した。

「そこで提案なのですが、ともに国府を攻めましょう」

国府を実力で占拠し、国庁の政務を司《つかさど》る。

「吾らだけではただの叛乱《はんらん》。ですが」

秀郷の表看板があれば、民衆は支持する。国司も矛《ほこ》を収めるかもしれない。国庁を焼いてしまおうというのではない。ちょっと脅し、下野守・藤原秀郷、介・物部氏永の体制を認めさせ、朝廷に推挙してもらう。平和裏《へいわり》にことを進めたい。氏永の提案である。

「何が、平和裏に、だ」

身勝手な言い分を一蹴《いっしゅう》。

「貴族連中追い出せば、百姓ばら歓喜し、秀郷さまの名声、大いに上がりましょう」

「心得違いするな。わが武は悪の鎮圧のためにこそ用いる」

嚙《か》み合わぬやり取りの後、じれたように老人は苦笑いを始めた。

「ふふ、これは面白い」

「何？」

「御身《おんみ》の立場が分かっておいでか。反国司勢力の頭目《とうもく》とみられているわけですぞ。吾らと同類。吾らのような本物の強盗が配下におれば、実力行使のときにはどれだけ役に立つか。それゆえ、こちらから辞を低くして、吾らの首魁《しゅかい》として仰《あお》ぎ奉《たてまつ》らんとしておりますのに」

「かつて配流命令を受けた身だが、理不尽な国司の仕打ちに反抗したまで。この地を争乱に導こうとは思っておらぬ。取り違えるな」

「強い力があれば、その力で取れるところから取る。己《おの》が救済行為にすぎませぬ。取られるのが嫌なら力を持てばよいだけのこと。獣も強きものが弱いものを食っております。自然のこと、天道が示す道なのですよ」

「わしの定めし条件に従わぬなら、ここで成敗するまで。そちの理屈は不要じゃ」

腰の太刀《たち》に手をかけた。

「せっかく互いに手を組み、吾らの頭《かしら》となっていただこうというのに……。吾らも議論は苦手。力で話を進めるまで。これまでもそうしてきました」

「何？」

氏永の背の板壁が倒れ、屈強な男ども十余人が矛を手に現れた。ぞろぞろと部屋の隅に広がり、完全に四方を取り囲まれた形だ。

「さあ、吾らの道に同意してくだされればいいのです。

今ごろ、ご家族も吾らの手の者がお守り申し上げていることとでしょう」

「何と卑怯《ひきょう》な」

「ふふふ卑怯だろう。お褒めいただき光栄。生来、卑怯なことは大好きなのですよ」

小屋の外で待っているはずの家来の名を呼んだが、返事はない。既に斬られたか。

「ひっひひひ、無駄なことを」

秀郷を囲む男どもの一人が嗤《わら》った。

討ち死に覚悟で連中と斬り合いを演じるか。

太刀を構えると、氏永の家来も矛を向けて周りを囲む。秀郷の後ろにも男らが回り込み、後ろにも退《さ》がれない。太刀を持つ手に汗がにじむ。

「ちっ」

舌打ちは弱音の表われ。絶体絶命。

「互いに矛を構えていますが、これは交渉です。勝てぬ者は矛を収め、従う。何も恥じることはありますまい。もう結果はみえております。どうぞ、お諦《あきら》めください」

機先を制する絶妙なタイミングでの降伏勧告。やはり、氏永は場慣れしている。秀郷は飛び込み、斬りかかろうとした緊張感がきれた。もう一度、気持ちを立て直すのは至難《しなん》である。心中、「もう駄目か」とさえ思った。

その雰囲気は氏永にも知れた。彼の顔は勝利感に満ちた満月のようになり、そしてどんどん大きくなる。あの痩せ細った顔が丸くなっている。


「ぎゃあぁっ」

秀郷の後ろにいた男二人がばったり倒れた。壁の木板の後ろから剣が突き刺さっていた。その板がいきなり倒れた。

「殿、お退がりあれ」

秀郷が退がると、大勢の兵が前に出て、居並ぶ氏永らの配下目掛け、至近距離から数十本の矢を放った。秀郷配下きっての猛者《もさ》、左遠斗子浦《さとおとしお》とその一党であった。

目の前から矢を撃ち込まれ、盾《たて》を構える間もなく、氏永の配下はぶっ倒れた。

「えいっ、やーっ、とおーっ」

一斉に十人ほどの兵が狭い室内に駆け込み、残る氏永配下の男たちに襲い掛かった。氏永も数本の矢を受け、倒れていた。

「おのれ、つけておったのか……。何と卑怯な。じゃがな、吾らの仲間が必ず復讐《ふくしゅう》を果たすぞ……」

「天命のお館付近に潜入した者は全て捕らえた。隠れ家にもご舎弟《しゃてい》（高郷）の大軍が攻め寄せておる」

左遠は氏永に向けて言い放った。

「ふふふ、秀郷殿。そなたは国司、朝廷に抗《あらが》う吾らと同じ。朝廷と敵対する者どもにとっての英雄なのですよ。京貴族どもとは相容《あいい》れぬ、国家に牙《きば》向く鬼や虎と同じ。そのご活躍こそ期待しておりますぞ。どうぞ、それをお忘れなく」

氏永は血を吐《は》きながらも言葉を絞《しぼ》り出す。既に何本もの矢を受けていたが、その目は不敵に赤黒く輝いていた。

「敵に有無を言わせるなとの大殿（村雄）のご命令」

左遠は氏永を斬りつけて、とどめを刺し、首に刃を入れて頭を胴から切り離す。

「強盗首物部氏永の首、藤原秀郷が家来、左遠斗子浦が討ち取ったりぃ。大殿の三十年来のお恨み、お晴らし申し上げた」

氏永配下も全員討ち取った。秀郷救出部隊の中にいた荒耳が秀郷に耳打ちした。

「大殿のご指示で殿の動向を監視しておりました」

「何と」

「殿の近習《きんじゅう》の方々を犠牲にしてしまいましたが、相手の出方を見極め、隙ができたところで討ち果たすため、致し方なく。一人も討ち漏らすわけにはまいりませんでしたので」

「うむ」

仲間を見殺しにしてしまったのは酷薄なと、思ったが、致し方ない。

秀郷を尾行していたのは荒耳と連絡役の者だけ。会見場所を見定めてから待機していた襲撃部隊が駆けつけたときは秀郷の近習は討たれていた。ただ、そうなることはこの作戦の段取りから想定内だった。

秀郷は左遠、荒耳らとともに高郷の軍勢が囲む氏永一味の本拠地に向かった。

高郷軍は既に十重《とえ》二十重《はたえ》に取り囲んでいた。

左遠の報告を受け、高郷が軍勢に下知《げち》。一斉に火矢が放たれ、林の中の屋敷が炎に包まれる。逃げ出てきた者にも矢を射かけた。というよりも矢を浴びせた。

「相手は悪人。極悪人じゃ。一人残らず討ち取れ。一人残らずじゃ」

高郷が叫んでいる。高郷の軍はその命令を忠実に実行している。

「討ち漏らさず」

それがこの行動の前提。電撃的な掃討《そうとう》作戦だった。

「わが甘さの完全な敗北……」

電撃作戦の大勝利で伝説の強盗首・物部氏永が討たれたとの報道《ニュース》に民衆は歓喜。秀郷の評判もいやが上にも高まったが、秀郷本人は反省の中にいた。既に外に出ることもない、老齢の父の妄念《もうねん》としか思えなかった指摘が全てを見通していた。

自分は今少し冷徹に考慮すべきであったが、人のよさというのは生来のもの。

だが、自分の判断、行動によって配下の諸将の生死も決めてしまう。常に的確な情勢判断が求められるが……。今回の一件ですっかり自信を失《な》くしてしまった。

(これではいかん)

そして、恐ろしかったのは氏永の最期である。

あの首は最期、「わが人生に悔いなし」と言った。

左遠が首を取り、胴と離れた瞬間、「おーっ」という兵の歓声にかき消されたが、自分だけは確かに聞いた。

悪を尽くした人生を「悔いなし」と言い切った老人の最期の顔は、確かに全てに満足したような満腔《まんこう》の喜びを表していた。

——悪とは何だろう。

考えざるを得ない。

悪の全てを肯定し、納得して悪の行為を尽くすと、ああした心持ちになれるのか。鬼よりも恐ろしいのはまさに人であろう。人の心の恐ろしさこそ底がないのではないか。これ以上、思考をめぐらすと悪病に冒されそうである。

そして「活躍を期待する」と予言めいた言葉も気になった。死んだ老人のいう活躍とは国司、朝廷に逆らう立場で大暴れするという意味である。

先の人生は分からぬとはいえ、国司や朝廷に反抗しようとは思わぬし、今後はもう少しうまく折り合っていくつもりでいる。

「…………」

「また、考え事ですね。殿の悪い癖です」

縁台で考え込んでいた秀郷に妻・侍従御前が白湯《さゆ》を

いれた椀《わん》を差し出した。

「いつも堂々巡り。どうせ結論は出ません。今回の件さっぱりお忘れなさりませ」

「みやよ、わしが何を考えているか見通してのことか。いや、何も分かるまい」

苦笑いするしかない。

思考をぶち切られてしまったが、決して不快ではなかった。

〈5〉秀郷、朝敵に

事件は終わっていなかった。

氏永の隠れ家の焼死体の中から国司の掾たる人物の遺体が出てきたのである。

当日は国庁に出仕せず、その後、連絡が途絶えた人物だった。

〈騒動は武装集団同士の私闘〉

〈藤原秀郷は反国司集団、危険な武装集団の頭目〉

〈国司上級官吏の殺害に関与〉

これが国司側の捉《とら》え方である。

これまで秀郷との正面衝突を避けてきた国司側だが、牽制《けんせい》の必要も感じていた。この事件と国司側の捉え方は朝廷に報告された。

事態は思わぬ方向に飛躍した。

秀郷を誅《ちゅう》することは国司の軍事力では不可能。国司の訴えを容《い》れた太政官は下野のみならず、近隣諸国から兵を差し向けることを指示した官符《かんぷ》五通を出した。

藤原秀郷「追討官符」である。

『扶桑略記《ふそうりゃくき》』に記録が残る。

延長七年五月廿日、戊子、下野國言上藤原秀郷等濫行可糺勘之由、國々可差向人兵等官符五通請印
（延長七年五月二〇日、下野国が藤原秀郷らの濫行を言上。諸国に出兵の官符五通を下す）

秀郷は愕然《がくぜん》とし、当惑した。

「国司側がこれほどの強硬姿勢を示すとは」

これまで下野の平穏を保ってきたのは吾らの力によるもの。現に物部氏永の追討は多くの領民が喜んでいる。

「そもそも、あの日に氏永の隠れ家に潜んでいた掾こ

そ疑惑の中心」

「吾らに感謝するどころか、五カ国から兵を集めて追討しようとは」

秀郷配下から声が上がる。

秀郷自身、怒りが沸々《ふつふつ》と湧《わ》き上がる。だが、軽挙はならぬ。

それにしても腑《ふ》に落ちぬ。

「本当に吾らとことを構えるつもりなのか」

このことである。

国司側も相当なリスクとなるはずだ。

そして、秀郷にとっても大きな危機。国司、いや、朝廷との全面対決。これでは東国騒乱における台風の目。まさしく物部氏永と同質の反国家勢力となってしまう。

秀郷の思案はまたしても深い沼の淵に身を投げるが如くであった。

秀郷のもとに荒耳が報告に来た。

「京に裏で糸を引いている黒幕がおりました。藤原利《とし》平《ひら》さまです」

「あ。あの老人、生きておったのか」

秀郷は感情的に、生きているのが不自然かのように言い放った。だが、利平は老貴族とはいえ、氏永や村雄ほどの高齢ではないし、官職を離れる齢《とし》でもない。

秀郷追討に執念を見せた元下野守。その妄念が国司からの報告に飛びつき、一気に厳格な処罰を主張した。荒耳が国司周辺から得た京の情報であった。

秀郷の周辺はにわかに慌《あわ》ただしくなった。

「吾らの主《あるじ》は秀郷さま」

「吾らは秀郷さまを〈頭〉として戦う」

「国司には従わぬ」

次々と〈兵《つわもの》〉が集まってくる。

国司の、いや朝廷の五カ国連合軍と戦うと息巻いている。

「敵兵が何倍であろうとも、弓、太刀、馬、いずれをとっても吾らが負けるわけがない」

「そうとも、そうとも。恐るるに足らず」

「国司の兵、五カ国の兵、何するものぞ」

「おうーっ」

興奮状態による過剰な自信ではない。国司軍は一部の健児《こんでい》による騎兵のほか、大半は各地の豪族、富豪の輩《ともがら》から供出された傭兵《ようへい》である。豪族、郡司の子弟による健児も一部を除けば馬術に慣れた程度の者にすぎない。平常の鍛錬、戦術、部隊の意思統一を考えれば、敵兵が十倍の兵力でも互角以上に戦える……。

　秀郷も冷静にそう観察していた。

　だが、問題は一戦に勝てるか勝てないかではない。勝てたとして、朝廷側が征伐を諦めなければ、泥沼の戦いは果てなく続く。朝廷が地方の大乱を放置しておくとは考えられない。制圧までに十年以上の時をかけた騒乱もあった。そうなれば吾らも疲弊する。それ以上にこの地域へのダメージが大きい。田畑を壊し、百姓の生活を壊す。それこそ避けるべきだ。秀郷はそう考えた。避けなければ、制度によらない秀郷の地域支配など一日も保《も》たない。

　十三年前の延喜一六年（九一六年）は二度までも国司軍を破り、着せられた罪をうやむやにした。あのときのように局地戦・小戦闘の勝利で状況を有利に運ぶことはできるのか。

　まずは実父・村雄に相談した。村雄の身体はますます弱っているようである。顔色も悪い。半身を起こして秀郷の話を聞き、長い時間黙考《もっこう》した。

「まずは、そうだな……」

「まずは？」

　実父の言葉を待ったが、その後が続かない。ばったり倒れた。

「大殿《おおとの》！」

　抱き起こして静かに横に寝かせ、すぐに家臣を呼んだ。

「大殿！　大殿！」

「薬師《くすし》を。薬師を呼べ」

「まずは御寝所《ごしんじょ》へ。そっとな。そっと」

　続々と駆け付けた家臣たちは大慌てで対応する。

（やはり、このような話、すべきではなかったのか）

　父の容態を見て悔いた。

（これは……。自分で考えねばなるまい）

　側近武将を集めた軍議では、やはり国司との対決に自信を示す意見が多かった。

「若い連中はやる気満々ですぞ。すぐにも飛び出す勢いじゃ。なに、国司の軍など五カ国、六カ国寄せ集めようとも烏合《うごう》の衆《しゅう》。われらの敵ではありますまい」

　古株の武闘派・若麻績部百式《わかおみのべのももしき》の鼻息は荒い。

「まずこちらから国府を攻め、敵の軍勢が整う前に徹底的にたたいてやりましょう」

「いっそのこと、われら、国司との関係を断ち、われらの力のみで下野ほか、この地域を治めればよいのです。まず、国司軍を鎧袖一触《がいしゅういっしょく》、追い払ってしまいましょう」

主戦派を代表する若党・左遠斗子浦や今出翔八郎も続いた。

「待て、待て、待て、待て、待て。それは朝廷とは無縁の国をここに創り上げるということか。そんなことが本当にできると思うてか。ましてや国府を攻めたら、われらは朝敵。後戻りはできぬ」

秀郷の従兄弟で重臣筆頭格の藤原兼有が議論を押しとどめた。

「朝廷からの独立か。東国の夢じゃな。面白そうだ。あのような腐った貴族連中を国守として崇《あが》めるのも金輪際《こんりんざい》というわけじゃな。ははは。面白い」

弟・高郷も国司・朝廷からの独立構想に乗ってきた。

「東国の夢か……」

秀郷はじっと考えるように呟いた。

「そうです。われらの理想の国です」

「やりましょう。時は来たれり」

左遠、今出らからも声が上がったが、兼有は彼らを戒《いまし》めた。

「周りは敵だらけとなれば、いつかは押し潰《つぶ》される。おぬしらよく考えよ」

「周りも味方にせねばならぬのう。平国香《くにか》さまはじめ常陸《ひたち》、下総《しもうさ》の平氏一門を味方にできぬかな」

秀郷は東に向けた考えを示すと、兼有がぴしゃりと現実的な見解を示した。

「殿まで、まさか東国の夢などと……本気でお考えか。平氏一門の方々の協力は難しいかと考えます。平氏内紛の際は吾ら介入せずの立場を貫き、国香さまにも協力しませんでした」

「逆にいえば、双方から恨みを買うようなことはしなかった……。そうか、あの一門は一枚岩とはいかぬから、どちらにしても敵が残るというわけか」

「それに一門の中で領地を争うような了見の方々。自分たちの得にならないことには関わらないでしょう」

「確かに油断ならぬ連中だな。だが、東側以外はわれらと単独で戦えるような勢力はない。われらの方から仕掛けなければ、案外、友好が保てるのではないか」

「個別にはそうでしょう。ですが、朝廷が吾らの独立を認めず、大軍を派遣してくれれば周囲の者どもが全て敵になるかもしれませぬ」

議論は堂々巡り。着地点が見えない。

「東国の夢か……。難しい面も確かだ。ことが成るまでこれは秘中の秘。口外してはならぬ。まずは今回の戦、守ることのみに専念せよ」

秀郷は議論の着地を諦め、専守防衛の基本方針だけ示した。

「太政官からの追討命令には国司も戸惑っているようです。もともと吾らとの戦までは考えていなかったようで……」

養父・鹿島が国司の状況について報告。すると、

「あのような報告を朝廷にしといて勝手な連中じゃ」

との国司批判の声も出たが、高郷が京に向けた議論の口火を切った。

「そうよ、朝廷の意向はどうなのじゃ。藤原利平さまは政治《まつりごと》の中心からは程遠いお方じゃろう。そんなお人の意思通りになっているのか」

「そうだな。京の状況を探ることも肝要。すまぬが、與貞。京へ行ってくれぬか」

「分かりました。吾でよければ、そのお役目、喜んで承《うけたまわ》りましょう」

従兄弟・藤原與貞が承諾。秀郷自ら弁明のため京に上りたい気持ちもあるが、既に国司側の兵募集が始まっている。いつ戦端が開かれるか分からない状況ではここを離れるわけにはいかない。

館の奥の狭い応接の間で秀郷を囲むのは舎弟・高郷、養父・鹿島、親類・兼有、政治顧問の柏崎光徳といった面々。

「集められた兵は百姓たちが駆り出されているにすぎない。戦いたくはない。彼らを降伏させる手はないか」

秀郷は考えよ、と言ったが、高郷は困惑しきりであった。

「兄上。十倍の敵に降伏せよ、ですと……」

「笑われるか。ふふふ」

秀郷も力なく苦笑いした。

「東国の独立、東国の夢はやはり夢かもしれませぬな」

「何じゃ高郷。先日はわしをけしかけておいて」

「けしかけてはおりません。兄上が勝手に思案を進めたのです」

「無論、慎重にことを進めねばならぬとは思っておる。光徳。そちはどう思う」

「国司・太政官の決定がけしからぬからといって吾らから別の国を建てるとは、飛躍しておりませぬか。およそ天子さまの治《おさ》むる、この本朝において封土を朝廷から切り離つとは奇怪至極《きっかいしごく》。無論、国司・太政官の非を鳴らし、わが方の正当なるを断固主張すべきですが」

「やはり、それが正論であろうな」

「お分かりいただけたか。殿」

兼有も安堵の表情を見せた。

「だが、朝廷があくまで、われらを徹底処罰、滅ぼすという姿勢なら、どうじゃ」

降りかかる火の粉を払うだけでは済まない。長い戦になる。その果ては……。徹底抗戦の上、東国独立。秀郷の胸の内に沸々と思いが湧き上がる。

「やはり、朝廷の御意向のほど、確かめねばなりませぬが……」

兼有は秀郷の考えが飛躍せぬよう条件を示した。京に上がった與貞の報告が待たれるが、戦端はその前に開かれるはずだ。もはや猶予《ゆうよ》はない。まずは一戦、攻め寄せる五カ国連合軍を防ぎ、しばらく様子を見るしかない。朝廷の真意が知れたとき、次の手を考えるべきだ。

選択肢はあれこれとない。

「平氏の方々、参戦疑いなし」

大軍団を派兵するという坂東平氏の状況を探っていた荒耳が報告する。

秀郷の異母姉を後妻とし、義兄弟の関係にある平国香には中立を求めたが、予想通り、あまり喜ばしくない返事を寄越してきた。国司の要請があれば、出兵も考えざるを得ないという。

「兵を出したとしても手加減いたす。悪いようにはせぬ」

使者にはこうも添え述べたというが、油断ならない。大軍でもあり、強兵揃い。想定される国司軍の傭兵を寄せ集めた烏合の衆とは明らかに異なる。

「平氏一門が敵に回るとなれば……。実に厄介だな」

「平良正《よしまさ》さま。国香さまの弟ですが、このお方が欲深《よくぶか》で」

良正は水守《みもり》（茨城県つくば市）を拠点としている。その所領は小さいとは言えないが、一国に意向が及ぶ常陸大掾・国香、上総介《かずさのすけ》・良兼《よしかね》の兄二人の威光には比ぶべくもない。この機に乗じて下野の地をいくらかでも攻め獲りたいとの思いは隠せない。下野侵攻を強く主張し、様子見の姿勢だった国香らを説得した。

「藤原秀郷、下野で武名のある者と聞こえますが、所詮《しょせん》は罪人。何の遠慮も要りますまい」

領土欲を露骨にし、秀郷を侮《あなど》る放言も半《なか》ば大っぴらとなっている。

また、源護《まもる》の三兄弟も父の所領を分け合うことになるため、少しでも領地を増やしたいとの思いを常に持っており、日ごろから他人の田地を横領することもしばしばあった。そのため、将門とはたびたびトラブルを起こしていた。

その事情と領土欲を隠さぬ良正や源氏三兄弟に秀郷もあきれる。

「何と身勝手な連中じゃ」

間もなく戦端が開かれよう。

秀郷は陸奥御前の意見を聞いた。何か参考になる思案があれば、と思った。

「人間万事塞翁《じんかんばんじさいおう》が馬《うま》と申します。それほど悲観的な状況でもないかと……」

「何？　それは何か逆転の必勝法か。古代唐土《もろこし》の逆転の大戦か」

「いえ、悪いこともあれば、いいこともあるという譬《たと》えです。人生どう転ぶか分からぬと」

「ああ、そう。そうじゃな。その通り」

安直に古代の知恵に頼ろうとしたわが身にがっくり。

「陣立ては兼有、高郷に思案させておるが、東山道から攻め上がる敵は十倍。こちらは安蘇沼を背に布陣するしかないか。ここを破られれば、この館まで防ぐ手立てがない。唐土、西域に何ぞいい知恵はなかったか」

「川、沼を背にして陣を構えるは背水の陣ですわ」

「背水の陣とは」

「背水の陣とは必敗の陣です。逃げ場がございません」

「逃げ場がなければ捨て身の覚悟にもなろう。わが兵の士気は十分に高い」

「戦う方々の心の機微《きび》までは私には分かりませぬが、必敗の陣で勝った一例はございます。『史記』では、漢の高祖《こうそ》と楚の項羽《こうう》が天下に覇を争ったとき、高祖に仕えし智将・韓信《かんしん》、大河を背にして少数の兵で二十万の敵を迎え撃ち、確かに『兵は死地において初めて生きる』と申したそうです。ですが、勝ったのは敵が城を空にした隙に支隊で城を落とした韓信の知略、戦術によるものです」

「む。今回、敵は三毳山あたりが格好の陣立ての場になろうが、わが軍には隙を突く支隊もないし、どうにもならぬか……」

〈6〉背水の陣

「運命の日かもしれぬな」

秀郷軍は三毳山、安蘇沼の西側に陣を張った。東山道からの出口にあたる。出ると平坦な土地が広がり、田畑や屋敷も点在する。野戦の戦場《いくさば》として軍勢を広げやすい一帯であり、少数の軍勢が有利となる地形でもない。

大軍が東山道を出て、唐沢山などを背に陣を広げ、安蘇沼を渡れば、秀郷軍と対峙するような地形となる。

そろそろ〈武士〉という呼び名を秀郷の一軍に与えてもよいのではないか。

秀郷の一族、家来としてその一族と自らの家を守るために戦い、己と家の名誉をかける。秀郷の下知に従い、統一した指揮の下に戦う。血縁でない者も含めて秀郷の擬制家中《ぎせいかちゅう》の一員としての自覚がある。

この擬制家中の内では勇猛に戦うことが身を立てることに直結し、ときに戦死しても家の名誉となり、子孫の繁栄につながる。そこに死を賭して戦う意味も生まれる。

すなわち、強制的に戦に駆り出される兵とは違う。いや、命令と強制力は秀郷の家来の出兵にも当てはまるかもしれない。それでも、十倍の兵力差という本来なら絶望感しかない戦に将兵は喜びと高揚感を持って出陣する。

わが家、わが子孫と主君、主筋のお家のため、死を賭して戦う。その信念を持つ集団。これこそが勃興《ぼっこう》してきた〈武士〉という新たな階層であった。

また、今回、秀郷に従う武の者たちを駆り立てるのは国司との全面対決の向こう側に見えるものだ。

東国の夢。

国司、朝廷支配からの離脱——独立国家。貴族とは無縁の理想の政治体制。中にはこのまま京まで攻め上がって貴族社会の都をめちゃめちゃにしてやろうと、途方もない妄想をめぐらす者までいた。

彼らは既に京から下る貴族たちに従うことや、自分たちの労働の成果物である米や作物、産物が納税として貴族社会のために供出せねばならないことに不満を超えた疑義《ぎぎ》を感じていたのである。

少し前までは当たり前のこととして受け入れてきた貴族社会への服従。だが、百姓を守り、地域支配と治安維持に功ある秀郷が罪人と扱われることに及んで、大いなる矛盾を知ったのである。

すなわち、秀郷軍は火の玉であった。


そして、相対する陣営にも〈武士〉になりつつある、あるいは既にその性格を帯びている一団があった。

坂東平氏の大軍勢である。常陸、下総、上総の国司の要請に応じ、秀郷討伐を目的とする五カ国連合軍に参加していた。常陸の軍を指揮する常陸大掾・平国香(高望王長男)を筆頭に、その弟で上総の軍を従える上総介・平良兼(高望王次男)、さらに下の弟・平良正(高望王四男)。国香らの岳父である前常陸大掾・源護の子息である源扶《たすく》、隆《たかし》、繁《しげる》の三兄弟も含めて大兵団が東から東山道に列をなし、戦場に入った。

将門の父である平良持(高望王三男)は鎮守府《ちんじゅふ》将軍として陸奥赴任中のため、将門の弟や良持家中の留守家臣が率いる小部隊が国香の指揮下に加わっている。

なお将門と国香の嫡子・貞盛は京におり、参戦していない。国香の末弟で武蔵北部を拠点とする平良文《よしぶみ》(高望王五男)は出兵を見送った。

「良文め。わが弟ながら、いつも何を考えているか分からん。不気味なやつよ」

東山道を出て、三毳山中腹に陣を構えた国香は戦場全景を見渡した後、南側の渡良瀬川に目をやった。川の南側に良文の領土がある。秀郷の本拠が近いだけに余計な摩擦を恐れたのか。若い癖にいつも慎重だ。だが、長兄の下知に従わぬのが気に食わない。

「大掾さま(国香)は秀郷殿の姉を娶《めと》っておれば、戦いたくないのが本音か」

義弟である源扶が気遣ったが、国香にとっては無用な心配であった。

「いや、その処分は戦の後に考えましょう。勝ってしまえば何ほどのこともございません」

源扶が率いているのは弟を含めた父・源護一族の軍。

源護の三兄弟はいつもながら言うことは威勢がよい。

「各国の兵は所詮、烏合の衆。あまり頼りにもなりますまい。われらが先頭に立って秀郷の一勢を討ち倒し、武勲を挙げましょう」

「秀郷勢討ち滅ぼせば、下野南部や周辺、われら領土広げる好機でございますな」

「腕が鳴るわい」

ただ、一団を指揮する国香としてはなるべく損害を少なくしたい。無理して前線で苦労する必要はない。頼まれて出陣した戦である。後方でじっくり督戦《とくせん》し、秀郷軍が崩れかかったら一気に攻める。それまでは前線部隊に頑張ってもらおう。これだけの兵力差だ。秀郷軍の粘りもそれほど長くはあるまい。

「始まるぞ」

「当初は互角であろう。戦況の変化に注意せよ」

部下に指示し、三毳山中腹の陣から前方部隊の激突を観察。前方部隊は五カ国連合軍の中の一部だが、秀郷軍は布陣の兵が全軍であろう。それでも二、三倍の兵力差がありそうだ。

だが、国香らの目論見《もくろみ》は早々に崩れた。

まず、弓矢の正確さが違った。


連合軍の一列目がばたばたと、矢を受けて倒れると、秀郷軍の騎馬軍団が一気に突き進んだ。連合軍の歩兵が弓矢や矛を構える暇《いとま》すら与えない。秀郷軍は中央部にのみ突進しているので、前列左右の軍が動けば、容易に取り囲めそうだが、そういう動きはない。

この戦いでは秀郷の長男・千晴が初陣を迎えていた。元服したばかりの十四歳。最前線に立ち、兵とともに弓を放った。

初陣の千晴を最前線に立たせたのは秀郷の意向。

「前陣は少々危険ではないでしょうか。若殿には後陣で督戦いただいた方がよろしいかと」

こう忠告する将もいたが、命懸けで戦う兵に支えられていることを知ってほしい。この思いがあった。

「流れ矢に当たり落命したとしても、それはそれまでの運命《さだめ》というもの。余計な気を遣うな」

送り出す際、秀郷はこう言ったものの千晴の脇を固める左遠斗子浦や今出翔八郎ら若手の側近部将にしてみれば、まさか若殿・千晴を危険な目に遭わせるわけにはいかない。いざというときは盾ともなる覚悟をもって臨んでいる。

「かえって若い連中に気を遣わせたか」

ともかく秀郷軍に対し、五カ国の国司連合軍の前線は及び腰で押されまくっている。

「やはり傭兵などは命惜しさが先んじてしまうのだろう。前線にはろくな指揮官もおらぬとみえる」

国香は歯がみした。

「吾らの出番はもう少し後だな。せいぜい犠牲者を増やすがいいわ」

だが、国香の余裕の督戦もそこまでだった。まだ半刻と過ぎていないが、前線部隊はあっという間に崩壊に向かった。他の部隊は全く動く気配がない。

「前線部隊は弱すぎますな。そろそろ秀郷軍も疲れてきましょう。今こそ一気に攻めましょう」

国香の横で戦の様子を見ていた良正は兵を出すことを主張したが、国香は答えない。心の中で「無理だわな」と呟く。戦には勢いというものがある。勢いに乗る軍勢に中途半端《ちゅうとはんぱ》な兵をぶつけたところでどうにもならない。出陣の機会を逸し、今はどうすることもできない。

「そろそろだな」

自軍の奮闘を後方で見ていた秀郷が独語した。唐沢山頂や三毳山頂、渡良瀬川の南側など戦場を囲むように火の手が上がり、煙が立ち上がる。荒耳の配下が各村に葦《あし》などを集めて燃やすようにそれだけをふれ回っていたのだ。

「どんな意味があるんでしょうか」

秀郷のそばに控えていた古参の部下・下毛野某麻呂《しもつけののぼうまろ》が問い掛けた。

「特に意味はないさ」

「意味はない？」

「相手が勝手に何か変だと思ってくれれば、それでいい」

国香の周辺が慌ただしくなった。

「渡良瀬川の南に火の手が上がっていますぞ」

「まさか、良文ではあるまいな。秀郷に味方するほど、ごじゃらっぺとも思えぬが」

「後詰《ごづめ》のお味方の兵、続々と戦場を離れていきます」

「浮足立ってしまったか」

そもそも前線部隊が中央の指揮官の周辺以外、ほとんど逃げ出してしまった。

「この戦に犠牲を払う意味はない」

「これほど馬鹿げた戦は初めてじゃ」

国香も撤兵を指示した。もはや戦場に出て得することは何もなさそうだ。秀郷や妻・郷子《さとこ》(秀郷の異母姉)には「悪いようにはしなかった」と恩を着せるか。


戦況をみていた秀郷は勝負どころと判断した。

「よし、勝負をつける。前線に出るぞ」

「殿自ら？　危険ですぞ」

「いや、ここはみなの士気を高め、一押し、一気に押し切るところじゃ」

親衛隊に囲まれ、秀郷が自ら馬を進めた。

敵部隊の最前列はあっという間に、ほぼ全員が逃げ去った。

この一押しが効いた、勝負は決まった。そう思ったが……。敵指揮官が撤退しない。その周りの兵だけが戦場に残っているのである。

(所詮《しょせん》、徴兵された兵ども。これだけの兵が倒れれば逃げ出すはずなのに……)

敵指揮官の周りの兵は弱兵で、斬られてばたばたと倒れていく。


だが、倒れていた兵が起き上がり、再び襲ってくる。

(何だ？　死んだのでなかったのか？)

腕で払いのければ簡単に吹っ飛ぶ、ますますの弱兵。しかも顔は死人。

「これではきりがない」

「このままでは囲まれてしまう」

四方からゾンビのように迫る生き返った弱兵に仲間の悲鳴が聞こえた。

「斬らなくていい、とにかく払いのけろ」

秀郷は叫んで指示した。ようやく敵指揮官が正面に見えた。彼を守っていた周囲の兵は既にいない。意外と老いた男は……。

「藤原利平⁉　そんな馬鹿な。京にいるはずでは」

「この恥辱《ちじょく》、晴らさいでか」

指揮官は死人のような唸《うな》り声を上げている。

「生霊《いきりょう》か！」

馬上から太刀でぶった斬ったが、手応えがない。

空を斬ったような反応しかない。

幻影か。幻影相手に太刀を振るっても意味がないではないか。

(そうだ、竜宮の剣があった)

「南無八幡大菩薩《なむはちまんだいぼさつ》！」

心の臓を目掛けて剣を刺した。

光の粒となって生霊は霧散。

「ひえ〜っ」

敵兵は起き上がり、我に返った表情で叫ぶと、次々と逃げ出した。敵軍は完全に四散。圧勝である。

〈7〉再び京へ

（京へ行き、ことの次第を説明する必要がありそうだ）

秀郷にとって二度目の京への旅となった。これまで面倒なことでは何かと頼りになった斗鳥の爺は隠居しており、同行するのは京の事情に通じている義父の源通《かよう》、柏崎光徳、従者・佐丸《すけまる》を中心とした面々である。

出発前、まず、高郷、兼有には兵を動かさぬよう指示した。

「守ることのみに専念せよ」

また、養父・鹿島が国司側に問いただすと、出陣の件は太政官の直接指揮で国司の面々は関わっていないと必死の弁明。しばらく戦闘はないと判断した。

「東国の夢、ひとまず忘れてくれ」

こう言い残して旅立った。


東山道中、馬を進める一行。

「待て。人の気配を感じぬか。前方から近づいてくる」

立ち止まり、太刀に手をかける。

「殿、人影も何も見えませぬぞ」

だが、気が付くと、馬上の秀郷の足元に一人の男が跪《ひざまず》き、頭を下げていた。

「おお、いつの間に」

「荒耳さまの組の者でございます」

「荒耳の？　韋駄天《いだてん》と綽名《あだな》されておるのは、そちだな」

「は、恐れながら」

京から下ってきた韋駄天がもたらしたのは秀郷の追討を主張していた老貴族・藤原利平の訃報《ふほう》だった。京にいる與貞の報告で旧知の下級貴族に聞いたところによると、その状況を見ていた者がいた。

執務中、完全に気が抜けたようになり、立ちすくんだまま動かず、返事もしない状態だったが、いきなり一回唸《うな》ると、ばたりと倒れ、そのときには既に息は止まっていた。

秀郷に対する「追討官符」は下野国司からの訴えが発端とはいえ、この老貴族が黒幕だった。

藤原利平。下野守時代、国司に対する敵対行為、脱税を許さないという態度を捨てず、秀郷と対決した。一方で賄賂《まいない》を受け取らず、富豪の輩《ともがら》ら地域有力者、特定勢力と馴れ合うことはなく、私腹を肥やすことは一切しなかった。

利平には利平の理屈があり、彼の正義があった。

（そういう見方もできる）

秀郷をここまで追い込んだ政敵ではあるが、根っからの悪だと決めつけることはできない。

だからといって同情しているわけではない。

既に破綻《はたん》している律令制度に殉《じゅん》じた犠牲者と言えなくもないが、国司、朝廷の官僚として見るべき現実を見ていなかった。そう断ぜざるを得ない。

秀郷が、そんな思いを吐露していると、源通は、さらっとまとめた。

「やはり、すまじきものは宮仕え——なのですよ」

吾らにとってはなかなか厄介な相手であったが、おそらく多くの貴族が気にも留めず、しばらくすれば名も忘れてしまうような中級貴族として人生を終えた。源通はそう捉えていた。

一行は京で源高明《たかあきら》の屋敷「高松殿」に寄宿した。高明は後に右京四条に壮麗な豪邸を建て、「西宮殿」と呼ばれる。このときの屋敷、高松殿は左京三条にあり、後に三男・源俊賢《としかた》に相伝される。

高明はこのとき十七歳の青年貴族。醍醐《だいご》天皇第十二皇子であり、母は源唱《となう》の娘・周子。従四位上《じゅしいのじょう》に叙せられたばかりだが、後に異母弟・村上天皇の信任厚く、西宮左大臣と呼ばれることになる。溌剌《はつらつ》として学問にも励んでいる。有職故実《ゆうそくこじつ》に通じ、その価値観の合う二十三歳の青年貴族・藤原師輔《もろすけ》とは親交が深い。

師輔は政界の最高実力者、左大臣・藤原忠平《ただひら》の次男。既に従五位上。藤原の御曹司《おんぞうし》だけに順調に出世の道を歩んでいる。この後、朝廷の実力者に成長。高明とともに政界をリードする時期もあった。

それはさておき、このときの師輔はそれどころではなかった。醍醐天皇の皇女で、齢上《としうえ》の勤子内親王との密通がばれ、大騒ぎとなっていた。

京に到着した秀郷は検非違使庁に参上。詳しく事件の経緯を説明した。物部氏永討伐は自らの身を守る正当防衛であり、強盗、略奪を繰り返してきた一党を成敗した公の目的にかなったものである。決して私闘ではない。この主張を奏上《そうじょう》した。だが、国司より氏永討伐を命じられたわけでもなく、先制攻撃によって一方的に攻め滅ぼしたので正当防衛の主張も相当弱い。それでも秀郷追討を主導した藤原利平は既にこの世になく、ほかの官吏にはその拘《こだわ》りはない。

結論は示されなかった。

「このまま沙汰《さた》止《や》みであれば、こしたことはないが……」

秀郷としてはもう少し安全弁が欲しいところだ。源通は旧知の伝手《つて》を頼って廷臣への工作に動いた。

「殿（秀郷）にお役に立ちそうな人物がおります」

源通が言うには、左大臣・藤原忠平の家人《けにん》として平将門が上京しているという。また、将門の従兄弟であり、秀郷の義理の甥《おい》・平貞盛は京で任官しており、左《さ》馬允《まのじょう》の地位にある。官馬の管理、調教を担う左馬《さま》寮《りょう》の三等官。従七位上の位階を持つ下級貴族だ。正確に言えば下級官人。貴族とは「貴」である官位三位以上、「通貴」（貴に通じる）である五位以上を指す。だが、一般的な感覚では由緒ある家で育ち、または関係し、庶民とは違った暮らしを送る階層が「貴族」として捉えられている。

将門、貞盛とは若いころから面識がある。ぜひとも頼りにしたいところだ。

「それから、下毛野《しもつけの》氏と誼《よしみ》を通じておくのはどうでしょうか。下級官人ながら帝の側近。下野ゆかりの者にとって〈藤原秀郷〉の名は英雄ですから」

源通のもう一つの提案が、近衛府《このえふ》の下級官人の地位を世襲している下毛野氏への接近。現在、右近衛府に勤めているのは下毛野長用《ながもち》。

近衛府はもともと宮殿の警護などを担う官職だったが、「滝口の武者」に取って代わられるようになり、次第に儀仗兵《ぎじょうへい》としての役割が中心となった。だが、帝のそば近くに仕えていることには変わりがない。

そして下毛野氏は代々京に住み暮らすとはいえ、祖先の地、下野への憧憬《どうけい》の念がある。

（婿殿に対しても粗略にはすまい）

源通にはそういう計算がある。

京の下毛野氏は大きく分けて二系統ある。最も有名な人物は下毛野古麻呂《こまろ》。

朝臣《あそん》の姓《かばね》を賜り、中央官人として登用され、大宝律令（七〇一年制定）の編纂《へんさん》にも関与している。藤原不比等《ふひと》との関係も深い。最終官位は正四位下《しょうしいのげ》。兵部《ひょうぶ》卿（兵部省長官）、式部《しきぶ》卿（式部省長官）を歴任した高官。上毛野《かみつけの》氏と並び、豊城入彦命《とよきいりひこのみこと》（崇神《すじん》天皇の皇子）の後裔《こうえい》を称する王臣貴族（皇別・王孫）である。

一方、近衛府下級官人の地位を世襲する下毛野氏は公《きみ》（または君）の姓を持つ。国造《くにのみやつこ》家（地方長官）だった下毛野朝臣に従った蝦夷《えみし》、俘囚《ふしゅう》の子孫ともいわれる。代々、宮殿の警護や儀仗兵を務めてきた関係から一族の中には貴人の警護、近侍《きんじ》を担い、馬術や鷹飼、舞楽、調理などに携わる者も多い。そのネットワークは京に広く浸透している。

〈8〉清涼殿落雷事件

源通の工作が功を奏した。ようやく忠平との面会の機会が得られた。

延長八年（九三〇年）六月二六日。

将門、貞盛に伴われ、大内裏《だいだいり》の東面、待賢門《たいけんもん》の前で忠平卿を待った。この日、内裏では旱魃《かんばつ》対策の会議が開かれる。忠平が太政官に参上する際のわずかな時間、閲《えつ》する手はずが整えられた。

前年は疫病に水害。今年は旱魃。俘囚や農民らが租税の減免を求め、行動を起こすのも、天候不順が続いていることと無関係ではない。

「お、毛車《けのくるま》が来ましたぞ。ひたまゆです」

貞盛が声を上げた。大勢の家人を従え、白っぽい牛《ぎっ》車《しゃ》が近づいてくる。檳榔毛車《びろうげのくるま》である。ヤシ科の植物、ビロウの葉を裂いて糸状にして車体を編む。車体側面に物見の窓がないのが特徴で、上級貴族が使う高級車である。

上皇や皇后が乗り、唐破風《からはふ》のような形状の屋根の最高級車「唐車《からぐるま》（唐庇車《からびさしのくるま》）」やヒノキや竹の薄板を張った中級貴族用の大衆車「網代車《あじろぐるま》」とは一見して違う。車を見れば、どのような身分の貴族が乗っているか想像がつく。

この忠平の牛車「ひたまゆ」は子孫に相伝された。高級車は資産であり、相続の対象だった。平安時代後期の内大臣・三条公教《きんのり》に相伝されたというから二百年も使われていたことになる。『古事談』の逸話では、公教の父、八条大相国《だいしょうごく》・三条実行《さねゆき》と高松中納言・藤原実衡《さねひら》が牛車の相続を争い、知足院《ちそくいん》（藤原忠実《ただざね》）は実衡に与えるつもりだったが、実行が策略をめぐらし奪い取った。その結果、実行から公教に相伝された。

待賢門の前でひたまゆが止まり、忠平が車から降りた。門には数段の石階《いしばし》があるので、車は大内裏に入れない。

「秀郷殿。凶作が続き、民が苦しむ現状については帝《みかど》も御心を痛めておる」

跪いて頭を下げた秀郷に声が掛けられる。

「政治《まつりごと》を預かる麿《まろ》ら臣下としても、その無策は恥入るところ。鄙《ひな》（地方）の疲弊も同様。今後よき思案を講じてまいる」

「ははっ」

秀郷は片膝をつき、平伏したまま。頭を上げず、忠平の声だけを聞いた。こちらから返答以外の声を上げぬよう事前に将門、貞盛から指図されている。

短いやり取りの後、忠平は待賢門から置路《おきみち》を歩き、太政官の殿舎に向かった。従者は置路の両側に分かれ、忠平に従う。

秀郷が貞盛、将門の二人に礼を言うと、貞盛は追討官符について直接の言及がなかったことを心配した。

「あれでよろしかったのでしょうか。左大臣・小一条さま（忠平）の言、秀郷さまの件について、許すとも、許さぬとも、態度を示されませんでしたが」

「婉曲話法《えんきょくわほう》だからなあ」

将門も続けた。

「いや、十分だ」

民衆が苦しまぬよう、政治を預かる者として考えていくとの言いようはこちらの立場も一定の理解を示したとみるべきだ。秀郷への態度、語り口は罪人に対するそれではない。大いに面目《めんぼく》を施《ほどこ》したと考えてもよさそうだ。

そのような立ち話をしていた三人だが……。

「急に雲行きが怪しくなりましたな」

昼過ぎ、黒雲が空を覆い、辺りは夜のように暗くなる。内裏の清涼殿《せいりょうでん》では醍醐天皇が太政官らを集め、会議を開こうとしているときだった。

天候が急変。激しい雨も降ってきた。

にわかに雷鳴が轟《とどろ》く。とてつもなく大きな音。爆発音だ。一瞬、周りが真っ白に。真上で電光が走ったのだ。

「真上だ。真上から雷が」

「内裏だ。内裏の中に落ちた」

非常事態。三人は内裏に駆け込む。清涼殿に落雷。

大納言民部卿・藤原清貫《きよつら》は衣服を焼かれ、叫びながら転げ回った後、気絶。戸板に載せられ、陽明門《ようめいもん》に運び出された後、牛車《くるま》に移し替えされた。

「道真公の祟りよ」

「怨霊、現れたり」

「おお、おおお」

貴族らが叫び、呻《うめ》く。清貫は藤原南家《なんけ》の人。道真の左遷に関与した人物でもある。

秀郷、将門らは空を見上げた。確かに黒雲の中に、高貴な姿ながら、恐ろし気な男の顔が浮いている。貴族の正装、衣冠束帯《いかんそくたい》をきちんと着て、笏《しゃく》を持ち、太刀を佩刀《はいとう》しているが、髪は逆立ち、顔は仁王のように厳《いか》めしく、鼻の下、顎《あご》の下を覆う髭《ひげ》は荒々しい。

わめき叫ぶ貴族の中には道真の顔だとはっきり断言する者もいる。

抜刀した藤原忠平や随身たちは後ずさりした。

バチバチ。雲が光り始めた。空の明滅《めいめつ》に呼応して、地も明るくなり暗くなる。

第二波。

「ぎやあーっ」

今度は右中弁内蔵頭《うちゅうべんくらのかみ》・平希世《まれよ》の顔を直撃。ばったり倒れ、修明門《しゅうめいもん》から運び出された。

「希世卿に何の関係が……」

怯《おび》える貴族ら。平希世は道真の左遷とは無関係のようだ。

さらに隣の紫宸殿《ししんでん》にも雷が落ち、右兵衛佐《うひょうえのすけ》・美努忠包《みぬのただかね》が髪を焼かれ死亡。紀蔭連《きのかげつれ》は腹を焼かれ悶絶狂乱し、安曇宗仁《あずみのむねひと》は膝に大火傷《おおやけど》して立てなくなった。紫宸殿の三人は『日本紀略《きりゃく》』に名と簡単な被害状況が書かれたのみで道真との関係は不明。役職も分からぬ紀、安曇も感電死のはずだが、巻き添えかもしれない。

「何たる残酷な」

怨霊への怒りを露わにする秀郷。

みたび黒雲が光った瞬間、薙《な》ぎ払うように剣を大きく振ると、電光は這《は》うように宙を走り、地上に落雷しなかった。怨霊の声が真上から響く。

「邪魔するなぁ」

「何のゆえあって都びとを苦しめる」

「全て滅ぼすのだぁ。都の全てを」

「何と邪悪な。許さん」

秀郷は激しい怒気を弓矢に込めたが、虚《むな》しく空を突き抜けるだけだ。

「皆さま、お退《さ》がりあれ。滝口小次郎将門推参《すいさん》。尋常に勝負せよ」

将門も太刀を構え、天に向かい叫んだ。

陰陽師《おんみょうじ》・賀茂忠行《かものただゆき》が駆けつけるも「何の祈禱《きとう》も効かぬ」。助かった貴族たちも右往左往している。大急ぎで醍醐天皇を清涼殿から常寧殿《じょうねいでん》に避難させたが、恐らく最初の被害者の無残な姿を目にしたであろう。

貴族が最も忌み嫌う死の穢《けが》れに帝が直面した衝撃。これに狼狽《うろた》えた。

秀郷が剣を振るい、落雷を避けるが、「これではきりがない」。

ピシッ、ドーン。

激しい電光が将門の構えた太刀の剣先に向かって走る。

「あっ」

心の中で瞬間《とき》が止まった。

「将門、大丈夫か」

将門が太刀を振り下ろすと雷は二手に分かれた。

「雷光を真っ二つに切り裂いたぞ」「雷斬りじゃ」

将門は自らの技に感嘆の声を上げ、陰陽師・賀茂忠行もその不思議に驚いた。

刀は鉄でできている。雷が金物や高く尖《とが》ったものに落ちることは知られていた。雷光が金属である刀を避けていくはずがない。だが、将門の太刀は、雷光を見事に裂いた。

「わっははははっ」

怨霊は勝ち誇ったのか、暴れに飽きたのか、笑い声を残して姿を小さくし、やがて消えていった。黒雲もあっという間に小さくなり、消えた。

貴族たちの衝撃、混乱は大きい。日記、記録を書き残す貴族もいたが、犠牲者に対する関心がもっぱらで、怨霊に対峙《たいじ》した兵、すなわち秀郷、将門に触れた記述は一切残っていない。

後日、帝（醍醐天皇）の譲位が明らかになった。

秀郷が帰郷を決めたころだ。

帝は清涼殿落雷事件に衝撃を受けたのか。

怨霊の前になす術《すべ》がなかった秀郷としても忸怩《じくじ》たる思いがあるが、京に長居をするつもりはない。左大臣・忠平が地方の疲弊に関して対応に苦慮しているのは感じとれた。一方、京の貴族たちはおおむね地方の騒乱に対して関心は薄い。今後、秀郷討伐が取りざたされる雰囲気はない。

朝廷にこれ以上の動きがないと分かれば、〈東国の夢〉を断ち切らなければならない。まずは下野に帰って、急ぎ、家来の意思を統一する必要があった。

「わしはもはや叛徒《はんと》ではない」

このことをまず配下の者に理解させなくては。この思いであった。

むしろ、下野の国司に対する工作が必要だと感じた。受領や国司高官らへの賄賂、接待。彼らが朝廷に訴える出る事態を避けなければならない。情報収集も重要だ。

帰り支度の最中《さなか》、陰陽師・賀茂忠行を訪ねると、醍醐天皇譲位の事情が分かった。

清涼殿落雷事件で体調を崩し、病床の帝はうわ言のように「道真、許せ」と繰り返していたと、漏れ伝わってきた。

「先帝《せんてい》（醍醐天皇）はご幼少のころより道真公にご政道の本質、帝王たる者の徳について教えられ、道真公は帝王学の教師でした。本院の大臣《おとど》（藤原時平）がその黒幕とはいえ、先帝は道真公左遷を決定した張本人でもありますし、道真公としては裏切られた、見捨てられたとの思いがおありだったのでしょう」

右大臣・道真左遷は昌泰四年（九〇一年）。三十年も前である。

宇多法皇が左遷処分の停止を求め、宮殿に駆け付けたが、内裏を警護する衛士は法皇の参内を遮った。

若かった醍醐天皇としては自らの手腕を発揮すべく、父・宇多法皇とそれに連なる道真の影響力を排除したかったのか。だが、結果的には時平の専横を招いた。

法皇参内を内裏門前で阻んだ蔵人頭《くろうどのとう》・藤原菅根《すがね》（藤原南家）は参議に出世するが、延喜八年（九〇八年）、雷に撃たれて死んだ。

菅根は道真の推薦で皇太子だった醍醐天皇の侍読《じとう》（教師）になったが、道真左遷のときは宇多法皇の参内を阻止するため警固の者に内裏の門を開かせなかった。

彼の死が道真の祟りの始まり。貴族社会はそう捉えている。

延喜九年、道真追放の張本人だった藤原時平が病死。三十九歳の権勢絶頂期であった。

同一三年、源光《ひかる》怪死。道真失脚で右大臣の地位が転がり込んできた公卿である。

そして時平死後、政治の主導権を握った忠平はあえて宇多法皇との衝突を避け、法皇の意見も汲《く》むようになる。醍醐天皇の思惑は外れた。若いときに思ったほどのリーダーシップは発揮できなかった。

道真追放の後悔の念はその後の生涯、三十年間つきまとった。

身の回りに起こる事象もその後悔を増幅させた。

道真卒去から二十年後の延喜二三年（九二三年）、皇太子・保明《やすあきら》親王が二十一歳の若さで薨御《こうぎょ》。道真左遷の勅書を破棄し、故人を右大臣に復帰させ、正二位の位を贈った。それでも保明親王の第一王子で、皇太孫と定めた慶頼王《よしよりおう》も五歳で夭折《ようせつ》。

そして、今回の落雷事件で犠牲になったのは藤原清貫、平希世、さらに警護にあたっていた近衛の舎人二人。負傷者数名。紫宸殿では美努忠包、紀蔭連、安曇宗仁が犠牲に。

過去に遡って整理すると、犠牲者は、藤原菅根、藤原時平、源光、保明親王、慶頼王、藤原清貫、平希世、近衛二人、美努忠包、紀蔭連、安曇宗仁。そして後日だが、醍醐天皇。さらに承平《じょうへい》六年（九三六年）、時平の長男で右大将大納言・藤原保忠《やすただ》が四十七歳で死に、天慶《てんぎょう》六年（九四三年）、時平の三男で権中納言・敦忠《あつただ》が出世の翌年、三十八歳で死んだ。政敵・時平はその子息が出世したところを祟られたというわけだ。次男・顕忠《あきただ》は昇進が遅く、六十八歳の長寿を保ち、結果、右大臣まで上った。

これらの犠牲者、京の厄災が道真の怨霊による祟りと噂された。貴族社会では常にそうであるとはいえ、噂は瞬時に広まり、真実として受け止められている。

醍醐天皇は譲位七日後に崩御。八歳の皇太子・寛《ゆた》明《あきら》親王が即位する。朱雀《すざく》天皇である。朱雀帝の伯父、藤原忠平が摂政に就き、政治を主導する立場をますます強固にした。一方、醍醐帝の父・宇多法皇はすっかり弱り、翌年、崩御した。

この後のことだが、道真は正暦《しょうりゃく》四年（九九三年）、正一位左大臣、さらに太政大臣へと追贈《ついぞう》された。無論、道真の霊を慰め、怨霊の怒りを鎮めるためである。

「しかし、あの怨霊は、本当に道真公なのでしょうか」

秀郷の疑問に陰陽師・賀茂忠行はしばらく押し黙った。

「貴族がみな道真公の怨霊であると信じていることは確かなのです。この京にいる貴族、全てです」

陰陽師がようやく答えた。同席の将門も補足する。

「藤太兄は京を長く離れていたゆえ、不思議に思うのでしょうが、みな道真公の祟りと申しております。貴族だけでなく民、百姓も同じです」

「ふむう」

秀郷は曖昧な返事をした。納得していないのである。柏崎光徳から聞く道真像と怨霊が結びつかない。常に冷静、理知的、理論的で、感情的に他人を攻撃することはなかったという生前の姿。政敵に対し、容赦なく激しい恨みの感情を露わにしたかのような怨霊。正反対である。

「光徳殿はお弟子でもあったし、道真公を理想化し、美化する気分があるのでしょうな」

陰陽師がそう言い、光徳を直接知らない将門も同意した。

「そうでありましょう」

「そうかもしれないが、言葉を飾り、虚構を語る人柄ではない」

秀郷は光徳の人物について説明した。


「東風《こち》吹かば匂ひおこせよ梅の花　主なしとて春を忘るな……か」

誰もが知る道真の和歌を小さく口ずさむ。京を追われた無念さがにじみ出ており、その裏に恨みの感情が込められていると読めなくもない。しかし、攻撃的な露出はなく、風の暖寒、匂い、季節の色合いを風雅に感じさせる見事な和歌であり、感情の爆発の萌芽はない。それが怨霊になった途端、変化したというのか。

道真は左遷の二年後に死去した。落胆は相当大きかったと想像できる。生前は荒ぶる感情を内に秘めた休火山だったのか。

考え込む秀郷に将門が追い打ちをかける。

「藤太兄も変なことに拘《こだわ》りますな。先日、清涼殿ではあの場にいた者全てが怨霊を見たのです。吾らは怨霊と対峙したのです」

それはその通りと、秀郷も首肯《しゅこう》せざるを得ない。

「そうだな。わしも見た。確かに見た。わしが見たものは何だったのか」

将門に応じた後、陰陽師に視線を移した。

「ですが、陰陽師さま。今は亡き三善宰相《みよしさいしょう》（三善清行）の言葉《けとば》が思い起こされます」

「おう、善宰相の言《げん》ですか」

「時平卿病死の際、加持《かじ》祈禱を遠慮した忠平卿。兄・時平卿薨去《こうきょ》後、手際よくことを進め、次兄・仲平《なかひら》卿を差し置いて今、政治《まつりごと》の中心におわすは忠平卿です」

「藤太兄の言いようは忠平さまが時平卿を見殺しにし、怨霊話を広め、自らの出世に利用したような口ぶりですなっ」

将門は抗議口調。

「そうは申しておらん」

実はその可能性を少し考えている。

「忠平さまは高潔で公明公平なお方。道真公を追いやった時平卿とは違い、謀略とは無縁ですぞ」

将門は後ろ盾である忠平の立場をさらに強調した。

「じゃから、そうは申しておらん。何と申すか、怨霊騒ぎに別の見方はないのか、そう思っておるだけじゃ」

秀郷は心中とは別に重ねて否定。もとより忠平の人格を否定する気持ちはない。ただ、政治謀略と無縁で、清廉潔白《せいれんけっぱく》と信じ切ってよいとは思っていない。やや対応に困り、陰陽師に目を向けた。

「善宰相が生前仰せになった忠平卿が祈禱を辞退した件ですな。まあ、ご自身が道真公の怨霊に怯《おび》えたことを偽《いつわ》る善宰相の作り話かもしれませんな」

怨霊騒ぎで忠平卿が利益を得たという筋立ては無理がある。

陰陽師がその見方を示した。確かに怨霊に祟られた関係者の死は忠平の利益と結び付かない。忠平の政敵でもなく、それぞれの事故死、病死に不審点はなく、謀略を疑う要素はない。

それどころか保明親王、慶頼王の夭折は忠平にとって政治的ピンチだった。醍醐天皇第二皇子である保明親王は時平、忠平の妹にあたる醍醐天皇の女御・穏子の子。時平亡き時点では忠平の掌中《しょうちゅう》の珠《たま》だった。それを失った。ピンチを救ったのは女御から中宮に立てられた妹・穏子。醍醐天皇第十四皇子・寛明親王（朱雀天皇）を産む。

保明親王を産んだのが入内二年後の十九歳。寛明親王を産んだのはその二十年後。さらに四十二歳で醍醐天皇第十六皇子・成明《なりあきら》親王（村上天皇）を産んだ。

この経緯は順を追うと、以下の通りである。

延喜二三年（九二三年）、皇太子・保明親王薨御、二十一歳。

延長元年（九二三年）、寛明親王誕生。

延長三年（九二五年）、皇太孫・慶頼王（保明親王の王子）夭折、五歳。
延長四年（九二六年）、寛明親王立太子、成明親王誕生。

醍醐天皇には二十人近い女御、更衣がおり、皇子も多い。寛明親王、成明親王の誕生は危うくなりかけた忠平の立場を強化した。摂関政治の繁栄と密接に関係する天皇外戚《がいせき》の地位を保つことができたのである。朱雀天皇の即位で忠平は摂政に就任。久しく途絶えていた摂政の復活であった。

この流れの中で菅原道真の怨霊、祟りはどう関係したのか。何も見えてこない秀郷だが、何か引っかかる思いがした。

なお、賀茂忠行には二人の少年が付き従っていた。

長男・賀茂保憲《やすのり》はこのとき十四歳。幼少より俊英の誉れ高く、この後も陰陽師としては異例に早い昇進を果たす。もう一人が安倍晴明《あべのはるあきら》。このとき十歳。早くから忠行の指導を受け、こちらも最も有名な陰陽師として活躍する。晴明は「せいめい」と読む方がなじんでいる。

保憲は十歳くらいのとき、お祓いに行く父・忠行につき従い、帰りの牛車の中で「さっき、お祓いのところで恐ろしい様子の人間ではないが、そうかといってやはり人間のような姿の者が二、三十人ばかり出てきて、並べてあるお供え物をあれやこれや、むしゃむしゃ食べて、作り物の船や車や馬でてんでんばらばらに帰っていきました」と言った。忠行は「自分こそ陰陽道の第一人者であるが、それでも幼いときは鬼神を見ることはなかった。陰陽の術を習得して見ることができるようになったのだ。それなのにこの子は幼いうちから鬼神を見るとは、きっと将来、素晴らしい陰陽師になるに違いない」と思って、保憲に熱心に陰陽道を教え込んだ。

（『今昔物語集』第二十四巻第十五話）

安倍晴明も幼いころから優れていた。ある日、師匠の忠行が夜間、下京に出向く際に供をして師匠の乗る牛車の後ろを歩いていた。忠行はすっかり寝込んでしまったが、車の前方からこちらに向かってくる恐ろしい鬼ども、いわゆる百鬼夜行《ひゃっきやこう》を目にした晴明はすぐさま師匠を起こしたので、忠行は隠形《おんぎょう》の術を使って無事にやり過ごした。忠行はかめの水を移すように余すところなく晴明にこの道を教え伝えた。

（『今昔物語集』第二十四巻第十六話）


二人とも早くから英明であり、それに気付いた忠行が陰陽道を教えたとする逸話である。なお、『今昔物語集』第二十四巻第十七話に、保憲と晴明が術比べをする話の表題があるが、本文は欠落している。

〈9〉純友との再会

二日後。

左京三条、西洞院《にしのとういん》大路に面した源高明の屋敷「高松殿」に秀郷を訪ねてきたのは将門だった。

「藤太兄、ご帰郷でござるか」

「世話になった。礼を申す。あす、あさってにも京を離れる」

「藤太兄にお会いしたいと申すお人がおられる」

帰郷準備は従者・佐丸らに任せてある。将門に連れられ、ある屋敷に赴いた。かつては藤原良範《よしのり》の屋敷だったという。今の主は……。

「純友《すみとも》殿でござるか。お久しゅうございます」

藤原純友。藤原北家・長良《ながら》の孫である良範の養子。秀郷の同年代、恐らく二、三歳上。過去に一度、若いときにこの京で会ったことがある。あのとき、秀郷は純友に扇動家の臭いを感じた。苦手であるが、秀郷にはない鋭い世情観察眼、政治改革を志向する姿勢に少なからず興味もある。新しい類型の人間への興味、関心だ。

「秀郷殿。今回も国司相手に大戦《おおいくさ》をされたとか」

「いえ、ちょっとした小競り合い。その弁解に京に上がったまで。元々わしに国司への叛意などあろうはずもないが、少々行き違いもござっての」

「何の、何の、秀郷殿のご謙遜《けんそん》。いよいよ吾らの時代ぞ。腐った貴族の時代は終わるのじゃ。荒れ果てた京を見よ。政治《まつりごと》を私しておる者どもの無策ぶりが知れるわ」

「京の荒れようについては、わしは鄙の者ゆえ、さほどの感慨もないが」

純友の話に乗り気でない姿勢を示した。何の話に巻き込みたいか分からないが、秀郷の心中は警報装置《アラーム》が鳴り始めていた。それでも純友はその心中を知ってか知らずかぐいぐい攻め込んでくる。

「では坂東はどうじゃ。無知な受領ばらが威張《いば》り、裏で私腹を肥やしておる。これらの受領、追い出したいのが秀郷殿の本音。いや、お役目じゃ」

ぎくりとした。心の中では既に打ち消した東国の夢。

「藤太兄、純友さまは早耳ですぞ。伊予国《いよ》（愛媛県）でお勤めを果たしながら京の情勢もよくご存じ。そればかりか、坂東、陸奥のことにもあれこれ関心をお持ちじゃ。無論、西国に関しても……」

「あはは、将門殿。わが秘中の件、うかうかと申されるな。ですが、秀郷殿、重要なのは情報、諜報《ちょうほう》でござるよ」

「情報、諜報？」

「そう、いろいろと知ること、そして知るべきことを集めることですよ。秀郷殿。これからは海軍力ですぞ。必要とあらば、いつでもお力になりましょう」

「海軍力？」

「船ですよ。舟戦《ふないくさ》。海の兵です」

海賊との連携を模索しているのか。純友が続ける。

「吾に海の兵あり、秀郷殿、将門殿には陸の兵があり、馬がある」

「何を仰せられたい」

「吾ら無敵ということです」

「吾らとはわしも同類、お仲間か」

「秀郷殿。要は覚悟めされということじゃ。武の者、武者《むさ》として」

「何の覚悟でござろうや」

純友は矢を三本つかむと、そのつかんだ拳《こぶし》をぐいと秀郷の顔の前に突き出した。

「矢はどちらへ進む」

「はあ？」

「どちらへ進む。答えられよ」

「東も西も、射手《いて》の向きによって違いまするぞ」

答えるのも馬鹿らしい。やや、ぶっきらぼうに対応した。

「そう。前にしか進まぬ。放たれた矢は決して後ろには進まぬ」

「おう。それはその通り」

当たり前である。答えるのも馬鹿らしいのは変わらないが、感情を少し平坦に戻す。

「世の動きも同じ。後ろには進まぬ。決して昔には戻らない」

「えっ」

跳躍する話についてゆけない。

「吾ら、武の者、受領や貴族が期待する通り、群盗退治、争乱鎮圧だけに武を起こし、兵威を誇るだけでよろしいのか。すなわち貴族に従っているだけで……」

「よろしいも何も、まさかその武をもって悪事なしてはなるまい」

「善なるもいろいろありますぞ。群盗退治、争乱鎮圧はその場を収める対処療法。されど国家の、日《ひ》の本《もと》の国、根源治療はまさに……。いずれにしても政治《まつりごと》は変わるのです。君側《くんそく》の奸《かん》を除《のぞ》き、われら武を持つ者立つときです」

「君側の奸とはどなたか御方《おんかた》を想定してのことで候《そうろう》か」

まさか左大臣・藤原忠平親子か。それとも京の貴族社会のことか。いずれにしても危険な言動だ。

「藤太兄。わしも京におわす無能な貴族の方々、受領として鄙に下る欲深な者ども、百害あって一利なしと存ずる」

将門は純友の思想に肩入れしているようだが、純友の標的の第一は藤原忠平ではないのか。忠平を尊敬し、京での後ろ盾としてきた将門は純友の本意が分かっているのだろうか。打倒すべき貴族の頂点が忠平その人にほかならないことを分かっているのだろうか。

無能な貴族、強欲な受領層を憎む将門の気持ちは純真で、民衆、農民のために悪質貴族の排除に乗り出したい気分があろう。だが、純友の目指すものは政治主導者の総入れ替え、恐らく唐土《もろこし》（中国）の革命に近いものを志向しており、将門と入り口は同じでも、出口は全く違うはずだ。

純友は将門を煽《あお》る。

「よう申された、将門殿。われらが頼るは将門殿の兵威よ。最初会《お》うたときは生意気な小童《こわっぱ》であったが、押しも押されもせぬ立派な武者になられた」

「将門殿の武勇については異存ござらんが……」

意気投合する二人を見て、危うさしか感じない。

二人には「世を変えたい」「日の本の国をよくしたい」との思いがあり、私腹を肥やす貴族とは無縁の考えであろうが、〈同床異夢《どうしょういむ》〉としか言いようがない。

「秀郷殿、将門殿、そしてこの純友。国々の武者を率いて立てば、諸国受領、無能貴族を追い出し、民のため、善き政治に革《あらた》めること易《やす》きと思わぬか」

「革命でござるか」

「おう、覚えていてくださいましたか。革命の志」

「ですが、何のため。武があるからできる、できるから進む、というものでもござりますまい」

「無論、わが志を述べたまでで、今ことを起こすという話ではござらん。秘中の秘。ですが、その心で世を見てみなされ。わが家が崩れるとき、黙って見過ごす者はござらんでしょう。日本が、日本という国家がその危機にあるのです。そのときが来たら吾ら賢《かた》き武の者、力を合わせねばなりません。そうでしょう」

「おう」

将門と同時に秀郷も頷いたが、声の大きさはかなり違った。

嚙《か》み合わぬ議論で時を費やした。

純友の邸宅を辞去し、帰り道、将門に尋ねた。

「純友殿とはよう会うておられるのか」

「そうですな。純友殿の話は面白い。気宇壮大《きうそうだい》と申しますか、坂東では意識せぬ世界にも目を向けさせてもらえます」

もはや、そんな気楽なものではない。

十三年前、秀郷は、将門に「あまりお近づきにならぬ方がよいぞ」と忠告した。今もその気持ちは同じ。同じ危険な匂いがする。だが、一人前の大人にあれこれ指図するものでもない。言葉に出さなかった気持ちはそのまま不安として膨らむ。

秀郷も二人の気持ちにはある面で大いに賛意を持ち、魅力さえ感じる。一方で危うさ、恐ろしさはその何倍も感じている。〈東国の夢〉も二人の志向に通じるものがある。だが、今、踏み出す意思はない。

それでは秀郷は完全に〈東国の夢〉を捨てたのか。心の内にそう決めた。そうでなければ、東国を無用の戦乱に巻き込む。だが、どこかに捨てきれない思いも残っている。

陸奥の奥地、奥六郡は朝廷の制度が及ばない、事実上、蝦夷の自治が続いている地域だ。陸奥守、鎮守府将軍の影響下にはあるが、あのような半独立国家的形態も一つの形かもしれない。

いずれにしても、そういう野心は普通、心の内に秘めるものである。ああやって野心を広言する純友は本人の自信とは裏腹に足元を掬《すく》われる危険を内包《ないほう》する。

それでも思いが溢れるのであろう。〈饒舌《じょうぜつ》な野心家〉純友は純真なのかもしれない。

（わしは少し齢《とし》を取ったのか）

いや、状況判断の違いであり、自信はないが、自分の方が冷静に状況を見ているはずだ。秀郷はそう思い直した。


確かに野心家には類型があり、大望を抱く者、策謀を巡らす者、世の中を大きく変えたいと思う者、ひたすら自己の栄達を目指す者とさまざまであろう。

摂政左大臣・藤原忠平はどのタイプであろうか。野心満々、政治改革にも意欲的であった兄・藤原時平と比べてどうか。穏やかな性格で、周囲と協調しながら政治を進めた。論者によっては、事なかれ主義と映る場合もあろう。

秀郷帰郷の報を聞き、藤原忠平は思案していた。

「藤原秀郷。見どころのある武者《むさ》よ」

京では無名の秀郷だが、忠平は注目していた。

「師輔、おぬしは見たのであろう。九か十歳のおり、将門とともに化け物《ばけもの》を退治した秀郷の強さを。まさに東夷《あずまえびす》の地で化け物相手に戦うにはふさわしきお方か」

忠平の長男・実頼《さねより》は三十一歳。蔵人頭《くろうどのとう》。彼の頭の中では盗賊と化け物に大きな違いはない。物の怪《もののけ》にしろ、物部氏永にしろ、退治は武勇の者に任せるしかない。また、そのための武芸とも思っている。その意味では実頼の目は武士すら人間の範疇《はんちゅう》に容《い》れていない。少なくとも人間離れしている。

「兄上。十四、五年も前の話をようも覚えておいでで……。麿が見たは童《わらべ》の夢、幻想幻夢《げんそうげんむ》でありましょう。現《うつつ》のことと捉えるはいささか……」

次男・師輔は二十三歳。右兵衛佐《うひょうえのすけ》。

二人の父、忠平は武士の勃興に強い関心を寄せている。

「武士という新しき者ども、鄙を治めるのに受領に代わりて役に立つ」

忠平のいう受領はこの場合、受領に就く京の中級貴族、受領層を指している。

「父上は貴族を老廃物とお考えですか」

実頼が父・忠平に皮肉口をたたいた。

「私腹を肥やすだけの受領が増え続け、国庫に納める租、調庸も事欠いておる。かなわぬな。無能、佞悪《ねいあく》醜穢《しゅうわい》（役立たず）の者どもに与える官職なぞないわ」

国司には実力ある武士を採用し、下級中級貴族の官職を剝奪《はくだつ》してしまいたい。国家財政立て直しへの貴族リストラ計画である。

「武士がわれら貴族に取って代わる恐れはござりませんでしょうか」

「若いな、師輔は。そのような卑《いや》しき者どもが貴族に取って代わるなど、夢想にすぎぬ。所詮、武士は貴族にさぶらう者。さぶらいよ」

師輔の懸念を兄・実頼は「飛躍している」と難じた。

実頼の言う〈さぶらい〉はつき従う者の意味しかない。後の〈侍《さむらい》〉のように誇り高き武士の魂を持った者という意味合いは含まれていない。実頼は武士を貴族の番犬、せいぜい意味を拡大して京を守る武力としか捉えていない。

「いやいや兄上。侮れぬと存じます」

「師輔の申すこと、心しておかねばならぬは確か。されど、今は武士の力で要らぬ貴族を掃除せねばなるまい。特にわが藤原縁者。どうにも多すぎる。与える官職も足らぬし、官職を与えてもろくな働きもせぬ。その点、武士は多少使い道がある」

武士は受領、国司役人に登用すれば、現地の治安維持には役立つ。

二人の父・忠平は武士台頭の懸念はゆくゆくの問題であろうという見方。実頼と師輔の兄弟はそれぞれの持論に拘る。

「貞盛、将門が家、常陸の平氏はどうですか。坂東平氏。何しろ祖に桓武《かんむ》帝を持つ家なれば、卑しき者どもとも言えますまい」

師輔は武士を軽く見ている実頼に反証を示した。兄は偏見をないまぜた持論を曲げない。

「何の、貞盛、将門が曾祖父、高見王《たかみおう》（高望王の父）なぞ無品《むほん》（無官）。何も持たぬ一族ゆえ、坂東の最果てまで、思い切りよく下向した。貴族の血とは京にあってこそじゃ」

「そうでしょうか」

「そうじゃろう。おほほほほほ」

日本の頂点に立つ権門勢家の親子も武士の台頭を意識し始めていた。

〈10〉富士姫の悲恋

秀郷が下野に帰国して一年余り。

承平二年（九三二年）、実父・村雄を看取《みと》った。八十を少し超える長寿を全《まっと》うした。村雄の腹心であり、秀郷のよき師でもあった斗鳥の爺も村雄の後を追うように逝《い》った。長きにわたり家を支え、村雄を上回る長寿だった。

そして、光徳と富士姫の悲劇があった。

富士姫は賢く、美しい娘に成長した。麗《うら》らかな春の日、富士姫は沼のほとりで大蛇に遭遇。恐ろしさで身動きできない。そこに光徳が駆けつけ、小柄《こづか》（小刀）を投げつけた。大蛇は頭から血飛沫《ちしぶき》を上げ、光徳に迫る。必死に戦い、大蛇はどうっと倒れた。このことがあって、富士姫はいっそう光徳を慕《した》うようになり、秀郷の信頼も厚くなった。だが、家中にはやっかむ連中も多い。

「光徳め。よそ者のくせにいい気になりおって」

「殿も殿じゃ。昔からお仕えするわれらの気持ちも知らぬのか」

光徳は出奔《しゅっぽん》した。殿に迷惑がかかる。そう思ったのか。何の言い訳もせず、姿を消した。そして学問の道を目指して旅を続けた。だが、夜ごと夢枕に富士姫が現れる。阿弥陀仏を抱いて優しく微笑《ほほえ》んでいる。

「姫さまっ」と呼ぶとすうーっと姿を消す。そんな夜が続き、光徳は「これは、何事かあったのか」と急いで、天命に戻った。

そこで聞いたのは光徳の出奔を悲しんだ姫の自死《じし》であった。ある日、あの沼に行き、じっと水面を見つめ、「光徳さま」と叫び、沼に身を投じたという。

「何と嘆かわしいことか」

沼のほとりに立った光徳が祈ると、流れの中に光るものを見つけた。姫の大事にしていた阿弥陀仏であった。

「ああ」

光徳は出家《しゅっけ》し、沼のほとりに小さなお堂を建て、阿弥陀仏を祀《まつ》った。

光徳寺（栃木県佐野市犬伏下町）の縁起《えんぎ》として地元に残る民話である。

秀郷が長女の死の悲嘆にくれていたころ、隣国では邪悪の樹が芽吹《めぶ》き始めていた。

「大掾さま（平国香）、故将軍が管理の牧、確かに横領できるのでしょうか」

将軍とは鎮守府将軍。将門の父・良持がその在任中に死去した。

「扶《たすく》殿、ご心配めさるな。御岳父上《おちちうえ》（源護《まもる》）のご意向に十分そいましょうぞ」

「そうですとも。大舟に乗った気でおりましょう。義兄上《あにうえ》。万事、手抜かりない国香兄の良策」

「良正、あまり大げさに言うな。策を立てるはこれからじゃ。ですが、扶殿。御岳父上や扶殿たちご兄弟のご意向を第一に考えていることは確かですぞ」

源扶は源護の長男で、国香、良正とは義兄弟。国香の齢の離れた弟・良正は、源護の末娘を妻としており、源護がわが子のように接している。自然、源扶らとも仲がよい。

良持の遺領は洪積台地と沼沢地が広がる地域で、開墾に苦労し、沼沢地の多くは農耕に適さない。だが、馬を鍛える放牧地があり、製鉄施設がある。国香らの狙いはそれらである。朝廷の放牧場である大結馬牧《おおいのうままき》（茨城県八千代町大間木）や長洲馬牧《なかすの》（茨城県坂東市長須）、そのほかの私牧、製鉄関連施設の管理を預かろうという計画であり、事実上の横領を企《たくら》んでいた。

「馬や武器が思い通り手に入るというわけですな。国香さま」

「さようですよ。扶殿」

「将軍の嫡子、将門はどう出てくるでしょうな」

「急ぎ京から駆け戻ってくるかもしれませんな。緊急ゆえ、われらが管理しておるとしてしまえば、よろしいでしょう。土地を奪うわけではござらん。弟たちの面倒もみてやっておると言えば、文句もないでしょう」

「うひひひひ、やつは根が純ですから、苦もなく騙《だま》せるかもしれませんな」

常陸で筑波山西部の真壁《まかべ》、新治《にいはり》、筑波三カ郡を支配する大領主・源護が次なる獲物を〈良持遺領の馬と鉄の権益管理〉と定め、わが子や婿たちで利益を分かち合おうという計画である。

すなわち計画に咬《か》んでいるのは源扶、隆、繁の三兄弟に源護の婿である常陸大掾・平国香、上総介・平良兼、さらに国香、良兼の弟である平良正。

「もし将門が文句を言うようでしたら吾が討ち取りましょう」

「おお、良正、勇ましいな」

「将門討ち取り、良持兄の遺領、いくらかでもいただきたく思います」

良正は領地拡大の欲を常に持つ。五年前、五カ国連合で藤原秀郷を攻めた際は下野への領土欲を露わにしたが、寸分の土地も得られずに終わった。

対する将門。父の訃報《ふほう》に急ぎ京を立った。

父・良持からは厳に言いわたされている。馬牧、製鉄に関する管理の権益は他人に渡してはならぬと。伯父、叔父らも信用できぬ。むしろ領域を接する親類ほど危険な連中はいない。

「それをこそ知れ」

父の生前の言葉である。

良持はその父・高望王から受け継いだ軍事関連権益があればこそ、兄たちのように源護の婿にならず、その影響下に入ることを避けた。そのために開墾の苦労が尽きぬ旨味の少ない土地を守ってきた。ゆえに馬牧と製鉄の権益を失うことは全てを失うに等しい。

兵は数を集めるだけでは強くはできない。馬と武器。その工夫と鍛錬こそ必要である。

「伯父御《おじご》たちの狙いは知れている」

将門の警戒心は最大級となり、配下の郎党にも伝わっていく。

これは一族の大きな内紛になる。やがて坂東全土に広がる燎原《りょうげん》の火となる。

父・良持の葬儀後も将門は京に戻らず、郷里・下総に留まった。

秀郷が隣国の緊張感を知ったのは、それからしばらく後のことであった。

承平五年（九三五年）が明けた。

第九章　将門の乱

〈1〉急報

「危急《ききゅう》でございます。危急でござる」

下野国《しもつけ》安蘇郡《あそ》天命《てんみょう》（栃木県佐野市《さの》）の藤原秀郷《ひでさと》の屋敷に単騎、赤褐色の栃栗毛《とちくりげ》が飛び込んできた。

騎上の武者《むさ》が随分と小柄《こがら》で痩《や》せて見えた。よく見れば、武者ではなく女性である。手箒《てぼうき》のように束ねた髪は風になびくほど長くないが、真後ろに流れる。その姿を見知っている門番の兵がさっと左右に分かれ、栃栗毛の伝騎《でんき》はその間を風のように駆け抜けた。

「将門《まさかど》さま挙兵」

既に庭に面した広間の縁台に立っていた秀郷に第一報を告げたのは昔からなじみの顔。駒音《こまね》である。

秀郷の郎党は「馬牧《うままき》の女房殿」と呼ぶ。婿をとって安蘇の山あいにある祖父から受け継いだ馬牧を経営する。国司の官人《つかさびと》らが使う馬の世話をするため情報が入ってくるのも早い。国司筋を含めて重要な情報を持って秀郷のために単騎飛び込んできたことはこれまでもたびたびあった。

「いつ」

「本日、未《み》の刻《こく》（午後二時ごろ）」

「どこで」

「常陸《ひたち》野本」

野本は現在の茨城県筑西市《ちくせい》あたりか。

「誰と。将門が誰と」

「源扶《たすく》さまご兄弟の兵とぶつかった由《よし》。勝敗はいまだ。子細は不明」

将門と源扶兄弟が戦闘状態に入ったという一報で、勝敗はまだ決してないが、かなり大規模な戦闘になっている。そんな駒音の説明であった。

「源護《まもる》さまご子息か。もともと将門とは仲が悪かったようだが……」

隣国とはいえ、国境《くにざか》いに近い地域である。秀郷らも早急に東に兵を進め、国境いを固め、状況を確認しなければならない。

「将門さまの乱行、田畑、家、村を全て壊し、百姓にとってまことに恐ろしき、凄《すさ》まじきもの……」

顔を上げた駒音の視線は鋭い。言葉には出さないが、その目は、騒乱を早く鎮《しず》めてほしい、傍観せず、将門を討てと言っている。

承平《じょうへい》五年（九三五年）二月。隣国・常陸で大きな騒動が勃発《ぼっぱつ》した。

ほぼ同時期に起きた関東の「平将門の乱」（九三五〜九四〇年）と瀬戸内海の「藤原純友《すみとも》の乱」（九三六〜九四一年）。その二つを合わせて「承平《じょうへい》・天慶《てんぎょう》の乱」と呼ぶ。その大きな騒乱の始まりであった。

秀郷は国境いで防御の態勢を固めた。

「筑波山《つくばさん》西麓、毛野川《きぬがわ》（鬼怒川）沿いを大軍が北上」

その後も続報が届き、状況が少しずつ分かってきた。源護と大国玉《おおくにたま》（茨城県桜川市）の領主・平真樹《まき》の領地をめぐる紛争があり、真樹が将門に調停を依頼。そこで将門が出張《でば》ってきた。

軍事力を背景にした「力の交渉」。将門はそのつもりで出てきた。だが、常陸野本で待ち構えていた源扶、隆《たかし》、繁《しげる》の三兄弟の軍は軍旗を掲げ、鉦《どら》、鼓《つつみ》を鳴らしていた。

挑発か威嚇《いかく》か。

「将門め。どうするかの」

「どうにもできまい。いっひひひひ」

「隙《すき》あらばたたき潰《つぶ》してしまいましょう。兄上」

兵の数は源扶ら三兄弟の軍が圧倒していた。

にやにやとする三兄弟。この状況を意地悪く楽しもうと構えていた。

一方の将門。

瞬間、怒りの感情が沸騰《ふっとう》した。

三兄弟の父であり、紛争当事者である源護が出てこないばかりか、交渉の場に来てみたら、あからさまな挑発行為。軍旗、鉦鼓《しょうこ》は軍隊の指揮具である。

「わしを最初から反国司の軍として扱うつもりか」

律令軍制は既に崩壊しており、戦闘行為は在地豪族の私兵の力に頼っていたのが実情ではあった。それでも三兄弟は正規の国司軍ではない。私闘での軍旗の使用は許されるはずもない。将門は三兄弟の振る舞いに怒りを煮えたぎらせた。挑発に乗せられたといえば、乗せられたのである。

「不埒《ふらち》な連中め。軍旗の前に跪《ひざまず》けと言うのか」

退けば連中の威嚇に屈《くっ》したことになる。〈偽《にせ》〉の国司軍を認めたことになる。進めば修羅《しゅら》の道か。将門は進退窮《しんたいきわ》まったとばかりに自らを奮い立たせ、眼を大きく見開き、ただ一言《ひとこと》叫んだ。

「忍《にん》」

猛攻撃。

三兄弟は完全に不意打ちを食らった。最初の一撃で多くの兵が逃げ出してしまい、大軍は総崩れ、混乱に陥《おちい》った。将である三兄弟を護《まも》る兵も散り散り。まさか少数の敵が一直線に突き進んでくるとは思ってもみなかったのである。

勝敗は一瞬で決まった。

兵たちがそう感じた。将門軍の兵は勢いづき、三兄弟の兵は敗走するしかない。当初の戦力差は逆転している。

将門の最終目標は定まった。こうなれば決着をつけるしかない。

「源護を必ず炙《あぶ》り出せ。討《う》ち漏《も》らすな」

「おう」

将門軍は敗走する敵を追って常陸国西部を北上する。その間、兵の数が一気に膨《ふく》れ上がる。近隣在郷の農民が将門挙兵に呼応。疾走する将門軍の騎馬を村々から飛び出した農民が追いかけて走る。武器代わりに鍬《くわ》や鋤《すき》などの農具や棍棒《こんぼう》などを手に軍に加わる。走りながら叫んでいる。

「合戦《かっせん》じゃ。合戦じゃ」

「うおお。うおお」

農民だけではない。長鉾《ながほこ》や弓を手にし、腹と脇腹を護る腹当《はらあて》をした軽装甲《けいそうこう》の武装兵も交じる。近郷の中小豪族の郎党か。

将門の馬を追う歩兵たちは家々を焼き払う暴挙に出た。火矢を撃ち込み、走りながら麻木の木切れに火を付けて方々に放り投げる。さらには家々に押し入り、人がいれば斬りつけ、目についたものを片《かた》っ端《ぱし》から奪っていく。略奪した衣裳や布切れの束を担《かつ》ぎながら疾走する兵。中には泣き叫ぶ若い女性を担いで、「獲物だ、獲物だ」とわめく兵もいる。

「何だ、こりゃ」

自身が極度に興奮していた将門だったが、一気に正気に戻った。目も当てられない光景が広がっている。

「家々を焼くな。物を奪うな。田地《でんち》を踏み荒らすな」

将門は叫び始めたが、どうにもならない。進軍の最中、弟の御厨《みくりや》三郎将頼《まさより》と大葦原《おおあしはら》四郎将平《まさひら》を呼びつけた。

「兵たちは何をしているのだ。家々を焼くのをやめさせろ」

「ははっ」

弟たちは畏《かしこ》まったが、全く兵を統率できず、右往《うおう》左往《さおう》。筑波山西麓の各地に燎原《りょうげん》の火が広がる。

筑波山西麓の一角、常陸国真壁《まかべ》郡石田（茨城県筑西市）には将門の伯父《おじ》・平国香《くにか》の居館がある。周囲は家といわず、田といわず炎が上がる。大勢の兵が駆け抜け、ところかまわず火矢を撃ち込んでいる。

国香は後妻・郷子《さとこ》を郎党に任せ、脱出を指示した。

「西へ。下野国境い目指せ。何とか藤原秀郷殿に助けを求めよ。秀郷殿であれば」

郷子とは異母姉弟。粗略《そりゃく》には扱うまい。ひとまずは秀郷の保護を受けよ。慌《あわ》ただしく言い添えて送り出した。国香自身は兵を統率し、反撃態勢を整えねばならない。岳父《がくふ》・源護の安否を確認せねばならない。

「わしもすぐ後を追い、下野に向かう。安心せい」

後妻に向けた最後の言葉だった。

既に源扶ら三兄弟の軍が敗走しているとの報《しら》せは聞いていた。

「威勢よく出ていったが、弱すぎるわ。扶殿らのために国司の軍旗まで持ち出してやったのに……。焼かれてしまっては、ちと面倒だな」

国香は常陸大掾《だいじょう》（国司三等官）の地位にある。まず、心配したのは三兄弟に貸与した軍旗である。常陸は親王任国であり、介《すけ》が受領《ずりょう》。大掾は実質的な次官。しかも国香は源護に譲られて以来、多年にわたってこの地位にあり、常陸の国司を牛耳《ぎゅうじ》っていると言っていい。軍旗の持ち出しくらいはわけのないことだが、もし焼失していたら問題になる。

「それも将門の蛮行《ばんこう》ということにしておくか。それにしても将門め。軍旗の前に怯《ひる》みもせず、跪きもせなんだか。もう少し純朴《じゅんぼく》なやつかと思っておったが、意外としたたかな……」

郎党たちに源護さまの居館へ、あそこへ、ここへと指示を出しているうちにいつの間にか石田の居館には国香一人となっていた。しかも、気が付くと周りの空気が赤い色をしている。室内は黒煙が充満して暗くなり、一気に熱くなっている。

居館に火がつけられ、あっという間に炎の勢いは強まった。

「しまった、逃げ遅れたか」

煙と炎の向こうに人影が見える。見知った顔だった。

「おお。助けに来てくれたのか」

返答はなかったが、国香には頷《うなず》いたように見えた。

一気に緊張感がほぐれる。

「暴れておるのは将門の兵か。とんでもない連中じゃ。源扶ら兄弟とぶつかったというが、何故《なにゆえ》わが領地まで荒らすのか」

「ふふふ……」

「将門め。全く見境《みさか》いのない暴れ者じゃ。ん。何がおかしい」

「火をかけているのはわが兵ですよ」

「何っ」

相手の瞳《ひとみ》に暗い炎が上がっているのに気付いたときは遅かった。

既に剣は鞘《さや》から抜かれている。光る切っ先が国香の懐《ふところ》に届いた。

「ぐわっ。う、裏切り者……」

「御岳父上《おちちうえ》・源護さまを裏切り、全てを横領しようとしたのは……」

「わ、わしだというのか……。とんだ誤解ぞ……。うぐっ」

国香はばったり倒れ、炎とともに崩れ落ちる豪壮だった居館の下敷きになった。

〈2〉疾走する炎龍

「敵の首魁《しゅかい》を、源護を、必ず討ち取れ。おのれ、どこに逃げた」

疾走する騎上で叫ぶ将門だが、実は源護の顔を知らない。

会ったことがない。

無論、その名と威勢は知っており、その子息である扶、隆、繁の三兄弟は若年のころよりの旧知の仲。事あるごとに対立してきた因縁もある。また、従兄弟《いとこ》の貞盛《さだもり》や妻の桔梗《ききょう》前のそれぞれの母の父が源護である。

将門は三兄弟に対して「嫌なやつら」という第一印象を変えていない。長じて領地などのトラブルでは源護の影は感じていたが、直接に相対したのは常に三兄弟だった。

源護の顔を知るのは父・良持《よしもち》の代より仕える古株の郎党だけ。それでも大勢の家人《けにん》に守られた老人もそうはいないだろうし、それらしい者を誰何《すいか》すれば、すぐ見つかると思っていた。だが、捜索は想像以上に難航した。

「捜せ、捜せ、捜せ」

将門の叫びは火を吐く龍の如くである。その激しい声に押され、兵たちは逃げ惑う民衆にも無慈悲《むじひ》の火矢を撃ち込む。

「家々を焼くな。無辜《むこ》の民人《たみびと》に手をかけるな」

将門がまた叫ぶが、敵地を疾走する兵にとって周囲は全て敵に見える。兵馬は興奮し、破壊行為は容赦《ようしゃ》なく、略奪行為も横行した。

筑波、真壁、新治《にいはり》の三郡で五百余戸が焼き払われた。源護の館も焼き払ったはずだが、肝心の源護を討ち取ったかどうかは確認できない。

一方、源護の子息である扶、隆、繁の三兄弟は敗死。それぞれ思惑や企て、相当の自信をもって将門に戦いを仕掛けたはずだが、戦況の優劣や事態の推移を知り得ぬまま、何が起こったか認識できぬまま、大軍の波に飲まれた。

国境いまで進んだ秀郷は状況確認のため、手分けして兵馬を越境させた。


子飼川《こかいがわ》（小貝川）沿いでは大勢の農民がたむろしている。家を焼け出され、呻《うめ》き苦しむ者たちの怨嗟《えんさ》の声が響く。

「悪鬼じゃあ。恐ろしや、恐ろしや」「悪鬼じゃあ」

悪鬼とは将門のことか。

さらに進めば、異母姉・郷子が嫁した平国香の居館がある。様子が気になる。秀郷は従兄弟・藤原兼有《かねあり》や郎党とともに子飼川を渡った。

「こ、これは……」

「一面、焼け野原ですな。それにしても凄《すさ》まじい」

「国香さまの屋敷はこの辺りか……。さまざま焼け尽くし、よく分からんな」

秀郷主従に気付いたか、一人の貴婦人が駆け寄ってきた。もしや……。

「秀郷、秀郷。復讐《ふくしゅう》を。復讐を」

泣きわめく婦人は、まさしく異母姉・郷子。顔も着物も煤《すす》だらけである。

「ご無事でありましたか。姉上」

「無事ではない。秀郷。復讐を、復讐を」

「誰の復讐でござるか。誰に」

「殿は、国香さまは、館ごと焼かれた。劫火《ごうか》の中……。何とむごいご最期《さいご》……。将門に、将門に復讐を。将門を討ってくりゃれ」

「何と」

秀郷は絶句した。将門は源氏三兄弟に加え、伯父・国香も討ち果たしてしまったのか。


「わしが国香伯父を討った?」

「えっ、違うのですか」

将門の弟、御厨三郎将頼と大葦原四郎将平は声を揃《そろ》え、問い返した。

「いやさ、何のために。わしを陥《おとしい》れようとした敵は扶、隆、繁の三兄弟であり、連中の父、源護であろうよ」

「ですが、国香伯父も源護さま同様、父の遺領を横領せんとしていたのは間違いないところ。兄者もそう思っておいでなのかと」

「だとしても、だ」

将門はこの戦乱の中、伯父・平国香が焼死したとの報《ほう》に驚き、将門が国香を討ち倒したという話になっていると聞いて、また驚き、将門の領地では国香敗死の報に民衆が喜んでいると聞いて、またまた驚いた。

「兄者帰郷後にも申し上げましたが」

将頼が説明する。父・良持死去後、将門不在の石井《いわい》の営所(茨城県坂東《ばんどう》市)には国香がたびたび訪れ、将頼、将平らに圧力をかけた。当初は親切ごかしに遺領管理を委《ゆだ》ねよと優しげな口調で勧《すす》めてきた。

源護さまが馬牧の管理を任せろとか言ってきたであろう。源護親子は欲深であり、要は良持の遺領を狙っておるのじゃ。わしがうまくとりなし、守ってやろう。国香はこう言い、将頼、将平らが態度を曖昧《あいまい》にしていると重ねて迫ってきた。

「どうするのじゃ、どうするのじゃ。わしは弟・良持の子息である、おぬしらのためを思って、このように言っておるのだぞ」

国香は血縁を強調していたが、将頼にすれば見《み》え透《す》いている。

「当然、兄者も国香伯父の魂胆《こんたん》は承知していると」

「無論、お前たちの話を聞いて警戒はしていたし、いずれ、国香伯父や良兼《よしかね》伯父ともぶつかる場面があるかもと思っておったが……」

国香の戦死はやはり想定外。敵と決める前に敵を討ったということか。効率がよいといえばよいが、順序が違う。

「それにしても国香伯父ともあろうお人が……」

炎に包まれる居館から脱出できなかったものか。

常に威厳を保ち、冷静沈着であった国香が右往左往して逃げ惑い、そしてついに逃げ場を失い、最期を迎えた情けない姿を想像すると意外な感じは否めない。

また、貞盛とは決定的に敵同士となってしまったことが辛《つら》い。もともと仲もよくないし、趣味や考え方が全てにおいて違うが、従兄弟として兄弟のように育ち、京ではともに摂関家・藤原忠平《ただひら》の家人として仕えた仲である。その点は、将門も因縁による人間関係にとらわれている同時代の人々と何ら変わらない。

「兄者、よいではありませんか」

「よいかな」

「将門強し。このことが近郷に一気に広まり、近隣の者どもは喝采《かっさい》をもって迎えております」

それは源扶ら三兄弟と伯父・国香を一挙に討ち取った将門の比類なき強さを讃《たた》えている。在郷の民衆が讃えているのだ、と将頼、将平は言う。

「国香伯父の死は戦《いくさ》の最中にわが軍の兵が増え、家々を焼いたためだ。何故ああなったのか、わしにも分からん。そもそも戦の最中に兵が勝手に増えるわけがなかろう」

「それこそ将門人気です。われらの敵、源扶さまら三兄弟を憎く思っていた百姓らが兄者の挙兵に沸き立ち、われもわれもと駆け付けたのです。少々手荒い連中も交じっていたようですが、これこそ敵地への鉄槌《てっつい》です」

弟たちは興奮し、上機嫌だった。

父・良持死後、不安な日々を過ごし、源護親子や伯父たちの有形無形の圧力はまさにいじめであった。当人たちはそう感じた。その憎き者どものうち最も厄《やっ》介《かい》だった源氏三兄弟と伯父・国香が一気に片付いた。兄・将門の鬼神の強さに溜飲《りゅういん》を下げた。

御厨三郎将頼、大葦原四郎将平の下に将文《まさふみ》、将武《まさたけ》、将為《まさため》、将種《まさたね》と若い弟たちが続く。

「みな、いいやつだ。純朴で一本気。武芸も鍛えてある。だが、いかんせん、伯父貴《おじき》らとの駆け引き、先を読む力……。まだまだ足らぬ面もある」

将門は弟たちを守っていかねばと感じていた。

将門軍の圧倒的な強さ。その秘密は鍛えられた馬と馬上の戦いに適した刀にある。将門は拠点の一つ、下《しも》総《うさ》国豊田《とよだ》郡・鎌輪《かまわ》の宿（茨城県下妻市《しもつま》）近くにある馬牧・常羽御厩《いくはのみまや》や、朝廷の放牧場である大結《おおいの》馬牧（同県八千代町《やちよ》）、長洲《なかすの》馬牧（同県坂東市）を管理。私牧も所有する。広大な洪積台地は沼沢地、湿地が広がり、農業の生産性は低いが、天然の馬牧としての条件は整っている。駿馬《しゅんめ》の飼育には適していた。

　また、製鉄工房も数多くあり、農具、馬具だけでなく、湾刀《わんとう》、反った刀の製造にも力を入れた。最初期の日本刀である。盾《たて》と矛《ほこ》を持つ歩兵中心の軍隊から騎馬中心の軍隊に転換し、突くよりも馬で疾走しながら敵を斬る戦術が将門軍の特徴である。相手に与えるダメージ、スピードとともに抜きんでた力を発揮する。

〈3〉将門討つべきか

　秀郷配下は一気に主戦論が高まった。

「兇徒《きょうと》・将門、討つべし」

「討つべし」

　舎弟・高郷《たかさと》はこの声に同調した。

「異母姉上《あねうえ》のお恨《うら》み、晴らさねばなりませんぞ」

　だが、秀郷は配下の将兵に抑制を求めた。

「むやみに乱に加わったり、戦に巻き込まれたりせぬよう。行動を慎《つつし》まれよ」

　この時点では将門と源護の私闘、隣国豪族の一族間の内紛でしかない。配下の将兵らを犠牲にすることは避けなければならない。秀郷の懸念はここにある。

　また、私闘にはペナルティが課せられるかもしれない。秀郷自身の罪も消えていない。正式には罪人のままである。

「ですが、お父上・国香さまを討たれた貞盛さまの援軍要請があれば、いかがなさいますか。早々に京から帰郷されるでしょう。義理の叔父・甥《おい》の間柄。この誼《よしみ》を通じて殿（秀郷）に何らかの協力を求めることも考えられますが」

　従兄弟・藤原兼有が秀郷の真意をただした。十分予想できることだ。

「確かに気になるところだが……。まずは貞盛殿の話を聞いてからだな」

　秀郷が将門との対決を躊躇《ちゅうちょ》した理由のもう一つは村岡《むらおか》五郎の存在である。

　村岡五郎は通称で、本来の名は平良文《よしぶみ》。高望王《たかもちおう》五男で、将門の叔父の一人である。武蔵《むさし》北部・村岡（埼玉県熊谷市《くまがや》）を拠点に勢力を広げている。武蔵北部で秀郷と支配地域を接しており、刺激したくない相手だ。

高望王の五人の子息のうち、長男・国香、次男・良兼、四男・良正《よしまさ》が源護の婿。将門の父である三男・良持と五男・良文はそうではない。源護派と非源護派に分ければ良文は将門の味方になりうる唯一の叔父。現時点での動向は不明だが、将門と連携している可能性を考えるべきだ。これを見極めた上でなければ迂闊《うかつ》な行動はできない。

数日して秀郷の館を訪ねてきた貞盛に復讐戦への意欲はみえなかった。

「戦火の中、義母《はは》を守っていただき、ありがとうございました」

郷子保護の礼に続いて、将門への対応は不戦の姿勢を示した。

「将門は本来の敵にあらず。これは源氏との縁座（源護との婚姻関係）によるものです。一族の争いは避けなければ、と思っております」

将門と貞盛は従兄弟同士。京では藤原忠平の家人としてともに務めた。その友誼《ゆうぎ》を重んじ、将門の言い分も聞き、親族間の融和を図ろうという理性的な姿勢。さすがに京で官職を得ているだけのことはある。

秀郷は感心した。一方で疑問も感じた。父の仇である将門に対する態度として、やはり違和感がある。

「貞盛殿。将門とは争わぬと……。隣国の戦乱を望まぬわれらとしてはまことに喜ばしいが、将門に対する恨み、抑え難いものでありましょうに」

秀郷と貞盛、二人だけの席である。

「身内の恥を晒《さら》すようですが……」

貞盛は声を抑えて話し始めた。

父・国香にしても、叔父たちや源護親子にしても、良持から継いだ将門の権益を横領しようと狙っていたという。

馬牧や製鉄、軍事に関わる権益。彼らの欲深さが今回の争いの一因であり、さらに将門を敵視することでは一致していた親族も欲得がらみの連携であり、その心中には互いへの嫌悪感、警戒心も渦巻く。信頼し合った関係ではない。

貞盛の言葉には身内に対する複雑な感情がにじみ出ている。貞盛自身は従兄弟・将門一家を潰してまでその権益を奪い、田地を広げる欲は全くない。

「土地への欲、執着は坂東《ばんどう》らしさと言えば、それまでかもしれませんが」

秀郷のみるところ、貞盛の態度は冷ややかというより、どこか他人事。また、叔父たちや姻族《いんぞく》の源護親子を見下す気分も感じ取れる。京で官職を得て、貴族風の暮らしになじんでいる自分にとって坂東の田舎臭い気風は肌に合わない、坂東の気風しか知らぬ叔父たちとは違うと言いたげである。

貞盛は続けた。

実子の自分が将門への復讐戦を自重《じちょう》しているのに叔父・良正は強硬に復讐戦を主張。齢の離れた兄・国香を父とも思っていたと、派手に泣きながら言い立てている。

「結局、良正叔父は将門を攻め、その田地を切り取りたいのです」

「貞盛殿も気苦労が絶えませんな」

秀郷は応じながら、平氏一門もなかなか複雑だと思う。これまで源護の姻族と非源護派の色分けで見ていたが、それぞれの思惑、事情もあるようだ。

「それに、父・国香の死も腑《ふ》に落ちぬ点が……」

「それは？　何か不審な点がおありか」

「あ、いやいや。突然すぎる父の死、戸惑うしかなく……」

「まことに、お気の毒。お力を落とされることのないよう」

（しまった……）

貞盛は少ししゃべりすぎた、口が滑《すべ》ったと反省した。他家の人には明かせぬ秘事がある。いや、親類縁者にも明かしていない。

国香の死で最も不審な点は居館ごと焼かれる前に何者かに刺し殺されたという疑惑だ。遺体を発見した郎党が腹部に刺し傷らしきものがあったと言っていた。だが、詳しく調べる手立てはなく、遺体は貞盛帰郷前に処分された。焼死体だけに見間違えた可能性もある。

それが将門によるものなのか。だとすれば、明確に標的にしていたことになる。偶発的な事件ではない。だが、将門は国香を討ったことを積極的に宣伝していない。一方で否定もしていない。この曖昧さは非常に不可解だ。

愚痴《ぐち》っぽい話を続けていた貞盛が急に表情を引き締めた。秀郷は貞盛の言う国香の死の不審点とは、もう少し具体的な疑念があるのではと直感した。

（貞盛殿はまさか将門の仕業《しわざ》ではないと疑っているのか）

そうであれば、将門に対して復讐戦を挑まないとする貞盛の態度も合点がいく。だが、あの混乱の中、別の人物が関与できる状況ではなかったろう。

（国香殿は居館ごと焼かれたと聞いているが……。違うのか？）

秀郷は貞盛を見送りながら懸念を示す。

「このまま、ことは収まるのだろうか。いや、このままでは済むまいな」

ともに見送りに出た高郷らを横に、さらに続けた。

「貞盛殿は将門と戦わぬ姿勢。あえて復讐戦を挑まずとの、お考えであった」

怨讐を越えたところに光明を見出そうとしている。

「ですが、兄上」

高郷が異を唱える。

「貞盛さま、落ち着いているのはよろしいが、むしろ気弱くも見えました。これでは異母姉上《あねうえ》も不満でありましょう。将門殿の非道を訴えるべき立場なのに」

確かに貞盛に同行した弟の繁盛《しげもり》と貞盛に連れられて常陸に帰る秀郷の異母姉・郷子は貞盛の態度に不満顔。郷子が産んだ繁盛は二十歳を超えたばかりで、十歳以上も齢の離れた兄・貞盛の言に従わざるを得ないのか、この日は無言。だが、将門への復讐心は旺盛《おうせい》らしい。そう聞いているし、顔にもそれが見て取れた。

兼有も懸念を示した。

「御一門がそれで納得するのか、それを貞盛さまが抑えられるのか。まだまだ、ことは収まらぬと思います」

左馬允《さまのじょう》の職にあった貞盛は都で官職に励み、出世を目指すべきだと考えていた。将門と敵対したまま都に戻るのは危険。そのため和睦《わぼく》の道を探っていた。和睦の意向は将門にも伝えていた。

これに不満を鳴らしていたのは貞盛の叔父・平良正。

「なぜ、お父上の復讐に立たぬ」

躊躇する貞盛に涙ながらに訴え、それでも態度を変えない貞盛を意気地なしめ、と罵《ののし》った。

「わし一人でもやる。国香兄の復讐を果たす。将門を討つ」

良正は敢然と立ちあがり、勇ましく声を上げ、兵を挙げ、そしてあえなく敗れた。

良正の敗戦は兵《つわもの》、武者《むさ》としての恥を天下に晒し、将門の声望をますます上げる結果に終わった。

「良正さまの戦いぶり、論評にも値《あたい》せぬ無様《ぶざま》なものでございますが」

「結局、戦いは収まらぬか。余計なことを……」

秀郷は光徳寺（栃木県佐野市）を参詣。富士姫との悲恋の末、僧となった柏崎光徳《かしわざきこうとく》、光徳坊が住職をしている寺だ。

「外縁の愁《うれ》へに就《つ》き、卒《にわか》に内親の道を忘れぬ」

良正は、外戚、姻族である源護に心を寄せ、血族との関係を忘れてしまった。これは坂東の気風に合わぬと、良正の態度は批判的に捉えられている。光徳が常陸国内や周辺地域の雰囲気を説明した。

「さらには良正さま」

手痛い敗戦にも懲りず、兄・良兼への勧誘を進めている。

良兼は娘・桔梗姫をめぐる因縁があり、将門に悪感情を持っている。また、上総介《かずさのすけ》の地位にあり、乱に介入するときには大義名分を前面に出すだろう。将門が朝敵に匹敵する悪であるとし、これが乱の終息を難しくする。良正に比べ、兵力も大きい。

「わざわざ乱を大きくしようというのか。愚かな」

騒乱の拡大を懸念する秀郷は、良正の対応にははっきりと批判的だった。

国香の一周忌を終え、貞盛が将門との交渉と帰京準備を進めていた承平六年（九三六年）六月末。坂東の地に再び、黒雲の陰が差し始めていた。

国香の弟で貞盛の叔父・平良兼がついに動き出した。

貞盛を呼び出した良兼は強硬だった。上総介としての威厳を示そうともした。国香亡き今、坂東平氏の長者、実質的な統括者という意識もある。

「わが身内に将門と親密な者がおるという。それは兵としてあるまじきことだ」

「親類を殺害されながら、どうして敵に媚《こ》びてよいはずがあろうか」

「さあ、今すぐ出撃いたす。ともに参ろうぞ」

貞盛は本意ではないが、良兼の勢い、理屈に抗しきれなかった。

しい。

〈4〉下野国庁包囲

「下総との国境《くにざか》いに数千の大軍が集結しております」

秀郷の居館は各方面からもたらされた情報で慌ただ

　承平六年（九三六年）七月二六日。

　集結する軍勢は平良兼、平貞盛、さらに平良正。

　良正は前年一〇月、常陸・川曲《かわわ》村（茨城県八千代町、下妻市辺り）で国香復讐戦として将門に挑み、あっけなく敗れた。今回は上総介の要職にある兄・良兼を誘い、その麾下《きか》に入った。

　国境い付近に集結した軍はここから将門の本拠を攻める戦略である。やや迂遠《うえん》な進路だ。地形的な優位性を生かすためか。

　良兼はさらに思惑があった。戦いに利がない場合は国境いを越えて後退する策だ。下野の有力者、秀郷を巻き込もうという思惑である。

「兄（国香）の義弟・秀郷殿の軍勢が出張《でば》らざるを得ない状況を作り出す。将門軍と衝突させれば、こちらの味方に引き込むことができるのではないか」

　だが、出陣してきた将門軍は百余騎たらず。それを見た良兼はその次善の策を心の中で引っ込めた。

「これなら、われらだけで将門を始末できそうだわな」

　兵の数では圧倒的に有利。

「しかも、こちらは人馬とも肥《こ》え、武器も調っている。将門は連戦の疲れが見える」

　一方の将門。垣根のように盾を築く敵兵を見て、あえて歩兵の接近戦を試みた。

「一瞬、先手を取れるかどうかで勝負が決まる。最初の一撃だ」

　将門の戦術が功を奏した。気魄《きはく》の一撃に受けて立ってしまった良兼軍は最前列の兵が崩れ、そこを一気に攻め込まれた。歩兵接近戦で崩れた前列に矢を雨嵐のように撃ち込まれ、八十余騎があっという間に討ち取られた。良兼軍敗走。

　良兼軍は国境いを越え、そのまま西へ遁《はし》り、下野国庁に逃げ込んだ。結局は次善の策〈プランB〉に切り替えたのだ。下野国司は下野守・大中臣定行《おおなかとみのさだゆき》を筆頭に招かれざる客の到来に当惑。国庁を将門軍が包囲しつつある。

　国境いに偵察・斥候《せっこう》の兵を進めさせていた秀郷が兵を従え、国府に到着した。

　下野国府まで敵を追ってきた将門にとって秀郷の登

場は予想の範囲内。

「藤太兄、久しいのう」

軍勢を背にした馬上の秀郷は将門に撤退を求めた。

「ここでの戦闘はならぬ。戦端開けば、両軍ともわが敵とみなすぞ」

「戦の元凶は伯父貴《おじき》らの舅《しゅうと》・源護殿。伯父貴ら操って画策しておる。この者、討たずして戦収まらぬ」

「血族間の争い、深入りせぬ方がよいぞ。将門」

「もとより正しき道理通れば、それ以上攻め立てるものではござらぬ」

「勝っても次の戦呼ぶは愚策。不戦の勝ち、戦わずして勝つ良将の心得を身に付けられよ」

「不戦の勝ち？」

「ここで戦に及べば下野の安寧《あんねい》乱す賊徒《ぞくと》として両者ともお相手いたすまで。まず、将門。そちから成敗してくれる」

「無論、われらも藤太兄を敵にするは不本意」

「では囲みを解き、敵兵を逃がしてはいかが」

「むむっ」

一瞬の沈黙を今、誰もが長い時のように感じている。沈黙の破り方を間違えれば、両軍激突になりかねない。一触即発である。

そこに貞盛、良正が徒歩《かち》で出てきた。将門と休戦交渉をしようというのか。将門は再び、感情を昂《たか》ぶらせた。馬上からの怒声はまさに雷《いかづち》であった。

「貞盛。よくも裏切ったな。それとも最初から騙《だま》し、談合するふりして誘い出す策だったか」

「待て待て、将門。騙すつもりはござらんかった」

「では裏切りか」

将門は既に太刀を抜いている。貞盛は押し黙り、ががたと震えている。秀郷が両者の間に馬を進めた。

「将門、斬ってはならぬ」

将門は秀郷の制止を振り切り、馬を降りて、貞盛、良正の前に進み出た。そして振り返って秀郷を見た。

「藤太兄はわれら平氏の争いには不介入のお立場ではなかったか」

言葉は静かだが、将門は興奮している。貞盛が出てきたためであろう。和睦交渉を進めていた相手が敵軍の中にいた。将門の立場とすれば、貞盛に対する憤《いきどお》りは強い。その理屈は秀郷も理解したが、将門がここで貞盛を斬ったらどうなるか。貞盛は現役の左馬允。太政大臣・藤原忠平とも親交のある京の武官である。

戦は泥沼化し、もし朝廷の討伐軍が派遣されたら、一族間の私闘では済まなくなる。

（それは、させてはならぬな）

　秀郷は感情に任せた将門の行動を制止しなければ、と考えた。将門は手にしていた太刀を振りかぶる。秀郷も無言で刀を抜き、将門の前に水平にかざした。

　太刀を振り下ろせば、直ちに斬るぞ、という警告である。

「藤太兄……。なぜ、われを止める。これで……。これで、怒りが収まると思うてか」

「では、どうすればよい」

「乱の禍根《かこん》はわれにあらず」

　声を震わせながら将門は続けた。

「われを挑発した者がおり……。われから打ちかけたとしても、われは武門の名誉を守るため立ったのである」

「源護殿がことか」

「応《おう》よ」

「分かった……」

「えっ？」

　秀郷がゆっくり刀を下ろす。将門は秀郷の言葉の意味が分からない。

（分かったとは、何が分かったのじゃ）

　みなの動きが止まった瞬間。秀郷は跪いていた貞盛の隣の良正を頭上から縦に真っ二つ斬った。無慈悲な一撃。

「あっ、なぜ」

　絶命寸前、良正が発したのはその一言。

　その横で跪いたままの貞盛の震えはより激しくなった。

「源護殿の道具は今、斬り捨てた。乱の禍根は断ったぞ。将門」

　秀郷の目は将門に選択を迫っている。さあ、おぬしはどうするのだ。睨《にら》まれた将門は太刀を下ろした姿勢のまま身動きできない。ようやく言葉を絞り出す。

「西門の包囲を解け」

　良兼の軍勢は通用門である国庁西門から撤退した。太平山《おおひらさん》の方角に向かって走り出す敗軍を誰も追うことはできない。将門軍、秀郷軍ともに静止したまま見送る。

　秀郷にとっては究極の選択だったが、国庁での軍事衝突を力で抑え込んだ。国司が唯一望んでいたのはこの場での戦闘を避けること。眼前の殺人行為を朝廷に訴え出ることはできまい。

そして将門に撤退を要請する一方で源護や平良兼に味方するわけではないことも示した。斬って捨てた良正はまさに源護・良兼側の幹部武将。

「藤太兄……。これが……。これが、不戦の勝ちでござるか」

将門の顔に怒りの色は消えないが、先ほどまでの迫力はない。撤退を開始した。


悠々と引き揚げるべきだろう。

将門は今回、百余騎の手勢で数千人の敵軍に快勝した。源氏三兄弟を滅ぼした初戦（前年二月）、良正軍を倒した川曲村の戦い（同一〇月）に続く勝ち戦だ。

だが、何とも後味の悪い三連勝。

手段を選ばぬ藤太兄・藤原秀郷こそが「最も恐ろしい……」。一族間の争いがどう展開するのか分からない今、絶対、敵にしてはならない。

一方で、本当に戦うべき相手は秀郷なのかもしれない、とも思い始めていた。

戦場に出てこない源護は黒幕などではなく、初戦で根拠地を焼き尽くされ、自前の軍勢を用意できないだけだ。妻・桔梗前の父でもある伯父・良兼も本気で相手にすべき敵なのか……。

もし、坂東で覇《は》を唱《とな》えるなら……。

（藤太兄、いや、藤原秀郷との戦いは避けて通れぬ）

将門の考えはそこまで飛躍した。坂東最強とならなければ、自らを取り巻く不条理は解決されない。配下の者の苦境も救済できない。

夕陽を背に馬上で揺れる将門。馬の足取りが重いと感じる凱旋《がいせん》だった。

〈5〉将門、官軍に

坂東平氏一族の内紛は京の法廷の場に舞台を移した。将門は急遽《きゅうきょ》、上洛。訴訟尋問というべきか、取り調べというべきか、源護の告発に対し、検非違使《けびいし》庁で事件の経緯《いきさつ》を弁明するためである。

「紛争が京のしかるべきところに持ち込まれたのは何より。やはり戦ではなく、道理で是非を判断してもらうがよかろう」

書状を広げ、その情報に接して安堵《あんど》する秀郷に、妻の侍従御前《じじゅうごぜん》は悲観的な言葉をさらりと投げかけた。

「これでことが収まるとも思えませんが」

「何っ。なぜじゃ。何故そう思う」

「どちらさまかに有利なご裁定なら一方に不満が残ります。まして坂東武者の方々がそれをお受けなさるのかどうか」

「坂東は東夷《あずまえびす》ゆえ、天判（天皇の裁定、朝廷の裁定）の道理を軽んじると申すか」

「いえ。京から遠いということでございます。争いを始めれば、その理由はどうとでも言いくるめようとするでしょう」

妻はさらりと結論を出す。あまり考えてものを言っているようにはみえない。直感的に捉えているのかもしれない。それが案外と的を射ている。

確かに平和裏にことが進むほど簡単でもなさそうだ。

将門の罪は軽微とされ、承平七年（九三七年）、朱《す》雀《ざく》天皇の元服に伴う恩赦《おんしゃ》で帰郷することになった。将門は摂政《せっしょう》太政大臣である藤原忠平との縁故もある。この間、京では、勇猛で連戦連勝の誉《ほま》れ高き武者として一躍人気者となった。

だが、帰郷後の将門はなぜか精彩を欠いた。

良兼は執拗《しつよう》に将門を攻め、将門は連敗。逃走中、将門の妻・桔梗前は実父・良兼に捕らえられた。だが、桔梗前は弟たちの協力で逃亡し、将門のもとに戻った。

そして、その年の一一月。事態は意外な展開を示した。

まず同月五日。乱を起こしている「常陸国敵等」――すなわち、平良兼、源護、平貞盛、平公雅《きみまさ》、平公連《きみつら》、秦清文《はたのきよぶみ》――を将門に追捕《ついぶ》させる官符が武蔵、安房《あわ》、下総、常陸、下野などの国々に下された。無位無官の将門が官軍指揮官となり、将門の敵だった連中が朝敵となった。これには誰もが驚いた。

この追討の対象とされた平公雅、公連は良兼の子、桔梗姫の弟。また、参戦していた貞盛の弟・繁盛はまだ年若く主要メンバーとみなされず、追捕の対象に名を連ねてないが、その一党一味であることには変わりがない。

良兼は八月、子飼の渡《わたし》の戦いで将門に勝ち、その勢いで下総国豊田郡の栗栖院常羽御厩《くるすいんいくはのみまや》を焼き払った。大結馬牧《おおいのうままき》の官厩《かんきゅう》という国家施設の焼き討ちである。

「これが良兼さまらの処罰理由になっているのでございましょう」

諜報活動の報告をする荒耳《あらみみ》の言葉に秀郷は頷いた。

「将門は敵を討つ大義名分、得たわけだな。一気に攻勢に出るか。結局、戦はやみそうにもないな」

「将門さまは官符を得て、意気込みを強め、活気づいたと聞きます」

荒耳は簡潔に報告した。


「何とも奇妙ですな」

「不審な点がございますか。父上」

秀郷は高齢となり、最近は体調がすぐれないという養父・鹿島《かしま》を見舞ったが、この日、鹿島は秀郷の来訪に合わせて床《とこ》から起き上がり、居間で対応した。鹿島の姿に安堵したのは秀郷である。聞いていたほど悪くはなさそうだ。

「今回の将門さまの敵方への追討官符の件も、あの鬼神の強さの将門軍の連敗も。何やら裏がありそうな」

「えっ、裏が……」

「これまで国司を意のままに動かしていたのは国香さま。弟・良兼さまは上総介とはいえ、国香さまの意向を十分に引き継いでおられるお方。それに国香さまの嫡男・貞盛さまも京の官職を得ている方。他方、将門さまは無位無官。御厩の焼き討ちという理由があるにせよ、国司が将門さまになびくとは思えませんが」

「ふむふむ」

秀郷は相槌《あいづち》を打ちながら養父の次の言葉を待った。

「それに帰国した途端《とたん》の気の抜けたような将門さまの連敗。兵力の多寡《たか》はこれまでも問題にしませんでした。良兼さまが対策を練ってきたといえば、そうなのでしょうが」

「すると……？　将門がわざと敗れたと？　何のために」

「そもそも敗走しなければ、常羽御厩も襲われませんでした」

「常羽御厩を襲わせるためにわざと負けたと？　将門が？」

「将門さまの敵の処罰理由ですな。何しろ争いの当事者の一方だけを処罰しようというのですから、それなりの理由は要るわけです」

「しかし、先ほどの父上の言に従えば、国司は将門の意向通りにならぬのなら、良兼さまを訴えることはないはずじゃが」

「そうですな。国司の訴えではないでしょう」

「京の意向？　将門と親しきは……。まさか、太政大臣・忠平卿の意向？」

「政治《まつりごと》は、ときにまさかの坂がありますす」

「まさかの坂？　あり得ようかのう。意外に過ぎる気もするが」

「そうですな。忠平卿の意向だとすると、その理由が分かりませんな。かつて家人であった縁、将門さまと親しいだけでは忠平卿がそのようなことを仕組むことはありますまい。直接人物を知っているわけではないのですが、そのようなお方ではないと」

「そうじゃ。政治に私情は挟まぬお人。むしろそれを嫌うお方。ほかの貴族とは違う」

「そうですな。忠平卿が仕組んだとすれば、将門さまを利用するとか、この乱を利用するとか理由があるはずですが、全く見当がつきません」

「何やら、恐ろしいお方かもしれぬな」

「この乱の先行きも……」

「だが、さすが父上。これからも、その知恵、深い洞《どう》察力《さつりょく》でわしの足らざるを助けてほしい。力になってほしい」

「いや、もういけません。もう永くはないでしょう」

「何を申すか。このような深い見方ができるのは父上だけじゃ」

「ありがたきお言葉。なれど、もはや……」

この後、鹿島の身体の状態は一進一退であった。

なお、後世の歴史家には逆の解釈があった。将門が追討の対象となったとする見方である。むしろその解釈が大勢といえた。

それから程なくのこと。
強い衝撃を伴う大地の揺れと遠くから響く轟音《ごうわん》。大地が低く唸《うな》り声を上げ、地平線の西の果てが赤く染まる。
富士山の大噴火であった。
『日本紀略《きりやく》』（承平七年一一月某日）
甲斐国言、駿河国富士山神火埋水海
赤々とした溶岩流が湖を埋めてしまったということだろうか。

かつて、十和田湖大噴火を目《ま》の当たりにした秀郷は、麓の村々、周囲の国々で大きな被害が出ているだろうと想像した。

「富士の噴火か……。大乱を予兆するものでなければ、よいが……」

そう願わずにはいられない。願望というより不安を超えた恐怖。

負の激情を内包し、今にも噴き出しそうだった下野国庁での将門の姿を思い出す。

「爆発せねば、よいが……」

不吉な予覚《よかく》であった。

〈6〉**暗殺未遂**

「将門殿が官軍となった今、われらも協力すべきでは」

下野・天命（佐野）にある秀郷の居館では親類や側近ら配下の武将が膝《ひざ》をつき合わせていた。二年半前、将門討伐を訴えた弟・高郷はしきりに将門軍への参加を主張している。

「殿（秀郷）がこれまで中立を保ってきた先見の明、生きましたな」

従兄弟の一人、藤原與貞《ともさだ》が追従《ついしょう》し、さらに高郷が力説。

「国司に恩売る好機。さらにわが軍の強さ天下に知らしめるときかと」

「腕が鳴りますな」

「官符による公戦ですから、うまくいけば恩賞に与《あずか》れるかもしれませんな」

「いや、将門に名を成《な》さしめるばかりであろう」

諸将もさまざまに言い募《つの》ったが、秀郷には躊躇する心がある。将門の性格を少し知っているせいか、何か落とし穴があるような気がしてならない。養父・鹿島の推論通り、将門の背後に太政大臣・藤原忠平がいるとすれば、将門に与《くみ》することは悪い話ではないが、忠平の狙いが見えぬ。全面的に舵《かじ》をきる気にはならない。

（やはり、京の状況を知る術《すべ》を持たねばならぬか）

京の動きは荒耳に探らせているが、何せ遠い。情報収集の伝手《つて》がない状況だ。

「国司の要請あれば、無論、考えぬわけにはいかぬが……」

曖昧な言葉で態度を留保した。

「官符手にした国司、全く動く気配がござらん。状況見極めるべきかと存ずる」

国司の状況を探っていた側近筆頭で従兄弟の藤原兼有も慎重論を示した。続いて荒耳が諜報活動による情報を報告した。

「諸国の国司も同様でございます。まだ様子見の段階かと……。されど将門さまの下には続々と兵集まっております」

日増しに将門の評判は上がっている。重税で虐《しいた》げられた下層民衆はもとより、治安や災害対策に無策な国司に対する不満は渦巻いており、民衆の鬱憤《うっぷん》を晴らすが如く登場した将門への期待が高まっているのである。今のところ国司と直接、対立したわけではないが、無位無官の武者が威圧的で地域の支配者顔をしていた豪族どもの軍を一撃、粉砕した事実が広く知られるようになった。

まさに溜飲《りゅういん》を下げるとは、このこと。

だが、常陸西部には将門軍に家や田畑を焼き尽くされ、復興もままならない地域がある。そこには怨嗟の声が確かにある。だが、将門を迎える歓呼の声にかき消されている。

今は民衆待望の王者の如くだが、果たしてあのような民衆軍でどこまで勝ち進めるのか。勝った先に坂東をどうしていくのか。将門自身に何か展望があるのか。

「あまりにも見えないこと多すぎるのう。今あれこれ議論しても状況が変われば、どうせまたやり直しよ。評定《ひょうじょう》（会議）、本日はこれまでじゃ」

秀郷は首筋辺りを掻《か》きながら席を立ち、軍議散会を宣言。諸将は唖然《あぜん》とした。

次に入ってきた仰天情報は平良兼による将門暗殺未遂事件だ。

追捕官符から、およそ一ヵ月後の承平七年（九三七年）一二月一五日早朝。

良兼配下の一騎当千の暗殺部隊八十余騎が石井《いわい》の営所（茨城県坂東市岩井）を囲んだ。前夜に察知した将門側は大騒ぎとなり、兵も十人足らず。将門は目を剝《む》いて歯を食いしばって撃ち合い、敵を撃退。最初の一撃で良兼軍の暗殺部隊指揮官、多治良利《たじのよしとし》を討ち取った。あとは推して知るべし。将門は馬にまたがり、疾《しっ》風怒濤《ぷうどとう》の追撃。雉《きじ》を襲う鷹《たか》の如くで、敵は逃げ場の穴がない鼠《ねずみ》。将門軍の圧勝であった。

そして、石井の営所について武器の置き場所や将門の寝所、東西の馬打《うまうち》（騎馬出入口）、南北の出入口などの情報を敵に内通したのは将門の駈使《くし》（走り使い）、丈部《はせつかべ》子春丸《こはるまる》だった。翌年正月、将門はこの裏切り者を捕らえ、処刑した。

「将門さまが全ての敵を蹴散《けち》らしましたな。将門さまの敵に動きは見られず、兵も集めておりません」

荒耳の報告に秀郷は呟いた。

「われわれの出る幕はなかったか。騒乱が収まったことはめでたいが……」

平良兼は将門暗殺失敗の報を館で聞くと、その場でばったり倒れた。その後、病に臥《ふ》せっている。官符で追捕の対象とされた良兼は子息・公雅、公連とともに逼塞《ひっそく》。源護は依然行方不明。いずれにしても軍事行動を準備できる状況ではない。秦清文はすぐに出頭、逮捕された。残る平貞盛は京へ向かった。常陸の騒乱から身を引いたということか。

この後、将門はどういう立場で坂東の平和、治安維持を担っていくのだろうか。

「将門さま、まだ恩賞や官位官職を得ておりませんな。そもそも良兼さま、源護さまらの追捕は完了しておりません」

「無位無官ならわしと同じというわけだ」

秀郷は力なく苦笑い。

「いや、全く違うな。わしは正真正銘の無位無官。坂東の主の如く振る舞う将門はまさに無官（無冠）の帝王か」

気になるのは将門の後ろ盾となっている太政大臣・藤原忠平の意向である。

旧来の親交に加え、以前より将門の気質、実力を買っている。このまま将門を坂東の主として認めるのか。

「京からの情報にも気に留める必要がありそうだ。高明《たかあきら》卿を頼るか」

源高明。醍醐天皇の皇子で、七歳のときに臣籍降下《しんせきこうか》した青年貴族である。このとき二十五歳。妻は藤原実頼《さねより》の娘だが、この後、藤原師輔《もろすけ》の三女も妻に迎える。

実頼は忠平の長男で三十九歳。師輔は忠平の次男で三十一歳。二人とも既に参議である。父・忠平を補佐し、政治の中枢にいる。高明は師輔と親しい。この線から忠平の意向をはじめとする京の情勢を探れないか。

従兄弟・藤原與貞を再び京に送ることにした。約十年前も京の情報を得るためによい働きをしてくれた。

今回は秀郷の長男・千晴《ちはる》とその母・陸奥御前（冴瑠《さえる》）も同行。千晴は源高明と誼《よしみ》を通じるいい機会だ。坂東の武者にとって京の貴族との交流は何かと役に立つ。現在の将門に有利な展開も太政大臣・藤原忠平との縁故を抜きにはあり得ない。

その後、将門周辺は再び騒がしくなった。

まず、承平八年（九三八年）二月。武蔵国の内紛に介入した。武蔵権守《ごんのかみ》・興世王《おきよのおう》、武蔵介・源経基《つねもと》と足立《あだち》郡司・武蔵武芝《たけしば》の争いである。興世王は桓武天皇の子・伊予親王《いよしんのう》の四世孫。源経基は清和《せいわ》天皇の第六皇子・貞純《さだずみ》親王の子で清和源氏の祖。彼ら王族出身の未熟な国司は赴任早々、徴税のため足立郡内に進入。「正任国司赴任以前は前例なし」と武芝に拒否されると、無礼であるとして兵を動かし、略奪を始めた。そこに将門が私兵をもって介入したのである。

また、これとは別に同月末には京へ向かった貞盛を百余騎の兵で追撃。信濃《しなの》・千曲川《ちくまがわ》で合戦となった。敗走した貞盛は山中に隠れ、見失った将門は引き返ししかなかった。

「将門め、じっとしていられないようだな……。やはり、いまだに官位官職の沙汰《さた》がなく、焦《あせ》っておるのであろうか」

これらの事件は将門の国家反逆に発展する遠因にもなるが、このときの秀郷は将門の騒々しさが気になったものの後の重大事につながるとは思わなかった。

「将門は貞盛が京で自分を讒言《ざんげん》すると恐れて追い回したのか」

貞盛も将門同様、藤原忠平との知己がある。京では追捕の対象となっている自身の潔白を主張するだろう。将門の非道ぶりを訴えるはずだ。

「どちらかと言えば、弁《べん》が立つのは貞盛の方だな……」

秀郷の思考はここで止まった。今はむしろ京に送った長男・千晴と京からの情報が気になっていた。

『将門記《しょうもんき》』はこのときの貞盛、将門の心情について詳述している。

騒乱の故郷を捨て、京で生きようと上洛した貞盛。

身を立てて徳を修めるには忠義の行い以上のものはない。乱悪の地を巡っていては必ず良からぬ評判を受けるだろう。都に出て、自身の望みを達成するのに越したことはない。人の一生は馬が走りすぎるほんの一瞬の隙間のようなものだ。千年も誰が栄えようか。正しく生きることを競い合い、人のものを盗むような非道は避けたい。幸いにも自分は司馬《しば》(左馬允)の官職を拝命している。功労を積んでいけば、朱紫《しゅし》の衣(五位以上の貴族の衣料)を賜るような地位をいただくようになろう。そうなった上で思うままにわが身の愁い事の奏上を果たそう。

(『坂東市本　将門記　現代語訳』参照。以下同)

自身を何度も顧みた上で以上のように考えたという。

一方、将門は詳しくこの言葉を伝え聞いた。どうやって伝わったかまでは『将門記』には書かれていない。まさか、貞盛が人前で「逃亡宣言」をしたか。あるいは義母・郷子や弟たちには京へ上る理由を説明したかもしれない。

将門の言はこうである。

讒言をする者は、忠節な人が自分の上にいることを憎む。邪悪の心を持つ者は、自分より富貴《ふき》な人を妬《ねた》む。蘭の花が茂ろうと願っても秋風がこれを妨げる。賢人が明晰《めいせき》であろうと望んでも讒言をする者がこれを隠蔽《いんぺい》してしまう。貞盛を都に上らせたら将門を讒訴するであろう。貞盛を追い止めて踏みにじるのに越したことはない。

配下の者に向かって、このように言い、貞盛追撃を始めたのだ。

ここで衝撃的な報せが入ってきた。臨時ニュースである。

「京で大きな地震があったらしい」

秀郷は千晴たちを京に送ったことを悔やんだ。今は無事を祈るだけ。

「…………」

断片的な情報が入るたび、不安にかられる。早く確かなことを知りたいが、人を送るにも危険が伴う。西から来る人々の情報は伝聞ばかりであった。ようやく状況が分かってきたのは発生から十日も過ぎたころである。

荒耳が飛び込んできた。

「御曹司《おんぞうし》・千晴さま、陸奥御前さまはじめ、皆さまご無事のようです。京の都ではほとんどの家で垣根が倒れ、崩れた屋敷も多かったのですが……」

この報告にひとまず安堵。地震は四月一五日深夜の発生というから、頻闇《しきやみ》の中、さぞや不安な時を過ごしたのではないか。秀郷は妻子や郎党を思いやった。

そして五月。「承平」から「天慶」に改元された。

〈7〉彷徨う貞盛

「何という不運か。不運続きの人生か」

貞盛は京に到着早々、大地震に遭《あ》い、命を落としかけた。

その京への道中では将門に追い回され、一時は信濃の山中を彷徨《さまよ》った。

「こんなはずではなかった」

父・国香の不幸な死まで貞盛は京で順調に出世し、まさに貴族らしい京の生活を満喫していた。和歌をたしなみ、貴族の姫君との恋を謳歌《おうか》した。

常陸に妻はいるが、京にいる期間も長く、京にいる間は幾人かの姫君を妻として遇《ぐう》していた。常陸の妻に対して後ろめたい気持ちはいささかもない。それが貴族の感覚であり、貞盛自身は自分を京貴族の一員だと思っている。

故郷では父・国香や叔父たちが従兄弟・将門と領地をめぐって争っていたが、自分の代になれば、一門の中での領地争いはやめ、将門にもある程度の領地は認めてやるつもりでいた。

「将門め、わしの親切心も知らず」

父から引き継ぐ土地は弟の繁盛や郎党に管理を任せ、自身は京で貴族としての出世を目指す。ここまで来たら五位以上の官位を手に入れ、正真正銘の貴族として京を中心とした人生を送ろうと考えていた。

それがいっぺんに台無しになった。

将門を中心に一門の中で憎悪し合う戦となり、その戦に巻き込まれた。貞盛の人生プランは将門の暴挙が打ち壊した。

信濃山中を逃げ回っているときは京に着くことすら困難に思われた。

「こんなところで野垂《のた》れ死ぬとは。こんなところで、どこかも分からぬところで……」

飲まず食わずの逃避行《とうひこう》が三日続き、脚も心もふらふらとなっていたとき、一頭の鹿が間近で休んでいた。

「しめた」

こちらを背にしており、気付かぬ様子。あまり近づきすぎず、慎重に狙いを定め、矢を放ち、矢は首筋に命中し、一発で仕留《しと》めた。

「肉にありつけるとは」

これを幸運と捉えねばならぬほど落ちぶれたわが身に忌々《いまいま》しさを感じるが、これは紛れもなく幸運である。だが、その幸運は一瞬だった。

「なぜ、鹿を射殺《いころ》しあそばした」

遊行僧《ゆぎょうそう》が現れ、殺生《せっしょう》を咎《とが》めた。人数を率いている。

「わしは平貞盛であるぞ」

弱々しい声ながらも精いっぱい傲然《ごうぜん》と言い放った。

だが、遊行僧は恐れ入ったという態度を示さない。

「貴族のお方か。殺生をなさるとは何たる」

(しまった)

「ま、待て。待て。わしは一介《いっかい》の猟師《りょうし》。これは殺生ではない。断じて。いや、殺生だが、殺生かもしれぬが、これは生きるための、その……」

後は言葉が続かない。猟師の理屈など持ち合わせていないので言い繕《つくろ》うことができない。

狼狽《うろた》え、名も訂正した。

「貞盛ではござらぬ。定めじゃ。定盛。一介の猟師の」

猟師ならば鹿を射殺して悪いわけはなかろう。とっさの理屈である。だが、その装束は全く猟師らしくない。遊行僧は論法を変えて攻め込んでくる。

「この鹿は拙僧がかわいがっていた鹿です。拙僧に断りもなく射殺すとは……」

僧が鹿を愛玩《あいがん》するなぞ聞いたことがない。猟師だと言った、見《み》え透《す》いた嘘《うそ》を見抜いた上であくまで殺生を咎めるつもりか。だが、貞盛にとって、もはやどうでもいいこと。この鹿を喰《く》いたかった。

「お上人《しょうにん》、どうされますか」

遊行僧の一団の僧が尋ねた。

「京への道中だが、まずは弔《とむら》いを。鹿の供養を」

(しめた、この一団は京に向かうのか)

「お上人、お願いでござる。お願いがあります。お願いが……」

貞盛は急に態度を改め、懇願を始めた。だが、そこでばったり倒れた。力尽きたのである。

貞盛は遊行僧の一団と鹿肉の入った鍋をつついていた。こんな旨《うま》いものを喰ったのは初めてだ。そして生き返った。生き返った心地がする。

「しかし、よろしいのですか。出家の方々が生臭《なまぐさ》を喰ろうて……」

「失われた命、無駄にせぬのもまた供養」

貞盛は遊行僧に弟子入りを懇願。心を入れ替えて殺生から離れ、末永く仏の道に仕えたいと訴えた。来る者は拒まずと応じた僧の下、元猟師の定盛法師として京を目指す一団に加わっている。

上人は貞盛と同年代のようだ。貞盛が射殺した鹿の皮を革衣《かわごろも》として腰に巻き、角《つの》を杖《つえ》の先端に付けた。あくまで愛玩の鹿だったという態度を崩さない。

上人が率いる出家、在家の者たちは険しい道も苦にせず歩みを進めるが、貞盛はたびたび息が上がり、彼らについていくのがやっとという有り様だった。

上人が声を掛けた。

「元猟師にしては山歩きに慣れておらぬ様子」

「病み上がりなのです。本来ならこんな山道、何の苦でもござらんのですが……」

貞盛はこう言うしかない。

「大事《だいじ》ない。ゆっくり行きますゆえ」

村に入れば念仏を唱え、広め、村人の話を聞き、上人も説話を繰り、そうしながら一団は京に向かってまた歩き出す。貞盛も一団に従い、何日も歩いた。

京に入ると、上人らは市や辻に立ち、「南無阿弥陀仏《なむあみだぶつ》」を唱えることを広め、多くの民衆が支持した。上人は「市《いち》の聖《ひじり》」と呼ばれるようになった。

だが、貞盛は黙って一団から姿を消した。京にたどり着けば、もう用はない。

〈8〉太政大臣の思惑

改元から二年目、天慶二年(九三九年)。

初午《はつうま》の酢《す》むつかり(しもつかれ)と酒を囲む秀郷配下の諸将から愚痴がこぼれる。

「ここ数年、われら、将門殿に振り回され放しですなぁ。身内争いにしては派手な騒乱引き起こしたかと思えば、いつの間にか官軍に収まり、今や坂東の主の如く振る舞っておりますよ」

「われらは将門殿に従わねばならないのでしょうか」

「将門軍は圧倒的に強い。まず、そのことをよく考えねばなりません」

そんな声が出る中、古株の猛将・若麻績部百式《わかおみのべのももしき》は「暑いゆえ、わしは麦を濾《こ》した酒をいただく」と一人だけ不思議な黄金色《こがねいろ》の酒を飲み、一人、言うことも熱い。

「将門軍が強かろうと、わしは戦いたい。わが軍こそが強い」

そもそも、この季節に「暑い」などと言っているのはこの男だけだ。

秀郷は諸将を見やり、引き締めた。

「われらは今、将門に遜《へりくだ》る理由も、敵対する理由もござらん。理由が出来《しゅったい》したおりは考えようぞ」

そう言って秀郷は先に酒席を立った。諸将から声が漏れる。

「御殿《おんとの》はここ数年、慎重な姿勢に終始して何か機会を逃したようにも思えるが」

「いや、さすがは御殿だ。この間、将門殿に味方しても敵対しても、戦乱に巻き込まれただけだろう」

自室で一人、書見して過ごす秀郷。燭台《しょくだい》の炎がふっと揺れた。

「荒耳か」

「はっ」

障子開閉の音もなく、部屋の隅に二人の男が跪《ひざまず》き、頭を下げている。

「この者が京の與貞さまより、書状を預かってまいりました」

「遠いところ、ご苦労であった」

荒耳の隣に控えるのは鳥取《ととり》氏一族の男。健脚《けんきゃく》自慢で韋駄天《いだてん》と綽名《あだな》されている。

與貞の書状は、千晴の様子を「早くも聡明、英明なる気質をお見せになっていると拝察《はいさつ》つかまつる云々《うんぬん》」と追従気味に褒《ほ》めそやしていた。高明にも気に入られ、高明に付き従う機会が多いが、これが好男子《こうだんし》、美男子の二人として評判になっているとのこと。

ここまで褒められると、父としても苦笑いするしかない。気になるのは太政大臣・藤原忠平についての調査内容だ。

将門人気は京の民衆の間でも高まっているが、貴族たちの間ではその評価は割れている。忠平卿が将門贔屓《びいき》なのに対して、その長男・実頼卿、次男・師輔卿はそれほどでもない。むしろ、彼らは若いころより貞盛殿と親しかったこともあって貞盛殿の上洛《じょうらく》とその報告を重視している。書状はここまで。

「この者、與貞さまより殿に直接お伝えせよと、ご口《こう》上《じょう》を賜《たまわ》っておりますれば」

「うむ、聞こう」

　忠平卿は国司、郡司、地方豪族の多くが私腹を肥やし、これが国家財政に悪影響を及ぼし、百姓への過度な収奪につながっていると、ご立腹の由。律令の立て直しを諦《あきら》め、新たな体制で世を正したい。坂東の国司、郡司、富豪の輩らを誅する軍事力、監視役として将門殿を国司の上位に据える御企《おんくわだ》てもあり。例えば征夷大将軍《せいいたいしょうぐん》、征東大将軍《せいとう》などに似た将軍の称号をもって関東一円の軍事統率者となす。されど、実頼卿、師輔卿のご兄弟は反対。藤氏長者《とうしのちょうじゃ》親子の間でも意見まとまらず、全くの秘密討議事項。なお、京の貴族には将門に官位官職を与えることを嫌う方々が多けれど、忠平卿の権勢の下、物申す人もなし。

「な、何。将門を坂東の新将軍に据《す》えようというのか。忠平卿は」

　秀郷は思わず声を上げたが、韋駄天は顔色を変えず、冷静に報告を締めた。

「これらはむしろ高明卿に漏らされた師輔卿のご懸念とのこと」

　與貞が若い高明を持ち上げ持ち上げ、洗いざらい聞き出した様子が目に浮かぶ。それにしても、お陰で忠平の狙いが初めて見えた。

「ふむう」

　ひと息ついた。

　驚きはしたが、考えてみれば、将門の父・良持も、伯父の国香、良兼も鎮守府《ちんじゅふ》将軍に就いた。叔父・良文も次の鎮守府将軍候補として取りざたされている。平氏は桓武天皇を祖にした皇別氏族。地位に関しては、それほど不思議はないのかもしれない。それでも将門は無位無官。貴族としての出世には順序があろう。

　まず、忠平と将門の間で新将軍の地位に関する密約があったのか。

　将門が上京していた際、帰郷後はわざと負けて、良兼に御厩を襲わせ、処罰理由とする。この程度の提案か示唆《しさ》はあったかもしれない。だが、忠平が将門に、明確になっていない坂東新将軍の地位を約束したとはとても思えない。そんな言質《げんち》を取らせることはあり得ないだろう。将門は忠平の狙いまでは知らないはずである。

　問題は、坂東新将軍なるものが現実的か否か、である。

国家財政を立て直し、民衆の苦境を和らげるには国司らが私腹を肥やす状況を改善すればいい。これは道理。国司の徴税機能は破綻《はたん》しており、国に納めるべき税を自分の懐に入れ、徴税できなかったとして帳簿をごまかし、さらに脱税者からは賄賂を取って見逃す。一方で民衆に重い税負担を強いている。これを正そうとする忠平の改革意欲は理解できる。そして、もし監視役を据えるなら、ある程度の軍事力がなければ実効性もない。秀郷もそうだが、富豪の輩《ともがら》、地方豪族の軍事力は国司の正式軍隊「健児《こんでい》」の兵力を遥かに超えている。将門を使い、坂東で地方制度改革の実験をしようというのか……。

忠平の思惑がほのかに見えてきたが、やはり、坂東の実情を知らぬ「机上の空論」と言わざるを得ない。

将門にその政治力、統治能力があるとは思えない。さらに親戚一同を敵にしたこともあり、よい参謀がいない。側近の人材に欠ける。弟が何人かいるようだが、力量は未知数。民衆を中心とした兵は軍事訓練の場や武器の充実もあり、強兵だが、統率面はまるで不安だ。失うものがない者どもの集まりだけに、戦うときは将門の指示に忠実だが、破壊や略奪を徹底する蛮行に走る。敵を倒すにはいいが、抑止力としては危険極まりない。

秀郷は想像するしかない忠平私案の危険を察知した。しかも実頼、師輔が反対している。容易には決まるまい……。無位無官の将門はますます焦るだろう。

「今は晴れわたり、風も吹いていない。だが、嵐は来ないと誰が言えるだろうか。あすもきょうと同じと言えようか」

荒耳らを前に秀郷は呟いた。不確定要素が多くて思考が先に進まないが〈嵐〉に備えねばならぬ。

将門の焦りを増幅させたのは将門に対する召喚《しょうかん》の使いや将門の罪科を問う使者がたびたび坂東に訪れたことである。

「やはり、貞盛が讒言しおったか」

将門はそのたびに怒りの感情を沸騰させた。無位無官の自身に坂東の国司は誰一人従う姿勢をみせない。いまだに官位官職が得られない。全て貞盛の讒言のせいだ。また武蔵の紛争を調停した際、逃げ出した武蔵介・源経基が「将門謀叛《むほん》」と密告していたことも分かった。全くの偽訴《ぎそ》。これは将門の反論が認められ、経基は誣告《ぶこく》の罪で拘禁された。

「貞盛め、どんな陰謀めぐらせておるのじゃ」

京にとんでもない罠《わな》が仕掛けられている。将門は妄想し、召喚には応じず、文書を送って弁明に努めた。


一方の貞盛。京で旧知の貴族に世話になり、若いときに家人《けにん》として仕《つか》えた藤原忠平や朝廷高官を訪ね、将門の横暴さを説いて回ったが、はかばかしくない。将門を京に召喚する役目まで仰せつかった。

「そうではないのだ」

将門が今さら召喚に応じるわけがない。その使者である貞盛に怒りをぶつけるであろう。

「麿《まろ》が斬られようか」

使者を斬れば、朝廷に歯向かう姿勢を明確にすることになるが、感情が沸騰したときの将門に理性的な判断を求めても無駄である。貞盛にはその恐怖があった。

だが、京を発たねばならない。

帰郷すべきか否か。無論、帰郷し、使者としての役目を果たさねばならないが、踏《ふ》ん切《ぎ》りがつかず、それでも帰郷準備を慌《あわ》ただしく進めていた貞盛は京の辻《つじ》をうろうろし、その辻で遊行僧の一団を目にした。見知った面々である。

目立たぬよう、そっと、その場を立ち去ろうとした。

「定盛法師」

声を掛けられ、貞盛は背中を射抜かれたように、ぎくりとした。

声を掛けてきたのは鹿の皮を革衣として腰に巻き、鹿の角を杖の先端に付けて歩く上人。市の聖である。短い丈の襤褸《ぼろ》きれのような僧衣から棒のような脛《すね》がむき出しとなり、粗末な草履《ぞうり》を履《は》いている。首から提げた鉦《かね》も重そうな痩せ衰えた姿だが、上品な顔立ちはそこらの貴族よりも気品がある。

「わが弟子を名乗りし、定盛法師よ」

「人違いでござろう。そのような者ではあり申さず。そのような者は知らず」

「ではその名、いただいてもよろしいな」

「何のことやら。どうぞご勝手に」

貞盛は逃げるようにその場を立ち去った。

〈9〉将門の配下

天慶二年（九三九年）六月。

貞盛は将門召喚状を持って坂東に下向。その足で秀郷を訪ねた。

「もう嫌です。先日、叔父貴《おじき》・良兼さまも失意のうちに亡くなったとのこと。源護さまもいまだ行方知れず。もはや将門の標的はわが身しかありません。将門の支配する坂東にはわが身の休まる場所などありませんが、将門を説得できなければ、京へ帰ることもできません」

　泣きつかれて仕方なく、将門に使者を送ったが、将門の返事は、

「貞盛自身が出てこい」

　それだけである。

「やはり、将門は麿を殺す気なのです。あのとき……、もしもあのとき、秀郷さまが良正叔父を斬っていなかったら、将門は間違いなく麿を斬っていたのです」

　嫌なことを思い出させてくれた。秀郷自身もその危険を感じて良正を斬ったが、哀《あわ》れな巻き添えである。秀郷の殺人行為の中で最も後味が悪い。

　自暴自棄《じぼうじき》の貞盛を保護するしかない。これは将門を敵に回すことになろうか。かといって厄介払いすることもできない。


　将門・貞盛問題は膠着《こうちゃく》のまま、しばらく時が過ぎた。陸奥守・平維扶《これすけ》が任国へ赴く途中、下野国府に立ち寄ったのはこの年（天慶二年）の一〇月であった。

　維扶は貞盛の旧知の仲。貞盛は下野国庁に飛び込み、維扶に同道を申し出た。

「甚《はなは》だ以《もっ》て可也《かなり》（大いに同感だ）」

　維扶は快諾し、東山道を出発したが……。維扶と馬を並べる貞盛に従者が走り寄ってきた。

「前方に不穏な気配あり」

「何事じゃ。詳しく調べて報告せよ」

　そして程なく、兵が隠れて待ち伏せしているとの報《しら》せ。しかも伏兵は後方にも潜んでいるとか。

「恐らく、将門が手の者」

　いまだに諦めずわが身を追うのか。貞盛はここで維扶と別れた。

「しばし身を隠すゆえ、陸奥守殿（維扶）は何事もないように先に進まれよ」

　大人数では見つかってしまうので従う者も最小限。

　維扶の隊列に貞盛の姿がないと知って将門の軍勢が一斉に東山道に湧き出し、探索を始めた。将門自身も東山道を南下。騒々しさに対応して出動した秀郷と、

国府近くで出会う。将門、秀郷は馬上のまま相対した。

「貞盛を捜しております。匿《かくま》ってはおられんでしょうな」

「いっとき、わが館に立ち寄られたが、今は預《あず》かり知らぬ。だが、執拗《しつよう》に追い掛け回すゆえ貞盛殿は隠れる。見つけていかがするつもりだ」

「貞盛がまず手をつき、平伏して詫びねば、交渉も何も始まらぬ」

「貞盛殿はおぬしに殺されると怯《おび》えておる。それゆえの逃亡」

「そは貞盛の態度次第」

「ここで、この国府で貞盛殿に対して太刀構えたはおぬしぞ」

「あのとき……。藤太兄は見事じゃった。良正叔父は良兼伯父の使い捨ての駒。あの役回りが似合いであった。その良兼伯父も死んだわ。われに逆らった天罰よ」

将門の増長ぶりと酷薄な態度にぞっとした。人格外壁の溶解。怒りのエネルギーの内圧が高まり、性格が変質し始めたか。いつか爆発する。

「若いころは仲のよい従兄弟同士。貞盛殿との友誼《ゆうぎ》を思い出されよ」

「子供のころの話よ。いや、元から貞盛は裏切り癖《へき》のある男。中将御息所《みやすどころ》（忠平の娘、貴子）との件を忠平卿に告げ口したのもやつよ」

昔の話だが、それは明らかに将門に非のある話。貞盛の性格では忠平卿に黙っているわけにもいくまい。

「おぬしには参謀がおらぬ。貞盛殿ならおぬしの足らざるを補《おぎな》ってくれよう」

本気で坂東の頂点に立つつもりなら規則の定め方、軍の統率、朝廷・貴族との交渉など知行の肝要を知る貞盛のような人物も必要であろう。だが、気に障ったのか、将門の顔は怒気の色が露わになった。

「あのような者……。貞盛の居所を知らぬのならもう用はござらん」

将門は踵《きびす》を返し、捜索する部下に加わった。

一方、山中に隠れた貞盛。出るに出られず、行方知れず。維扶は貞盛を見捨て、任国へ向かうしかなかった。

その後も国司の協力を得られない将門は独自に「兵大募集」を続けている。秀郷は荒耳の報告に耳を傾けていた。

「たちの悪い連中が将門の配下に駆け込んでおるようじゃな」

「はっ。国司、郡司の職を放り出した方々から、野盗の類、強盗をはたらく悪人らが続々と……」

まず、皇族出身の未熟な国司、武蔵権守・興世王が任国を出奔《しゅっぽん》、将門を頼った。出奔理由は武蔵守に任用された百済貞連《くだらのさだつら》との不和。武蔵紛争の際、調停に乗り出した将門と盃《さかずき》を交わして打ち解け合ったこともあり、将門も興世王を快く受け入れた。

早くも将門の参謀面《さんぼうづら》をして頭角を現しているとの情報だ。

常陸介・藤原維幾《これちか》の部下であった常陸掾・藤原玄茂《はるもち》も将門の側近に加わった。玄茂は常陸の地方豪族で在庁官人。素性《すじょう》は不明である。

「さらに危険なのは常陸の乱人《らんじん》・藤原玄明《はるあき》さま」

「昔、利仁将軍が仰せられた通り、藤原を名乗る者は多いが……」

「土着受領の末裔《まつえい》なのでしょうが、素性は一切不明の人物でございます」

玄明は霞《かすみ》ケ浦《がうら》沿岸の豪族。海賊行為もしていたのか、「素《もと》より国の為の乱人（危険人物）なり。民の為の毒害なり」と悪評高い。租税を納めず、常陸介・藤原維幾に抵抗。逮捕されそうになると、将門を頼って下総・豊田郡へ逃げ込んだ。その行きがけに常陸国行方《なめがた》、河内両郡の備蓄穀類倉庫を襲った。根っからの悪人なのである。姓名からして玄茂の一族であろう。

そして、将門が玄明を助けたことが、坂東の戦乱を大きく飛躍させた。

天慶二年（九三九年）一一月二一日。驚愕《きょうがく》の報が入ってきた。

「将門殿、常陸国府を襲撃。国司軍を完全殲滅《せんめつ》」

将門、国家への叛逆《はんぎゃく》である。

〈10〉常陸国府炎上

秀郷の館に慌ただしく人馬が出入りする。

時を追って断片的な続報が次々と入り、徐々に状況が見えてきた。

将門は常陸国府に兵一千で出向き、保護した藤原玄明の追捕停止を要求した。あくまで官軍。官位官職こそないが、坂東の戦乱を治める者として武威を示して常陸国司を従わせようとしたのか。

果たして常陸介・藤原維幾の回答は「否《いな》」。脱税、強盗の無法者の赦免は無理である。

そして三千の兵で待ち構えていた。維幾の子息・為《ため》憲《のり》と平貞盛の軍勢である。

「貞盛は常陸国府に逃げ込んでいたのか」

秀郷は驚いたが、さして不思議でもない。為憲の母は高望王（将門、貞盛の祖父）の娘。為憲は将門、貞盛にとって従兄弟になる。将門支配下の坂東で貞盛が頼れる最後の縁者だ。

将門は常陸国司軍に完勝し、国府の印、国倉の鍵を奪った。兵は略奪の限りを尽くしたという。敵将の為憲、貞盛は行方知れず。常陸介・維幾は降伏。

秀郷とともに報告を聞いていた弟・高郷が唸った。

「うむむ……。将門殿は相変わらず強いな。三倍の敵を完膚《かんぷ》なきまでに……。ですが、兄上、これは許しがたい蛮行《ばんこう》。国府を襲い、印鎰《いんやく》（国の印と倉の鍵）を奪うなど朝廷に対する叛意は明確ですぞ」

従兄弟・藤原兼有が続いた。

「これまでの私闘とは趣を全く異とするもの。そして相変わらず、兵の統率が乱れておりますな」

「将門め、貞盛の姿を見て、また逆上したか」


秀郷の口からは平凡な感想しか発せられなかった。

煮詰まった評定（会議）の席。

「佐丸殿が罷《まか》り越しておりますが」

「構わぬ。通せ」

のんびりした性格の従者・佐丸が評議の席に来るとは余程《よほど》のことか。

「恐れながら」

室内に入ってきた佐丸は体型に似合わず俊敏《しゅんびん》な動きでさっと駆け寄り、丸い身体を秀郷のそばに寄せ、耳打ちした。

「鹿島さま、ご危篤《きとく》」

「何」

秀郷は席を立ち、鹿島の屋敷に急行した。

「父上、父上」

寝所に押し入り、臥《ふ》せっている養父に呼びかけたが、返事はない。

近づくと、ようやくか細い声が聞こえた。

「と、の、殿ぉ」

「お命の危険が迫っているわけではありませんが、お身体は随分と弱っております」

薬師《くすし》が説明する。

「何か、よい薬はないのか」

「まずは安静に過ごすことかと」

「そうか」

「すみませぬ。もはや、もはや……」

「父上、しゃべらんでいい」

とはいえ、この緊迫した情勢下、鹿島には意見、助言を聞きたいと思っているが、それはかなわぬようだ。それが秀郷としては何とも心寂しい。そして何よりも養父の身が案じられる。


一方の将門である。

豊田郡鎌輪《かまわ》の宿（茨城県下妻市）に帰り、懊悩悶考《おうのうもんこう》の中にいた。

内から来る怒りの熱は己《おの》を奮い立たせ、こたびも戦勝に導いた。だが、それは自分にも制御できない何者かとも感じる。腕、足、背、胸、腹など五体の皮膚が内からの圧力によって張り裂《さ》けんばかりである。何者とは何か。それは神か鬼か。今、静かに心を落ち着かせると、己が怒りこそ恐ろしい。

鎌輪の宿に連行した常陸介・藤原維幾を軟禁。維幾は国府襲撃時の恐怖体験で汚辱《おじょく》の中にいる。将門が姿を見せると、はいつくばって平伏《へいふく》した。

「将門さまの御慈悲に深く感謝するものであります。愚息・為憲を教導せず、兵乱に及ばせたわが罪を謝し奉《たてまつ》り、将門さまの正義を書面にして、ここに認《したた》めましたので、証《あか》しとして、お改めください」

連行したのは為憲、貞盛の行方を追及するためだが、成果は得られなかった。

「わが手の者に捜させましょうか」

維幾の申し出を表向きは丁重《ていちょう》に謝絶《しゃぜつ》した。

「それには及びません」

維幾を全面的に信用するのは危険。下手に連絡を取られたら捜索が余計に難しくなる。憎き貞盛と、いきなり敵対してきた為憲の行方は気になるが、今はそれよりも今後のわが道を定めねばならぬ。重大事を起こした自覚は十分あった。


今、側近として頼みにしているのは興世王だ。

「一国を討っただけとしても公（朝廷）の咎めは軽くないでしょう。同じことなら坂東を虜掠《りょりゃく》（略奪）し、様子をみましょう」

確かに理屈ではある。国司を敵とし、国衙《こくが》、国府を襲った。朝廷が黙って見過ごすはずがない。いずれ追討の軍が起こされる。それならば、それまでに坂東八カ国を制し、それなりの形を作ってしまえば、朝廷の軍も迂闊《うかつ》に手を出せまい。武力を背景にした交渉の可能性も出てくる。

興世王の進言は将門の心をくすぐった。

〈今その実力と資格があるのはまさに御身《おんみ》・将門公しかおりませぬぞ〉

そう聞こえる甘美な囁《ささや》きだ。

わが身体の内から湧き起こるのは王族の血。己の身体の内側から現れようとしているのは、似て非なる別の人格かもしれぬ。武神であろうか、征服王であろうか。

「将門が思うところもまさにその通りだ。将門は帝（桓武天皇）の三世（高望王）の末葉《まつよう》だ。同じことなら坂東八カ国から始めて、さらに都を望むものだ」

その別人格から発せられた言葉なのか。それとも奥底の心理か。

〈11〉下野国府の惨劇

天慶二年（九三九年）は暮れようとしているが、坂東の騒乱は収まらない。

常陸国府制圧から一カ月も経《た》たぬ一二月一一日、将門軍が動き出した。

兵は数千。短期間に続々と兵が集まり、先月の数倍に膨らんでいた。その中には常陸、下総だけでなく、下野の若者も数多く参加していた。

熱狂の中にいた一人が阿土山城《あどやまじょう》の豪族・安戸《あど》太郎純門《すみかど》。

阿土山は秀郷の拠点のすぐ近くである。

安戸太郎が元々の名乗り。阿土山城主、阿土山の者の意味で安戸太郎であり、同じ「あど」と読む「安戸」と「阿土」の違いは意識したこともない。そして、五十人近く仲間を引き連れ、将門の軍列に加わった。一部隊のリーダーとして「武士らしい名を。それも将門さまみたいな名を」と、〈純門〉と名乗った。将門から一字を譲り受けたわけではない。

「京の貴族が支配する国司など蹴散らせ。将門さまに従おう」

常陸国府襲撃事件を聞き、希望を持った。貴族に替わり、われら地方豪族の時代が来る。そんな夢を見た。

「唐土《もろこし》（中国）には〈革命〉というものがある。民を虐《しいた》げ、贅沢《ぜいたく》な暮らしをしていた貴族どもを倒すため、鄙《ひな》（田舎）から英雄が立ち上がる。英雄が新たな天子、新たな王に迎えられ、新たな政治《まつりごと》が始まる。われらは強い。われらは正義だ」

「おう、おう、おう」

将門の檄《げき》に兵が沸き返り、兵の中からも興奮の叫びが上がる。純門も周りの言葉を大音声で繰り返していた。

「革命だ」

「国司を倒せ、貴族を倒せ」

「おう、おう、おう」

下野国府を一撃。

将門軍の勢いは凄まじい。将は竜のような馬に乗り、雲のように多くの従者を率いていた。鞭《むち》を上げ、蹄《ひづめ》の音を響きわたらせて、まさに万里の山を越えようとする勢い。

新国司・藤原弘雅《ひろまさ》、前国司・大中臣定行《おおなかとみのさだゆき》らは礼拝して将門を迎え、国印と国倉の鍵をささげて跪いた。

全くの無抵抗である。

国司らは俸給も奪われ、京に追い返される。眉《まゆ》をひそめ、涙ながらに追い出されたのである。将門は国司の重要な帳簿も奪った。大計帳《だいけいちょう》（戸籍に関する帳簿）、調帳《ちょうちょう》（調庸などの帳簿）、正税帳《しょうぜいちょう》（田租・正税など地方財政の基本帳簿）、朝集帳《ちょうしゅうちょう》（一年間の地方政治の報告）の四種である。

なりゆきで合戦となり、国庁を壊滅させた先月の常陸国府攻めとは違う。国庁を武力で乗っ取り、行政権限を自らの手に奪取する明確な意図を持った襲撃戦であった。

国府の一件を報告した駒音が秀郷の館を後にしようとすると、秀郷が追ってきた。

「待て、どこへ行く」

「三鴨駅家《みかものうまや》に報せを」

「ならぬ。危険じゃ。国府を襲った軍はそのまま東山道を西に進む」

「されど、三鴨駅家にはわが夫が……」

「急報はわが家の者を遣《つか》わす。だが、もう間に合わぬかもしれん」

馬に乗ろうとする駒音を秀郷は後ろから手をつかんで引き留めた。駒音が強い力でその手を振り解《ほど》こうとすると、後ろから抱き止めた。

駒音は顔を赤くし、小声ながらも強い意思を示した。

「秀郷さま。これは私のこと。夫の危機とあらば何をおいても行かねばなりません」

「いや、捨て置くことはできぬ。行かせることはできぬ。今はここに留まれ」

秀郷の両腕から逃れようともがいた駒音をよりきつく抱きしめた。その力の強さが言葉よりも秀郷の意思を明確に示した。

「おやめください」

「ならぬ。行かせることできぬ」

「行かせてください」

「ならぬ」

「ああ」

動けぬ駒音はついに膝《ひざ》が落ちた。観念してその場にうずくまり、涙に暮れた。

果たして三鴨駅家には雲霞《うんか》の如く、軍が押し寄せたという。


「兄上、将門軍は国府を立ち、東山道を西に向かい始めた。今、出撃せねば、間に合いませぬぞ。早う、お下知《げち》を」

既に軍装整えた高郷とその従者が居館の廊下と庭を埋め尽くす。古参、中堅、若手の武闘派武将も高郷の後ろに並ぶ。

だが、秀郷は出撃命令を出さない。

「今、将門とは戦えぬ。とうてい勝てようか」

「このまま、われらの領地を横断させるのですか。無傷のまま」

「ご舎弟、国司よりの要請もありませぬし、戦う理由もござらん。わが家の得にもなりませぬし、将門の軍は怒濤《どとう》の数千。士気も高く、向かうところ敵なしです」

藤原兼有も高郷を押しとどめた。

「理由がいるのか。わが領地を、わが下野の地を蹂躙《じゅうりん》しておるのじゃ。損得、勝ち負けではなかろう」

「損得、勝ち負けの問題よ。負けて何の意味があろう」

重大事にそぐわない秀郷の言いぶりは高郷を唖然《あぜん》とさせた。

「まさか、まさか……。将門に味方しようというのではありますまいな。兄上」

ぞ」

「二年前、将門に協力せよと申していたのは、おぬし

険悪な空気が渦巻く。ここで兼有が冷静に引き取った。

「この後も下野国内で暴れれば、また考えねばなりませんが、黙って通り過ぎてくれるなら、まずはよろしいのではありませんか」

「何がよろしいのか。いずれ後悔いたしますぞ。後手《ごて》に回ったと」

高郷は憤然と踵を返し、兵たちを退《さ》がらせた。

「あるいは既に後手に回っておる気もするな」

「そうですな」

秀郷の呟きに兼有が力なく応じた。将門の巨大化を止める機を逸し、招いた最悪の事態。内心は屈辱《くつじょく》の傍観《ぼうかん》。だが、打つ手はなかった。

〈12〉新皇即位

西に進んだ将門軍は上野国府も制圧した。印鎰《いんやく》を奪い、上野介・藤原尚範《ひさのり》に護送を付けて京に追い返した。なお、尚範は藤原純友の叔父である。

一二月一九日。将門は上野国庁で「新皇《しんのう》」に即位した。

一人の巫女《みこ》が現れ、「八幡大菩薩《はちまんだいぼさつ》の使いだ」と口走った。

「朕《ちん》(天皇)の位を平将門に授け奉ろう。その位記《いき》は左大臣正二位菅原朝臣《あそん》(道真)の霊魂が表すところで、八幡大菩薩が八万の軍を起こしてお授けいたそう」

従う数千の兵たちの歓呼の声で迎えられた。

「うわぁーっ」

「おおおおーっ」

山をも揺らす轟音《ごうおん》は群衆から発せられたものであった。

新しい帝《みかど》、新皇の即位。

坂東八カ国の独立国家の誕生。まさに〈革命成る〉。その高揚感で満ちていた。この兵の中にいた安戸太郎純門も随喜《ずいき》の涙が溢《あふ》れた。

「おれたちはやったんだ。すごいことをやったんだ。おれたちが立てた王だ。新しい王だ。新皇だ」

叫び続け、魂を揺さぶる感動を得ていた。

無論、正常な感覚なら、この茶番《ちゃばん》を受け入れられるものではない。

「帝王の地位は天が与えるもの。後世の批判もあります。決して皇位に就くべきではありません」

舎弟・将平が諫言《かんげん》。これに対し、将門は激怒。火を噴くように言い放った。

「今の世は必ず勝つ者を主君と仰ぐ。たとえわが国になくとも（多くの事例が）外つ国《とくに》にあるのだ。どうして力をもって国を奪い取らないことがあろうか。戦いに勝とうとする心は漢の高祖《こうそ》の軍をも凌《しの》ぐ。坂東八カ国を領有しているときに朝廷の追討軍が攻めてきたら、足柄《あしがら》、碓氷《うすい》の二関を固め、断乎として坂東を防ぐ。それゆえ、汝《なんじ》らが申すことは全てものごとにういでたらめだ」

内豎《ないじゅ》（近侍）の伊和員経《いわのかずつね》は謹《つつし》んで言上する形で将平をかばった。

「諫言する臣がいれば、主君は道を誤りません。もし、このことを取り入れることができなければ、国家が危うくなりましょう」

これにも将門は一喝。新皇として勅答《ちょくとう》を放射した。

「一度、口に言葉を出せば、駟馬《しば》（四頭立ての馬車）も追いつかない。言葉に出したことは成し遂げないわけにはいかないのだ。計略して決めたことを覆すなど汝らの無分別は甚だしい」

員経は舌を巻き、口をつぐんだ。もはや誰も諫《いさ》めることができない。

身内、側近にも異論があった新皇即位。

そもそも、この巫女は何者なのか。

将門本人、あるいは将門側近が仕組み、身内の女に演じさせた民衆兵誘導の演出なのか。あるいはトランス状態（恍惚《こうこつ》状態）に陥った少女か。

それは分からないとしか言いようがない。

神憑《かみがか》りであり、民衆の声の自然な発露《はつろ》であり、神託が下ったのである。神の意思であり、将門の意思であり、民兵の意思である。仕掛けであろうが、演出であろうが、偶発であろうが、ともかくも将門は新皇に即位した。

本人にとっては茶番ではない。大真剣である。だが、正義感や理想だけで国家建設はできまい。まして本気で国家運営を考えていた者がこの数千人の中に一人としていたのか。将門でさえ具体策を持っていたのか怪しい。あとの元不良官人、盗賊出身者は推《お》して知るべしである。

それでも追い出した坂東の国司の後釜《あとがま》は勝手に任命した。

下野守・平将頼　（将門の弟）
上野守・多治経明《たじのつねあきら》（常羽御厩《いくはのみまや》別当—将門軍部将）
常陸介・藤原玄茂（常陸掾—将門軍部将）
上総介・興世王（武蔵権守—将門側近）
安房守・文屋好立《ぶんやのよしたち》（将門軍部将）
相模《さがみ》守・平将文（将門の弟）
伊豆《いず》守・平将武（将門の弟）
下総守・平将為（将門の弟）

常陸と上総は国守に親王が就く親王任国であるためか、トップを「介」とした。だが、上野も同様に親王任国ではあるが、そこは無視されている。そもそも独立新国家なら朝廷の親王任国ルールは無縁のはずだが、律儀なのか、朝廷への敵意のない表われなのか。武蔵守不在と合わせ、将門の意図は不明である。

弟のうち将平が国守に任じられていない。やはり諫言した影響か。なお、将平を上野介とする系図もある。『将門記』では、左右大臣、納言参議、文武百官、六弁八史を全て決定したとあるが、名前は出てこない。フィクションであろう。なお、暦日博士《れきじつはかせ》は決めなかった。特殊技能者の不在を自覚していたのか。それとも京から有能な陰陽師《おんみょうじ》を迎える意図があり、あえて空席としたか。

将門は坂東一円を巡回した。「新皇巡検」である。印鎰を領掌《りょうしょう》して在庁官人に公務を勤める命令を下した。こうして下総の本拠に戻った。

遠く離れた地に本気で革命を目指す者がいた。

瀬戸内海の軍船の上に立ち、京の方角を眺める藤原純友《すみとも》である。

この時代、言葉として「革命」を理解し、意識した稀有《けう》な日本人かもしれない。将門も民衆兵の前で「革命」を叫んだが、自身の骨身で理解したわけではない。中国からの言葉を借りてきたような新しさ、格好良さに惹《ひ》かれ、「貴族を倒す」に続けてしっくりくる単語として叫んだにすぎない。

一方の純友は日本の政治体制を根底からひっくり返すことを目指している。クーデター、政権奪取の意味合いも含むが、本人の心持ちとしては中国の〈天命革《あらた》まる〉王朝交代に匹敵する激しさをイメージしている。

「恵美押勝《えみのおしかつ》の乱」（七六四年）、「薬子《くすこ》の変」（八一〇年、実質は平城上皇《へいぜい》のクーデター未遂）等々の貴族同士の政争ではない。ただ一つ、純友が参考としているのは天平《てんぴょう》一二年（七四〇年）の「藤原広嗣《ひろつぐ》の乱」だ。広嗣は九州で兵を挙げ、死罪となるが、聖武《しょうむ》天皇は平城京《へいじょう》を離れ、伊賀《いが》、伊勢《いせ》、美濃《みの》、近江《おうみ》と巡り、恭仁《くに》京（京都府木津川《きづがわ》市）、難波《なにわ》京（大阪市）、紫香楽《しがらき》京（滋賀県甲賀《こうか》市）と遷都を繰り返す。平城京に戻ったときは五年も経過していた。時の独裁者・聖武天皇を恐怖させた一撃だった。

やるからにはちまちました政争ではなく、京を恐怖のどん底に突き落とし、貴族たちに時代の変化を知ってもらう政権交代劇でなければならない。

そして自分は失敗しない。過去の叛乱者の如く敗れはしない。

そう確信している純友の耳に、将門が坂東で国府を襲い、新皇を名乗ったとの情報が伝わってきた。京にも坂東にも情勢を探るための偵察の人員を派遣しているし、諸国を歩く商人、修験者《しゅげんじゃ》、傀儡子《くぐつし》（旅芸人）にも銭を与えて情報を得ている。

将門の新皇即位と坂東の国司追放の報はなかなかの痛快事。純友は喝采を上げ、豪快に笑った。

「やりおったか、将門は。わっははははは」

律令制度はもはや保たぬ。いよいよ一つの政治システムが終わる。そのとき、中央貴族は政治の場から退場する。

「よし、日本は変わるぞ。東半分はわが革命派が抑えたも同然」

純友の持つ秀郷への期待は確信に近い。

「藤原秀郷。二度も国司に造反し、そして負けなかった武者《おとこ》。必ず将門に味方する。そういう運命よ」

坂東を制覇した将門。下野の有力者・藤原秀郷、鎮守府将軍に就いた将門の叔父・平良文も味方になるはずだ。秀郷と良文の力で蝦夷《えみし》・俘囚《ふしゅう》の武力もあてにできる。

将門が京へ攻め上れば、呼吸を合わせて東西からの挟み撃ちができる。いよいよ本丸の京へ攻め上る。純友の中ではイメージが既に出来上がっている。

遠くにいながらにして目の前で見たかのように情勢を把握し、急激な事態の変化を楽しむ余裕があった。

〈13〉唐沢山の井戸

「うむむ……」

あまりにも急速な事態の展開についていけないのは秀郷であった。将門の新皇即位の報に唸るしかない。秀郷の居室で角突き合わせ、思案顔なのは従兄弟・兼有、弟・高郷、そして諜報活動の家来・荒耳。

「武蔵守は不在なのか……」

やはり平良文との関係か。すると、将門はいまだに武蔵に根拠地を持つ叔父・良文を味方にしていないのか。それでも敵に回したくないため、あえて空席としたのか。

良文は今、鎮守府将軍に就いている。蝦夷・俘囚を含めた陸奥の大軍が将門を支援するとすれば一大事だが、まさか、朝廷の官職の中でも武門の最高栄誉ともいえる要職を捨て、反逆国家に与《くみ》するはずはない。

「ですが、良文さまは将門さまに同情的と前々から噂されております」

状況を報告した荒耳が懸念を示した。

「うむ、そうだな。だが、出羽の俘囚の叛乱はまだ治まっておらんのだろう？　陸奥の兵も駆り出されたはずじゃ。良文殿はしばらく陸奥から出られぬであろう」

天慶二年（九三九年）、出羽・秋田で俘囚の叛乱があり、陸奥の兵も動員された。

「しかし、朝廷にとっては不気味でしょうな」

兼有は俘囚の叛乱が将門に呼応する可能性も指摘。さらに荒耳が最新情報を報告した。

「西国《さいごく》では藤原を名乗る海賊が備前《びぜん》、播磨《はりま》の国司を襲いましてございます」

瀬戸内海の海賊を従えた藤原純友の乱も本格化。配下の藤原文元《ふみもと》が摂津《せっつ》で備前介、播磨介を襲撃したのが発端となった。

「何？　まことか。いつのことじゃ」

「まさに、将門さまの動きに呼応するように今月起きた事件のようで。事の大きさはいまだ不明でございます。藤原純友さまという貴族が海賊を指揮しているとのことでございますが……」

「何、純友。あの……純友殿か……。ついにやりおったのか」

秀郷は純友が海軍力を強調していたことを思い出す。

「将門だけでなく、北から西から乱ばかり。日本はもはや……」

お終《しま》いだとはさすがに言えず、高郷が嘆く。

「ですが、やはり地方の一豪族が新皇名乗り、八カ国を奪うというのは前代未聞。これほどの大乱はございますまい。恐らく、この後の世でも」

兼有は奥羽、西国よりも坂東の乱は遥かに大きいとの見方を示した。

「前代未聞、空前絶後、ここが震源地というわけじゃな。兼有、高郷。二人は密《ひそ》かに近隣の中小豪族を味方につけ、戦の準備を進めてくれ。今は将門の勢いに圧《お》され、わが方に味方する者も少なかろうが、情勢の変化を注意深く見守ってもらいたい」

「ははっ」

「やはり、将門と決戦ですな。兄上」

「高郷、そう急《せ》くな、急くな。わしはしばらく寝たふりじゃ」

「何ですとっ。寝ている場合ではございませぬぞ、兄上」

「じゃから寝たふりじゃ。将門と今、戦っても大軍に潰されて終わりじゃ。わしが敵か味方か、はっきりせぬうちは将門も攻め寄せぬ。風向きが変わるのを少し待たねばなるまい」

「すなわち時を稼《かせ》ぐのですな」

「そうじゃ兼有。その間にいろいろ備えが必要ぞ。そうだな、いざというときのために唐沢山《からさわやま》に逃げ込めるようにしなければ」

「唐沢山に？　あの山頂に砦《とりで》を築くおつもりですか。なかなかに……」

兼有は驚きを隠さなかった。高郷も同意見。城、砦を築くことは技術的にも期間的にも無理であろうことは秀郷も承知しているが、緊急避難の準備だけは整えたい。

「隠れ家のような小屋、隠れた登り道なり工夫は必要じゃ。それにまず水の確保だ」

小さな小屋掛けなら山の材木を使えばいい。間道《かんどう》の工夫も山を知る者の手で何とかなろう。問題は水の確保。つまり井戸だ。もし数日間でも山中に籠《こも》る場合、不可欠。山頂に井戸を掘れないかという思案である。

難問である。

これは半年以上前から手をつけている。京にいる陸奥御前（冴瑠《さえる》）の伝手《つて》から御前の父・波斯《はし》氏の商人仲間を頼り、井戸掘り名人を呼び寄せた。唐からの渡来人で美濃に住む龍《りゅう》家の龍七、龍八兄弟だ。

龍兄弟によって唐沢山に掘られたのが「車井戸」、「大炒《おおい》の井」である。

二つの井戸は山を登り切った城跡にあり、距離もさほど離れていない。

井戸のできた経緯は地元・佐野の民話として語り継がれている。

龍兄弟は勘に頼るのではなく、地形、岩質、雨量を調べた上で、どこに掘ったらよいか見極め、試し掘りをする。

まず一つは水脈に問題もなく、これは兄弟の技術をもってすれば難しいことではなかった。現在、唐沢山神社社務所裏にある車井戸である。

深さ二十五メートル余。その後、「がんがん井戸」ともいわれた。

問題は山頂である。水脈をどう見つけるか。調査と試し掘りを繰り返したが、半年経っても目処《めど》が立たない。兄・龍七は責任の重さに心身疲れ果て、その姿に弟・龍八も心を痛めた。

「山頂に水脈を導いてくだされば、わが命を差し上げます」

龍八は龍神に願を掛けた。

秋も遅いある夜、珍しい雷雨となり、試し掘りは無残に崩れていた。崩れた赤土の間から水が流れ出ている。

「あれほど掘っても水は湧き出さなかった。大雨のせいだろう」

龍七は気にも留めなかったが、何日経っても湧き水は止まらない。工事を急いだ。

「出たぞ。水脈だ。あったぞ」

「満願《まんがん》だ」

龍八も喜んだ。湧き出し口を大石で囲い、石組を立ち上げて粘土で固めた。

直径四間（八メートル）、周囲七丈五尺（二十五メートル）、深さ五間（九メートル）の大井戸完成。大炒の井である。現在、食い違い虎口《こぐち》から城跡に入ってすぐ、西城（天徳寺丸）の近くにある。

秀郷は大いに喜び、龍兄弟にたくさんの褒美《ほうび》を与え、永住を勧めた。

翌日、大井戸のそばに龍八の草履が並んでいた。龍七は何かを察した。

龍七はその後、秀郷の臣下となり、この地で龍八の冥福《めいふく》を祈った。

もう一つの準備が武具の量産である。

「多くの軍器を素早く造るには鋳物《いもの》がよいらしいな。河内《かわち》に優れた鋳物師《いもじ》（金属鋳造技術者）が多いと聞く。何とか、その技を取り入れられぬか」

「はい。河内鋳物師、丹南《たんなん》鋳物師と呼ばれ、元をたどれば、唐土《もろこし》（中国）からの渡来系の一族のようです。河内は、今は亡き大殿（秀郷の実父・村雄）が受領をお務めになった国。よき伝手もございましょう。また、陸奥御前さまの伝手で波斯さまと取引のある商人がおるかもしれません」

秀郷の要望に荒耳が答える。技術指導者として数人の鋳物師を招く心づもりだ。

「早速、京に居る與貞、陸奥に手配りせよ」

「ははっ」

この年（天慶二年）、河内から五人の鋳物師を金屋寺岡（栃木県足利市寺岡町）に住まわせ、安蘇郡天命《てんみょう》（栃木県佐野市）での鋳物・武具作製にあたらせた。

佐野は、古くより鋳物製造が盛んで、河内国丹南郡（大阪府堺《さかい》市、松原市など）に次ぐ歴史があるが、その天明《てんみょう》鋳物の起源伝説。江戸時代の鋳物師による『湯釜由緒』にも記録されている。

「天慶二年七月河内国丹南郡狭山郷、天命ヨリ、佐野ノ西旗川ノ東岸金屋寺岡ヘ移住シ、其後犬伏宿北裏鋳師ト云處《ところ》ヘ転居シ、此時始メテ土瓶茶釜ナルモノヲ鋳造ス」

なお、「天命」の地名は、江戸時代初期の天和《てんな》年間（一六八一～八四）のころを境に「天明《てんみょう》」と変わる。

河内からの鋳物師移住伝承は全国の産地に共通して残っている。天明鋳物として銘文から遡《さかのぼ》られるのは鎌倉時代後期。千葉県鋸南《きょなん》町の日本寺《にほんじ》の梵鐘《ぼんしょう》は元亨《げんこう》元年（一三二一年）の銘がある。この梵鐘は国指定重要文化財で、高さ一一七・五センチ、口径六二センチ。銘文は「下野州佐野庄堀籠郷応竜山天宝禅寺」と刻まれており、追刻から佐野から鎌倉、そして安房に移されたことが分かる。

丹南鋳物師は、日本各地に先進的な金属鋳造技術を広めた。この後、何世紀も後のことになるが、河内での鋳物製造の中心は、丹南から流通のよい堺周辺へと移り、戦国時代には、堺が鉄砲製造の拠点となる。

〈14〉猿島内裏の会談

「井戸を掘れば、水が湧き出る。だが、わが知恵は何も湧き出ない」

秀郷には対将門戦の戦術、作戦が何もなかった。「父上」と仰ぐ養父・鹿島が病《やまい》に倒れ、助言を求められないのが、まさに痛い。

「このままでは負ける」

寝たふり作戦は功を奏したともいえない。「秀郷が態度を明確にしないならば」と将門の方から真意を確かめる手段を取った。秀郷は招かれるまま将門の営所に向かった。呼びつけられたと言った方がいい。新皇陛下のお召《め》しだと、使者はもっともらしく言上した。

「秀郷を召せ」

新皇陛下が仰せになったという。

「片腹痛し」

道すがら一人、毒づいた。将門幕下《ばくか》には京・朝廷の故実について通じる者もおるまいが、唯一、興世王が皇族出身の知識をもって体裁《ていさい》を飾っているのであろう。

「要らざることを……」

そう思わざるを得ない。

将門は営所も「猿島内裏《さしまだいり》」と名付けている。だが、宮廷の真似《まね》もここまでである。内裏とはいっても長者屋敷と変わらない。門構えも立派だが、東国風。たむろしている連中に貴族風の佇《たたず》まいの者がいるわけもない。

それでも従者は控えの間に留まらせ、「陛下御前に拝謁《はいえつ》できるのは秀郷殿お一人」ともったいつける。無論、太刀などを預け、無腰で広間に待たされた。これが「内謁見《ないえっけん》の間」と称している。笑うに笑えない。

「何、来たか」

将門は髪を梳《す》いていたが、秀郷の来訪が告げられると、急いで広間に向かった。白衣に乱髪の姿であった。

（この大事に何と無作法《ぶさほう》な……。やはり……）

無粋な将門の登場。秀郷は大事をたのむに足らざる、と断じる。

「藤太兄、久しいのう」「ささ、酒肴《しゅこう》を用意してある」

猿島台地を囲むように鵠戸沼《くぐいどぬま》、菅生沼《すがおぬま》、広河《ひろかわ》の江《え》が満々と水をたたえる湖面に突き出た広間から観月の宴を張ったのである。側近たちは別間で酒宴させ、秀郷と将門の対面は、周りに女官だけが残された。しばし風流に酒を酌《く》み交わした。

その後、女官を退がらせ、興世王が入ってきた。いよいよ本題に入るつもりか。

「国を、日本を二人で半分に分けようではないか」

将門がいきなり切り出した。

「本気か。朝廷がそんなことを認めると思うか」

「力よ。力さえあれば、認めたくなくても認めざるを得ぬ。二人で半分に割ることは無理でも、坂東・奥州を新たな国として治めるのよ。藤太兄もこの新しい国に力を貸してくれんか。蝦夷の協力を取り付けてもらいたい。藤太兄と蝦夷が味方になれば、われらの敵などありはせぬ。朝廷がどんな大軍を率いようと負けるはずがありましょうや。わっはっはっは」

こいつの頭は箍《たが》が弛《ゆる》んでいるのか。楽観の度を超えて誇大妄想《こだいもうそう》の域に達している。二の句が継げない秀郷を見下すように将門が続ける。

「藤太兄は東国しか知らんだろうから教えて遣わすわ。旧知の藤原純友だが、今、瀬戸内海で大乱を起こし、京は大騒ぎ。こちらに兵を向ける余裕などないのよ」

将門の参謀面をしている興世王が説明を加える。

「純友は、将門さまは帝王、吾は藤原ゆえに関白などとぬかし……。時を同じくして蜂起することを条件に関白就任の願いはかなえると言ってやりました」

「共同謀議か」

驚く秀郷に将門が答えた。

「新皇親政に関白は不要だがの。純友は東西で兵を挙げ、京を攻めようと誘ってきた。腐敗した貴族ども追い出し、新しい政治《まつりごと》とか言っている誇大妄想家よ」

「東西同時挙兵？　野望のため、坂東の争乱を利用するつもりかもしれんぞ」

「それはこちらも同じ。少しの間、京の注意を引き付けてもらえれば、それでええ。はっはっは。純友は使い捨ての駒よ」

かつては純友に心酔していたふうもあった将門だが、今や歯牙《しが》にもかけないと言わんばかり。

「向こうはおぬしをそう見とるかもしれんぞ」

「新皇陛下の御前で何と無礼な。慎まれよ」

秀郷を責め、詰め寄った興世王を将門が手で制し、鷹揚《おうよう》な態度をみせた。

「藤太兄、何でも言ってもらってかまわん。純友がことはどうでもいい。わしは京を攻めようとは思うておらん。坂東・奥州に民百姓が豊かに暮らせる国を造りたい。東国の夢よ。藤太兄が治めとる下野のような。

下野は国司でなく、実質は藤太兄の国ではござらんか。朝廷からの国司を排除すれば、民はもっと豊かになる。国司と戦った藤太兄なら分かるはずじゃ。われらを抑えられぬと分かれば、太政大臣・忠平卿もきっと認める。この国の、日本の行き詰まり正す策として、将門の東国を認めてくださる」

「そうかの」

「おう、そうともよ」

改革を志向する忠平卿なら、あるいは、その選択肢もあるのか……。

いや、あり得ない。忠平卿はより現実的であり、政治を賭けの対象とするようなことはしない。将門贔屓《びいき》ではあっても朝廷の権威に真っ向から対立する将門のやり方をいずれ斬り捨てる。與貞の報告で将門将軍の構想があったとも想定できるが、それは朝廷の仕組みの中での話。その域を飛び出した将門の国なぞ認めるはずもない。

「ときに将門よ」

新皇への呼び捨てに興世王がまた身を乗り出したが、将門は構わず応じた。

「おうよ」

「民の、百姓たちの心が離れていったらどうする。京の貴族を敵に回し、朝廷を敵に回し、その上、民が離れたら……。国をどう治める。治められるのか」

この直言に将門はにわかに沸騰した。

「藤太兄。いや秀郷。この新皇が下手に出れば、つけ上がりおって。誰に向かって申すか。百姓が離れると申すか。彼らの敵、俗悪な国司らを全て追い出した、この新皇から百姓が離れるわけがない。この新皇、京の朝廷を敵に回していない。敵に回してなぞおらぬわ。何の咎《とが》も受けておらぬ。いずれ朝廷も坂東の新皇を認めるのよ」

その怒声は震え、膝立ちになった将門は腰の太刀に手をかけている。

「無腰のわしを斬るか。斬って国が治められるなら斬ってみよ」

雷鳴が轟《とどろ》く。黒雲が厚くなり、光の差し込まない広間は闇が覆う。

追従者・興世王が叫ぶ。

「新皇陛下、この者、斬って捨てましょう。誰かある、誰かある」

広間に副将格の藤原玄茂をはじめ将門側近武将が駆

け込み、殺気立つ。いずれも盗賊の首魁のような連中。少々着飾っていても顔には素性が表れている。

周りの者の殺気がかえって将門を落ち着かせた。

「まあ、よかろう。せっかくの宴を血で汚しても後味が悪い。だが、本日のいい機会を逃すとは何とも惜しいことをされる。次は降伏勧告しかない。敗軍の将としてわれらの前に跪《ひざまず》く道しか残されておりませぬぞ」

「どこで道が分かれたかの。昔のように戻らんのか」

「今さら、何を言わっしゃる。お齢《とし》を召されたな、藤太兄」

雷鳴と黒雲は秀郷の錯覚か。雲のない夜空は深い紺色に満ちていた。

風流な観月の宴。湖上の満月につがいの雁《かり》が飛落する姿が重なる。秀郷と将門はそれぞれの思いを秘めながら、月と雁を眺めた。


将門と興世王は声を潜《ひそ》めながら、辞去する秀郷の背を見つめた。

「秀郷を、どう思う」

「さて。恐れるには足りませんが、坂東にもしまとまった兵力があるとすれば……」

「秀郷しかおらぬか」

「さよう。念のため探りの者を入れた方がよろしいかと」

「そうか……」


秀郷は態度留保の形にして会談から去ったが、それはまもなく「会談決裂」と解釈されて周囲に伝わった。将門の側近たちは息巻いている。

「秀郷、何するものぞ」

「恐れるに足らず」

「力で従わせるまで」

「いや、一気に踏み潰してしまえ」

将門軍は秀郷を仮想敵としていた。

秀郷も腹は固まった。

「将門とは戦うしかない。決戦じゃ」

あとはどう戦うか。どうすれば勝てるか。このことである。

だが、後悔はある。どうしてこうなってしまったのか。どこで道を違《たが》えたか。

第十章　死闘

〈1〉最高権力者の誤算

「どこで、どう間違ったのか」

　京にも後悔の念に苛《さいな》まれている人物がいる。時の最高政治権力者、摂政太政大臣・藤原忠平《ただひら》である。

「父上、見誤りましたな。将門《まさかど》への対応」

「むむ。討たねばならぬか」

「当然です。もはや致し方ございません」

　忠平次男の権中納言・師輔《もろすけ》が直言すれば、長男の大納言・実頼《さねより》も将門を断罪した。

「新皇《しんのう》を僭称《せんしょう》するなぞ前代未聞。恐らく後の世にも出てこないでしょう。われら藤原家を妬《ねた》み、その地位を脅かさんと企《たくら》む者どもは出てくるやもしれませんが、畏《おそ》れ多くも帝《みかど》を名乗る者は……。あまつさえ東《とう》国《ごく》に別の朝廷を建てるなぞ恐ろしき限り。即刻討ち滅ぼさなければなりません」

「できるかの」

「何を気の弱いことを……」

「わしは最初から思うておった。将門は菅原道真《すがわらのみちざね》公の生まれ変わり。知っとるか、将門は道真公薨去《こうきょ》し年、延喜《えんぎ》三年（九〇三年）の生まれぞ。朝廷をも滅ぼす力を持った怨霊《おんりょう》にもなると……。討伐の軍を出すのはいいが、勝てるのか」

　まさか、途方もない珍説をこの国の政治責任者である父から聞かされるとは。思いも寄らず兄弟は驚いた。そのような迷信を信じるとは父も老いたのか、事態の急変に飲まれてしまっているのか。

「まさか、まさか。将門と道真公とは何の関わりもなきことかと……」

　兄弟は指摘したが、忠平の懸念は、おもむろに西国《さいごく》の反逆者・藤原純友《すみとも》に飛んだ。

「それに瀬戸内《せとうち》で海賊を率いとる藤原純友。知っとるか。将門と純友は比叡山《ひえいざん》でこの京を見下ろし、同時に兵を挙げ、京を攻める談合をしたそうな」

「父上、それこそ途方もなき出任《でまか》せ。二人が同時に京にいたとなれば、いつのことでおじゃりますするか」

「そうじゃ。あの二人、随分と早くから策を練り、機をうかがっていたのであろう。恐ろしや、恐ろしや」

　この比叡山共同謀議はそれこそ純友が流した噂《うわさ》。自らの行動をより大きくみせ、京の恐怖を倍加させようと狙ったものだ。師輔はそうみていた。

「父上はこれまで」

　師輔が指摘する。もう少し冷静に事態を見ていたし、その上で将門に敵を追討する官符《かんぷ》を与えた。坂東《ばんどう》の騒乱を利用し、将門を利用しようとしていた。

　続いて実頼が純友対策に言及。

「純友はとりあえず従五位下《じゅごいのげ》にでも叙《じょ》し、様子をみましょう。わが家の親戚を詐称《さしょう》しておりますが、少なくとも東夷《あずまえびす》ではない。少しの間、貴族にしてやってもいいでしょう」

　実頼の感覚では卑族《ひぞく》の者（貴族以外）に貴族である五位の官位を与えれば、大喜びで矛《ほこ》を収めるに違いない、としか思えない。大いに異例ではあるが、藤原長《なが》良《ら》の孫である良範《よしのり》の養子となっているのは都合がいい。無論、本当に貴族にしてやるつもりはなく、将門の件が決着するまでの足止め策である。東西同時ではかなわぬ。

　忠平の懸念は純友から将門に戻る。思考の混乱が忙しい。

「将門、まさか立て続けに国府を襲うなど思いもよらなかったわ。将門には敵を討てと官符を出してしまっているのじゃ」

　どうすればいいのかと悶絶《もんぜつ》する父に、師輔はさらりと提案した。

「別の官符を出せばいいのです。将門に出した官符の追捕《ついぶ》対象となっていた平貞盛《さだもり》や平公雅《きみまさ》らに官符を出すのです。逆に将門を討つようにと。これでわれらの意思ははっきりと示せましょう」

　師輔の案に実頼が補足。

「東夷《とうい》は東夷をもって討たしめよと申しますからな」

「そのことだがな……」

　忠平は太政大臣の威厳に拘《こだわ》った。

「先年の、将門に出した官符は間違いであったと認めるのか。一人《いちじん》（天皇）の師範であり、四海《しかい》に儀形《ぎけい》（天下の手本）たるべき太政大臣が間違った官符を出したと認めるのか」

　太政大臣は太政官の長官であり、その職務は「師範一人、儀形四海」に続き、「経邦論道、燮理《しょうり》陰陽」と規定される。国家を治め、道理を論じ、自然の運行を調和させる――そんな意味である。具体的な職《しょく》掌《しょう》はなく、道徳的な範を示すのが役目。要は名誉職である。左大臣、右大臣と違い、適任者がいないときは「すなわち闕《か》けよ（欠けよ）」。欠員となる。ゆえに「則闕《そっけつ》の官」とも呼ばれる。

師輔が答える。

「時勢が変わったのです。官符の矛盾を云々《うんぬん》するのは将門しかいないでしょう。将門は討ってしまえばいいのです。死人に口なし。貞盛らは討たれる側から討つ側になるのですから文句を言うはずもないでしょう」

「だが、かまびすしい貴族どもはどうじゃ。京童《きょうわらべ》はどうじゃ」

「坂東に下されし官符なぞ京の一部の者は既に忘れ、そのほかの大部分の者はそんな官符があったことすら知らないでしょう。父上、狼狽《うろた》えますすな」

「師輔。狼狽えてはおらぬ。慌《あわ》ててはおらぬぞ」

「ともかく貞盛らに加えて現地の者、東夷の武者《むさ》を将門にぶつけ、将門が疲れたところに京からの征東将軍の軍をもって討たさしめる。この手立てこそ良策にございましょう。ほかにございますまい。将軍の人選ですが……」

「待て。待て、実頼。現地に誰ぞおるのか。間違いなく将門を討てる者が」

「東夷の武者、必ずしも将門を討てなくてもよいのです。最後に京からの官軍でとどめを刺すまで将門を疲れさせる役割を負ってくれれば。将門討伐に勲功ある者に貴族の位階を授けるとすれば、喜んでわれもわれもと名乗りを挙げましょう」

京からの大軍と現地軍の二本立てで将門を攻める。とりあえず打つ手としてはほかに思いつかない。忠平はこの日、二人の子息に終始、主導権を握られていた。世代交代が迫っているのか。

「父上は以前、下野《しもつけ》の藤原秀郷《ひでさと》を買っておりましたな」

「おお。藤原秀郷。秀郷か。あの者なら将門のこともよう知っておろうし、将門と違って軽率《けいそつ》なところもなさそうじゃ。確か、何か罪を着せられ、弁明に来たのか……。よし、正式に国司の役を与えてしまえ。これで罪人の立場は明確に帳消し。恩を着せて将門に対峙《たいじ》させよ。これはいい作戦。われながら名案」

作戦、名案というほど具体的な案でもないが、秀郷の名を思い出し、忠平の顔に若干生気《せいき》が戻ってきた。さらに最後に自身の知恵も示した。

「そうじゃ、鎮守府《ちんじゅふ》将軍・平良文《よしぶみ》を使おう。二本立てから三本立てだな」

「良文は将門の叔父《おじ》であり、将門の味方かもしれませぬぞ、父上。危険では？」

将門が伯父の平国香《くにか》、良兼《よしかね》ら親類と対立する中、良文は国香や良兼とは一線を画してきた。この点は十分に見極める必要がありそうだ。師輔は注意を喚起する。

「必ずしもそうではない。餌《えさ》が必要だな。良文にはやつなりの役割を与えよう」

たとえ良文が将門の味方だとしても打つ手はある。策謀をめぐらすことがこの老政治家のエネルギーだったのか。俄然《がぜん》、心が戻ってきたかのような顔になった。

「よい。あれがあろう」

「あれとは」

「あれよ」

〈2〉恐怖の蔓延

〈あすにも平将門が攻めてくる〉

〈将門は菅原道真公の生まれ変わり〉

その流言は多くの貴族が口走り、怯《おび》え、本気で信じている。近年の京の厄災は道真の祟《たた》りであり、その極めつけが将門の乱である。

京は今、恐怖に支配されている。

天慶《てんぎょう》三年（九四〇年）が明けて、恐怖の感染が爆発的に広がった。

貴族の中には以前から坂東の情勢を聞き及んでいた者もいたし、天慶二年の年末には坂東騒乱の状況が明らかになった。坂東各国を追われた国司も京に戻り、その恐怖体験も貴族の間で徐々に知られるようになった。汚辱《おじょく》にまみれ、思い出したくもない国府炎上の惨劇。今となっては悪夢だったのか現実だったかのも定かでないが、口にせずには落ち着かない。口にすれば恐怖体験が甦《よみがえ》り、いっそうの不安が募るが、それでも彼らは話してしまう。

体験談は拡大再生産され、噂が噂を呼ぶ。

「焼き尽くされ、踏み潰《つぶ》される」

「その軍勢は雲霞《うんか》の如く。全て食い尽くされる」

貴族といわず、百姓といわず、この恐ろしい話題に触れないわけにはいかない。各人が何か言わずにはいられない。

「なに、先年の応天門《おうてんもん》、清涼殿《せいりょうでん》に比べれば、大したことはなかろう」

応天門炎上は貞観《じょうがん》八年（八六六年）で七十年以上

前。昨日のことのように語り継ぐ者もいるが、体験として知る者はごく限られた高齢者だ。清涼殿落雷事件は延長《えんちょう》八年（九三〇年）、十年前。京の人々がその炎を直接目にし、自身の体験として記憶している事件だ。だが、大軍襲来とは規模が違う。

「遠き坂東の地より大軍が上れるわけがない」

「将門襲来なぞ嘘《うそ》じゃ」

「悠長に構えとる場合か。なぜ嘘と言い切れよう」

「何を暢気《のんき》に……。京に大軍が攻め寄せたこと、かつてない。まさに空前絶後」

強がる声、将門襲来を信じぬ声は次第に小さくなり、かき消された。今や将門襲来の恐怖に怯える態度こそ正しいといった世論が形成された。京の街の雰囲気がそうなった。

この恐怖を誰かの責任にしたい気分もはたらき、他人への攻撃に転化する性質もあった。

「何を根拠に心配ないと言う。世を惑わすつもりか」

批判の矛先《ほこさき》は楽観論者や冷静さを保とうとする意見に向けられ、さらに朝廷の政治を主導する藤原摂関家、すなわち摂政である忠平ら朝廷の首脳陣、あるいは無能で無策な受領《ずりょう》層にも向けられている。

また、「物忌《ものい》み」と称し、家に閉じこもるのが正しい態度とされている。

人々の心が集団で、京の街全体で壊れていく。そんな雰囲気が漂う。

それでも爆発寸前のパニックはかろうじて抑え込まれている。人々に心の安らぎを与え、民衆の心を救っている遊行僧《ゆぎょうそう》がいた。

その僧が信者の一団を従えて京の市《いち》に姿を現すと、どっとどよめきが起き、人々が集まる。

「市《いち》の聖《ひじり》さまじゃ」

「おお。おおおっ」

「おお。市の聖さま」

「お救いくだされ」

「お救いくだされ。お救いくだされ」

遊行僧は「市の聖」と呼ばれている。

その法衣はほとんど襤褸《ぼろ》切れで、汚れた脛《すね》も出し、草履《ぞうり》履《ば》き。鹿の皮の革衣《かわごろも》をまとい、鹿の角《つの》の杖《つえ》をついている。首から鉦《かね》を提げ、鉦をたたくための撞木《しゅもく》を持つ。

天慶元年（九三八年）、突如、京に現れた。それ以降、市に立ち、辻に立つ。

「南無阿弥陀仏《なむあみだぶつ》」を唱え、「念仏を唱えれば救われる」「御仏《みほとけ》を信じなされ」と説く。その分かりやすい教えが民衆の支持を得た。そして今、恐怖が渦巻く京の中で民衆が心の拠《よ》り所としている。民衆だけではない。貴族にも帰依《きえ》する者（信奉者）は多い。

そんな京の状況を、遠い地で聞き及び、苦々しく思っている者がいた。恐怖の蔓延《まんえん》により京の街は内から崩れるはずだったが、もう一歩のところで持ち堪《こた》えている。

「邪魔だわな」

「どうしますか」

「やれや」

市の聖は、この日も市で念仏を唱え、その講話を多くの聴衆が熱心に聴き入っていた。聴衆は聖の後に従って念仏を唱える。

「南無阿弥陀仏」

「南無阿弥陀仏、南無阿弥陀仏」

そのとき。

聴衆の中から一人の男が飛び出した。懐《ふところ》がきらりと光る。短い刃物を手にしていたのだ。その切っ先が真っ直ぐ前を見据え、聖を目掛けて猛然と駆け込んだ。悲鳴が上がる。悲鳴は上がるが、誰も動けない。

「きゃあ」

「聖さま」

「危ない」

男は聖の前で、どうっと前のめりに倒れた。切っ先は聖に届かず、倒れた男の後頭部が聖の足元にある。直前、脚を払われたのである。

「この若武者が」

聖さまを救ったと周りの者が称賛した。若武者は倒れている刺客、暗殺未遂者に覆いかぶさり、刺客の脚を斬った刀の峰で背中を押さえ付け、問いただす。

「誰の命《めい》を受けた？　どこの手の者か」

「ううっ。ううう」

刺客が声を上げたので何か言い出すのかと思い、若武者が押さえていた力を少し弱めると、刺客の男は自らの喉《のど》を突いて絶命した。

「皆さまに救いの道を説いていた拙僧《せっそう》が……。見事に命を救われました。礼を申します」

「いえ。御仏によるお導き。拙者の力などではございません」

「ご謙遜《けんそん》を。見事な武芸でした。まさに一瞬の早業《はやわざ》」

「聖さまに武芸を褒《ほ》められるとは妙な……。しかし、刺客には十分用心せねばなりません。東国より連れてきたわが郎党の者……」

郎党を警護のために差し向けると申し出たが、聖は遠慮した。

「そこまでお手を煩《わずら》わすわけにはまいりません。どうぞご放念を」

「それでは」

家の者、郎党に説法を聞かせたい。板東の武者であり、中には気性の荒い者、落ち着きのない者もいるが、仏の道を知らしめる機会としたい。若武者が申し出ると、聖は頬《ほお》を緩め、苦笑い。歓迎の意思を示さざるを得ない。

「無論、どなたでも。いつでも」

そして齢下《としした》の武者に頭を下げた。

「しくじったか。恒利《つねとし》」

刺客を送った暗殺企図者は瀬戸内海の海上に浮かんでいる。小さな舟の上が陰謀の本拠地である。

「面目《めんぼく》次第もございません」

暗殺企図者の腹心・藤原恒利が答える。

簡単な仕事ほど落とし穴があるということか。送り込んだ刺客の腕は確かで、相手は遊行僧一人。偶然、聴衆の中に腕の立つ若武者が居合わせたとは想定外だ。

「何の。恐怖で人心が崩れたところを攻めるか、京を攻めて人心を崩すか。順序が違っただけじゃ。坊主一人、討ち損じたとて、いかほどのこともあるまい」

「市の聖、確かに京の人々の心を落ち着かせております。聖を討てば、京は……」

間違いなく、パニック状態はもう一段深化した。

「阿鼻叫喚《あびきょうかん》の地獄絵図か。そうなった都の様子も聞いてみたかったが……。いや、この目で見たかったたな」

「さぞや愉快《ゆかい》な光景となったかもしれませんな」

「愉快か。そりゃあいい。はははは」

「愉快は口が滑りました。恒利の失言。ご容赦《ようしゃ》を」

「何の構うもんか。だがしかし、打つ手、打つ手の一手一手が面白いのお。打つ手全てが思い通りいかなくても、次の手を考える新たな楽しみにつながる。何しろ京を攻め、朝廷を攻めておるのだから」

この男、自らを単なる陰謀家だとは思っていない。唐土《もろこし》（中国）に例のある王朝の交替、いわゆる〈革命〉を本朝で、この日本で初めて実現させようと目論《もくろ》む野心家、すなわち革命児を自任している。

藤原純友である。

「と、まあ、先日までなら余裕をかましていられたのだが……」

純友は自信に満ちた表情を一変、顔を曇らせた。

海賊を率いて瀬戸内海を制圧。京の喉元に刃《やいば》を突き付け、今は京の不安を煽《あお》るだけ煽り、革命前夜を演出している。

貴族の屋敷に強盗が押し入り、不審火で屋敷が焼失する。そんな事件が毎夜、京のどこかで起きる。そのたび、今、将門軍が京に侵入したと錯覚し、人がわめき、逃げ惑う。闇の中を恐怖が走る。

見てもいないのに大軍を見たとわめき散らし、駆け出す者がいる。

飛び交う流言飛語、貴族の屋敷の放火、強盗…。純友が送り込んだ秘密工作員や京周辺に住まう旧知の悪人らの仕業《しわざ》である。

海賊だけではない。盗賊、山賊から下級官吏、検非違使《けびいし》の下人、旅芸人、流浪の民まで純友人脈は幅広く、底が深い。純友はその人脈を生かし、縦横無尽に奇手を打つ。

「東から将門、西から純友。京は挟み撃ちにされてしまう」

貴族はそう囁《ささや》き合い、ついに囁きは叫び、わめき、慄《おのの》きに変わり、市中を駆ける。

ここまではだいたい純友の計算通り。

「ところで将門の動きですが……」

純友の腹心、藤原恒利が切り出す。少し思案顔となった。

「おう、それよ」

「殿が先般、ご懸念を示した通り、いまだに西へ兵を動かす気配みせておりませぬ。興世王《おきよのおう》は確かに……」

京を攻めること間違いない。新皇陛下もそのおつもりだ。そう使者に断言した。

昨年暮れ、将門が坂東八カ国を制圧し、新皇を名乗ったとの報に純友も、いよいよ時節到来かと沸き立った。

「あのときは遅れてはならじ、われらもよほど急がねばと、ねじを巻き、いつでも京に攻め入る態勢を整えたが……」

京の不安、恐慌状態が頂点に達したとき、東西から同時に攻める。これが純友の基本作戦である。だから将門の動きは常に注視していたし、使者を往復させている。

「こちらの意向は十分に伝わっていると思っていたが……。肝心の将門が」

作戦の基本要綱を理解していない。純友はそう落胆せざるを得ない。

確かにしばらく、将門とは直接会っていない。だが、政治の腐敗が極まり、国家が崩れそうになったとき、われら正しき志《こころざし》を持つ者が立ち、政治を一新する。この基本姿勢については将門も大いに賛同したはずだ。その認識は完全に一致している。

こう思っていたのだが。

「将門め。何をぐずぐずしておる」

愚痴《ぐち》がこぼれる。さらには大きな懸念が純友の胸中を支配する。結局はこの問題が一番厄介《やっかい》だと思わざるを得ない。

「気がかりは藤原秀郷の動き。やはり将門には味方せぬようじゃ。とんだ見込み違いとなったわ」

「坂東の武者、意外と複雑ですな」

「国司に二度も反抗し、二度とも罪を得ながら刑罰に服することなく通した最強の反逆者がなぜ……。慎重さゆえに事態を見守っておるのかと思ったが……」

秀郷と朝廷中枢、摂関家をはじめ有力貴族とのつながりは強くない。純友はそうみていただけに秀郷の思考経過が理解できない。

「ここに来て、いよいよ腹を固めたと。この情報《しらせ》は間違いないようですな」

「まさか、将門と対決する道を選ぶとは、な」

坂東一円を制した将門の大軍が敗れるとも思えない。その心配はないが、京に攻め上がる時期には影響が出る。

「それにしても、じゃ」

何故《なにゆえ》、藤原秀郷ともあろう者が勝算のない道を選ぶのか。

「あの男に限ってそんなはずはない。勝算のない道を選ぶはずはない」

純友の懸念もここにある。

まさか、計算違いをしているのが自分の方だとしたら……。純友の中でふと疑念が頭をもたげた。

〈3〉安倍晴明

「見事だったね。千晴《ちはる》くん。さすが、藤原秀郷公の御子息だよ」

西洞院大路《にしのとういんおおじ》を北に向かっていた秀郷の長男・藤原千晴は背中に声を掛けられた。

「誰だい、君は」

「失敬。安倍晴明《あべのせいめい》。陰陽師《おんみょうじ》さ」

「陰陽師？」

賀茂忠行《かものただゆき》の弟子。晴明は本来「はるあきら」と読むのではないか。あるいは「はれあきら」か、「はるあき」か。だが、本人は、師匠（賀茂忠行）も「せいめい」と呼んでいるし、その方が格好いいと強調した。若武者・千晴からすると、その口調は何とも気障《きざ》っぽい。

「せいめい、と呼んでくれたまえ」

「せえめえ……？　その安倍晴明……殿が、何か用でござろうか」

「そんな堅苦しい言い方をすることはない。第一、僕は君より齢下さ。それより市の聖さまを救った剣術、電光石火の一撃。見事だったよ」

「そら、どうも……。でも他人さまにはあまり関係のないことさね」

千晴の返事は露骨にぶっきらぼうだった。本来、武芸を褒められることはかなり嬉《うれ》しいが、今は警戒心が相当上回っている。

一方で真逆の心もある。

不快なほど警戒心に満ちているが、千晴は歩きながら横に並んできた晴明を避けようとはしなかった。京に来て、これほど好奇心を刺激される人物に出会ったのは初めてだった。

「ふふ。さすが秀郷公のご子息にふさわしい武芸と、それを言いたかったのさ」

「それそれ。どうして吾《わぬ》の名や父のことを知っているのか。そなたはいったい……」

最初に声を掛けられたとき、ぎくりとした。都大路の往来で見知らぬ青年の口から自分と父の名がいきなり出てきた。用心しないわけにはいかない。

「言ったろ。僕は陰陽師だって」

「陰陽師なら何でも知っているというような口ぶりだな」

「そらそうさ。いや……、種を明かせば、坂東の名将・藤原秀郷公とその長男・千晴くん。知っている人は知っている。それほど驚くことでもないよ」

「驚くよ。父・秀郷の名、京で知っている人はどれほどいようか。ましてや……」

その長男である千晴自身は無名の存在。どううぬぼれてもそれ以上ではない。それくらいは自分でも分かる。

「君は自分が思っている以上に注目されているよ。それは知っておいた方がいい」

「そうかな」

「何しろ、源高明《たかあきら》卿ともに好男子《こうだんし》二人、美男子二人と、えらく評判だからね」

「えっ、何それ？」

またまた不意を突かれた千晴。だが、晴明が好意的な評価を示してくれていることは分かる。

「それより、京の人々は恐怖を大げさに恐れるね。まるで疫病《えきびょう》にうなされているが如くだよ」

「怖いから怖がる。何か変なのかな。将門公のことだろ。京だけじゃない。坂東でも恐れられている。確かに恐ろしい強さだよ」

千晴はこの若く生意気な陰陽師の意図を早合点した。父・秀郷と将門が対決するか否か何がしかの情報を得ようとの取材であろう。

「言いたいのは騒ぎすぎるということだよ。将門、恐れるに足らず、だよ」

「将門公の強さは並みじゃない。京の人は聞いているだけだろうが、坂東では目《ま》の当たりにした人が大勢いるんさ。君はそれが知りたいのかい」

「いや。では、君は将門を見たのかい」

「見たことはない。でも聞いている話は」

将門軍の襲撃に遭《あ》い、体験し、惨状を目撃した人の情報も含まれている。

いずれにしても自分は大した情報は持ち合わせていない。千晴は会話を遮《さえぎ》ろうとしたが、晴明は勝手に結論を示し始めた。

「対決すれば、いや、対決するだろうけど、秀郷公が勝つさ。秀郷公の方が強い」

今度は自分を煽ろうとしているのかな。千晴の警戒心が強まる。

「そうかな」

「そうさ。童のときに秀郷公にお会いした。一目見て武神であることが分かったよ。賀茂先生は気付いておられなかったようだが」

「陰陽師は常の人が見えないものが見えると……、そう言いたいのかい」

「そうさ。将門も強いが、秀郷公とは比べられない」

「そうかな？」

将門よりも秀郷が強いと断言され、千晴としても悪い気はしない。だからといって喜び、感謝する場面でもなさそうで、どういう顔をすればいいか困ってしまった。

「千晴くん。君は思っていることが顔に出るね。正直者ということだろうし、理知的で謙虚で、好ましい人物ということさ。だけど、人のよさを利用されてしまう可能性がある。気を付けることだな」

「変なことを言うね」

「例えば、源高明卿さ」

源高明は醍醐《だいご》天皇の第十皇子。天慶二年（九三九年）、二十六歳の若さで参議に任じられた。この後も順調に昇進する。有職故実《ゆうそくこじつ》（法令や貴族の習慣に関する知識）に通じた有能な公卿《くぎょう》である。

「高明卿との縁はわが家と京をつなぐ上でとても大事なんだ。何を忠告したいか知らないが、おあいにくさま、としか言いようがない」

「だけど、高明卿に野心があれば、藤原と、摂家《せっけ》（摂関家）と必ずぶつかる。そして勝敗は火を見るよりも明らかさ」

「高明卿が負ける。京を追われるというのか」

「そうさ」

「高明卿はそんなに愚かではない。聡明なお方だ」

「今はそうかもしれないね。だが、いずれ地位が上がれば」

藤原氏との対立は避けられない。高明が藤原氏・摂家とぶつかるのは千晴の武力を当てにしてのこと。その点は利用されるだけだ。晴明はこう忠告した。

「君の言い方は少し失礼で不快だな」

千晴は控えめに抗議した。口調は晴明の気障な都会言葉が感染《うつ》っている。

「失敬。でも親身に君のためを思っての忠告だよ。まあ、それが分かるのは遠い将来《さき》のことかもしれないね」

「では、ありがとうと言っておくよ。君の忠告、遠い将来まで覚えておこう」

千晴は別れ際、精いっぱい皮肉を込めて返事をした。

藤原千晴は源高明の屋敷「高松殿」に起臥《きが》している。高松殿は内裏《だいり》にも近い左京の北寄り。西洞院大路と三条坊門小路に面している。高明は後に右京四条に壮麗な豪邸を建て、そこが西宮と呼ばれた。高明自身も西宮左大臣と呼ばれ、有職故実、儀式の書「西宮記《さいきゅうき》」を著す。

千晴は安倍晴明の言葉が気になっている。実は晴明の指摘に思い当たる節がないでもない。時折、高明から漏れる政権批判。二歳ほど下の千晴に対する気安さもあり、高明は他の場面では口外できない本音を千晴にだけ漏らすことがある。

「将門の件にしろ、純友の件にしろ、京の不安が増すのは藤原家の、摂家の政治《まつりごと》を独占する態度、これによる歪《ひず》みが鄙《ひな》（地方）より出てきている、そういうことだと思うんだがな」

「本来の政治は帝を貴族、皇族が支えていく。藤原家もその一翼を担う存在であれば何の問題もないが、何事も藤原家が中心となっている。つまり、主と従が逆転している。これがどうにも問題なわけだ」

こんな愚痴がたまにぽろぽろとこぼれる。それでいて忠平の次男・師輔とは親交が深い。その関係が高明の昇進の後押しにもなっている。

〈4〉将門の書状

「荒耳《あらみみ》か」

「はっ」

気配だけが動いた。音もなく、部屋の隅の暗がりに二人の男が跪《ひざまず》いていた。

秀郷の居館に三畳ほどしかない、極端に狭い書見の間《ま》がある。表向き秀郷以外は入ることが許されていない部屋である。

「まずは韋駄天《いだてん》から報告を」

京にいる與貞《ともさだ》からの情報。それによると、都では諸山の名僧が邪悪を滅ぼす祈禱《きとう》を行い、諸社の神官が悪逆を死滅させる式神を祀《まつ》る。

その報告の中に秀郷にとって懐かしい名を聞いた。浄蔵大徳《じょうぞうだいとく》。大徳は徳の高い僧の尊称。三善清行《みよしのきよつら》の八男にして、若くして名声を得た天台宗《てんだいしゅう》の高僧。比叡山延暦寺《ひえいざんえんりゃくじ》の三塔の一つ、横川《よかわ》の中堂〈首楞厳院《しゅりょうごんいん》〉で将門調伏《ちょうぶく》の祈禱をしているという。浄蔵大徳なれば、霊験あらたかなことはこの上ない。

（浄蔵大徳はなすべきことをなされておる。自分も己《おの》

のなすべきことをなさねばならない)

およそ四半世紀前の記憶。彼《か》の名僧も若いときは道に迷うこともあった。無論、あのときは自分も若かった。そのときの記憶が今の自分を戒《いまし》めている。浄蔵大徳は京の高僧として、自分は武将として、それぞれなすべき役割は定められている。

秀郷が今、思うのはこのことであった。

そして、不安に満ちた京の民衆を落ち着かせている不思議な僧侶もいる。ただ念仏を唱えよ、南無阿弥陀《なむあみだ》仏《ぶつ》と唱えよと訴え、その分かりやすい説法が民衆の支持を得ている。民衆の疑問、相談にも気軽に応じ、気軽に対話し、荒れた土地の修復など実際に困っている百姓がいれば、一緒になって修復作業に汗を流す。

「どこかで聞いたような話だな」

「與貞さまは、あれは確かに下野で出会った阿弥陀聖さまであると」

「まことか」

さらに千晴、與貞に従って京に上った郎党が入れ代わり立ち代わり、その説法を聞きに市に出る。聖の警護も兼ねているという。

「なぜじゃ」

「千晴さまが刺客に襲われし聖さまの危急を救ったこともございますれば。與貞さまは、千晴さまの太刀捌《たちさば》き、まことにあっぱれ、見事なものであったと仰せです」

以来、聖との親交も深まったという。

「な、何。名を聞いておるか」

あのとき、約十年前の出会いでは名を聞かず後悔したことを思い出す。

「はい。空に也で、空也《こうや》とおっしゃる聖さまだとか」

「空に也で、空也《くうや》か」

「こうや、と」

「空に也だから、空也《くうや》であろうよ」

「そうでしょうな。きっと」

しばし思い出に浸りたいところだが、韋駄天の報告は続く。

「摂政太政大臣・藤原忠平卿のもとに将門さまからの書状が届いている由《よし》にございます」

忠平四男で近衛《このえ》少将の師氏《もろうじ》宛てだという。

師氏は兄・師輔(忠平次男)よりも五歳下の二十八歳。少年のころ、将門と馬が合ったようで、将門も弟のように面倒をみていた。既に参議として政権中枢にいる兄・実頼（忠平長男）や師輔らとはだいぶ意見を異にし、純粋に、そして父以上に将門贔屓《びいき》であった。近衛少将でもあり、将門の武神の強さに尊敬の念がある。

　だからといって兄たちと政治的に対立しているわけではないし、将門に反逆の意思はないことを伝えたい思いもある。

　師氏は、将門に同情的だった態度のためか、この後、弟・師尹《もろただ》（忠平五男）や甥《おい》・伊尹《これただ》（師輔嫡男）との出世争いでは後塵《こうじん》を拝することになる。

　與貞によると、将門の書状は、常陸《ひたち》での騒乱について意外と低姿勢で詫《わ》び、これまでの経緯《いきさつ》を説明する上で、貞盛に都合のいい官符が出されただの、朝廷からの褒賞の沙汰《さた》がないだの、やや恨《うら》みがましく述べている。一方で「自分も桓武《かんむ》天皇の子孫であり、半国を領有しても天運ではないと言えましょうか」と開き直っているところもある。論理破綻《はたん》と言わないまでも何が言いたいのかよく分からない。

　それでも私君・忠平に切々と訴える姿勢は伝わってくる。

　與貞がつかんだ内容も要旨を捉えていたが、『将門《しょうもん》記《き》』にはその全容が明らかにされている。だいたい以下の内容である。

　将門が謹《つつし》んで申し上げます。教えをいただかなくなって多くの歳月が過ぎました。

　さて、先年、源護《まもる》らの愁訴状《しゅうそじょう》によって将門をお召しになりました。すぐさま上京し、「将門のことは既に恩赦《おんしゃ》に浴す。従って即刻帰してつかわす」ということで既に帰着を済ませました。その後は戦いのことをすっかり忘れて弓弦を緩めて安らかに過ごしておりました。

　そうしている間に前下総介《しもうさのすけ》（実際には上総介《かずさのすけ》）・平良兼が数千の兵を興し、将門を襲撃してきました。背走することもできず、良兼のために人を殺傷され、物を奪い取られたことを詳しく下総国の解文《げぶみ》に記し、朝廷に言上しました。この時に朝廷は諸国が勢力を合わせて良兼らを追捕せよという官符を下されて事が決着しました。ところが、今度は将門らを召喚する使いを下されました。上京せず、官使の英保純行《あなほのともゆき》らに託して詳しく事由を言上するにとどめました。

（ところが）まだ裁定の報告をいただかず、気分が塞《ふさ》いでいるうちに今年の夏、平貞盛が将門を召喚する内容の官符を手にして常陸国に至りました。そのために（常陸の）国司が文書を将門に送って来ました。貞盛は追捕を逃れて、こっそり上京した者であります。朝廷では捕らえて事由を糺《ただ》さなければならないはずです。それなのに（貞盛に）好都合な官符を下されました。これはうわべを飾り、偽《いつわ》られたものに他なりません。

常陸介藤原維幾《これちか》の息男為憲《ためのり》は、ひとえに公の威力を借りて全く無実の者を罪に陥《おとしい》れるのを好んでおりました。この時、将門の従兵藤原玄明《はるあき》の愁訴によって将門はその事情を聞こうとして、あの国（常陸）に出向きました。ところが、為憲と貞盛は三千余の兵を率いて戦いを挑んでまいりました。そこで将門は士卒を励まし、士気を奮い起こし、為憲の軍兵を討滅したのであります。

一国（常陸国）を領有する間に死亡した者がどのくらいいたのかは分かりません。生き残った民は全て将門が捕らえました。介維幾は息男の為憲を教導もせず、兵乱に及ばせた罪を認め、過失を詫びる書状を記し、落着しました。将門は本意ではなかったにせよ、一国を討滅してしまいました。その罪は軽くなく、百国を滅ぼしたのと同じぐらいの重罪でありましょう。

この件により、朝廷の評議（の動向）を伺っている間、しばらく坂東の諸国を押領しておりました。

謹んでわが父祖以来の系譜を考えてみますと、将門は柏原帝王《かしわばら》（桓武天皇）の五代の孫であります。半国を領するとしても、どうして天運でないと言えましょうか。昔から武力で天下を取った者は史書に見えるところです。将門が天から授《さず》かったものは全て武力によるものです。考えてみますと、同輩の中で誰が将門に比べられましょうか。しかしながら朝廷には褒賞するお沙汰《さた》もなく、しばしば過ちを糺す官符を下されたのであります。わが身を省《かえり》みますと、恥が多く、何とも面目がございませんが、このことをご推察いただければ、甚《はなは》だ幸いであります。

将門は少年の時、名簿《みょうぶ》を太政大臣の大殿に差し出してから数十年になります。その太政大臣が摂政の時代に、思いがけなくも、こうした事件を起こしてしまいました。嘆かわしい思いの極みで、言葉に表して申し上げることができません。将門は国を傾けようとする謀略に手を染めましたけれども、どうして旧主である貴台さまを忘れましょうか。かりそめにもこの心をご賢察《けんさつ》くださいますならば、幸甚《こうじん》でございます。この一つの思いが万事を貫いているのであります。

　将門が謹んで申し上げます。

　天慶二年十二月十五日

　　謹々上　大政大殿少将閣賀　恩下

『将門記』にある「大政大殿少将閣賀」は「太政大臣少将閣下」と記すべきであろうか。太政大臣・忠平と左少将・師氏の二人に宛てた。師氏を介して忠平に呈した書状とみるべきか。

〈5〉兵の蛮行

　将門は常陸に五千の兵を出し、逃亡中の平貞盛、藤原為憲を捜索していた。

　そして、吉田郡蒜間《ひるま》の江（茨城県茨城町の涸沼《ひぬま》）辺りで、貞盛の妻と源扶《たすく》の妻が、多治経明《たじのつねあき》、坂上遂《さかのうえのかつ》高《たか》らの兵に捕捉された。それぞれ従っていた侍女たちも幾人かいた。全員が兵たちの乱暴でどうしようもない状態に遭った。特に貞盛の妻は身包《みぐる》み剝《は》がされ、悲惨極まる姿だったという。溢《あふ》れる涙が顔面の白粉《おしろい》を流した。

　将門は貞盛の妻らを拘束《こうそく》せず、解放した。そのとき、和歌を詠《よ》み交わした。

　将門

　よそにても風の便《たより》に吾ぞ問ふ枝離れたる花の宿を

　（よその離れた場所にいても、香りを運んでくる風の便りで、枝を離れた花のありかが分かるように、あなたの夫の居場所は分かるのだが、あえて尋ねてみたい。あなたから離れた夫の宿り場所を）

「夫と離れたあなたの身の上を案じています」と、優しく言葉を掛けつつ、「あなたのもとには、遠く離れた夫から便りがあるのでしょう、話しなさい」と、貞盛の妻の行方を聞き出そうとする意味を込めている。

貞盛妻
よそにても花の匂の散り来れば我身わびしとおもほえぬかな
（夫と離れた所にいても、花の香りのようなあなたの恩情が伝わりますので、わが身をわびしいとは思いませんよ）
将門の心配とともに、貞盛の在所を問う将門の要請を軽くいなしたのである。
源扶妻
花散りし我身も成らず吹く風は心もあはきものにざりける
（花が散るような無残な目に遭ったわが身は、もう実をつけることもなく、どうにもならない。吹く風に心もみじめなこと、世間の風はいっそう、つらくさびしいのですよ）
今回の兵たちの乱暴に加え、夫を討った将門に対する恨みが込められていると解釈すべきか。
将門は、貞盛、扶の妻らの捕捉を聞き、兵の乱暴を避けるための新皇として勅命を下したが、遅きに失した。そして、この期《ご》に及んで、被害者と和歌を交換し、言葉をもて遊びながら貞盛の捜索に拘っていた。
将門は兵たちの蛮行を止めようとした。将門の配下は盗賊、ならず者も多い。自らの欲求のまま人の財物を奪い、女とみれば襲う連中。この不祥事で将門ばかりを責めるのは酷で、多少同情の余地もあるとの見方もできる。
だが、将門が本来なすべきは配下全軍の規律を立て、善悪を明確にし、兵たちの狼藉《ろうぜき》を未然に防ぐ仕組みを立てておくことだった。
実際には、将門軍には規律も倫理観も浸透していない。ましてや坂東の治世には手の付けようもないのだろう。戦乱で荒廃させた土地の復興は急務であるはずだが、将門配下で任命された新国司も機能していない。将門の東国新国家は早晩瓦解《がかい》する。政権が機能していない無政府状態であり、これは当然である。
秀郷は弟・高郷、従兄弟・兼有《かねあり》らに軍勢の準備を進めるよう指示した。
「なるほど時を待ったかいがありましたな。新皇・将門の新朝廷やらが崩れるまで、しばし時を稼ぎましょうか」

兼有の提案に秀郷はこれまでよりも前のめりの姿勢を示した。

「それでは、いよいよ坂東全土が荒廃してしまう。崩れ始めたときが狙い目。一気に雌雄《しゆう》を決しなければならぬ」

続いて高郷も指摘。

「今回の事件をみても、多治経明、坂上遂高は兵の統率も取れぬとみえますな」

「無論、弱兵からたたくが上策。そして大軍なれば、軍糧の問題も出てこよう。国境《くにざか》いを固め、他国の倉に手を出させないようにすべきであろう。食糧不足となれば、兵が離れていく可能性もある」

そして貞盛や為憲の行方を追わねばならないのは将門だけではない。当主逃亡で四散している軍勢を味方にするためにも彼らの所在を突き止めたい。

「周囲の国々よりともに立っていただく武者も募らねば。こちらも貞盛殿、為憲殿を捜さねばならぬな」

「戦《いくさ》の準備ですな」

高郷が沸き立つ。早急に手を付けねばならぬことは多そうだ。


方針が固まり、いよいよ決戦間近の空気が満ちる中、秀郷は光徳寺《こうとくじ》を参詣した。

「光徳坊。将門の常陸国府襲撃を見聞きしたと聞くが」

「はい。無残な光景であったと……。その前後の経緯も人々に聞くにつけ、地獄のような……。まことに憐《あわ》れむべきこと、悲しむべきことです」

「やはり一刻も早く、村々の平和取り戻さねば、と思うが」

「まことごもっとも。将門さまの治め、全くうまくいっていません。民百姓を国司の苛政《かせい》から救い、解放したと言いますが、その後は荒れ果てたままに任せ、百姓の暮らし顧《かえり》みない悪政かと存じます」

「それは早く正さねばならぬと思うか」

「無論」

「では、やはり、わしが将門を討たねばならぬか」

「もはや猶予《ゆうよ》はない。そう申し上げるべきでしょうか」

「では、やはり、わしが将門を討つ」

「おおっ。御殿《おんとの》……」

「無論、兵を挙げるまで秘中の秘。民人《たみびと》の心中、穏やかならずもしばらくは耐えてもらわねばならぬ。乱を長引かせるは本意でない。一気に勝敗を決める戦いでなければ、また地が荒れる」

「心得ております」

「そこで、だ」

「はい」

「先の常陸国府の件、あらましを書き物にしてくれぬか」

「え？　拙僧が、ですか」

「そうだ。そして、常陸の寺々の僧侶どもに書写させよ」

「…………」

光徳は落ち着いた表情ではあったが、直ちには承知できぬ思いがにじみ出る。秀郷の趣旨を察した。常陸国境い周辺で厭戦《えんせん》気分を広げ、民衆の離反を誘い、将門軍の兵たちの離反を誘う意図を汲《く》み取った。卑劣《ひれつ》な怪文書作戦である。

「乱を早く終わらせるためだ」

「その思いは拙僧も同じなのですが……」

「民人を、百姓を、そして将門軍の兵たちを今の苦境から救うためじゃ。そのためなら、手段が卑劣なのか正々堂々なのかは問わぬ。わしの名誉なぞは小さなことだ」

光徳を強引に承諾させ、秀郷は寺を後にした。

「もうすぐ田おこし、荒田打ちの季節だな」

秀郷の居館の大広間が軍議の場になっている。弟・高郷、従兄弟で重臣筆頭の兼有らが顔を揃《そろ》えている。春に稲作を始める前に田地を耕さす。それが田おこし、荒田打ちである。

常陸との国境い付近の富豪、農民らに荒田打ちをさせ、大々的にその人員募集をさせよう。秀郷はこう言い始めた。

「それが戦と何の関係が？」

「高郷、分からぬか」

「ご舎弟さま。御殿《おんとの》は将門軍の離反をもう一押し進めようという腹なのですよ」

「さすが、兼有」

雑草生い茂る地を耕し、田に戻す荒田打ちという作業はかなりの重労働で、広い田地を持つ有力農民や富豪は労働力を確保するため、作業にあたる農民に魚酒を提供する。将門軍の農民兵を餌《えさ》で釣ろうという狙いだ。

「なかなか……」

「卑劣な手段と思うか。高郷」

兵の離反を誘導する企み。怪文書作戦にしろ、効果のほどは窺い知れないが、今この時期なら多少の効果も見込める。やっておいて悪くはない。

「そうは申しませんが、迂遠《うえん》というか……、何とも……」

間怠《まだる》っこしいと、高郷は言いたかったが、その単語は飲み込んだ。

「一手一手よ。もはや猶予はないと思っておる。だが手順は踏んでしくはなかろう」


実際、将門軍では民衆兵、農民兵の離反が進んでいた。

安戸《あど》太郎純門《すみかど》は迷いの中にいた。一時期の勢い、格好良さから将門軍に従軍したが、将門軍の無軌道ぶり、将門の側近面《そっきんづら》して威張《いば》っている強盗の類《たぐい》にしか見えない連中に嫌気が差し、熱は冷めている。

何より不安なのは新皇・将門の下、下野守に任じられた平将頼の一行が下野国府に入った様子がない。入ったとたん秀郷軍に囲まれるはずだし、国衙《こくが》は焼け落ちているから、当然といえば当然だが、将門派の純門はこの地で孤立無援である。配下の将兵からはこのまま将門軍に属したままでいいのか、という声は出ており、地元農民からも不安と今後の姿勢を問う声は出ている。

「このままでは昨秋、納めた田祖《たそ》は取られ損」

盗賊のような連中が居並ぶ将門の新政府。恐らく取られた田祖に見合う治政も期待できまい。しかも、国司不在の下野は混乱しているのかといえば、農民は前年と変わりなく、穏やかに暮らしている。純門が周辺を見渡すかぎり、農民たちは秀郷の威光の下、その配下の村長《むらおさ》、長者、中小豪族らに従い、春の種蒔《たねま》きの準備などを粛々と進めている。国府焼き討ちの大混乱から脱している。

純門も心の奥底に後悔の念があったが、それは認めたくない。意地がある。

居城・阿土《あど》山城《やまじょう》は秀郷の本拠地からあまりにも近い。配下の兵は五十人程度。きょう秀郷本隊が攻めてくれば、あすはない。

そして、まさに、きょう秀郷軍が山を囲み、小さな城が立つ山頂に向け、兵を進めているとの報告が上がった。城といっても秀郷の居館より小さな屋敷を塀と濠《ほり》で囲んだだけのものである。

「意地を通すべきときが来たか。華々しく散るなら、今後、思い煩《わずら》うこともない」

大軍を前に一人、前に進み出た。

そして胸を張り、大音声《だいおんじょう》で叫んだ。

「わが首欲しくば、秀郷殿と一騎打ちにてお相手いたそう」

秀郷の家来はげらげらと笑う。

「小さな山城の若い主《ぬし》が申すことよ」

あからさまに馬鹿にした態度だ。

だが、秀郷は単騎で前に出てきた。馬から降りて、太刀を抜いた。

「よかろう」

そして、全軍を下がらせた。

「殿、おやめくだされ」

「このような小物《こもの》相手に何とご酔狂《すいきょう》な」

秀郷の配下が口々に言い、止めに入った。

「このような者を討つには罪人で足ります」

こう申す者までいた。楚《そ》の項羽《こうう》に一騎打ちを挑まれた漢の劉邦《りゅうほう》がこう言って、取り合わなかった話を譬《たと》えに諫《いさ》めたのである。一千年以上前の中国の話である。だが、秀郷は「手出し無用」と、逆に忠臣の言を取り合わなかった。

「秀郷さま、正々堂々の勝負。この安戸太郎純門、感謝申し上げます」

純門は若者らしく視線を真っ直ぐ向けて太刀を構える。

太刀を構えたて睨《にら》み合った。

秀郷は構えたまま、じっと動かない。寸分の隙《すき》もない構えである。

間が持たず、たまらず打ちかけた純門の太刀を秀郷がしっかり受け止め、払った。

さらに激しい太刀の打ち合い。そして両者の太刀が押し合う。純門は懸命に踏ん張った。年寄《としより》と思った秀郷の力が意外と強い。

それでも、いける、押し切れると手応えを感じた。その瞬間、純門は次の展開を考えた。そこに心の隙があった。

「あっ」

純門はバランスを崩し、一気に押し返され、そのまま地に転げた。顔を上げると、目の前に剣先があった。

勝負あった。

純門はその場で胡坐《あぐら》をかいた。

「約束じゃ。さあ、首を取ってくれ。煮るなり焼くなりご随意《ずいい》じゃ。その代わり神妙にしていた配下の者どもの命、救ってくれ」

「おぬしの命は取らぬ。純門」

「なぜじゃ」

「純門。そちは地元の大事な若者。その命わしに取れようか。わしに仕えよ。そしてその度胸でわしとともに戦え」

秀郷は勝負を挑まれた時点でこの若者は敵ではないとの思いを持った。

「ううう」

純門は嗚咽《おえつ》した。

「秀郷さま。このご恩、忘れませぬ。秀郷さま、ううう」

〈6〉逃げてきた女官

純門が秀郷配下になった直後、緊張が高まる国境い近くで警備していた純門の郎党が女官を保護した。

純門の兵は女官を追ってきた将門の下人らしき連中を追っ払った。


純門が報告に参上。

「これが、若く、たいへん美しい。なかなかの美女でございます」

まず、言ったのが女官の容姿について。

「そうか」

秀郷は満足気に頷《うなず》くが、明らかに次の言葉を待っている。

「ええと、髪は黒くて艶やかで長く、目鼻もぱちりとして、受領さまの令嬢のような京風とはいえませんが、むしろ、その、美しさとかわいらしさが相まって……」

「そうか」

「将門さまの営所から逃れてきた、将門さまの手の者に追われていたと申しておるのですが……」

これこそ、まず伝えるべき事柄であろう。

「何。まことか。よし、会おう」

女は小宰相《こさいしょう》といった。将門の愛妾《あいしょう》だったという。かすり傷を負っているが、大事はなさそうだ。引見した秀郷はそのまま小宰相をそばに置いた。表向き世話係としているが、将門陣営の秘密を聞き出そうというのであろう。周囲はそう解釈した。

だが、実際は愛妾のようにしていると囁《ささや》く側近もいる。

「将門さまは」

秀郷の閨《ねや》で小宰相は重大情報をもたらした。

「その身は鉄で矢も矛も通すことができません」

「七つの分身があり、本物と見分けがつきません」

「その秘密を知ってしまい、恐ろしくなって逃げてきました」

秀郷はいちいち驚き、「そうなのか、そうなのか」と熱心に聴き入った。

「よくぞ打ち明けてくれた。本当に重要な諜報《ちょうほう》じゃ」

小宰相をますます大切に扱い、いつもそばに置く。

純門は同輩にぼやいていた。

「小宰相さまはたいへんな美女でのう。行きがかり上、わしが世話してもいいと言うたのじゃが、殿がご執心《しゅうしん》で手放さないご様子。何とも、何とも……」

秀郷配下も兵の間で噂が回る。

「殿は大丈夫かのう。すっかり気が抜けてしまわれたようだが」

「小宰相さまのことよのう」

「あちこち連れて歩いておるとのこと。戦の準備は大丈夫なのかのう」

確かに秀郷は緊張感のない行動を続けていた。愛妾・小宰相を連れて周辺各地に神社を勧請《かんじょう》（神の分霊を他所から移して祀る）したり、戦勝祈願をしたりしている。

居館には戦勝を祈願し、春日岡山惣宗寺《そうしゅうじ》を開基。後のことだが、江戸時代初め、この場所に佐野《さの》城が築かれ、寺は街中の現在地（栃木県佐野市金井上町）に移された。佐野厄《やく》除《よ》け大師の通称で知られる。

秀郷創建・勧請の縁起がある神社は、今宮神社（佐野市仙波町）、箱石神社（佐野市豊代町）、大鹿神社（佐野市船津川町）、一瓶塚《いっぺいづか》稲荷神社（佐野市田沼町）、関東五社稲荷神社（佐野市大栗町）など多数ある。露《つゆ》垂根《しね》神社（佐野市富士町）は唐沢山への南登り口にある。佐野市田沼地区（旧田沼町）の旗川沿いには、三騎神社（佐野市船越町）、上宮神社（佐野市船越町）があり、上流の山奥にも蓬萊山《ほうらいさん》神社（佐野市作原町）がある。

さらには、安房《あわ》神社（栃木県小山《おやま》市粟宮）、須賀神社（小山市宮本町）、網戸《あじと》神社（小山市網戸）などなど。東矢《とうや》神社（小山市大本）では坂上田村麻呂《さかのうえのたむらまろ》夫人あげや姫の安産伝説を聞き、めでたいと喜んだ。東箭《とうや》神社（小山市南小林）は後に秀郷の子孫、小山義政《よしまさ》が秀郷の矢を奉納した。

間々田八幡宮《ままだはちまんぐう》（小山市間々田）で戦勝後、神田を奉納し、「飯田《まんまだ》」がこの一帯、間々田の地名の由来となった。また、秀郷の例に倣《なら》って後年、戦勝祈願した源頼朝《よりとも》による「頼朝手植えの松」で知られる。

大川島神社（小山市大川島）を勧請した際は約二十メートル離れた的を狙って弓を引き、吉凶を占った。同社での二月の行事「弓引き祭」として伝承されている。

信濃・諏訪《すわ》神社に戦勝祈願をしたいと言い、人をやって祈禱料を収め、近辺で最も小さい山、磯山に諏訪神社（栃木市大平町真弓）を勧請した。

鹿沼《かぬま》の日吉神社（栃木県鹿沼市下南摩町）は承平五年（九三五年）に将門討伐を祈願し、討伐翌年の天慶四年（九四一年）創建と伝わる。承平五年の祈願は腑《ふ》に落ちぬところではあるが、秀郷は周辺二十七カ所に神社を建てると誓った。

承平、天慶年間の創建、将門討伐の祈願を縁起とする神社が多い。創建時期不詳の社もある。将門の乱に関係なく、支配領域の拡大に伴う創建もあるかもしれない。中には秀郷創建の伝承がぼやけてしまっている神社もある。

佐野市を中心に現在の栃木県南部に集中しているのは秀郷の支配領域からすれば当然だが、栃木県北部にも、嶽山箒根《たけさんほうきね》神社（栃木県那須塩原《なすしおばら》市宇都野）、木幡神社（栃木県矢板《やいた》市木幡）、湯泉《ゆせん》神社（栃木県那須町芦野）などに戦勝祈願の伝承がある。

また、間々田八幡宮のほかにも八幡宮での祈願、勧請の伝承は多い。八幡宮（佐野市堀米町）。白鳥八幡宮（小山市白鳥）では鬼の面に矢を放ち、悪霊を追い払う「鬼面射弓《きめんしゃきゅう》」を含めた古式祭礼が二月に行われる。

八幡宮は武神・八幡神を祀る。八幡神は応神《おうじん》天皇・誉田別命《ほんだわけのみこと》。後に清和《せいわ》源氏の氏神として全国各地に勧請され、源義家《よしいえ》が石清水《いわしみず》八幡宮（京都府八幡《やわた》市）で元服し、「八幡太郎義家」を名乗るなど源氏との結びつきが強調された。だが、元々、「弓矢八幡」と武家の崇敬《すうけい》を集めており、源氏の専売特許でもない。

一方の将門陣営も戦闘準備に余念がない。だが、全て順調、思惑通りというわけでもない。

まずは叔父の平良文。いまだ旗幟《きし》鮮明ならず。以前から将門に同情的、好意的であるが、源護派との内紛では期待した援軍は送ってこなかった。

源護を警戒する姿勢は将門の父・平良持と同一で、鎮守府将軍就任には「良持兄の武勇を受け継ぎ、名誉この上なし」と喜んでいた。

こたびは新皇の坂東新国家参画を要請しているが、返事がない。将門の次女・春姫（滝夜叉《たきやしゃ》姫の妹）が良文の子息・村岡次郎忠良《ただよし》に嫁いでおり、結びつきは強いが、明確な返答がない。

将門はやや焦りの色をみせる。

「良文叔父はどうお考えなのじゃ」

「敵ではないようですが、肝心なところで兵が出ぬでは、いけませせぬな。一つ、脅しをかけてみますか」

「どうするのじゃ」

「新皇陛下の軍一万、陸奥を攻めると風説を流してみましょう」

興世王《おきよのおう》は彼の得意技である小賢《こざか》しい手段を提案する。

「逆効果にならんか」

将門の心配は当然である。

「お任せを」

興世王は秀郷についても報告した。

「秀郷殿は最近、周辺の神社仏閣で盛んに戦勝祈願を繰り返しております。もはや自分には兵集まらぬ、神頼みしかないとのぼやきも出ているようで」

「それだけかな」

「新皇陛下には何かご懸念でも」

「戦勝祈願だ、祈禱だと称して、地の利を見て回っておるのではないか」

「そうでしょうか。神官や住職との会話、なかなか緊張感の乏しい、緩やかな話題のようですが」

「ううむ」

「ですが、ご懸念には及びません。秀郷殿、戦場《いくさば》には出て来られぬやもしれませぬ。いや、出て来られぬようにいたします」

「何？　どういう意味じゃ」

「最近、酒などに混ぜやすい毒を入手いたしまして……」

「毒殺すると申すか」

「御意《ぎょい》にござります」

「それはならぬ。そんな卑怯《ひきょう》な真似《まね》はできぬ」

「ですが、新皇陛下……。こんな機会はなかなか……」

「駄目じゃ、そりゃ。そりゃ、駄目じゃ」

「…………」

「わしは、いや、余《よ》は、朕《ちん》は秀郷と戦いたい。敵情を探るのはよい。勝つためには手段も選ばぬ。だが、毒殺は卑怯じゃ。戦場で相対せねばならぬ。そのために探りを入れ、いろいろと勝つ工夫をしているのであろう」

「ははぁっ」

興世王は、居住まいを正して畏《かしこ》まり、額を床につけた。

だが、興世王は方針を変えない。武人ではない興世王にとって戦場で倒すのと暗殺との違いが分からない。敵を倒すのはより確実で、より簡単な方がいいに決まっている。そうとしか考えられない。

（これだから武者《むさ》は面倒じゃ。新皇は甘いわ。やらねばやられる。それだけのことなのだが……）

チャンスは生かさねばならぬ。

〈7〉押領使任命

天慶三年（九四〇年）正月。この月はいろいろ動きが慌ただしく、話は多少前後する。

「将門さまを追討せよと、京より命令が下されました」

栃栗毛《とちくりげ》の良馬に騎乗した駒音《こまね》が秀郷の居館に飛び込み、その第一報を伝えた。

「いつ」

「今月一一日付」

「誰に対し」

「東山道、東海道の諸国に官符が下されました。広く、将門さま追討する武者、民を求めております」

官符は〈官軍の黠虜《かつりょ》（狡猾《こうかつ》な敵）の中に憂国の士を求め、田夫野叟《でんぷやそう》（田舎親父）の中に忘身の民を求め、官田功爵をもって殊功の輩を遇する……〉とある。

「これまで敵であった者も殊勲があれば、功田《こうでん》を与えるということかな」

功田は功績のあった者に朝廷が与える田地、私有地。今回の官符は、将門を討った者に対しては子孫に伝えることのできる功田を与え、五位以上の位階を授けるという破格の内容。五位以上は貴族である。いろいろな面で貴族の待遇を受ける。すなわち将門追討者は誰でも貴族にしてやるという餌か。

今まで将門に従っていた者たちにも向けられている餌であろう。これまで将門に従い、朝廷の敵だったことは問わぬ。将門を討つ側に寝返れば、土地、官位を得るチャンスだと呼びかけているのである。

そして、秀郷にも向けられている呼び水であろう。過去の国司に反抗した罪一切を帳消しにできる機会。朝廷は、摂政太政大臣・藤原忠平は、秀郷が将門追討に立つことを期待しているのか。

「必ず将門さまを討ってください」

押し黙ったまま官符の写しを手にする秀郷に、駒音が声を掛けた。掠《かす》れ気味の小さな声だったが、強い願望が込められている。

「すまなかった。つらい思いをさせた」

秀郷は将門討伐については答えず、先月の国府襲撃の際、駒音の夫を救えなかったことを詫《わ》びた。馬牧《うままき》管理者である駒音の夫は三鴨駅家《みかものうまや》にいた者たちとともに将門軍侵攻の犠牲となった。

「秀郷さまが私を止めたのは私の命を助けるため。感謝しております」

秀郷には返す言葉はない。駒音が繰り返す。

「必ず将門を討ってください。今の願いはそれだけです」

「うむ。必ず」

秀郷はようやく静かに返した。


その日の夜。正確には日付を越えた未明。

秀郷はそっと寝所を抜け出した。小宰相は寝息を立てているようである。かわいらしい寝顔を盗み見ようとしたが、暗くてよく見えない。廊下に出ると、宿直《とのい》の兵もうたた寝をしている。秀郷はその脇を足音も立てず通り過ぎる。

三畳ほどしかない、極端に狭い書見の間に入った。自ら燭台《しょくだい》の火を灯す。既に二人の男が頭を下げていた。

「荒耳、何か危急の報《しら》せか」

「はっ。まずは韋駄天より京からの報せを」

互いに常人では聞き取れないほどの小声で話し始めた。当人たち以外がもしこの場にいても、音声というより風のそよぐ音ほどにしか感じないかもしれない。

「殿を下野掾《しもつけのじょう》、そして押領使《おうりょうし》に任命するという朝廷のお使者がお発《た》ちになりました」

「いつ」

「今月一四日付の発令。将門さま追討を命じるものでございます」

「ふむう」

「東国八カ国で掾が同時に任命されております。そして、押領使・藤原秀郷に従えという指令が添えられております」

　このとき、各国の掾に任命されたのは、下総・平貞盛、上総・平公雅（平良兼の長男）、常陸・藤原為憲（常陸介・藤原維幾の子、藤原南家）と、将門の旧敵が並ぶ。ほかに、遠江《とおとうみ》・橘 遠保《たちばなのとおやす》ら。

「何と……！」

「殿が将門追討軍の頭《かしら》ということでございますな」

荒耳の言葉に秀郷は腕を組み、目を閉じて黙考する。

　東国諸国に将門追討の士を求める官符が発令されたのが今月一一日。それが諸国に伝わる前に今度は将門追討のために坂東八カ国の掾を選任した。

「朝廷は、太政大臣閣下は焦《あせ》っておられるのか」

「確かに将門さま追討の武者を募った官符の三日後ですからな。朝廷のご意向までは窺《うかが》い知れませんが、手順を踏んだだけかもしれません」

「それはどういうことじゃ」

「将門さまが朝敵であることをはっきりさせるためです。例えば、源経基《つねもと》さまですが、武蔵《むさし》では足立《あだち》郡司・武蔵武芝《たけしば》さまともめ、仲裁に入った将門さまを訴えた件で誣告《ぶこく》の罪に問われました。ですが、将門さま謀叛《むほん》が事実となり、一転して真実の人、正義の武者として扱われ、今回、京からの征討軍の副将に任じられるようです」

「して、征討軍の大将は誰じゃ。いつ京をお発ちになる」

　秀郷が矢継ぎ早に訊《き》く。京の情勢は早く、確かなところをつかみたい。

「そこまではつかめておらず、申し訳ございません。やはり藤原利仁《としひと》さまのような戦 上手《いくさじょうず》の方は京にはなかなか……」

「利仁さま、利仁将軍か。わしも若いころ、教えを請うた。やはり、今、あれほどの方はおられぬか」

「京の貴族の中で武芸に秀でた方はもちろんいらっしゃいますが、この役目を押し付け合っている風聞もございます」

「そうか」

「やはり、将門さまと相対するのは恐ろしいのでございましょう。京では将門さまの武勇、鬼神の如くと話が広まっておりますれば……。よって、征討軍ご出《しゅっ》立《たつ》の予定、つかめておりません。ですが、殿への下野掾、押領使任命のご使者は数日のうちにも、この下野に参りましょう」

「そうじゃな。もはや猶予はないか」

将門との対決は覚悟している。今、勝てる方策は算段の途中だが、もはや避けられない。将門を倒さぬ限り、坂東の混乱は収められない。それが秀郷の責任でもある。また、他の者によって将門が討たれるのを見たくないという感情もあった。

（わしとて将門を討ちたくない。だが、もうそんなことは言っていられない）

一方、京では既に征東大将軍《せいとうたいしょうぐん》が任命されていた。正月一八日のことである。参議・藤原忠文《ただふみ》（藤原式《しき》家《け》）。六十八歳と高齢だが、武官、地方官の職をいくつも務めてきた武芸の人。軍事貴族、軍事官僚である。いよいよ事態は動き出した。

〈8〉毒殺

その晩、小宰相は酒肴《しゅこう》の支度を調え、秀郷を喜ばせた。

「殿、御酒《ごしゅ》をお持ちになる方がいらっしゃいました。銘酒《めいしゅ》でございますとか」

「おぬしも相伴《しょうばん》せい」

「では、ほんの少しだけ」

小宰相は慎み深そうに少し口をつけた。

「確かによき酒だな……。ん。何を泣いておる」

「殿のお優しさに、いつも感謝しているのでございます。こうして、ご一緒できるわが身が何と果報者《かほうもの》かとも思いますれば」

「妙に大げさな。あまり深く考えるな」

気をよくして盃《さかずき》を重ねていた秀郷だったが、少し異変を感じ始めた。

「殿、どうされました」

「随分と早く酔いが回っておる」

「まあ」

「あ、いかん。手足が痺《しび》れて動かぬ」

「大丈夫ですか」

小宰相は駆け寄り、後ろから抱きかかえるようにして肩をさすり、介抱《かいほう》した。

「おう、おう……」

秀郷は何か言おうとしているが、口も痺れているのか、不明瞭な呻《うめ》き声しか上げられなかった。秀郷を介抱していたはずの小宰相の右手がさっと前に出てきた。簪《かんざし》が握られている。その先を秀郷の喉元にゆっくりと近づけようとした。その右手を秀郷が何とかつかんだ。

「何を……。何を……す……る」

「申し訳ございません」

小宰相は涙声に震えながらも無慈悲な切っ先は秀郷の喉元を狙う。鋭い簪の先端はもはや触れんばかり。秀郷の右手がようやく小宰相の手をつかみ、痺れながらも意外と強い力で抵抗し、押しとどめている。

「殿、申し訳ございません。とどめを」

涙交《ま》じりの小声だが、耳元で囁かれ、秀郷にははっきりと聞こえた。

小宰相が手にした簪に力を込め、神経を集中させた瞬間、その手が強い力で後ろに引っ張られた。「あっ」と思った瞬間、当て身をくらわされ、小宰相は意識を失った。秀郷の危機を救ったのは側近・荒耳である。


「殿、ごめん」

「う、うえーっ」

秀郷は腹を刺激され、縁台で庭に向かって首を垂れた。

「解毒でございます」

水とともに飲まされた。

「す、す……まぬ」

「殿、事前に申し上げたのになぜ毒をお飲みに……。痺れ薬で死に至る毒ではござらぬと思いますが、危ういところでした」

身体はまだ、痺れが治まらないが、解毒のお陰か口は少し回る。

「おう、お、おぬしが……見張っておるから、うまく……やってくれるだろうと」

「何と危うい。小宰相さま、始末いたしますか」

「いう、い、いや、殺さないでくれ。小宰相は……」

「何を、ご酔狂な」

「ぎゅ、犠牲者を……出すのは……本意ではない」

秀郷は事件を秘中の秘とするように指示し、荒耳を退《さ》がらせた。

しばらくし、小宰相は目覚めると、泣き崩れた。

「なぜ、私をお許しに。殿を殺《あや》めようとした私を、なぜ……」

「おぬしは本気で刺せなかったであろう。それが分かったのよ」

「ご慈悲あれば、私をお手討ちに……。でなければ、私は……」

「何を申すか。おぬしを失うことはできぬ」

小宰相は懐から小さな紙折りに包まれた物を飲み込んだ。毒であろう。秀郷は駆け寄り、小宰相を抱き起こしたが、もはや、呻くのみ。顔が穏やかに緩み始めた。

「眼を閉じてはいかん」

秀郷は叫び、頬をたたき、口を吸った。

「ぺっつ」

毒を吸い出そうとしたのだが、あまり十分ではなかった。

「解毒だ。飲め」

口元に近づけたが、小宰相は口を開けぬ。致し方なし。秀郷が飲み、口から押し込んだ。

「ごほごほごほ」

小宰相の意識が戻ってきた。

目は虚《うつ》ろだが、やがて正気を取り戻した。

「何故《なにゆえ》、何故でございますか。何故、私をお助けに……。何故……」

「そなたを犠牲にすることに何の意味があろう。詫びるなら、わしの為《ため》に生きよ」

「私を、殿を殺めようとした私を憎く思《おぼ》し召《め》してもいただけませぬのでしょうか」

「憎くはない。そなたも。そしてこのような手段を用いる将門さえも。憎くはない。戦わねばならぬことは分かっている。そして、互いに手を尽くしている。だが、憎くはないのじゃ。そなたも、将門も」

「そのようなお慈悲、無用に願います。私に命じたは興世王さま。将門さまも知らぬことかも。興世王さまにはそのような慈悲心ありません。このままでは殿は、お人の好《よ》さをつけ入られてしまいます」

「そう思うなら、ぜひ見届けてくれ。わしと将門の戦いを。わしも戦いには手段を選ばぬ酷《むご》い男よ。だが、要らぬ犠牲は好まぬ。その信の道を知らねば、誰も従ってこぬわ。そちが生くるも、わが為ぞ」

「ああ、ああ」

泣き伏す小宰相を強く抱きしめ、再び言った。

「わしの為に生きよ」

「本当に将門と戦うのか。もう少し時を待った方がよいのではないか」

〈9〉**時節到来**

高郷と対面した貞盛はしきりに案じた。

秀郷軍は、高郷、兼有を中心に戦の準備を進めていた。まず、潜伏中の平貞盛、藤原為憲を捜し出し、山中に潜ませ、その配下との連絡を慎重に進めさせた。

「時機《とき》来たり。わが方に利あり。この好機、逃すべからず」

高郷が説明したが、貞盛はなおも不安を繰り返す。

「利、不利ではない。将門は化け物。どんな不利な状況でも勝ってしまう。これまでもそう。そこのところ、そこのところ、よくよくご勘案を」

貞盛は繰り言を述べ、しまいには一つの言葉だけを繰り返す。

「恐ろしい、恐ろしい」

貞盛をなだめつつ、高郷らの戦の準備は進む。将門の喉元を狙うように、国境いを越えて常陸に入った地点に砦《とりで》を築いた。将門軍の動向を観察するためである。

常陸国内ではあるが、平国香の所領を将門が焼き尽くしたことで反将門感情もくすぶる地域。上館《かみだて》、中館《なかだて》、下館《しもだて》は、現在の栃木県真岡《もおか》市との県境に近い茨城県筑西《ちくせい》市に築かれた。五行川沿《ごぎょうがわ》いに南北に並ぶ。

上館は後の久下田《くげた》城（茨城県筑西市樋口）。中館は後の伊佐城（同市中館）。下館はそのまま地名として残った。城跡は同市甲。

一方の将門は渡良瀬川近く、下野に入った地点に砦を築いた。花岡城、後の藤岡城である。

秀郷の次男・千常《ちつね》は初陣《ういじん》を迎える。

「今回は厳しい戦いになるぞ。万一のことを考えれば、館を守る役目でもよいのではないか」

秀郷は心配そうに言ったが、本人が陣の先頭に立つことを望んだ。

「千常はもはや二十歳。このときに立たねば面目がありません」

千常の母である侍従御前も厳しい顔つきを見せた。

「初陣、早くはございません。むしろ遅いくらいかと。兄・千晴さまを支える身として常に先頭に立ち、犠牲を厭《いと》わぬ姿勢でなければ、家人《けにん》の方々もついてこないでしょう」

それぞれの感情、理屈は当然であり、秀郷としても千常の初陣は認めねばならない。

秀郷はこの時期、まだ嫡男《ちゃくなん》を決めていない。千晴は五歳上。一方、千常の母は貴族出身。秀郷としては、千晴は貴族と交流させ、京での地歩を固めさせ、千常は坂東で地元の武者たちを束ねさせていくつもりがあった。京と坂東の両頭構想。どちらを嫡男とも明言せず、曖昧にしたいという思惑があった。

一方の長男・千晴の動向。

與貞から報せが届いた。ともに京を発ったという。征東大将軍・藤原忠文の軍勢に先んじて東海道を東に向かう。京を出発したのはわずかな兵だが、途中、駿《する》河《が》や相模《さがみ》、武蔵の在地豪族に呼びかけて兵を集め、それらの地での将門派の動きにも注意しながら合流する手はずになっている。


秀郷は大号令を発し、兵を招集した。

一月二七日、下総との国境いを越えた場所に結城《ゆうき》諏訪神社（茨城県結城市上山川）を創建。敵地ではあるが、近隣の民衆は歓迎した。既に国境い近くでは将門の威勢が衰え、民衆の離反が始まっていることが分かる。

弓引き神事を執り行い、将門の館の方角を目掛けて矢を射かけ、気勢を上げた。


平貞盛、藤原為憲と合流した秀郷は、摩利支天《まりしてん》に戦勝祈願し、摩利支天塚と琵琶塚《びわづか》の間で軍議に臨んだ。全軍で四千人の兵が集まった。

現在の栃木県小山《おやま》市飯塚にある摩利支天塚古墳、琵琶塚古墳。国史跡摩利支天塚・琵琶塚古墳資料館の目の前にある。

「まずまずだな。そうではないか、左馬允《さまのじょう》殿（貞盛）」

わが軍集結の情報はすぐに将門の耳にも入り、先手を取ろうと、国境いまで攻め寄せてくるであろう。

「秀郷さま。この数では心配でございます。将門は万の軍を率いております。私の兵など一撃で撃ち払われてしまうかもしれません。本当に、この時期、挙兵してよかったのでしょうか」

「いや、将門は今、それほどの軍は集められまい」

貞盛の繰り言に秀郷は困《こう》じはてるしかない。一方、秀郷とて、かつてないほど緊張していたが、「何もそこまで」と思うと、そのお陰で自身の心に余裕が生まれた。

「戦の計《はかりごと》について拙者の存念がござる」

藤原為憲が進み出ると、貞盛は遮った。

「いや、戦のことは秀郷さまにお任せしよう。なにしろ、魔物を、京の東洞院大路では牛鬼を倒したのですから……。私は直接この目で見ていれば、武勇は三国に比類なきお方と存ずる」

「貞盛殿……。貴公、お気は確かか。魔物とか牛鬼とか」

為憲は、狼狽《ろうばい》しきりの貞盛が気を病んでいると感じた。将門に追われ続け、恐怖心がこびり付いているのか、憐《あわ》れに感じるしかない。

「いや、私の目の前で起きたことを、ありのまま申したまで。そうでございますね。秀郷さま」

「貞盛殿。あれは、あそこに居合わせた、われらがともに見た夢、幻覚でござるよ」

秀郷はさらりとかわして話を引き取り、将門軍に相対する方策を示した。多数を持って将門軍の弱いところから討つ。将門軍本体ではなく、配下の部将が率いる別動隊から討つのが望ましい。

もし全軍衝突となりそうだったら、少し逃げ回ってもよい。わが軍を探して国境いを越えて侵入した隊列が伸びきったところを各個撃破できれば……。

「初手から退却は少し迂遠にすぎませぬか」

「為憲殿。ここまで待ち申した。慌てることはございますまい」

秀郷は慎重さを求めた。

「そして敵と遭遇した場合だが……」

秀郷は各将に策を示した。策とはいえ、かなり大雑《おおざっ》把《ぱ》。だが、今回のような連合軍の場合、細かな策は各部隊が想定通り動いてくれなければ破綻する。大雑把でいいのだ。

この地には秀郷と貞盛が和歌を詠じて摩利支天に献納したとの伝承がある。

秀郷
願わくはみ国のために醜草《しこくさ》を　討ちはらふべきよすが知らまし

貞盛
しこ草を討ちはらふべきみ戦《いくさ》に　力を添へよあめ

つちの神

　醜草は雑草のことだが、ここは悪い人民を意味し、将門軍の将兵を踏み潰すとの意思を自軍の兵に示したのであろうか。

　いずれにしても駄歌である。秀郷は歌を詠む習慣もなく、京の風雅とは、かけ離れた武人で、この程度かもしれない。京での生活も長く、貴族社会になじんでいた貞盛の方はどうしたことであろう。やはり、このときは平常心を失い、和歌を詠じている場合ではない心持ちだったのか。

　一方の将門軍。このとき集まった兵は一千以下。この年の二月初めは西暦の三月中旬。種蒔きなどの準備をしなければならない。後世の歴史家は、農繁期なので兵が集まらなかったと解釈してきた。

　だが、どうであろう。

　秀郷が待っていたのは将門軍の自壊だった。諜報探索活動によって、その状況を探った。期待が大きかった将門の治世への失望、反動が民衆兵を離脱させた。

　また、当初の主力だった野盗の類や浮浪の者、いわゆる持たざる者どもは国府襲撃によって財宝を奪い尽くしている。盗《と》る物のない秀郷軍との野戦に参加する目的も、魅力も見出せなかった。幕閣の一員になりおおせた藤原玄明らはともかく、多くの同類の輩《ともがら》は既に逃散《ちょうさん》している。将門を押し立てるときは、あれほど熱狂しながら、今は、義理はないと言わんばかりの身勝手さであった。

　なぜ兵が集まらぬのか、将門には理解できない。

「民衆に裏切られた」

　この思いを持ちたくなかった。これは後世の革命家と共通する悲嘆である。

　革命は極めて苛烈《かれつ》に残酷である。革命家にとってである。それが革命の本質だとはいわない。だが、その危険性は内在している。

　柄にもない革命論にぶっ飛んだ。これでは誤解も招く。

　無論だが、将門が革命派、秀郷が反革命という色分けは適当ではない。両者の思考に差はない。根本は一定地域を支配する我欲である。貴族への反感はあるが、社会構造の変革、朝廷の転覆、すなわち国家改造を目指したわけではない。頭の片隅にもない。

ただ、気分として民衆への思いはあった。

「このままでは百姓が、民がかわいそうだ」

将門にはその思いはあった。だから立った。だから、この大事な決戦に兵が集まらないことが信じられない。

叫びたくなった。「なぜだ」。恐らく叫んだ。

〈10〉戦端開く

国境いを越えて進む将門軍は、前陣が将門本隊。後陣は副将軍・藤原玄茂《はるもち》が陣頭。後陣の多治経明、坂上遂高が秀郷軍の所在を突き止めた。

『将門記』は高い山に登って北方に敵軍を発見したとする。この山は三毳山《みかもやま》とみる後世の歴史家は多い。だが、どうだろうか。

後陣部隊が三毳山とすると、前陣の将門本隊は安蘇・天命《てんみょう》（佐野）の秀郷本拠地に迫っているはずだ。目の前といってもいい。そうすると、秀郷連合軍は後陣に構う暇《いとま》はない。将門が秀郷の本拠を襲い、この時点で勝負がついていてもおかしくはない。

名もなき山、せいぜい周囲が見渡せる丘ならどうか。秀郷が貞盛らと軍議をした摩利支天塚も周りを遠望できる小高い丘。ここから思川《おもいがわ》沿いに広がる平野を眺めれば……。想像の広がる場所ではある。

それでも下野南部で山といえば、やはり三毳山がふさわしい。標高二二九メートルの低山だが、平野が青々と広がる周辺を見渡すにはちょうどよいだろう。

前陣・将門本隊は秀郷の本拠地・天命に入ったが、もぬけの殻《から》である。諸将の家族から百姓まで唐沢山をはじめ周囲の山々に逃げ隠れた。

「山に隠れるといってもせいぜいきょう一日。何日も籠《こも》ることにはなりません」

将兵の母、妻、子女らを案内した佐丸《すけまる》が、避難者を安心させようと楽観的な見通しを強調する。だが、多くの婦人たちは不安気な表情を浮かべていた。

眼下の天命を見守る。火の手が上がり始めた。悲鳴が上がる。

「あーっ」「恐ろしい」

将門が秀郷の本拠地に火を放ったのである。後日再戦の可能性も考え、少しでも有利に運ぶため当然の一手。

「ここまで来て手ぶらで帰るのも腹立たしい」

そうも思ったかもしれない。

「もぬけの殻なら焼き尽くすまでじゃ」

皆々の家々が焼き尽くされてしまう。誰もがそう思ったとき、唐沢山から見守っていた避難者たちの間から声が上がった。

「兵が東に。東に動いています。戻っていきます」

将門本隊は後陣が秀郷軍と戦闘状態に入ったことを知り、引き返したのだ。

将門は味方への苛立《いらだ》ちを隠せない。

「しまった。先を急ぎ、後陣と離れすぎたか。いや連中が遅すぎるのだ。しかも勝手に戦端を開きおって……」

手はずが狂ったことへの焦りもある。しかし、距離はそれほど離れていない。新手として加われば、劣勢を挽回できる。あわよくば敵を挟み撃ちにできる。わずかな望みに賭け、将門は東へ走り出した。

秀郷は予定通り、前陣の将門本隊をやり過ごし、後陣に発見されやすいようにのこのこと隊列を出現させた。将門軍の多治経明らは「一人当千」(一騎当千)の自負がある。

秀郷・貞盛・為憲連合軍を発見した経明らは将門本隊に連絡しないまま戦闘状態に入った。

秀郷は兵を三方に分けて自在に動かし、藤原玄茂や多治経明の軍を攻めた。

『将門記』は「古き計《はかりごと》」、すなわち老練な作戦をめぐらせたとあるが、奇策でもない正攻法である。数の有利を生かして敵を三方から攻めただけである。

「秀郷殿、お味方の包囲に穴がありましたな。敵兵が逃げていきますぞ」

「為憲殿。あれでよいのです。逃げる者は逃げるに任せましょう」

「よくはありません。随分と討ち漏らしてしまいます」

「敵が逃げれば、早く終わります。将門が取って返す前に戦場を離れなければ」

四方の一つを開け、敵の逃げ口をつくる。逃げる兵が集中すると、その数が多く見え、敵は浮足立つ。逆に攻めている方は逃げる敵を見て、ますます意気が上がる。

秀郷の計略は自軍、敵軍の心理的効果も勘案していた。

残る将門本隊との戦闘を念頭に味方の犠牲は少なく

用兵の妙がここにある。

秀郷は、正面からの激突や完全包囲による殲滅《せんめつ》戦でなく、半包囲戦術を選んだ。知将の知将たるゆえん。奇をてらうことなく、無理攻めをせず。秀郷用兵の妙がここにある。

結局、将門の反転は間に合わず、全軍仕方なく帰還を始めた。秀郷は将門軍が国境いを越えたのを確認し、追走を始めた。

将門本隊に対しては正面激突ではなく、追撃戦が望ましいと考えていた。そして深追いはしない。これがこの日の方針である。これも少数の兵を侮らず、「勝ちやすきに勝つ」の道理に則《のっと》ったものだ。

未申《ひつじさる》の刻（午後三時）に両軍が激突。場所は川口村。現在の茨城県八千代町水口と比定される。将門の本拠地にも近い。

秀郷連合軍は緒戦で将門軍副将・藤原玄茂を破り、勢いがある。特に貞盛は覚醒したのか、これまで見せたことのない気魄《きはく》を漲《みなぎ》らせた。

「賊軍（将門軍）は雲の上の雷《いかずち》、官軍は厠《かわや》の底の虫（数は多いが弱兵）のようだとしてもだ」

貞盛は兵に檄《げき》を飛ばす。

「賊軍には拠《よ》るべき道理がなく、官軍は天の助けがある。わが軍の兵よ、全員士気高く戦え。後ろを向いてはならない」

一方、将門は常になく振るわない。自ら声を張り、剣を振りかざすが、黄昏時《たそがれどき》には秀郷連合軍が優勢となり、将門軍は退却していった。

将門を敗退させたことで貞盛は人変わりでもしたかのように強気な姿勢。高らかに将門の悪口を言い募った。

「将門とて、もともと千歳《ちとせ》の命があるわけではない。将門一人がのさばり、思いのまま振る舞っているのはものごとの妨げである。自国の外では乱悪を朝夕に行い、国内では権勢や利益を国、郷村から貪《むさぼ》っている。坂東の木喰い虫、地方の毒蛇でさえも、これより甚《はなは》だしいものはない」

勝利の余韻とはかくも甘美なものか。陣営では笑い声が絶えない。常に少数の兵力で大軍を一撃のもとに破ってきた将門の強さ。みな、戦う前は内心それを恐れていたが、この日は苦もなく敗走させた。「将門恐れるに足らず」の意気となった。

そして将門軍の兵が集中する本拠地以外の広い地域

が、将門新政府の支配から解放された。

将門敗戦の報は各地に広まった。

「村々には将門さまへの同情の声なく、戦で地が荒れ、田畑が廃《すた》れたは将門がためと百姓の怨嗟《えんさ》の声満ちております」

秀郷が光徳寺を訪ねると、常陸国内を歩いてきた光徳が説明した。

「よし、時は来た」

征東大将軍・藤原忠文がようやく京を発ったとの報せが来たが、待つまでもない。京貴族の率いる大軍を前に将門同情論が再燃しないか。風の流れをみるように今こそ好機の思いに至る。

「きょうの風はきょうしか吹かぬ。あすの風をこそ恐れよ」

秀郷は軍を整え、将門の本拠、石井の営所を攻める決断をした。

ここで気になる情報が突如入った。平良文の軍が陸奥を立ち、南下。坂東に向かっている。鎮守府将軍の指揮する軍隊。当然、官軍であるはずだが……。

「こちらには何の連絡もありません」

部下の報告に秀郷は首をひねった。

「では、味方ではないということか」

あとは諸将がそれぞれ言い募ったが、疑問は解消されない。

「まさか、将門への馳走《ちそう》（援軍）か」

「この期《ご》に及んで、それはあるまい」

将門に援軍とすれば一大事だが、その小さな可能性を恐れて決戦を延期するか。

延期すると、どうなるか。

考えられるのは決戦延期の隙をついて、良文軍が将門を急襲、功を横取りする可能性。もう一つは決戦延期によって京からの遠征軍が間に合う可能性。この場合、秀郷連合軍は遠征軍の指揮下に入り、功第一は征東大将軍・藤原忠文に帰することになろう。いずれにしても、ここまできて決戦延期は得策ではない。ただ、良文軍の動向には目を離さぬようにと探索部隊に指示した。

それに連合軍の中では貞盛がかなり前のめりになっていて、もはや決戦延期など悠長《ゆうちょう》なことは言っていられない状況である。

「将門め。これまでの復讐戦じゃ。徹底的に滅ぼしてやる」

貞盛は緒戦の勝利の後、性格も発する言葉も全くの別人になっている。

まず自分が将門の本拠を攻めると言い、弟・繁盛とともに二月一三日、石井の営所付近を焼き払った。貞盛は執拗《しつよう》に将門の行方を捜し求めたが、この日は将門軍と遭遇せず、現地には秀郷、為憲の軍勢も到着した。


一方、将門陣営。こちらも平良文の進軍意図を測りかねていた。援軍到来と一瞬、期待したが、使者を寄越すわけでもなく、何とも不気味である。

意図不明では背後に不安を抱えて秀郷軍との決戦に臨まなくてはならない。

兵が集まらないため、士気は上がらないが、兵を励まさなくてはならない。

「心配するな。将門は不死身ぞ。わが身は鉄身。何千本、矢を射られようと、何千人が撃ちかかってこようと、倒れぬ。敵が何千人いようと負けぬ。ここで勝てば、また味方が増える」

だが、兵が集まらないことに納得できず、心中の混乱を抑えられないのは将門自身だ。身の内から燃え上がる怒りの炎はわが身を焦がさんばかりである。

「こんなところで負けられぬ」

この思いである。

「何の、西国《さいごく》まで行けば、純友の海賊軍が味方に付く手はず。日本全土を席巻《せっけん》する」

そして、その勢いで唐土《もろこし》（中国）まで攻め上がる。最終的には本朝《ほんちょう》（日本）・唐土・天竺《てんじく》（インド）の三国を支配するのがわが目標。

京を攻めるつもりもない。朝廷を滅ぼすつもりもない。

京を素通りして、そのまま西へ西へ進み、日本全土を手中にする。もし、純友が欲しいというなら京はくれてやる。日本も飛び出す。渤海《ぼっかい》も新羅《しらぎ》も滅亡したばかり、唐土は唐が滅びた後、新しい国が興っては消える不安定な状態。そこをこの新皇軍が席巻する。強い者が勝つ。わが軍は強い。よってわが軍が勝つ。新皇が勝つ。

将門は怒りを必勝の信念へと昇華させた。

巨軀《きょく》が赤い炎となり、炎の龍となり、天空へ昇り、天空を赤く染める。

そのどさくさに紛れて興世王は行方不明となった。

「才人面《さいじんづら》しておったが、所詮《しょせん》、信《しん》なき者」

常陸の乱人・藤原玄明が興世王を罵《ののし》った。強盗、盗賊の首魁である玄明は意外と義理堅《ぎりがた》い。いや、こういう者こそ裏切りを潔《いさぎよ》しとしない価値観を持っていた。

〈11〉最終決戦

二月一四日未申の刻（午後三時）、両軍が激突した。

秀郷・貞盛・為憲連合軍四千、将門軍四百という圧倒的な兵力差だが、将門は追い風を背にしていた。矢戦においては風上が有利である。

盾《たて》も使えないほどの強風。春の南風に土埃《つちぼこり》が舞う。南に陣を構えた将門軍は兵の持つ盾がばたばたと前に倒れる。連合軍中央で将門に対峙する形になっていた貞盛軍は北に布陣していたが、盾は兵の顔を覆うように倒れてくる。盾を手にしたままでは南からの強い風を受けて前に進めないほどだ。

貞盛軍が風下を嫌い、陣を移動したが、将門は貞盛を追って敵陣へと攻め込む。駿馬よりも速い将門の動きに秀郷・貞盛・為憲連合軍は全軍が翻弄《ほんろう》された。

「かかれ、かかれ。敵は将門ただ一人。将門に射かけよ、将門を射倒せ」

貞盛が叫ぶ。叫びながら正面から攻めてくる将門軍の攻撃から逃げる。逃げながら将門軍の背後に回り込もうと、兵を迂回《うかい》させる。

戦線は大きくかき乱され、乱戦模様となった。

「さて……」

秀郷はしばし戦況を見守る。圧倒的な数で将門軍を包囲する手はずだったが、風下を嫌った貞盛軍の乱走で少々修正を迫られた。

「ゆるゆると包囲を狭め、各個、敵を討て。間違って貞盛殿の兵を討つな」

接近戦で確実に敵を倒す。圧倒的な数の差ですぐにも勝敗は見えるだろう。

「包囲を狭め、各個、敵を討たれよ。間違って貞盛殿の兵を討たれるな」

伝令の騎馬が戦陣を駆け回り、各陣に秀郷の指示をふれ回る。

一方、貞盛はむやみに戦陣を駆け回りながら自軍の兵に指示する。

「将門に矢を集中せよ。集中して射かけよ。敵は将門ただ一人」

「一人ではありません」

「何？」

「将門殿は七人」

「七人？」

七人の将門が邪神のように不敵な笑い声を上げる。

どれが実体か影か分からない。

「うわっははは。どうした貞盛」

「ひるむな、射かけよ、射かけよ」

なおも叫ぶ貞盛。だが、兵たちが後ずさりを始め、諸将が慌てふためく。

「将門殿、全ての矢を跳ね返しており申す」

「将門殿、鉄身なり。不死身なり。矢は通じぬ」

「将門殿、鉄身なり」

一斉に放たれる矢を腕や五体で弾き返す将門に打つ手はない。それでも貞盛は叫び続けている。

「ひるむな、かかれ、かかれ。矢が駄目なら剣。かかれ、一騎当千の者ども」

「やあぁ」

「おうぉ」

貞盛軍の中から勇士が数人飛び出し、剣を振りかざして将門に向かった。

だが、将門は彼らを一気に屠《ほふ》った。

勇士の剣先を右手の掌《てのひら》で受け止めると、剣を握りつぶし、もう一人がその隙に襲いかかったが、その剣を左腕で防ぐと、ぽきっと剣が折れる。武器を失った勇士を将門が素手でつかみ上げ、地面にたたきつける。将門に襲いかかった勇士は兜《かぶと》ごと頭をつかまれてひともみに潰され、あるいはぐにゃりと曲がった剣先を手にした腕をつかまれて放り投げられ、地面にたたきつけられ、次々と倒れていく。

残忍な場面の連続に他の武者は後退。貞盛軍の勢いは止まった。

将門軍の兵馬は勢いに乗り、あっという間に貞盛軍八十余人が討ち取られた。

周囲を囲む連合軍の大軍も覇気がない。信じ難い光景を前に足が止まる。

「うおおおおっ」

さらに将門が大きな叫び声を上げると、地面が揺れた。地が傾いたかのように兵や馬が倒れ、転がり、菅生沼にどぼどぼと転げ落ちる。

「風も、地も、将門の思いのままのようだ」

秀郷は思わず片膝《かたひざ》をつき、その場に堪《こら》えた。

「うああ」

「ひえぇ」

「将門、鬼神なり、恐ろしき鬼神なり」

秀郷・貞盛・為憲連合軍は多数の死傷者を出し、さらに二千九百の兵が逃げ去ってしまった。残るは精鋭三百余騎。数の優位は完全に失われた。

将門に蹴散らされ、連合軍は散り散りとなり、もはや連携のしようもない。戦術も何もない。それでも戦線を駆け巡っていた将門は今までとは反対に向かい風を受けている。

「逃げるな、逃げるな」

劣勢の中、貞盛がわめき続けている。

自軍崩壊の中、追い風を背にしたとたん自ら矢を射続けた。何かに憑《つ》かれたように、その手を休めない。瞳孔は過度に拡大し、歯を食いしばった口から血もにじみ出ていた。

「将門、許さぬ。将門よ、将門、許さぬ。将門め、将門め」

貞盛はわめきながら、なお矢を射続ける。

初陣の千常は勇敢に戦い、将門軍の将兵を斬り捨て将門に迫った。太刀を大きくかざし、将門に斬りつける。だが、全く歯が立たない。そのたびに弾き返され、あえなく背を地面に打ち付け、いくども危機に陥った。

「若殿お退《ひ》きあれ」

危機を救ったのは古株の猛将・若麻績部百式《わかおみのべのももしき》。秀郷の若いときからの友人であり、延喜《えんぎ》一六年（九一六年）、ともに流罪命令を受けた十八人の一人である。今では秀郷の忠臣であり、秀郷軍の一翼を指揮する幹部将校。彼が千常を討ち取ろうと迫りくる将門の前面に出た。多くの敵兵を押し返し、千常は危機を脱したが、百式は将門に一撃を喰《く》らった。

「若麻績部殿、討ち死に。ご無念なり」

「何と、百式が。千常め、逸《はや》りおって。千常を退がらせろ」

「わが兵が若殿救出に向かいます」

「兼有、ならぬ。千常のために隊列を乱してはならぬ」

「ですが、殿。撤退戦こそ難しく、若殿、まことに危うい状況ですぞ」

「わが子のために新手（援軍）を出す場面ではない。

今出せば、押さねばならぬ場面で押し切れぬわ。それではこれまで犠牲となった兵に申し訳が立たず」

状況を知らせる伝令の兵が駆け込む。

「若殿、無事撤退。危機を脱しました」

だが、終始、千常のそばについていた中堅世代の猛将・左遠《さとお》斗子浦《としお》が覚悟の戦死。またしても貴重な将兵を失った。


戦線は敵味方が入り乱れ、激しく土埃が舞い、全体の状況を見極めるのが極めて困難になった。しかも将門は影武者らしき者が自在に動き、今や、どれが本物か見分けがつかない。それでも秀郷は戦況をじっと見つめる。

「風上に立った。この機会を捉えなくては」

秀郷本体の陣は戦場の中央に駆け込んできた。将門本隊との距離もぐっと縮まる。

秀郷はここで冷静に将門の動きを見極める。

「本物以外は影が映らない」

「将門の身体は鉄だが、こめかみだけが生身」

「こめかみが動くのが本物」

五人張りの弓を引き絞る。


「今は見える。将門の動き、実体と影、全てを見通せる」

これが百目鬼《どうめき》の……、これが百の目か。

秀郷の目は将門の姿、動きを天地左右、四方八方どの方角からも捉えていた。

「見えた」

さらに弓を引き絞った。光の粒子が集まり、矢先が輝く。

「一矢必中《いっしひっちゅう》」「南無八幡大菩薩《なむはちまんだいぼさつ》」

鏑矢《かぶらや》は光の弾丸となって将門の胸板を鎧《よろい》から貫いた。

将門はその場で動きがぴたりと止まる。一歩も足が前に出ない。顔の表情も止まったままである。七人の影武者はいつの間にか消えていた。

「おおっ」

続いて貞盛が弓を引き絞る。

「あれが本物、本体か」

貞盛の矢が将門のこめかみに命中。将門がばったり倒れた。


どおぅと大きな音がして将門が倒れたことは戦線の

どの位置からも分かった。極めて混乱した状況の中、将門の存否は敵味方とも常に注目していた。

「将門が倒れた」

「完全に死んだ」

そう叫ぶ者もいた。

「やった。やったぞ」

貞盛は叫び、手にした弓を掲げ、小躍りした。

「やった、やった。将門を倒した。やったぞ。やった、やった」

全員が同じ方向に目を向け、戦線の雰囲気が伝播《でんぱ》する。将門軍は一気に崩壊に向かった。連合軍の勝利が決まった。誰もが思った。

〈12〉将門、不死身なり

連合軍将兵が勝利を確信した、そのとき。

黒雲から一筋の閃光《せんこう》が地に落ちる。

大地が白光し、強い光に全てのものが一瞬見えなくなった。

全員の視線が集まる中、巨体の影がむっくりと起き上がる。

「将門が立ち上がった」

「将門殿、不死身なり」

夕暮れと土埃の中、発光している両眼。淡く青い小さな炎が巨体を覆っている。

「さぁだーもーりぃ」

この姿を正面で見据えた貞盛は一気に血の気が引いていく。

「ば、ば、化け物」

貞盛は腰を抜かした。将門への敵愾心《てきがいしん》がすっかり吹き飛んでいる。秀郷が駆け寄り、貞盛の前に立って将門と対峙する姿勢を取ったが、その背中で貞盛がわめいている。

「化け物です。あやつは、将門は。無理です、無理。もはや手に負えません。化け物、化け物」

先ほどまでの感情の高さが逆方向に振れているような貞盛の怯え方。

「貞盛殿、退がられよ」

秀郷が腰の太刀を抜き、構える。

「秀郷よ」

将門とは思えぬ低い呻き声。

「矢一本で朕《ちん》が倒れると思うてか」

太刀を抜いて手に提げ、ゆっくりと近づいてくる。

歩きながら背まで突き抜けたままの矢を胸の前でへし折り、こめかみに刺さった矢を引き抜いて捨てた。こめかみから血が流れ落ちるが、一向に構う気配はない。

「ここは一騎打ちしかない」

秀郷が太刀を振り下ろす。将門が当然のように太刀で受け止める。押し合いが続く。将門の力は強い。秀郷は堪え、押し切られぬようにするしかない。押されたまま右にも左にも動けない。

ようやく押し合いから脱した。太刀を乱打。将門は秀郷の太刀をことごとく太刀で受けた。秀郷と将門の一騎打ち。ほかの将兵はただ見守るしかない。

秀郷が肩で息するのを見逃さず、今度は将門が猛攻。将門の高速の動きを秀郷は太刀で受け止める。目は将門の動きを捉えることができるが、その激しい圧力に秀郷は体力を消耗し、押され気味であった。

押され気味であったが、太刀を打ち合いながら叫んだ。

「将門、降伏せよ」

将門も太刀を振るいながら応じた。

「おぬしこそ、朕の前に跪け」

両者、太刀を振るい、打ち合いながら叫ぶ。

「もはや勝敗は決したぞ。そなたの軍は崩壊した」

「今さら、後戻りはできぬ」

「将門、そなたを死なせたくはない」

「朕は勝負したい」

降伏せよとは言った秀郷だが、もはや中途半端な決着はあり得ない。将門を斬る。斬るしかない。もとより、その覚悟をもって出陣している。

激しく打ち合っていた両者の太刀の動きが少し緩慢になり、再び太刀で押し合う。将門の激しい圧力に秀郷の太刀は持ち堪え、折れる気配はないが、秀郷の腕はへし折れそうだ。

「ぐわっははは」

将門が不気味な笑い声を上げた。自身の優位を確信したか。

ついに将門が押し勝った。将門がぐいと押し込むと、秀郷は真後ろに倒れた。

背中を激しく地に打ち付け、太刀を持つ手の籠手《こて》が地面をたたき、太刀が転がる。不覚にも太刀が手から離れた。

「死ねやっ」

将門はその場で大きく太刀を振り上げ、一直線に振り下ろす。

「…………」

「ぐふっ。うぐ」

将門の腹に剣が深々と突き刺さっている。

宇都宮二荒山神社《うつのみやふたあらやま》、豊城入彦命《とよきいりひこのみこと》の霊剣である。

とっさに秀郷が抜き、倒れたままの姿勢で太刀を振り下ろす将門を刺した。鎧を貫通し、鮮血がにじみ出てくる。将門が振り下ろした太刀はとっさに避けた秀郷の左耳たぶをかすり、大地に深く刺さっている。

「うおおおお」

唸り声を上げ、将門の身体が前のめりに倒れる。顔面をそのまま地面にぶつける勢いであったが、秀郷が倒れ込んできた将門の身体を支えた。将門の腹から鮮血が滝のように流れる。

「将門！」

秀郷は倒した相手を抱きかかえ、呼びかけた。

「藤太兄に首を獲られるなら本望《ほんもう》」

「おぬしはよき男であった。東国の夢、すまぬ。よい夢であったぞ。だが、わしは受け止められなかった。すまぬ」

秀郷はなぜ、「すまぬ」などと謝っているのか自分でも分からない。言葉が勝手に飛び出してくる。ただそれだけだ。

「何の。見事でござった」

今、秀郷の腕の中で最期の言葉を絞り出している男は、鉄身でも不死身でもない。無論、怨霊でもない。まさに生身の男であった。

終章　秀郷将軍

〈1〉頼朝と西行

承平《じょうへい》・天慶《てんぎょう》の乱で、律令制度がその実《じつ》を終えた。
既に制度の矛盾《むじゅん》は噴《ふ》き出し、破綻《はたん》もみえていた。
乱はとどめの一撃にすぎなかった。

律令国家から王朝国家に移行し、既にこのとき約二百五十年後に始まる次の政治体制、封建《ほうけん》制度のきざしは芽吹いている。そして新たな階層として登場した武士は家伝として武芸を伝える機能を持っていた。武芸を伝えることは武士としての魂《たましい》を伝えること。藤原秀郷《ひでさと》の子孫は秀郷の武芸を受け継ぐことが誇りそのものであった。

封建制度最初期において秀郷流武芸の重要性は如何《いか》なものであったか。

源頼朝《よりとも》が西行《さいぎょう》に出会ったのは文治《ぶんじ》二年（一一八六年）八月一五日。
『吾妻鏡《あづまかがみ》』が伝えている。

この日、鶴岡《つるがおか》八幡宮（神奈川県鎌倉《かまくら》市）に参詣《さんけい》した頼朝は鳥居辺《とりいあた》りを徘徊《はいかい》する老僧に気付き、西行であることを知ると、御所《ごしょ》に招いて歌道と弓馬《きゅうば》について尋ねた。

西行は最初、頼朝の問いをはぐらかした。

「出家のときに秀郷朝臣《あそん》以来の嫡家相承《ちゃっけそうしょう》の兵法は焼いてしまいましたし、罪業《ざいごう》の元となることですから、みな忘れてしまいました。詩歌《しいか》はただ花や月に心を動かされて三十一文字《みそひともじ》を作るだけのことで奥儀《おうぎ》などというものはありません」

それでも打ち解けて弓馬について夜遅くまで語り合った。

頼朝はこのとき征夷大将軍《せいいたいしょうぐん》就任前ではあるが、武家政権、すなわち鎌倉幕府はスタートしている。武士の頂点に立ち、その権威を確固《かっこ》たるものにするためにも秀郷流武芸に強い関心を持っていた。

西行はその第一人者。佐藤義清《のりきよ》である。

二十三歳で出家。それから四十六年の歳月を経ている。北面《ほくめん》の武士として鳥羽院《とばいん》に仕《つか》えたが、武士を捨て諸国を巡り歩いた。

その間、保元《ほうげん》の乱（一一五六年）があり、平治《へいじ》の乱（一一五九年）があり、「源平合戦」治承《じしょう》・寿永《じゅえい》の乱

（一一八〇～一一八五年）があった。西行と同い年の巨人・平清盛《きよもり》が頭角を現し、権勢を誇り、日本の全てを動かし、そして死んだ。平家が興《おこ》り、滅びた。世の中が大きく動いた半世紀近い年月、和歌と旅の人生を送ってきたのが吟遊詩人・西行だ。

秀郷―千常―文脩―文行―公行―公光―公清―季清―康清―義清（西行）

佐藤氏は紀伊《きい》国（和歌山県）に経済基盤を置き、都の武士として活動した。この家は公清《きんきよ》（伊豆《いず》守公成《きんなり》）以来、季清《すえきよ》、康清《やすきよ》と左衛門尉《さえもんのじょう》の職を世襲した。

左衛門尉は内裏《だいり》の警備を担当する左衛門府《さえもんふ》の判官《じょう》。三等官である。

公清の官名に由来し、〈左衛門尉の藤原〉から左藤、そして佐藤を称した。これが通説だが、公清の兄弟の子孫も佐藤を名乗っており、公清以前に由来を求める説も説得力がある。その場合、佐渡《さど》守・公行《きみゆき》が佐藤氏の起こりとなる。〈佐渡守の藤原〉である。

日本人の名字で一、二を争う多さの「佐藤」さん。その由来は、主要ルーツの一家に、従来説「左衛門尉」、有力新説「佐渡守」があり、興味深い。

なお、秀郷の活動拠点が現在の栃木県佐野《さの》市を中心とした地域であったことから「佐野の藤原」を佐藤姓の起源とする説もある。しかも当の佐野市が俄然《がぜん》、「佐藤さんのルーツは佐野」と打ち出している。三月一〇日を「佐藤さんの日」と決めた。

日本人に多い「藤」のついた名字は武家藤原氏の特徴であり、武家藤原氏の主役は秀郷流である。佐藤のほかに、武藤（武者所《むしゃどころ》）、首藤《すどう》（主馬首《しゅめのかみ》）、近藤（近江掾《おうみのじょう》）、尾藤（尾張《おわり》守）、後藤（備後《びんご》、肥後《ひご》？）などがある。秀郷流以外では、利仁《としひと》流（藤原利仁の子孫）に斎藤（斎宮頭《さいぐうのかみ》）、加藤（加賀《かが》介）、進藤（修理《しゅりの》進《じょう》）、後藤がある。

また、常陸《ひたち》介・藤原維幾《これちか》の子息で秀郷とともに平将《まさ》門《かど》を討った藤原為憲《ためのり》（藤原南家《なんけ》）は木工助《もくのすけ》に就いたことから工藤氏の祖となった。

これら武家藤原氏から誕生した「藤」の字の名字にはパターンがある。まず一つめは世襲の官職、祖先の官職にちなむものである。佐藤、斎藤、工藤のほか、内藤は内舎人《うどねり》から。二つめは国名、地名にちなむもの。特に代々国司の職を継いだ家も多い。伊藤（伊《い》勢《せ》）、遠藤（遠江《とおとうみ》）など。信藤に信濃《しなの》説があり、須藤は那須《なす》らしいが、確かではない。三つめは地方豪族との結びつき。藤原と安倍氏の結合で安藤となるパターンで、春藤（春日氏）、海藤（海部氏）、江藤（大江氏）、守藤（守部氏）がある。


脱線を修復したい。

すなわち、西行は佐藤氏であり、秀郷流の中で都の名門武家である。

西行が鎌倉に立ち寄ったのは奥州への道中。東大寺再建の勧進のため、奥州の雄・藤原秀衡《ひでひら》のもとへ向かっていた。

秀衡の奥州藤原氏も秀郷流である。

秀郷流の多くの武家の中で、奥州藤原氏のみ千晴《ちはる》の系統とする系図はある。

秀郷―千晴―千清―正頼―頼遠―経清―清衡―基衡―秀衡―泰衡

だが、最近では、やはり千常《ちつね》（千晴の弟）の系統とするのが通説のようだ。

秀郷―千常―文脩―兼光―正頼―経清―清衡―基衡―秀衡―泰衡

秀衡は嘉応《かおう》二年（一一七〇年）五月、鎮守府《ちんじゅふ》将軍に、養和《ようわ》元年（一一八一年）八月には陸奥守《むつのかみ》に任じられた。右大臣・九条兼実《くじょうかねざね》は日記『玉葉《ぎょくよう》』に秀衡の鎮守府将軍補任《ぶにん》を「乱世之基也」（乱世のもと）と書き残した。秀衡を「奥州夷狄《いてき》」と蔑《さげす》み、その栄達に驚き、嘆いたのである。


頼朝が西行に秀郷流武芸について尋ねたのは、いろいろと理由がある。

頼朝のもとに馳《は》せ参《さん》じた坂東《ばんどう》武者は源氏の流れをくむ者だけでなく、桓武《かんむ》平氏や秀郷流藤原氏の諸氏も多い。源平合戦というが、「オール源氏対オール平氏」ではない。両軍の頭が、源氏であり、平氏というだけだ。

鎌倉幕府という新たな政治体制の頂点に立ち、全国の武士を従える地位を得た頼朝だが、絶対的君主ではなかった。新たな政治体制を築いた武士の連合体の「盟主」というほどの立場だ。これを忘れては鎌倉幕府の存続はない。

頼朝が平家打倒の旗を挙げたとき、彼は一介の流人《るにん》であり、平家政権での政治犯罪人であった。父・義朝《よしとも》は保元の乱（一一五六年）で戦功を挙げる。自身の父や弟たちを京・船岡山《ふなおかやま》で斬首する苦い勝利。その三年後の平治の乱では藤原信頼《のぶより》に与《くみ》して、保元の乱のときの同盟者で後白河院近臣の策士・信西《しんぜい》入道（藤原通《みち》憲《のり》）を倒した。ここまではよかったが、平清盛の大軍に敗れた。敗走中、義朝は家人《けにん》の裏切りで謀殺され、義朝の長男・悪源太義平《よしひら》は捕らえられ、六条河原で処刑され、次男・松田冠者朝長《ともなが》は逃走中の負傷がもとで落命。頼朝は一行とはぐれて捕らえられた後、死一等を減ぜられ、伊豆に流罪となった。清盛の継母《けいぼ》・池《いけの》禅尼《ぜんに》が頼朝の助命を嘆願。「頼朝殿はわが子、家盛《いえもり》の生き写し」と、二十代で早世した異母弟を持ち出され、清盛も折れたという逸話が知られる。

頼朝は二十年間、流人生活を送る。臥薪嘗胆《がしんしょうたん》（薪《たきぎ》の上に寝て、苦い胆《きも》を嘗《な》める）とはまさにこのこと。頼朝の決起を可能にしたのは、それに従った多くの坂東武士の存在である。

坂東武士の側にも平家打倒や武家による政治体制を目指すための旗頭となり得る盟主を必要とし、源家《げんけ》嫡流《ちゃくりゅう》がそれにふさわしいという事情もあった。

源家中興の祖・八幡太郎義家《よしいえ》は前九年後三年合戦で坂東の武者を率いて戦い、坂東の武者に弓矢の道を教え遺《のこ》した。ゆえに東国《とうごく》が源氏の拠点となり得た。

頼朝の父・義朝も少年時代の東国下向や三十一歳での下野守《しもつけのかみ》就任で坂東武士との縁を深め、保元の乱では坂東武士を率いて戦功を挙げた。

頼朝の政権は坂東武士への配慮が必要だった。多くの有力者を輩出する秀郷流藤原氏には秀郷以来の武芸故実がある。頼朝は、その者たちをあだやおろそかにはできない。そうした事情があった。

〈2〉秀郷流名門・小山氏

頼朝の白羽の矢が立ったのは下野・小山《おやま》氏である。秀郷流武芸の継承者と認めた。小山氏は、もともと武蔵《むさし》国大田《おおた》荘（埼玉県北東部）を拠点とした大田氏の分家。大田氏は伯父《おじ》・頼行《よりゆき》の養子となった行高《ゆきたか》（行尊）から始まる。

藤原秀郷―千常―文脩―兼光―頼行＝大田行高―行政―行光―行広―行朝

秀郷、千常、文脩《ふみなが》、兼光《かねみつ》、頼行は鎮守府将軍の職に就いた。文脩以下は系図以外の史料でも将軍就任が確認できる。文脩の子・文行《ふみゆき》の子孫から都の武家・佐藤氏ほか多くの武家が輩出されるが、世襲の如く将軍職に就いた兼光、頼行親子の系統は関東・東北で大きな勢力を保持していた。

小山に進出し、大田氏から独立した小山政光《まさみつ》は大田行政《ゆきまさ》、または大田行光《ゆきみつ》の庶子。本家筋の大田氏は衰退し、庶流であった小山氏は大いに栄える。その出発点は頼朝挙兵への従軍。小山政光の三兄弟、小山朝政《ともまさ》、長沼宗政《ながぬまむねまさ》、結城朝光《ゆうきともみつ》の活躍である。

治承四年（一一八〇年）、政光は内裏大番役《おおばんやく》で在京していた。ほかの武将同様、平家政権下での役目である。当主不在の間、石橋山《いしばしやま》の戦いで敗れ、安房《あわ》に逃れた頼朝から参陣を求める書状が小山氏にも送られてきた。政光の妻・寒河尼《さんがわに》（寒川尼《さむかわのあま》とも）が小山一族の議論を主導し、頼朝臣従へと動く。寒河尼は宇都宮《うつのみや》氏出身。若いころ、京で頼朝の乳母をしていた経験がある。

同年一〇月、寒河尼が末子、七郎を連れて武蔵国隅《すみ》田《だ》宿（東京都墨田区）の頼朝を訪ねた。七郎奉公の申し出を頼朝は喜び、元服の烏帽子《えぼし》親を務め、「宗朝《むねとも》」と名付けた。後の結城朝光である。朝光は頼朝の隠し子、御落胤《ごらくいん》説もあるが、俗説であろう。

治承五年（一一八一年）の「野木宮《のぎのみや》合戦」は小山氏の本拠地内を舞台とした。現在の栃木県野木町である。なお、寿永二年（一一八三年）説も有力である。

源氏は一枚岩ではない。頼朝の支配が固まりつつある坂東で、頼朝の叔父《おじ》・志田義広《しだよしひろ》は、反頼朝の立場を崩さない。頼朝派武士団と義広が戦ったのが野木宮合戦である。

義広は源為義《ためよし》の三男。若いころ、皇太子の護衛武官、帯刀舎人《たちはきのとねり》隊長「帯刀長《たちはきのおさ》」（帯刀先生《せんじょう》）の職にあり、通称は志田三郎先生。常陸国信太《しだ》荘（霞《かすみ》ケ浦《がうら》西岸）を拠点としていた。大軍を率いて小山方面へ侵攻。志田軍には、秀郷子孫の藤姓足利《とうせいあしかが》氏である足利俊《とし》綱《つな》、忠綱《ただつな》父子も加わっていた。

迎え撃つ小山朝政。義広に味方すると偽《いつわ》って野木宮で襲撃。長沼宗政は鎌倉から急行した。小山兄弟には多くの秀郷流諸将が味方した。小山氏と同族の下河《しもこう》辺《べ》行平《ゆきひら》、政義《まさよし》兄弟や大田行朝《ゆきとも》。藤姓足利氏分家筋の足利七郎有綱《ありつな》は俊綱の異母弟。佐野太郎基綱《もとつな》、阿曾沼広《あそぬまひろ》綱《つな》は有綱の子。小野寺通綱《みちつな》（道綱）は秀郷流・首藤氏の流れで小山氏、藤姓足利氏との縁は遠い。小野寺氏初代の父・義寛《ぎかん》が源為義と主従関係を結び、軍功で得た都賀《つが》郡小野寺保七カ村（栃木県栃木市岩舟町小野寺）を本拠としていた。

秀郷流以外で小山兄弟に協力した武将もいる。八田《はった》知家《ともいえ》は宇都宮氏二代目・八田宗綱《むねつな》の四男で常陸・小田氏の祖となる武将。宇都宮信房《のぶふさ》は宇都宮氏庶流・豊前《ぶぜん》宇都宮氏の祖。下妻清氏《きようじ》、小栗重成《しげなり》は坂東平氏の流れである大掾《だいじょう》氏の支族か。鎌田為成《かまたためなり》、湊河景澄《みなとがわかげずみ》は詳細不明。鎌田氏は秀郷流首藤氏分家で相模《さがみ》を拠点とした源氏の有力郎党。為成はその一族か。そして頼朝の異母弟・源範頼《のりより》も参陣している。

頼朝は七日間、鶴岡八幡宮に日参し、必勝を祈願。小山部隊中心の頼朝派武士団が志田義広を敗走させ、坂東から反頼朝勢力が一掃された。

この後、小山三兄弟は源範頼に従って西国《さいごく》を転戦、平家追討の軍で活躍する。頼朝は範頼への書状の中で「小山の者どもは全員大切に扱うように」と指示している。

小山三兄弟は平家討滅後、文治五年（一一八九年）の奥州攻めにも従軍。宇都宮二荒山《ふたあらやま》神社での戦勝祈願後、頼朝を饗応したのは、宇都宮一帯の支配者で同社神官でもある宇都宮氏ではなく、三兄弟の父・小山政光だった。

このとき、頼朝は熊谷直家《くまがいなおいえ》を「本朝無双の勇士」と紹介した。政光がその理由《わけ》を尋ねた。

「一ノ谷の戦いをはじめ父（熊谷直実《なおざね》）とともに命《いのち》懸《が》けで戦った」

頼朝はこう説明した。直実は能や幸若舞《こうわかまい》の「敦盛《あつもり》」でも知られる。一ノ谷で平敦盛を組み伏せ、首を取ろうとした瞬間、戦死したわが子・小次郎直家の面影を同じ年頃の美少年に重ね、世を儚《はかな》んで出家するストーリー。歌舞伎「一谷嫩《ふたば》軍記・熊谷陣屋」では直実は忠義のため小次郎を犠牲にする。

実際の小次郎直家は戦死しておらず、こうして頼朝に面前で褒《ほ》められたのだが、一ノ谷では父とともに一番乗りで平家の陣に突入し、討ち死にしかけた。そんな命知らずの猛者《もさ》を前に、政光は「主君のために命を捨てるのは直家に限ったことではありません。ただ、直家はめぼしい郎従《ろうじゅう》（郎党）も持てない身分なので自ら戦いの先頭に立って名を挙げようとしたのでしょう。私は郎従を派して忠義を尽くすばかりです」と言い放つ。

まさに一騎当千の兵《つわもの》を多く郎党として従える小山氏の面目躍如《めんもくやくじょ》。北関東の武士は腹蔵《ふくぞう》なくもの申す気風があり、その気風がそのまま人の形をしているのが小山政光といえる。

政光の性質を色濃く受け継いでいたのが長沼宗政で、三代将軍・実朝《さねとも》のとき、「当代（実朝）は歌や蹴《け》鞠《まり》を業として、武芸は廃《すた》れているようです。女性を重んじて、勇士はいないかのようです。また没収の地は勲功の者に充《あ》てがわれず、その多くは女房らが賜《たま》わっています」と放言。「荒言悪口《こうげんあっこう》の者」として謹慎処分を喰《く》らった。

鎌倉で御家人《ごけにん》同士が血で血を洗う粛清《しゅくせい》の時代に突入するのは、頼朝の死（建久《けんきゅう》一〇年、一一九九年）の翌年である。

梶原景時《かじわらかげとき》の変（正治《しょうじ》二年、一二〇〇年）
城長茂《じょうながもち》の乱（建仁《けんにん》元年、一二〇一年）
比企能員《ひきよしかず》の変（建仁三年、一二〇三年）
二代将軍・源頼家《よりいえ》暗殺（元久《げんきゅう》元年、一二〇四年）
畠山重忠《はたけやましげただ》の変（元久二年、一二〇五年）
牧《まき》氏事件（同）
和田合戦（建暦《けんりゃく》三年、一二一三年）
三代将軍・源実朝暗殺（建保《けんぽう》七年、一二一九年）

二十年間にこれだけの内部権力闘争事件が起きた。

その後も、有力御家人・三浦氏（宝治《ほうじ》合戦・宝治元年、一二四七年）、同・安達《あだち》氏（霜月《しもつき》騒動・弘安《こうあん》八年、一二八五年）が標的とされる事件が起きた。

鎌倉幕府創業を支えた有力御家人、その子孫が次々と粛清されていく。内向きの警戒心、競争心が凄《すさ》まじい。武をもって殺《や》るか殺られるかまで突き詰める陰険な解決方法も、大らかさとともに坂東武士が当初より内包していた気風であった。

その危険な時代、小山一族は、将軍の悪口を放言する者を抱えながらも鎌倉時代を通じて有力御家人の地位を保つ。

そもそも、梶原景時の変は、景時が「結城朝光に謀《む》叛《ほん》の疑いあり」と画策したのに対抗し、御家人六十六人が景時糾弾の連判状《れんぱんじょう》に署名し、景時が鎌倉追放となったのが発端。続く城長茂の乱は、景時敗死を受け、景時派の長茂が鎌倉幕府打倒を掲げて挙兵する際、京の小山朝政邸を襲撃したのが発端。小山一族は一歩間違えれば、死滅する危うい場面があった。

また、元久二年（一二〇五年）には宇都宮頼綱《よりつな》が謀叛を疑われるが、義兄弟・小山朝政は追討を辞退、頼綱をかばった。頼綱は出家し、蓮生《れんじょう》と名乗る。蓮生と歌人・藤原定家《さだいえ》（「ていか」と読まれることが多い）の厚い親交は「小倉百人一首」誕生につながる。いずれにしても、小山氏は幕府、執権《しっけん》・北条《ほうじょう》氏からも一《いち》目《もく》置かれる有力御家人だったことが分かる。

頼朝死後、鎌倉幕府は十三人の合議制となるが、この中で秀郷流は比企能員。能員も一連の御家人粛清の波に飲まれ、謀殺されている。

頼朝生前に戻る。

建久五年（一一九四年）、頼朝は小山朝政の屋敷に臨み、下河辺行平ら小山一族のほか弓馬に堪能な御家人を集めて古い記録を調べながら、流鏑馬《やぶさめ》の作法について語らせている。小山氏をして、武芸の故実を統合せしめようする頼朝の思惑がうかがえる。

『吾妻鏡』などに小山氏の面目躍如たるエピソードが並ぶ。

武士の時代、秀郷流武芸はまさに忘れべからざるものであった。

〈3〉明治の復権

翻《ひるがえ》って現代はどうか。

秀郷の知名度は、相対《あいたい》した平将門に比べて相当低い。敗れた将門の方が遥かに多くの人の興味をひく。ミステリアスでもあり、都市伝説では第一級の主役である。

いつの時代から秀郷の名が歴史の中でかくも小さくなったのか……。

明治四〇年（一九〇七年）というから、頼朝と西行の出会いから一気に七百年以上の時を跳躍した二十世紀初頭——。

東京・早稲田《わせだ》。元総理大臣・大隈重信《おおくましげのぶ》は私邸で下野県人会のメンバーを前に講演していた。一時、政界を去り、文化事業に精《せい》を出していたころである。

そのときの大隈の講演の精髄《エッセンス》。『戦国唐沢山《からさわやま》城』（出居博、佐野ロータリークラブ発行）から引用する。

「これについて、佐野伯が随分辛苦艱難《しんくかんなん》をしたのであります。（当時は）秀郷反感の声が余程高かったので、（明治政府上層部は）また佐野が来た、なるたけ面会せぬようにしろ、会ったら大変だといったような訳でした。唐沢山神社の建立に十数年間骨を折った、その結果、ついに別格官幣社《べっかくかんぺいしゃ》唐沢山神社が建てられたと思うのであります」

佐野伯とは伯爵・佐野常民《つねたみ》。この人物については少し後で述べる。

まず同じ年の四月三日。

茨城県・岩井（現坂東市《ばんどうし》）では織田完之《かんし》の講演会が開かれた。近隣の村々から数百人の聴衆が集まり、講演が終わるやいなや会場は喝采《かっさい》の嵐に包まれた。

将門に関する講演である。

織田は将門復権に生涯をささげた。

将門は「逆臣《ぎゃくしん》」「朝敵」の代表格。特に明治維新前後は尊王攘夷《そんのうじょうい》派ならずとも否定的な評価が大勢だった。

織田は大蔵省退官後、冷遇されている歴史上の人物の復権、とりわけ将門の汚名を雪《そそ》ごうと尽力した。明治三八年に『国宝将門記伝』を著し、翌年には大蔵省構内にあった将門の首塚に古蹟保存碑を建立。その二年後、『平将門故蹟考』をまとめた。

この首塚は説明不要だが、いわく関東大震災の後、大蔵省が更地《さらち》にして仮庁舎にしたら祟《たた》られた、いわく戦後、進駐軍ＧＨＱが壊そうとしたら死傷者が出たなどと、都市伝説、怨霊譚《おんりょうたん》で彩られた場所だ。

ともあれ、織田の活動により明治時代後期から将門復権の機運は醸成《じょうせい》された。この日の織田の講演はまさに地元を中心とした将門信奉者にとっての痛快事だった。

一方の秀郷。朝敵・将門を倒した功労者であるから、この時代は崇拝《すうはい》されていたのかと思いきや、さにあらず。大隈の回顧は「秀郷反感の声が余程高かった」としている。これはどうしたわけか。

薩長閥《さっちょうばつ》を主体とする明治政府高官そのものは尊王でも攘夷でもなかった。いっとき倒幕のスローガンとして掲げ、煽《あお》っただけである。民衆の多くは明治政府を熱烈に支持したわけではないし、尊王攘夷運動に共感していたわけでもない。

そんな中、佐野常民は佐野家関係者らの志《こころざし》に共感、秀郷を祀《まつ》る唐沢山神社創建に関わる。粘り強く国や県へはたらきかけ、明治一六年（一八八三年）、神社創建を実現。同二三年には、別格官幣社（国家に功績を上げた忠臣を祭神とする神社）への格上げにつながった。

秀郷は公的に〈忠臣〉となった。

佐野常民は大隈と同じ肥前閥《ひぜんばつ》。大蔵卿に就任した翌年の「明治一四年の政変」で大隈らとともに下野《げや》した。日本赤十字社の創設者としても知られる。

世の在り様が大きく変わり、旧来の価値観否定の流れの中で危機にあった秀郷、将門の名誉は歴史を知るそれぞれの援護者の活動によって守られた。

この流れで、恐らく戦前までは藤原秀郷の知名度もそれなりにあったのではないか。戦後はその反動があったのか。

〈4〉将門敗死の報

天慶《てんぎょう》三年（九四〇年）に戻る。

将門が敗死した二月。

京はまだその情報を知らない。

二月八日、ようやく征討軍が出発。征東《せいとう》大将軍は藤原忠文《ただふみ》（藤原式家《しきけ》）。

征東大将軍は軍事全権を握る臨時官職。名目上は全国の武士を動員する大きな権限を持つ。本来、征夷大将軍と違わない。

征東大将軍・藤原忠文に従う副将軍はその弟の藤原忠舒《ただのぶ》と、清和《せいわ》源氏の祖・源経基《つねもと》。出立する軍を見送る人々に歓呼の声はない。大きな不安とかすかな望みを託したいという思い。これしかない。

そして海賊を率い、瀬戸内海の制海権を抑えた藤原純友《すみとも》への恐怖。大船団が瀬戸内海を圧している様は目撃者もいる。

「目と鼻の先。京乱入は時間の問題」

京人《みやこびと》の恐怖は倍加する。

純友自身は態度を明確にしないまま工作員を京に潜《ひそ》ませて噂《うわさ》を流し、京の不安を煽っている。朝廷から従五位下《じゅごいのげ》の位記《いき》を受け取ったばかりで、とりあえず喜んだふりをして京の状況を見ている。懐柔策であることは分かっている。

だが、純友の侵攻作戦はここでぴたりと止まった。いち早く二月初めの将門敗戦と決戦間近の情報を得た。純友にとって驚きであった。

「秀郷、そんなに強いのか」

将門には再三、使者を遣《つか》わし、書状を送り、忠告してきた。

秀郷とは協力するようにと、敵に回してはならぬと、その武力を侮《あなど》るなかれと。

「結局、敵対してしまったか」

純友としては、秀郷は迷っているが、最後は現実的に彼我《ひが》の武力差を勘案し、将門に協力するであろう、そうなれば坂東では戦闘の可能性がなくなり、将門が一気に上京の軍を起こせるはずだと計算していた。そうならなくても、多くの貴族が将門軍上京の恐怖感を現実的に持ったときこそ京を陥れる好機と手薬煉《てぐすね》引いていた。

その日は近いとも感じていた。

「少し他人に期待しすぎたか。まずは坂東の情勢、見極めねば」

そして、まもなく将門敗死が知れた。

「出直しじゃな」

純友船団は静かに根拠地に引き返した。

「あのまま一気に京を攻め落としてもよかったかな」

引き返す純友には少し後悔の念もある。将門敗退の報が届いた前後、京は十分パニック状態にあった。だが、同じ情報を得ている者はいるはずだし、京占拠後の展望がなかった。もとより将門に京を任せるつもりはないが、その兵威は大いに利用し、京占領やその後の守備に活用できたはずだ。たとえ、将門が上京しなくても坂東に将門の大軍が控えている状況が朝廷側に東西両面への対応を強制し、純友に有利にはたらく。

「いや、焦《あせ》ることはない」

やはり立て直し、策も練り直した上でことを進めるべきだ。冷静に判断し、戦略的に撤退したのである。

だが、純友に従う者はどうであろうか。勝ち続けるからこそ戦利品にありつける。京を攻めるとなれば、どれだけの財物が手に入るかと妄想《もうそう》も膨《ふく》らむ。だが、そうでない場合、朝廷に反逆する危険を冒す理由が薄らぐ。実際、翌年には純友軍幹部・藤原恒利《つねとし》が朝廷軍に寝返っている。

京の中にも「将門襲来」の恐怖と無縁の人物がいる。天台宗《てんだいしゅう》の高僧・浄蔵大徳《じょうぞうだいとく》。比叡山延暦寺《ひえいざんえんりゃくじ》、横川《よかわ》の中堂〈首楞厳院《しゅりょうごんいん》〉で将門を調伏《ちょうぶく》していた。延喜《えんぎ》九年（九〇九年）には、藤原時平《ときひら》を崇っているという菅《すが》原道真《わらのみちざね》の怨霊を調伏しようとし、結局は父・三善清《みよしのきよ》行《つら》によって辞退させられたが、既に「二十歳にならねども験徳尊く」と評されていた。一方、近江守・平中《なか》興《き》の娘との和歌のやり取りがスキャンダルとして取り上げられたこともある。若いころから逸話の多い高僧で、このときは五十歳。「将門の首はまもなく都に到来します」と予言した。正確に情報を把握していたのである。摂政太政大臣・藤原忠平《ただひら》の筋の情報だ。時平の祈禱以来、この最高権力者との縁があったのだ。

二月二六日。

「父上、火急の報《しら》せでございます」

権中納言《ごんちゅうなごん》・藤原師輔《もろすけ》は平安京南端、九条の屋敷から、父・忠平の私邸「東三条殿」に飛び込んだ。牛車《ぎっしゃ》ではなく、馬を飛ばしてきた。

東三条殿は摂関家当主の主要邸宅の一つ。後に左右対称の寝殿造《しんでんづく》りを代表する建築へと改築を重ねていく。南庭に大きな池があり、廊《ろう》の先端には池に臨む瀟洒《しょうしゃ》な釣殿《つりどの》がある。忠平は承平元年（九三一年）までには小一条第から東三条殿に移ったようだ。ただ、その後、女婿・重明《しげあきら》親王（醍醐《だいご》天皇皇子。妻は忠平次女・寛子）に譲ったのか天暦《てんりゃく》三年（九四九年）には自邸・小一条第で薨去《こうきょ》している。

「将門、一万三千人の兵を率いて陸奥・出羽《でわ》両国を襲撃との飛駅《ひえき》でございます」

「いつ。その報は、いつの報じゃ」

「本日、陸奥国より」

飛駅は緊急の公用連絡手段である。使者は駅ごとに馬を乗り換えて急行した。それでも陸奥国府・多賀《たが》城《じょう》からは七、八日かかっているはずである。

「落ち着け。誤報じゃ」

「えっ」

前年に還暦を迎えた忠平は長男の大納言《だいなごん》・実頼《さねより》、次男・師輔に実際の政務運営を任せているが、なお政治を総攬《そうらん》する立場にある。

この日の忠平には、将門対策に行き詰まり、狼狽《うろた》えた先日の姿はない。情報の力である。

「将門、既に死んでおる」

「え？」

「昨夕、信濃より飛駅が着いた」

忠文がその伝文を示した。

情報の発信主が将門の叔父・平良文《よしぶみ》であるのが、師輔にとっては意外だった。

「良文殿、結局、将門に同心しなかった——ということでございますか」

「しばらく様子を見たい。慎重にな」

この情報が確かかどうか。忠平には見極めたい気持ちがあった。

『浄蔵法師伝』はその伝達方法を明らかにしている。将門戦死直後の二月一四日夜半、平良文は安陪忠良《あべのただよし》にこの情報を伝えた。安陪が何者かは分からないが、一五日巳刻《みのこく》（午前十時ごろ）安陪から上野国《こうずけ》に伝わり、某日亥刻《いのこく》（午後十時ごろ）、一五日付上野国牒《こくちょう》（文書）が信濃国に到着。そして、信濃国からの飛駅が都に届いたのは二月二五日午後四時半ごろであった。

信濃国からの飛駅到着は忠平の日記『貞信公記《ていしんこうき》』に記されている。一方、師輔の日記『九条殿記《くじょうどのき》』二月二六日の条は、将門の陸奥・出羽両国襲撃を奏上《そうじょう》する陸奥国の飛駅について記している。

秀郷の使者により、将門打倒の報告が都に届けられたのは三月五日。

忠平の長男で右大将（右近衛大将）・大納言の藤原実頼が「秀郷らの功を賞すべきである」と奏聞。ようやく、安心情報が公表された。

ただ、多くの貴族は既に「将門敗死」の情報を噂として知っていた。良文の第一報による吉事を何日も秘《ひ》匿《とく》することは難しい。実頼や師輔からごく親しい公《く》卿《ぎょう》へ、そして周辺の貴族へと伝播《でんぱ》し、最後は京の民《たみ》人《びと》の中でも知る者がいた。

無論、瀬戸内海に浮かぶ純友も早期にこの情報を得ていた。京には、高官の下人として潜ませた者もいれば、貴族の屋敷を回る猿楽師ら芸能の者の中に純友協力者、純友支持者もいる。さらには純友の京侵攻を手引きしようと進んで協力を申し出た貴族もいた。身の安全と純友入京後の地位保全を求め、買って出た傀儡《かいらい》である。

「それにしても秀郷殿。何たる……。何たる間抜けよ。将門に味方すれば、坂東、陸奥を手中にできたであろうに」

純友に怒りの感情、無念の思いが去来《きょらい》し、秀郷の欲得の薄さにもあきれた。一方で秀郷の冷静な判断に舌を巻く。

「早晩《そうばん》、瓦解《がかい》する将門政権とは心中せぬということか……」

そして秀郷らしい律儀な正義の持ち方なのであろうとも理解していた。

将門の敗死は純友の運命も大きく左右した。純友の抵抗は将門死後も一年半続いた。だが、結局は純友の乱も鎮圧された。


将門の首が京に届けられたのは四月二五日。

秀郷は使者に委《ゆだ》ね、自らは京に上らなかった。将門の首を携えての上京は軍事的示威行為にほかならない。東西の騒乱に震撼《しんかん》したばかりの京の貴族には刺激が強すぎる。新たな軍事的脅威と捉えられはしまいか。その面倒を嫌った。

軍事功労者、いわゆる凱旋《がいせん》将軍は王朝の次の仮想敵。唐土《もろこし》（中国）の歴史であればそうなる。

そう解釈したのは師輔。

「秀郷殿、上京しなかった理由はこんなところでしょうか」

「そうであろうな」

父・忠平も頷《うなず》いた。師輔とだいたい同じ見方をしていた。

「やけに慎重ですな。われらにはそこまでの警戒心はないのですが」

実頼は少々皮肉を加えた。

〈5〉酔えない酒

将門を倒した後の秀郷の活動は鈍い。残党狩りにも一切関係しなかった。

下野国安蘇《あそ》郡天命《てんみょう》（栃木県佐野市）の秀郷の居館。

「あいたたた。みやよ、もそっと優しく、痛い痛い。余計に痛いぞ」

「そんな情けない声をお出しにならずとも」

「痛いのだから仕方がない」

館《やかた》奥の寝所でうつ伏せになった秀郷は妻・侍従御前《じじゅうごぜん》（都乎《みやこ》）に背中や腰、手足を揉《も》ませていた。将門を討った翌日からとにかくひどい筋肉痛で、しかも日に日に痛みが増す。今や寝返りで激痛が走る。歩くのもやっとという状態。まず、将門の首を携えての上京は延期された。

京には使者も送り、将門討伐の速報、その後の状況についての報告は、ひとまず済ませた。この上は慌《あわ》てることもあるまい。

「このまま京に上がらぬおつもりですか」

「尻も痛くて、馬にも乗れぬわ」

「そもそも神様の御加護《ごかご》で力を出せたと仰《おお》せの殿がこのような体たらく。道理に合いませぬな」

「違う、違う。みやよ、それは違うぞ。わしは神の御加護によって本来出せぬ力まで出せたのじゃ。その凄《すさ》まじい力で身体の筋、骨が悲鳴を上げるのも道理というものであろう。本来なら出せぬ力が出たのだからな」

秀郷の理屈は筋が通っているようで何か違う気がする。侍従御前はそう思った。

「そのような不思議な力のある神様なら痛くならぬようにすることも、いと容易《たやす》きことと思いますが」

「罰当《ばちあ》たりめ。神にそのようなこと頼むは畏《おそ》れ多きことぞ。畏れ多い、畏れ多い。それは畏れ多いぞ」

痛みが思考力も鈍らせ、無駄に同じ言葉を繰り返す。

「あ。腰も痛いのだ。そこをもう少し揉んでくれ」

「たいそう齢《とし》の離れた若い女子《おなご》と随分の時をお過ごしだからではないのですか」

侍従御前の言葉に多少、棘《とげ》がある。

「何を言うか。小宰相《こさいしょう》のことか。違う、違うぞ。あれは将門のところにいたというので詳しく話を聴いておったのだ。誤解するな。あ、いたたたた。もう少し優しく揉んでくれ。痛い、痛いぞ」

激戦の後の筋肉痛は年齢を感じさせた。

しばらく何もせず、安静に過ごした。一月もせぬ間に痛みはすっかり消え、出発を遅らせた間、ゆっくり考えることができた。

「やはり、わしが行かぬでもいいだろう。京に行かねばならぬ理由もない。行きたい理由もない」

将門残党の討伐が進んでいる状況を眺め、何かも自分でする必要もないと思った。何事も事態が進むときはその方向に進む。

将門の首は使者に託して京に送らせることにした。京の情勢に関わることを嫌った。面倒臭くなったのだ。

征東大将軍・藤原忠文の現地到着は将門討滅後だった。忠文は征討軍の到着を待たず、勝手に戦端を開いたとして咎《とが》めたが、秀郷は意に介さない。「戦《いくさ》の機微」とのみ答えた。暫時《ざんじ》待機の命令があったわけでもない。

　この時点で秀郷の戦功第一は確定しており、遅参に焦る大軍と残党狩りで功を争う気もない。

　逃げ隠れた者、戦場《いくさば》から去った者らは次々と捕縛《ほばく》、誅殺《ちゅうさつ》された。藤原玄茂《はるもち》は相模国で、興世王《おきよのおう》は上総《かずさ》国で、坂上遂高《さかのうえのかつたか》、藤原玄明《はるあき》らは常陸国で斬られた。

　また、秀郷の長男・千晴は武蔵国多摩《たま》郡で将門の弟・御厨《みくりや》三郎平将頼《まさより》と戦い、同国河越《かわごえ》で討ち取った。江戸時代の書物『江戸砂子《えどすなご》』の伝える神田明神の伝説である。

　平将頼は将門新皇国家で下野守を僭称《せんしょう》。将門の弟たちの中で最年長であり、将門副将格の一人であった。千晴は征東大将軍の一団に先んじて京から駆け付け、相模、武蔵で反将門派の将兵を組織した。なお、『将門記《しょうもんき》』は、将頼は相模で討たれたとしている。

　征東大将軍・藤原忠文は六十八歳という老齢を押して遠征してきたが、無駄足に終わった。大納言・藤原実頼が「功がない」とし、恩賞を得られなかったのである。弟の権中納言・藤原師輔は「命《めい》を受けて京を出立したのだから賞すべきである」と主張したが、実頼は持論に拘《こだわ》った。

　忠文は翌年、藤原純友追討のため、征西大将軍に任じられた。

　秀郷は何もせず、ぼんやりとしている。

「兄上、平良文殿にうまうまとやられましたな。東に治領を広げる好機でしたが……。われらの功を考えれば、将門殿兄弟の土地、そっくりいただいてもよかったのですが」

「高郷。そう欲をかくな。常陸、下総は今後も平氏一族の間で悶着《もんちゃく》もあろう、難しい土地。良文殿が苦労を買ってくれるなら、それでよい」

　秀郷と将門の決戦直前、陸奥から南下し、両陣営を驚かせた鎮守府将軍・平良文は決戦に参戦せず、そのまま将門領を占拠。戦後は将門一族を保護し、周辺の混乱を抑えている。残党狩りに躍起になり、将門家族の引き渡しを求める朝廷軍にも「女子供には罪なし。太政大臣閣下（藤原忠平）の内意も得ておる」と突っ撥《ぱ》ねた。これには秀郷も感心し、将門領居座りを容認した。

「戦には参戦していないのに、このままでは良文殿が将門の土地を手中に収めましょうな。忠平卿との裏取引があるやもしれませぬ」

「あろうな」

　秀郷は戦功により従四位下《じゅしいのげ》の叙位があり、下野守に任じられた。地方豪族として破格の待遇であり、これ以上望むものはない。

『日本紀略《きりゃく》』によると、その除目《じもく》は一一月一六日。『扶桑略記《ふそうりゃくき》』(天慶三年三月九日の条)は下野と武蔵の守に兼ね任じられたと記し、『結城系図』には同年四月二五日に鎮守府将軍に任じられたように書かれている。いずれにしても、将門討伐の最高殊勲者、東国武士の最有力者と認められたのである。

　平貞盛《さだもり》は従五位上(『将門記』では正五位上)となり、左馬允《さまのじょう》から右馬助《うまのすけ》に昇進した。翌年には藤原純友の乱の対応として右近馬場で貞盛朝臣《あそん》兵士ほかの閲《えっ》兵《ぺい》が行われており、貞盛は中央軍事貴族として活動していることが分かる。

　このほか、上総掾・平公雅《きみまさ》は安房守、武蔵介・源経基は従五位下大宰少弐《だざいのしょうに》に。遠江掾・橘遠保《たちばなのとおやす》は美濃介に。これも東国の掾に任命された八人の一人だ。


「今宵《こよい》の御酒《ごしゅ》は格別、おいしいのではございませぬか」

　縁台に胡坐《あぐら》をかき、月を眺めながら一人、静かに酒を飲んでいた秀郷に妻・侍従御前が声を掛けた。

「酒はうまいよ。何しろ米がいい。そして水がいい。味が引き締まっている」

　戦勝を祝い、地元の農民から贈られた銘酒。浄酒《すみさけ》である。

　浄酒は白濁《はくだく》し粘りのある酒から濁《にご》りを濾《こ》し取ったもので、さらりとした口当たりで上品。日ごろは濁り酒を口にしている秀郷にとっても特別な気分だ。

　百姓たちの心意気が感じられる。いい米を作り、いい酒を造る。今回、騒乱の終結を大いに喜び、荷車に酒樽《さかだる》を何本も積んで屋敷に運び入れてきた。これには諸将、兵たちも大喜びで祝勝の宴は大いに盛り上がった。

　その宴の余韻《よいん》とともに一人飲む酒もまた格別であった。

「その割にはお顔がさえませんこと……。将門さまのことをお考えですね」

「確かにな……。将門の理想は決して悪いものではなかった。坂東を新たな国とし、京の貴族とは無縁の政治《まつりごと》を行う。百姓が望んでいた道かもしれぬ。となると、わしは東国の夢を砕いたのか。そんな気がせぬでもない」

「それではともに戦った方々は何と申されましょうか。喜ぶべきときは喜べばよいのです。戦乱が収まったことに百姓もみな喜んでおります」

妻はひたすら前向きであった。その言葉に頭の中で絡み合った糸が少し解《ほど》けたような気がして救われた。

「そうだな。確かにその通りだ」

それでも頭の中は多少違う。

（将門を討ったことは果たしてよかったか）

結局、この答えを探そうとしている。

将門を討たねばならなかったことは間違いない。国司不在、為政者《いせいしゃ》不在。代わりに盗賊、お尋ね者のような連中がその地位に就いた。その連中が国司の代わりを果たそうとし、果たして何もできなかった。

あの混乱は収拾しなければならなかった。将門の五十日政権の中で政治を実施できる者は一人もいなかった。早急に元の体制に戻す必要があった。

だから行動は正しかった。回答は結局、同じである。何もぐるぐると同じことを考える必要はないのである。それでもまた考えてしまっている。

（自分と将門は同種）

いや、ある時点までは前途洋々《ぜんとようよう》の将門に比べ、自分は無位無官の罪人にすぎなかった。討つ側と討たれる側。立場を入れ替えていた可能性もあった。

将門は最高権力者・藤原忠平を後ろ盾に一族間の私闘でありながら、敵を討つ官符《かんぷ》まで得ていたのである。そして圧倒的な戦闘能力と熱狂的な民衆の支持を得た。

翻って、わが身は在庁官人として祖父以来の国司の官職を継ぐ立場にありながら、若いときから二度も〈罪人〉〈お尋ね者〉になった。その経緯については地域の民衆と自らの名誉を守るための行動に端を発したものであり、何ら後悔はない。

だが、よそから、朝廷や京の貴族から見れば、地方を荒らす盗賊、強盗首魁《しゅかい》の類《たぐい》と何ら変わりはない。

そう見られていたはずだ。それが〈将門の乱〉という緊急事態で官職を得て幸運にも勝利し、今の立場がある。

将門と何が違ったのか。今思うことはこのことである。

自分にはよい仲間もいた。感謝せねば。

そして一度は自らの頭の中にも去来した〈東国の夢〉。

将門が追っていたのはまさにそれだ。

自分が踏みとどまった夢に将門は踏み込んだ。

自分は踏みとどまったのか。踏み込めなかったのではないか。

思考は堂々巡りの迷路を彷徨《さまよ》った。

酒は果実のような香り。華が開く。余韻《よいん》の苦みは心地よくも酔いを醒《さ》ます。

酒はうまいが、酔えない。そんな夜であった。

〈6〉冥界消息

翌日、秀郷は居館近くの光徳寺《こうとくじ》を参詣した。かつての部下、柏崎光徳《かしわざきこうとく》が建立した寺院を援助し、大きくした。光徳坊は今この寺の僧侶である。現在、この寺は佐野市中心市街に近い。光徳お手植えの柏槙《びゃくしん》がその歴史を物語る。

その光徳坊に招かれ、堂内に入った。何か話があるのか。白湯《さゆ》が供され、一息ついた。

「殿。将門さまの件ですが……」

「おお、『将門合戦章』の件か。いろいろと手間をかけたな。ご苦労であった」

秀郷は将門との直接対決の直前、常陸国府を襲撃した際の将門軍の略奪、乱暴狼藉《ろうぜき》を詳述した『将門合戦章』と題する短い物語を光徳に書かせた。

物語とは現在でいえばニュース速報である。

無論、速報といっても人々に即日知らしめる手段はない。数日後、数カ月後、ときには何年も前の話が語られる。語られる出来事が実話か作り話かは意識されない。

「あるとき、どこそこで、こんなことが起きた」

全てが過去の話ではあるが、出来事を人々に知らせる手段だった。

その『将門合戦章』は常陸国府での将門軍の非道を語るもので、常陸国内の寺院に写しを取らせて民衆に読み聞かせるよう指示した。将門支配地域の民衆の離反を狙ったものだ。

民衆への心理戦。卑劣《ひれつ》な謀略宣伝。いわゆる怪文書である。

敵の弱点を突くのも戦いの本道と割り切った。

効果はあった。それが事実に近かったからだ。将門新皇《しんのう》政府の内政の混乱とともに民心は急速に将門から離れていった。

だが、戦いが終わると用済みである。残しておいても誰の得にもならない。将門の恥を後世に伝える気もない。まして謀略戦の証拠は抹消《まっしょう》すべきである。

「あのようなものは速《すみ》やかに破棄《はき》したいと思います」

先日、光徳が切り出した際は即座に許可した。

「そうだな。苦労をかけるが、寺々を回って処置してくれ」

騒乱を早期収束させたい思いは同じであったにせよ、謀略に手を貸したことを光徳は恥じていたのだろう。

きょうはその報告かと思ったが、光徳は別件から入った。

「先日、不思議なことがありまして……」

「不思議とな」

「〈田舎の人〉と名乗る男が現れまして、将門さまの消息《しょうそく》を語っていきました」

「何？　将門の消息？」

消息と聞いて驚いた。死んだ人間の消息とは不可思議千万。

「はい。冥界《めいかい》での消息です」

「あっ、冥界の消息か……」

なるほど、冥界での消息なら納得できる。一瞬そう思ったが、いやいや、そうでもない。不思議な話だ。まずは光徳の話を聞かねばなるまい。

光徳が怪文書処分のため常陸国内を回っているときである。

その〈田舎の人〉が言うには、将門は今、三界《さんがい》国六道《りくどう》郡五趣《ごしゅ》郷八難《はちなん》村に住む。

三界は欲界《よくかい》、色界《しきかい》、無色界《むしきかい》。一切の生きとし生けるものが生死を繰り返し、輪廻《りんね》する世界で、色界は欲や煩悩《ぼんのう》はないが、物質的束縛からは脱却していない世界。最上層の無色界は物質のない心の世界。六道は天上、人間、修羅《しゅら》の三善道と畜生《ちくしょう》、餓鬼《がき》、地獄の三悪道。五趣は六道のうち修羅を除いた五つ。八難は悟《さと》りを妨げる八種の困難。

六道五趣の世界で八難の苦しみを嘗《な》めさせられているというのであろう。

冥界からの使者に託し、亡魂《ぼうこん》の消息が告げられた。

〈将門が悪を犯したとき、伴類《ばんるい》（仲間）を集めてともに犯した。報いを受ける日には多くの罪を背負って一人苦しむのである。身を受苦の剣の林に置き、肝を鉄囲いの中で業火に焼くのだ。その苦しみは極まって、痛さは言葉に表すことができない〉

「その者はこのように申しておりました」

「ふむう」

唸《うな》るしかなかったが、ある思いが湧き上がる。光徳の次の言葉はまさにそれだ。

「なぜ、将門さまがあのような行動を起こされたのか。いろいろな経緯《いきさつ》もありましょうし、ご本人に何かの野心があったのか。その心に寄り添い、この乱が起きた理由を知りたい。今は強く、そう思います」

「まさにそうだな。それはわしも知りたい。この数日、将門がこと胸に去来《きょらい》するものがある」

「お許しをいただければ話を聞きうるかぎりは聞き、また、われらが体験したことも含め、乱の始めから終わりを追い、書き記し、何らかの形で残したいと思います」

「そうか」

「寺々を回っておりましても、そのような思いを持つ方々がおられました。将門さまの合戦の顚末《てんまつ》を知りたいと、拙僧《せっそう》に強くお尋ねになる寺僧方もおります」

「許す。いや、わしから頼みたい。将門がことを書いてくれ。あの戦いの……、親族間の私闘であったはずが、朝廷への反逆になってしまった経緯、顚末……。わしも知りたい。言わずもがなではあるが、専心、将門の行動を追うものにしてくれ。ことさらわしの武勲を書き立てると、周りの者やわれらの子孫によって詰まらぬ方向に利用されぬとも限らぬ。改竄《かいざん》の危険もある。おぬしだから言えることだが」

「真《まこと》にありがたきお言葉に存じます。拙僧の懸念もそこにあります。殿のお身内であれば、将門さまは憎き反逆者。真っ直ぐには受け止めかねる方々もおりましょう」

「そうだな。この界隈《かいわい》の社寺では保管できまい。その場所にも心を砕いてくれるか」

「分かりました。善を尽くします」

自らも多少なりとも関わった。最悪の事態を押しとどめるときはなかったのか。その反省が頭をよぎる。

戦勝後、秀郷は社寺へのお礼参り、建立、勧請《かんじょう》だと忙しく下野国内を回った。何しろ将門との対決前にあちこち戦勝祈願をした。また、将門調伏を買って出た寺院もある。この勝利は神仏のお陰と、感謝せねばならぬ社寺がとにかく多い。

足利に秀郷の父・村雄《むらお》が創建した八雲《やぐも》神社がある。今の栃木県足利市通、同市田中。なお、同名の八雲神社は同市内にほかにもある。足利は、秀郷の本拠地・安蘇（佐野）に近く、早くから秀郷の影響力が強い地域だが、一方で将門の伝承も多い。

将門の五体はばらばらに飛び散った。腹部が落ちてきたという大原《おおはら》神社（足利市大前町）、手を祀る大《おお》手《て》神社（同市五十部町）、股《また》が埋まっている子《ね》の権現《ごんげん》（同市樺崎町）。

大原神社はお腹《なか》の病気の平癒《へいゆ》や安産にご利益《りやく》があるといい、子の権現は腰から下の病気は何でも面倒みてくれる。将門の強い霊力が信じられている。

大手神社は手の病気一切の治癒《ちゆ》、学芸上達にご利益があるという。筆や手芸などの手仕事の神である。そして、この神社周辺の限られた地域は将門信奉者の地だったのか、桔梗《ききょう》を忌み嫌う習慣が残った。

桔梗前は将門の妻とも、地域により愛妾《あいしょう》、または侍女《じじょ》との伝承もある。秀郷の妹と伝える地域もある。桔梗伝承では、桔梗前が秀郷に将門の弱点を伝え、乱の後、秀郷による口封じ、または、将門派による裏切りの報復で殺された。この伝承から大手神社周辺では桔梗は植えない、植えても花が咲かないと、言い伝えている。桔梗忌避《きひ》伝承は将門の地元にも当然あり、茨城県取手《とりで》市には桔梗前が葬られた桔梗塚がある。

大手神社周辺は桔梗忌避だけでなく、寛朝僧正《かんちょうそうじょう》が将門を調伏して開いた成田山新勝寺《なりたさんしんしょうじ》（千葉県成田市）にお参りしない、お札も受けない、成田山に関係する一切の講《こう》お断りと、成田山を敵視する風習も残った。これも、将門の本拠地、現在の茨城県坂東市などと同じ習慣である。

ところが、この足利・大手神社の氏子《うじこ》らは近くにある鶏足寺《けいそくじ》（足利市小俣町）については問題にしていない。鶏足寺は将門の足を祀った寺ではない。将門を調伏した寺院であり、立場としては成田山と同じである。

鶏足寺は、元は世尊寺《せそんじ》といった古刹《こさつ》。将門の乱では土で作った将門の首を供え、昼夜通して護摩《ごま》を焚《た》き、東西南北四方に、定満、定海、定玄、円定僧都《そうず》を配し、常裕法印《ほういん》は中央本尊壇に上がって七日間一心不乱に祈祷《きとう》を続けた。その日未明、常裕法印は疲れ果て、ついうとうととした。三本足の鶏が血塗《ちまみ》れの将門の首を踏み、高らかに鳴く夢を見た。その鳴き声に目を覚ますと、供えてある将門の土首には三カ所の足跡があった。

「調伏の成就《じょうじゅ》疑いなし」

まさにその日、将門追討の報せが来た。寺は勅命《ちょくめい》により、鶏足寺と改められた。

秀郷はこうした社寺へ戦勝祈願、朝敵調伏の御礼をしなければならない。

一瓶塚稲荷神社《いっぺいづかいなり》（佐野市田沼町）は秀郷ゆかりの関東五社稲荷の一つ。

天慶五年（九四二年）、秀郷は相模国鎌倉松ケ岡稲荷大明神を詣で、関東四社を勧請。松ケ岡稲荷大明神は鎌倉・浄明寺《じょうみょうじ》にある鎌足稲荷社《かまたりいなりしゃ》（神奈川県鎌倉市浄明寺）のことのようだ。このとき勧請した四社は、武蔵国鴉森《からすもり》（現在の烏森神社、東京都港区新橋）、武蔵国王子（王子稲荷神社、東京都北区岸町）、上野国新福院、下野国富士村。唐沢山南麓の富士村から西の田沼に移されたのが一瓶塚稲荷神社。その富士村の稲荷が現在の関東五社稲荷神社（佐野市大栗町）であろうか。上野国新福院はどこか。上野で名だたる稲荷といえば、群馬県太田市細谷町の冠《かんむり》稲荷神社が「日本七社（日本七稲荷）」の一つとされるが、秀郷より随分後の時代の源義国《よしくに》創建と伝わる。

他方、ばらばらになった将門の五体。

「わが五体いずこにありや。寄り合ってまた一戦《ひといくさ》をなさん」

京で晒《さら》された首が不気味に笑ったという話がある。

一方、足利では胴体が「首を取り返して今一度、戦わん」と追いかけたという。首のない胴体がどうやって意思表示をしたのか、足のない胴体がどうやって追いかけたのか。いずれにしても不思議な話だが、破片となろうと、どんな姿になろうと、将門には将門の凄《すご》みがあるということであろう。

その首を求める胴体の怪異譚。既に首は京まで持っていかれたと知り、「ただかりだ」とわめいて倒れたのが国境《くにざかい》の渡良瀬《わたらせ》川を超え、上野国に入った場所だ。これが、「只上《ただかり》」の地名の由来。現在の群馬県太田市只上町。

「ただかり」の言葉の意味は不明だが、「残念だ」「無念だ」ということか。

そもそも、五体ばらばらとはいうが、将門の遺体は切り刻まれたわけではない。そんなことをする必要もない。そんな記事もない。爆死でもない。将門の強い怨念か。自らの体内に収まらぬ怒り、無念さ、激情が五体を分裂させたか。

また、秀郷の本拠近くでさえ将門を祀る神社が建立されている。御門《みかど》神社（栃木県栃木市岩舟町静）である。

寺社仏閣への御礼を含め戦後処理に追われていたころのことだろうか。

秀郷の末娘の菊姫がもさが（天然痘《てんねんとう》）にかかり、高熱が何日も続いた。

姫はかわいらしく、心も優しいと評判の美人に成長。姫の周りは明るく楽しい雰囲気に包まれる。秀郷も溺愛《できあい》した。ところが、この病《やまい》は重く、次第に目も見えなくなっているという。このままでは失明はおろか、命も危うい。秀郷の心配ぶりは尋常でなく、都から名医名僧を呼び、治療や祈禱に手を尽くしたが、いっこうによくならない。姫は毎日泣き、身も心も疲れ果ててしまった。

「姫さまが病に苦しんでおられると聞きました。ひとつ、拙僧に診《み》させてもらえませんか」

ある日、旅の途中で聞き付けた僧が訪ねてきた。汚れた衣をまとっているが、どことなく気品がある。家の者どもは訝《いぶか》しんだが、秀郷は藁《わら》にもすがる思いで、「ぜひにも」と招き入れた。

侍女が菊姫に事情を説明。旅僧を案内したが、姫はさほど期待していなかった。

（多くの薬師《くすし》が診ても治らず、社寺のお祈りも効き目がなかった病。旅僧に治せるわけがない）

姫が臥《ふ》せている部屋に入ってきた。もさがで目は開かぬはずだったが、はっきりとその姿が見えた。僧ではない。甲冑《かっちゅう》を身にまとった武将である。

「われは姫の父上、藤原秀郷公に討たれし平将門なり」

（ああ、そうであったか）

姫は了解した。運命は今ここに定まった。

（病は将門殿の恨《うら》みであったか）

死を覚悟し、観念した。だが。

「恨みを晴らすために来たのではない。むしろその逆である。秀郷公と姫はわが領民に慈《いつく》しみの心を持ち、いたわってくれた。秀郷公はよく治めてくれている。そのことを感謝するために参った。秀郷公は約束を守ってくれた」

　姫が驚いていると、将門が続けた。

「明朝、この部屋の庭先に赤い雀《すずめ》を二羽送る。これを捕らえさせ、生き血を体全体に塗りなされ。さすれば……」

　将門の声が遠のく。

「姫さま、どうされました」

　侍女が部屋に入ってきた。

「あのお方は、旅僧の方は、どうされましたか」

「旅僧の方なら先ほど屋敷を出られ、どこへともなく旅立たれましたが」

　無論、お告げ通りにして姫の病はたちまち快癒《かいゆ》。秀郷はことのほか喜んだ。

　菊姫に聞き、秀郷は将門に感謝し、その霊を鎮《しず》めるため社《やしろ》を建てた。

　佐野市堀米町の雀宮《すずめのみや》神社の由来として伝わる佐野の民話である。

　栃木県内にはほかにも雀宮神社、雀神社がいくつかある。

　有名なのは宇都宮市南部の雀宮神社。雀宮の地名も残る。由緒は全く違う。雀の功徳の民話あり、平安時代の貴族、陸奥守・藤原実方《さねかた》の伝承（夫の任国・陸奥に向かった妻・綾女《あやめ》姫がこの地で病に倒れ、持参の玉を祀れば村は栄えると遺言し、陸奥で病死した実方の魂が雀となってこの地に来た）あり、鎮めの宮説（豊《とよ》城《き》入彦命《いりひこのみこと》がこの地で亡くなり、御霊を鎮めた。しずめの宮がすずめの宮になった）ありで、いろいろだ。

　さて、秀郷は旅僧を追ったが、その行方は杳《よう》として知れなかった。

「将門よ。おぬしは何が言いたかったのじゃ。この世に、このわしに、何か言い残したことがあるのではないのか」

　叫んでも後の祭りである。いや、何か言い残したことがあってほしい、何か言ってほしい。その思いがあった。

　姫の話では恨み事は言わず、領国治世を褒めたという。

（藤太兄、よいのでござるよ）

　そよ風がそっとそんな声を運んだ。

〈7〉武蔵国府

　下野守と武蔵守を兼務する秀郷は地元での戦後処理

を終えた後、武蔵に入った。下野は多くの信頼できる者がおり、配下の者に任せても心配はない。

武蔵国府で時を過ごした秀郷は随分と齢を取った。

「年寄には鄙《ひな》（田舎）の暮らしもいいものだ。のんびりとやっておる」

訪ねてくる知り合いには、まずこう話す。

下野生まれの秀郷にとって武蔵はとんだ田舎と感じた。

現在の埼玉県と東京都に加え、川崎市など神奈川県の一部も含んだ比較的広い国。現代ではこの三都県は日本で最も人口が集中している地域である。どこもかしこも住宅が立ち並び、開発が進み、駅があり、ビルがあり、工場がある。

だが、この時代は全く逆だった。広く、ただ広く、そして何もない。

武蔵国は二十一郡あり、海に面した場所には小さな漁村もいくつかある。大きな港はない。

武蔵の中心は多摩郡であり、西方に広大な山林を抱えているのでこの郡も広い。国府周辺はまずまず村があり、人も多いが、少し離れると田畑もない、山林と草原《くさはら》だけという場所がとにかく多い。

「ほとんどの土地が未開発だな」

秀郷はまず、国府周辺を巡察。国府近辺は東西南北に走る道が古くから整備され、交通の要衝《ようしょう》としては機能している。後に甲州《こうしゅう》街道となる東西の道だけではない。下野、上野にも向かう東山道《とうさんどう》武蔵路が南北に延びる。これは東海道と東山道を結ぶ重要路線だ。

「まず、開墾を進めねばならぬな」

目立つのは真っ平でだだっ広《ぴろ》い土地。草原といっても葦《あし》や雑草が人の背丈ほども伸び、そのままでは馬の訓練にさえ使えない土地だ。とにかく広いのである。その広い草原、葦原を大河や小川が流れる。水利のよい場所もある。

「武蔵国、ただの鄙（田舎）だと思っていたが、この広さはやがて豊かさにつながるな」

また、土地の多くが平らで、これも農耕をはじめ利用価値が高そうだ。多少の起伏はあり、独立した丘陵や低山もあるが、平らな土地の広さは、あれほど雄大だと感じた下野の地以上だ。

国司としての細かい仕事は毎日報告を聞く程度で、ほとんどを部下に任せた。秀郷自身はもっぱら田畑に適した場所、馬牧《うままき》に適した場所を探し、選別し、開墾を進めるよう指示し、手配した。

国庁を中心とした国衙《こくが》（役所群）は現在の大國魂《おおくにたま》神社（東京都府中《ふちゅう》市宮町）。その西側に府中市役所。今も昔も行政の中心地だった。国司館《こくしのたち》は国衙の南西にあったが、府中崖線《ふちゅうがいせん》のすぐ下の、沖積低地にあり、台風の季節に大きな被害を受けていた。

「崖の下にあるのだから当たり前だ」

奈良時代の国司館はすぐ東にあるが、こちらは府中崖線の上にあったようだ。いつの時代か、崖崩れの被害にでも遭ったのであろう。

「ともかく、建て直さねばならん」

無論、府中崖線の北側、立川段丘上を条件とした。国衙の西側で、東山道武蔵路にも近い場所だ。質実剛健な武家屋敷。塀や濠《ほり》で守りを固め、砦《とりで》にもなりうる造りとした。秀郷居館跡は、現在、龍門山高安寺《こうあんじ》（東京都府中市片町）。旧甲州街道に面した広大な土地を有した寺院で、境内には秀郷稲荷がひっそりと佇《たたず》む。


秀郷の子息も立派に活躍している。ただ、この後は波瀾万丈《はらんばんじょう》である。

秀郷死後を先に見ると、千晴は相模介に就き、関東に地盤を持ちながら、京でも西宮左大臣・源高明《たかあきら》に仕えた。だが、安和《あんな》の変（九六九年）で高明とともに失脚した。

千常は安和元年（九六八年）、信濃で乱を起こし、天元《てんげん》二年（九七九年）には源肥《ゆたか》と合戦に及んだと下野国が奏上している。一方で、武蔵介に就いて関東に勢力を持ち、千晴失脚後は秀郷嫡流として振る舞う。千常の子孫が秀郷流藤原氏の名門武家として歴史に出てくるのである。

随分、後の時代の書物だが、『田原族譜』は、長男・千晴より順に、千明、千国、千種、千常、千方《ちかた》と、秀郷の息として六人の名を挙げる。ただ、歴史にその実像が見えるのは千晴と千常だけだ。二人以外は架空の人物ではないか。秀郷ゆかりの地の伝承に控えめに名前が出てくる場合もあるのだが……。

謎《なぞ》なのは千方。兄・千常の養子になったとする系図もある。そして、『太平記』十六巻の「四鬼伝説」に登場する。『太平記』本筋と全く関係のない話で、天《てん》智《じ》天皇の時代、藤原千方という人物が金鬼《きんき》、風鬼、水鬼、隠形鬼《おんぎょうき》の四鬼を従え、伊賀、伊勢両国を抑えていたという。金鬼はその身堅固にして矢が突き刺さらない。風鬼は大風を吹かせて敵の城を壊す。水鬼は洪水で敵を溺《おぼ》れさせる。隠形鬼は身を隠して敵に急襲する。朝廷に従わない千方追討を命じられた紀朝雄《きのともお》なる人物が鬼に和歌を贈り、鬼は四散。千方は朝雄に打ち取られる。

「草も木もわが大君の国なればいづくか鬼の棲家《すみか》なるべき」

鬼たちは「さては、われら悪逆無道の臣に順《したが》って、善政有徳の君を背《そむ》き奉りける事、天罰遁《のが》るる所なし」と畏れた。

紀朝雄は氏族不詳であり、架空の人物かもしれない。天智天皇の時代というから、秀郷の時代から三百年も遡《さかのぼ》る。当然、秀郷の子息としては辻褄《つじつま》が合わない。藤原千方の名が偶然同じだった伝承かもしれない。

千常の系統はさまざまな武門の祖に分かれる。西行を生んだ佐藤氏ら都の武士。奥州藤原氏、相模の首藤氏、波多野氏。近江・蒲生《がもう》氏、上野から伊勢に移った赤堀氏。地元・栃木とその周辺では藤姓足利氏の流れをくむ佐野氏、武蔵の大田氏の流れからの小山氏、長沼氏、結城氏、首藤氏の流れで小野寺氏、那須氏ら。名門武士団の源流となっている。

「俵藤太物語」最後の一節。——日本六十余州に、弓矢をとって藤原と名のる家、おそらくは秀郷の後胤《こういん》たらぬはなかるべし。

〈8〉鎮守府将軍

秀郷は鎮守府将軍に任じられた。

秀郷の鎮守府将軍補任《ぶにん》は、近世成立の『結城系図』などにはあるが、同時代史料にはみえない。秀郷の子である千常も同様である。

では、秀郷の鎮守府将軍補任は架空か。千常以降は文脩《ふみなが》、兼光、頼行と代々、世襲するかの如く、秀郷子孫が鎮守府将軍職に就いている。その源泉はやはり秀郷の武功であり、秀郷も鎮守府将軍の地位にあった可能性が高い。

「やはり、悪路王《あくろおう》という蝦夷《えみし》の首領はいないか」

「は。そもそも蝦夷がまとまった勢力を保持している気配はございませぬ。俘囚《ふしゅう》の者の集団はございますが」

俘囚は朝廷に服属した蝦夷で、陸奥の奥地といえども、以前のような半独立国、朝廷に従わぬ地、朝廷の意向の届かぬ地はないようだ。

「そうか。長い年月の間に陸奥も変わったか」

それでも、奥六郡では半ば俘囚による自治が成立しているようだ。実態としては、昔と変わらないのかもしれないが、俘囚たちは陸奥守への臣従の意図を明確にしている。

「大殿（秀郷）が若き日に出会ったお方ということであれば、既にお亡くなりになったと考えるのが自然でしょう」

秀郷は陸奥から帰って来た荒耳《あらみみ》の報告を聞き、目を閉じた。自分も随分と齢を重ねたのだ。久しぶりに陸奥へ赴くことになり、現状を知るために荒耳を派して、状況確認を指示していた。

「わたしは陸奥にはお供《とも》できませんわ」

妻・侍従御前がきっぱりと言う。

「千常は今、武蔵の武者たちを従えつつありますれば」

ここで坂東の武家としっかりと絆《きずな》を強める重要局面。今、わが子・千常のそばを離れたくないという思いが強い。ここ数年の成長をしっかりそばで見極めたいという。

「そなたが子離れせぬから千常がいい齢をして甘えが残る気もするが……」

「陸奥御前さまが生きておわしましたら、陸奥行きをお勧めしたかも……。お懐かしく、お思いになったでしょう」

「それだけ、わしも齢を取った。まあ、陸奥御前は京で千晴の成長、千晴が貴族の中で地歩を固めていく姿を十分に見届け、穏やかに生涯を終えた。幼きころはいろいろと苦労もあったそうだし、まあ京で逝《い》ったのも悪くないかもしれぬ」

「齢はお互いです」

「そうだな」

陸奥への出立に向けた準備をほぼ終えたその日、武蔵国司の下級官人が秀郷の居館に報告に訪れた。

「何、旅僧？」

「はい。旅姿の僧侶が国司館の場所を尋ねていたと。見た者によりますと、汚れた衣をまとい、身なりは貧弱そうですが、痩《や》せ老いた顔に、どこか気品がある感じであったとのことです」

「ふむ……。旅僧か、旅僧……。もしや……」

頷きながら、下級官人の報告を咀嚼《そしゃく》する。

菊姫を救ってくれた将門の亡霊であろうか。あのときは旅僧姿で現れた。

「迎えの者を出し、丁重《ていちょう》に案内せよ」

家来に指示した後、思い直す。

(痩せ老いた顔だと言っていたな)

亡霊が齢を取るという話は聞いたことがない。すると、将門ではないのか。

今さら会って何の話があろうか。だが、もう一度、あの男に会いたいという気持ちは強い。会って語り合いたい。語り明かしたい。

「藤太兄、これでよかったのでござるか。日本の国はこれでよかったのでござるか」

あの男なら、そう言うのか。

武士が台頭し、貴族も一目置くようになった。受《ず》領《りょう》の地位に就く武士もいる。貴族としての官位を得る者もいる。武力を持つ者が、その実力をそれなりに評価されている。地方の荒くれ者、群盗とさほど変わらぬ暴れ者とみられていた時代とは違う。

武士は誕生し、成長した。

「将門よ。おぬしの後継者のような者たちだ」

そう言ってやりたい気持ちはある。

そうした武士の中には、荘園の管理を通じて地域を実質的に支配する者や、国司で地位を得て地域の政治に関わる者がおり、私腹を肥やすことのみに明け暮れた中級貴族の受領とは違い、配下の武士、土地の百姓の暮らしを豊かにするために工夫を凝らし、懸命に働く者もいる。無論、全部が全部そうではない。むしろ、成功している者は少数といえる。

だから日本の国全体として豊かになったのかといえば、全く自信がない。貧しくなった地域だってある。豊かな生活を送る上級貴族と、薄給の下級官人、田祖《たそ》や庸《よう》、調《ちょう》の重い負担に苦しむ百姓たちの貧富の格差はますます広がっているのであろう。

そして武士の台頭に伴い、武士同士の軍事衝突は小競り合いを含めると、各地に頻発している。土地の者を巻き込み、百姓にも迷惑がかかることも多い。

「日本はこれでよいのか」

将門に問われそうである。

劇的によくなったわけではないが、ひどく悪くなったというほどでもない。そんな答えでは、逃げであろうか。

「わしは、そこまで責任を持たねばならぬか。政治《まつりごと》のことは分からんし、朝廷のことは分からん。関わったこともない。それでも、将門を倒したわしは、そこまで責任を持たねばならぬのか」

最後は、声に出して独り言《ご》ちた。


ほどなくして、家来に連れられ、国司館に来た僧侶は見知った顔であった。

「光徳坊であったか。来てくれたのか」

柏崎光徳。秀郷が若き日に京で出会い、秀郷の配下に加わり、富士姫との悲恋、出奔《しゅっぽん》を経て、下野・天命に寺を構える僧となっている。

「まもなく陸奥へお立ちになると聞き、急ぎ参りました。鎮守府将軍就任、まことにおめでとうございます」

「ほほ、おぬしらしくもない」

「とうに世俗を離れた身ですが、武門最高栄誉職こそ、大殿（秀郷）にふさわしく。これは大殿の配下の者だけでなく、下野の者、みなが誇りとするところです」

「陸奥はよい。若き日の思い出がある。武士としての第一歩があった」

下野、武蔵は一族の者が根を張り、大いに繁栄する。千晴、千常も成長し、国司としての地位を得て、権力と軍事力を背景に勢力を拡大。後に秀郷流藤原氏が武家として坂東を地盤とする基礎を築いた。

何も心配することはなく、陸奥への旅立ちを楽しみにしている。

「任期を終えましたら、ぜひ天命にお戻りください。ご一族の方々、力を合わせ、下野は見事な繁栄を迎えております」

「もう齢《とし》じゃ。わが人生、最後の旅かもしれぬ。陸奥で生涯を終えるかもしれぬ。無事に任期を終えれば、どこに戻ろうか。下野に帰るか、この武蔵もよきところ。そのまま陸奥に留まるかもしれぬ。何も決めていない。それもいいだろう」

「泰然自若《たいぜんじじゃく》としたお姿。感服いたします。なれど……、ぜひ、下野へのご帰還、お待ち申し上げております」

「武蔵も広いが、陸奥はもっともっと広い。冬は雪深く、荒涼たる死の世界を感じるときもある。だが、雪の下に春を待つ芽もあれば、獣もいる。大いなる大地よ」

「下野も広くて豊か。地の実りにも恵まれております」

「そうじゃな。そうそう、それより将門がこと苦労をかけたな。『将門合戦章』。京貴族でも写本を取りたいという者さえ、おるそうでないか。『将門記』と呼ばれ、たいそうな評判らしいではないか」

「いえ、そのことですが……」

十歳前後、秀郷より齢上《としうえ》の老顔が曇った。

「結局、なぜ、あの戦が始まったのか、冒頭のみ書きされないままなのですが、隠し預けた寺から一部の貴族に話が漏れてしまいました。重要な部位が欠落している未完成本ながら既に写本が取られてしまった気配もあり、全くの無念。恥じ入るばかりでございます」

冒頭だけではない。

最近になって、乱の発端となった平国香の死について、あの周辺を焼き、国香を殺害したのは国香の弟・平良正《よしまさ》だと証言する老兵が現れた。当時、良正の軍に所属し、その死後は秀郷配下に移った者だ。だが、その話を裏付ける証拠は何一つなく、老兵も間もなく老衰死した。

「まことか」

「いや、まことがどうかは確かめる術《すべ》もなく」

秀郷は驚いたが、光徳は回答できる根拠がない。

事実だとして、それが源護《まもる》の意向なのか、良正の領土欲から来ているものか、はたまた平氏親族間にわれらの知らぬいざこざがあったのか、今となっては全て突き詰めようがない。

「良正殿、何が何でも将門殿と貞盛殿を争わせ、敗れた方の領地を切り取りたい、田地を得たいとの思惑があった。老兵はこうも申しておりました」

「そう思うか」

「いや、だとすれば、その詰まらぬ陰謀が坂東を大きく動かしたとも言えますが」

それは陰謀の過大評価であり、世の大きな流れは策士の小さな陰謀では動かない。光徳はそういう考えを示した。秀郷も基本的な考えとして賛同するところである。

「だが、小さな陰謀とはいえ、少し歯車を狂わせ、小さな影響を与えた。小さな歪《ゆが》みだが、後々にも祟る影響を残した」

その可能性もないとは言えまい。

「まあ、仕方ない。本当のところ、あの戦の根本にあったのは何だったのかの。背景にあの一族の内紛があった。それは確かだが、乱のきっかけは些細《ささい》なことかもしれぬし、今もって分からぬ部分もある。光徳、そなたの労を多とする」

秀郷は光徳を労《ねぎら》った。

「京の関心は将門さまの恐ろしさのみ。怨霊、悪霊として大いに畏れていますが、大殿がこの危急を救ったことをお忘れなのではないかとさえ、思います」

「将門、ある意味、怨霊でいいかもしれぬ。神というには少し行儀の悪いやつであったが、坂東の守り神、この坂東を守る霊力をますます発揮するのではないか。不思議話はそなたからさんざん聞いたぞ」

「京貴族がことさら大殿のご活躍をお忘れのようにみえるのはあるいは大殿の武威を恐れ、憚《はばか》っているのかもしれませぬ。これならば大殿のご活躍、最初より記しておけばよかったと後悔もあります」

「よしてくれ、そなたまで。将門討伐ことさら喧伝《けんでん》されるのも好むところではない。坂東の乱れを憂い、将門を討ったが、将門には憎しみもなく、むしろ痛快でよい男であった。あのような暴挙に走らねば、坂東盟主としての姿を見たかった気もする。器量は大きい。大きすぎた。ゆえに討ったことに、討ってしまったことに忸怩《じくじ》たる思いもあるのよ。今も」

「何と。今、悔いても詮《せん》なきこと。まさかに、そのようなことをいつまでもお考えであったとは」

「ものごと深く考えるよう、教えたはそなたぞ」

「これは畏れ多きお言葉。なれど……」

「よいのだ。とにかく、将門討伐を誇らしく語ることは違う気がする。だから、京の人々、貴族たちが忘れてくれるなら、それもよし、だ」

藤原秀郷。その名が歴史の表舞台に立ったのは平将門を倒した、その一瞬だけだった。それまで秀郷が経験した幾度かの戦いは全て歴史の記録に残っていない。ただ一度の勝利、将門との戦の勝利のみが歴史に記録された。

〈9〉終宴

「今宵は飲み明かし、語り明かそうではないか」

「これは嬉《うれ》しきかぎり。拙僧も生臭坊主ゆえいただきますぞ」

「お、これは光徳坊らしくもない。齢を取り、角が取れたか。あはははは」

「何の何の。大殿こそ、ご覚悟召され」

楽しそうな老人二人に給仕をしていた秀郷の従者・佐丸《すけまる》の顔もほころぶ。

「年甲斐《としがい》もなく、はしゃいだ大殿のお姿、何か久しぶりに見たような気がしますな」

「おぬしはいつも一言多いぞ」

「奴吾《やつわれ》も大殿にお仕えして云《うん》十年でございます。では、ごゆっくり」

佐丸は酒肴《しゅこう》を用意した後、障子の前で手をつき、頭を下げた。

「佐丸、退がるのか。おぬしも同席し、過ごせよ」

「よろしいので」

「無論じゃ」

「これはありがたき、ご配慮。では」

三人の酒席は夜遅くまで続いたが、佐丸はそのうち酔い潰《つぶ》れ、いびきをかいている。秀郷も少々酔いが回り、うつらうつらしてきた。

「大殿、大殿」

「ん」

光徳の呼びかけの声が遠くから聞こえた気がしたが、一瞬で近くなった。

「大殿もお疲れのようですな」

「そうか。すまぬ。少しまどろんでしまったか」

「大殿はそれほど酒が強くないゆえ。そろそろお休みになりますか」

「いやいや、ここで寝てしまってはもったいない。今、若いころを思い出しておったわ。京ではおぬしに出会い、またさまざまなお方に出会った。そして会いたくても二度と会えぬお人も随分おる」

「京のことを思い起こしておいでしたか」

「ああ、いろいろあったからな」

「いろいろありましたな」

「京のことが昨日のことのようだ」

「あははは」

光徳の愛想笑いの後、秀郷は唐突に真顔になった。

酔い潰れかけていたとは思えないような話をし始めた。

いや、酔っているからこそ、普段、胸の内にあっても外に出さない思いが溢《あふ》れることもあるのかもしれない。

「正義とは見る方向によって違うのかもしれんな」

「大殿。また、いきなり……」

秀郷は地域を荒らし、さんざん国司を困らせ、流罪命令、追討官符が出されたが、京貴族に賄賂《まいない》を贈るなど卑怯な手口を駆使して罰を受けることを免れた。そして、民衆のために立ち上がり、民衆に支持された一本気な男、平将門を謀略で陥《おとしい》れ、謀殺した。秀郷は極悪人。将門が正義であり、民衆の代弁者。こうしたストーリーがあってもおかしくはない。

秀郷は概ねそのような趣旨で言葉を重ねた。

「何を言わっしゃるのかと思えば……」

「いや、そういう可能性があった、そう信じている人もいるのではないか」

「そう言っては身も蓋《ふた》もなく……」

「あるいは、わしがたまたま幸運なだけだったということもあり得る」

「………」

自己の功績をそこまで客観視してしまってはあまりに虚無《きょむ》。光徳は答えに窮し、沈黙せざるを得ない。

だが、ひとときの静寂《せいじゃく》は長続きしなかった。

「そうよ、そうよ。藤太兄、その通りよ」

騒々しく引戸《ひきど》が開かれた。

「ま、ま、まさか……。将門か」

「秀郷殿、久しいのう」

「純友殿。そちたちはいったい」

「無論、冥界《めいかい》より罷《まか》り越したのよ」

「今の日本を憂《うれ》いてのお。それを秀郷殿に言いたかった」

「まずは一献。ですが、御両人、いや御霊人《ごりょうにん》。武者《むさ》、武士は大きな力を得ておりますぞ。中級貴族なぞより豊かで自由で、受領もおり、官位を得ている者もおる」

将門、純友の両人は自身の野望のため、互いを利用しようとした。将門はそう明言したし、純友の動きもその推論を証明している。だが、今はそれを言ってもかわいそうだ。両人は乱に敗れた者同士、生前よりも強い絆《きずな》で結ばれておるかもしれない。

「藤太兄、わしは武士でない。もとより武をもって立つ者だが、新皇《しんのう》でありますぞ。すなわち新とはいえ、皇《みかど》。誰に仕える者ではござらん。頂《いただ》きに立つ者なのです。貴族に仕え、朝廷の意に従う武士といった者どもとは違う」

「将門殿、よう言うた。武士は上級貴族の私兵軍団となり、その伝手《つて》で高位高官を得ているにすぎん。貴族に従う、貴族に侍《さぶら》う〈サブラヒ〉じゃ。わしが目指したのは、その武力を使って権力を奪取する。これが正しい武力の使い方。唐土《もろこし》（中国）では王朝の政治《まつりごと》が悪ければ、武を持つ者が新しい王朝を立てる。これが革命よ」

「今後、武士が力をつければ、そういうこともありましょう。純友殿」

「いやいやいや、秀郷殿。将門の坂東独立王国が倒れたことで武士のありようが定まってしまったわ。武士は競って朝廷に尽くし、その武は腐敗した貴族の政治ではなく、ライバルに向けられるのですぞ。ライバルは同じ武士。つまり、秀郷対将門の最強決定戦のような仕組みが今後も続くのです。貴族どもは高みの見物よろしく、それを観戦するわけです」

「ライバル？　ライバルって何ですか」

「この仕組みを凌駕《りょうが》して、将門のような者が再び現れるのか否《いな》か」

「純友殿のような革命の野心を堂々と広言する者も再び現れるのか否か」

「わしがしゃべりすぎだと言わっしゃるか」

「饒舌《じょうぜつ》な野心家とでも申しましょうか……」

「では、秀郷殿。武士とは何ぞや」

「これは大上段から攻められたな。武を持つ者、武を持つ集団はこれまでもおりました。朝廷の役目ではなく、私的に武装した集団です。多くは徒党を組み、悪事にこそ武を使ってきた。武をもって脅し、人を害すれば、他人の財物を奪うことができるからな。これでは世は乱れ、民人は安心して暮らせない。武を持つ者は秩序、規律、名誉が必要なのです。家名に恥じぬ振る舞いが必要なのです。武士とはそうした集団でありましょう」

「秀郷殿こそ齢を取られ、ようしゃべるようになりましたな。以前はわしを警戒し、言質《げんち》を取らせまいという態度でござったが。ですが、武士にも善い武士、悪い武士が出てきましょう。貴族も良し悪しありますように。わしが思うに、武士とは私的武装集団でありながら貴族とつながり、貴族に従うことで身を立てていくのではないかと思います。それぞれの貴族の私兵集団として護衛や政敵への圧力、ときにはその依頼によって殺傷行為にも及ぶ。貴族の足らざる部分、軍事機能を果たす役割が期待されているのです。いや、機能そのものですよ。将門殿、どう思われる」

「よう分からんが、武士とは武力を持った集団、武力を持った家とその仲間ということではござらんのか。簡単にいえば。刀、弓、馬を持ち、それを鍛える。それ以外、何が必要でござろうか。要は兵《つわもの》の新しい言い方でござろう」

「いや、だから、貴族に代わる新しい階層として、だな……」

「ある悪人に言われたことがある。父・藤原村雄《むらお》も武をもって下野半国を事実上支配し、ついには国守にも就いたが、富豪の百姓らとつるみ、田祖の払いを過少とし、国司、朝廷に仇なす悪人であると。悩みもしました。われらのような者が律令を壊している、国の危機を招いているのではないかと。ですが、今、武士が立つ世になり、思うことは律令とは違う仕組みが必要なのです」

「確かに武士の行動原理を突き詰めれば、だな……」

「何やら難しゅうて、よう分からん」

「この話、結論出るんですか」

「結論は要らんだろう。思考の過程こそが重要であって」

「結論、要らないの？」

「要らん、要らん」

「武士というのは昔からおりましたぞ。奈良の都にもおりました」

「それは武芸の者、貴族の中の武芸達者な者を武士と呼んだこともあって、今、話していたのは新しい社会階層としての武士であって……、あれっ」

「何か人数多くなってないか」

「三善《みよし》博士。いや三善宰相《さいしょう》。まあまあ一献。確かいける口でしたな」

三善博士こと三善清行《きよつら》。死の前年、七十一歳で参議に昇進し、世の人に三善宰相、善宰相（宰相は参議の唐名）と呼ばれた。

「おお、気付かれましたか。すまぬすまぬ。お若いの、随分お齢《とし》を召されたな」

「博士も怨霊になられたので？」

「これは怨霊の集会か」

「そういうわけではござらんが、いきなりの客二人は怨霊でござった」

「わしは怨霊ではない。怨霊は将門の方じゃ」

「わしも怨霊ではないが、何か楽しそうで誘われた気がしたのじゃ。久しぶりの現世もよいものじゃのう。議論好きでもあったし、それは死んでも変わらんよ」

「確かに純友殿も議論好き。客は怨霊と生前以来の議論好きということか」

「貴族の中にも武芸に秀でた者はおった。坂上田村《さかのうえのたむら》麻呂《まろ》公、藤原利仁《としひと》公は特に有名だが」

「利仁将軍、懐かしい名ですな」

「ほかにも武士の先駆をなす者はおりますぞ。文室善《ふんやのよし》友《とも》、清原令望《よしもち》、小野春風《はるかぜ》……」

三善清行は平安時代前期、九世紀末に活躍した軍事貴族、軍事官僚の名を挙げた。文室善友は上総で俘囚の乱鎮圧、対馬守《つしまのかみ》として新羅《しらぎ》の海賊撃退に功があった。清原令望は元慶《がんぎょう》の乱（八七八年）で対俘囚戦を指揮。大宰大弐《だざいのだいに》に任じられ、新羅対策も任された。小野春風は元慶の乱で鎮守府将軍に任じられ、対俘囚戦の勝利、鎮撫《ちんぶ》に功績があった。それ以前に対馬守の経験もある。いずれも新羅対策、蝦夷・俘囚の叛乱の対応で功を挙げており、辺境で国防に関わった優れた軍事官僚といえる。

一方、九世紀末から十世紀初頭は各地で群盗が蜂起《ほうき》し、俘囚の叛乱もあり、坂東の治安は極めて悪かった。

「武芸に秀で、東西辺境で活躍した軍事貴族。時を同じくして地方で騒乱の主役となった在地勢力、群盗。善悪両極端の勢力が武士の起源と関係ありそうじゃな」

「その各地の騒乱がいっとき収まったようにみえながら、極めつけの激震が将門殿、純友殿の乱。武士はこの激動の中で生まれた。そう言っては格好よすぎるか」

「そうか。われらが乱もそれだけ時代を動かしたとなれば多少の意味も出てくる」

「多少ではござらん。時代を動かしたのは貴殿たち。将門、怨霊なんかやっている場合じゃないぞ」

「藤太兄、わしも怨霊は不本意。誰かが勝手にそう呼んでいるだけであろう」

「おお、そうか」

「だが、地獄での永遠《とわ》の苦しみ。化けて出たい気持ちも仕方ないではござらんか」

「同情してよいのか悪いのか」

「閻魔《えんま》の使いがいつも見張っておるのよ。とにかく地獄の苦しみ、これは言い表すことができない。それでもって逃げ出さないかと見張っているわけ。逃げ出すことができないので地獄の苦しみなのになぜか見張っている。お陰で怨霊力はつきましたぞ」

「そもそも、鉄身に、影武者。怨霊になる前からその力を得ていよう」

「お褒めに授かり恐悦至極《きょうえつしごく》。いや、恐悦地獄。そう、わしは不死身であった。不死身の力を持っておったのだが、藤太兄は不死身の者を倒すのだから、いやはや……」

「それで怨霊になったのか。その力をどう使うつもりじゃ」

「さて、どうしましょう。別に誰を恨むということもございません。特に呪《のろ》い殺さねばならぬお人もおりません。人間界の恨みつらみ、冥界、地獄から見れば、何ほどのこともない。平坦な話ですよ。ですから京が滅び、関東が栄えましょうとも、わが怨念、魂とは関係ありませんぞ」

「そうなのか。じゃが、陰陽師が見逃すまい」

「賀茂忠行か。あまり興味ございませんな。強き陰陽師がおれば、ひと暴れし、やり合いたい気もありますが」

「賀茂先生は老いているが、そのお弟子、安倍晴明《あべのせいめい》殿。とにかく凄腕《すごうで》の陰陽師だそうだ」

「おお、せいめい、か」

「怨霊・将門と陰陽師・安倍晴明の対決。ぞくぞくしますな」

「今、誰がしゃべったの」

もはや誰が何を言っているのか分からない。

「怨霊は案外、疲れるのよ」

「師匠、いや右大臣閣下。いつの間に」

上座に着いていた新客に光徳が気付いた。

「道真《みちざね》さまか」

「お、気が付かれたか」

「菅原道真公！」

「やはり、今宵《こよい》の客はみな怨霊」

「光徳。そちの話では道真公は気品正しく、物静かで学者然とし、恨みの感情を露わにすることはなく、怨霊とは程遠い人物であったはずだが」

「光徳よ。わが弟子よ。そちはわしの晩年の姿しか見ておらぬ。また、わしの人間としての嫌な面を見ようとせぬ。本質を見誤るぞ」

「そうそう、菅公《かんこう》（菅原道真）はもともと我が強く、他者に厳しいお人。敵対する論者を徹底的にやり込め、まさにアカハラ、パワハラをなしたお人であった。まさにいじめ」

「そのアカハラとか、はらはらとは……何ですか」

「麿《まろ》は菅公が試験官のときに方略《ほうりゃく》試《し》の試験で落とされての……」

「その、アカハラとかいうのは……」

「随一の学者のこのわしが容易《たやす》く合格させては威厳に欠けよう。一発合格なぞありえぬわ」

「すなわち、わざと不合格に」

「何が悪い。わしの決めた基準じゃ」

「三善宰相、その恨みで時平卿に与《くみ》し、道真公左遷に協力したのですか」

「それが政敵、ライバルというものよ」

「その、ライバルというのは……」

「それに麿は怨霊に呪い殺されず、天寿を全うしたわ。最後は参議に出世じゃぞ」

「小物のゆえ祟るまでもなかったのじゃ。それに『革命勘文』のように生かしておけば駄文でまた恥を晒《さら》すと思ったのよ。その方が学者にとっては死ぬよりつらい。だが、『意見封事十二箇条』。あれは案外、的を射た指摘を含んでおった。くどくどしいのが、わしのような文才に欠けるところではあるが」

「このように他者に厳しく、他者への愛情に欠けるのが菅公の本質。逆に言えば、確かに恨みを持つほど他者に関心があったとも言えないが」

「いやあ、さすがに学者同士。敵対していても互いの心の内が通じ合っているようですな」

「麗《うるわ》しき友情とでも言いましょうか」

「何の何の、わが宿敵・時平卿とて、わしを追い落とそうと真正面からぶつかってきた。むしろ清々《すがすが》しい」

「政敵をえらく褒めますな」

「わしは敵を認める度量もある」

「いやいや、随分殺していますぞ。時平卿与党からあまり関係のない御仁《ごじん》まで」

「わしも怨霊として全力で応えてやったまで」

「やはり、学者というのは白黒つけないと気が済まないようですな」

「その点、忠平卿はなかなか。小狡《こずる》いというか。わしの味方であったが、初めから利用するつもりだったのじゃな。死後もわしを怨霊に仕立て、不安を煽り、貴族や民衆の目をくらませ、時平卿の政策の修正、時平派の追放を見事に成した。特に敵愾心《てきがいしん》、憎しみがあったから追放したのではない。自分にとって役に立たない者ゆえ追放したのじゃ。ある意味、冷徹で現実的政治家であり、わしとて恨みの持ちようもないし、恨み殺すには躊躇《ちゅうちょ》があった。忠平卿も早死にしておれば、日本は破綻しておったな」

「そこまで評価されるか」

「全能ではないし、上の上でもないが、代わる政治家がおらん。この時に限ればな」

「くっそお、忠平卿さえおわさねば、わしが革命を成していたのだ。わしの革命政府によって日本再生を目指したのだが。畜生《ちくしょう》。くそおくそお、ちくしょう」

「純友殿。気持ちは分からぬでもないが、そんな簡単な話ではなかろう。関東八カ国を制した将門も五十日しか保《も》たなかった」

「将門殿はよき陪臣《ばいしん》、側近、腹心がおらず、関東の範囲内でさえ、治世を破綻させたが、わしは違う。側近がおらずとも、わし自身が考え、無能でも何でも配下にそのまま実行させるだけ」

「そう、うまくいくかなあ」

「純友殿、実際にやるのと言うだけでは天と地ほど差がありますぞ」

「今の日本は、だな……」

「今の日本、それほど悪《あ》しゅうございましょうか。武士、百姓は力をつけ、それゆえに活力ある鄙（田舎）もございます。貴族の力はむしろ弱まっておりましょう。藤氏長者《とうしのちょうじゃ》、摂家は栄華を極めていますが、ほかの貴族の凋落《ちょうらく》ぶりは往時を偲《しの》ぶ影もござらん。少々騒がしいですが、活気に満ちた時代ですぞ」

「わしが今の日本を憂《うれ》うるに、だな……」

「純友殿、飲まれよ、飲まれよ」

「いや、富める者と貧しき者の差は開き、狡《ずる》く要領のよい者が栄え、真面目《まじめ》な者は報われぬ。けしてよい世とは言えぬ。すなわち、貴族も武士も摂家に近づき、媚《こ》びを売り、栄華の恩恵に与《あずか》ろうとしているのよ。朝廷は天子さまが総攬《そうらん》し、それを補佐する正しき者たち、知恵ある者たちによって合議がなされ、天子さまの意と衆議によってものごとを決めていかねばならない。武士でも貴族でも才ある者、技ある者を登用し、その政治《まつりごと》を実現するためには、だな……」

「まあまあ純友殿。飲まれよ、飲まれよ」

「人材の登用は出身の家格《かかく》にかかわらず、だな……」

「まあまあ」

純友の政治論が繰り出されるが、聞いている方は疲れ、唐突に話題が変わる。

「そういえば、あれほど猛威を振るった道真公の祟り、最近はすっかり聞かなくなりましたが」

「忠平卿にとって、もはや時平派というべき人物は消え、その影響なき今、不要なのでござるよ。これからの怨霊界は将門殿の時代だな」

「将門、おぬし結局、怨霊なのか怨霊でないのか」

「藤太兄、どっちでもよいではござらんか」

「道真公仰せの通り、世が必要とするのであれば、怨霊として現れ、人々の不安を煽り、災いの責任を取らされる」

「民衆が必要とする場合もあるし、時の権力者が必要とする場合もある」

「わしも火雷天気毒王《からいてんきどくおう》となり、日本太政威徳天《だじょういとくてん》となり、暴れに暴れ、ようやく天満大自在天神《てんまんだいじざいてんじん》。結構、疲れたわい。これからは受験の神として現世御利益、がっぽり儲《もう》けるぞ」

「学問の神ではないのですか」

「表向きはな。存命中は一発合格なぞさせなかっただけに、ご利益のありがたさは格別。これからはどんどん合格させるぞ」

「これって破綻ですか」

「秀郷、ようやく鎮守府将軍じゃな。待っておったぞ」

「また、誰か来ましたな」

大柄の男が入って来た。獣の皮を縫った物をまとい、いかにも雪国の武将といった雰囲気を持っている。

「悪路王。悪路王殿か。昔と変わらぬ姿とは懐かしい」

「いや、このお方、悪路王などではない」

「道真さま……。では、どなたで」

「このお方は……、このお方こそ、阿弖流為《あてるい》殿じゃ」

「がはははは、どちらでもよろしい。わが名は……。そうじゃな、わが名は〈陸奥の心〉とでも言っておこうか」

「わしがここまで来たのは……、この国初めての武士となりおおせたのは、若き日に拝領した舞草《もくさ》刀のお陰と思うております。武器の工夫を進め、武門の道を開き、坂東の気風に蝦夷の武器を発展的に消化して兵を鍛えたのです。お陰で将門に勝つことができ、貴族たちが武士の力を初めて認めたのです。何と御礼申し上げれば……。ですが、もう齢。陸奥に赴きますが、陸奥の地に恩返しをできるかどうか。心もとないかぎりです」

「がっはははは。下野、武蔵に加え、陸奥。そして令息の力が及ぶ相模。さらには平氏の力が強い常陸、下総、上総にも鎮守府将軍として睨《にら》みを利かせ、東日本はあまねく秀郷殿の意向の及ぶところなり。東日本半国を思うように治められよ。将軍の府、すなわち陣幕の府、幕府を開かれよ。これこそ東国の夢じゃ。がはは」

「東国の夢。わしも志向し、将門が挑み……。今は見果てぬ夢かもしれませんが、東国は武士の故郷《ふるさと》。いつか誰かが、かなえてくれる気がするな」

「藤太兄とわしでは夢の形は違うが……。わしらの子孫、坂東平氏か、藤太兄の子孫の秀郷流の武家もあまた出てきましょう。いずれかの者でしょうな」

「源氏かもしれんぞ。清和《せいわ》源氏。六孫王・源経基《つねもと》の子孫」

「いやあ、源氏はないな。源氏の連中は陰険で内向きに敵を見出す癖がある。内輪揉め《うちわもめ》で自壊するだろう」

「経基め。わしを讒言し誣告の罪に問われたのに運良く追討の功で出世しおって。藤太兄の言う通り、陰険なやつよ」

「そうだな。源氏はないな。ないない。子孫も末代まであんな感じだろう」

「例えば、兄弟で喧嘩《けんか》したり、親兄弟を斬ったり、叔父甥、従兄弟同士で敵対したりな」

　これは、後世、源氏台頭の過程で出来《しゅつらい》した数々の事件や因縁のことであろうか。


　例えば、八幡太郎・源義家は弟の賀茂次郎・源義綱《よしつな》とは合戦寸前となったほど不仲であった。後三年合戦で兄・義家に協力した新羅三郎・源義光《よしみつ》も義家の跡を継いで河内源氏棟梁《とうりょう》となった義忠（義家三男）の暗殺関与が疑われる。この事件で義綱の子息たちが疑われ、自害。義綱は佐渡《さど》に流された。その後、真犯人の噂が広まり、義光は逃亡。河内源氏棟梁と目された義家の孫・源為義《ためよし》も保元の乱で敗北し、長男・源義朝《よしとも》によって斬首。義朝の三男・源頼朝は鎌倉幕府を開いたが、その過程では、平家追討を呼びかける以仁王《もちひとおう》の令旨《りょうじ》（皇太子の命令書）を伝達した叔父の新宮十郎・源行家《ゆきいえ》（為義十男）を追い詰め、京から平家を追い出した従兄弟の朝日将軍・木曾義仲と敵対し、平家追討に功のあった異母弟・源義経（義朝九男）を奥州まで追って亡き者とし、同じく異母弟で、平家追討戦で西国を転戦した蒲冠者《かばのかじゃ》・源範頼《のりより》（義朝六男）を謀叛の疑いで追放した。それらのことなどを言っているのであろうか。

「そんな先のことが見えますか」

「見えなくてどうする。わしら怨霊じゃぞ」

「怨霊たちの生討論。聞いたことがないなあ」

光徳め。知らぬふりをするなぞ、昨夜の乱痴気騒ぎがよほど腹に据えかねているとみえる。わずかな供廻《ともまわ》りの者に指示を出す佐丸は二人の会話には素知らぬ顔。次々と現れる賓客に酒肴を出すため、何度かたたき起こしたが、もはや何も覚えていないであろう。

いずれにしても、まあよかろう。

「大殿、お達者で。無事お役目果たされた後は、ぜひ下野にお戻りを」

「後のことは……。もういいだろう」

供廻りの一行を従え、旅立つ秀郷。

光徳は、馬上に揺れる秀郷の後ろ姿を見送った。いつまでも見送った。その姿はだんだんと小さくなり、やがて見えなくなった。見えなくなっても、その余韻を見送った。

藤原秀郷。歴史の中に、静かに、その姿を消した。

「もはや滅茶苦茶ですぞ」

「賛否両論ですな」

「いやいや、会いたくても、もう会えないと思っていた方々にこうして会えるとは。何て日でありましょうや」

「何て日だ」

「これでは全て台無しでござるよ」

「全て、ぶち壊しでござる」

秀郷は一同とともに大いに語り、大いに飲み、大いに笑った。そして記憶が飛んだ。

「三人で飲んでいらっしゃったというのに盃が七つも八つも転がって……。本当に行儀の悪い……」

朝、散らかった広間を見て驚く侍従御前の愚痴で秀郷は目が覚めた。悪酔いであろう。頭ががんがんする。目覚めはしたが、身体は起こさない。立ち上がれない。部屋を片付ける妻の動きを避けるように、ごろごろと転がりながら部屋の中を移動する。

夜もすがら物語をした翌日は旅立ちの日であった。

「昨夜は少々はしゃぎすぎたか。迷惑をかけた」

「おや、何のことですか」

●藤原秀郷関連年表

西暦（年次）	月	年齢	秀郷関連事項	時代背景
八八五（仁和元）年			『佐野記』記載の没年から算定した秀郷生誕年	
八八九（寛平元）年	四月			寛平延喜東国の乱。物部氏永の蜂起（『日本紀略』）
八九一（寛平三）年			『田原族譜』記載の没年から算定した秀郷生誕年	関白藤原基経没（56）
八九四（寛平六）年	九月			遣唐使廃止（『日本紀略』）
九世紀末			このころ、秀郷が生まれたとみられる	
八九九（昌泰二）年	九月	4（15）		上野国で僦馬の党蜂起。相模・足柄坂と上野・碓氷坂に関所設置（『類聚三代格』）
九〇一（昌泰四）年	一月	6（17）		菅原道真左遷（『政事要略』）
九〇二（延喜二）年	三月	7（18）		延喜の荘園整理令（『類聚三代格』）
九一五（延喜一五）年	二月 七月	20（31）		上野国で受領・藤原厚載殺害（『日本紀略』） 十和田湖大噴火（『扶桑略記』）
九一六（延喜一六）年	八月	21（32）	朝廷が秀郷ら罪人十八人を流罪とする命令を再度、下野国に下す（『日本紀略』）	
九二九（延長七）年	五月	34（45）	下野国が秀郷の悪行を訴える。朝廷は同国や近隣諸国に出兵を指示する官符五通を作成（『扶桑略記』）	京都で、三月に疫病が大流行し、七、八月は大風、洪水
九三〇（延長八）年	六月	35（46）		清涼殿落雷事件（『日本紀略』）
九三五（承平五）年	二月 一〇月	40（51）	平将門の乱勃発。将門が源護の子息や伯父・平国香を討つ 将門が叔父・平良正を破る	紀貫之、土佐から帰京（『土佐日記』）。このころ『土佐日記』を著す 三月に延暦寺、八月に粉河寺焼亡
九三六（承平六）年	七月	41（52）	将門、叔父・平良兼の軍を下野国庁で包囲	この年、藤原純友の乱始まる
九三七（承平七）年	八月 一一月	42（53）	将門が良兼と合戦、敗退	富士山噴火（『日本紀略』）

年	月	年齢	事項	関連事項
九三八（承平八）年	二月	43（54）	平貞盛、上京して将門を訴える	この年、空也が京で布教活動始める（『元亨釈書』）
	二月		将門、武蔵国司と足立郡司・武蔵武芝の紛争調停	
九三九（天慶二）年	四月	44（55）		出羽国から俘囚の叛乱が報告される（『本朝世紀』）
	一一月		将門、常陸国府襲撃。私闘から国家への反逆に	
	一二月		将門が下野、上野国府を襲撃。新皇を称し、坂東八ヵ国の国守を任命	藤原純友の部下が摂津で備前、播磨の国司襲撃。純友の乱が本格化（『日本紀略』）
九四〇（天慶三）年	一月	45（56）	秀郷ら東国の軍事実力者八人が掾に起用される（『日本紀略』）	将門討伐の征東大将軍に参議・藤原忠文が任命される（『貞信公記』）
	二月		秀郷が四千人の兵を率いて将門と合戦。将門を討つ	純友、従五位下に叙される
			秀郷から将門討伐の報告が都に届く（『貞信公記』）	
	三月		秀郷、従四位下に叙され、下野と武蔵の守に任命（『扶桑略記』）	
	四月		秀郷の使者が将門の首を携え、都に到着（『日本紀略』） 秀郷、鎮守府将軍に任命（『結城系図』）	八月、純友、伊予国・讃岐国を虜掠
	一一月		秀郷、下野守に任命（『日本紀略』）	
九四一（天慶四）年	六月	46（57）		純友、橘遠保に討たれる（『本朝世紀』）
九四七（天慶一〇）年	二月	52（63）	『佐野記』記載の秀郷没年。63歳	
（天暦元）	閏七月		秀郷、将門弟の謀叛計画の情報を奏上（『貞信公記』）	
九五八（天徳二）年	二月	63（一）	秀郷死去と伝わる。年齢不詳（『系図纂要』）	三月、法性寺焼亡
九九一（正暦二）年	九月		『田原族譜』記載の秀郷没年。101歳	

（注）将門の行動は『将門記』などによる。年齢欄は八九六年生まれと設定した作中の秀郷の年齢、（　）は『佐野記』に基づく年齢、いずれも数え年。

●主要参考文献

『伝説の将軍　藤原秀郷』野口実・吉川弘文館・2001年
『坂東市本将門記』坂東市立資料館・2016年
『戦国唐沢山城』出居博・佐野ロータリークラブ・2011年
『武士の誕生』関幸彦・日本放送出版協会　NHKブックス・1999年
『平将門と天慶の乱』乃至政彦・講談社現代新書・2019年
『小山氏の盛衰』松本一夫・戎光祥出版　中世武士選書・2015年
『今昔物語集　本朝世俗篇』武石彰夫訳・講談社学術文庫・2016年
『万葉集　全訳注原文付（三）』中西進・講談社文庫・1981年
『太平記』兵藤裕己校注・岩波文庫・2014～2016年
『現代語訳　吾妻鏡』五味文彦、本郷和人編・吉川弘文館・2007～2015年
『新猿楽記』藤原明衡、川口久雄訳注・平凡社　東洋文庫・1983年
『三善清行』所功・吉川弘文館　人物叢書・1970年
『平安京の災害史』北村優季・吉川弘文館・2012年
『刀の日本史』加来耕三・講談社現代新書・2016年
『牛車で行こう！』京樂真帆子・吉川弘文館・2017年
『教養人の日本史（2）』村井康彦・社会思想社　現代教養文庫・1966年
『日本史小百科7　家系』豊田武・近藤出版社・1978年
『100問100答　日本の歴史2　原始・古代』歴史教育者協議会編・河出書房新社・1992年
『資料　日本歴史図録』笹間良彦編著・柏書房・1992年
『東の飛鳥―新・下野風土記―』下野市教育委員会事務局文化財課・随想舎・2019年
『栃木ゆかりの歴史群像』松本一夫・随想舎・2013年
『佐野の民話』「佐野の民話」編集委員会編・佐野ロータリークラブ・2014年
『小山の伝説』小山市郷土文化研究会編著・第一法規出版・1992年
『足利の伝説』台一雄・岩下書店・1971年
『下野の伝説』尾島利雄編著・第一法規出版・1974年
『うつのみやの伝説』下野民話の会編・随想舎・2015年
『栃木県史』栃木県史編さん委員会編・栃木県・1973～1984年
『佐野市史』佐野市史編さん委員会編・栃木県佐野市・1975～1979年
『小山市史』小山市史編さん委員会編・栃木県小山市・1977～1988年
『宇都宮市史』宇都宮市史編さん委員会編・栃木県宇都宮市・1979～1982年
『藤原秀郷　源平と並ぶ名門武士団の成立』栃木県立博物館企画展図録・2018年
『下野の鎌倉街道―道を行き交う人と物―』栃木県立博物館企画展図録・2019年
『古代の製鉄遺跡群―渡良瀬遊水地周辺の大地に刻まれた歴史を探る―』小山市立博物館企画展図録・2017年
産経新聞栃木版『坂東武士の系譜』（未刊行、2017～2019年連載）

水野拓昌（みずの・たくまさ）

1965年、東京都出身。法政大学法学部卒。1989年、産経新聞社入社。整理部記者、地方支局記者などを経て、水戸支局次長、宇都宮支局次長を務めた。2019年退社。栃木県宇都宮市在住。

藤原秀郷　小説・平将門を討った最初の武士

2021年3月28日　初版第1刷発行

著　　者　水野 拓昌

発　　行　小学館スクウェア
〒101-0051
東京都千代田区神田神保町2-13　神保町MFビル4F
Tel：03-5226-5781　Fax：03-5226-3510

印刷・製本　三晃印刷株式会社

造本にはじゅうぶん注意しておりますが、万一、乱丁・落丁などの不良品がありましたら、小学館スクウェアまでお送りください。お取り替えいたします。

本書の無断での複写（コピー）、上演、放送等の二次利用、翻案等は、著作権法上の例外を除き禁じられています。
本書の電子データ化などの無断複製は著作権法上の例外を除き禁じられています。代行業者等の第三者による本書の電子的複製も認められておりません。

© Takumasa Mizuno 2021
Printed in Japan　ISBN978-4-7979-8852-9